（日）竹添光鴻 箋注

毛詩會箋

肆

鳳凰出版社

毛詩卷第十七

竹添光鴻會箋

毛詩大雅

生民之什詁訓傳第二十四

生民。尊祖也。 箋曰、是詩周公述始祖后稷誕生之異、以及其播種百穀之功、而尊美之、使後嗣天子不忘大祖之德也、前什贊述文武、其義一也、**后稷生於姜嫄。** 箋曰、釋詩之本於先妣也、韓村先生曰、姜嫄生后稷、姜氏之世婚于周人久矣、**文武之功。起於后稷。** 箋曰、周立廟、后稷爲始祖、姜嫄特立廟、謂之閟宮、在大司樂職・先先妣而後先祖、**故推以配天焉。** 箋曰、此詩專叙后稷始末、以述其功德之隆、以見配饗之宜、姜炳璋曰、此周公制作禮樂、尊后稷以配天、欲成王知配天之故・在於世力農事也、農事勤而尊祖之道得矣、篇末庶無罪悔以迄于今、通篇結穴、天爲萬世生民粒食・而生后稷、故未生之前、天若降之、既生之後、天若護之、少長時天使之知樹藝、爲稷時天使之知嘉種、蓋以一人立萬世之命、后稷體天之心、而曲盡化工之妙、民命以立、其封邰肇祀以來、世世子孫・皆體稷之意、莫不修農事、以奉方社宗廟之祭、以爲農事一毫未至、便不足以承祖澤而順天心、便是罪悔之大者、今者有天下、尊祖以配天、而天心克享由此耳、豈徒芳臭之亶時哉、或以此爲后稷配天之樂歌、不知樂歌在思文一章也、姜說是也、蓋祭祀之時、歌之于鬼神者頌也、施于人而非施于鬼神者、自當爲雅、

厥初生民。時維姜嫄。生民本后稷也、姜・姓也、后稷之母、配高辛氏帝焉、**生民如何。克禋克祀。以弗無子。**禋・敬、弗・去也、去無子・求有子、古者必立郊禖焉、玄鳥至之日、以大牢祠于郊禖、天子親往、后妃率九嬪御、乃禮天子所御、帶以弓韣、授以弓矢、于郊禖之前、**履帝武敏歆。攸介攸止。載震載夙載生載育。時維后稷。**履・踐也、帝・高辛氏之帝也、武・跡、敏・疾也、從於帝而見于天、將事齊敏也、歆・饗、介・大也、止・福祿所止也、震・動、夙・早、育・長也、后稷播百穀以利民、◯嫄音原、禋音因、弗音拂、敏密謹反、歆許金反、禖音梅、韣音獨、延文本・傳敬下跡下饗下動下早下、並有也字、于作於、

箋曰、首章言后稷之生有神異、民・周民也、緜曰民之初生一義、生后稷・卽生周民之始也、降而生商、帝立子生商、亦言生商民也、時・是也、姜姓、鄭箋以嫄爲名、疏以嫄爲字、然女子二十笄而字、周禮始然、唐虞時無其制、義蓋取諸本原、故韓詩史記皆作姜原、父之名字尙不可知、則嫄非名字可知、蓋周人

自後製之、謂周家本原之女也、所謂以義起耳、唐虞以上、恐未有此等文字、其爲有邰氏之女亦無徵、邰當以稷爲始封、姜嫄爲帝嚳元妃、見家語世本大戴禮史記諸書、然揆之事理、實有難通、誠如張融所駁、張說見正義、且非直此也、姜嫄果帝嚳元妃、則棄爲嫡子、自應繼嚳而立、何得先立下妃子摯、又立次妃子堯、而終不及棄乎、殷周禘嚳、與虞夏之禘黃帝同、載國語及祭法、黃帝非舜禹之父、則帝嚳洵非契稷之父、后稷當虞世、與益佐禹、則年相先後焉、其生于堯之世也必矣、則后稷祇爲高辛氏之裔可知也、鄭箋云、姜嫄當堯之時、爲高辛氏之世妃、正義謂鄭信讖緯、以少昊傳八世、顓頊傳九世、帝嚳傳十世、則堯非嚳子、姜嫄不得爲帝嚳之妃、故謂爲其後世子孫之妃、未知其爲幾世、故直以世言之、據左傳說高陽高辛有才子八人、而總之曰、此十六族也、世濟其美、不隕其名、以至于堯、曰族則既別族、曰世則非一世、曰以至于、中間明有隔越在、而檃括之詞、緯雖不足盡信、獨此似近理得實、譙周古史考亦云、棄、帝嚳之胄、其父不著、與史記大戴禮異矣、周官大司樂享先妣、鄭注、周立廟自后稷爲始祖、姜嫄無所妃、是以特立廟而祭之、使姜嫄爲帝嚳妃、不得言無所妃、又守祧奄八人、賈疏謂、守七廟及姜嫄廟、使姜嫄爲帝嚳妃、不得有嫄廟而無嚳廟、合經文及周禮觀之、則益知以姜嫄爲帝嚳妃者誤也、顧棟高曰、姜嫄決非帝嚳元妃、后稷決非帝嚳之子、如果爲嚳妃、則當皇嗣未育、天子宜齊戒親禱後宮、不得與漢飛燕在屬車豹尾中、已嫌其淫褻、而乃縱婦人遍行郊野、天子漠置不問、有是事乎、卽使嫄行、亦當有千乘萬騎清塵蹕道、今以士夫之家、亦有一二輿夫傔從、而至足履

毛詩會箋

大人跡、此乃村姥里嫗所爲、而乃以云天子之妃乎、當其無人道而生子、心懷疑懼、亦當祕不令宣、抑或別有處置、而乃寘諸隘巷寒冰、顯暴其事、試問棄者何人、知其神異而收者又何人、曾謂天子而爲此事乎、蓋論語明言禹稷躬稼、稷當起于田野、譙周謂其父微故不著、其說是也、如使稷爲嚳子、則姜嫄有聖夫爲元妃、詩人胡爲止稱母、而不稱父、周公親爲子孫、不宜闕遺若此、諸儒不祖鄭者恒祖毛、毛以履帝武爲從高辛氏、則夫婦禱而生子、何故棄之、此詩但宜從鄭說、巨跡神異之事、後世帝王間多有之、不足爲怪、顧說洵然、如傳說則爲事之正、如鄭說則見事之奇、三章寘隘巷等語、豈非古今奇事、經既奇矣、當以奇者奇之、則不得取毛而舍鄭也、若如傳說、姜嫄之妊、后稷之生、俱屬尋常、而寘隘巷、寘平林、寘寒冰、屢欲寘之死地、古今必無此人情、正義云、若其不異、不應棄之、異之於人、猶有奇表異相、若孔子之河目海口、文王之四乳、龍顏之類、但書傳不言后稷異狀、無得而知之耳、不知本經履帝武敏二語、即是異之實據、舍本經而欲別求明證、豈不甚迂、后稷果有異相、如孔子文王、則書傳斷無不言之理、然則后稷之異、其如箋說也無疑、爾雅釋訓、履常武敏、武、迹也、敏、拇也、亦與箋義同、○克禋克祀、以弗無子者、維清傳、禋、祀也、散文則禋亦祀、對文則禋爲敬、國語云、精意以享、禋也、毛讀弗爲拂、故訓爲去、廣雅、拂、去也、易頤、拂經于丘園、釋文、拂、子夏傳作弗、是弗拂古字通也、鄭訓爲祓、說文、祓、除惡祭也、左傳僖六年受其璧而祓之、注、祓、除凶之禮、據此、祓爲除惡除凶、女子無子、亦凶惡之氣也、故禋祀以祓除之、弗即祓之借字、周語祓除其心、注、祓、拂也、弗祓同意、故叚借、祓拂同音、故訓祓爲拂、毛鄭一義也、郊禖、月令稱高禖、蔡邕月令章句云、高禖祀名、高猶尊也、禖猶媒也、高禖之說、始於呂不韋、然未嘗有郊禖之號也、周官戴記百神之祀詳矣、月令而外、別無及高禖之祀者、則或爲秦人創舉之祀、或爲呂氏欲立所未立之祀、皆未可知也、生民玄鳥詩傳云、姜嫄從帝而祀於郊禖、又云、簡狄從帝而祈於郊禖、然謂之郊者、不過謂其兆在郊野、未嘗有配天之說也、然經文本無禖祀之義、列女傳謂姜嫄禋祀、所以求無子、其非禖祀甚明、況月令仲春率后妃嬪御、以弓韣禮高禖、特出於呂覽之述周制、故鄭彼注謂、高辛氏之世、玄鳥遺鳦卵、簡狄吞之而生契、後王以爲禖官嘉祥而立其祀焉、以爲由高辛有嘉祥故稱高禖、是此祀尚因簡狄而立、其起於後世、不起上古又甚明、下章言上帝不寧、不康禋祀、則姜嫄原爲祈於天可知也、然詩未嘗言郊禖、何以謂祀郊禖乎、凡主人之道、有所至敬、必有爲之相接於其間者、此相接於其間者、不敢以微者近尊也、若先禖則微矣、何敢與天共饗乎、○履帝武敏歆者、履所以踐也、因之凡踐皆曰履、爾雅武・跡也、敏・拇也、孫炎郭璞竝云、拇迹大指處、稱帝者・自後之辭也、閟宮曰上帝是依、則帝是天帝也、武、曲禮堂上接武、堂下布武之武、歆之言忻也、忻忻然意動之狀也、所介所止者、大福所止、謂止於姜嫄使之有子也、倒文耳、○載震載夙者、說文、娠、女妊身動也、春秋傳曰、后緡方娠、今左傳作震、震卽娠之聲近叚借、夙謂早敬、亦引申爲肅敬之通稱、大戴記保傳篇、周后妃任成王於身、立而不跂、坐而不差、獨處而不倨、雖怒而不詈、胎教之謂也、盧注、太任孕文王、目不視惡色、耳不聽淫聲、口不起惡言、故君子謂太任爲能胎教也、古者婦人孕子之禮、寢不側、坐不邊、立不蹕、不食邪味、割不正不食、席不正不坐、目不視邪色、耳不聽淫聲、誦詩道正事、如是則形容端、心平正、才過人矣、所言正此詩載夙之謂、箋云、夙之言肅也、於是遂有身而肅戒不復御、夙指坐立等事言之、非僅如鄭箋云不復御也、毛傳訓夙爲早、亦指敬言、又朱傳從鄭箋無人道之說、殊非情理、上云載震、是謂祀後始有身、非卽在祀時有身、載夙、是有身後不復御、則未有時未嘗戒御明矣、疏又誤爲無夫則尤背誕、世豈有未有夫之處子、而祀神求子者耶、又此詩依流傳俗說、而歌詠之、矜其靈異耳、不當作實說、朱傳采入蘇說、腐甚、又氣化不待母矣、有母而生子、便是形化矣、惡得論氣化、所引張說亦謬、〇時維后稷者、風俗通祀典、稷爲五穀之長、故以爲教稼之官、書舜典、帝曰、棄、黎民沮飢、汝后稷、史記周本紀、初欲弃之、因名曰弃、是后稷本名棄、稱后稷者、后・君也、亦主也、漢書百官公卿表引應劭后主也、言爲百穀之君、以主百穀也、猶土神亦稱后土也、時維后稷者、鄭重之詞也、與章首時惟姜嫄意同、鄭箋、舜臣堯而舉之、是爲后稷、此說非也、詩曰時惟后稷者、言此所生者、是乃所稱后稷者也、詩豈謂是作后稷之官者耶、若以論稷之舉、則堯已舉之、非待舜舉也、孟子言舜使益使契使禹、而后稷教民稼穡、獨未言使也、周本紀曰、弃爲兒時、其游戲好種樹麻菽、麻菽美、及爲成人、遂好耕農、相地之宜、宜穀者稼穡焉、民皆法則之、帝堯聞之、舉弃爲農師、天下得其利有功、據此知堯已用稷爲大官、非待舜而後用也、誕彌厥月。先生如達。[誕大、彌終、達生也、姜嫄之子先生者也] 不坼不副。無菑無害。[言易也、凡人在母、母則病、生則坼副菑害其母、橫逆人道、] 以赫厥靈。上帝不寧。不康禋祀。居然生子。[赫顯也、不寧寧也、不康康也、○彌面支反、坼勑宅反、副孚逼反、菑音災、延文本傳大下終下道下並有也字、]

箋曰、生民詩凡言誕者八、皆歎美之詞也、次章誕彌、大其生之易也、三章三誕寘、大其神異之驗也、四章誕實匍匐、大其幼而岐嶷也、五章誕后稷之穡、大其教稼之功也、六章誕降、大其得嘉種以祭也、七章誕我祀、大其將祭之事也、胡承珙曰、此詩次章傳已訓誕爲大、而三章誕寘之隘巷、傳又云誕大、毛傳多簡、此獨連章重訓者、殆以此詩之誕、皆由詩人大其事而言、與他處爲語辭者不同、故必用爾雅誕大之訓、而重釋以見義、使人知彌月隘巷、事之瑣猥、而冠以誕者、爲其皆可美大、此古人詁訓之精意也、蓋誕本訓大、即以爲語詞、亦必言其事大而後爲此辭也、書大誥、殷小腆誕敢紀其緒、誕鄰胥伐于厥室、君奭誕無我責、多方誕作民主、舊注皆訓誕爲大、又王莽擬大誥、肆朕誕以爾東征、誕竟作大、宋張橫渠始以爲發語詞、考說文、誕、詞誕也、此謂誕爲詞之大也、誕篆與譀誇等相廁、譀下云、譀、誕也、誇下云、譀也、蓋誇誕皆詞之大者、爾雅專言其訓、說文則詳其意、毛詩第明誕爲大訓、而詩人當日大其事而有此詞、則固可以意會者耳、胡說是也、今人稱聖節曰降誕、曰誕節、人相稱曰誕日、誕辰、慶誕、皆出于此、彌厥月者、閟宮詩云、彌月不遲、則宜從傳箋、謂終十月而生、史記司馬相如傳、彌山跨谷、正義、彌滿也、漢書集注、彌滿也、傳箋訓終、終亦滿也、凡人生雖十月、而不必足、后稷則終十月之期、大戴禮云、人十月而生、則十月爲人生之期、過期者始曰大期、史記呂不韋傳、姬自匿有身、至大期時•生子政、譙周曰、人十月而生、此過二月、故曰大期、則以如其期者爲終期、爲及期矣、史記周本紀云、姜嫄踐大人跡、身動如孕者、及期而生子、正謂及十月之期而生子也、正義以及期爲終一年、讀期爲期年之期、誤矣、○先生如達者、先生•首子也、猶說文所謂今俗始生子爲鼻子也、后稷在母腹中十月、與常人無異、婦人分娩、首子較難、故言先生、后稷則先生而滑達、言不難也、釋文達他末反、注同、說文云、小羊也、沈云、毛如字、蓋毛以達爲滑達、如當讀而、左傳隱七年、及鄭伯盟、歃如忘、服注、如、而也、又莊七年經、夜中星隕如雨、注云、如、而也、莊子人間世、宅而寓于不得已、釋文、而崔本作如、皆而如通用之證、釋文引沈重云毛如字、可見毛正作達、鄭乃改讀爲羍耳、今以他詩毛傳證之、載芟驛驛其達、傳云、達、射也、正義云、苗生達也、則射而出、故以達爲射、商頌撻彼殷武、傳云、撻、疾也、釋文引韓詩撻作達、曰射、曰疾、義皆相近、說文、泰、滑也、滑、利也、生民之達、當與泰同、鄭以達爲羍之假借、故曰羊子、說文、羍、小羊也、鄭意蓋謂、凡嬰兒在母腹中、皆有皮以裹之、俗所謂胞衣也、生時其衣先破、兒體即生、是生之常、惟獸類之生、胞仍完具、墮地而後母爲破之、而羊之生最易、故言如達、今讀如爲而、則小羊之說可以不辨矣○不坼不副無菑無害者、坼副皆裂也、猶甲坼之坼、疈辜之疈、副通疈、見周禮及月令、又曲禮上、爲天子削瓜者副之注、副、析也、傳所謂橫逆人道者、謂橫生逆生於產門之中耳、人之生皆頭先出、對橫逆而言、謂之順生、偶有手先出者、謂之橫生、足先出者、謂之逆生、故曰橫逆人道也、手出足出、則有難產而死者、所謂菑害也、其坼副者、或因橫逆、或不因橫逆、而胞胎壯大、以致坼副其產門者也、晉語、大任娠文王、不變、少溲于豕牢、而得文王、不加病焉、文王在母不憂、亦周人所靈異而傳道也、顧鎭謂羊連胞而下、詩以如達爲比、坼副菑害皆主稷言、非言其母、使果如顧言、則胎胞混沌、不知爲何物、況胎兒墮地、胞衣經時不破、氣息閉塞而死、是理之易見者、傳凡人在母云云、此語當善會、謂人之生、自有此種坼副菑害其母、非謂盡人皆然也、要之坼副菑害皆從母言、古來無所謂胎胞未破之說也○以赫厥靈者、著其靈異也、此亦自後之辭也○上帝不寧、不康禋祀者、寧字安秉定義、康字安秉樂義、如上帝居歆、寧也、如神嗜飲食、康也、言我所禋祀上帝惟寧而康之、故居然姜嫄生子之易也、乃作詩者之辭、鄭箋所以易傳者、欲爲棄子張本故耳、傳意則以此章皆詩人美大后稷之生、有異於人、以見其靈異、蓋首章爲全詩總冒、其生之神靈已具此中、故次章但言其生之易、至三章始言其始棄終養之事、是知以赫厥靈云云、乃詩人美大后稷之生、而非述姜嫄欲棄之意、故傳以不寧不康與他詩言不顯不時不警不盈者同義、疏引馬融云、上章大安其祭祀、而與之子、其意正與毛同、居然生子者、居有安義、居然猶曰安然、王肅亦云無疾而生子、是也、特以是爲禋祀弗無子之應、繫之上帝寧康、尊而靈言之也、鄭以上帝爲天帝之氣、以不寧爲姜嫄心不安、一句之中、語氣隔斷、無此文理、又以居爲居處、然爲默然、亦割裂不成文義、

誕寘之隘巷。牛羊腓字之。 誕・大、寘・置、腓・辟、字・愛也、天生后稷、異之於人、欲以顯其靈也、帝不順天、是不明也、故承天意、而異之于天下、**誕寘之平林。會伐平林。** 牛羊而辟人者理也、置之平林、又爲人所收取之、**誕寘之寒冰。鳥覆翼之。** 大鳥來、一翼覆之、一翼藉之、人而收取之、又其理也、故置之於寒冰、**鳥乃去矣。后稷呱矣。** 於是知有天異、往取之矣、后稷呱呱然而泣、**實覃實訏。厥聲載路。** 覃・長、訏・大、路・大也、◯寘之豉反、隘於懈反、腓符非反、覆敷救反、呱音孤、覃徒南反、訏況于反、藉在夜反、延文本、

經牛羊作羊牛、傳同、傳誕大下寘置下並有也字、辟作避、下同、辟下有也字、于作乎、所收取之作所收取也、冰下長下訏大下並有也字、呱呱然而泣、作呱呱而泣然焉、卷子本傍注云、本作呱呱泣然也、

箋曰、三章申言后稷之屢有神異、誕猶曰靈矣、故平林寒冰亦曰誕、隘・狹也、鄭風叔于田傳、巷、里塗也、卽說文所謂巷里中道也、腓、脛後肉、凡獸之乳其

子、大抵臥而以腓撫護之、若人抱持之者然、故曰腓字之、說文、字、乳也、牛羊腓字之、蓋猶虎乳子文之類、與鳥覆翼之・相對成文、史記言馬牛過者皆辟不踐、非詩義也、○會伐平林者、會・値也、平林、林木之在平地者也、周本紀云、徙置之林中、適會山林多人、遷之而棄渠中冰上、是會伐平林、特言適値林中多人、不便棄置、非謂已爲人收取、復奪於人而棄之也、傳云爲人所收取、失之、○鳥覆翼之者、謂伏其上翼挾之也、鳥之呴雛每然、傳語非事實也、鳥有兩翼、中有身以間之、今試以左翼覆之、右翼必不能藉之、右翼覆之、左翼亦必不能藉之也、必鳥橫臥、而後能以兩翼覆藉之、是非鳥所能矣、經文三寘、是由近而遠、總之只一棄、稷之見棄、毛鄭以爲欲顯其奇異、史記以爲疑其不祥、後儒多從史記、然正義已有辨矣、夫一棄不已、而至再至三、定是欲驗其靈異、不然業已棄之、勿問其存亡可矣、又不然當牛羊腓字時、卽收育之、如䢵子之於子文可矣、何必自隘巷而平林、而寒冰、屢遷之不憚煩乎、但因禋祀生子、而墮地不啼、故怪而棄之、非眞棄之、直試之也、故牛羊腓字、會伐平林、鳥覆翼之、寘者見之也、后稷呱矣、實覃實訏、厥聲載路、寘者聞之也、寘者以所見聞告姜嫄、乃以爲神、遂收養之也、○后稷呱矣者、呱呱啼聲、然單言呱、直是啼耳、非形容之辭、以諧韻之故、不言啼而言呱、此詩之意、在后稷呱矣一句、蓋直至鳥去之後、后稷始呱、然則前此者后稷未嘗呱也、凡人之初生、無不呱呱而泣、后稷則其初生時無啼聲、迨棄諸寒冰、乃有大鳥翼覆移時、如伏卵然、稷得鳥伏氣、乃呱呱喤喤、於是收而養之、而名之曰棄、志異也、詩人歌咏其事、初不言其棄之之由、而於其卒也曰后稷呱矣、蓋沒其文於前、而著其義於後也、○實覃實訏、厥聲載路者、葛覃葛之覃兮、傳、覃、延也、言蔓延而長也、故覃有長義、訏、大也、溱洧洵訏且樂、抑訏謨定命、傳竝云訏大也、路、大也、實覃實訏、承上后稷呱矣、下卽接言厥聲載路、是知覃訏爲呱聲之長且大也、載語辭、見于詩者不一、覃長訏大而復云載大者、自言厥聲、以足上文、不嫌複也、若以爲呱聲滿于道路、則寒冰鳥集之下、原非通衢、且滿路者縱滿邪、横滿邪、以爲横滿、則雖九軌之道、凡兒之啼、皆可相聞、不必覃訏之呱、若以爲縱滿、則路之延長、不知紀極、將畫何地、以爲所滿之區限乎、古人雖無意求工於文、而體物精當、必不爲歇後半明半昧之語、倘不言后稷之呱、令路人聞之、而云充滿于道路、此非修辭者之所爲也、

誕實匍匐。克岐克嶷。以就口食。 岐、知意也、嶷、識也、 **蓺之荏菽。荏菽旆旆。禾役穟穟。麻麥幪幪。瓜瓞唪唪。** 荏菽、戎菽也、旆旆然長大也、役、列也、穟穟、苗好美也、幪幪然茂盛也、瓜瓞唪唪然多實也○岐其宜反、嶷魚極反、荏而甚反、旆蒲貝反、幪莫孔反、瓞田節反、唪布孔反、知音智

摺本傳長下無大字、延文本傳茂下無盛字、卷子本傍注亦云本無、摺本傳無瓜瓞二字、

箋曰、四章言后稷之天性於穡、而其穉齒所殖、卽異常人之能焉、匍匐、手足並行也、鄭箋云、能匍匐則岐岐然有所知也、其貌嶷嶷然有所識別也、爾雅

釋宮、二達謂之岐、釋名釋道路、二達曰岐旁、物兩爲岐、在邊曰旁、此道並通出、似之也、文選笙賦、光岐儼其借列、注、岐·衆管也、以其分別故謂之岐、據此則物兩爲岐、以其分別故謂之岐、克岐者、能分別物也、故曰知意、知意之知去聲、知意猶云智慧、鄭云、岐岐然意有所知也、此讀知如字、失毛旨、三國志、鄧哀王生五六歲、智意所及、有若成人之智、諸葛武侯集、先主遺詔後主、歷觀諸子及六韜商君書、益人意智、皆同、疑史記五帝紀、其德嶷嶷、索隱、嶷嶷高也、嶷从山、故有高義、華嚴經音義上、引字指嶷蔚山峯貌、是也、嶷有高義、人之見識不可卑陋、必以高超者爲尙、克嶷者、能高其識見、故曰嶷也、後漢書桓彬傳、蔡邕等僉以爲、彬有過人者、夙智早成岐嶷也、魏志明帝紀注、帝生四歲而有岐嶷之姿、劉放傳注、太原孫資幼而岐嶷、講業大學、博覽傳記、吳志孫和傳注、和少岐嶷有智意、皆聰穎特達之意、非謂形狀峻茂也、至蔡邕橋太尉碑、岐嶷而超等、總角而軼羣、左思吳都賦、岐嶷繼作、老成弈世、則但以爲幼稚之通稱耳、以就口食者、就·成也、爾雅釋詁、就、成也、書大傳、胥與就膳徹、注、就、成也、公羊昭二十五年傳、餕饔未就、注、未就·未成也、呂覽貴當、所以就大務也、注、就·成也、食·穀也、周禮饎人、共王及后之六食、注、六食、六穀之飯、漢書食貨志上、食、謂農殖嘉穀可食之物、就訓成、卽下文所謂蓺也、口食卽下文所謂荏菽禾役麻麥瓜瓞是也、皆所以悅人之口、故謂之口食、言大哉后稷、實匍匐時、其知識已不凡、卽善種植以成就人之口食、蓋粒食天下之智、已胚胎於此、蓺之以下、固是種殖有道、然却無心而化工呈、或曰口食、口能咀嚼也、猶言喫飯也、謂去乳哺趣穀食也、此說似可通、然意不與上下緊接、○蓺之荏菽、荏菽旆旆者、蓺、樹也、蓺之二字、貫下五句、所謂順裝也、邠風七月在野四句、是倒裝、鄭箋、戎菽大豆也、大豆卽名菽、小豆別名荅、見於廣雅、凡經典單稱菽、多指大豆而言、爾雅釋詁、戎王皆訓大、荏卽王也、是戎荏皆大義、故戎叔荏菽可通稱耳、郭注爾雅云、卽胡豆、胡亦大也、義與戎荏正同、今惟黃豆最大、戎叔蓋今之黃豆、崔應榴謂、石勒時始改稱黃豆、蓋避戎胡之名耳、旆旆、枝葉揚也、猶旟旐旆旆、以下五句受口食言之、史記棄爲兒時、其遊戲好種樹麻菽、麻菽美、是也、○禾役穟穟者、禾、指稻黍稷言、豳詩言禾麻菽麥、孔謂、麻與菽麥則無禾稱、故於麻菽麥之上更言禾字、以總諸禾、是也、役之義與服近、禹貢三百里納秸服、孔傳、秸、稾也、服、稾役、孔解服與役同義、言服爲稾之役也、是禾稾稱役之證矣、呂氏春秋、得時之麥、服薄穛而赤色、穛爲禾皮、而謂之服、是又服爲稾役之一證矣、凡附於外者謂之服、如王城在中、五服皆附於外、戍邊謂之役、亦衞外之義、苗長生稾、則衞稾外、而附於稾者、遂謂之服、亦謂之役、蓋稾之衣也、說文、稃、穭也、穭卽穀皮、服與稃雙聲而義同、役卽服、皆皮也、稾役謂之役、苗役亦謂之役、凡苗實之外皆役也、故傳以列釋之、列者梨之省借、說文、梨、黍穰也、又曰、穰、黍梨已治者、是梨雖黍穰之專稱、說文云、秧禾若秧穰也、禾旣稱穰、當亦可稱梨、然則役列之列、爲梨之假借審矣、正義謂、役言其行相當、因禾文單、故以役配之、景差大招、淸馨凍歓、不歠役只、言雖不及飮、而皆陳列於前也、是可以證正義之說、又役之言衞、說文、衞从韋市行、行列也、則列正與役義通、然經上下句法皆一例、此不容獨異、傳云穟穟苗好美者、生者曰苗、秀者曰禾、別言也、渾言則苗亦得稱禾、○麻麥幪幪、瓜瓞唪唪者、幪幪、茂盛覆地也、唪唪、說文兩引作菶菶、蓋本从艸、作唪者假借字、瓜瓞大小蔓生、甘則可啖、故唪唪以實言之、通俗文、草盛曰菶、瓜盛與草盛同義、故亦曰菶菶、此章但言后稷幼時、性好種殖、故總舉諸穀、如五穀之外、尙言瓜瓞、總見其無一不善種殖、下五章六章曰黃茂、曰嘉種、乃專言黍禾、則其爲農官時事、以黃茂爲民食之主、秬秠等爲祀神之需、故別而詳言之耳、

誕后稷之穡。有相之道。相助也、**茀厥豐草。種之黃茂。實方實苞。實種實褎。實發實秀。實堅實好。實穎實栗。即有邰家室。**茀、治也、黃、嘉穀也、茂、美也、方、極畝也、苞、本也、種、雜種也、褎、長也、發、盡發也、不榮而實曰秀、穎、垂穎也、栗、其實栗栗然、邰、姜嫄之國也、堯見天因邰而生后稷、故國后稷於邰、命使事天、以顯神、順天命耳、○相息亮反、茀音弗、褎徐秀反、穎營井反、邰他來反、延文本傳栗栗然下有也字、姜嫄下無之字、國后稷作封后稷、傳耳字、卷子本傍法云本作爾、

箋曰、后稷、農官名、提出后稷、已爲后稷之官矣、自此章以下、由明農、入得國、由得國、入肇祀、蓋周家一代國統祭統、明備于斯、此周禮之本也、自浸種以至收成、無非盡人力以相助之、而但曰穡者、要其成而言之耳、有相之道、言盡人力之助也、是贊化育之意、蓋洪荒之亂、懷襄昏墊、民唯鮮食、則播穀之

事、亦幾不識矣、況湯湯之後、土穀異宜、較前俱變、非后稷辨土宜・察物性、則耕作亦無所施其力、故特舉而歸后稷、曰后稷之穡、是將天時地利陰陽燥濕剛柔後先諸務、重爲創闢一番、故又曰有相之道、如鄭箋云若神助之力、則是后稷反藉天幸以成事矣、觀下接言茀厥豐草、種之黃茂、而自方苞以至穎栗、統以實字冠之、蓋皆實有其道焉、趙過曰、后稷始甽田、則甽壟之法、自稷始也、晉董氏曰、辰以成善、后稷是相、則農時之節、自稷始也、呂覽任地篇、備言凡耕之大方、力者欲柔、柔者欲力、息者欲勞、勞者欲息、棘者欲肥、肥者欲棘、急者欲緩、緩者欲急、溼者欲燥、燥者欲溼、上田棄畝、下田棄甽、五耕五耨、必審以盡其深殖之度、陰土必得大草不生、又無螟蜮、今茲美禾、來茲美麥、則調度措置之得宜、亦無有過於稷者也、皆所謂有相之道也、○茀厥豐草、種之黃茂、爾雅、弗治也、治謂除治之、茀卽弗也、草不除則禾不立、故茀草爲第一義、種之黃茂者之、是也、指穡、如黍稷稻粱、實多黃美、墨子明畏篇、擇五穀之芳黃、以爲酒醴粢盛、是五穀通可謂之黃、傳但言嘉穀、本泛指五穀言、正義專指黍稷、失之、種之黃茂是提綱、下五句是種之自始至終也、數實字、便有道在、凡浸灌耘耔防護諸法、無一不具、○實方實苞、鄭箋、方、齊等也、周髀算經、圓出於方、注、方、周匝也、與傳義近、淮南氾論、乃爲窬木方版、注、方、竝也、與箋義近、正義謂傳據地滿、箋據苗均、箋與傳同、是也、傳云極畝者、卽甫田之長畝、漢志之長終畝、是也、朱傳以方爲房、與大田既方同、然大田方阜、與堅好文連、是成熟時、故以方爲孚甲始生、此方苞在種褎前、是苗初生時、則不得以此方爲房矣、苞之言包也、謂穀始生苗、苞而未舒也、禹貢草木漸包、馬注、包相包裹也、今俗謂之結包、是也、方爲穀始吐芽、苞則漸含包矣、傳云苞本者、木下爲本、苗之下未吐包時、亦爲本也、傳於下泉斯干常武長發及此詩、均以苞爲本、蓋叢生豐緻・根相連錯之謂、爾雅釋詁、苞、豐也、釋言、苞、稹也、孫注、物叢生曰苞、齊人名曰稹、是箋訓苞爲茂、與傳訓本義亦相成、正義以爲異義、非也、○實種、傳釋文本作雜種、正義本作雍腫、二本不同、而陸本爲長、漢書食貨志、種穀必雜五種、注、種卽五穀、謂黍稷麻麥豆也、傳以種爲雜種、蓋謂五穀皆種、鄭箋、種、生不雜也、鄭意以爲、種雖五穀皆種而生則釐然不雜、正以申成毛義、非有異也、種不雜而謂之曰種者、史記齊悼惠王世家、深耕概種、立苗欲疏、非其種者、鋤而去之、蓋非種者去、則生自不雜矣、故曰種也、至大田既種、鄭云、相地之宜而擇其種、是擇其與土性相宜、不僅欲其不雜也、此詩實種、鄭以爲苗生之不雜、是止言不雜於稂莠、不兼地宜之意、實褎者、褎讀如漢書褎然舉首之褎、禾始成穗而盛也、謂穗之盛也、褎者甫成穗、華實皆在其後也、傳、褎、長也、當讀長短之長、正義訓爲生長、失之、○實發實秀者、呂覽辨土篇曰、厚土則孽不通、薄土則蹯而不發、淮南主術、是故草木之發若烝氣、注、訓發爲生、是也、盡發者、盡發生也、言禾之枝葉無不發生也、文選七命、方疏含秀、注、秀謂華也、素問四氣調神大論、此謂蕃秀、注、秀華也、何休注公羊云、苗者禾也、生曰苗、秀曰禾、春秋說題辭、粟生爲苗、秀爲禾、論語子罕、苗而不秀者有矣夫、秀而不實者有矣夫、月令、秀草不實、據此則秀與生對、亦與實對、其爲禾之華可知、出車曰黍稷方華、百穀無有不華者也、不榮而實、雖出爾雅、未敢深信、○實堅實好者、堅、謂莖堅、

毛詩會箋　大雅　生民　九

呂覽審時篇、得時之稼、與失時之稼、約莖相若、稼之得時者重、重卽莖堅之故也、好謂均好、大田詩、旣堅旣好、箋云、盡齊好矣、是也、呂覽辨土篇、其施土也均、均則其生也必堅、高注、堅・好也、堅與好義近、對文則異、呂覽任地篇、子能使稾數節而莖堅乎、子能使穗大而堅均乎、高注、詩曰、實發實秀實堅實好、此之謂也、正以、稾數節爲發、穗大爲秀、莖堅爲堅、堅均爲好、故引詩以證之耳、○實穎實栗、說文、穎・禾末也、漢書禮樂志、含秀垂穎、文選西都賦、五穀垂穎、思玄賦、發昔夢於木禾、旣垂穎而顧本、應貞詩、嘉禾垂穎、蔡邕篆勢、頹若黍稷之垂穎、以上言穎必言垂者、以穎是成熟之穗、與實種實褎未華之穗、固有不同者矣、穎、穗也、成熟之穗、未有不垂者、故曰垂穎、栗其實成就、故栗栗然也、爾雅、栗栗衆也、郭璞云、積聚緻、此言於垂穎後者、蓋在穗繁多緻密、栗栗然不秕、是爲豐熟、呂覽辨土篇云、以地竊之、苗相竊、草竊之、爲三盜、去此三盜者、而後粟可多、又云、不俱生而俱死、虛稼先死、衆盜乃竊、望之似有餘、就之則虛、高注、虛・不穎不栗、詩云、實穎實栗、彼以不穎不栗爲虛、則知詩以實穎實栗爲成實矣、此經方苞至穎栗十者、由含包而抽穗・而揚華・而結實・而成熟、皆言禾生之次第、而人工之善、祇於言外見之、乃知俱自稷指授來、旣識禾之形味、又識禾之性情、遂爲後人粒食之源、此大聖人開天作用、○卽有部家室者、家室詩之辭也、自此后稷以有部爲已居、故云、卽者、至其地而安焉、易所謂旅卽次也、稷雖封于部、而教民稼穡、勞瘁隴畝、不暇就其封邑、至教之旣成、穡之有收如此、然後始得至部・而安于其家室也、孟子曰、禹稷三過其門而不入、卽此詩見稷之勞不在禹下矣、蓋稷以穡事登用、佐禹有功、於是始封於邰、此在於虞舜之世矣、稷是始封、何即母家之有、且姜嫄何功德、而帝命使稷主其祀也、此皆無稽之說矣、詩曰以歸肇祀、曰誕我祀如何、曰后稷肇祀、皆始得有國、而備禮者之辭也、謂爲改封、豈其然乎、水經注、渭水東逕斄縣故城南、舊邰城也、城東北有姜嫄祠、城西南百步有稷祠、郿之斄亭也、一統志、在陝西乾州武功縣西南、左傳魏駘芮岐畢、杜預謂后稷受此五國、駘即邰也、毛爲堯封棄於邰、又以姜嫄爲有邰氏之女、謬矣、大姜之爲有邰氏女、亦見列女傳、然周語伶州鳩言、武王伐殷、歲在天黿、我皇妣大姜之姪、伯陵之後、逢公之所馮神、是大姜乃有逢氏女、非有邰氏女也、左傳昭二十年、晏子言、有逢伯陵居爽鳩氏之墟、以及大公居之、是大姜之國在瑯邪、而非有邰也、又傳有命使事天等語、蓋豫探下三章、而爲之說也、至鄭氏云天子祭天、與二王之後得祀天、皆三代以後事、不得執以衡上古、

誕降嘉種。維秬維秠。維穈維芑。天降嘉種、秬黑黍也、秠一稃二米也、穈赤苗也、芑白苗也、

恒之秬秠。是穫是畝。恒之穈芑。是任是負。以歸肇祀。恒徧、肇始也、始歸郊祀也、○秬音巨、秠孚鄙反、穈音門、芑音起、恒古鄧反、穫戶郭反、任音壬、肇音兆、稃芳于反、延文本傳種下徧下有也字、郊祀也作郊祀焉、

箋曰、此章言郊祀所由而始也、降猶言天賜也、此所謂誕降嘉種、正閟宮所謂是生后稷・降之百福、黍稷重穋・稙穉菽麥、是也、秬秠穈芑、自有天地便有此種、但雜於草木、莫之能識、稷能得其性情、別其土宜、教民種殖、若是天自上而降下者然、上章言有相之道、則已教民播種矣、此特舉穀之嘉者、以此句起、正以鄭重肇祀耳、○維秬維秠者、降種其名不一、此獨以秬秠穈芑言者、秬秠可以釀酒醴、穈芑可以供粢盛、自其種之嘉、而所以供祭祀者言之也、傳秬黑黍以下、皆釋草文、李巡曰、黑黍一名秬、郭璞曰、秠亦黑黍、但中米異耳、夫秠之米既與秬異、是二種矣、則秬是黑黍之大名、秠是黑黍之中有二米者、別名之爲秬、故此經異其文、而爾雅釋之、若然、秬秠皆黑黍矣、而爾雅秬不明稃米、秠不言黑黍、乃互文見義、毛全用雅訓、明是以秬爲黑黍、秠爲黑黍之二米者、不得溷爲一等、而經文鄭鄭重重・下四個維字、其爲四穀無疑、稃卽皮也、○維穈維芑、陳啓源曰、秬秠・黍類也、穈芑・粱類也、宋沈括筆談、及蘇頌圖經、皆以爲赤黍白黍、此誤也、彼徒見詩穈字與說文虋字字畫相近、又見陶隱居別錄有丹黍米、彊以爾雅赤苗之虋當之、故有是說也、不知說文穈字、下从黍、靡爲切、詩穈字爾雅說文皆作虋、莫奔切、音形俱別、截然兩字、穈字从黍、訓爲穄、卽稷也、玉篇云、穄穈似黍不黏、與从禾之穈何涉哉、胡承珙曰、穈說文作虋、此當以說文爲正、說文、虋・赤苗嘉穀也、芑、白苗嘉穀也、又璊下璊下皆云、禾之赤苗爲虋、蓋生曰禾、秀曰苗、其實曰粟、粟之人曰米、米曰粱、此卽南人所謂粟米、北人所謂小米者、詩正義以穈芑爲稷、本草圖經以爲赤黍白黍、皆誤、程氏九穀考云、禾之赤苗者、初生一二葉、純赤色、三四葉後、赤與青相間、七八葉後、則純青矣、白苗者、卽青苗也、初生時色微白、故通呼白苗、以別於細苗、郭注爾雅曰、赤粱粟、白粱粟、是不知赤白在苗而不在粟、彼粟之赤白者、苗又或不赤白也、○恒之秬秠者、謂偏種之也、之、是也、釋文云、恒本又作亙、顏氏家訓書證篇曰、彌亙字從二間舟、詩云亙之秬秠、是也、今之隸書、轉舟爲日、說文、栖、竟也、从木恆聲、亙古文栖、亙卽亙字、六朝本蓋皆作亙、今詩作恒者、栖之省借、猶天保詩如月之恒、亦假借爲緪也、考工記、弓人恒角而短、鄭注、恆讀爲栖、栖、竟也、竟謂樹于此而達于彼、毛傳訓恒爲徧、義正相成、○是穫是畝者、穫而棲之於畝也、是任是負者、玄鳥傳、何、任也、任與何同義、任、肩任也、負、背負也、秬秠言穫畝、穈芑言任負、互文耳、○以歸肇祀、歸者歸于有部也、卽上章所謂卽有部家室者、肇祀者、稷稷四種穀、乃始周祭祀焉、所以光榮天賜、則所祀之神、必是天帝矣、是周人郊天之萌芽、故謂稷之祀爲肇祀也、言郊祀始于此云爾、故卒章亦云后稷肇祀、以迄于今也、非受國始祀之謂、夫祭祀上古有之、然明水大羹、薦血捭豚而已、至是而秬秠穈芑、以供酒醴粢盛之用、而牲殺則加燔炙、禮於是大備、且內外神之祭亦於是設、總由后稷之稼穡始、故誕降爲肇祀言、不主教民說、此章肇祀、與末章后稷肇祀爲祀上帝、文正相應、末章之肇、禮表記引詩作兆、兆亦有始義、孟子萬章下、爲之兆也、注、兆、始也、左傳哀元年、而兆其謀、注、兆、始也、是也、故鄭讀此肇爲兆、五帝於四郊之兆、兆四郊之祭處也、鄭據周禮孟春南郊祈穀祭感生帝、以后稷配爲說、然孟春南郊祈穀、此周人配祀后稷、與后稷自祀者不同、不得援以釋此詩、周頌思文云、詒我來牟、帝命率育、臣工云、於皇來牟、將受厥明、皆足與此篇誕降嘉種互證、故說文、以秬秠爲天賜后稷之嘉穀、以來牟爲周所受瑞麥、此在當時必實有其事、所以后稷郊事天神、禮以義起、非如周禮既定之後、斤斤於諸侯之必不得事天也、

誕我祀如何。或舂或揄。或簸或蹂。釋之叟叟。烝之浮浮。揄、抒臼也、或簸糠者、或蹂黍者、釋、淅米也、叟叟、聲也、浮浮、氣也、**載謀載惟。取蕭祭脂。取羝以軷。載燔載烈。**嘗之日、涖卜來歲之芟、獮之日、涖卜來歲之戒、社之日、涖卜來歲之稼、所以興來而繼往也、穀熟而謀、陳祭而卜矣、取蕭合黍稷、臭達牆屋、既奠而後爇蕭、合馨香也、羝羊、牡羊也、軷、道祭也、傳火曰燔、貫之加于火曰烈、**以興嗣歲。**興來歲繼往歲也、○舂傷容反、揄以朱反、簸波我反、蹂音柔、叟所留反、烝之丞反、羝都禮反、軷蒲末反、燔音煩、抒食汝反、淅星歷反、涖音利、芟所銜反、獮息淺反、延文本・傳臭下有陽字、羝下無羊字、卷子本亦傍注云本無、延文本・傳來歲下有而字

箋曰、七章取蕭一句言廟祭、取羝二句言郊祀、諸項祀事非有故典可據、思慕之誠迫、而生其委曲、所謂意至則法成爾、我、我后稷也、○或舂或揄、說文、舂、擣粟也、蒼頡篇云、抒、取出也、舂擣米於臼、而揄自臼取出、故箋曰舂而抒出之、○或簸、簸者、簸揚去糠也、糠、穀之皮也、穀既舂後、皮米離脫、則揚去其

皮、而米自在箕下也、說文云、箕、簸也、簸揚米去糠也、或蹂、蹂字從足、故毛謂蹂踐其黍、一切經音義、引蒼頡蹂踐也、又引通俗文踐穀曰蹂、蹂、與傳義同、蹂以脫其穗也、孫毓謂、當先蹂乃得舂、不得先舂後蹂也、不知毛於此句傳、獨著兩者字、言簸蹂各有其人、不得以事之次爲難也、傳蹂黍、當从定本作蹂米、米與糠相對成文、鄭箋云、蹂之言潤也、簸之又潤溼之、將復舂之趣於鑿、鄭義以蹂者柔之借也、周語、以生柔嘉材者也、注、柔、潤也、淮南說山、厲利劍者、必以柔砥、注、柔、濡也、柔本有潤濡義、○釋之叟叟者、說文、釋、漬米也、从米睪聲、字本从米、與从釆之字不同、唐石經訛作釋、今諸本皆作釋矣、傳云淅米者、說文、淅、汰米也、孟子趙注、淅、漬也、士喪禮、祝淅米于堂、注、淅、汰也、凡米必先漬之、而後汰之、是謂之淅、亦謂之釋、俗謂之淘、淘卽汰之轉耳、則漬米與汰米、亦散文則通、釋文、叟本又作溲、叟卽溲之省、溲之爲言滫也、滫、米泔也、內則注云、秦人溲曰滫、然則米泔水謂之滫、淅米聲謂之溲、二字聲轉亦義近、○烝之浮浮者、說文、烝、火气上行也、烰、烝也、引詩作烝之烰烰、烰本字、浮假借字、淅米則有聲、烝飯則有氣、釋之烝之、以爲酒及簠簋之實也、○載謀載惟者、惟、思念於祭事之宜也、傳嘗之日以下三語、周禮肆師文、傳引之、卽繼之曰、所以興來而繼往也、蓋已預透以興嗣歲之義、又繼之曰、穀熟而謀、陳祭而卜矣、此足涖卜之意、非載謀載惟正解、然謀惟意卽在其中、言當穀熟時、已謀度祭祀之禮、及陳祭時、又預卜來歲之善否、后稷之功、莫大於播穀、后稷之祭、莫重於祈穀、故此章雖言祀事、而終之以興嗣之文、可見謀惟祀事、正爲興嗣而然、○取蕭祭脂、蕭者、蒿之香者也、脂、祭牲之膋也、膋者牛腸脂也、取香蒿及膋、雜燒之以祭、故云取蕭祭脂、蕭言取、脂言祭、互文也、傳云、蕭合黍稷、臭達牆屋、既奠而後爇蕭合馨香、皆郊特牲文、云蕭合黍稷、釋取蕭二字、云臭達牆屋、兼釋祭脂二字、禮記言黍稷不言脂、詩言脂不言黍稷、互文錯見也、云既奠而後爇蕭合馨香者、蕭也脂也黍稷也、三者合馨香、皀鷺傳、馨、香之遠聞也、此薦孰時也、取蕭祭脂句、當指宗廟之祭、蓋詩末三章本主郊祀、而此章爲承上起下、故因報祭・兼及廟祭一語耳、豐年良耜皆秋冬報祭之詩、而竝有烝畀祖妣之文、此其義證也、祭行神・不聞有蕭脂之燒、傳引郊特牲、蓋以取蕭祭脂、爲祭宗廟之禮、正義合傳箋爲一、失之、〇取羝以軷者、郊之位在國門外、須祭軷而行、自此而往郊、祈報於上帝、以興嗣歲、正言往郊之意也、下章豆登香升、斯爲正祭時矣、漢書蘇武傳、匈奴使武牧羝、羝乳乃得歸、顏注、羝不當產乳、故設此言、示絕其事、此即羝爲牡之證、祭不用牝也、軷即犯軷、夏官大馭、掌馭玉路以祀、及犯軷、王自左馭、馭下祝、登受轡、犯軷、遂驅之、說文軷字注云、出將有事於道、必先告其神、立壇四通、樹茅以依神爲軷、既祭軷、轢於牲而行爲犯軷、軷一名祖、聘禮記、出祖釋軷、是也、一名道、曾子問道而出、是也、若祭軷畢而飲酒曰餞、送行者之禮、與此道祭無涉也、古者軷祭有二、一爲出行之軷、此詩軷是也、一是冬祭行神、月令五祀、冬祭行、鄭注引中霤禮曰、行在廟門外之西、爲軷壤厚二寸、廣五尺、輪四尺、北面設主於軷上、是也、陳長發以爲一者誤矣、祭軷必轢牲、詩言取羝、則所轢之牲乃羊耳、秋官犬人、凡祭祀共犬牲、伏瘞亦如之、鄭注、謂伏犬於軷上、故聘禮注謂犬羊竝可用之、正義云、天子用犬、諸侯用羊、肊說無據、◯載燔者、燔柴以祭天也、載烈者、卽以燔柴言、孟子、益烈山澤而焚之之烈、說文、烈・火猛也、如謂炙肉則宜曰載炙、后稷之時、典禮未備、后稷燔燎以義起、非僭禮以祀天也、周公尊祖、始以爲天子之禮耳、◯以興嗣歲者、謂興起來歲之豐年、所謂祈來年也、云嗣歲者、取其繼續不絕也、上章以歸肇祀、卽承四穀俱穫之後、此章傳引肆師、三言來歲、皆謂於今年之秋、涖卜來年之事、則經曰嗣歲、傳曰來歲者、自當指明年而言、蓋祈年不必在歲首、月令、孟冬卽有祈來年于天宗事、古人穀熟而報祭、因遂更祈來歲之豐、理亦宜之、如毛意歲字分屬興字嗣字、分興嗣爲兩層、如鄭意、歲字專屬嗣字一層、鄭義爲是、毛又於上文引周禮嘗之日數語、謂所以興來而繼往、其意卽謂本句、然此言后稷事天之祀、不應雜及嘗獮社等祀、鄭則據祈穀之郊在正月、故以嗣歲爲今歲、然正月祈穀、自是周禮、或未可以概后稷之時也、且以來歲爲此年之秋、則經典未聞稱本年爲來歲者、如以今歲稱嗣歲、何異以己身而稱嗣子耶、

卬盛于豆。于豆于登。其香始升。上帝居歆。胡臭亶時。

卬・我也、木曰豆、瓦曰登、豆・薦葅醢也、登・大羹也、

后稷肇祀。庶無罪悔。以迄于今。

迄・至也、◯卬五郎反、亶都旦反、迄許乙反、

毛詩會箋

箋曰、卒章正言后稷祈報之祭也、卬者、詩人代爲當時后稷自稱之辭、詩體宜如是也、非作詩之人謂我后稷也、朱傳謂此章言其尊祖配天之祭、殊不知此章之謂卬、猶上章之謂我、中間雖隔以興嗣歲一句、而卬盛于豆、直接上章、略無別起之文、聯遞說下、安得以上章爲唐虞時事、此章爲周人之事耶、且自言胡臭亶時、語氣亦不相似也、豆者、說文云、古食肉器也、梓人云、食一豆肉、中人之食也、是豆爲肉器、登字說文本作𧯠、从肉、从豆、从𠬞、𠬞、兩手也、从二手持肉在豆上也、隸作登、从肉、从豆、从又、又一手也、从手持肉在豆上、與登升字從癶从豆絕異、禮圖云、豆、口圓徑尺、黑漆飾、朱中、其足名鐙、中央直豎者名校、校徑二寸、崇尺、實四升、用薦葅醢、夏后楬豆、殷玉豆、周獻豆、楬無異物之飾、玉以飾其豆口、獻又疏刻之、祭統夫人薦豆、執校、執醴授之執鐙、注、校、豆中央直者也、鐙豆下跗也、蓋豆鐙制相似、豆下之跗名鐙、則登必有足、豆以木、登以瓦爲別耳、考工記旊人掌爲瓦器、豆中縣、注、縣繩正豆之柄、是瓦亦名豆、對文則異也、天官醢人、朝事之豆、饋食之豆、加豆之實、皆有葅有醢、公食大夫禮、大羹湆不和、實于登、湆者肉汁也、大古之羹不調以鹽菜、以質故以瓦器盛之、是大羹爲登實也、然孟子曰一豆羹、則豆亦盛羹也、坊記曰觴酒豆肉、則豆亦盛肉也、唐虞之世、未必盡如周禮醢人之所掌耳、○上帝居歆者、居、安也、歆、享也、周語王歆大牢、同、胡臭亶時、此句承上文、述豆登所薦芬芳之美也、言何以其馨香實得其時至此乎、贊辭也、臭卽上句之所謂香也、上帝居歆、卽歆其臭也、胡、何也、亶、誠也、時、言得其時也、士冠禮、嘉薦亶時、○后稷肇祀、庶無罪悔、以迄于今者、后稷肇祀、繳六章肇祀而言、並郊祀之事矣、庶·庶幾也、獲戾于天曰罪、己心自恨曰悔、因得罪而後悔也、此三句周王萬世之彝訓也、后稷受國肇祀、特冀無罪悔而已、由后稷而公劉、公劉之心無以異於后稷也、由公劉而大王、大王之心無以異於公劉也、由大王而文武、文武之心又無以異於大王也、今至於後王之時、而此心之敬畏·猶前日也、則上帝之饗之也·豈徒以其物哉、正以周人之用心·同一敬畏之相傳也、表記、子曰、后稷之祀易富也、其辭恭、其欲儉、其祿及子孫、夫庶無罪悔、恭儉之至也、以是貽子孫、而後祿至於配天、庶者不敢定之辭、后稷以農事開基、其後世世積善累功、以至有天下、而其言不過曰庶無罪悔而已、故黍稷非馨、明德惟馨、猶是文言之、此則其本也、陳啓源曰、生民詩八章、架構至爲精密、首章推原后稷生於姜嫄、是一篇之綱領、末二句載生載育時維后稷、則已爲下七章立案、次章言后稷之生不坼副無菑害、此載生之事也、三四章言稷之始而見棄、繼而見收、以及稍長有知識好種植、此載育之事也、五六七八章言其爲稷官而教稼、封有邰而肇祀、烝民乃粒、上帝居歆、爲周室開基之太祖、所謂時維后稷也、況此七章文義、俱首尾相銜、連環而下、章法極其工矣、且起句言厥初、由今而溯之初也、結句言迄今、由初而推之今也、一起一結、遙相呼應、此最有格律之作、學長篇詩者、宜熟玩之、

生民八章四章章十句四章章八句

箋曰、朱傳云、舊說第三章八句、第四章十句、今案、第三章當爲十句、第四章當爲八句、則去呱訏路音韻諧協、呱聲載路文勢通貫、而此詩八章皆以十句八句相間爲次、又

二章以後、七章以前、每章章之首皆有誕字、朱子所云至當不易、今從之、

行葦。忠厚也。 箋曰、此王以族燕之詩也、忠者出於實心、厚者親愛無已、忠厚二字無所不貫、今專以燕族言之者、周道親親、故語忠厚者、亦莫大乎親親、 **周家忠厚。仁及草木。** 箋曰、忠厚周家法也、其仁及草木、示首章之義也、 **故能內睦九族。外尊事黃耉。養老乞言。以成其福祿焉。** 箋曰、胡承珙謂漢人多以行葦爲公劉之詩、然求之經文、竝無專屬公劉之意、故序但言周家忠厚、則所包者廣、傳既以曾孫爲成王曾孫者、統承先世之詞、必不以行葦勿踐專指公劉可知、鄭箋三言周之先王、亦卽序追溯周家之義、又曰、此詩章首卽言戚戚兄弟、自是王與族燕之禮、與凡燕羣臣國賓者不同、然所言獻酢之儀、殽饌之物、音樂之事、皆與儀禮燕禮有合、則其因燕而射、亦如燕禮所云若射則大射正爲司射、是也、至末言以祈黃耉、則又如文王世子所謂公與父兄齒者、此其與凡燕有別者也、然則此詩祗是族燕一事、而射與養老連類及之、序以睦族爲內、養老爲外、蓋由養九族之老、而推廣言之、以見周家忠厚之至耳、序文因詩推及言外者、每多如此、疏謂族是近親、黃耉則及他姓、故言內外以別之、非是、箋以敦弓既堅以下、爲將養老而射以擇士、曾孫維主以下、爲養老而成其福祿、則與前章族燕、截分二事、其實經文飲燕序射、以次相承、

絶非判而爲二、箋義似失經旨、至集傳以爲祭畢而燕射以爲樂、則三禮無文、尤不足據矣、胡説是也、文王世子載公與族食之禮、又有公與族燕之禮、蓋王有嘉禮、或王族慶賀、自宜獨燕、而異姓不同爾、若云祭畢之燕、集傳只因曾孫惟主一語耳、然古者適孫則曰曾孫、稱曾孫、不必皆在宗廟、甫田大田祭者、方社田社、而曰曾孫、武成告天地山川、亦曰曾孫、蒯聵自稱曾孫、以告三祖、乃是戰時、貍首之詩曾孫侯氏、亦不必爲祭言、此燕族人、故畧卑尊、而修親厚、用曾孫爲稱、見祖之適孫、與同祖之人燕於此、體祖宗之心以爲心也、陸佃曰、周官、王燕、膳夫爲獻主、臣莫敢與君抗禮、今此曾孫維主、所以尊事黃耇、所以爲厚也、得之、○延文本睦下有於字、

敦彼行葦。牛羊勿踐履。方苞方體。維葉泥泥。敦、聚貌、行、道也、葉初生泥泥然、○敦徒端反、牛羊延文本作羊牛、卷子本亦傍書云本作羊牛、延文本傳貌下有也字、傳葉字卷子本傍注云本作葦、傳泥泥下、搢本無然字、

箋曰、首章先提忠厚之及草木焉、周禮以葦好叢生、而謂之叢物、故傳以敦爲聚貌、讀如團聚之團、敦團聲本相近、敦彼爲形容之詞、猶依彼鬱彼之比、故箋以敦敦然釋之、敦敦猶團團也、行、道也、古者路在井間、旁近溝洫、多生蘆葦、故以爲言、初生之葦、不能禁牛羊之蹈藉、故曰勿踐履、勿、禁止之也、以戒牧者、○方苞方體、苞以根之叢生而盤結言、朱傳云、苞甲而未坼也、夫葦根株連茹而筍生、豈可以甲坼解哉、體當讀如無以下體之體、谷風傳、下體・

根莖也、彼文有下字、故言根、此專言體、謂其莖也、方體、抽莖也、葦之有莖、正如人之有體、體形通訓、故鄭以爲成形耳、維葉泥泥、釋文引張揖作苨苨、云、草盛也、鄭云草物方盛茂、亦似以泥泥爲盛貌、然經文方苞方體、卽方長不折之方、皆指初生、不主言盛、故傳但以泥泥爲初生、後漢書章帝元和三年、勑侍御史司空曰、方春、所過無得有所伐殺、引詩敦彼行葦牛羊勿踐履、亦謂草木初生時也、草木多矣、獨取葦者、蓋葦族生、有族屬之意、行葦則在道路間、尙禁傷折、以成其材、又以見途人皆吾與、而況戚戚兄弟乎、以此起下文、意尤加切、

戚戚兄弟。莫遠具爾。或肆之筵。或授之几。戚戚、內相親也、肆陳也、或陳設筵者、或授几者、

箋曰、二章言九族之初筵、天親之愛、莫可名狀、詩人只以戚戚二字盡之、戚戚兄弟、猶哀哀父母、讀曹氏相煎大急之句、覺戚戚二字恩情無限、周家之燕樂兄弟、先有此至情爲之本、而全詩之隆文由之出、所以爲忠厚也、莫遠具爾者、莫、無也、是述今日相會之事也、非禁止之意、具者俱之省、爾者邇之省、皆用古文也、儀禮周禮、邇並作爾、莫遠具爾、與不遠伊邇句法一例、傳、戚戚內相親也、深體詩旨、蓋下面以燕以射、俱是外面相親、須本之自內、則一段至性、從天倫流出、誠意惟恐不周、恩誼惟恐不至、略不參一毫勉强、正義所謂親親起於心內也、○或肆之筵、或授之几者、公食大夫記、司宮具几與

蒲筵常、緇布純、加萑席尋、玄帛純、鄭注、丈六尺曰常、半常曰尋、必長筵者、以有左右饌也、是筵大於加席矣、周禮司几筵注云、筵亦席也、鋪陳曰筵、藉之曰席、是筵席同類、但席上而筵下耳、肆之筵、所以行燕禮也、几人所憑以爲安、鄭曰、王與族人燕、年稚者爲之設筵而已、老者加之以几、是也、兩或字、是開燕初、預擬何人當肆筵、何人當授几、尙是未然事、

肆筵設席。授几有緝御。設席、重席也、緝御、踧踖之容也、**或獻或酢。洗爵奠斝。**斝、爵也、夏曰醆、殷曰斝、周曰爵、◯緝七習反、酢才洛反、斝古雅反、

箋曰、三章言寵待之厚、傳重席者、既陳筵、加之以席、安體也、非特肆筵而已、又有重席、非特授几而已、又有侍御之人備使令、有加無已也、鄭曰、緝猶續也、御、侍也、有相續代而侍者、然則緝御周禮所謂更僕是也、更其僕御、所以優老、不暫闕其侍從也、老者既加几使有所憑、則道飲食、祝噎哽、左右之者、不得稍間、故御曰緝、傳以緝御爲踧踖者、論語踧踖如也、馬注謂、恭敬貌、緝與輯戢通、輯戢皆有斂訓、知緝亦當爲斂、御與圉通、爾雅釋言、圉、禁也、是緝御者斂飭拘謹之意、當時必有此疊字形容之語、故傳以爲踧踖之容也、或授或設、俱以執事之人言、陳祥道云、席常設于賓未至之前、几常授于行禮之際、其將授也必拂、其授之也必拜送、其受也必拜答、◯或獻或酢洗爵奠斝者、進酒於客曰獻、客答之曰酢、主人又洗爵醻客、客受之、奠而不舉、以俟

旅酬也、爵形似雀、斝讀爲稼、畫禾稼也、鄭箋以用先代之斝・爲尊兄弟、夫燕言斝者、因有尊可尊之意・然詩之爵・大名也、洗爵卽洗斝矣、非必洗爵獻酢・洗斝以酬、正義謂、所洗所奠一物也、儀禮飲觶者亦云卒爵、是爵爲總稱、作詩者、因洗奠之別・變其文耳、此說是也、若三代異名、此不當論焉、

醓醢以薦。或燔或炙。嘉殽脾臄。或歌或咢。以肉曰醓醢、臄、函也、歌者比於琴瑟也、徒擊鼓曰咢、◯醓他感反、炙者夜反、臄渠略反、咢五洛反、延文本作愕、傳同、傳函作胹、徒擊鼓作徒歌、卷子本傍注亦同、

箋曰、四章言供張之厚、爾雅、肉謂之醢、李注、以肉作醬曰醢、釋名、醢多汁者曰醓、傳云、以肉曰醓醢、蓋舉肉不必言肉汁矣、段注說文云、汁卽鹽酒所成、醢皆胜物、非有熟汁也、又醢所以濡菹、禮籩豆偶、有醢必有菹、醢人云、朝事之豆、非菹醓醢、是也、◯或燔或炙者、燔用肉、炙用肝、常禮也、然炙亦用肉、不必肝、嘉殽脾臄者、正義曰、燔炙是正饌、以脾函爲加助、則經文作加肴矣、又云、箋以脾函爲加、故謂之嘉、是嘉美之加、又云、定本集注、經皆作嘉、是當時經文或加或嘉、本各不同也、未知誰得其正、脾及臄、是珍羞也、醢人饋食之豆、脾析蠯醢、鄭司農注、脾析・牛百葉也、旣夕禮注、脾讀爲雞脾肶之脾、說文作膍、脾膍音相近、胃薄如葉、碎切之謂之脾析、亦謂之脾肶、亦謂之百葉、廣雅云、百葉謂之膍胵、天子諸侯牛百葉、大夫士羊百葉、釋文正義並引通俗文、口上曰臄、口下曰函、而漢書羽獵賦晉灼注曰、口之上下名爲噱、噱與臄通、蓋臄與函對文則異、散文則通、釋文引說文云、函、舌也、又云、口次肉也、蓋

函有二義、說文訓舌者其第一義、又云、口次肉也、口次卽口邊也、今說文脫此四字、陸所見當是古本、毛以臄爲函、正函爲口次肉之義耳、○或歌或咢者、經傳諸言歌者、皆以絃歌之、舉歌與咢、而衆器在其內、猶舉燔與炙、而庶羞在其內、二章以下用八或字、著忠厚之意也、爾雅釋樂、徒擊鼓謂之咢、蓋特擊鼓以爲歌節也、漢書韋賢傳、咢咢黃髮、注、咢咢、直言也、在言爲直言、在歌爲直歌可知矣、據此則毛本作徒歌曰咢、卷子本作徒擊鼓者、後人或據爾雅以改之耳、

敦弓既堅。四鍭既鈞。舍矢既均。

敦弓、畫弓也、天子敦弓、鍭矢參亭、已均中蓺、

序賓以賢。

言賓客次序皆賢、孔子射於矍相之圃、觀者如堵牆、射至於司馬、使子路執弓矢出延射曰、奔軍之將、亡國之大夫、與爲人後者不入、其餘皆入、蓋去者半、入者半、又使公罔之裘序點揚觶而語曰、幼壯孝悌、耆耋好禮、不從流俗、修身以俟死者、不在此位、蓋去者半、處者半、序點又揚觶而語曰、好學不倦、好禮不變、耄勤稱道不亂者、不在此位也、蓋僅有存者焉、○敦音彫、鍭音鏃、舍音捨、參七南反、矍俱縛反、堵丁古反、觶之豉反、耋徒節反、者不音否、下同、延文本·傳蓺作藝、下有矣字、弓矢下有而字、公罔下無之字、俟死者不在此位下有也字、耄勤作耄期、摺本存下無者字、

箋曰、五章言行射以助歡樂、胡承珙曰、此詩毛鄭二家、未嘗明言何射、毛引矍相之射爲證、彼爲鄉射之禮、非天子所行、而射義云、天子諸侯射、必先行

燕禮、卿大夫士之射、必先行鄉飲酒禮、是燕射與鄉射相同、故王肅述毛、以爲養老燕射、鄭箋以下章言養老之事、則知爲養老而射以擇士、禮稱將祭而射、謂之大射、祀明堂以教孝、食老更以教弟、其事相類、故孔疏申鄭、以爲大射、又難王說謂、燕射于旅酬後行之、不當設文于曾孫維主之上、呂記從王、謂儀禮燕射、如鄉射之禮、射雖畢而飲未終、舉觶無算爵、獻酢尙多、酌大斗祈黃耇、於旣射之後・豈不可乎、今考燕射固行於旅酬之後、然經於下章・並無旅酬明文、而上章或獻或酬、則燕禮大意已該、毛不稱燕禮之射者、以燕禮不定行射、而儀禮曰若射則如鄉射之禮、故引矍相之射、於序賓事猶切、是毛意已明以此爲燕射矣、王肅之說、未爲無本、但他燕射、別無養老之事、而此兼言養老、自以族燕之故、王制云、凡養老、有虞氏以燕禮、夏后氏以饗禮、殷人以食禮、周人修而兼用之、然則燕詩固可行養老之禮、養老則必有乞言矣、前章設席授几、正爲黃耇而設、又承兄弟具爾而言、知此詩之睦族養老、必在一時、不得判爲二事矣、胡說是也、釋文、敦音彫、徐又都雷反、周禮司几筵、每敦二几、注、敦讀爲燾、雕燾聲相近也、古文字少、一字每兼數義、義異故音亦不同、其實古音仍讀本音、音隨義轉、後世之說也、傳云敦弓畫弓者、畫弓謂繪畫之畫、非刻畫之畫、弓人爲弓、唯言用漆、不言畫、則漆上又畫之、知敦弓爲設色、非刻文矣、荀子曰、天子彫弓、諸侯彤弓、大夫黑弓、禮也、彤弓朱弓也、古者刻畫謂之彫、如爾雅玉謂之彫、說文、彫、琢文也、是也、繪畫亦謂之彫、天子彫弓是也、古繪畫與刻畫無二字、諸侯彤弓、則天子當以五采畫之、故彫弓又曰繡弓、考工記、五采備謂之繡、石鼓文有秀弓、秀卽繡之假借、春秋定八年、盜竊寶玉大弓、公羊傳云、弓繡質、何休注、質、拊也、弓把謂之拊、或者天子彫弓、竟體畫之、非天子之弓但繡畫其拊而已、此則似畫弓通乎上下、然則詩敦弓、指射夫之弓也、不必天子所御、堅猶勁也、○四鍭既鈞、鍭爲矢之一名、周禮司弓矢、枉矢、絜矢、殺矢、鍭矢、矰矢、茀矢、恆矢、痺矢、是也、亦爲矢之總名、方言、箭江淮之閒謂之鍭、爾雅、金鏃翦羽謂之鍭、李巡云、鍭以金爲箭鏑也、周禮、鍭矢用諸近射、田獵禮射亦近射也、正義云、此私宴不同常射、或用先代法、似拘周禮注、傳云鍭矢參亭者、鍭矢二字頓、解鍭字、參卽三、亭卽停、解既鈞也、鈞者均之假借字、考工記、矢人爲矢、鍭矢參分一在前、二在後、鄭注云、參訂之而平者、前有鐵重也、鄭司農注、一在前、謂箭稾中鐵莖居參分殺一以前、凡矢長三尺、殺一尺、而翦羽六寸、刃二寸、刃卽箭鏑、參亭者、謂一在前、二在後、皆已停均軒輊中也、亭古停字、弓人云、材美工巧、爲之時、謂之參均、角不勝幹、幹不勝筋、謂之不參均、參亭猶參均耳、○舍矢既均者、舍、釋也、謂發矢也、均、言每耦皆發四矢而畢也、非中之均、傳失之、埶、質也、○序賓以賢者、賢射多中也、儀禮鄉射禮、釋獲者設中、中者受算之器也、受八算、長尺五寸、射中一矢釋一算、上射于右、下射于左、若有餘算、則反委之再射、釋獲如初、卒射視算、先數右獲、次數左獲、二算爲純、一算爲奇、于是釋獲者取賢獲告于賓、若右勝·則曰右賢於左、若左勝·則曰左賢於右、以純數告、若有奇者·亦曰奇、注、賢猶勝也、言賢者、射之以中爲雋也、與燕者皆兄弟、何云賓、蓋天子設燕、有主道焉、兄弟也、而賓主矣、曰賓、尊禮之也、傳孔子射於矍相之圃以下、皆射義文、引之卽以證賓客次序皆賢之義、是論其素行之賢也、鄭謂多中爲賢、較切於射、故今從鄭、矍相、地名、將射先行飲酒之禮、其禮立一人爲司正、使主飲酒之事、至於將射、則變司正爲司馬、故言射至於司馬、出延射、者、出圃外以延進射者、令欲射也、子路延射、則子路爲司射矣、奔、射義作賁、與僨同、覆敗也、與爲人後、言人有死而無子者、則宗族既爲之立後矣、此人復求爲之後也、者不、者字句、不字句、言今此衆人之中、有如此樣人否、當在此賓位也、於是先時之入者、又半去矣、百年曰期、

敦弓既句。既挾四鍭。天子之弓、合九而成規、**四鍭如樹。**言皆中也、

序賓以不侮。言其皆有賢才也、〇句古豆反

箋曰、六章申言上章之樂賓、句彀雙聲、故通用、句卽彀之假借、傳云合九而成規、冬官弓人文也、說文云、彀·張弓也、張、施弓弦也、二京賦曰、彫弓既彀、彀與句、字雖異、音義同也、上章言既堅、言弓之材良也、此云既句、卽既彀、蓋言施弦於弓上、言其體良也、九合言其良、成規則弦已施於弓上矣、弓必有弦、弓離弦則不成爲弓矣、惟引滿之說則非經義、亦非傳義矣、〇既挾四鍭者、四鍭猶四矢也、既挾四鍭則徧釋之矣、大射禮、搢三挾一个、搢者·插也、挾·謂手挾之、射用四矢、故插三於帶右、挾一以扣弦而射也、儀禮凡挾矢於二指之間橫之、鄭注云、方持弦矢曰挾、嚴粲曰、弦縱而矢橫爲方、凡挾矢於二指之間橫之、謂左手執弓把、見矢鏃於把外、右手大指鉤弦、二指挾持其矢、故弦縱而矢橫、弦與矢作十字、故方也、凡兩物夾一物曰挾、此矢在弦之外二

指之內、故曰挾、疏云、搢三挾一、言卿大夫、若其君、則使人屬矢、不親挾也、四鍭如樹者、方言、樹・植立也、左傳步左右皆至而立如植、此言射之中質、有如豎立於其上者、故曰如樹、意在美其中耳、朱傳云、言其貫革而堅正也、貫革豈禮射所重乎、○序賓以不侮、不侮、勝而不敖也、序以賢者、謂以射中多少爲次第也、序以不侮、則設豐飲觶之禮、論語所謂揖讓而升下而飲也、蓋射畢、中者在上、不中者在下、此以賢之序位也、罰爵既行、賓反射前之位、此不侮之序位也、是射有兩序位也、兩序是一時事、序賢之法、負者飲、勝者猶未飲也、序不侮之法、負者飲、勝者亦飲、總是爲勸飲設法、以盡相樂之情、非真欲其較德較藝也、此皆莫遠具邇之興趣也、呂氏曰、四鍭既鈞、泛言射者也、故繼之曰序賓以賢、四鍭如樹、專言勝者也、故繼之曰序賓以不侮、

曾孫維主。酒醴維醹。酌以大斗。以祈黃耇。曾孫、成王也、醹、厚也、大斗長三尺也、祈、報也、○醹如字、延文本・傳尺下無也字、

箋曰、上二章是導少者飲法、此章酌以大斗、又是導老者飲法、曾孫謂成王也、序云周家忠厚者、成王道有所承、詩蓋卽當今以該文武、此序之善言詩也、曾孫曰主、對上兩序賓賓字說、王自爲主、所謂尊事黃耇也、族燕之異於他燕在此、禮記義疏、射後三獻、禮成而賓出、無賓則不復用膳宰、故曰曾孫維主、是說拘矣、既合兄弟稱賓、則曾孫之爲主、何必待異姓出之後乎、酒醴維醹者、舊本北堂書鈔酒食部八、引韓詩云、聒而不沸、少麴多米曰醴、韓以

醴爲汁滓酒、毛韓義同也。○酌以大斗者、大斗是著孔取之意、詩辭也、主也
醹也酌也大也祈也、皆昭忠厚也、釋文、斗又作料、都口反、徐又音主、蓋斗與
料異物、說文、斗、十升也、料、勺也、杓、料柄也、是料謂之勺、料柄謂之杓、北斗七
星、自一至四爲魁、象料、自五至七爲杓、象料柄、此詩大斗是料之渻借、釋文、
斗又作料、其本字也、小雅大東云、維北有斗、亦謂料也、又云、西柄之楬、謂料
柄也、考工記、梓人爲飲器、勺一升、正義引漢禮器制度、勺五升、徑六寸、長三
尺、蓋專指大斗言之、長三尺與毛傳合、蓋指斗柄言之、釋文、三尺謂大斗之
柄、是也、王夫之曰、此斗字、本音知庾切、字或作料、儀禮、司宮設罍于洗東、有
料、注云、斢水器也、如字讀如陡者量器、其音知庾切者斢器、音義各別、按宣
和博古圖、有漢龍首鐎斗、其器圓、容一升、又有熊足鐎斗、圓而上有口承蓋、
容一升四合有半、皆有流、有柄、三足、有耳、許愼說、鐎斗溫物之器、又趙襄子
使廚人操斗、以食代王、斗固爲行食之器、而其有流虬起、如博古圖所繪二
斗者、則必酌酒之具也、所容不過升餘、此云大斗、其容必倍、酌之以實觶爵
必相容、自與量器之斗容十升者異、淳于髡曰、一斗亦醉、則通計所飲而言、
非以酌也、談苑醍醐引律歷志聚于斗、溝洫志其泥數斗、易日中見斗、皆作
知庾切亦誤、北斗之斗象斢器、當讀如大斗之斗、其泥數斗十升也、自當如
字當口切。○以祈黃耇者、祈、求也、序所謂乞言也、此蒙上授几設席言、朱傳
以此句爲頌禱之辭、非是、祈卽祈其引翼我也、以引以翼、自屬黃耇、以之思
意綢繆、卒歸于德、若作頌禱之辭、則黃耇者特稱願之虛言耳、無所指目也、
引翼之者誰、又誰所引翼者乎、黃耇髮黃而腰勾曲、是大耋之狀也、傳訓祈

爲報者、表記、報者天下之利也、注、報、謂禮也、此傳以祈爲報、蓋謂酌大斗以禮黃耇耳、

黃耇台背。以引以翼。台背・大老也、引・長、翼・敬也、**壽考維祺。以介景福。**祺、吉也、○台湯來反、祺音其、延文本・傳長下有也字、卷子本傳吉作善、

箋曰、遠者德比頑童、至戒也、君奭曰、耇造德、召誥曰、無遺壽耇、並與是黃耇台背同、鄭箋、台之言、鮐也、爾雅翼、以鮐爲卽今之河豚魚、老人肌膚生斑、似鮐背之文、手足面背皆有之、背字屬鮐、鮐腹下無斑、斑在背上、故謂老人肌膚如之背也、非謂老人之背似鮐、馬瑞辰曰、釋文、台湯來反、徐又音臺、廣雅、黖黸、大黑之貌、台與黖黸、音近而義同、則台亦有黑義、詩以台背與黃耇對舉、台背卽謂背有黑文耳、爾雅玄貝貽貝、釋文、貽本又作胎、他來反、字林作鮐、云黑貝也、黑貝名鮐貝、正與黑背爲台背同義、鮐魚之名鮐、亦取背有黑文、與台背義同、不必老人背似鮐魚也、釋詁、鮐背耇老、壽也、作鮐者通借字耳、箋直以鮐釋台、失之、馬說是也、據爾雅、則黃耇鮐背・特老人之通稱耳、輔廣謂、鮐背則老更甚於黃耇、不知何據、傳云台背大老也、不言黃耇、次之也方言云、秦晉之郊、陳楚之會、曰耇鮐、二者省文而合爲一稱、其非兩義可知、釋名云、九十曰鮐背、或曰黃耇、亦以二者爲同實而異稱、竝不如廣所言也、黃髮鯢齒鮐背、竝二字連文爲義、實則黃鯢鮐三字單舉、於義亦通、故南山有臺傳云、黃・黃髮也、是單言黃之證、說文、鯢・老人齒、是單言鯢之證、方言、鮐・

老也、是單言鮐之證、至於耇老二字、雖俱單文、亦有連語、耇稱胡耇、老稱黎老、黎黎字通、○以引以翼者、引而長之、翼而進之也、在前曰引、左右曰翼、年高則閱歷深、必能有道以引我于前、有德以翼我于左右、願其壽考吉祥、使我長得其引翼、以助成大福也、父兄子弟所望於主人者戚戚之仁、曾孫所望於父兄者、引翼之義、有賴於父兄之引翼、則其愛敬之心、有非語言所能盡者矣、同一兄弟也、於少壯見裁成之道、於長老見則效之誠、忠厚於是乎至、壽考維祺者、爾雅、祺、祥也、吉也、人非壽考難、壽考而吉難、彼昏眊非吉、而精明者吉、頹邁非吉、而強固者吉、祺字卽承引翼說、介、景、皆大也、序所謂乞言以成其福祿也、

行葦八章章四句故言七章二章章六句五章章四句

箋曰、此詩分章、宜從毛氏之舊、分首章至兄弟具爾爲六句、次章亦六句、以御與斝爲韻、其三章至七章則章各四句、鄭則八章章四句、陳啓源曰、朱子謂說此詩者、不知比興之體·音韻之節、此特以毛鄭二家、指行葦勿踐爲忠厚之實事、不以爲興、而或肆之筵四句、故言自爲一章、不以几字上叶爾字、御字下叶斝字耳、殊不知詩卽行葦一物、見王者愛物之仁、於義自通、何必判爲興體、又此篇毛分首章爲六句、次章四句、三章六句、後四章章四句、文義允愜、必欲易之以就韻、則或肆之筵四句、分屬兩章、在本章既遭割裂、在前後章復成贅疣矣、三百篇

中、同韻而異章、同章而異韻者、不僅此詩、能悉更定之乎、

既醉。大平也。 箋曰、大平無事、而後君臣可以燕飲相樂、故曰大平也、歡情洽而誦禱生、近援嘏詞、遠期壽考、而見其宜受神庥、唐石經大平上有告字恐衍、

醉酒飽德。人有士君子之行焉。 箋曰、醉酒飽德者、滿朝士大夫也、士君子之行、因攝以威儀言之、詩唯叙天子之德應、故序遂言賢才雲興、道化滂流之勢、以明大平之美焉、

既醉以酒。既飽以德。 既者、盡其禮、終其事、 **君子萬年。介爾景福。** ○延文本·傳事下有也字、

箋曰、美天子自求福焉、傳云盡其禮者、盡其饗燕之禮也、德、王之德也、醉酒飽德、則行葦所謂侍御獻酬飲食歌樂之盛皆舉之矣、但言德者、蓋德寓於物、言德則可該之、孔子曰、吾食於少施氏而飽、少施氏食我以禮、乃所以為飽、成王之待羣臣、既醉之以酒、又飽之以德、則其所以待羣臣之禮至矣、○君子萬年、介爾景福者、君子謂王也、爾亦指王也、介景皆大也、行葦末句云以介景福者、泛禱之之辭也、此言介爾景福者、特祝其君之辭也、

既醉以酒。爾殽既將。 將、行也、 **君子萬年。介爾昭明。**

箋曰、二章言其自明明德、殽者、凡燕飮所以下酒、皆謂之殽、不必俎實也、傳、將・行也、是奉持而進之意、然古但云行酒、不聞行殽、方言、將、大也、齊楚之郊、或曰京、或曰將、破斧、正月、我將、長發傳竝同、爾殽既將、亦訓大爲當、小雅、爾殽既將、莫怨具慶、○介爾昭明、昭明者明德也、明德是景福之基也、大其昭明則景福益大、二介字、皆自介也、介爾景福以福言、介爾昭明以德言、德者致福之本、故於此加詳焉、繼以昭明有融、高朗令終、祝其緝熙光明、所以寓規於頌者至矣、

昭明有融。高朗令終。融・長、朗・明也、始於饗燕、終於享祀、**令終有俶。公尸嘉告。**俶・始也、公尸、天子以卿、言諸侯也、○俶尸叔反、延文本・傳長下有也字、終下無於字、

箋曰、三章美其明德融長、以嘏祖考、融是明之發也、昭五年左傳、明而未融、其當旦乎、旦言寅時、其明未發、昭明有融、言其明德之發而光被四表也、明與融猶光與耀、傳訓長者、說文、融、炊气上出也、白虎通名號、融者、續也、炊气上出融融不絕、故融有續義、物相續則長、故融有長義、既言昭明、又言高朗者、昭明但言其明德而已、有融明之盛、高朗・明之極、高者超乎事物之上、朗者徹乎事物之中、總以昭明爲主、欲其明德之極於盛也、令終・善終也、令終之義、於成王綦重、伊尹之於大甲、亦於終字三致意、舊說以令終爲考終命、此非人臣祝君之辭、前方祝以萬年、此遽祝以考終命、其言不倫、細玩經文

及傳文、首次章言饗燕之事、四章籩豆靜嘉・言享祀之事、此章上承饗燕、下啓享祀、故傳云始於饗燕終於享祀也、正義於首次章中毛、俱云成王祭宗廟、以鄭義爲毛義、誤矣、饗燕係泛言、若謂祭後之饗燕、則經文爲倒置、箋於首章謂旅酬歸俎、以此令終謂以善名終、語意覺支離、◯令終有俶、猶易言終則有始、管子弟子職篇言周則有始也、大甲曰、愼終于始、令終之實、既有徵於今日、故尸以嘉慶告也、令終周公所期於年後也、有俶責難於今日也、靡不有初、鮮克有終、始明終昏者多矣、故又祝其高明而善終也、善終乃所以成始、此易成言乎艮之道也、下又接言有俶者、如圓照之月兆于初弦、中天之日著于方升、一日此始、日日此始、將來正未有限量、故祝其善終、而又欲其有始、如大甲有終而無始、不得爲全善矣、成王以幼沖嗣服、欲善其終、當謹其始、乃始終如一也、大雅之作、蓋在成王卽位未久之年、於此詩有二證、一證以令終有俶、一證以釐爾女士、從以孫子、夫欲女士之觀刑、則身教不可不謹矣、欲孫子之象賢、則作則不可不先矣、王季大任、維德之行、文考所以篤生也、先王先公、奕世載德、徽音所以常嗣也、雖善頌善禱、而規勉之意、已具於其中、◯公尸嘉告、卽謂工祝致告時事、公、君也、公尸猶公墓・公牛・公酒之公、祭統、尸在廟中則全於君、詩言公尸、取尸在廟則全於君之義、嘉告以善言告之、謂嘏辭也、祭有祝辭、有嘏辭、禮運云、祝以孝告、嘏以慈告、祝・謂饗神之祝辭也、嘏・謂尸嘏主人之辭也、祭初饗神、祝辭以主人之孝告於鬼神、至主人酳尸、而主人事尸之事畢、則祝傳神意、以嘏主人、言承致多福無疆于女孝孫、而致其慈愛之意也、傳云公尸天子以卿、是毛以公尸之公・

卽卿也、天子祭宗廟、以卿爲尸、出封則爲侯伯、皆君人者也、故曰公尸、宣八年公羊何注、禮・天子以卿爲尸、諸侯以大夫爲尸、卿大夫以下以孫爲尸、而曲禮疏謂、天子諸侯祭祖、取孫列之卿大夫爲之、觀左傳、齊嘗大公之廟、麻嬰爲尸、麻嬰蓋亦慶氏族、爲大夫者、其事適合、楚茨皇尸載起、傳、皇・大也、禮經特牲少牢、凡祝辭皆稱皇尸、知皇尸爲崇奉、而公尸爲指實、皇尸上下可通稱、而公尸惟天子得稱也、朱傳謂、周稱王、而尸但曰公尸、蓋因其舊、如秦已稱皇帝、而其男女猶稱公子公主也、比擬非其倫、秦不師古、全無禮文法度、豈成周比哉、至天子女下嫁、三公主之、故有公主之稱、非目天子爲公也、陳奐曰、疑傳文言諸侯也四字、後人據鄭箋增入、正義云、傳言以卿爲非諸侯者、故又言諸侯入爲卿大夫、以申足傳說、然則傳言卿、箋言諸侯、孔所據與今本異、曲禮疏云、祭祖則用孫列、天子諸侯雖取孫列、用卿大夫爲之、故旣醉注、天子以卿、鄭箋、諸侯入爲天子卿大夫、故云公尸、是傳文無此四字又可證矣、

其告維何。籩豆靜嘉。恆豆之菹、水艸之和也、其醢陸產之物也、加豆陸產也、其醢水物也、籩豆之薦、水土之品也、不敢用常褻味、而貴多品、所以交於神明者、言道之徧至也、**朋友攸攝。攝以威儀。**言相攝佐者、以威儀也、○傳常字・及佐下者字・延文本無、

箋曰，四章詩人代述嘏辭，言公尸告以汝之祭祀，籩豆之薦，既靜嘉矣，而朋友相攝佐者，皆有威儀當神意也，酒殽已於燕言之，此但舉籩豆，而粢盛牲牢從可見矣。靜，潔清也，嘉，休美也，惟德其物，所謂嘉栗旨酒，馨香無讒慝之意也，靜嘉在籩豆上看出，尤爲微極，傳自交於神明以上，引郊特牲文，以釋經籩豆靜嘉之義，恆豆謂恆常正祭之豆，水草之和者，和，調和也，朝事薦腥，饋食薦孰，二者皆爲正祭，則所云恆豆者，謂朝事之豆，饋食之豆也，加豆者謂加豆之實也，禮記疏云，醢人加豆爲尸食訖，酳尸所加之豆，是也，豆皆有菹有醢，說文，菹，酢菜也，是菹作菜，水草亦可作菹也，說文，醢，肉醬也，牛羊豕之肉皆爲醢，亦陸產之所兼也，云加豆陸產者，若笱菹亦陸所產也，云其醢水物者，若魚爲水物，可作醢也，鄭注周禮云，凡醢醬所和，細切爲齏，全物若䐑爲菹，齏菹之稱，菜肉通，是菹亦醢也，記文於菹言水草，於醢言陸產，又於加豆不言菹，於加豆之醢但言水物，凡饌以豆爲本，故言豆而不及籩，皆互文錯見之例，記文正謂天子祭祀之事，毛傳引之，亦此意也，鄭注禮記，以恆豆爲諸侯朝事，加豆爲諸侯饋食，蓋以菹悉用水物，醢悉用陸產，與天子不同爲說，正義卽本鄭注，以申毛傳，誤矣，傳既引禮記文，又云言道之徧至也，鄭箋政平氣和所致故也，此鄭申毛也，正義謂道之徧而至于水土，亦誤，○朋友攸攝，攝以威儀者，朋友指助祭者，卽相維辟公也，羣臣在朝則共亮天功，入廟則同承神貺，故直謂之朋友，攝卽佐也，襄三十一年左傳衛北宮文子引此云，言朋友之道必相教訓以威儀也，以教訓申攝字，其義可見，傳云言相攝佐以威儀也，攝與佐非二事，荀子大略篇，子貢問于孔子曰，賜倦于學矣、願息于朋友、孔子曰、詩云、朋友攸攝、攝以威儀、朋友難、朋友焉可息哉、據此則相攝者祇謂朋友能相佐助、本無朋友自斂攝之意、正義非也、威儀謂進退趨蹌之節、籩豆所以潔美者、固王之誠、亦相祀者之敬、祭不在物而在誠、誠之所可見者、寓於威儀之間、助祭之威儀、肅雝顯相、是也、主祭之威儀、天子穆穆、是也、二句以朋友言、而實歸重於君子、蓋朋友之敬、亦君子之敬、是爲君臣一德、朱傳謂、自此至終篇皆尸告之詞、恐非是、詩僅八章、而五章皆嘏詞反居其大半乎、成周詩人、全謙禮經成語、目爲己詩、無是理也、

威儀孔時。君子有孝子。孝子不匱。永錫爾類。 匱、竭、類、善也。○延文本、竭下有也字、

箋曰、自此章以下、乃推言神意、以頌君子、孔、甚也、孔時、棣棣時中也、孝子謂成王之子也、天子孝享、能敬威儀、故其子則而象之、君子之所以有孝子也、朱傳云、有孝子以舉奠、非也、成王未有舉奠之子、是期於將來者、○孝子不匱、永錫爾類、匱者匱乏之匱也、此言受天之錫、蘭玉茁出也、不必引祭義博施備物、可謂不匱矣、爾、爾孝子也、永錫爾類、與楚茨篇永錫爾極句法同、世德相承、實天意使然、故云永錫也、下章云永錫祚胤、則此章永錫爾類、亦當爲天之所予、周語叔向引此詩而說之曰、類也者不忝前哲之謂也、不忝前哲、言子能類其父也、然則類猶肖也、丹朱商均之不肖、是卽不類矣、啓賢能

敬承繼禹之道、是卽類矣、孟子曰、其子之賢不肖、皆天也、知賢不肖之皆天、則可知永錫爾類之義矣、周之興也、世有哲王、是卽天之永錫爾類也、孟子以賢不肖對稱、賢卽是肖、不肖卽是不賢、故河上公注老子曰、肖、善也、類之訓善、其義亦如此矣、上言君子有孝子、而下卽云永錫爾類、蓋亦祝其代生孝子、世世相類耳、後漢楊氏事姑孝、姑曰、我老無以報婦、願爾生孝子、所謂錫類也、下三章詳言錫類之實、而始之以胤嗣、卒之以從以孫子、正是此意、不匱與類、非有二義也、自孝子不匱至末、皆預祝其後日之詞、言不獨今日之君子有誠敬以事宗廟之孝、又祝其異日嗣子更有不匱之孝也、朱傳云、孝子之孝誠而不竭、則宜永錫爾以善矣、不知孝子之不匱、以神錫類也、類者下章所說是也、皆祝後之辭、非誠不竭則宜錫善之謂、

其類維何。室家之壼。壼、廣也、**君子萬年。永錫祚胤。**胤、嗣也、〇壼苦本反、祚才路反、

箋曰、所謂類者、非他、謂室家化善、祚胤繁昌也、壼、說文作𡈼、與壺尊之壺、以一下多一畫爲異、壼本宮中巷路之名、巷路廣大、故轉爲廣大之義、猶宮之爲穹、室之爲實、室家主夫婦及闔家之人、此承上章而言、教能及人、舉家從化、雍睦廣大、靡所欠闕、豈非天之所錫邪、叔向說此詩曰、類也者不忝前哲之謂也、壼也者廣裕人民之謂也、以類爲不忝前哲、則知錫類者賢子肖孫之義、而以壼爲廣裕人民、則知室家之壼者、室家隆盛之意也、孟子言充類、

此詩上言其類維何、而下言室家之廣、正合充類之義、國語、廣裕卽充裕也、既曰廣則由室家而廣及天下之意、卽在其中、馬瑞辰曰、箋、壼之言・捆也、按壼捆以同聲爲義、大射儀、既拾取矢捆之、鄭注、捆・齊等之也、廣雅又曰、捆・束也、束亦所以齊之也、室家之壼猶言室家之齊耳、箋訓壼爲捆、捆與悃同聲、說文、悃愊至誠也、又曰、親至也、捆緻有相親之義、但訓爲捆緻、言其相親、不若訓爲捆齊、言其齊治爲善、箋云、室家先以相捆緻、已乃及於天下、此卽大學所云家齊而后國治、國治而后天下平也、至周語引此詩而說之曰、壼也者廣裕民人之謂也、案方言、裕猷道也、道民亦謂之裕、康誥乃由裕民、乃裕民曰、皆道民也、廣裕人民猶云廣道民人也、爾雅、宮中衖謂之壼、孫炎曰、衖舍間道也、說文、壼宮中道、从囗象宮垣道上之形、蓋言象宮中道之周帀而整齊也、壼爲宮中道名、因借以喻道民之道、又因壼從囗有周帀之象、周帀則廣、故言廣裕人民、道與齊義相成、道・治也、齊亦治也、箋云及於天下、亦本廣裕民人義而申言之、然以壼爲梱則經文但有梱義而無充廣及天下意矣、○君子萬年、永錫祚胤者、天祚明德、錫之令嗣、故曰祚胤、胤今人所謂血胤也、祚在胤上、非別項、故外傳專釋胤、而詩下章亦只舉胤爲問、此指受大統者爲祚胤、卽上章所云孝子也、六章七章連稱君子萬年者、謂此君子壽考、生時見孫之生也、此所以爲頌禱也、若唯子孫繩繩不絕、亦是常事、有不足頌禱者、

其胤維何。天被爾祿。祿、福也、 **君子萬年。景命有僕。**僕、附也、

箋曰、所祚之胤何邪、卽是天之所以被爾以祿也、天錫之是天錫爾以祿也、祿以錫子孫而言、非別項、○天所祚之胤嗣、非聖則賢、景命有僕者、景命言天建周室之命也、蕩雲漢所謂大命所指同、僕者、附著纏結之義也、爾雅釋木、樸抱者、郭注、樸屬叢生者爲抱、釋文、樸又作僕、是樸僕與樸、古竝通用、考工記、凡察車之道、欲其樸屬而微至、注云、樸屬猶附著、堅固貌也、正與僕訓爲附同義、方言、樸、聚也、郭注、樸屬藂相著貌、附聚義亦相成、正義訓僕爲僕御之僕、昧古人假借之義矣、

其僕維何。釐爾女士。釐、予也、**釐爾女士。從以孫子。**○釐力之反、

箋曰、大命之僕屬堅固惟何邪、天賚爾以女士、使其皆生賢子孫、於是乎景命施於無窮也、釐與賚雙聲、釐卽賚之假借、江漢釐爾圭瓚、傳又云、釐、賜也、此傳言予者、予亦賜也、女士平說、謂女子與男子也、甫田篇以穀我士女、此云女士、猶彼云士女、倒文以協韻耳、下云從以孫子、孫子卽子孫、則女士卽士女也、大戴禮記夏小正篇、綏多女士、女士亦卽士女也、從以孫子者、爾雅釋詁、從、重也、錫爾以胤、所以昌厥後也、釐爾女士、非止於一人、從以孫子、則非止於一世也、

既醉八章章四句

箋曰、郝敬云、朱子改爲父兄答行葦、非也、成王之世、周道綦隆、朝野安寧、祭祀以德、燕饗以禮、君臣相悅、臣子願君昭明其德、景福萬年、室家咸寧、亂祚永昌、所以爲大平祝規、而寓箴規也、詩言醉飽、卽燕飲、言嘉告、卽祭祀、而毛公以明良相悅、濟濟多士、釋太平之義、不及祭祀獲福者、詩志不主祭祀也、朱子謂爲孟子斷章所誤、過矣、蓋忠厚莫先於親親、故有行葦、太平莫樂於燕飲、故有既醉、守成莫重於宗廟、故有鳧鷖、序各有攸當也、

鳧鷖。守成也。 箋曰、守成而成王之職畢矣、曰忠厚、曰大平、曰守成、示三篇相聯也、 **大平之。君子。** 箋曰、受既醉大平也、與南有嘉魚一格、可見其爲一時所作、故文義相承如此、延文本·大平下無之字、 **能持盈守成。** 箋曰、成王能保文武之成功也、既言守成、又言持盈守成、持盈正所以守成也、盈易溢、溢則成者毀矣、持之使勿溢云爾、 **神祇祖考安樂之也。** 箋曰、詩陳宗廟繹祭、序兼言神祇者、推心事神、其致一也、能事宗廟則亦能事天地、因祖考而廣言神祇、明其皆安樂之耳、鳧鷖爲事尸曰燕飲之詩、故每章皆曰公尸燕飲、序者卽承既醉之太平、爲言其持盈守成云云、正見神人和樂、非太平之世不能然、長保太平、非持守之力不至此、其發明詩意、至精切矣、宣八年公羊何注、天子諸侯曰繹、大夫曰賓尸、士曰宴尸、名與禮雖各異、要其爲燕尸則同、

鳧鷖五章、皆云公尸燕飲、正宴尸之事、漢唐宋諸儒、皆定爲祭之明日、繹而賓尸、固已、但毛以爲燕宗廟之尸、鄭則以首章之在涇、喻燕祭宗廟之尸、二章之在沙、喻燕祭四方萬物之尸、三章之在渚、喻燕祭天地之尸、四章之在潨、喻燕祭社稷山川之尸、五章之在亹、喻燕祭七祀之尸、歐陽修破之曰、鳧鷖在涇在沙在渚在潨在亹、皆水旁爾、鄭氏曲爲分別、皆臆說也、斯論甚當、古人立尸、自有深意、祭如在、祭神如神在、雖精心亦憑尸象、方能從形影中感召出來、然畢則罷之、則又人鬼不瀆、而民無惑志、惟婦人無尸、至謂天地山川社稷之有尸、乃漢儒之說不足信耳、鳧鷖五章、則皆宗廟繹而賓尸之詩也、禮器、周坐尸、詔侑武方、鄭注、武讀曰無、聲之誤也、方猶常也、告尸行節、勸尸飲食無常、若孝子之爲也、有司徹、上大夫賓尸、坐尸侑於堂、酌而獻尸、皆與此詩合、此其證也、古者祭天地社稷、雖皆有尸、如尚書大傳曰舜入唐郊、丹朱爲尸、國語晉祀夏郊、董伯爲尸、蓋皆配者之尸、而不聞有賓尸之禮、繹而賓尸、惟於宗廟見之、此詩言既燕於宗、可以決其爲宗廟繹祭之詩矣、朱傳以鳧鷖爲賓尸之樂、非也、繹者祭名也、祭祀樂章宜歌頌、豈歌雅哉、繹祭之樂歌、自有絲衣矣、此詩雖咏繹、非必奏之於繹祭時也、鵲巢詩豈國君娶婦之樂、采蘩詩豈夫人助祭之樂乎、又以假樂爲尸荅賦、一似賓尸時、王與公尸卽席唱酬者、尤令人難信、

鳧鷖在涇。公尸來燕來寧。 鳧、水鳥也、鷖、鳧屬、太平則萬物衆多、 **爾酒既清。**

爾殽既馨。公尸燕飲。福祿來成。

馨香之遠聞者也、○鳧音符、鷖於雞反、延文本・傳屬下有也字、太平下有時字、摺本傳聞下無者字、

箋曰、興也、言鳧鷖在者、狀其容與自得、以興公尸之便安、鳧鷖水鳥、以居水爲安、故首言在涇、繼言在沙、在渚、在潨、在亹、皆以得水爲安也、五章一意、其言涇沙渚潨亹者、取以協韻、無他意也、公尸來燕、則安而寧、稱而宜、靜而處、尊而宗、和而熏熏矣、蓋釋爲尸之踧踖、以就爲賓之盤桓也、鳧水鳥如鴨者、青色、卑脚短喙、詳鄭風女曰雞鳴篇、倉頡解詁云、鷖、鷗也、一名水鴞、周禮巾車、安車雕面鷖總、鄭司農注云、鷖讀爲鳧鷖之鷖、鷖總者青黑色、以繒爲之、鷖青黑色、陸元恪謂鳧青色、則鷖與鳧形色皆相似、陸佃曰、鷖、鳧屬、鳧好沒、鷖好浮、故鷖一名漚、涇者巠之段借也、巠爲徑之古文、巠遂上道也、容牛馬及人徒行、从一、古文上也、从巛、巛遂亦川也、川上可行者謂之巠、从壬、壬直也、遂間可行之巠、未有不直者、會意字、段玉裁曰、此篇涇沙渚潨亹一例、不應涇獨爲水名、鄭箋、涇水中也、故下云水鳥而居水中、是直接水中二字、今本中誤作名、若作水名則不貫矣、下章傳、沙水旁也、箋云、水鳥以居水中爲常、今出在水旁、此承上章在涇爲言、爾雅、直波爲徑、郭注言徑侹、釋名、水直波曰涇、涇、徑也、言如道徑也、莊子秋水篇、涇流之大、兩涯渚涘之間、不辨牛馬、司馬彪云、涇、通也、義皆與此詩合、涇徑字同、謂大水中流徑直孤往之波、故箋云涇水中也、因下章沙爲水旁、故云水中以別之、四章因三章渚爲水中

高地、故云潀水外高地以別之、段說是也、廣雅、潀·厓也、鄭所云水外之高者、卽厓也、○公尸來燕來寧者、燕、燕飲也、正祭之尸、唯祭酒啐酒而已、繹祭以賓禮事尸、故尸得燕飲之也、寧·安也、爲尸之時、未免有象神之勞、而拘束不安、今則登筵依几而安矣、○爾酒旣淸、爾殽旣馨、爾爾成王也、絲衣云、自羊徂牛、鼐鼎及鼒、正言繹事、詩第云酒淸殽馨、卽傳所謂馨香無讒慝之意、又酒殽皆言爾、則是詩人述王燕其公尸之辭、非王之爲是辭以燕公尸也、香、譬聲也、馨、譬響也、方入耳曰響、方入鼻曰馨、○公尸燕飲、唯是一句、五章不改、○福祿來成、來者若福祿隨尸而來也、四章福祿來崇、傳、崇·重也、來成猶言來崇、成亦重也、周官司儀爲壇三成、鄭司農注、三成三重也、爾雅、山三襲陟、再成英、一成坯、再成一成猶云再重一重也、是成訓爲重之證、是日也尸不攝神、而猶持神之權、與芻狗不同、亦是祭祀之通情矣、勿据理立論、毛鄭皆以成王誠敬燕尸、爲神所悅、故貺之福、朱子以公尸燕飲、而受其福祿、蓋疑假樂是公尸之荅鳧鷖、則此篇不便重言王之受釐、然通考詩之全義、凡言祭者、皆美主祭之誠敬而獲福、無歸神貺於公尸者也、

鳧鷖在沙。公尸來燕來宜。 沙、水旁也、宜、宜其事也、 **爾酒旣多。爾殽旣嘉。** 言酒品齊多、而殽備美、 **公尸燕飲。福祿來爲。** 厚爲孝子也、○傳齊才細反、爲于僞反、延文本·傳美下有也字、

箋曰、傳以水旁釋沙、謂水旁多積散石、非謂水旁名沙也、說文云、沙、水中散石也、水少則沙見、故字從水少、爾雅、潬・沙出、沙出卽水少沙見之謂、郭注云、今河中呼水中沙堆爲潬、謂潬在水中、乃卽瀨也、說文、瀨、水流沙上也、宜猶適也、來宜、言事之愜於心也、○福祿來爲、鄭箋爲猶助也、論語、夫子爲衞君乎、夫子不爲也、竝以爲爲助、或曰、來爲者、福來而爲福也、晉語、黍不爲黍、不能蕃蕪、稷不爲稷、不能蕃殖、此言福祿來至、能爲福祿也、淮南子穀不爲、注、爲、登也、本與晉語一意、

鳧鷖在渚。公尸來燕來處。渚、沚也、處、止也、**爾酒旣湑。爾殽伊脯。公尸燕飮。福祿來下。**○湑息汝反、

箋曰、渚、小洲也、來處、來處者、來處於賓位也、尸處祖考之位、在尸亦自嚴肅、今居賓位、方洽其歡欣、○爾酒旣湑、湑、沛之也、是活字、不當作死字、伐木傳、以藪曰湑、又云、湑莤之也、莤讀爲縮、是去汁滓之義、爾殽伊脯、說文云、脯、乾肉也、與前章變、特言其物以終之、終之故特曰伊脯、○福祿來下、下、自上而下也、寧曰成、宜曰爲、處曰下、宗曰崇、各有當也、

鳧鷖在潨。公尸來燕來宗。潨、水會也、宗、尊也、**旣燕于宗。福祿**

攸降。公尸燕飲。福祿來崇。崇·重也、○潨在公反、

箋曰、人三爲衆、潨不一水也、不一水故从衆、此訓水會之說也、不一水則必有大小之分矣、故說文曰、小水入大水曰潨、義與傳合、來宗之宗、尊也、爲主人所賓、而居尊位也、謂公尸來爲孝子尊、不謂公尸之來尊孝子、鄭王竝失其義矣、于宗之宗、宗廟也、旣燕謂正祭、如楚茨以妥以侑是也、楚茨鼓鐘送尸、神保聿歸、則祭畢之燕、尸不與焉、以其象神故不敢留、而轉爲次日之燕也、此詩燕飲指繹而言、所謂酒清殽馨是也、前日燕飲而福祿攸降、今日燕飲而福祿更高大也、廣雅、崇·積也、與重疊之義相成、言累積而高也、是章有二福祿、而卒章無一、卒章有旨酒燔炙、而是章無一、此其所相變取趣也、

鳧鷖在亹。公尸來止熏熏。亹·山絕水也、熏熏·和說也、旨酒欣欣。燔炙芬芬。公尸燕飲。無有後艱。欣欣然樂也、芬芬然香也、無有後艱、言不敢多祈也、○亹音門、

延文本·傳山下有之字、
摺本傳芬芬下無然字、

箋曰、鄭箋、亹之言·門也、傳箋義相承、山絕水者、如正絕流曰亂之絕、謂山橫跨水中、水流其罅、故鄭云、亹之言門、非斷絕水勢之謂、漢書地理志、金城郡浩亹、顏注、浩·水名也、亹者水流峽、山岸深若門也、正取此箋爲義、亹者釁之變體與門音近、故訓爲門、凡物之有間可入、有隙可乘者、皆得謂之亹、方言

器破而未離謂之璺、廣雅、璺・裂也、璺亦釁也、皆與亹訓爲門之義相通、◯公尸來止熏熏、來止猶來燕、卒章變句法、熏熏、醉而和悅之意、蓋燕主通情、非若向者象神之嚴肅也、胡承珙曰、說文、醺・醉也、詩曰、公尸來燕醺醺、據此知許所據毛詩本作來燕、蓋上四章皆言來燕、無緣此忽變文、若謂不敢當燕禮、變言來止、則三章來燕來處、處即止也、此章下文又云公尸燕飲、何云不敢當燕乎、傳以熏熏爲和說、自是言燕而和說、知許所據毛本爲長、◯旨酒欣欣者、尸飲酒之喜容也、俞氏曰、經文熏熏欣欣、字當互易、公尸來止欣欣、言公尸之和悅也、旨酒熏熏、此熏字乃薰字之假借、爾雅釋訓、炎炎熏也、釋文曰、本或作薰、是熏薰古通用、說文艸部、薰・香草也、蓋因艸之香而引申之、則凡香者皆得言薰、猶芬之本義、說文云艸初生、其香分布、是亦因艸之香而引申之、則凡香者皆得言芬也、是故旨酒薰薰、言酒香也、燔炙芬芬、言炙香也、欣欣薰薰、字音相同、古書多口授、誤倒其文耳、此說有理、備考、◯無有後艱者、是福祿永永不替也、末句只卒章變之、蓋必無有後難、福祿乃有終、燕樂之時、而預及此、俾君臣上下長幼親疏莫不惕然自循省、是所謂能持盈也、守成之要全在此、豈非良弼善喻之最乎、

鳧鷖五章章六句

箋曰、燕尸只一事一意、而分五章、長言詠歎、以形容太平無事之狀、亦是獨格、

假樂。

箋曰、左傳賦嘉樂、文二年襄二十年二出、中庸引首章作嘉樂、假嘉雙聲、故通用、如奏假無言、亦言嘉樂也、

嘉成

王也。箋曰、嘉、美也、有頌祝之意、與左傳鹿鳴君所以嘉寡君也、禮運、君與夫人交獻以嘉魂魄之嘉同、姜炳璋曰、旣醉篇序言大平、所以致太平者、由於德之昭明、而昭明之實際、詩未明言也、鳧鷖序言守成、其守成之獲福詩言之、而其所以守成、亦未嘗明言之也、此篇補正云、首言受祿于天、而先之以顯顯令德、次言干祿百福、而繼之以率由舊章、三章言受福無疆、而先之以率由羣匹、末章言燕及朋友、而先之以之綱之紀、言民之攸塈、而先之以不解于位、蓋人君所以受祿于天者、在宜民宜人、所以宜民宜人者、在修德於身、所以修德於身、而宜民宜人者、又在法祖任賢、而修德法祖任賢、皆不可以始勤而終怠也、然後紀綱常明、而臣民胥協焉、按此則成王之守成而致太平、其實功實事、皆於此篇發之、故篇首云嘉樂君子、言其可嘉可樂也、序云嘉成王、見成王之賢、備見於是也、而東萊謂、旣嘉之、又規之、亦無不寓其中矣、姜說是也、周公正大雅、至此十五篇、是篇繫諸其末、雖與上十四篇聯、其義却與召公三篇爲匹、是篇以不解終之、公劉以篤於民首之、故序變其例曰嘉成王也、周公之製、不稱其名、是例也、

假樂君子。顯顯令德。宜民宜人。受祿于天。假、嘉也、宜民宜人、宜安民、宜官人也、保右命之。自天申之。申、重也、

箋曰、首四句盡全詩之指、先提其綱、下分承之、顯顯、丕顯也、顯卽德之見於外者、訓光訓明、皆其可見者也、中庸引詩作憲憲、顯與憲雙聲、故假憲爲顯、

小司寇注、憲、表也、憲有表明之義、亦與顯義同、宜民宜人句、承上令德、起下受天命、民、庶人也、人、士大夫也、古書對文多例、宜民宜人猶宜兄宜弟、宜其室家、○保右命之、保者扶持之義、右者贊助之義、之字指成王言、天乃保安右助而命之、又申而命之、言受祿之無疆也、受祿于天、自其已然者言之、保右二句、自其無窮者言之、二句命字爲重、故中庸引是曰、故大德者必受命、

干祿百福。子孫千億。穆穆皇皇。宜君宜王。宜君王天下也、**不愆不忘。率由舊章。**○愆起連反、

箋曰、干、求也、祿福義同、本上章令德受祿而言、於祿言干、於福言百、互詞也、千億言子孫衆多也、干祿、卽上文受祿于天也、又加以百福、所謂自天申之也、子孫千億、則百福中之尤大者也、穆穆皇皇、又以美成王之令德也、爾雅、穆穆、敬也、皇皇、美也、敬者德之聚、有幽深玄遠意、故曰穆穆、美者德之充、有盛大宣著意、故曰皇皇、宜君宜王亦如所謂克長克君、重美之辭、釋文云、宜君宜王、一本宜竝作且字、然傳言宜君王天下、明當作宜、必非且字、又君王天下四字連文、自當專指成王、必非以君屬諸侯、王屬天子、鄭見文承子孫下、而曲禮適有天子穆穆諸侯皇皇之文、遂以穆穆宜王爲天子、皇皇宜君爲諸侯、然則爲王者不可稱君乎、自穆皇以下、通贊成王、觀末句率由舊章、其爲守文之王可知、蘇氏以箋義未安、又以不愆二句屬之子孫、謂子孫遵

成王之法、夫穆穆皇皇以下、皆君子顯顯令德之實、不當歸諸子孫、朱傳幷下二章皆爲稱願子孫之辭、然稱頌之辭、不應略於王而詳於後、○不愆不忘、率由舊章、愆、過也、不愆則無聽明亂舊章之過、不忘則常有繼志述事之心、率、循也、舊章、文武之典刑也、廣雅、章·程也、周語、將以講事成章、韋注、章·章程也、舊章猶言舊程舊式、鄭以舊典釋之可矣、又以爲舊典之文章則非、孟子引詩而釋之曰、遵先王之法而過者、未之有也、正以舊章爲先王之法、大抵弁髦祖法、不在中材、反在明辟、帝王之治天下、德維新、法維舊、祖宗立法、無不渾厚精詳、可大可久、惟賢子孫愼而守之、雖有調劑之功、仍是率由之道、彼作聰明、偭規矩、假隨時變通之名、而實則亂壞成憲者、皆非令主、非國家之福、雖然後先世代不同、率由其法亦由其立法之意、不是株守之謂、彼因循偷惰者、往往藉爲口實、不知求免于愆、反自安于忘也、名爲率由、實則廢而不之由也、夫變亂舊章、愆也、整頓舊章非愆也、惡紛更而安偷惰、一聞整頓、羣指爲變亂、豈亦不誤哉、

威儀抑抑。德音秩秩。無怨無惡。率由羣匹。 抑抑、美也、秩秩、有常也、

受福無疆。四方之綱。 ○惡烏路反、

箋曰、爾雅釋訓、抑抑·密也、秩秩·清也、注、抑抑、威儀審諦、又抑抑威儀密靜也、小雅賓之初筵威儀抑抑傳、愼密也、此以爲美、亦是愼密意、清言有條不紊

也、蓋抑抑恭恪之貌、是揚揚之反對、秩秩、次序之貌、詩言不愆不忘二句、先以穆穆皇皇、言無怨無惡二句、先以威儀德音、總之一威儀也、但穆穆皇皇・渾言其氣象、威儀德音則析言其德容耳、此大學九經所謂修身、又法祖任賢之本、書載成王之顧命曰、思夫人自亂于威儀、有威而可畏謂之威、有儀而可象謂之儀、擧一身之則而言也、劉子所謂民受天地之中以生、所謂命也、是以有動作禮義威儀之則、以定命也、此言蓋有自來、周家士大夫、蓋相傳以爲立身之本也○無怨無惡、率由羣匹者、怨惡不專屬君、不專屬臣、是君臣之際無猜嫌耳、匹、疇也、酒誥以三卿爲若疇、羣匹言文武舊臣如周召畢榮者也、緇衣、君子能好其匹、即此匹也、明良一德、與己相配、自無怨惡之隙、三年問、今是大鳥獸則失喪其羣匹、春秋繁露、百物皆有合偶、偶之合之仇之匹之善矣、引詩率由羣匹爲證、皆以羣匹爲合偶仇匹之稱、朱傳訓匹爲類、是也、不愆不忘、爲率由舊章言之也、無怨無惡、爲率由羣匹言之也、羣匹亦云率由者、所謂敬大臣體羣臣也、論語不改父之政與父之臣、可爲此二章率由字注脚、夫舊章、法也、任法必閱乎人、君容臣下守法則法行、與臣下潤澤乎法則法行、蓋有治人無治法、惟信任文武舊人、而後文武舊章得有實德以及民、故率而由之、直與舊章等、洛誥之告王也、曰孺子其朋、孺子其朋、欲其無怨惡也、曰厥若彝、及撫事如予、欲其率由舊章也、曰惟以在周工往新邑、欲其率由羣匹也、成王之令德、克紹文武、爲有周明明后者莫大乎率由舊章、而任舊人、將順其美、所以勖其圖終、故於卒章云不解于位焉、○受福無疆二句、前章干祿在始、是章受福在終、相變也、言能循舊法、而任

者德、所以坐受無疆之福、以握持天下之樞要、故曰四方之綱
最重、若紀綱散亂、則政令不行、而萬事莫得其序、欲求福祿不得矣、然其道
無他、亦曰敬其身以
法祖任者德而已、

之綱之紀。燕及朋友。 朋友、羣臣也、 **百辟卿士。媚于天子。**

不解于位。民之攸塈。 塈、息也、○塈許器反、延文本作暨、

箋曰、之綱承上章、綱紀連文、故又言之紀、謂四方之綱・四方之紀也、與之屏
之翰一例、張之爲綱、理之爲紀、下百辟卿士至於庶民、皆是賴君以爲綱、燕、
安也、朋友、王所親愛也、酒誥曰、太史友、內史友、與若疇三父自有等級、羣四
其所尊敬也、燕及朋友、自外之辭、因上句勢、雖詩燕及皇天、自下之辭也、各
有當、燕及朋友、言不惟君受其福、臣亦共享其安也、○百辟卿士媚于天子
者、百辟謂外諸侯也、卿士謂內諸侯也、媚、親愛也、亦出下武卷阿、羣臣不以
爲責難、而以爲媚、上下交而爲泰之時也、○不解于位、解・懈之本字、懈者心
之怠荒也、不懈卽無逸也、詩以成王爲主、則不解于位當謂成王明矣、靡不
有初、鮮克有終、故又規之以不解、必之綱之紀、而後燕及朋友、必不解于位、
而後民之攸塈、古人所以稱爲君難也、民之攸塈、全在不懈于位、一語包無
逸一篇大旨、○民之攸塈者、後二章詳其宜民人之實、而民僅一見於章末、
宜人正所以宜民、非詳人而略民也、傳塈息也者、方言、息、歸也、民之攸塈謂

民之所息、卽謂民之所歸、坰酌二章民之攸塈、三章民之攸歸、其義正同、左傳兩引、竝作民之攸曁、曁塈以音近通用、玉篇、㕧・息也、今爲愒、一切經音義云、愒說文作愒、倉頡篇作㕧、則㕧字已見倉頡篇、一切經音義又云、倉頡篇愒作𢡆、則𢡆字亦見倉頡篇、㕧愒𢡆三字實一字之異體、塈與曁皆㕧字之假借、說文塈作墍、爲仰塗、書梓材所謂惟其塗塈茨也、是爲塈之本義、正韻從仰塗取義、訓爲依附、說亦可通、爾雅呬息也、某氏注引詩民之攸塈、以爲塈與呬古今字、據方言呬息也東齊曰呬、說文、東夷謂息爲呬、引詩昆夷呬矣、以呬當緜詩之喙、則爾雅之呬息乃釋緜篇之喙字、非釋此詩塈字也、首章先德後祿、二章先祿後德、三章先德後祿、卒章言人媚之民塈之、以終首章宜民宜人受祿于天、故不言福祿而含保右申命之意循環無窮、左傳引是曰、不守其位而能久者鮮矣、久字於詩本義最切、周公唯欲不懈而能久哉、

假樂四章章六句 箋曰、傳箋以來、皆四章章六句、朱傳呂記同、其六章章四句自陳氏始、嚴氏戴氏從之、然中庸全引首章六句、則古本當爲四章章六句、斷可知矣、況卒章紀友、與下士子位塈爲韻、若改屬五章、義雖是而韻則非、詩之章句當兼音韻以斷、大抵、此詩文法錯綜變化、二章之首、蒙上章立言、三章之末、又順以起下章也、

公劉。召康公戒成王也。 召公名奭、已詳于前、大雅、周公制作之外、皆著其人、 **成王**

將涖政。箋曰、周公既歸政、戒以民事。美公劉之厚於民。而

獻是詩也。箋曰、厚於民釋篤字也、此與周公之陳七月同意、皆欲其法祖以勤民、則驕淫可無萌矣、篤字全詩之綱、魏源曰、國語言、昔我先王世后稷、以服事虞夏、言世爲后稷之官、卽皆蒙后稷之稱、后稷官名、非人名也、左傳詹桓伯曰、我自夏以后稷、魏駘芮岐畢、吾西土也、若指稷棄一人、則封邰自唐、何得云自夏乎、故知周本紀所云后稷之興在陶唐虞夏之際、皆有令德云者、蓋統稱虞夏以來、不窋以上諸君、皆居稷官、世有令德、非指稷棄一世也、其云后稷卒、子不窋立、不窋末年、夏后氏政衰、去稷不務、不窋以棄其官而奔戎狄之間者、正以后稷之官、至不窋始失、故書后稷卒於不窋之上、蓋指其父、非指其始祖言也、不窋當太康世、其間仲康帝相兩王、値羿浞之亂、至少康中興、自應復稷官、而史於不窋後公劉前、獨數鞠陶一世、則鞠陶或自邰反位之君、及公劉初年、始復失官歟、至公劉非不窋孫、則據史記婁敬傳、周之先自后稷堯封之邰、積善累德十餘世、公劉辟桀居豳、夫言十餘世、則非稷曾孫、幷非卽不窋之孫明矣、言辟桀則當夏末、非太康之亂、匈奴傳亦言、夏道衰而公劉失其稷官、變於西戎、邑於豳、後三百餘歲、戎狄攻太王、亡走岐下作周、夫言公劉失其稷官、則自邰出豳、白虎通京師篇曰、后稷封于邰、公劉去邰之邠、非自戎入豳明矣、言公劉至太王止三百餘歲、則明爲自湯末數至武丁初、故後漢西羌傳亦曰、后桀之亂、畎夷入居邠岐之間、成湯既興、伐而攘之、則公劉居豳、當在其時、是辟夏亂

而遷近西戎，非由戎狄而遷近中國，然則周語惟數十五王者，不窋爲失官居邰之君，鞠陶爲自邰反位之君，公劉爲自邰遷豳之君，周初無此三君，則國且中絶，故特紀之，而其他諸世，皆不及焉，自公劉以後，則豳爲王業所基，不容更畧，故公劉至亶父三百餘年，中歷慶節皇僕差弗毀隃公非高圉亞圉祖類八世，豈由稷至劉，中閱虞夏，惟歷二世乎，禹至桀實十三世，后稷至公劉十餘世，足以當之，故知周語所舉詳豳畧邰，而史記千餘歲僅十四世之誣，昭然明矣，蓋國語不窋失官而自竄於戎翟之間，失官非失國也，言失王官而歸就國於邰，非遷國也，邰在今陝西乾州武功縣南，夏時戎翟偪處涇洛之南，不窋自京師而歸處於邰，偪鄰戎藪，至夏末公劉乃自邰而遷豳，後人誤以戎翟爲非邰地，試思豳在邰北百餘里，若如括地志謂不窋城在今慶陽府，距邰西北四五百里，則是不窋已深入戎翟，公劉何復由邰遷豳耶，問豳在邰北，更偪戎翟，奈何棄邰而遷豳，且裹糧陳兵，張皇舉動者何，曰夏商之際，戎翟入居涇洛，邠邰及岐皆與戎翟錯處，但土曠人希，爲中國甌脫不爭之地，非封建之國，故可由人之擴境，亦未必棄邰不有，故涉渭爲亂，卽仍有渭南邰地之證，史記亦謂，公劉在戎狄間，復修后稷之業，務耕種，行地宜，自漆沮渡渭取材用，行者有資，居者蓄積，民賴其慶，百姓懷之，多徙而保附焉，故詩人歌樂思其德，則是從漆沮度渭以致南山之材，已通邰岐爲一境，其後殷道中衰，古公始辟戎翟，復返於岐，苟邰地久失，古公安得復居於岐乎，毛傳言公劉遂平西戎，而遷其民，其軍三單，明爲平戎遷國之事，又言諸侯之從者十有八國，則湯初攘戎，氏羌賓服，列國咸拓境宇，偏於隴西之事、故卒章止旅乃密、芮鞫之卽、芮雖州川也、則公劉遷豳、歸附日廣、乃逾涇而西居於汭濱、近秦隴矣、此平戎擴土之明證、若非陳兵裹糧安能攘逐戎寇、爲十八國之盟主乎、吳英曰、毛傳曰、遭夏人亂、迫逐公劉、據此知公劉遭夏之亂、不容於中國、遷其民而立國於豳也、削其后稷之職、未奪其土地、然已見危、故曰迫逐也、集傳謂其在西戎不敢寧居、既富且强、於是遷都於豳焉、亦不出其封內也、此說非也、公劉一篇所言皆新遷之事、而首章尤見其初本自有土有民、則議遷之意非一日、所徙之道路非伊邇也、詩啓口言匪居匪康、惟公劉以前、安然居邰、至於公劉之世、而民無寧宇、故曰匪居匪康也、匪居匪康正爲世世安康而言也、集傳謂其在西戎不敢寧居、毋乃非詩意乎、議遷之意非一日、故曰乃埸乃疆、乃積乃倉、道路非伊邇、故曰弓矢斯張、干戈戚揚、正爲自邰至豳而言也、若謂不出封內但徙其都、則何必謂積倉、何必謂弓矢、又何以謂之爰方啓行耶、且末章曰、于豳斯館、亦惟自邰至豳、舊邦已離、新邦未造、故先于豳地築館舍也、若封內徙都、則何必謂于豳斯館耶、漢書曰、后稷堯封之邰、公劉避桀於豳、則豳在邰之西北可知也、其後大王自豳遷岐、更及西南焉、蓋公劉大王之所以起化於西夷者、實因后稷始封之地、邰國原屬西裔、近於戎狄、故去邰去豳、愈益嚮西去、不以爲憂也、公劉一篇、但曰豳居允荒、曰于豳斯館、而未指爰方啓行之爲何嚮之行也、然漢書毛傳鄭箋及譜則皆謂、公劉自邰至豳矣、則公劉篇之言爰方啓行、亦謂嚮西北而行可知也、古來勝蹟、傳會不少、耳目近地、猶或失實、況邊裔乎、則所謂不啻冢不啻城不啻廟者、皆以夫何有之鄉爲眼前實境耳、

欲貧以爲考訂之證、又豈可得耶、中井積德曰、夷蠻之地、不必有定界、公劉之遷、唯其所擇、大王遷岐亦然、蓋地廣而人少故耳、

篤公劉。匪居匪康。迺埸迺疆。迺積迺倉。迺裹餱糧。于橐于囊。思輯用光。

篤、厚也、公劉居於邰、而遭夏人亂、迫逐公劉、公劉乃辟中國之難、遂平西戎而遷其民、邑於豳焉、迺埸迺疆、言修其疆埸也、迺積迺倉、言民事時和、國有積倉也、小曰橐、大曰囊、思輯用光、言民相與和睦、以顯於時也、

弓矢斯張。干戈戚揚。爰方啟行。

戚、斧也、揚、鉞也、張其弓矢、秉其干戈戚揚、以方開道路、去之豳、蓋諸侯之從者十有八國焉、○五迺字、延文本皆作乃、傳四迺字亦同、傳而遺二字、延文本無、卷子本傍注云本無遺字、埸音亦、積子智反、裹音果、餱音侯、橐他洛反、囊乃郎反、輯音集、

箋曰、首章言足食足兵、以遷于豳、序云美公劉之厚於民、詩凡六章、皆冠以篤字、皆美其厚于民也、厚民之事、於各章見之、篤之一字、固周之先公相傳家法也、每章皆以此起語、贊之之辭也、公者侯國尊君之通稱、非爵也、劉、名也、商以前無諱禮、亦如古公之稱亶父也、居、安處也、康亦安也、經言公劉自邰遷豳之事、故傳先言居邰遭亂辟難、以釋經不居不安之義、○迺埸迺疆、迺積迺倉者、邰國乃有疆埸也、乃有積委及倉也、埸疆皆田之界畔、然有小

別、疆者田之大界、場是小界、今之小田埢也、孟子引此詩而釋之云、故居者有積倉、行者有裹糧也、明以居者與行者並言、則公劉初遷之時、其民猶有居者、本非一時席卷其民、空國而去、故迺場迺疆、所以修部國之疆場、迺積迺倉、所以充部國之積倉、亦可見改邑徙民、未嘗全棄其故都、而欲爲行者之利、先謀居者之安、此公劉之所以爲厚也、積・露積也、積倉與疆場對文、故知積倉爲二、露積曰庾、與有屋曰倉異、史記言公劉倉庾皆足、庾卽積也、孟子趙注云乃積穀於倉、失之、○迺裹餱糧、于橐于囊者、將遷豳故也、餱・乾食也、糧・米食也、橐囊皆所以盛餱糧者、馬瑞辰曰、文選干寶晉紀總論引詩于橐于囊、呂向注、大曰橐、小曰囊、與毛傳互易、正義引左傳趙盾食靈輒、爲之簞食與肉置諸橐、以證橐小、引公羊傳陳乞出公子陽生於巨囊、以證囊大、然陳啓源據史記東方朔傳一囊粟、漢書揚雄傳士或自盛以橐、又范雎扶服入橐、則囊非不可盛食、橐非不可盛人、劉履恂引秦策伍子胥橐載而出、以證橐大、引史記平原君傳、譬如錐之處囊中、以證囊小、則大小蓋無定矣、釋文引說文無底曰囊、有底曰橐、高誘戰國策注同、今說文本無之、據史記陸賈傳索隱引埤倉有底曰囊、無底曰橐、釋文蓋誤引埤倉爲說文也、元應書引倉頡篇、橐、囊之無底者、廣韻、橐無底囊、說文繫傳曰、無底曰橐、合諸說證之、當以埤倉爲是、說文、橐・囊、也、囊・橐也、廣雅、橐・囊也、蓋囊與橐對文則異、散文則通、○思輯用光者、輯・安集也、公劉唯思安集民人以光顯其國而已、思輯用光、是所以遷之故、爲一篇之冒、凡寫人心和協、所謂輯也、凡叙規模肇興、所謂光也、郤總以篤字括之、惟篤故能思、是思也原於未遷之先、而貫於豳居允荒芮鞫之卽之後、茲其所以光大姬宗也、○干戈戚揚、干・楯也、戈・句孑戟也、考工記冶氏、戈廣二寸、內倍之、胡三之、援四之、曲禮疏云、戈如戟而横安刃、但頭不向上而鉤也、直刃長八尺、横刃長四寸、接柄處長四寸、並廣二寸、用以句害人、據此則戈戟皆句兵、但小枝向上爲戟、平之爲戈、微有不同、故戈亦蒙戟名、而以句孑別之、句孑者、以其横安刃不向上而鉤也、說文謂之平頭戟、詳秦風無衣篇、戚揚皆斧鉞之別名、鉞大而斧小、○爰方啓行、爾雅、爰・曰也、又爰于也、曰于皆語詞、文選思玄賦、爰整駕而亟行、舊注、爰・於是也、於是者、緩辭也、廣雅釋詁、方・始也、言於是始啟行也、行之言啓者、弓矢在前、導之先路也、孟子曰、故居者有積倉、行者有裹糧也、然後可以爰方啓行、爰方二字、亦有然後可以四字之意、英雄舉事、未有不審愼周詳動出萬全者、胸有成算、固不同於孟浪從事、苟且圖功者矣、故曰爰方啓行、其難其愼之辭也、夏都冀州、邰在雍州之西、爲古戎狄地、昭九年左傳詹桓伯曰、我自夏以后稷、魏駘芮岐畢吾西土也、駘與邰通、周在夏地不及邰岐以北、則終夏之世尙無豳土可知、公劉自邰之豳、非失邰也、豳亦非周故有也、國都雖遷、向之疆場積倉、固在其封內、然弓矢斯張干戈戚揚、亦謂新添兵器、非指舊時所有耳、弓矢干戈武備啓行、雖在亂世、非封內行色、豳縱在封外、故封未必非其有耳、若是封內、何必詠歌餱糧干戈乎、傳云、公劉遷豳、從者十有八國、本指諸侯也、曾氏以爲民之從遷、而引爲旣庶旣繁之證、誤矣、諸侯之從、不過同避夏亂耳、非同適豳也、豳地能容十八國乎、或疑邰在今武功縣、豳在今邠州、相去僅百餘里、似不必裹糧陳兵如此舉動、不知今之圖

經、亦祗能約略所在、當時地曠民稀、安見后稷所封之邰、與公劉所邑之豳相去不稍遠於今地、此不足致難也、

篤公劉。于胥斯原。既庶既繁。既順迺宣。而無永嘆。胥、相、宣、徧也、民無長嘆、猶文王之無悔也、**陟則在巘。復降在原。何以舟之。維玉及瑤。鞞琫容刀。**巘、小山別於大山者也、舟、帶也、瑤言有美德也、下曰鞞、上曰琫、言德有度數也、容刀言有武事也、○巘魚輦反、瑤音遙、鞞必頂反、琫必孔反、延文本・嘆作歎、傳同、傳相下・有也字、

箋曰、二章言見民之安、以相土之宜、胥、相也、亦按視之義、是既遷之後事、非欲居而相之、○既庶既繁、以下三既字、卽上句于胥斯原胥字也、言庶而又言繁、見從而遷者愈多也、既順迺宣者、順・和順也、宣之言、通也、暢也、言民心既順其情乃宣暢也、故下卽言而無永歎矣、永歎者、念舊也、豳蓋非無人之境、公劉以其士民就而廓大之、故士民至豳、善其土地、而不復思舊也、於是公劉乃觀新邑營之地、傳云民無長嘆猶文王之無悔也、此特釋長歎之爲悔爾、民不以遷爲悔、猶文王之作事、無所可悔也、夫雖有君主之令、能使民有趨新之勢、而不能使民無念舊之思、能使民無念舊、此則篤之至也、○陟則在巘者、皇矣度其鮮原、傳云、小山別大山曰鮮、此毛以巘鮮爲一、釋文、巘本又作獻、月令鮮羔開冰、呂氏春秋作獻羔開冰、是鮮獻古通用、釋山云、重

甗隒、甗是巘之假借、玉篇引作重巘隒、文選晚出射堂詩注引亦作巘、據此則小山別大山爲巘、小山而重之則爲隒、自釋名謂小山別大山曰巚、巚甑也、而郭卽取劉義以釋之、云、謂山形如累兩甗、甗甑、山狀似之、上大下小、因以爲名、陸孔遂沿其誤、不知作甗作巘、皆與鮮字異而義同、此詩之巘、實卽皇矣之鮮、卽謂詩本作甗、亦但言甗不言重、況上大下小之甗、正是大小相連、何得云小山別於大山乎、○何以舟之、舟者舸之假借、說文、舸、帀徧也、字通作周、帶周於身、故舟得訓帶、今稱周旋作舟旋、取其環轉之義、與帶義通、鄭亦以舟爲周、周與酬通、儀禮鄉飲酒注云、酬之言周、是也、何以舟之、卽何以酬之、故曰民亦愛公劉之如是、故進玉瑤容刀之佩、是鄭意謂民以此相酬、乃易傳、然非是、民間何以有此物、且豈受人饋獻時耶、○維玉及瑤、鞞琫容刀、此二句寫其風神、與干戈戚揚相照、有色有聲、馬瑞辰曰、周官大宰、享先王贊玉爵、內宰、后祼獻贊瑤爵、祭統、君洗玉爵獻卿、以瑤爵獻大夫、是玉與瑤有別、木瓜詩釋文引說文瑤美石、太平御覽引說文瑤石之美者、今本說文作玉之美者、誤也、漢書禮樂志郊祀歌眺瑤堂、應邵注、瑤、石而似玉者也、皆瑤爲美石之證、正義謂、瑤是玉之別名、失之、瞻彼洛矣詩、鞞琫有珌、傳、天子玉琫而珧珌、珧卽瑤之叚借、此詩維玉及瑤、連下鞞琫容刀言之、謂以玉飾琫、以瑤飾鞞、卽彼傳所謂天子玉琫而珧珌也、蓋公劉始以玉瑤爲鞞琫、後遂尊爲天子之服、猶皐門應門之制、本自大王也、正義分玉瑤與鞞琫爲二、亦誤、馬說是也、鞞琫容刀、言佩刀也、鞞、刀鞘也、琫、刀上飾、容刀如曰容臭、謂鞞之中容此刀耳、容臭今香囊是也、朱傳解容刀爲容飾之刀、襲正義

之謬、傳云下曰鞞、上曰琫、明是指鞞之上下、不言下
曰珌者、以此篇經文無珌耳、鞞琫詳瞻彼洛矣篇、

篤公劉。逝彼百泉。瞻彼溥原。迺陟南岡。乃覯于京。

溥・大、覯見也、

京師之野。于時處處。于時廬旅。于時言言。于時語語。

是京乃大衆之所宜居之也、廬・寄也、直言曰言、論難曰語、◯岡下乃字、延文本唐石經俱作迺、溥音普、覯古豆反、傳大下延文本有也字、宜居之延文本作宜處、

箋曰、三章言相土之宜、以營都邑也、上章既言安民、至此方言相宇立都邑以營宮室、亦猶緜之詩四章言居民、五六章方言宮室宗廟、蓋厚民者必先民而後宇也、百泉、廣輿記云、涇州有泉眼百餘、雖大旱不竭、卽百泉也、百泉之水、皆流入涇至邠州、非汎指衆水爲百泉也、◯瞻彼溥原、溥・大也、李巡曰、土地寬博而平正、名之曰原、溥原卽豳地、以其地形廣平則曰原、狀其大則曰溥、故第二章但言斯原、第五章分言既溥豳地多原、如五龍原、永壽原、淺水原等、故詩中于胥斯原、復降在原、度其隰原、於六章凡四稱原、則以衆原名溥原也、◯迺陟南岡乃覯于京者、上已升巘觀之、是登高以臨下、又往百泉之間者、溥原廣闊而涇水包絡之、非迴環周覽、則形勢不能審也、南岡卽巘之南岡也、下觀既徧、乃復上觀、陟南岡而覯于京、以京在南岡之下、覽其

拱持則向背宜矣、始之降原、覗其腹裏、繼之瞻原、周其郛郭、始之陟巘、從北望南以攬其大凡、繼之陟岡、從南望北以正其方向、錯落明悉、寫出相地法則精神、○京師之野者、立以爲都邑、故謂之京師、馬瑞辰曰、京爲豳國之地名、毛傳訓師爲衆、釋公劉名居爲京師之義、非遂以師爲衆、吳斗南曰、京者地名、師者都邑之稱、如洛邑亦稱洛師之類、其說是也、今按尙書大傳曰、八家爲鄰、三鄰爲朋、三朋爲里、五里爲邑、十邑爲都、十都爲師、州十有二師焉、則邑之稱師、不自周始、特京師連稱始此、後遂以名天子居耳、餘詳于大明、○于時處處、于時廬旅者、時·是也、于時猶于是也、處處者處也、廬旅者廬也、言言者言也、語語者語也、並用重文者、謂其非一也、非上虛下實之謂、猶言燕燕也、處處者、民所恒處之室、以安家也、廬旅者、暫處之廬、以柔遠也、閔二年左傳、立戴公以廬于曹、此廬字亦當訓爲寄、以彼時倉皇立國、宗廟宮室均未建立、故曰廬、左傳襄二十八年旅于明年之次、注、旅·客處也、又易旅旅小亨疏、旅者客寄之名、是廬旅古同聲同義、故通用、齊語、衞人出廬於漕、管子小甲作衞人出旅於漕、直言曰言、應酬曰語、此四句皆言民之安居樂業、言言語語、寫出民人笑語歡悅神情、廣雅、言言語語、喜也、其解正合、遷土人情所難言、此盤庚所以率籲矣言也、公劉遷豳之役、一則曰而無永歎、再則曰于時言言于時語語、則當時人心之樂從可知矣、馬瑞辰曰、周官遺人鄭注、廬、羇旅過行寄止、後漢光武紀章懷注、亦曰旅寄也、與毛傳訓廬爲寄同義、是知旅廬一也、詩上下文處處言言語語皆用疊字、不應廬旅獨異詞、竊疑古本原作廬廬、謂寄其所當寄者、故毛傳但釋廬字、猶言言語語、傳但曰直言曰言．論難曰語也、盧旅古通用、本或作旅旅、後譌爲上盧下旅、猶廼乃通用、而此詩作廼者九、作乃者四、參差互出、皆由傳寫譌亂也、馬說可備考證、

篤公劉。于京斯依。蹌蹌濟濟。俾筵俾几。既登乃依。乃造其曹。執豕于牢。酌之用匏。

賓已登席坐矣、乃依几矣、曹．羣也、執豕于牢、新國則殺禮也、酌之用匏、儉以質也、

食之飲之。君之宗之。

爲之君、爲之大宗也、○蹌七羊反、殺所戒反、延文本．登下乃作廼、唐石經登下乃、依下乃、俱作廼、延文本傳登席下無坐字、卷子本傍注亦云本無、

箋曰、四章言公劉作宮室而燕飲以落之也、斯依猶依乎其蒲之依、言新營成而以京爲居也、上京師之野于時處處、謂衆民處處、此言于京斯依則是公家之事、公劉之居此京而築宮室也、○蹌蹌濟濟．俾筵俾几者、濟濟．修飭齊一之貌、蹌蹌．翔舉舒揚之貌、大夫濟濟、士蹌蹌、氣象肅矣、俾、使也、公劉使士大夫就筵几也、蓋草昧之世、患君臣之禮大畧、故此詩之俾筵俾几、必以濟蹌爲重、各有所宜也、君子將營宮室、宗廟爲先、自不必言、何楷以筵几指宗廟之祭、非也、乃造其曹者、俞樾曰、造猶比也、爾雅釋水曰、天子造舟、郭注曰、比船爲橋、李巡曰、比其舟而渡曰造舟、孫炎曰、造舟、比舟爲梁也、是造有

比義、上句既登乃依、傳曰、賓已登席坐矣、乃依几矣、然則毛訓曹爲羣者、其意謂衆賓也、乃造其曹者、謂比次其衆賓之位也、此說可從、蹌濟筵几登依、皆造曹時之事、造曹在下者、是倒句法、○執豕于牢、牢・檜也、方言云、豬其檻及蓐曰檜、今居豕者、編木爲檻、一名蘭、一名牢、一名苙、孟子云既入其苙、趙注、苙・蘭也、蘭卽檻矣、檻中薦草爲蓐、豕是牢豢之物、與牧羣無干涉、牧羣又無特稱曹之理、鄭箋不可從、酌之用匏者、鄭箋云酌酒以匏爲爵者、蓋以一匏離爲二、酌酒於其中、是曰匏爵、又謂之卺、士昏禮、實四爵合卺、注、合卺破匏、是也、凡郊祭與昏禮、器皆用匏、禮記郊特牲注、此謂大古之禮器、或曰、匏謂瓢勺也、亦通、執豕用匏、物力未豐、自應如此、無訓儉質意、但後人不可不思其儉質、○君之宗之者、公劉爲之君爲之宗也、板傳云、王者天下之大宗、此與天子諸侯以母弟爲別子繼別者爲大宗異義、天子自爲天地宗廟社稷臣民之宗主、傳意蓋以宗爲主爲長、與鄭訓尊當亦不異、但傳以上文俾筵俾几爲公劉之饗燕羣臣、故以詩下四之字爲公劉之於羣臣、鄭箋謂羣臣爲公劉設几筵、故以四之字爲羣臣之於公劉、此爲異、而傳說是也、小雅緜蠻詩、飲之食之、教之誨之、命彼後車、謂之載之、五之字、亦謂尊之於卑者耳、既食飲以勞之、又爲之君宗以統之、此就一時之懽燕、而綱維已振、規模已立、名分已嚴矣、凡創業之君與守成異、承平既久、階陛森嚴、君臣之分不患不明、而患上下之情不屬、故小雅之湛露蓼蕭、務以款洽爲先、創業之君、其臣披荆斬棘、奚啻家人父子、上下之情不患不通、特患分義不明、粗率簡易、如漢初飲酒爭功、醉或拔劍擊柱、故燕飲主於辨分、此詩獨言君之宗之

也、

篤公劉。既溥既長。既景迺岡。相其陰陽。觀其流泉。既景乃岡、考於日景參之高岡、其軍三單。度其隰原。徹田爲糧。三單、相襲也、徹治也、度其夕陽。豳居允荒。山西曰夕陽、荒・大也、○相息亮反、單音丹、度待洛反、延文本・迺作乃、傳之作於、傳岡下陽下、並有也、

箋曰、五章言公劉授民之田、別壤制賦、爲立國之本務、大拓山西焉、溥以橫言、長以從言、溥長言土地墾辟廣且長也、景者爲測景其日影也、以土圭正日景、而謂之景者、猶以土圭測土深亦謂之土也、欲疆井畝、先正方向、故於南北之長、東西之廣、既爲測日景以定其經界、乃復陟山之脊、以相陰陽、而觀流泉也、山南曰陽、山北曰陰、陰陽向背・寒暖之宜也、流泉・水泉灌漑之利也、正義謂、相寒煖、視浸潤、欲民擇所宜而種之、逐浸潤而耕之、是已、不曰水泉而曰流泉、成六年左傳、有汾澮以流其惡、據此則經之取義於流泉者可知矣、○其軍三單者、王夫之曰、毛傳三單相襲也、立義精核而不易解了、單者董仲舒所謂口軍也、百畝以食八口、除老弱婦女率可任者三人、三分而用其一、蓋百畝而賦口軍一、與後世所謂三丁抽一之說略同、單、一也、三口

而一軍、故曰三單、其賦太多、而不與周制同者、公劉當草創之初、外禦戎難、內修疆圉、一時權制、而上下同患、民不怨勞、則仁愛所結、亦諒其不得已也、顧定賦則然、而上役休罷、更番充伍、故毛公曰相襲者猶言相代也、亦以明三單之非橫役矣、胡承珙曰、竊意傳以單爲對複之名、單者一也、獨也、三單者即周禮凡起徒役無過家一人之謂、蓋止用正卒爲軍、不及其羨、故曰單、三軍、故曰三單、傳又云相襲者、相襲猶言相代、則三單之中、尙有更休疊上之法、其不盡民力如此、此公劉之所以爲厚也、且此語雖爲制軍之數、古者寓兵於農、制軍所以爲受田、故上承相陰陽觀流泉、而下與度其隰原徹田爲糧相次、箋云丁夫滿三軍之數、亦謂依此數而夫各授百畝以田也、○度其隰原、隰原猶原隰、倒文以協韻耳、詩多言原隰、皆泛指廣平下濕之地、度其隰原、畫井田也、本承相陰陽觀流泉來、而先言軍制、後言稅法、蓋田賦出車、什一而稅、皆於分畝時定之也、徹田爲糧者、公劉當夏世、宜遵五十而貢之制、是時夏道衰、貢法敝、公劉因地制宜、以定稅法也、周人以徹法取民、爲一代經國大法、而實昉于公劉矣、孟子曰、周人百畝而徹、徹者徹也、後儒申之曰、徹通也均也、一以通地之美惡、而均什一之、如不易之地家百畝、一易之地則以家二百畝而當百畝、再易之地則以家三百畝而當百畝而出賦、始與上地之百畝通什一、而計地之法以均、一以通人之衆寡而均什一之、周官小司徒乃均土地以稽其人民、上地家七人、可任者家三人、中地家六人、可任者二家五人、下地家五人、可任者家二人、王制疏、案周禮地有九等、此上地家七人者、謂中地之上、家六人者、謂中地之中、家五人者、謂中地之下、以此推之、下地之上家四人、下地之中家三人、下地之下家二人、並可以知上地之上家十人、上地之中家九人、上地之下家八人、此以通人之多寡通什一、而計人之法以均、蓋實鑒於夏殷二代之制而損益之、其實恪遵祖制也、其軍三單、就授田之中、而軍賦已寓矣、徹田爲糧、卽授田之中、而稅法又寓矣、傳云徹治也者、徹乃活用字、徹之訓治、其義甚廣、什一稅法自在其中、公劉始遷於豳、使民治田、取其稅以爲軍國之糧、其時竝未定稅名爲徹、至後有天下、遵公劉什一而稅之制、名之曰徹、傳以爲治、治田爲糧、當亦指稅民而言、箋以徹爲周人百畝而徹之徹、蓋此詩言公劉之事、作於成王之時、傳據公劉時事言之、箋據召康公上溯公劉、故以周制言之、兩義可通、○度其夕陽豳居允荒者、湛露傳、陽日也、山之西夕乃見日、故曰夕陽、山之東朝卽見日、故曰朝陽、因之山東爲朝陽、而山西爲夕陽矣、此度地也、卻說度其夕陽、便覺景色掩映、宛然如覩、箋云夕陽者豳之所處、正義以豳國東大山唯梁山耳、殊不知山西曰夕陽、山東曰朝陽、就本山與近山之地言之也、豳去梁山甚遠、程大昌雍錄、自邠而南一百三十里爲奉天縣有梁山、必無暮乃見日之理、安得稱以夕陽、蓋山卽豳山、篇中云巘云岡、皆是也、末二句仍以度民居爲言、蘇氏曰、於是又度其山西之田以廣之、而豳人之居於此益大、蓋從遷之民日衆、山南原隰未足以容、又益以夕陽之田、故經於度其隰原之後、別言度其夕陽、顯是更端之語、非總上之辭、

篤公劉。于豳斯館。涉渭爲亂。取厲取鍛。 館、舍也、正絕流曰亂、鍛石也、

皇澗、水名也、遡、嚮也、

止基迺理。爰衆爰有。夾其皇澗。遡其過澗。

過澗、水名也、

止旅迺密。芮鞫之即。

密、安也、芮、水厓、鞫、究也、◯豳白虎通作邠、延文本厲作礪、鍛作碫、傳同、迺作乃、摺本傳過澗下無水字、延文本傳厓作涯、下有也字、鍛丁亂反、遡音素、芮如銳反、鞫居六反、

箋曰、傳館舍也、舍者止息之義、則未有家室也、蓋公劉初至豳地、無室可居、其棲止之地、草草猶客舍而已、宮室都邑、自是厲碫止基中事、然其所爲宮室、蓋不能如衞文、故從畧焉、朱傳以此章爲總叙始終、得之、于豳斯館卽二章于胥斯原四句、是也、涉取厲鍛卽三章處處廬旅、四章于京斯依所自來也、止基則民居公宮之成也、迺理以下、五章所云是也、至于芮鞫之卽、又有出於度其夕陽之後者矣、文勢通貫、◯涉渭爲亂、爾雅孫注、亂、直橫渡也、傳云正絕流曰亂者、正、中也、絕、渡也、中水而渡、是爲正絕流、水以流爲順、橫渡則截其流、故爲亂、据文義步渡爲涉、然用舟亦通稱涉、邶風招招舟子、人涉卬否、易曰、利涉大川、渭水恐非可步渡者、故朱傳曰、亂、舟之截流橫渡者也、取厲取鍛者、厲鍛皆營建之時、百工所需、磨鐵曰厲、打鐵曰碫、皆石也、豳當渭之北、厲碫皆產於渭南諸山、取以鍛厲斧斤、伐取材木、以給營造焉、釋文、厲本又作礪、鍛本又作碫、馬瑞辰曰、礪者厲之俗、說文、厲、旱石也、繫傳、旱石、麤石也、案厲爲旱石、對底爲柔石言、柔爲細石、則旱爲麤石矣、麤石謂之厲、猶粗米謂之糲也、鍛當以作碫爲正、尙書柴誓鍛乃戈矛、礪乃鋒刃、鍛之欲

其質之堅也、厲之欲其鋒之利也、惟鍛金鐵、今皆以鐵爲質、古之段物或以石、故春秋鄭公孫段字子石、鄭箋云、碫石所以爲鍛質者、正義云、質・椹也、言鍛金之時、以山石爲椹質、爾雅椹謂之榩、釋文椹本或作砧、鍛金之以石爲質、蓋猶擣衣之有砧也、鍛碫段三字同聲通用、而說文曰、鍛・小冶也、碫・碫石也、段・椎物也、則三字各有本義、段爲椎物、所該者廣、不必皆以石、惟以石段物則名碫、詩作鍛者、叚借字耳、正義以鍛爲冶鐵之名、失之、馬說是也、毛詩多假借、傳云鍛石也、謂鍛卽石名、知經文假鍛爲碫、取鍛者乃取石名之碫、非取冶鐵之鍛、故箋申之云、鍛石所以爲鍛質也、莊子列禦寇篇、取石來鍛之、是卽以椎段之段爲鍛、孫子勢篇、如以碫投卵、又卽以碫爲石名也、朱傳訓爲鐵、然鐵未有名鍛者、豈以爲鍛成之鐵乎、鍛成之鐵、已經人功、不比山間頑石可取之無禁也、王質曰、陰密芮城之間、至今鐵器皆精、唐邠州貢剪刀火筯之屬、厲鍛之餘俗也、○止基迺理者、烈祖維民所止、鄭箋、止、居也、孟子可以止則止、注、止・處也、言居處之基阯、於是平治理焉、止猶曰止曰時・迺慰迺止之止、理・治也、爰衆爰有者、衆・人之多也、易雜卦曰、大有、衆也、有亦與衆多義同、魚麗詩云、旨且有、言旨且多也、有與衆同義、猶言爰居爰處、處亦居也、下夾其皇澗四句、皆言來居之衆多、卽承上爰衆爰有言之、○夾其皇澗、遡其過澗者、澗與斯干之干同、流川自山來者也、夾者在其兩旁、遡如字是遡游之遡、借用之爲民居逆流而上進之義也、夾遡是互文、蓋芮水在二澗之上游、而人居或夾過澗而遡焉、或夾皇澗而遡焉、以達于芮鞫也、民居必依水者、不惟便汲飲、且以資灌溉、俞樾曰、傳曰、皇澗名、過澗名、疑非也、皇澗過澗既不能實知其所在、疑非澗水之定名、古人行水、必取曲勢、考工記匠人云、凡行奠水、磬折以參伍、鄭司農云、奠讀爲停、謂行停水、溝形當如磬、直行三、折行五、以引水者疾焉、皇澗過澗當即因此法解之、皇澗者直行之澗也、過澗者折行之澗也、直行之澗何以謂之皇、爾雅釋言、皇正也、正即直也、故直行曰皇澗、折行之澗何以謂之過、過猶咼也、說文口部、咼口戾不正也、直者正、折者不正矣、故折行曰過澗、實則咼澗也、凡澗之直行者、皆謂之皇澗、皇澗非一澗也、凡澗之折行者、皆謂之過澗、過澗亦非一澗也、○止旅迺密者、旅衆也、義見北山大明傳、止旅所止之衆也、止是止基之止、承上二句言、密言稠而寧也、芮鞫之即者、之是也、即就也、言其止居之衆、日以益密、乃復即芮鞫而居之、蓋氣候漸隆、生齒漸多、周室至此漸有勃然莫禦之勢、則又不獨度其夕陽已也、以厚始者、亦將以厚終、天意人心蓋已嘿有所屬矣、釋文、芮本又作汭、作汭者是也、汭水名也、作芮者叚借字、周禮職方氏雍州其川涇汭、鄭注、汭在豳地、引詩汭垢之即、漢書地理志、扶風汧縣下云、芮水出西北、東入涇、詩芮阮、雍州川也、顏注、阮讀與鞫同、韓詩作芮阮、玉篇土部作垢、居六切、涯也、水外爲垢、又阝部、阮古岸也、通典邠州宜祿縣有汭水、寰宇記引水經注曰、芮水出小隴山、其川名汭、芮水又東逕宜祿縣、俗謂之宜祿川水、方輿紀要、芮水出鳳翔府隴州西四十里弦蒲藪、東北流入平涼府華亭縣南、又東北逕崇信縣北、至涇州城北、又東南過長武縣北、而東流合于涇水、是也、豳城在涇水東、汭水在涇水西、越涇而居芮、乃見來居之衆多也、毛傳訓芮爲水厓者、芮之言內也、出爲外則入爲內、故水厓之在內亦名汭、訓鞫爲究者、爾雅釋言鞫究窮也、鞫究同義、故傳以究釋鞫、鞫究爲皆訓窮、當是水窮之處、爾雅言厓內爲隩外爲鞫、李巡曰、厓內近水爲隩、其外曰鞫、孫炎曰、內、曲裏也、外、曲表也、然則詩之芮鞫卽爾雅之隩鞫、說文、汭水相入也、水經河水注、引馬注尙書云、水所入曰汭、洛誥疏引鄭注、汭、隈曲中也、左傳杜注、水之隈曲曰汭、是凡水相入之處皆曰汭、汭者外水相入、其會合襟帶、必有隈曲、內曲卽芮、外曲卽鞫、故傳以芮爲水厓、鞫爲究、不必定指涇芮二水相會之處也、

公劉六章章十句

泂酌。召康公戒成王也。言皇天親有德饗有道也。

箋曰、稱皇天者、舉祭祀之大者、而鳧鷖所謂神祇祖考皆包焉、在身爲德、施行爲道、左氏以行葦泂酌爲昭忠信、忠信者誠也、蓋奉祭此誠、作民父母亦此誠、如無一段精誠、則豈弟亦名耳、安得爲民父母、故忠信二字、此篇之綱、夫公劉泂酌卷阿三詩、皆召康公戒成王、而意各有所指、公劉戒以厚民事也、泂酌戒以修德行道也、卷阿戒以求賢用士也、鄭氏釋泂酌用左傳昭忠信之說、正合敘意、潦水可薦神明、所謂皇天親饗也、豈弟爲民父母、所謂有德有道也、成王他日命君陳曰、至治馨香、感于神明、黍稷非馨、明德惟馨、蓋深有得於此詩之義矣、鹽鐵論和親篇云、故政有不從之教、而世無不可化

之民、詩云、酌彼行潦、挹彼注茲、故公劉處戎狄、戎狄化之、大王去豳、豳民隨之、周公修德而越裳氏來、其從善如影響、爲政務以德親近、何憂於彼之不改、此引詩意、似以挹彼注茲爲說近來遠化民之義、不如傳箋據左傳禮記其義尤古也、此篇文體亦似小雅、而渾厚簡嚴、自與小雅有別、以序義觀之乃見、

泂酌彼行潦。挹彼注茲。可以餴饎。 泂・遠也、行潦・流潦也、餴・餾也、饎・酒食也、

豈弟君子。民之父母。 樂以彊教之、易以說安之、民皆有父之尊、有母之親、◯泂音迥、潦音老、挹音揖、餴甫云反、饎尺志反、延文本豈弟作愷悌、下皆同、傳親下有也字、

箋曰、傳訓泂爲遠者、借泂爲迥耳、泂迥聲近義通、遠酌者敬也、行潦・小溪雨水流注者也、行猶流也、潦、說文雨水大皃、左傳、潢汙行潦之水、可薦於鬼神、據是詩也、行潦詳召南采蘋、挹彼注茲者、大東傳、挹、𣂏也、廣雅、𣂏、酌也、是挹與酌義同也、有司徹注云、注猶瀉也、泂酌、自遠而酌取也、挹彼、彼大器也、注茲、茲小器也、以潦水泥濁、置之大器以澄之、乃挹注小器而用之、所以轉經二器也、◯可以餴饎釋文、餴又作饙、字書云、一蒸米也、釋名、饙分也、衆粒各自分也、據此則餴卽蒸飯也、蒸飯者必以水和米、故曰可以餴饎、爾雅釋言、饙餾稔也、孫炎曰、蒸之曰饙、均之曰餾、說文以餴爲滫飯者、卽今人蒸飯熱

時、以水淋之謂之餴饙、是也、說文、餾·飯氣流也、卽謂餴饙之時、飯氣流布、是饙餾本一事、對文則異、散文則通、故爾雅竝訓爲稔、毛傳卽以餾釋饙、猶其以函釋𦢊也、周禮地官饎人、司農注、饎人主炊官也、儀禮特牲饋食禮、主婦視饎爨于西堂下、注、炊黍稷曰饎、又饎爨在西壁、注、饎·炊也、呂覽仲冬、湛饎必潔、注、饎·炊也、黍稷炊而後熟、故爾雅釋訓釋文曰、饎·熟食也、據此則饎爲炊熟字、與餴字儷文、毛傳說文訓爲酒食、蓋對文則爲炊熟字、散則另一義也、○豈弟君子、民之父母、序所謂道德者在茲、是以行潦可以餴饎也、故事天者先濟其民、豈弟猶樂易也、成王之時、頑梗未戢、民心未可必也、夫澄濁求清、水之可用全在挹注、通此意以及民、凡情有親疏、勢有離合、時有動靜、俱可通變宜俗、況本豈弟爲利導、其奏績不難、曰父母、疏者可使親也、曰攸歸、離者可使合也、曰攸塈、動者可使靜也、毛傳分樂易爲兩件不相容、又父母與單言親同、以愛子恩情而譬焉、傳岐尊親作說、亦非、

泂酌彼行潦。挹彼注茲。可以濯罍。濯、滌也、罍·祭器、**豈弟君子。民之攸歸。**○罍音雷、滌徒歷反、延文本·傳器下有也字、

箋曰、郭注爾雅云、罍形似壺、大者受一斛、天官大宰眡滌濯、彝卣罍器也、注皆盛酒尊、春官司尊彝、四時之祭皆有罍、言罍則尊彝可知、○民之攸歸者、仰之如父母、是以懷之如歸也、

洞酌彼行潦。挹彼注茲。可以濯溉。溉、清也、豈弟君子。民之攸塈。○溉古愛反、

箋曰、溉當讀爲概、匪風傳、概、滌也、此篇濯概連文、濯爲滌則概爲清矣、連言之曰濯概、周禮世婦、掌祭祀賓客喪紀之事、帥女宮而濯概爲齍盛、注、概、拭也、爾雅、拭、清也、清同瀞、說文、瀞無垢薉也、二章傳云、罍祭器、是罍爲器之貴者、此章訓溉爲清、是泛言器之概者、一則見行潦之物薄而用重、一則見其物微而用廣、少牢饋食禮、雍人概鼎七俎于雍爨、廩人概甑甗七與敦于廩爨、司宮概豆籩勺爵觚觶几洗篚于東堂下、足知禮器之宜概者甚多、故末章於罍外廣言之、民之攸塈者、假樂傳曰、塈、息也、既歸之而息之也、子曰、既來之則安之、此其叙也、

洞酌三章章五句

卷阿。召康公戒成王也。箋曰、汲冢紀年、成王三十三年遊於卷阿、召康公從、竹書雖不足據、召公獻是詩必非成王初年、言求賢用吉士也。箋曰、吉士亦是賢人、但序者別其文以足句、亦因經有吉士之文故也、召公三詩、既厚於民、而道德饗於皇天、而求賢吉士以守成、治安之大節備矣、延文本・吉士下無也字、唐石經同、魏源曰、卷阿之詩、言豈弟

君子者六、言君子者二、陳氏啓源謂、君子若屬成王則二三四章全無勸戒、徒爲頌禱之詞者何、曰、旱麓詩言豈弟君子者五、皆文王也、泂酌言豈弟君子者三、皆成王也、此與泂酌皆召康公戒成王之詩、不應頓殊義例、蓋人君任賢則逸、可冀恭己南面無爲之治、此全詩之綱領、即勉勉我王、綱紀四方之誼、國語、周之興鸑鷟鳴于岐山、韋昭證以是詩、呂覽高誘注、周室鳳皇至于山澤、亦引詩爲證、則卷阿當在岐陽也、首章爲成王之矢音、末章爲召公之矢詩、君臣相應、何得如箋謂豈弟君子來就王游而歌、試思臣下陳詩有此自詡乎、吉甫作誦、孟子作詩、家父作誦、奚斯作頌、皆見意篇末、烏有發端卽自稱君子矢音者乎、三章皆言、俾爾彌爾性、其陳天意以戒成王、至諄且切、何謂頌禱之諛詞、豈天保定爾之詩亦皆諛詞乎、至爾雅明言顒顒卬卬爲君之德、則豈弟君子明卽令聞令望之王、若轉指臣下、則四方不綱於君而綱於臣乎、鳳皇翽羽以興吉士、而君子天子則皆謂王、猶出車六月篇王與天子錯稱、言不負王之任使、卽所以媚茲一人、鄭乃以衆鳥慕鳳皇而來、猶多士慕賢者而往、則經何但言鳳皇、不言羣鳥乎、召公因鳴鳳之祥而陳詩、猶周公因嘉禾之祥而陳書、天庥滋至、不以慶而以惕、故詩言俾爾彌爾性者三、人君以豐豫符瑞嘉祥日至、其性將驕溢而不可制、小人日親、君子日遠、漢武帝唐明皇宋眞宗東封西祀、與聲色邊功並進、其祥歟、乃所以爲祅也、欲其德性始終堅固、必尊賢而納諫、故與其慶巢閣之鳳、不若求人中之鳳、聽其言如朝陽之鳴、引其類如萋菶之集、衆賢並進、養成君德、何患國家之不敉寧、天保之不孔固哉、珍禽非祥、賢才吉士爲祥、斯眞祥矣、

有卷者阿。飄風自南。興也、卷·曲也、飄風·迴風也、惡人被德化而消、猶飄風之入曲阿也、**豈弟。君子。來游來歌。以矢其音。**矢·陳也、○卷音權、豈弟延文本作愷悌、下皆同、傳迴延文本作回、阿下也字作矣、

箋曰、首章總提卷阿之遊、卷、曲也、故曰飄風、與何人斯大異、有卷者阿、言其地也、飄風自南、言其時也、卷阿大陵也、南風大和也、此是賦體、毛以爲興者、匪風傳云、迴風爲飄、又云、發發者非有道之風、何人斯其爲飄風、傳云、飄風暴起之風、因以曲阿爲興起德化之地、以飄風爲惡人、飄風入曲阿而迴、喩惡人被德化而消也、成王之時、淮夷已服、頑民已靖、惡人倶化而爲善、樂易之君子、益當求賢以自輔、故召康公因成王游卷阿而戒之、○豈弟君子者、指天子、與泂酌同、來游來歌、以矢其音者、矢、陳也、音、聲樂也、天子出游而張其聲樂、與迴風應和、而洋溢于卷阿之中、眞天地平成之祥景也、

伴奐爾游矣。優游爾休矣。伴奐、廣大有文章也、**豈弟君子。俾爾彌爾性。似先公酋矣。**彌·終也、似·嗣也、酋·終也、○伴音判、奐音喚、酋在由反、

箋曰、二章言大平天子及時娛樂、蒙上游歌引入、何等雍容、詩本意勸王求賢用人、卻先述已治已安、以歎慰之、又祝其久安長治、緜遠鞏固、以歆動之、

然後轉入正旨、優游不迫、婉而易入、眞盛世大臣進言之體也、伴卽胖之借、安舒也、奐卽渙之古文、散也、伴奐與下句優游爲一類、皆疊韻字、亦作判渙、訪落繼猶判渙、傳、判分、渙散也、亦作畔換、漢書叙贊、項氏畔換、注、畔換強恣之貌、猶言跋扈也、亦作叛換、文選魏都賦、雲徹叛換、劉注、叛換、恣睢也、蓋謂袁紹輩、皆舒緩散漫、魏氏與此輩皆如雲撤也、伴奐一也、在賢者則爲舒散、在不賢者則爲恣睢、所謂美惡不嫌同辭也、游是游豫字、與下句休字對、凡書游觀、禮游息、詩游遨、論語游於藝、孟子一游一豫、義皆與此游字近、優游者、說文、優、饒也、又云、游、旌旗之流也、瞻卬維其優矣、箋、優、寬也、荀子正論注、優猶寬泰也、據此則優字取寬裕之義、緇衣大人不倡游言、注、游猶浮也、漢書匈奴傳下集注引服虔、游猶流也、浮與流皆有動義、據此則游字取流動義、寬裕流動義、與伴奐義恰對、篇中爾字皆指王、稱謂古今遞變、三代質直、爾汝之稱、尊卑上下皆可施用、詩中此類甚多、孟子乃云、人倫無受爾汝之實、蓋至戰國時、始以爾汝爲尊於卑上於下輕忽之詞耳、不可以律詩書也、毛訓泮奐爲廣大有文章者、大學心廣體胖、注、胖猶大也、胖與伴通、是伴有廣大義也、論語奐乎其有文章、是奐有文章義也、故以廣大釋伴字、以文章釋奐字、毛意謂廣大而有文章、爾王可得游娛矣、從容而自得、爾王可得休息矣、廣大有文章、言規模制度、宏遠明備、故天下底定、而王得安享太平、所謂爾游也、優游爾休、又承爾游而申成之、然非詩義也、○俾爾彌爾性、天保三俾爾、是天所賦畀、此三俾爾、當何著落、蓋俾者使也、如君子自彌性、安得云俾爾、然則孰使之、下文馮翼孝德之人使之也、言爾既伴奐優游矣、土宇

厚矣、受命長而茀祿康矣、必有人焉、使爾終其德性、日以充滿、則似先公酋
矣、主百神而終純嘏矣、三章俱連用矣字、作游移欣羡之詞、爲下章四有字
蓄勢、於是緊承上文言、俾爾彌爾性者伊何人也、有馮有翼有孝有德、頓出
一班賢人來、連用四有字、兩以字、勢極鄭重、而康公屬望之意如見、傳云彌
終也、終者、盡也、彌爾性者、盡爾性也、性卽天命之謂性之性也、古人經天緯
地事業、無非完其性之所固有、故三章皆言彌其性、彌卽彌月彌綸之彌、有
充實廣大之義、所謂充而成之使無間、是也、以下三章首二句、皆據現在所
有而言、伴奐優游、言其太平無事也、土宇昄章、言其疆域廣大戶口繁盛也、
受命長、茀祿康、言其基業深固也、然苟不能彌性、則皆不足恃、三章末句乃
是祝其將來、頌禱中有規勉意、彌性之道、只在求賢、此上四章與下六章相
承大旨、古聖王之治天下、惟視爲性分中事、故務先自盡、而不敢縱、而其賢
臣又隨時進規如此、固不得如正義之勸使任賢求逸、亦非直如朱傳盛陳
祿壽用相歆動而已、○似先公酋矣、似讀與嗣同、先公通指文武以上諸人、
不曰先王而云先公者、公是君之別名、故鄭箋云嗣先君之功、則先王先公
皆在其中矣、吳樹聲曰、酋、就也、酒成就可以辨別也、字从八、八、別也、从酉、卽
酒之古文也、後世借爲卯酉字、故又別出酒字、大玄玄文、酋、西方也、秋也、萬
物皆成象而就也、又申酋酋大魁頤、又戾引其背酋貞、又爭不酋貞、注、竝云、
酋就也、案物至於成就則熟矣、故亦訓爲熟、月令、仲冬之月、乃命大酋、注、酒
熟曰酋、大酋者、酒官之長、酋者、久遠之稱、久熟者善、故名酒官爲大酋、鄭語、
毒之酋腊者、其殺也滋速、注、精熟曰酋、呂覽仲冬紀、乃命大酋、注、大酋、主酒

官也、酋醞米麴使之化熟、故謂之酋、淮南子時則、乃命大酋、注、醞釀米麴使化熟、故謂之酋、方言、酋、熟也、久熟曰酋、以上訓熟者卽成就之義也、經言似先公酋者、美其能似續先公之所成就也、傳言終者、又由久遠之義引申而出、取義稍迂矣、

爾土宇昄章。亦孔之厚矣。昄、大也、**豈弟君子。俾爾彌爾性。百神爾主矣。**○昄符版反、

箋曰、三章言萬國咸寧、百神皆享焉、說文、宇、屋邊也、蓋屋檐四垂爲屋之四邊、天形象屋四垂、故曰天宇、亦曰大宇、土宇猶土疆也、自所居曰土、自所蓋曰宇、究竟邦域耳、大啓爾宇、復周公之宇、是也、左傳失其守宇亦同、昄者版之假借、周禮小宰、三曰聽閭里以版圖、鄭司農注、司會凡在書契版圖者之貳注、竝云、版、戶籍也、又司民皆書於版、注、版、今戶籍也、論語式負版者、皇疏、版、謂邦國圖籍也、章是舊章典章之章、土宇版章、猶言邦域圖籍、儷文也、此合幾句要荒而言之、孔厚、有鞏固不可動搖之意、○百神爾主矣者、祭法云、有天下者祭百神、主、爲之主也、天地山川皆依之以爲主、故曰百神爾主也、上章言享安閒之福、此章言享全盛之福、下章言享長久之福、一步進一步、而俱不脫彌性意、大臣告君之法、

爾受命長矣。茀祿爾康矣。茀、小也、**豈弟君子。俾爾彌**

爾性。純嘏爾常矣。嘏、大也、○茀音弗、延文本・祿下無爾字、

箋曰、四章言先公百神永保王躬焉、爾受命長矣者、言寶祚延久也、茀祿爾康矣者、爾雅釋詁、祓・福也、郭注引詩祓祿康矣、弗與祓雙聲、方言、福祿謂之祓戩、箋以茀爲祓之假借、故訓爲福、猶生民箋讀茀爲祓、既醉曰介爾景福、景、大也、全詩中無有以小福頌其君者、傳蓋以茀爲芾之叚借、仁井田曰、茀芾市福古通用、甘棠詩蔽芾、韓詩作蔽茀、斯干詩朱芾、古本作朱茀、又芾古單作市、史記始皇本紀徐市、淮南王傳作徐福、通雅曰、徐市卽徐福、市卽古芾字、故與福音通、此知茀芾市福古皆通用、故毛傳以茀爲市、今傳作茀小者、蓋市字畫缺、傳寫誤以爲小耳、此說可從、說者或謂對下純嘏爲大福言、故訓爲小、强解耳、○純嘏爾常矣者、壽命長、茀祿康、從已然者頌之也、純嘏爾常、則就將然者祝之也、壽考福祿、卽所謂純嘏也、壽考福祿、致之若易、保之實難、故祝以常有此純嘏也、言外有不可爲常之意、周頌維天之命、文王之德之純、傳、純・大也、此傳無文、當與彼同、鄭箋、予福曰嘏、使女大受神之福以爲常、胡承珙曰、賓之初筵及此傳、皆訓嘏爲大、鄭箋於詩中嘏字皆爲受福、似與毛異、其實義相成也、蓋嘏之本訓爲大、郊特牲曰、嘏、長也、大也、方言、嘏、大也、宋衞陳魯之間謂之嘏、秦晉之間凡物壯大謂之嘏、說文、嘏・大遠也、因祭祀受福曰嘏、而大義遂專屬於福、以漢人爾雅注例之、當云嘏福之大也、毛公深明故訓、但云大而福義自著、鄭君生於後漢、釋經之法稍變、故必以予福申明之、少牢饋食禮、以嘏于主人、注云、嘏・大也、予主人以大福、此可

見暇祗有大訓、引申之爲大福耳、胡說是也、康公先言其所已然、而後戒其所未然、使知此之不足恃、而不敢自忽、蓋於喜起賡歌之中、而格非之意、保泰之圖、皆在是矣、前四章寓諷於祝、五章以後、則諷以求賢用人、而其言巽、其旨遠、使聽者油然勃然、自鼓自舞而不能已、後世爲極諫直言、痛哭流涕於太平之世者、不可謂非忠愛也、及人主撫時繹思、萬一有不若是其甚者、則疑不之信、故誣亂以爲治、固小人之用心、而抑治以爲亂、亦非進言之至術、觀此詩然後知康公之戒其君、其言固自有法、

有馮有翼。有孝有德。以引以翼。有馮有翼、道可馮依以爲輔翼也、引・長、翼・敬也、**豈弟。君子。四方爲則。**○馮符冰反、延文本・傳長下有也字、

箋曰、此章陡列四項、與上三章文不相屬、意實相應、有山斷川連之妙、夫馮翼孝德之人、皆人主彌性之資也、馮者忠諒可託心膂、翼者才猷可任股肱、孝者順德善事親、則有移忠之心、德者行道有得於己、則有正物之學、有馮有翼、此非常之才難得之士也、而繼之曰有孝有德、蓋人主常與慈祥篤實之人處、其所以興起善端、涵養德性、鎭其躁而消其邪、日改月化、有不在言語之間者矣、四有字、與綿之有疏附有先後等、文意正同、以文王四臣言之、馮如疏附、翼如奔走禦侮、而孝德則先後也、○以引以翼者、引如引君以當道之引、翼如予欲有爲汝翼之翼、行葦箋、在前曰引、在旁曰翼、與此章同義、

惟彼則實有其事、此則虛言其理也、玩二以字、語氣自見、言以馮翼孝德之人、引之翼之、則四方以王者爲則矣、但美得賢之益、而不及求賢之勞、以諷爲祝者、必從其後効而言之也、傳、道、言也、正義爲道德之道、恐非、

顒顒卬卬。如圭如璋。令聞令望。 顒顒、溫貌、卬卬、盛貌、 **豈弟君子。四方爲綱。** ○顒魚恭反、卬五剛反、延文本傳兩貌下俱有也字、

箋曰、六章言旣以馮翼孝德之人引之翼之、則主德顒卬、令聞播而令望服、四方皆以之爲綱矣、顒顒卬卬三句、猶假樂所云穆穆皇皇、宜君宜王、威儀抑抑、德音秩秩、但彼以爲嘉、此以爲戒、且歸重於馮翼孝德之引翼、荀子正名篇、有兼聽之明、而無奮矜之容、有兼覆之厚、而無伐德之色、說行而天下正、說不行則白道而冥窮、是聖人之辨說也、卽引此詩、蓋無奮矜之容、無伐德之色、經之所謂顒顒、傳之所謂溫貌也、有兼聽之明、有兼覆之厚、經之所謂卬卬、傳之所謂盛貌也、其德溫恭又充盛、是溫盛二義相因、下義卽申足上義、箋以顒顒指體貌、卬卬指志氣、與毛傳不合、圭璋琢而成器者也、凡物之溫潤而高朗者莫如玉、故曰如圭如璋、令聞·善譽也、令望·威儀可望法也、遠之則有令聞、近之則有令望、嚴氏以全詩豈弟君子目成王爲非、而卬卬三句亦屬賢臣、謂詩戒成王、不當過爲稱譽之辭、此說非是、釋訓云、容容卬卬、君之德也、虞翻注易觀、亦引詩曰容容卬卬、如圭如璋、君德之美也、故箋

以爲得賢臣而後君德能如此、此正所以陳戒、無嫌於過爲稱譽也、○四方爲綱、綱者衆目所從而張也、言百辟兆民、莫不歸心而屬之、爲則有師道意、爲綱有君道意、四方之則、四方之綱、乃所以起下半四章、而入通篇本旨也、君子之非卽賢人、尤於五六章見之、五章引翼者引翼王、六章上三句亦謂王、豈弟君子自當以王言、不以賢言、上下文勢方協、況四方之綱、又假樂所以嘉成王者乎、

鳳皇于飛。翽翽其羽。亦集爰止。鳳皇靈鳥、仁瑞也、雄曰鳳、雌曰皇、**藹藹王多吉士。維君子使媚于天子。**藹藹猶濟濟也、○翽呼會反、藹於害反、諸本·傳雌曰皇下·有翽翽衆多也五字、延文本無、與卷子本同、

箋曰、興也、七章以鳳皇爲興者、見吉士爲國家之瑞猶鳳皇也、作皇者謂鳳爲鳥中之王也、干祿字書、皇鳳皇正字、俗作凰、據此則唐以後例鳳字始加几、則俗字矣、非雌雄之別、翽翽·羽儀之盛也、一曰、文章光輝之貌、亦集爰止、謂飛下而止于此、賢才列於王朝、如鳳皇之爰止也、各本毛傳有翽翽衆多也五字、正義引中候白虎通、以鳳皇來必衆多申毛衆多謂鳳之意、鄭箋云、時鳳凰至、因以爲喻、正義引書君奭鳴鳥不聞證之、周語內史過曰、周之興也、鸑鷟鳴於岐山、韋昭云、鸑鷟·鳳凰之別名也、詩云、鳳凰鳴矣、于彼高岡、其岐山之舊乎、此又一證也、周書王會解云、西申以鳳鳥方揚以皇鳥解所言

正指成王時、王城既成、大會諸侯及四夷之事、此亦足爲一證、詩雖據事爲賦、然喻意自在其中、鄭箋卽申毛、不得謂毛爲賦鄭爲興也、竹書紀年、成王十八年鳳皇見、遂有事於河、沈約注云、鳳皇翔庭、王援琴而歌、作神鳳操、神鳳操曰、鳳凰翔兮於紫庭、余何德兮以感靈、賴先王兮德澤、臻于胥樂兮民以寧、詞調卑弱、非三代人手筆、其爲僞作無疑、○藹藹王多吉士、釋訓、藹藹濟濟・止也、注、盛多之容止、文選吴都賦、藹藹翠幄、注、藹藹盛貌、乂補亡詩、其林靄靄、注、藹藹茂盛貌、藹藹本訓盛、故毛云猶濟濟也、濟濟亦盛也、周公言、立政惟用吉士、而復申之曰、繼自今後王立政、其惟克用常人、則吉士卽常人也、身無擇行、口無擇言、此吉士義疏也、吉士與憸人反、左傳孝敬忠信爲吉德、唐虞以上無才德之分、如皋陶九德、皆才也、舜舉八元八凱之才、皆德也、有德則才在其中、○維君子使媚于天子者、君子謂天子也、使、言天子能官使之也、媚、愛也、媚於天子者、愛天子也、非容悅也、凡人臣而陳謨効忠、奉公宣猷者、皆所以愛天子也、一媚字柔婉入妙、忠愛之至、自然惠順、昔人謂直臣正士、分外嫵媚甚、得此媚字之旨、言君子者、召公指成王、天子則從吉士而稱之也、

鳳皇于飛。翽翽其羽。亦傅于天。藹藹王多吉人。維君子命媚于庶人。○傳音附、

箋曰、傳讀與附同、傳猶戾也、傳于天者、近君之喻也、上章言媚天子、不取傳天爲興、乃以興媚庶人、蓋彙征則自下而上、降澤則自上而下、故必先傳天、而後能媚庶人也、吉人猶吉士、總是馮翼孝德之人、在朝曰士、在外曰人耳、命猶使也、媚于庶人更妙、一媚字正愛民之至、非邀結也、以遂生復性者媚之、於君爲忠愛、於民爲子愛、廣天子之惠以愛百姓、則其媚於庶人者、卽所以媚於天子也、趙佑曰、後世仕宦之徒、與之言媚于天子、則惟恐不逮、與之言媚于庶人、莫之承也、詩獨舉而一之曰媚、無異詞焉、蓋古所謂媚、非後世所謂媚也、鄭氏箋媚于庶人云、謂無擾之令不失職、旨哉斯言、耐人百迴尋繹、何其簡而至也、古王者之愛其民、不在有以予之、而在無以奪之、民非必暴征橫斂而後困、亦不必美言小數而遂孚也、惟無擾之、使各得其爲民之職、民之所求乎上者、如是足矣、上之所爲、無得罪于百姓者、亦如是足矣、豈別有術焉以媚之哉、吾由箋會之、然則媚于天子、亦當云謂勿欺之、使不失道、孔子之語事君、莫先于勿欺、孟子非堯舜之道不敢以陳于王前、故齊人莫如我敬王、敬卽勿欺之謂、敬之至者愛之深、卽媚之謂、後世但知阿諛逢迎之爲媚、于是媚遂爲不正之名、又于是始諱言媚、而其實無一不在媚中、而其實無一在古所謂媚中、其媚也其適所以爲欺也、

鳳皇鳴矣。于彼高岡。梧桐生矣。于彼朝陽。梧桐、柔木也、山東曰朝陽、梧桐不生山岡、太平而後生朝陽、**菶菶萋萋。雝雝喈喈。**梧桐盛也、鳳皇鳴也、臣竭其力、則地極其化、天

下和合、則鳳皇樂德、〇菶布孔反、萋七西反、雝雝、唐石經・延文本・並作雍雍、

箋曰、皆比也、高岡、山脊之高者、鳳皇鳴于高岡、比大賢吉士、俞咈昌言、矢謨于本朝焉、朝陽卽高岡之東面也、天子當陽、以梧桐生于朝陽、比天子好爵縻之、其言鳳皇、又言梧桐者、則以鳳非梧桐不棲、而連及之也、高岡居高之象、朝陽近君之象、蓋前二章以鳳皇取喩吉士、又終之以媚天子媚庶人、其意已足矣、忽復借喩作勢、驟起烟雲、游衍紆徐、無限姿態、而其點綴生動、尤在鳴字生字幷二矣字、且鳳皇靈鳥、世所希有、今乃取其聲音性情、與其所鳴之地、所食之物、而悉言之、似以幻爲真、梧桐人所常見、今曰梧桐生矣、又似駭真爲幻、末二句卽就梧生之狀、鳳鳴之聲、收住作結、不露正意、與下章君子之車、君子之馬、若斷若續、離合變化、難可端倪、此聖手也、梧桐是柔刃之木、故曰柔木、郝懿行曰、爾雅釋木云、櫬・梧、又云、榮・桐木、說文、梧、梧桐木、一曰櫬、然則上云櫬梧、下云榮桐、蓋二物通名、爾雅或曰梧、或曰桐、互言之耳、今驗二樹、葉形相類、但皮色異、一種皮青碧而滑澤、今人謂之青桐、卽此櫬梧、是也、一種皮白、材中樂器、卽下榮桐是也、樹皆大葉濃陰、青桐尤爲姸美、人多種之以飾庭院、四月開小黃華、結莢亦黃、至秋莢裂作槖、鄂如小瓢、其子纍纍綴瓢閒、可𤓰食之、其味腴美、醫家作丸如桐子大、正謂此也、文選風賦注、引莊子曰、桐乳致巢、司馬彪注、桐子似乳、是矣、梧桐亦單言梧、孟子云舍其梧檟、亦單言桐、詩云其桐其椅、是也、棺謂之櫬、古者以桐爲棺、因而桐亦名櫬、本草陶注以白者爲梧桐、無子者爲青桐、失之、齊民要術說之極明、

桐一名榮、蓋桐華尤繁茂、故獨擅榮名矣、齊民要術云、白桐無子、任爲樂器、今按白桐亦名梧桐、華紫黃色、有華無實、其皮白色、故顏氏家訓風操篇云、有諱桐者、呼梧桐爲白鐵樹、正謂此矣、○朝陽者、朝先見日也、以山東爲朝陽、猶以山西爲夕陽也、說文、菶艸盛、萋艸盛、菶與萋皆本爲艸盛、因之爲木盛、猶芃本爲艸盛、棫樸篇爲木盛矣、傳意以菶菶句承梧桐生矣、故云梧桐盛也、雝雝句承鳳皇鳴矣、故曰鳳皇鳴也、

君子之車。既庶且多。君子之馬。既閑且馳。 上能錫以車馬、行中節、馳中法也、

矢詩不多。維以遂歌。 不多、多也、明王使公卿獻詩、以陳其志、遂爲工師之歌焉、

箋曰、卒章極贊天子車馬之盛、以戒勸其愈益求賢才固大平、君子、天子也、庶·謂品別有種種也、多·謂全數之衆也、閑通作嫻、習也、馳·謂善馳也、車言其多、馬言其良、互相挾、上九章所以贊美君子者至矣、至此不贊君子、而贊君子之車馬、則君子之光儀益可知、此專從來游時而心賞之如此也、舊解、車馬錫賢者、在此章義無所當、若夫安車駟馬聘天下之賢者、是漢魏以下郡縣世之事、三代所無也、○矢詩不多維以遂歌者、矢與首章矢音之矢同、陳也、陳有數之辭、若唯一詩、不得稱矢也、合曲曰歌、傳意言、王能用賢、使之獻詩陳志、遂爲工歌、令矇瞍賦誦、以爲鑒戒、故以不多爲反辭、言賢人衆多、其陳詩自多也、鄭箋誤解經矢詩爲召公自言陳作此詩、因易傳以不多爲順辭、正義據箋中傳、以不多爲多、謂王能用賢、不復須戒、故以作詩爲煩多、而

公劉序下正義謂、此二句乃召公自言作意、爲公劉泂酌卷阿三篇總結、皆非經傳之旨、朱傳云、遂歌猶賡歌、非也、因矢詩之多而稱遂耳、又朱傳以上章興是章之說、例所無也、古之善爲學者、游舞雩而問崇德脩慝、若認定杏壇爲講席、是拘儒之見也、善納誨者、游卷阿而矢任賢彌性、若認定金華爲講席、是庸臣之識也、

卷阿十章六章章五句四章章六句

箋曰、非卷阿無以觀周室太平之盛、故以終正大雅也、猶桑柔終厲王之雅、顧棟高曰、此詩十章、首尾二章相應、皆賦也、二三四章極言福祿之盛以歆動之、而歸重在彌爾性一句、人君以幼沖之資、處豐亨盛大之境、驕心易生、逸樂之心中于內、性便盈溢不可制、如明皇者多矣、所謂心性有波瀾、自己亦抑捺不住、必須求賢自輔、得馮翼孝德之賢、則有顒卬圭璋聞望之美、圭璋之德非彌性者不能也、德性堅則成器、濫則敗度敗禮、楊妃蠱于內、林甫亂于外、而祿山從之、皆自性之不彌始、李沆爲相、日取四方水旱盜賊之事以奏真宗、謂人主春秋鼎盛、須令知四方艱難、不然、不溺于聲色、則役於土木、此真彌性之法也、七八九三章皆言鳳凰之爲瑞、如唐之姚宋曲江、宋之韓范司馬、皆人中之鳳、又須久在相位、使之安樂、如鳳之雝雝喈喈于梧桐之上、養成君德、敉寧國家、似先公、主百神、而純嘏爾常者實在于此、此召康公之意也、

民勞。召穆公刺厲王也。

箋曰、厲王寵小子、授之以政、寇虐不已、民勞將亂、故作是詩以刺之也、穆公名虎、康公之後、厲王名胡、成王七世孫也、厲王始革典、而變大雅作矣、始變、故厲王無小雅、至宣王之末、周益衰矣、故小雅刺之、此詩言以定我王、以爲王休、又言戎雖小子、皆語同列之辭、至作詩之指、詭隨寇虐、其斥同列親信之人、正以斥同列、而無縱式遏、其教戒同列者、乃所以教戒王也、然就詩辭觀之、渾然不覺、亦開同列以自新之路、王之得此、則必有以惕然發深省焉、蓋詩之爲用如此、魏源曰、民勞板蕩桑柔皆刺厲王、而幽厲之惡、無大於親小人、而幽則豔妻奄寺、皆傾惑柔惡之人、厲則彊禦掊克、皆爪牙剛惡之人、且厲王監謗、道路以目、故召穆凡伯皆託諷寮友、一詩義著、則餘篇大同、姑先以民勞篇發之、次章毋棄爾勞、以爲王休、末章王欲玉女、是用大諫、箋皆以爾女斥王、無此文義、故知與四章戎雖小子、皆斥小人之詞、墨子言厲王染于虢公長父及榮夷公、而史傳言、虢公長父爲厲王主兵、征伐于外、是彊禦之臣、國語言、榮夷公專利、聚斂于內、是掊克之臣、流彘之禍、起於貪暴、故詩屢言民亦勞止、而欲其惠中國以綏四方、柔遠邇以遏寇虐、言所患者不在四方、而在國中之民、其賊民者又非戎狄、而在朝廷小人也、小人者貪暴於外、而獨能詭隨於內、故每章以無縱詭隨爲言、詭隨在側、則忠言不聞、民怨不達、民怨傷國、王則受之、故昭二十年左傳曰、惠此中國、以綏四方、施之以寬也、無縱詭隨、以謹無良、糾之以猛也、柔遠能邇、以定我王、平之以和也、盡之矣、寬於詭隨之人、而猛於矜寡煢獨、未有能得志者也、錢澄之曰、厲王爲成王七世孫、七世以來、豈無詩一篇可採、而卽以厲繼成、何也、成康歿而頌聲寢、謂禮明樂備、後王遵用而已、不復作也、至于雅音亦不傳者、歷代繼體之主、享祖宗之餘福、無德可稱、雖以昭穆荒亡、而先王之紀綱猶存、人心未去也、亦無大惡可刺、至于厲王、始盡廢文武之法度、盡失文武之民心矣、以宣王勵精圖治、有志中興、而晚節遂衰、不能復振、再傳幽王、善政微而流弊出、國遂以亡、則厲王遺毒洊也、夫以周家數百年忠厚培植之民、一旦圍王之宮、流王于彘、古今異變、出自周民、非失民之甚、何以有此、周之亡于厲王久矣、故自卷阿以上十八篇、爲文武成三王之正大雅、而自此以下十二篇、爲厲宣幽之變大雅、盛世之音甫終、亡國之音斯起、吁可畏也、

民亦勞止。汔可小康。惠此中國。以綏四方。 汔·危也、中國·京師也、四方·諸夏也、

無縱詭隨。以謹無良。式遏寇虐。憯不畏明。 詭隨、詭人之善、隨人之小惡者也、以謹無良、愼小以懲大也、憯、曾也、

柔遠能邇。以定我王。 柔·安也、◯汔許一反、詭俱毀反、遏於葛反、憯延文本作慘、七感反、柔延文本作揉、傳之小惡、延文本無之字、摺本無小字、

箋曰、民勞則國危、賈生謂、安民可以行義、而危民易與爲非也、詩人此時不敢望太平也、或者補救有道、則庶幾小康耳、此二語不敢過望之辭、曰可者、

見此時尚可、他日將不及也、亦危之之辭、上四句言恩惠以愍民勞也、下四句言威罰以除勞民者也、五章一意、覆而極之、但末二句每章變之、箋云、汔、幾也、易井、汔至、亦未繘井、未濟、小狐汔濟、虞注皆云、汔、幾也、與此箋同、爾雅釋詁、幾、危也、傳訓汔爲危者、正以危與幾同義、猶殆訓危、又爲庶幾也、古人言幾每曰危、漢書宣元六王傳、東平思王宇謂中謁者信等曰、今暑熱、縣官年少持服、恐無處所、我危得之、孟康曰、危、殆也、我殆得爲天子也、又外戚傳、今兒安在、危殺之矣、此皆以危爲幾、正義讀傳危如安危之危、失之、汔幾以雙聲爲義、故釋詁又曰、幾、近也、詩疏引孫炎曰、汔、近也、○惠此中國以綏四方者、中國卽京師也、京師居天下之中、朝廷在焉、故曰中國、而惠此中國、乃所以綏四方也、○無縱詭隨以謹無良、後漢書陳忠上疏曰、臣聞輕者重之端、小者大之源、故隄潰蟻孔、氣洩鍼芒、是以明者愼微、智者識幾、書曰、小不可不殺、詩云、無縱詭隨、以謹無良、所以崇本絕末鉤深之意也、廣雅亦曰、詭隨、小惡也、此詩每章皆言詭隨、而但曰無縱、可知其爲小惡、下文曰以謹、曰式遏、明其惡漸大矣、章懷注云、詭誑委隨之人、詭隨平說、仍不違毛義、蘇傳以爲不顧是非、而妄隨人、朱傳從之、則於詭字不切矣、謹者、斂束之意、與縱字對、言禁詭隨之行、以使無良之人、知畏而自謹也、王所用之人、必陰爲詭隨、以惑上意、而實爲寇虐、以害生民、戒以無縱之而式遏之、每章皆提唱此二句、則其意最重乎此可知也、○式遏寇虐者、言宜遏絕寇虐之事、謹無良、所以遏寇虐也、寇虐以殘害其民、言之憯不畏明、緊頂上句、謂遏此寇虐不畏明之人也、君子不以昭昭信節、冥冥墮行、明與幽交畏也、小人閒居爲不善、見君子而後厭然、不畏幽、尚畏明也、至于并明之不畏、而其惡公行無忌矣、釋文、朁七感反、本亦作憯、據此則陸本作朁、陳啓源曰、憯不畏明、說文引之憯作朁、云、曾也、从曰兓聲、又說文別有憯字、云痛也、則朁憯是兩字、詩中憯字多訓曾、當以不著心旁爲正、惟雨無正憯憯日瘁、當从心耳、後人傳寫合兩義於一字久矣、○柔遠能邇者、遠·四方也、邇·中國也、遠則恩澤難遍、故須寬而撫之、如放鶴然、待其自歸可也、近則慈惠易遍、故須擾而習之、期于必效、如牧羊然、得以馴擾而適其性也、古者謂相善爲相能、康誥曰、亦惟君惟長不能厥家人、僖九年左傳曰、入而能民、士於何有、文十六年傳曰、不能其大夫、至於君祖母、以及國人、襄二十一年傳曰、范鞅與欒盈爲公族大夫、而不相能、昭三十一年傳曰、公在乾侯、言不能內外也、竝與柔遠能邇之能同義、鄭箋、能猶伽也、馬瑞辰曰、易宜建侯而不寧、鄭本·而作能、云能猶安也、能字从㠯得聲、古與而字聲近通用、易眇能視、跛能履、虞本能作而、呂氏春秋、晉平公問於祁黃羊曰、南陽無令、其誰可而爲之、高註、而讀曰能、皆而能通用之證、漢督郵碑、渘遠而邇、卽柔遠能邇也、而如古同聲、故箋訓能爲伽、伽卽如也、如猶若也、若有順意、故箋云順伽其近者、徐邈云、能鄭奴代反、此卽鄭注禮運樂記所謂能字古皆作耐者也、耐去寸則爲而、故能又讀而訓如也、○以定我王者、此告小子專權者之辭、通篇皆不直指王刺之、是大雅也、

民亦勞止。汔可小休。惠此中國。以爲民逑、休·定也、逑·合也、**無**

縱詭隨。以謹惽怓。式遏寇虐。無俾民憂。惽怓、大亂也、無

棄爾勞。以爲王休。休、美也、○逑音求、惽音昬、怓女交反、棄唐石經作弃、延文本休作烋、傳同、

箋曰、小康小休小息小愒小安、皆言當少安之、義無深淺、取韻叶句耳、○以爲民逑、逑猶好逑之逑、當訓爲匹、文選甘泉賦、迺搜逑索偶、注引韋昭逑匹也、則逑爲仇之叚借、能愛此中國、庶可以爲民匹偶、獨言中國者、上章標天下之大勢發論、此章則專主修內治而言、○以謹惽怓、惽怓言昬亂之人也、說文、怓亂也、與毛傳合、箋云、惽怓猶讙譁也、鄭讀怓爲呶、故以讙譁比之、于義未盡、惽怓二字、皆从心不从口也、詭隨、寇虐、其行事也、無良、惽怓、罔極、醜厲、繾綣、皆目其人也、○無俾民憂者、上有寇虐、則下有憂民矣、○無棄爾勞以爲王休者、小子而大用、必是以憸才功利進者、故曰無棄汝前勞、猶曰無隳乃力也、迹其初時者、誘掖之也、鄭云、勞猶功也、夫勞所以成功也、非勞卽功、王休、天子美事也、言爲王家作美功、小休之休以民之休息言、王休之休以王之休美言、二休字異義、

民亦勞止。汔可小息。惠此京師。以綏四國。息、止也、無

縱詭隨。以謹罔極。式遏寇虐。無俾作慝。慝、惡也、敬慎

威儀。以近有德。求近有德也、○慝吐德反、摺本傳德上無有字、

箋曰、首章曰康、卒章曰安、是對也、中三章曰休、曰息、曰愒、皆是一意、○以謹罔極、罔極・無道也、紀極之極、非爲惡無窮極之謂、○無俾作慝者、孟子睊睊胥讒、民乃作慝、慝通作匿、陰奸也、漢書月見東方謂之仄慝、一謂之側慝、作慝謂有難測之謀、此受無俾民憂句、故係之民、民憂則作慝、故戒之、後二章無俾句相受、皆係民言之、○敬愼威儀者、言小人善窺意旨、不可少假辭色也、以近有德、近猶近道近信之近、有爲語助詞、近德者謂愼儀、乃所以進德、猶抑詩言抑抑威儀維德之隅也、左傳昭二年、叔弓聘于晉、晉侯使郊勞、辭、致館、又辭、叔向曰、子叔子知禮哉、吾聞之曰、忠信禮之器也、卑讓禮之宗也、辭不忘國、忠信也、先國後己、卑讓也、詩曰、敬愼威儀、以近有德、夫子近德矣、近德者卽進於德之意、毛傳釋經、正與此合、後儒皆謂、王宜敬威儀以親近有德之人、君子不日親則小人終不可疎、故必敬威儀、近有德、而後彼之窺伺消息耳、亦通、

民亦勞止。汔可小愒。惠此中國。俾民憂泄。愒・息、泄・去也、無縱詭隨。以謹醜厲。式遏寇虐。無俾正敗。醜・衆、厲・危也、戎雖小子。而式弘大。戎・大也、○愒起例反、泄以世反、唐石經作洩、延文本・傳息下衆下並有也字、

箋曰、愒猶憩、○俾民憂泄者、泄取漏洩之義、漏則日減、欲使民憂稍減耳、不敢冀全去也、此句與次章無俾民憂相照、言前此所爲、既不能使民無憂、及茲改圖、尚可使民憂少減也、○以謹醜厲、醜厲左傳所謂醜類惡物是也、醜厲二字同義、醜亦惡也、古者美醜好醜多對言、傳訓醜爲衆、失之、鄭箋、厲、惡也、左傳昭二十四年誰生厲階注、齊語而無大厲注、莊子齊物論厲與西施釋文、皆云厲惡也、與鄭義同、○無俾正敗者、上爲上、下爲下、正道也、正道敗、言民叛其上也、無逸所謂變亂先王之正刑、是也、上寇虐其下、民憂作慝、大患將至、故警醒之、○戎雖小子而式弘大、毛公於詩中戎字、據爾雅訓大訓相、然言大雖小子、於文不便、鄭謂戎猶女者、戎汝雙聲、故可以通假、故鄭以戎爲女之假借、崧高戎有良翰、韓奕纘戎祖考、又曰以佐戎辟、皆同、若謂戎汝同音、則不必然也、小子、厲王寵臣、方執政柄者也、逸周書芮良夫解曰、惟爾執政小子、又曰、惟王暨爾執政小子、則小子蓋當時寵任童昏、便嬖小子在王左右、得以上執國政也、板抑亦目是人、式弘大、言其所用事甚弘大也、小子以年言、弘大以所爲係天下安危、生民休戚言、卿士用事、廣及天下、左傳康叔所以服弘大也、可以相證、

民亦勞止。汔可小安。惠此中國。國無有殘。賊義曰殘、無縱詭隨。以謹繾綣。式遏寇虐。無俾正反。繾綣、反覆也、王

欲玉女。是以大諫。〇繾音遣、綣起阮反、女延文本作汝、以唐石經作用、

箋曰、國無有殘、國·四國也、無使四國有殘敗也、以謹繾綣、繾綣猶綢繆、楚詞九思曰、心緊絭兮傷懷、王逸章句、緊絭·糾繚也、一作繾綣、說文、緊·纏絲急也、絭·纏臂繩也、昭二十五年左傳、繾綣從公、杜注、繾綣不離散也、荀子成相篇、精神相反、楊倞注、相反謂反覆不離散、然則傳訓反覆、亦與不離散義相通也、蘇氏云、繾綣、小人之固結其君者也、得之、小人之以小忠小信、固其上、端在乎繾綣、故終究言之曰、以謹繾綣、惟愛其繾綣、斯忘其醜厲、遂致恣行罔極之事、敢逞其惽怓、而無良者且以爲良矣、〇無俾正反、正反、反於正也、反甚於敗、正敗猶有正也、正反則無正矣、是上下易位之謂也、上章正敗言王國叛、此言萬國叛也、〇王欲玉女、是以大諫者、玉·寶愛之意、言女小子而大用、此天子欲使女更事達治、其意在提撕磨礪成其器也、故我盡其言而諫、此詩與板之詩、皆言大諫者、言之不已、又詳言之、故曰大諫、君友皆有諫義、諫王不得、託之諫友耳、然曰王欲玉女、王且欲玉其臣、王可不自玉哉、是卽所以諫王也、末二語委婉、故爲聳動、以示勸諷、

民勞五章章十句

板。凡伯刺厲王也。箋曰、凡畿內國、周同姓、周公之胤、入爲周卿士、厲王暴戾、遠者德、近小子、忠諫不行、周法

廢壞、凡伯憂王室將覆而作是詩也、篇中小子、卽上篇所論列之人、蓋少壯柄用者也、但上篇是論其聽信羣小、縱惡害民、此則直指其身、語語切於王躬、召穆凡伯以親賢之故、宜極言而力救之、顧乃不直致其諫、而姑責同僚、以使之聞之者、豈非亦以監謗之故不欲嬰其鋒以陷于罪而甚吾君之惡也耶、二公忠愛之懷、於此益可見矣、史記謂厲王流彘、周召二公、共和行政、號曰共和、魏源曰、疑共伯斥名紀元者、蓋爲史記號曰共和之語所誤、漢武建元以前、本無年號、惟史記年表起自共和以來、若周秦古籍、則呂覽云、共伯和修其行、好賢仁、而海內皆以來爲稽矣、周厲王之難、天子曠紀、而天下皆來請矣、莊子云、故許由娛于潁陽、而共伯得乎共首、郭象曰、共和者周王之孫也、懷道抱德、食封於共、厲王之難、諸侯立之、宣王立乃廢、立之不喜、廢之不怒、逍遙得志于共山之首、魯連子云、共伯名和、好行仁義、諸侯賢之、厲王奔彘、諸侯奉和以行天子事十四年、厲王死、共伯使諸侯奉王子靖、是爲宣王、共伯復歸于衞、皆無改元共和之說、足徵周召行政號曰共和之誣矣、古今人表、共伯和在厲王世、居中品之上、孟康謂入爲三公、正符左傳諸侯釋位以間王政之說、則其年仍皆厲王之年、魯連子謂、共伯使諸侯復奉王子靖、而自歸于衞、則卽地理志州共屬河內郡、故共國、北山淇水所出、所謂共山之首也、共地後入於衞、故魯連以歸衞爲言、而杜預謂、共縣東南有凡城、郡縣志共有汎亭、卽雅詩凡伯之國、則共地卽凡國、古者多以所都名國、故殷與商並稱、康與晉並稱、以及梁魏韓鄭皆然、凡之卽共、亦猶是已、凡蔣邢茅胙祭、皆周公之胤、而凡伯板詩作於厲王時、已稱老夫灌灌、則其年必長於周召二公、故二公從民望而推之、以親賢鎭撫海內、其後歸老於凡、而老於共山之首、故天下皆以共伯稱焉、猶厲王終於汾上謂之汾王、易林云、下泉苞稂、十年無王、卽呂覽厲王時天子曠紀之事、亦卽左傳諸侯釋位以間王政之事、是豈子虛烏有之人、而可曲傳爲周召之共和乎、至大雅末、瞻仰召旻幽王之凡伯、則距厲王時六十餘年、必其繼世之子孫、猶春秋戎伐凡伯于楚邱、又非召旻之凡伯也、

上帝板板。下民卒癉。出話不然。爲猶不遠。 板板、反也、上帝以稱王者也、癉、病也、話、善言也、猶、道也、 **靡聖管管。不實於亶。** 管管、無所依也、亶、誠也、 **猶之未遠。是以大諫。** 猶、圖也、○癉當但反、話戶快反、亶丁旦反、於唐石經延文本並作于、以唐石經作用、

箋曰、全詩之意括於首章、其餘皆因首章之意、而痛快言之耳、傳特言上帝以稱王者、則於詩中天字不爲斥王明矣、鄭箋乃於次章天之方難云、天斥王也、然至末章敬天之怒、又不得不指爲上天、自不如以首章上帝指王、二章以下稱天者皆指上天爲正、說文有版無板、後漢書董卓傳李賢注、文選辨命論李善注、引詩皆作版版、荀子楊倞注、亦云大雅版之詩、爾雅、版版、僻也、是知古本皆作版版、傳以反詁版版、是單字釋經疊字之例、版反以聲爲義、韓詩外傳以上帝版版下民瘁癉爲君反道而民愁、後漢書李固傳、陽嘉二年對策引詩云、上帝板板、下民卒癉、刺周王變祖法度、故使下民將盡病

也、皆與毛義合、卒・盡也、○出話不然、言政令不當也、話有二義、有但作言字告字解者、爾雅釋詁、話、言也、盤庚乃話民之弗率、釋文引馬融注話告也言也、是也、經典或話言連文、故小爾雅及左傳杜注竝云、話・善也、實則善言爲話、非話卽爲善、故板及抑傳竝云、話善言也、此爲話字本義、抑傳又云、話言、古之善言也、書立政正義引舍人曰、話、政之善言也、盤庚正義引孫炎曰、話、善人之言也、是皆緣詞生訓、非話之本義也、政教是言之善者、故教令亦謂之話言、左傳征伐以討其不然、不然猶不善也、○爲猶不遠、鄭箋、猶・謀也、猶通作猷、猷・道也、故傳訓爲道、然下文猶之未遠、卽承上爲猶不遠言之、傳於下訓猶爲圖、則上不得異義、故鄭以謀釋之、謀圖一也、不遠謂只在目今、謀慮不及于後也、是時之遠近、非地之遠近、出話不然四句、皆狀其不善、而爲猶不遠一句、根本所在、且可以該其餘、故下又抽出之、言爲猶之不遠・故大諫也、靡聖管管、靡如無君之無、蔑上之蔑、是輕侮之義、廣韻悹字下、引詩傳悹悹無所依也、則知管管爲悹悹之假借、鄭箋云、王無聖人之法度、管管然以心自恣、鄭言以心自恣、則其字作從心悹、不作從竹管、與毛傳無所依之說正相成也、周語、厲始革典、言創新法也、蔑文武舊典、妄行而無所依矣、或曰、管管、小知小見也、猶後人云以管窺天、夜郞自大之意、卽所謂猶之不遠也、此說亦通、不實于亶者、不以忠誠之言爲實也、盤庚誕告用亶、君奭在亶乘茲大命亶字同、○猶之未遠、是以大諫、左傳成八年及魏志高堂隆傳皆引作猶之未遠是用大簡、然箋本已作大諫、且詳左傳魏志、其義仍是規諫、引作簡者、當是以同音通用耳、是用大諫、雖曰諫同列、實所以諫王也、自次

章以下、反復以詳言之、皆所謂大諫也、上篇以大諫終、此以大諫始、

天之方難。無然憲憲。天之方蹶。無然泄泄。 憲憲猶欣欣也、蹶·動也、泄泄猶沓沓也、 **辭之輯矣。民之洽矣。辭之懌矣。民之莫矣。**

輯·和、洽·合、懌·說、莫·定也、○蹶俱衛反、泄以世反、唐石經作洩、洽襄三十一年左傳作協、延文本懌作繹、傳和下合下說下並有也字、

箋曰、二章上四句承爲猶不遠而言、下四句承出話不然而言、天之方難、言天降難於王室也、難曰方難、蹶曰方蹶、見今日之天、非終不可定者、其開人警惕不容姑待在此時、其迫人轉移尚可斡旋亦在此時、○無然憲憲、傳憲憲猶欣欣也者、欣讀爲軒、左傳掀公出於淖、徐邈云、掀許言反、是古音欣與軒同、古憲字有軒音、鄭注樂記云、憲讀爲軒、注內則云、軒讀爲憲、二字反覆相訓、是憲軒聲通之證、此傳及下傳泄泄猶沓沓也、皆以今語釋古語之例、凡古今語言相變、有從聲轉者、古言憲憲、後言欣欣、是也、有以義通者、古言泄泄、後言沓沓、是也、○天之方蹶、皇矣文王蹶厥生之蹶、蓋言天震蕩王室也、猶天之抗我無然泄泄者、說文口部、呭·多言也、又言部、詍·多言也、竝引此詩、今詩作泄泄、乃呭詍之假借字、爾雅釋訓、憲憲泄泄、制法則也、小人逢迎其主、往往創立新法、以助其虐、厲王時、紛更舊典必多、周語大子晉曰、厲始革典、斯其證也、孟子解泄泄云、言則非先王之道、以先王爲非、故敢於自

立法也、與釋訓意合、多言與制法、則似異而實同、人主紛更舊典、羣小必爭先獻媚、各進其說、說文解字義、故止云多言、爾雅釋詩義、則推其多言之故、苟子解蔽篇曰、辨利非以言、是則謂之詍、是泄泄實多言之貌、說文、沓·語多沓沓也、沓通作譗、荀子正名篇曰、譗譗然、楊倞注、譗譗·多言也、是沓沓亦爲多言、故傳曰泄泄猶沓沓、其義本之孟子、孟子正以言非先王之道爲猶沓沓、與荀子訓諸義合、據此則所謂沓沓者、極口詆毀、議論雜沓、專就建言說、朱傳以泄泄沓沓爲弛緩之意、乃六朝人所謂沓拖者、古無此訓也、且厲王暴虐、改易舊章、興利虐民、如弭謗之類、教令煩苛、而榮夷公之屬、爲廣設科禁、以逢合之、故孟子以非先王之道者爲泄泄、若以爲怠緩悅從、則瑣屑小人、不足以爲大害、且厲王苛虐、亦不足以逢其惡也、孟子所指斥亦李悝商鞅申不害之流、非佞幸也、此章二天字、仍指上天說、言上天於此時方欲作難、無仍憲憲然欣喜而忘憂、上天於是時方欲蹶動、無仍泄泄然多言而雜沓、然·已然也、無仍前已然之迹也、猶云無仍故態也、以末章敬天之怒等句證之、天之方難、無然憲憲、卽敬天之怒無敢戲豫也、天之方蹶、無然泄泄、卽敬天之渝無敢馳驅也、惟天之方難、語尤虛渾、至敬天之怒、則直爲不能敬天者下鍼砭、故語尤沈著耳。○辭之輯矣云云、辭言政令、卽出話也、輯訓和、謂調劑而不拂輿情、懌訓悅、謂懽愛而可通衆志、辭輯辭懌、則揆度於民生疾苦之源、而實有以惠我師、適合乎牖民簡易之理、故洽且莫焉、民洽、渙散者可以復合、民莫、擾動者可以復靜、今新法作、其命戾虐而不和、故民不協附、忿厲而不悅、故民不安定、凡伯因喻靡聖管管之非也、既以天警之、又以

民動之、反復致戒者深矣、

我雖異事。及爾同寮。我卽爾謀。聽我囂囂。 寮、官也、囂囂猶謷謷

也 **我言維服。勿以爲笑。先民有言。詢于芻蕘。** 芻蕘、薪采者、○

寮延文本作僚、傳同、囂五刀反、芻初俱反、蕘如謠反、

箋曰、三章受不實於亶而演之、異事、六卿分職也、同寮、俱爲六官也、文七年左傳、荀林父謂先蔑曰、同官爲寮、爾指小子、與民勞篇同、卽·就也、聽我囂囂、卽不實釋於亶也、傳囂囂猶謷謷也、馬瑞辰曰、囂謷二字疊韻、十月之交詩、讒口囂囂、文引韓詩作嗸嗸、是囂謷通用之類、據說文囂聲也、讒口囂囂·當以作囂爲正字、韓詩作嗸嗸、叚借字也、此詩當以謷謷爲正字、毛詩作囂囂、亦叚借字、爾雅釋訓、仇仇敖敖傲也、郭注、皆傲慢賢者、蓋以敖敖爲釋此詩聽我囂囂、潛夫論引詩、作聽我敖敖、與爾雅正合、桂氏馥云、箋不肯受、當爲不省受之譌、廣雅、敖·不省語也、是其證、說文、謷不肖人也、韻會引說文·作不肖人言也、不肖亦當爲不省、今按、桂氏說是也、王逸九思、令尹兮謷謷、注、謷謷、不聽話言·而妄語也、按此誤合二義爲一、然可證謷謷爲不省人語、玉篇聱字注·引廣雅云、聱不入人語也、埤雅云、不聽也、竝與不省受之義同、聱卽謷之俗也、○我言維服、勿以爲笑、服·言受而服行之也、書曰旨哉說、乃言惟

服、爲笑猶曰爲笑具、晉語吾適魯而名其二諱爲笑焉、字例可證、伊尹舉觴造桀曰、君王不聽臣言、大命至矣、桀拍然而作、嗑然而笑、曰子又妖言矣、凡有言莫聽者、相拒猶淺、見笑最深、蓋拒或出于一時忌諱、笑則實有一種倨侮鄙夷、非特輕其言、直輕其人矣、○先民有言詢于芻蕘者、先民古之賢人也、芻、飼馬牛之草、蕘、供薪燎之草、樵采之賤者、凡伯自喻、傳薪采者者、哀十四年公羊傳、然則孰狩之、薪采者也、薪采者、則微者也、徐彥疏云、薪采猶言采薪也、荀子大略篇、迷者不問路、溺者不問遂、亡人好獨、詩曰、我言維服云云、言博問也、小人之逢君敗國、每自是而不肯聽受善言、老成所深憂而無如何耳、

天之方虐。無然謔謔。老夫灌灌。小子蹻蹻。謔謔然喜樂、灌灌猶款款也、蹻蹻驕貌、

匪我言耄。爾用憂謔。多將熇熇。不可救藥。八十曰耄、熇熇然熾盛也、○蹻其略反、耄莫報反、延文本作旄、傳同、熇許酷反、

箋曰、四章言天方降虐、將有覆亡之禍、不止于方難方蹶而已、是以大諫也、虐言虐王室也、謔謔、謔又謔也、忠告爲笑、戲言嚇人、嗑嗑然未嘗寘諸耳也、傳謔謔然喜樂也、此非以無然謔謔爲無謔謔然作倒裝句也、然字乃形容謔謔、助語成文、如多將熇熇傳云熇熇然熾盛·經文無然字也、○老夫灌灌、

老夫、凡伯自稱也、傳灌灌猶款款也、灌款古曰灌灌、今曰款款、此以今語通古語也、皆是懇誠愷切之意、所謂亶也、胡承珙曰、灌、當爲懽之借、說文、懽、喜歡也、歡意有所欲也、毛以灌歡疊韻爲訓、蓋懽不止爲喜者之歡歡、卽憂者出於至誠、亦與喜樂同其歡歡、故說文又引爾雅懽懽愮愮憂無告也、喜歡者懽之本義、憂無告者其引申之義、爾雅作懽懽者詩之正字、毛詩灌灌者、借字也、小子蹻蹻、說文、蹻、舉足行高也、引詩小子蹻蹻、毛傳云驕貌者、卽舉足行高之義也、崧高四牡蹻蹻、傳蹻蹻壯貌、馬之壯者必驕、在馬言馬、故崧高訓爲壯、人之驕者無有不舉足行高者、就人言人、故此經訓爲驕貌、○匪我言耄、爾用憂謔者、耄、老而昏也、左傳劉子曰、諺所謂老將至而耄及之者、趙孟之謂乎、謔、與上謔謔應、忠告不聽、戲笑以爲耄、如秦伯距蹇叔之諫曰中壽爾墓之木拱矣、言當可憂之時、而反以之爲謔、孟子所謂安其危而利其菑也、多將熇熇、不可救藥、將者、且然之辭、熇熇、火熱貌、藥、療也、言爾以老夫之言耄昏不足聽也、而不知匪我言耄、汝實以憂爲謔耳、夫憂不可謔也、以憂爲謔、憂將日多、而禍將日甚、如火燎原、熇熇猛熾而不可救、至此末如之何已、今猶可以救藥、故灌灌大諫、何不迨其可救也救之、列子云、曾不發藥乎、左傳曰、不如聞而藥之也、與此救藥同意、首二章凡其受病之處、與其救病之方具矣、三四章又爲同列者反復陳之、見所諫之不可不聽、以冀君心之一悟焉、蓋至老夫灌灌、小子蹻蹻、而老臣之隱痛愈深矣、

天之方懠。無爲夸毗。威儀卒迷。善人載尸。 懠、怒也、夸毗、以體柔

人者也、

民之方殿屎。則莫我敢葵。喪亂蔑資。曾莫惠我師。

殿屎、呻吟也、蔑・無、資・財也、○懠才細反、夸苦花反、屎許伊反、之方延文本作方之、屎作㕧、傳同、傳人下摺本無者字、傳無下延文本有也字、

箋曰、五章更端、責其諂諛而不憂民、天之方懠者、言威怒王室也、天威可畏、是豈爲夸毗之時邪、爾雅、夸毗與籧篨戚施同釋、三者皆連緜字、朱傳乃曰、夸大也、毗附也、小人之於人、不以大言夸之、卽以諛言毗之、殊不知夸毗乃現成稱目、非可分析取義也、下文民之方殿屎、亦同、經書此類甚多、毛傳夸毗以體柔人者、今本作體柔人、無以字者字、以體柔人、所謂容悅之臣也、陳啓原曰、爾雅、籧篨・口柔也、戚施・面柔也、夸毗・體柔也、三者曲盡小人狐媚之態、而皆見詩、合之他典、周書巧言令色便嬖、語異而義同、巧言卽口柔、令色卽面柔、便辟卽體柔耳、論語亦言巧言令色足恭、注言足恭便辟貌、書傳亦云便辟足恭、則足恭也便辟也夸毗也三名而一實也、胡承珙曰、史記賈誼傳、夸者死權、應劭曰、夸毗也好榮、死於權利、後漢書崔駰傳、恥夸毗以求擧、注云、夸毗謂佞人足恭、善爲進退、是夸毗但爲體柔之一事、故玉篇廣韻作𨉖䠷、字皆從身、不當如蘇傳以大言諛言分爲二義也、隋書何妥傳、論當時改作之弊云、莫不用其短見、便自夸毗、邀射名譽、厚相誣罔、此則夸毗之義與毛鄭不同、法言吾子篇、足言足容、注云、足言夸毗之辭、亦不用爾雅、是隋唐間有此解、非古訓也、顧炎武曰、天下惟體柔之人、常足以遺民憂而召天禍、夏侯泄有云、居位者以善身爲靜、以寡交爲愼、以弱斷爲重、以怯言爲信、

白居易有云、以拱默保位者爲明智、以柔順安身者爲賢能、以直言危行者爲狂愚、以中立守道者爲凝滯、故朝寡敢言之士、庭鮮執咎之臣、自國及家、寖而成俗、故父訓其子曰、無介直以立仇敵、兄教其弟曰、無方正以賈悔尤、且愼默積於中、則職事廢於外、强毅果斷之心屈、畏忌因循之性成、反謂率職而居正者、不達於時宜、當官而行法者、不通於時變、是以殿最之文、雖書而不實、黜陟之典、雖備而不行、宋史羅點傳、羅點有云、無所可否則曰得體、與世浮沈則曰有量、衆皆默己獨言、則曰沽名、衆皆濁己獨淸、則曰立異、觀三子之言、其於末俗之弊、可謂懇切而詳盡矣、至於佞諂日熾、剛克消亡、朝多沓沓之流、士保容容之福、苟由其道、無變其俗、必將使一國之人、皆化爲巧言令色孔壬而後已、然則喪亂之所從生、豈不階於夸毗之輩乎、是以屈原疾楚國之士、謂之如脂如韋、而孔子亦云吾未見剛者、○威儀卒迷、善人載尸者、迷・迷亂也、尸謂不言也、祭時之尸、以爲神象、故終祭而不言、善人箝口、如祭祀之尸而已、鄭箋云、君臣之威儀盡迷亂、賢人君子則如尸矣、不復言語、時厲王虐而弭謗也、中論亡國篇、今不務明其義、而徒設其祿、可以獲小人、難以得君子、雖强搏執之、而不獲已、亦杜口佯愚、苟免不暇、國之安危、將何賴焉、故詩曰、威儀卒迷、善人載尸、此之謂也、徐言杜口佯愚、以解經載尸之義、與鄭箋不復言語合、○民之方殿屎、則莫我敢葵、釋文、殿說文作唸、屎說文作吚、說文唸・唸吚也、从口念聲、詩曰、民之方唸吚、又吚唸吚呻也、从口尸聲、釋文吚作咿、不如从尸之爲有聲也、說文作唸吚者、正字、詩及爾雅作殿屎者、假借字也、古曰殿屎、今曰呻吟、是謂之古今義也、我・卽我師也、受民字、故單曰我、小雅采菽傳云、葵・揆也、揆葵皆从癸聲、故叚借、揆者度也、無揆度而救民之愁苦也、一說、葵草名、向日傾而蔭其趺、故左傳曰、葵猶能自衞其足、是葵有蔭義、借爲庇蔭之旨、莫我敢葵、言上方興虐政、疾苦其民、牧民者莫敢亢上意、以庇民也、○喪亂蔑資、蔑資、亡其資財也、喪亂荐至、而民失其產、然更無一惠政以振救之、言民困之甚也、說文、資・貨也、貨・財也、貨財同義、資齊古同聲通用、易喪其資斧、子夏傳、及衆家竝作齊、應劭曰、齊・利也、傳訓爲財、猶應劭訓利也、資又通齎、周官掌皮、歲終則會其財齎、注、予人以物曰齎、鄭司農曰、齎或爲資、外府注、齎、行道之財用也、遺人疏・引書傳行而無資謂之乏、聘禮問幾月之資、鄭注、資・行用也、周書酆謀解・三施資、注、旅資以惠也、蓋以資爲行用之財、至齎據說文曰、齎・持遺也、掌皮注・予人以物曰齎、則與資音同而義別矣、曾莫惠我師、師・衆也、

天之牖民。如壎如篪。如璋如圭。如取如攜。 牖・道也、如壎如篪、言如壎如篪之相和也、如璋如圭、言相合也、如取如攜、言必從也、 **攜無曰益。牖民孔易。民之多辟。無自立辟。** 辟、法也、○壎許元反、篪音池、易以豉反、牖延文本作誘、傳同、辟作僻、傳相和上摺本無如壎篪之四字、傳必下延文本有相字、

箋曰、六章喻君道馭民之易、室之通明處爲牖、謂開導也、卽納約自牖之牖、
民當亂世、已無恒心、然就介然一隙之中、天心自發、卽是天之牖民也、猶言
天啓其心也、左傳言天誘其衷、用字同、牖與誘古字通用、樂記引詩誘民孔
易、韓詩外傳引詩亦作誘、此誘牖通用之證、如壎如篪、言民之應君如壎篪
之相和也、壎篪樂器名、詳小雅何人斯、樂器相和者多、獨言壎篪者、七音各
自爲五聲、如宮聲鳴而徵聲和、獨壎篪則二器共爲一音、壎爲宮而篪之徵
和、壎爲角而篪之羽和、此所以言相和也、○如璋如圭者、半圭爲璋、合二璋
則成圭、民之與君心合、如二璋之成圭、○如取如攜者、取物而手攜之、言必
從也、○攜無曰益、攜卽蒙上取攜句、其取而攜也、因民之道以治民、非於民
有所增益、卽中庸以人治人也、故下卽接以牖民孔易矣、○民之多辟無自
立辟二辟字、上邪也、下法也、亦同字異義者、言民之多邪僻也、不能自立法
則、故上不可不牖之、上之於民、順以導之則易易耳、民之多辟、正義本自作
多辟、與左傳引同、釋文本作多僻、與後漢書張衡傳家語子路初見篇玉篇
人部文選思玄賦引同、然蕩釋文云、辟匹亦反、邪也、本又作僻、是亦以辟爲
正字矣、宣九年左傳陳殺洩冶、孔子曰、詩云、民之多辟、無自立辟、其洩冶之
謂乎、昭二十八年左傳、晉祁勝與鄔臧通室、祁盈將執之、訪於司馬叔游、叔
游曰、無道立矣、子懼不免、詩曰、民之多辟、無自立辟、姑已若何、此皆謂邪僻
之世不可執法以繩人、雖與詩義稍異、然立辟皆爲立法、故傳箋本此爲解、
朱傳訓下辟字亦爲邪僻、謂不
可自立於邪僻之地、非經義矣、

价人維藩。大師維垣。大邦維屏。大宗維翰。 价、善也、藩、屏、垣、墻也、王者天下之大宗、翰、幹也、**懷德維寧。宗子維城。無俾城壞。無獨斯畏。** 懷、和也、○价音界、

箋曰、七章喩王室之有治具、以及失德之畏、爾雅、介、善也、郭注引詩作介、荀子君道篇、漢書諸侯王表、及王莽傳引詩竝作介、作介者用古字、介有大義、傳訓善者、由大義引申而出也、善人在位、威望足以懾服海內、如汲黯在朝、淮南爲之寢謀、是也、故曰維藩、傳云藩屏也者、藩本非屏、而爲屏之類、亦可通稱爲屏、藩在門外、屏在門內、○大師維垣、王氏以大師爲大衆、得之、即上惠我師之師、此詩三句連言、大皆當讀如大小之大、首句价人維藩、价亦大也、不應大師大字獨音泰、且介人爲賢臣、則三公皆在其內、不應重言大師、大師維垣、猶云衆志成城也、荀子君道篇曰、君人者愛民而安、好士而榮、兩者無一焉則亡、詩云、介人維藩、大師維垣、此之謂也、蓋引詩介人維藩、以證好士而榮、大師維垣、證上愛民而安、毛詩出於荀卿、其訓大師當與之同、特以師之訓衆爲常義、故傳不待言耳、○大邦維屏、大宗維翰、說文、屏、蔽也、論語邦君樹塞門、鄭注云、人君別內外、於門樹屏以蔽之、是設屏所以蔽門、凡蔽塞者、必在內而蔽外、屏在門內、南北甚狹、東西甚長、雖不切近於門、亦足以蔽矣、書顧命云、建侯樹屏、六服諸侯皆在九州之內、爲天子捍禦四夷、與

屏相似、故謂之屏、此屏在門內蔽外之證也、大邦謂大國諸侯也、大宗梓材所謂大家、孟子所謂巨室也、藩籬在垣墻之外、喻大德之人、足以匡遠也、垣牆在藩籬之內、喻羣黎之衆、足以固本也、屏以爲蔽、喻强大之邦、分長方岳、翰以爲榦、喻勳閥之舊、足以收拾衆心、擁衛王室、費誓云、峙乃楨幹、幹者牆所恃以立也、鄭訓大宗爲王之同姓世適子、非是、周官冢宰以九兩繫邦國之民、五曰宗、以族得民、古封建與世祿相表裏、大邦維屏、封建之效也、大宗維翰、世祿之效也、大邦與大宗、外內維持、而王室固於磐石矣、朱傳訓大宗爲强族、得之、毛以爲王者、失之、夫翰與藩垣屏竝言、皆是扞衛國家之義、不得以維翰獨指王者言也、○懷德維寧、宗子維城者、懷、念念在德不離之謂也、懷居懷土之懷、夫用价人以任公卿、懷諸侯以固王室、以德臨照之、則宗子將爲王國金城、左傳民保於城、城保於德、卽此意、宗子王之適子、城又總藩垣屏翰之形勢、而會其歸者也、顧廣譽曰、六維字、以懷德句指王爲主、善人也、大衆也、大邦也、巨室也、王所恃以爲藩垣屏翰也、而四者有序焉、蓋厲王時之差可恃爲輔者、外則大邦、內則大宗耳、然民者邦本、王不懷德、大衆積怨、至於離叛、則變生不測、雖有大邦大宗、莫能爲助、故大師先於大邦大宗、大衆重矣、非善人無以翊贊王德、而惠澤施於民生、故价人又先於大師、若宗子又恃王懷德之安以安者也、故獨次於懷德之後、其云維城、以宗社攸關而言耳、箋以宗子謂王之適子、得之、王氏蘇氏竝云同姓、蓋非、左傳晉士蔿引詩、而云君其修德而固宗子、何城如之、謂大子申生也、魏志高堂隆傳、文帝爲太子、耽樂田獵、晨出夜還、棧潛諫曰、大雅云、宗子維城、無俾城壞、宗子之謂大子、有明徵矣、詩蓋曰、王卽不自爲計、獨不爲後嗣計乎、若同姓則大宗足包之矣、顧說是也、傳以懷爲和者、使其在於己者、修治以爲中和之德也、此言其義、非訓字也、此懷字對下獨字言、能和則不獨矣、臣僚必和德、乃可言安寧也、○無俾城壞、無獨斯畏者、言人君必懷德、乃可言安寧、以宗子固儼然長城、可使之壞敗乎、斷斷不可也、若不能懷德、則人不附己、未有不孤立者、至於孤立、則人心離叛、大可畏已、亦斷斷不可也、二無字是著力字、所謂禁止之詞也、厲王失德、大亂之勢成、故言唯德可以取治安以喻之、周語曰、彘之亂、宣王在召公之宮、國人圍之、召公以其子代宣王、是禍及宗子也、左傳曰、至于厲王、王心戾虐、萬民弗忍、居王于彘、是獨居而畏也、賢人之言、皆有徵矣、

敬天之怒。無敢戲豫。敬天之渝。無敢馳驅。戲豫、逸豫也、馳驅、自恣也、**昊天曰明。及爾出王。昊天曰旦。及爾游衍。**王、往、旦、明、游、行、衍、溢也、○渝用朱反、衍餘戰反、延文本、傳往下明下行下並有也字、

箋曰、卒章喻妄行不免天誅以終之、天方難不已、至于方蹶、方蹶不已、至于方虐、此天怒之甚也、尙可以戲豫處之乎、爾用憂謔、所謂戲豫也、豫樂也、戲豫馳驅應上憲憲謔謔、敬是畏天之小心、亦是回天之大力、此詩說天處便及民、說民便及天、則此章所謂敬天、亦不可脫安民意、曰難蹶、猶有悔悟一

機、曰怒渝、止有隕絕一路矣、曰無然、尙爲從容商酌之計、曰無敢、已成且暮不可支之憂矣、渝、變也、易曰、官有渝、春秋言渝盟、是也、天命無常、王室將卑、所謂渝也、○昊天曰明者、曰猶于也、及爾出王、及與也、毛讀王與往同、言天監明明、汝出往則天從之、趙宧光說文長箋以爲、狂迋誑往等字、皆从㞷、詩出王字本作㞷、石經因凡字从㞷者、俱省爲王、併出㞷字亦省作王、是也、昊天曰旦、猶昊天曰明耳、游衍與淫溢義近、說文、衍、水朝宗于海貌也、引申爲盈溢之稱、小爾雅、延衍散也、游衍卽放散之義、溢與散義正相成、出王以在外言之、游衍以在內言之、兩及字便見天更無逃避處、曰明曰旦所謂天道炯於白日、言日監在茲、如人于隱暗之處稍有不善、天亦自知也、人之于天猶水之於地、無在而不與之俱也、又猶魚之于水、由中達外、無適非是、楊伯起言四知、亦此意也、

板八章章八句

箋曰、厲王變雅之始也、大臣作詩以刺天子者始於斯、故其體裁則熙熙大矣、其言不敢直指王、却有溫於小雅者、周室未大衰、故大也、在變之始、故溫也、蔣悌生曰、詳味此詩、蓋朝廷始昏亂之時、其時文武周公之道、典章法度、粲然具在、非不存也、在朝之臣、老成才德、非不有也、但王心暴虐、棄舊章而不顧、疏斥老成而不用、而其所任以政者、乃少年不更事之人、是以民勞于下、而政亂于上、其時若召穆公凡伯之徒、又皆世臣與同休

戚者、言不行、諫不聽、義又不可去、故其熱中之情、發而爲懇惻切直之詞、一語責之、旋以一語勸之、不厭繁複、惟欲其有所警悟、而改紀于其政也、

生民之什十篇六十五章四百三十三句

毛詩卷第十七

毛詩卷第十八

竹添光鴻會箋

蕩之什詁訓傳第二十五　毛詩大雅

蕩。召穆公傷周室大壞也。箋曰、是閔周之詩、故曰傷、大雅也、故曰大壞、首序稱傷者、衞莊姜傷已之外、唯是一出、姜炳璋曰、周自成康而後、昭王南征不復、穆王車轍欲遍天下、共王滅密、懿王伐犬戎、夷王變覲禮、雖不無失德、然未至大壞、至厲王橫暴、棄義類、任小人、廢典刑、沈湎于酒、炰烋于國、周室於以大壞矣、大命以傾、必然之勢、穆公之所以傷也、序傷字乃從七咨字體會出、實指厲王時事、而移置紂身上、只以末二句動其鑒殷之思、是喚醒處、厲王無道。天下蕩蕩無綱紀文章。故作是詩也。箋曰、此十八字、注文入行耳、厲王之雅、有首序而無廣辭、尹焞謂與首句全不干、事與詩亦不倫、知講師所增、是也、

蕩蕩上帝。下民之辟。上帝以託君王也、辟、君也、疾威上帝。其命多

辟。 疾、病人矣、威、罪人矣、

天生烝民。其命匪諶。靡不有初。鮮克有終。 諶・誠也、○多辟之辟、延文本作僻、諶市林反、鮮息淺反、延文本・傳病人下矣作也、

箋曰、首章言王命令之多僻、而曉以天命之靡常也、本上帝以原時虐、立言有體、亦爲厲王監謗諱言而然、二章至末、假託文王嘆紂、直以法祖之思動之、其曰彊禦掊克、任小人也、侯作侯祝、民怨謗也、炰烋斂怨、主暴厲也、湎酒號呼、肆沉酗也、老成典刑、廢者舊壞典章也、殷鑒夏后、今古覆轍等也、通詩無一語及時事、却無一語不合時事、主文而譎諫、言之者無罪、聞之者是以戒、蓋不獨風爲然也、蕩蕩上帝四句、猶言蕩蕩乎其德之廣大者上帝也、乃下民之主宰、反此而急疾用威、則其命多邪僻矣、張耒明道襍志謂、今人作文、稱亂世曰板蕩、此二詩篇名也、板爲不治則可、蕩則詩云蕩蕩上帝下民之辟、蕩豈亂意乎、大師舉篇首一字名篇耳、是也、說苑至公篇云、書曰不偏不黨、王道蕩蕩、言至公也、夫公生明、偏生暗、端慤生達、詐僞生塞、誠信生神、夸誕生惑、此六者君子之所愼也、而禹桀之所以分也、詩云、疾威上帝、其命多僻、言不公也、此足明詩稱蕩蕩與洪範之蕩蕩同、上帝借言王者也、七章匪上帝不時、仍是言天者、蓋借上帝託君王、以嫌於斥言耳、下託於文王之咨殷商、則上帝還其本稱、非雜出也、下民之辟者、對上帝言、故稱下民、○疾威上帝、疾威猶暴虐也、其命多辟、辟・邪也、已假上帝、故亦假命、此命實謂王之所行之命令也、與下文命不同、上四句假上帝而刺王、怨天卽怨王矣、下

四句是說真天而致憾焉、○天生烝民、烝・衆也、諶忱同、信也、其命是天命、言國家存亡之命也、匪諶是命之不信矣、初命以善、後多渝變、即不信已、不得以不可信作解、王者亦爲天一民、與書高宗肜日言天降下民意同、且王者虐民則喪其命、卽康誥惟命不于常之意、言王所以其命多僻者、自恃崇高之勢而已、而不知天命匪諶、有初不獲終者多矣、若殷商是也、方是爲下七章緣起、有初言開國之初、休命荐至、其終疾威而多僻、是以休命不至、以降斯喪也、君奭曰、厥基永孚于休、其終出於不祥、是周公所訓召祖、而穆公之言、似述遺訓、朱傳引劉康之言、以降衷之初作解、失之、詩人之意蓋言天自生民以來、與奪無常、若生初之理、正所謂有物有則者也、夫何不信之有、韓詩外傳引以證人性雖善、非得明王聖主扶攜納之以道、則不成君子、此斷章取義、非詩本指也、

文王曰。咨。咨女殷商。曾是彊禦。曾是掊克。曾是在位。曾是在服。咨・嗟也、彊禦・彊梁禦善也、掊克・自伐而好勝人也、服・服政事也、**天降滔德。女興是力。**天・君、滔・慢也、○掊蒲侯反、滔他刀反、延文本・傳君下有也字、慢作漫、

箋曰、二章言王之進用小人也、妙處全在託言、板託同列、此直託文王、託同列可盡言也、託文王尤可盡言也、文王尊、且所刺譏又在勝國、夫在勝國、於

是益展其言、託言紂者、厲王之惡、略與紂同、亦謂與死人同病者、不可生也、多少怨恫、藏於一咨、說文咨云、謀事曰咨、又嗞嗟也、毛傳以咨爲嗞之假借、故以嗟釋之、咨嗞雙聲、咨嗟亦雙聲、單言曰嗟、亦曰咨、累言曰咨嗟、亦曰嗟嗞、秦策曰、嗟嗞乎、詩綢繆毛傳曰、子兮者嗟茲也、古人每以嗟嗞連言、爾雅嗟咨、卽嗟嗞也、作茲者亦省借耳、殷商紂也、曰殷商弁舉之、猶楚連稱荆楚也、以下文王諫紂之言、蓋周家有其遺文、而穆公潤色作誦也、朱傳設爲文王之言、恐非、○曾是彊禦、曾是掊克、曾猶乃也、孟子爾何曾比予於管仲、趙注、何曾猶何乃也、厲王之惡、貪暴而已、惟暴也、故所用皆彊禦之人、惟貪也、故所用皆掊克之人、自古危亂之君、率是暴虐與聚斂之臣竝用、蓋此兩等人、實相須也、非暴虐則無以爲聚斂之資、非聚斂則無以極暴虐之惡也、彊禦與掊克儷文、彊禦與掊克皆二字平列、彊禦猶言彊暴彊梁也、春秋繁露必仁且智篇曰、其強足以覆過、其禦足以犯詐、是禦與強同義之證、楚詞離騷、澆身被服強圉兮、王注、強圉、多力也、淮南天文、巳在丁曰強圉、注言萬物剛盛、故曰強圉也、強禦連文、故注家皆渾解之、彊禦亦古人成語、本詩、下文彊禦多懟、烝民不畏彊禦、左傳昭元年、彊禦已甚、十二年、吾軍帥彊禦、字亦作圉者、禦圉同聲也、釋文以掊爲聚斂、漢書酷吏傳敘、曾是強圉掊克爲雄、顏注、掊克好聚斂克害人、孟子掊克在位、音義亦謂深克朘民之人、依此掊克與彊禦有別、且周語明云厲王說榮夷公、桑柔謂之貪人敗類、茲舉小人布列、不應遺此、故朱傳以掊克爲聚斂之臣、蓋彊禦張權威陵虐人者、受害不必細民、下章彊禦多懟是也、掊克是聚斂巧取者、下章言寇攘式內是也、說文訓掊爲杷、乃入水取鹽之名、史記武本紀、掊視得鼎、注以掊爲手杷土、杷音蒲巴反、其字從木、卽今俗之刨字、皆是剝取之義、引申之爲掊聚義、易謙象、君子以裒多益寡、釋文、裒・字書作掊、蜀志廖立傳、王連流俗、苟作掊克、使百姓疲弊、以至今日、南齊書竟甯王子傳、守宰相聚、務在裒尅、皆以掊克爲聚歛、要之此等皆見成稱目、雖非雙聲疊字、亦必二字爲一意、如上文彊禦、合之則禦亦是彊、分之則其彊足以禦善、仍一義也、掊克連言、知克亦爲掊、猶福履戩穀竝言、知履卽爲祿、戩卽爲福也、曾猶乃也、孟子爾何曾比予於管仲、趙注、何曾猶何乃也、據此疏所云、是唐初人猶謂何乃爲何曾、若以何曾爲何嘗、則詞意正與何乃相反、非古訓矣、曾是在位、曾是在服、此與上二句本一項事、分作四句、意相項而筆特奇、當一氣讀、在位謂以之而居公卿百執事之位也、在服謂以之而任公卿百執事之事也、爾雅、服・事也、說文、事・職也、廣雅、服・任也、又職事也、樂記鄭注、官猶事也、在服猶云在職在任、在官人臣服官政、因謂其官政爲服、猶諸侯賓服於天子、因謂其國亦爲服也、

○天降滔德者、亂世暴主賊臣、具關氣數、故歸之天降、歎恨之至也、滔而曰德、猶言凶德、說文、滔、水漫漫大貌、書洪水滔天、滔天卽漫天也、水漫曰滔、人慢亦曰滔、滔通作慆、玉篇、慆・慢也、漫慢同意、滔德卽指上彊禦掊克、天降此亂慢之德、有江河日下之勢、故曰滔德、女興是力者、興・起也、猶興迷亂于政、小民方興相爲敵讎之興、力如力行無度之力、言强禦掊克、陵虐於百姓、天怒民怨、而女殷王方興力行之也、

文王曰。咨。咨女殷商。而秉義類。彊禦多懟。流言以對。寇攘式內。對、遂也、侯作侯祝。靡屆靡究。作祝、詛也、屆・極、究・窮也、○懟直類反、攘如羊反、作側慮反、祝周救反、本作呪、屆音界、延文本・傳極下有也字、

箋曰、三章蒙上章、言所用皆彊禦掊克、致民怨謗也、而秉義類者、而亦女也、桑柔予豈不知而作、箋、而猶女也、中庸抑而強與、注、而之言、女也、秉義類是儆戒之辭、秉、秉哲秉德之秉、言執而行之也、義類言百事當義者也、彊禦以下、乃述今之不類、懟者、疾怨也、紂王大用彊禦掊克之人、方興力行不義之事、使民疾怨、故戒之、流言以對者、荀子曰、流丸止於歐臾、流言止於智者、又致仕篇云、凡流言流説、楊倞注、流者無根源之言是也、小人常以浮浪不根之言、應對於上、而惑亂其聰明、上之人反親信之、小人倚君上之威、居中用事、以寇攘於下也、專行攻切曰寇、取非其有曰攘、寇攘卽上掊克、寇者施外之名、寇攘於境外、固非美事、然今乃在王朝爲盜賊之行、是寇攘不在外而在內也、則又大甚、裴度曰、欲平賊當先淸朝廷、蓋天下之亂、每不生於外、而生於內也、眞德秀曰、內有衣冠之盜、而後外有干戈之盜、亦此之謂也、式猶用也、傳訓對爲遂者、爾雅釋言、禮記祭統、對揚以辟之、注皆云、對・遂也、易大壯上六、不能退、不能遂、虞注、遂・進也、遂有進義、對亦有進意、傳意謂爲流言以進於王也、○侯作侯祝、侯・維也、釋文、作本或作詛、作詛古同聲、正義曰、作

卽古詛字、謂古假作爲詛也、祝亦詛也、毛傳當以作祝爲逗、詛也爲句、作爲借字、以本字釋之、猶云作詛也、祝亦詛也、以書無逸否則厥口詛祝、周禮春官有詛祝證之、知詛祝二字、古多連文、連文義別、散文義通也、管子四稱、衆所怨詛、注、詛、祝之也、後漢書賈逵傳注、祝、詛也、據此則詛祝二字、亦轉相爲訓也、祝一作呪、見廣韻俗體也、詛祝、謂請神明令加殃咎也、朱傳以詛祝爲怨謗、卽周公所謂小人怨汝詈汝、晏子所謂夫婦皆詛者也、與箋疏義本相成、靡屆靡究者、無終極無窮已也、毒遍海內、怨謗沸騰、詛祝之聲、靡有窮極、非監謗之所能弭也、陳啓源曰、詛者盟之細也、詛用牲、而祝無之、祝又詛之細也、古重盟詛之禮、蓋其風始於苗民、而後王因著爲令、周禮春官之屬有詛祝、秋官之屬有司盟、詛民之不信者、其獄訟則使之詛盟、皆掌之以官、而朝廷之上、亦自行之、巧言詩君子屢盟、是王與臣下盟也、蘇公欲詛何人、是大臣互相詛也、此皆君臣相疑、乖戾不和所致、東遷而降、斯風尤盛、如鄭詛射潁考叔者、晉詛無畜羣公子、魯作三軍則詛之、陽虎亂魯則詛其君及國人、秦伐楚則亦詛之於神、事不勝枚指、後世民情愈澆、鬼神不足約束之、於是上不立此法、下亦莫重其事矣、

文王曰咨、咨女殷商、女炰烋于中國、斂怨以爲德。

炰烋猶彭亨也、

不明爾德、時無背無側。 背無臣、側無人也、 **爾德不明。**

以無陪無卿。無陪貳也、無卿士也、○商下之女字、延文本作汝、炰白交反、休父交反、烋延文本作亨、許庚反、傳背延文本作後、延文本貳下無也字、

箋曰、四章言左右皆小人、以致主德之不明也、此爲前後數章樞紐、前兩章所言卽無背側無陪卿也、後兩章所言卽不明爾德也、炰烋二字疊韻、蓋強梁跋扈之意、所謂敢行暴虐也、文選魏都賦、吞滅咆烋、劉淵林注、引詩作咆哮於中國、云咆烋猶咆哮也、炰烋當卽咆哮之假借、哮古通唬、常武闞如唬虎、風俗通作哮虎、廣韻、咆唬、熊虎聲、咆哮本爲怒聲、又引伸爲驕貌、故傳以彭亨釋之、彭亨卽炰烋之轉、以今語釋古語耳、易釋文引干寶注云、彭亨驕滿貌、是知鄭箋云自矜氣滿之貌、又申傳彭亨之義也、炰烋是虐、斂怨是貪、卽是彊禦掊克所由來、人君有殘民之意、而後酷吏中之、人君有嗜利之意、而後貪人中之矣、言女炰烋於中國、斂怨甚矣、乃不以爲失計、而且自以爲得也、德得同音、故假借與下文二德字異、○不明爾德時無背無側者、所謂崇信姦回、放黜師保也、背後也、側旁也、文王世子云、虞夏商周有師保、有疑丞、設四輔及三公、不必備、唯其人、語使能也、書大傳、古者天子必有四鄰、前曰凝、後曰承、左曰輔、右曰弼、此傳以無背爲後無臣、無側爲側無人者、背爲後也、不言前者文略、側謂左右也、卽四鄰四輔之說也、○爾德不明者、德不明之則終不明也、無陪無卿者、左傳昭三十二年、物有陪貳、天生季氏以貳魯侯、陪貳謂副貳、夫背側皆有人也、所置非人、雖有如無、故又申以無陪無

卿、紂時箕子作大師、比干作少師、微子微仲膠鬲存焉、然咈其耇長舊有位之人、昵比罪人、謂暴無傷、則雖有善者亦無如之何也已、厲王之朝、惛怓無良方熾、興行寇虐、召穆身爲卿士、凡伯芮伯從政、終不能廓復王業、匡救大亂、所以有是章也、

文王曰咨。咨女殷商。天不湎爾以酒。不義從式。義、宜也、

既愆爾止。靡明靡晦。式號式呼。俾晝作夜。使晝爲夜也、○湎面善反、愆起連反、

箋曰、五章咨其率暴人以淫酗于酒、酒誥鄭注、飲酒齊色曰湎、故箋云、天不同汝顏色以酒、朱傳改齊色爲變色、皆以其字從面而言之、未免迂曲、說文、湎、湛於酒也、湛與沈同、湎之言溺也、故曰沈湎、曰流湎、小宛之戒曰、壹醉日富、是已、釋文引韓詩云、飲酒閉門不出客曰湎、亦沈酗之義耳、式、法也、言天何嘗以酒湎女乎、女唯不義是從、而法行之、習與性成、遂至是沈湎荒壞也、不義與上義類相反、○既愆爾止四句、止、容止也、既愆爾止、包無數淫縱在內、明晦、晝夜也、左傳陰陽風雨晦明、此言放泆失威儀、無晝夜唯酒是湎也、酒誥數紂之衆曰、誕惟厥縱淫佚於非彝、用燕喪威儀、非彝卽不義也、俾晝作夜、所謂長夜飲也、鄭伯有爲地室夜飲酒、朝至未已、亦類也、較靡明靡晦、翻進一層、深文奇語、

文王曰咨。咨女殷商。如蜩如螗。如沸如羹。蜩、蟬也、螗、蝘也、小大近喪。人尚乎由行。言居人上、欲用行是道也、內奰於中國。覃及鬼方。奰、怒也、不醉而怒曰奰、鬼方、遠方也、○蜩音條、沸方味反、奰皮器反、覃徒南反、

箋曰、六章咨其率暴人以擾亂天下、鄭箋以蜩螗沸羹蒙湎酒言、然厲王失德、莫大於貪暴、不獨在湎酒、朱傳以如蟬鳴如沸羹皆亂意、得之、漢書五行志、詩云如蜩如螗、如沸如羹、言上號令不順、民心虛譁憒亂、則不能治海內、朱傳本此、此將言小大近喪、而先列張之、不與前章關、如蜩如螗、豳風七月傳云、蜩、螗也、小雅菀柳傳又云、蜩、螗也、此傳則分蜩爲蟬、螗爲蝘、乃訓詁家對別散通之常例、大抵蟬類形聲相似、渾言之則蜩蟬是其大名、析言之有良蜩螗蜩諸名耳、陸疏云、宋衞謂之蜩、海岱之間謂之蟬、蟬・通語也、螗・蟬之大而黑色者、一名蝘虭、然則螗乃諸蜩中之一種、郭之注爾雅同此義、又與毛傳合、正義據爾雅舍人注、謂方語不同、三輔以西爲蜩、梁宋以東謂蜩爲蝘、是螗蜩一物而異名、與郭義殊、殆不然、爾雅所列蜩之種凡七、而總名之曰蜩、螗之名居七者之一耳、何關方語乎、如沸如羹、沸爲水涌出、引之有亂義、後世所謂鼎沸也、羹以五味雜盉而成、故引之有雜義、上句蜩螗爲一類、言其諠譁、此句沸羹爲一類、言其亂雜也、二句寫訌亂情形酷肖、○小大近喪、人尚乎由行者、小大謂臣民也、書曰、殷罔不小大好草竊姦宄、小大字同、

人字指王與助王爲虐之柄臣、夫人情時勢如蜩螗如沸羹、小大臣民汔有喪亡之形、然紂及暴人、尙且由今之道而妄行、自若不悛也、○內奰於中國者、是紂作威毒四海也、覃及鬼方、酷似厲王暴虐、熊渠畏其伐楚、自去王號、二句言不顧小大近喪、而內外怒其威虐不已也、說文、奰・壯大也、从三大三目、製字之義、二目爲䀠、有驚懼之意、三目皆大、怒目而視之意也、今詩作奰者、奰之省、或从三四从犬則非矣、魏都賦姦回內贔、劉淵林注、引詩作內贔、贔又奰之俗也、淮南子墬形訓、食木者多力而奰、高誘注、熊熊之屬是也、奰讀內奰於中國之奰、此引詩奰字不省、曰多力而奰、正與毛訓怒・許訓壯大・其旨略同、○覃及鬼方、鬼方對中國而言、蒼頡篇、鬼、遠也、與毛傳合、後漢書威靈行乎鬼區、注亦以鬼區爲遠方、此鬼方與鬼區同、詩言覃及、則所包者廣、凡南裔北狄遠於中國皆是、馬瑞辰曰小明詩至於艽野、毛傳、艽野、遠荒也、艽與鬼聲義正同、經傳中言鬼方、有泛指遠方者、此詩鬼方對中國言、及漢書趙充國傳、鬼方賓服、高晱修周公禮殿記、興復舊館、鬼方來觀之類、是也、有實指其國者、易高宗伐鬼方之類、是也、說鬼方之國者不一、有謂在西方者、世本、黃帝娶於鬼方氏、宋均注、鬼方於漢則先零羌、後漢書肅宗紀、克伐鬼方、開道西域、西羌傳、殷室中衰、諸侯皆叛、至於武丁、征西戎鬼方、三年乃克、竹書紀年、武乙三十五年、周王季伐西落鬼戎是也、有謂在北方者、易高宗伐鬼方、干寶注、鬼・北方國也、又史記五帝本紀、北逐葷粥、索隱曰、匈奴別名也、唐虞以上曰山戎、亦曰熏粥、夏曰淳維、殷曰鬼方、周曰玁狁、孟子大王事獯粥、趙注、北狄彊者、今匈奴也、釋文、夏曰獯鬻、商曰鬼方、周曰玁狁、秦漢曰匈奴、魏曰突厥、唐高祖紀所載略同、又論衡、北方有鬼國、是也、至王伯厚以大戴記言楚爲陸終子季連之後、其母爲鬼方氏、又竹書紀年、武丁三十二年伐鬼方次於荆、證鬼方爲荆楚、惠氏棟因謂、商之鬼方、周荆楚之地、商頌殷武、卽伐鬼方之詩、是又以鬼方爲在南矣、今按鬼方、本遠方之通稱、故凡西方北方之遠國、可通稱爲鬼方、若武丁所伐鬼方、後漢書以爲西戎、與殷武伐荆楚、自是兩事、竹書紀年誤合爲一、陸終子六人、皆鬼方氏所出、不得謂楚爲鬼方所出、遂可稱鬼方也、禮記言紂脯鬼侯以饗諸侯、鬼通作九、史記殷本紀、紂以西伯昌九侯鄂侯爲三公、徐廣曰、九侯一作鬼侯、蓋鬼九古同聲通用、鬼爲遠方、猶芃野爲遠荒之野也、

文王曰咨。咨女殷商。匪上帝不時。殷不用舊。雖無老成人。尚有典刑。曾是莫聽。大命以傾。

箋曰、七章咨其棄舊人舊法、以覆天命、婉篤至此、幾於垂涕泣道之、不時者、猶言厄運也、舊、舊法也、舊人也、包下老成人典刑、言商紂亂亡、非上帝之生商紂不得其時也、乃紂之棄舊人不用、廢舊法不行、而自絕於天也、酒誥、天非虐、惟民自速辜、呂刑、非天不中、惟人在命、句法相肖、◯雖無老成人尙有典刑者、老成人謂舊德老鍊之臣、紂之時何曾無老成人乎、所謂耇長舊有位之人卽是、但詩辭有微指、是時老成莫得用事、穆公正傷其有老成而不

用、以取傾覆也、雖無老成人云云者、不自居於老成人、而以尙有典刑言之、明王之不用老成也、典者先生之典章、刑者先王之法度、曾是莫聽二句、經文上云無老成有典刑、則此莫聽當從鄭箋爲不用典刑、大命以傾者、預卜其將然之辭、蓋姑爲是言、先令其知率由舊章、知率由舊章、卽知率由舊人、而彊暴掊克蔑由進矣、存亡之機在此、大誓屛棄典刑、囚奴正士、上帝不順、祝降時喪、與此正似、大命反照首章、以收前數章、大誓首稱冒色、牧誓首稱牝雞、而是篇不及此、蓋厲王以虐威亡、色荒不與紂同、至於幽王、大雅小雅、並刺淫惑、妲己褒姒流臭詩書、召穆立言之度、不可不求、趙佑曰、老成人國家之寶、其見聞多所歷練、凡先代之彝章法物、皆謹守其當然、又能言其所以然、是典刑必賴老成人以存、而老成人卽後來之典刑也、然往往爲後生小子所不樂觀、亂世政不用舊、莫先乎厭薄老成人、而後至於蔑棄典刑而不惜、詩之言雖言尙、非有軒輊於其間、正深歎老成人之關係重也、重之則雖亡而有不亡者存、輕之則存亦如亡、況其亡而益無所顧忌矣、

文王曰。咨。咨女殷商。人亦有言。顚沛之揭。枝葉未有害。本實先撥。顚、仆、沛、拔也、揭、根見貌、**殷鑒不遠。在夏后之世。**

○沛音貝、揭紀竭反、撥蒲末反、仆蒲北反、傳根見・卷子本傍注云、本作見根、

箋曰、卒章言國之滅亡、君自取之、古今如一也、人亦有言、卽顚沛以下三語是也、顚沛之揭、以大木之倒、比天下之覆焉、顚沛・木倒也、言木忽揭然而顚沛也、非言將倒、馬融論語注、顚沛・偃仆也、樹之偃仆曰顚沛、人之偃仆亦曰顚沛、其義一也、說文、揭・高舉也、樹根深藏於土、偃仆者根必高舉、高舉則根見、傳云根見者、其根可見也、韓子解老篇、樹木有曼根、有直根、直根者書之所謂柢也、柢也者木之所以建生也、曼根者木之所以持生也、若其根可見、則本先撥矣、傳以根見釋揭字、揆下文本撥爲訓、枝葉未有害、未害正是害、庸人所恃在此、不可恃亦在此、蓋昏主所以恣睢無忌、只爲見外標可恃耳、天下之患、莫大於有可憂之勢、而無可憂之形、故指示之、撥、蹶起也、不當直訓絕、究竟撥是事、而揭是貌、夫民心者國家之根本也、民心失則根本絕、王行政用人如此、皆鑿喪根本之道也、○殷鑒不遠、在夏后之世、殷鑒夏、以諷周宜鑒於殷也、向上推進一層、咄然便住、淒婉欲絕、蘊蓄無盡、鑒、鏡也、言夏之繼世、正是殷人之明鏡矣、不當訓視、韓詩外傳、明鏡者所以照形也、往古者所以知今也、夫知惡往古之所以危亡、而不蹈襲其所以安存者、則無以異於歛行而求遂於前人、鄙語云、不知爲吏、視已成事、兪樾曰、鄭箋云、近在夏后之世、謂湯誅桀也、若如箋義、則夏后之世猶云夏后之時、自禹至于桀、載祀六百、皆夏后之世也、安得專指桀而言乎、鄭於世字殆未得其解也、裳裳者華序曰、棄賢者之類、絕功臣之世焉、正義曰、棄去賢者之胤類、絕滅功臣之世嗣、又曰、類謂種類、世謂繼世、此經世字、義與彼同、蓋謂夏后氏之繼世、在殷時爲二王之後者、以其爲亡國之子孫、故可以爲鑒、皇矣篇正義謂、殷之末年、夏后絕矣、未必然也、朱傳引蘇氏曰、商周之衰、典刑未廢、諸侯未畔、四夷未起、而其君先爲不義、以自絕於天、莫可救止、殊不知上章云殷不用舊、尚有典刑、則典刑雖未泯、而當時廢而不用也、又厲王之時、諸侯不享戎狄淮夷入寇、史記後漢書皇王大紀諸書載之、具見桑柔二章下、蘇說皆失事實、蓋深泥於枝葉未有害之喩致然耳、夫大病之人、而起居言貌略不異於平日、唯醫知其必死矣、枝葉之喩正是、非謂曾無少損也、

蕩八章章八句

箋曰、文王曰咨以下七章、初無一語顯斥厲王、結撰之奇、在雅詩亦不多觀、李杜唐人、以漢武當明皇、以飛燕當太真、所由出也、通篇托之文王歎商、反覆說紂、賈山之借秦爲喩也、反覆說天、霍光之謂王行自絕於天也、危言不諱、而卒不能啓王之聰、故異時彘之亂、國人圍王宮、召公曰、昔吾驟諫王、王不從、以及此難、驟諫者非獨春秋外傳所載諫監謗也、

抑。衞武公刺厲王。

箋曰、蕩託文王而刺厲王、抑託厲王而刺幽王、故比、此詩及賓之初筵、並衞武公所作、賓之初筵刺幽王也、此詩刺厲王也、雖同作於幽王之時、所斥不同、又非一時之作也、幽王之時事、將蹈厲王之覆轍、故追刺厲王以諷時王也、託之厲王者、猶前篇刺厲王託之殷商也、既託之厲王、故序特舉其刺厲王而言耳、顧鎭曰、此詩諸儒陳說不一、其謂在後追刺者孔疏也、既經朱子駁斥、其謂刺幽王

者李解也、幽王之篇、不得竄入厲世、列於宣王諸詩之前、其謂武公爲世子時作者范傳嚴緝也、按年表、武公立於宣王十六年、卒於平王十三年、在厲王時年尙幼稚、不得作詩、卽作於共和之末、亦不過二十餘歲之人、遽以亦聿旣耄爲言、亦覺遠於事情、其謂平王時作者何義張記陸學也、無論東遷以後無雅、卽詩中所稱迷亂荒湛、亦未便懸指平王、竊意作詩時世、孔疏李解專言則失、參而會之、亦有可得而論者、蓋幽王沈湎於酒、賓筵之詩、屢陳威儀之失、此詩正與之合、特賓筵以自警者諷王、此篇則借厲王爲鑒、故疏謂之追刺也、不然末章所謂曰喪厥國、取譬不遠者、將何所指邪、龜井氏曰、是詩若非刺厲王、不知何以列於桑柔之上乎、賓之初筵、武公刺幽王也、幽之立、上距厲之崩殆五十年、武公雖壽、其爲卿士、恐不能逮三世、則本諸基禍之主、而追刺之者、又奚疑、曰小子、曰爾、曰女、皆非直斥天子也、民勞板桑柔皆同、何無禮之有、是詩之所以箴者弘矣、大之天下、遠之蠻方、取厲王之事切時王者、以箴膏肓、何緩急失宜之有、大雅之言、切直不汙、忠讜無隱、諸篇一揆、可謂倨慢乎、武公作是詩、不繫時王而繫前王、明哲保身之道也、而其實未始有一言不懇懇切切、時王大臣焉、追刺之意、忠告之義、相纏而不可離也、聽用我謀、庶無大悔、卽厲王時召公凡伯責同僚之語氣也、武公在幽王之朝、而作追刺之詩、故身爲召凡以擬其言、固非望於昔人之語也、所謂追刺者、猶今人擬杜甫秋興以風時事、寓己感慨、古今人情自不相遠也、

亦以自警也。 箋曰、亦以自警四字、亦講師所增、姚際恒曰、楚語、左史倚相曰、昔衛武公年數九十五矣、猶箴儆於國曰、

自卿以下、至於師長士、苟在朝者、無謂我老耄而舍我、必恭恪於朝夕、以交戒我、聞一二之言必誦、志而納之、以訓道我、在輿有旅賁之規、位宁有官師之典、倚几有誦訓之諫、居寢有褻御之箴、臨事有瞽史之道、宴居有師工之誦、史不失書、矇不失誦、以訓御之、於是乎作懿戒以自儆也、韋昭曰、懿大雅抑之篇也、懿讀爲抑、廣序謂亦以自警、與韋說同、豈知武公之懿戒、固不必抑詩、邪、賓之初筵、及假樂篇、皆有威儀抑抑之文、與此抑抑威儀同、未嘗有以抑爲懿之說、抑抑、毛傳訓密也、懿自訓美、義不相同、惟其嚴密、故曰德隅、內嚴密則外見廉隅也、若作懿則爲美美威儀、與下句義不貫、且楚語云懿戒、今篇中無戒字、亦不合、篇中句句刺王、無一語自警、如曰借曰未知亦既抱子、借曰未知亦聿既耄、視爾夢夢、我心慘慘、誨爾諄諄、聽我藐藐、聽用我謀、庶無大悔等語、決非自警之辭、若夫切於王之尤著者、如曰四方其訓之、四國順之、其在於今、興迷亂於政、罔敷求先王、克恭明刑、修爾車馬弓矢戎兵、用戒戎作、用逷蠻方、子孫繩繩、萬民靡不承、天方艱難、曰喪厥國、回遹其德、俾民大棘等語、皆是、固不待識者而知之矣、詩中既皆刺王非自警、楚語何以反言自警、而不言刺王乎、則可知楚語所指非抑詩明矣、若爲衛武公自警之詩、何以不入衛風、倂不入小雅、而入大雅乎、況詩自己作、焉有預存使人誦詩之意、而先稱已爲爾女之理、至於武公年已九十五歲、猶以小子自稱、亦成何說邪、詩中毛傳鄭箋、句句皆言刺厲王、無一語及於自警意、毛鄭固無此說、朱子乃曰、此詩之序有得有失、以詩考之、則其曰刺厲王者失之、而曰自警者得之也、其曰自警之所以爲得者、國語左史之言一也、然此

非國語左史之言、韋昭之言也、旅賁之規、䁥御之箴、師工之誦、無非懿戒、必泥懿戒爲抑詩、不獨不善讀詩、亦並不善讀國語矣、

抑抑威儀。維德之隅。人亦有言。靡哲不愚。抑抑・密也、隅・廉隅也、靡哲不愚、國有道則知、國無道則愚、

庶人之愚。亦職維疾。哲人之愚。亦維斯戾。職・主、戾・罪也、○摺本・傳廉下無隅字、延文本・傳知作智、主下有也字、

箋曰、首章言君子不可不敬威儀也、威儀抑抑、傳曰密者乃嚴密字、賓之初筵傳、亦訓愼密、愼密與嚴密同意、隅、方也、有棱角也、淮南原道、經營四隅、注、隅猶方、論語述而舉一隅、皇疏、隅、角也、經言抑抑然嚴密之威儀、乃德之方而有棱角者、故曰維德之隅、箋說太迂、凡物皆有隅、不必添宮室一層也、傳云隅廉隅者、與靜女靜貞靜、楚茨度法度、同其句例、臨下而使人畏之者威也、居上而使人象之者儀也、威能抑抑、則不至於剛暴、儀能抑抑、則不至於怠慢、抑抑與下敬愼不同、蓋由敬愼工夫做到此、故威儀者修身事也、云德之隅、則可以見其正心誠意之實功矣、此自然之符驗、非可强爲也、首二句爲有覺德行敬愼威儀緣起、○人亦有言、靡哲不愚者、言威儀簡忽、則哲人與愚人無別也、勸人修威儀之辭也、三代之時、王侯大夫並有其威儀、敬而修之、厲始革典、百禮率易、君子制心之規矩廢、而無與入德矣、陵夷至於幽王、武公稽古、有觀感於先王明刑、故是詩以威儀說起、左傳襄三十一年北

宮文子說威儀、可以知古義矣、民勞曰敬愼威儀、板曰威儀卒迷、蕩曰旣愆爾止、而賓之初筵專詠威儀、皆一意也、毛鄭皆以愚爲佯愚、以爲因國無道而佯愚、似非詩義、哲謂睿智也、夫威儀之可修、睿智者所當能知而不忽焉、今乃不然、往往舍而不修焉、豈不悖乎、故諺曰、靡哲不愚、究竟哲亦愚已、是謂可惜之甚也、非眞以爲愚昧、猶俗云聰明人慣作懵憧事也、典午之世、亦間有明哲之人、而忽威儀尙放達一也、可謂哲人之愚矣、凡衰亂之世、時習使之然也、○庶人之愚、亦職維疾、言衆人不敬威儀、望之而不見所畏、此其性之疾・固當然耳、此借庶人以甚哲人之當愼、哲人庶人皆以現成人物而言、不當就稟賦立論、言旣是衆人矣、則其愚也固所應有之疾疢耳、疾如古者民有三疾之疾、職猶曰本然、○哲人之愚、亦維斯戾、戾・乖也、怪其不善思之辭、哲人而不修威儀、使人與愚人一視之、不亦乖乎、然則內德雖修、外貌其可不敬乎、子曰、知及之、仁能守之、不莊以涖之、則民不敬、莊卽威儀也、是篇上三章義最重、下九章演而廣之、故三章八句、而九章十句、以界別之、凡詩之有段有節者、不可不潛玩焉、

無競維人。四方其訓之。有覺德行。四國順之。 無競、競也、訓・教、覺・直也、

訏謨定命。遠猶辰告。 訏・大、謨・謀、猶・道、辰・時也、

敬愼威儀。維民之則。 ○訏況於反、謨莫蒲反、延文本・傳教下大下謀下道下並有也字、

箋曰、二章言君子舉賢正德勤政、猶必有待於威儀焉、桑柔秉心無競傳、烈文無競維人傳、竝云、競、彊也、說文、競、彊語也、从誩、从二人、競从二人對言、有兩不相下之意、故曰彊也、左傳宣二年傳、彼宗競於楚、成九年傳、德則不競、杜注皆訓爲彊、是也、又襄十年傳、師競已甚、亦言師之彊已甚也、無競維人、言國勢無競乎、惟有善人、四方其訓之也、訓・遵也、是遵訓而行之義、四方訓之與下文四方順之無大異、訓順古同聲通用、洪範於帝其訓、史記宋世家作順、哀二十六年左傳引詩正作四方其順之、是訓卽爲順之證、毛詩作訓、特與下四國順之變文、又以韻耳、維人言朝廷多善人也、左傳哀二十六年、子貢言衞輒內無獻之親、外無成之卿、而引此詩、因繼之曰、若得其人、四方以爲主、而國於何有、可以證焉、朱傳必以爲能盡人道者、蓋如舊解、則此篇之旨、於用賢意無所屬耳、然實非無屬也、上言哲人而爲愚、則有人如無人矣、瞻卬曰、人之云亡、邦國殄瘁、孟子曰、不信仁賢、則國空虛、得人則文足經邦、武足戡亂、國勢所由彊、而四方奉爲訓矣、中庸曰、爲政在人、取人以身、故欲得人、又必本之於有高大之德行、訏謨定命、遠猶辰告、承無競維人句、說國之藉以彊、而君與賢人共之者也、又必本之於敬愼其威儀、皆先王治天下之大端也、經文脈絡蓋如此、○有覺德行、四國順之者、覺直也大也、此非敬威儀而密之於愼獨、何以能至乎、詩言有覺者、斯干與此而二、斯干傳訓覺爲高大、彼箋又訓直、蓋其義相成、故傳箋互訓、緇衣引詩有梏德行覺與梏雙聲、梏卽覺之叚借也、左氏襄二十一年傳引詩有覺德行二句、而云夫子覺者也、杜注、覺・較然正直、較亦直也、昭五年左傳、仲尼曰、叔孫昭子之不勞、不可能也、又引詩有覺德行二句、亦取覺直之義、但此覺字當訓爲高大、高大義渾成、正直德行之一端、不足以盡之也、此章皆言古昔盛時也、思古所以傷今、故次章直接其在於今、頌云無競維人、四方其訓之、不顯維德、百辟其刑之、贊文武也、是武公所本、明是王廷之詩也、順字是應感神機、○訏謨定命者、大謀於衆賢、而論定政命也、所謀者衆賢、則其命令之出也、必審定而不易、朝令夕改者、不能訏謨者也、遠猶辰告者、猶、圖也、所謀不止於一時、必鑒於永久、而告施必中時宜也、是時朝廷用事非人、謨不大、猶不遠、而命告不可言矣、故特言之、別言則敬愼威儀德也、統言則訏謨定命遠猶辰告、莫非德之見端、觀九章順德之行、兼承謨猶命告說、足以知之、詩自以德爲主、○維民之則者、唯承敬愼威儀一句而言、既官其人、正其德、大勤政事、乃莊以涖之、是民之儀表也、北宮文子曰、君有君之威儀、其臣畏而愛之、則而象之、首章以威儀起、是章以威儀結、

其在於今。興迷亂於政。顚覆厥德。荒湛於酒。女雖湛樂從。弗念厥紹。罔敷求先王。克共明刑。紹、繼、共、執、刑、法也、○

湛都南反、樂音洛、延文本、
傳繼下執下、並有也字、

箋曰、三章言今之君子失政德威儀、遂訓告之也、其在於今四字、轉捩、興者、興起奮勵之意、興迷亂於政、猶云力行無度、書微子篇、小民方興相爲敵讎、

方興沈酗於酒、蔡傳、方興者言其方興而未艾也、實此章的證、言今之君臣、方興迷亂於謨猷、失其德行、唯酒是荒、威儀不類也、是四句反應上章四事、人皆如此、則無人不俟言、荒當讀如孟子從獸無厭謂之荒之荒、管子戒從樂而不反者謂之荒、據此則荒者從樂無厭之義、荒湛於酒者、謂以酒爲樂而荒亂、湛湎於是也、鄭詮荒字爲荒廢其政事、且云又湛樂於酒、分一句爲二句、非詩意也、漢書五行志作荒沈於酒、文選答賓戲湛道德注、湛、古沈字也、漢書集注、湛讀曰沈、凡二十餘見、是沈湛字通也、◯女雖湛樂從、女呼小子也、呼小子而厲王、呼厲王而幽王、此本意所存也、馬瑞辰曰、說文、雖从虫唯聲、故雖與唯二字古通用、禮記少儀、雖有君賜、雜記雖三年之喪可也、鄭注竝云雖或爲唯、表記唯天子受命於天、鄭注唯當爲雖、是其證也、女雖湛樂從、雖字正當讀唯、猶無逸云惟耽樂之從也、箋讀雖如本字、失之、馬說是也、湛樂從・言湛樂是從也、◯弗念厥紹、紹、謂所承之緒也、罔敷求先王克共明刑者、敷、廣也、小旻敷於下土、傳、敷、布也、長發敷政優優、左傳成二年作布政優優、由布義引申之有偏義焉、賚敷時繹思、傳、敷猶偏也、舜典敷奏以言、史記五帝紀作偏告以言、皋陶謨翕受敷施、夏本紀作翕受普施、普有廣義、與詩義合、共、恭敬守之也、奉以周旋、弗敢失墜之義、明法・謂成法之昭垂者、今女唯從湛樂、而百事俱廢、竟弗念先人之緒乎、罔敷求典章明明而克共何也、顚覆厥德荒湛於酒、卽酒誥之崇飮、賓之初筵專戒之、抑詩兼及之者也、敷求先王、卽康誥之往敷求於殷先哲王也、共明刑卽康誥敬典是也、衞之家法、詩之來歷、肆皇天弗尚。如彼泉流。無淪胥以亡。淪、率也、夙興夜寐。洒埽廷內。維民之章。洒・灑、章・表也、修爾車馬。弓矢戎兵。用戒戎作。用逷蠻方。逷、遠也、○洒色懈反、逷他歷反、延文本・傳灑下有也字、

箋曰、四章更端言王室將覆以警之、起數語沈痛、家國傷心事、隱然言表、肆・故今也、承上章迷亂荒湛而言、皇天弗尚者、尚上也佑也、爾雅、尚・右也、右通作祐、祐者助也、弗尚卽厭棄之也、左傳天而旣厭周德矣一意、○如彼泉流、無淪胥以亡、淪胥詳雨無正篇、泉源有數、皆注河入海、所以取譬其無大小無賢愚之意、○夙興夜寐以下、是知畏而畏之、以戒廷臣、勉之以救亡之道也、夙興有宵衣待旦意、夜寐有旰食不遑意、廷內詳唐風山有樞篇、洒掃蠹儆、肅清朝廷、爲民表章也、章者在人之上、爲之表憲、故傳云表也、是三句內勤政事也、次四句外嚴武備也、弓矢卽戎兵、而又言戎兵、容戈盾矛戟之類也、戒讀如左傳季氏戒都車之戒、備也、戎作言兵事之起也、無覺德行、四國將叛、不可不虞、夙興夜寐三句、卽有覺敬愼之肇端、其修爾車馬四句、非得賢人、而具訏謨遠猶、則不能也、用逷蠻方、明是王廷之語、若衞武公自警、安得及此、逷說文作逖、遠也、作逖者、易渙、渙其血、逖出、注、逖、遠也、書牧誓、逖矣西土之人、傳、逖、遠也、鄭箋云當作剔者、泰誓刳剔孕婦、疏、今人去肉至骨謂之剔、又皇矣攘之剔之、釋文、剔又作鬄、采蘩正義、剔是翦髮之名、莊子馬蹏、

燒之剔之、釋文引字林、剔翦也、剔崔本作鬄、魯頌狄彼東南、釋文、狄韓詩作鬄、除也、箋轉遏爲剔、剃剔旣非古義、攘剔又非經義、

質爾人民。謹爾侯度。用戒不虞。質、成也、不虞、非度也、**愼爾出話。敬爾威儀。無不柔嘉。**話、善言也、**白圭之玷。尚可磨也。斯言之玷。不可爲也。**玷、缺也、○話戶快反、玷丁簟反、人民卷子本傍注云、本作民人、延文本・傳話下無善字、

箋曰、五章言君子敬戒、最當愼言也、質爾人民者、使各安其本分而已、與天保篇民之質矣同解、人謂羣臣、民謂庶民、卽下章朋友庶民小子也、人民正義兩見、皆作民人、與說苑鹽鐵論韓詩外傳所引合、今毛詩作人民、蓋沿唐石經傳寫之譌、謹爾侯度者、人民是兩物、侯亦法度、借射侯而言、用戒不虞者、不虞謂不億度而至之事、益之告舜以儆戒無虞、亦以罔失法度爲先、能謹我之法度、則可以免不虞之患矣、是三句又爲下四章緣起、謹侯度其綱、愼出話敬威儀其目、愼出話承許謨定命二句、敬威儀承敬愼威儀二句、毛則訓不虞爲非度、卽經侯度之度、惟謹度、故用戒其非度、書微子、卿士師師非度、馬融注云、爲非法度之事、是也、釋文、非度待洛反、此誤以鄭義爲毛義耳、○愼爾出話、出話指教令、卽二章之謨猶告命也、○無不柔嘉者、承上出話威儀說、發號施令、罔有不臧、使詞氣雍容而不煩不易、此愼爾出話而柔嘉矣、出入起居、罔有不欽、使氣象從容而中規中矩、此敬爾威儀而柔嘉矣、

說文、䐈嘉·善肉也、內則、柔其肉、國語、無亦擇其柔嘉、無亦晉之柔嘉、竝同義、肉之善曰䐈嘉、出話威儀之善·亦得謂之柔嘉、柔嘉皆善也、厲王戾虐、幽王亦暴虐、故是詩以柔嘉爲主、亦一篇大揚摧也、○白圭之玷四句、興也、反體、白圭有刓缺、尙可磨而去之、斯言一出、不可復追矣、此訏謨所以定命、而出話尤不可不愼也、爲、治也、左傳疾不可爲之爲、詩人以白圭爲喩、原非汎論、圭乃國之守器、凡有土地者必有圭、公執桓圭、侯執信圭、伯執躬圭、是圭有度、旣玷豈可磨乎、故曰尙也、圭之玷非可磨、然言之不可磨、有甚焉者、故取興以爲至戒、上以出話威儀對言、下專以言語言、蓋容貌辭氣皆德之符、其不可不愼、一也、故此詩於威儀凡六言之、而於言語亦三致意焉、

無易由言。無曰苟矣。莫捫朕舌。言不可逝矣。 莫·無、捫·持也、

無言不讎。無德不報。惠于朋友。庶民小子。 讎、用也、 **子孫繩繩。萬民靡不承。** ○易以豉反、捫音門、讎市由反、延文本·傳無下有也字、

箋曰、六章承上章斯言之玷來、申愼言之義、易、輕也、無易由言見小弁篇、○無曰苟矣、曰、被下六字、與次章同、苟矣、毛無傳、鄭釋爲苟且、則是從艸之苟、胡承珙曰、說文、茍、自急敕也、茍與急雙聲、爾雅釋詁、𢓊駿肅亟、釋文亟字又作茍、知茍急亟皆同義、此詩當作無曰茍矣、謂無輕易於言、無曰言可急遽、

皆與下言不可逝相呼應、翁氏附記曰、鄭注儀禮苟敬云、苟、且也、假也、主人所以小敬也、夫以賓主致敬、而曰苟且之敬、曰假敬、曰小敬、此何說乎、此正是說文自急敕之茍字、音棘、不音苟、詩無苟矣、卽此字也、胡說是也、莫捫朕舌、猶云、舌吾舌耳、非有人持我舌者、有何障礙而不言矣、朕、我也、自周以前、朕爲通言、秦始皇既平六國、制天子之法、號爲皇帝、自稱曰朕、後代遂遵用之、◯言不可逝矣、謂不可使逝也、論語君子可逝也、晉語吾言既往矣、夫君子之出話、榮辱治亂所係、不可使容易出往矣、或曰、日月篇逝不古處、傳曰、逝、逮也、有杕之杜篇釋文引韓詩曰、逝、及也、言不可逝猶言不可及、蓋卽駟不及舌之意、亦通、◯無言不讎無德不報者、三蒼讎對也、僖五年左傳憂必讎焉、杜注讎猶對也、韓詩讎作醻、讎卽醻、答字之假借也、與下句報字意略同、後漢書明帝紀作無言不醻、書酒誥讎民釋文、讎字或作醻、是其據也、鄭箋云、教令之出、如賣物、物善則其售賈貴、物惡則其售賈賤、釋文售市又反、一本作讎、據此則箋讀讎爲售、正義謂應對物價爲之讎、是也、說文無售字、言部讎猶譍也此以應對爲本義、古讎售二字通用、漢書高祖紀曰、酒讎數倍、又曰、收不讎、如淳及師古注、皆讀爲售、是也、讎賣物賈、乃行用之事、故傳云讎用、言無有言而不施行也、高誘注呂覽義賞篇、民之讎之若性、亦云、讎・用也、箋以物之讎賈爲義、正申傳、非易傳也、鄭於表記引此詩、注云、讎猶答也、此箋獨以讎賈爲言、明是因毛訓讎爲用、而申成其義耳、然其說迂矣、無言不讎、連下無德不報、宜專指言之善者言之、言善言嘉德必有美報也、善言者嘉德之輿也、非判然二事、猶告之話言順德之行、夫言出乎身加乎民

行發乎邇見乎遠、出其言善、則千里之外應之、不善則千里之外違之、言行
君子之樞機、其施報必然不可揜也、二語是應感常理、而出自爲民上者、可
辭似不相接、賓之初筵亦有是格、○惠于朋友庶民小子者、惠・和順也、言得
謂明允篤恕、深識存亡、是章上四句、言言不可不愼、下六句言愼言則有福、
其歡心、此德言之報也、假樂傳、朋友謂羣臣、小子猶論語少者懷之、此小子
止謂庶民、與後章不同、○子孫繩繩、繩與承聲近、韓詩外傳引作子孫承承、
蓋取子孫似續相承之義、言餘慶及子孫、繩繩相繼也、萬民靡不承者、言承
順之也、一愼言之道、直看到子孫黎民、可謂言近而指遠矣、足爲千古保艾
心傳、

視爾友君子。輯柔爾顏。不遐有愆。輯、和也、**相在爾室。尚不愧。於屋漏。無曰不顯。莫予云覯。**西北隅謂之屋漏、覯、見也、**神之格思。不可度思。矧可射思。**格、至也、○相息亮反、愧俱位反、唐石經作媿、覯古豆反、度待洛反、矧申忍反、射音亦、延文本・漏作陋、傳同、

箋曰、七章言君子愼德宜主誠也、友君子者、出而與君子游處也、自親賢說
入敬翼、此是事理一串真消息、不遐有愆者、蓋常人之情、其修於顯者無不

如此、不遐・遐也、遐、遠也、○相在爾室、尙不愧於屋漏者、相、視也、爾室、獨處之地、尙、庶幾也、飾顏於大廷廣衆之時、其免愆也易、省心於暗室獨知之地、其免媿也難、中井氏曰、屋漏・天窗也、說文、在牆曰牖、在屋曰囪、囪卽窗字矣、是天窗又窗之本義、今人家廚屋・往往鑿天窗、茶室之制・亦多有之、卽是上古穴居之漏矣、但不納雨水而已、人獨處仰視、或偃臥、目必屬之者、屋漏之下爲中霤、當室之中、幽隱過失、人無知者、唯天窗在上而有明、若有視之、仰看生愧心、亦自人情矣、無涉道理、按世說桓玄曰、祖參軍如從屋漏中來、是晉時仍有天窗也、金鶚曰、鄭箋云、屋、小帳也、漏、隱也、禮祭於奧、既畢改設饌於西北隅、厞隱之處、孔疏云、室內可以施小幄、而漏隱之處・正謂西北隅也、按詩以屋漏承爾室之下、爾雅載屋漏於釋宮、則屋當如字、不應破屋爲幄、釋言訓陋爲隱、本是陋字、堯典以側陋對明、是陋爲隱也、故其文从自、屋漏之漏、說文作屚、云、屋穿水下也、从雨在尸下、尸者屋也、是其義不得訓爲隱、劉熙釋名云、西北隅曰屋漏、禮每有親死者、輒取屋之西北隅薪、以爨竈煮沐、時若値雨則漏、遂以名之也、必取是隅者、禮既祭改設饌於西北隅、今撤毀之、示不復用也、按喪大記云、甸人取所徹廟之西北厞薪用爨之、此謂廟後之西北厞、非謂室中之西北隅也、西北厞在廟之後、人所罕至、故爲隱陋之處、簷下可以積薪、其薪爲祭祀饎爨、因藏之於此、不得褻用、喪禮取以炊浴、所以神之也、經文明言徹其薪、則非屋材可知、若撤毀屋材、則當使匠人、不當使甸人矣、而舊說或以厞爲門扉、或以厞爲屋簷、皆謂抽取屋材、孔沖遠則以廟爲正寢、謂主人已死、此堂無復用、夫以死者而毀廟寢之屋、實悖於理、廟室爲神主所藏、豈可毀壞使雨漏入、且凶喪非常之事、而因此爲室之常名、其名亦不正也、孫炎注爾雅云、屋漏者、當室之白、日光所漏入、其說視諸家爲優、鶚竊謂、古人之室、實無北牖也、士虞禮云、祝從啓牖鄉、牖鄉竝舉、則鄉非牖可知、諸經無南牖之稱、則無北牖亦可知、若有北牖、則當言南牖以別之矣、喪大記、寢東首於北牖下、此牖字當爲墉字之譌、士喪禮下篇記云、寢東首於北墉下可證也、郊特牲云、亳社北牖、使陰明也、又可知寢室無北牖矣、寢屬於陰、又當避風、必不在牖下、北墉下當室之中間、此處無牖、故宜爲寢息之所、古人寢恆在此、不必疾病也、何以知之、東北隅當戶、爲飲食之所、故謂之宧、宧與頤通、頤者養也、玉藻云、君子之居恆當戶、謂食時也、非食時則常居西南隅、曲禮謂、人子居不主奧、可知爲尊者所常居也、曰居則皆非寢所矣、東南隅近戶、人所出入、牖下、向下、又皆當風向明之處、非可寢息、故知寢必於北墉下也、喪大記、既夕記、寢東首於北墉下、爲東首記之、非爲北墉記之也、平時寢雖東首、亦有隨意所適者、至疾病則必東首以受生氣、故特記之、至於北墉下、則平時疾時皆然、不必特記、記者帶言之、亦以見飯於牖下、自北墉而外遷耳、北墉下既爲寢息之所、不得有牖矣、中庸疏云、以戶漏明其處、故稱屋漏、此沿禮記鄭注之誤、不知所謂漏者、其光必不廣長、戶之光明何得謂之漏邪、屋漏可見天日、此乃天人相接之處、神之監臨、莫顯於此、室中雖無人、而神已見之、故曰相在爾室、尙不愧於屋漏、又曰、無曰不顯莫予云覯也、鄭箋謂、諸侯卿大夫助祭在女宗朝之室、尙無肅敬之心、不慙愧於屋漏、此與經意不合、經未嘗有祭祀之意、所謂室者以寢言、非以廟言也、鬼神無平時不在、下文神之格思、亦不必在祭時也、○莫予云覯者、謂人不見也、天下或有人不見之地、無有鬼神不體之處、莊子謂爲不善於顯明之中者、人得而非之、爲不善於幽暗之中者、鬼神得而責之、君子無人非、無鬼責、卽此意也、○神之格思、不可度思、矧可射思者、度・測也、矧・況也、射・斁通、厭也、言怠慢不敬也、通章不言敬、而句句是敬、敬於在室、則無地不敬可知、敬於不顯、則無時不敬可知、朱傳曰、蓋常人之情、其修於顯者、無不如此、然視爾獨居於室之時、亦當庶幾不愧於屋漏、然後可爾、無曰此非明顯之處而莫予見也、當知鬼神之妙、無物不體、其至於是、有不可得而測者、不顯亦臨、猶懼有失、況可厭射而不敬乎、此言不但修之於外、又當戒謹恐懼乎其所不睹不聞也、朱傳以愼獨立解、闡明經義、與大學中庸相發、是章言威儀之敬、其顯者在交接士大夫時、微之及於爾室屋漏之地、凡此皆爲德之事也、曰不遐、曰尙、曰無、曰不可、曰矧可、皆飭王之辭也、

辟爾爲德。俾臧俾嘉。淑愼爾止。不愆于儀。不僭不賊。鮮不爲則。女爲善則民爲善矣、止、至也、爲人君止於仁、爲人臣止於敬、爲人子止於孝、爲人父止於慈、與國人交止於信、僭、差也、

投我以桃。報之以李。彼童而角。實虹小子。童、羊之無角者也、而角、自用也、虹、潰也、○辟必亦反、僭子念反、延文本作譖、傳同、鮮息淺反、潰延文本作憒、戶對反、

箋曰、八章承上申愼德之義、辟、法之也、使人法女爲德、而臧且嘉也、○淑愼爾止二句、文勢以平說爲安、傳訓止爲至、引大學止仁止敬以證之、鄭箋云、止、容止、與相鼠正同、但此詩若以止爲容止、則與下文不愆於儀意複、舍威言儀、凡動容可象者皆謂之儀、威亦儀也、○不僭不賊、鮮不爲則者、僭、不信也、愼言之反、賊、殘害也、柔嘉之反、無是二者、可以爲民之則也、曰則曰辟、上下相睨、爾有是則、故民辟之也、釋文云、不譖本亦作僭、差也、注及下我譖同、正義云、譖毀人者是差貳之事、是釋文正義本竝作譖字、與延文抄本合、譖僭古通用、此借譖爲僭耳、柔桑詩朋友已譖、瞻卬詩譖始竟背、箋皆訓爲不信、是皆以譖爲僭字之假借、說文、譖、愬也、又讒譖也、與數責義近、巧言詩譖始既涵、傳言僭數、又以僭爲譖字之假借、蓋譖僭二字、古可互通、故抑詩柔桑及瞻卬釋文、竝云、譖本又作僭、用本字也、○投我以桃、報之以李二句、比也、美果往而美果來、以結上文無德不報之意、鄭箋云、此言善往則善來、人無行而不得其報也、墨子兼愛下篇云、大雅之所道、曰無言而不讎、無德而不報、投我以桃、報之以李、卽此言愛人者必見愛也、而惡人者必見惡也、鹽鐵論和親篇、釋詩亦云、未聞善往而有惡來者、皆與鄭義合、木瓜之投報、言投不可忘報、見報之宜厚、此投報言報必視所投、見投之宜愼、○彼童而角、實虹小子、上下章分段、特以是二句爲線、童而角、言宜童而有角也、虹、潰亂也、虹者訌之假借、蝨賊內訌之訌、同與虹霓之虹無涉也、嚴緝從曹氏解爲螮蝀、誤甚、小子始出、卽厲王所嬖、民勞及板之小子是也、淮南繆稱訓、武公謂其臣曰、小子、毋謂我老而羸、我有過必謁之、益知小子非武公之自稱矣、投桃報李、常也、而不能爲民則、却傚怪物而愆爾儀也、此長國家務財用者必自小人之類、賓筵之童羖、無有者也、此詩之童而角、無而有者也、傳以自用釋經而角之義、而・詞之難也、用・以也、自用猶言自以爲有角耳、厲王用事之臣、必有無知而自用者、將壞亂王室、故經文曰彼、是實有指目之稱、夫無角而自謂有角、猶無能而自謂有能、詩人設喩之意應爾、

荏染柔木。言緡之絲。溫溫恭人。維德之基。緡、被也、溫溫、寬柔也、

其維哲人。告之話言。順德之行。其維愚人。覆謂我僭。民各有心。話言、古之善言也、○荏而甚反、緡亡巾反、話戶快反、延文本・僭作譖、

箋曰、九章更端言君子從諫小人拒諫、以起下章、上數章旣舉愼出話敬威儀二者、又究言其所以然、治國之大端具矣、然聽者不能虛懷納善、見之於行、則終無以進德、而德且日蔽、故此章切言之、下又反復諄詳、庶其聞言而加警焉、十章之靡盈、乃其所以能順德之行處、惟溫恭者、無盈滿心也、荏染柔木二句、興也、荏染・柔意也、方言緡、綿、施也、秦曰緡、趙曰綿、吳越之間、脫衣相被、謂之緡綿、被猶施也、廣雅亦曰、緡・施也、言被之絲、猶云施之絲耳、巧言傳、柔木・椅桐梓漆也、鄘風・椅桐梓漆、爰伐琴瑟、毛旣以此四者當柔木、則言緡之絲、當是謂琴瑟之弦、鄭箋云被之弦以爲弓、非毛旨也、椅桐梓漆・是琴

惡之材、唯柔故絲可緡、柔卽基也、以柔木之諧於絲、興恭人之主於德焉、厲王唯戾虐亢暴、故不納人言、荀子不苟篇、君子寬而不僈、廉而不劌、辯而不爭、察而不激、寡立而不勝、堅彊而不暴、柔從而不流、恭敬謹愼而容、夫是之謂至文、卽引此詩、毛以寬柔詁溫溫、正用其師說、基本也、人本德以成行也、人纔溫柔、便消磨多少客氣、故明道謂義理與客氣常相勝、只看消長分數爲君子小人之別、消盡者爲大賢、而橫渠亦言、學者須先去其客氣、唯溫柔納諫受言、則過而能改、善言日聞、而可以爲進德之基、苟或剛愎自用、則善言不聞、過不能改、而終無以入德矣、◯告之話言、順德之行者、話言卽德言也、故曰順德、哲人溫溫其恭、故能順其話言而行之、無違逆也、順字不作聽明之意、舜之聞言見行、若決江河、順之至也、左傳文十八年、顓頊氏有不才子、不可教訓、不聽話言、成十六年、瀆齊盟而食話言、皆爲話言訓善言之確證、詳板篇、◯其維愚人、覆謂我譖者、覆猶反也、僭不信也、愚人無德之基、其心暴戾故然也、民各有心一句、溫藉甚、唯言均是人、而其心各異耳、厲王之朝無哲人、是章主愚人、而曉之哲人之美也、

於乎小子。未知臧否。匪手携之。言示之事。匪面命之。言提其耳。借曰未知。亦旣抱子。借、假也、**民之靡盈。誰夙知而莫成。**莫、晩也、◯於音烏、乎音呼、借、子夜反、延文本·莫作暮、傳同、

箋曰、十章言訓告之切至也、以下每章責小子以終、芮良夫解、爾執政小子多出、厲王時實有其人可知、武公旣擬召凡之詩、故呼小子責之、其實所以警醒時王也、未知臧否、卽下章所謂夢夢也、示之事提其耳、卽下章所謂誨爾諄諄也、◯匪手攜之、言示之事者、言不徒攜而導之、又舉事以示之也、所謂百聞不如一見、言提其耳者、提挈其耳、極言苦口懇喩之狀耳、穀梁僖二年傳、宮之奇之爲人也、達心而懦、達心則其言略、范注云、明達之人、言則舉綱領、要不言提其耳、則愚者不悟、據此亦是以提耳爲言之詳也、或云提當音抵、言附耳以教之也、史記薄后以冒絮提文帝、景帝以博局提殺吳太子、揚雄酒箴云、身提黃泉、皆作抵音、此說未善、◯借曰未知、亦旣抱子者、言汝假令曰年幼未經事、亦旣爲人之父矣、書曰、予冲人不及知、借訓假、與藉同、漢書霍光傳、光議廢昌邑王、引詩藉曰未知亦旣抱子、其字正作藉、◯民之靡盈、誰夙知而莫成者、靡盈、言不自滿假也、是溫溫柔嘉之度、虛以受教、則必有所知、早知則早成、晚知則晚成、天下豈有早知而晚成者邪、今小子唯蹻蹻自喜、故晚亦無知、則是終無成也、刺之之意深矣、其曰民者、蓋論凡民皆知如此、則王亦如此也、

昊天孔昭。我生靡樂。視爾夢夢。我心慘慘。夢夢、亂也、慘慘、憂不樂也、

誨爾諄諄。聽我藐藐。匪用爲教。覆用爲虐。藐藐然不入也、

借曰未知。亦聿既耄。耄、老也、○樂音洛、夢莫空反、慘五經文字作懆、諄之純反、藐美角反、耄莫報反、

箋曰、十一章承上莫成而言其不聽訓告、申前章覆謂我僭之意、○昊天孔昭者、謂禍福弗爽、與弗尙相應、天監明明、大命將至、我心慍慍不樂也、靡樂與湛樂相反、○視爾夢夢、我心慘慘者、天威在前、爾小子夢夢不悟、我心懆懆憂傷也、夢夢・惛貌、視爾夢夢對上昊天孔昭言、宜从爾雅訓惛、傳訓亂者、孫炎曰、夢夢・昏昏之亂也、則昏與亂、義正相近耳、慘亦當讀作懆、方有韻、懆慘聲轉、古字通借、詳陳風月出篇、○誨爾諄諄二句、諄諄・詳悉丁寧之貌、藐藐、遠也、藐與邈同、高遠謂之藐藐、聽我藐藐者、於我所言、汎汎置之、不相關切也、○匪用爲教、覆用爲虐者、虐之言・謔也、淇奧詩、善戲謔兮、不爲虐兮、虐卽戲謔之過甚也、尙書今王淫戲、史記作淫虐、是虐可通謔之證、詩蓋言不用其言爲教、反用其言爲戲謔耳、○亦聿既耄者、與逝者其耋語意正同、聿、遂也、將然之辭、爾雅、聿・述也、有繼之意、假曰今尙未知、亦將因循繼之以老而昏耄矣、將待何時而能有知也、左傳、老將至而耄及之、是耄則無智矣、

於乎小子。告爾舊止。聽用我謀。庶無大悔。天方艱難。曰喪厥國。取譬不遠。昊天不忒。回遹其德。俾民大棘。○難乃旦反、喪息浪反、忒他得反、遹于橘反、

箋曰、十二章庶其不忽是訓告、以天威終之、舊、舊法也、二章所陳先王之明刑、是也、是詩首三章爲總提、故至卒章、反顧而指之、止、辭也、○聽用我謀、庶無大悔者、我謀卽所言修德之事、大悔對下喪國說、庶、悔、並如字、猶言庶幾乎無後悔也、擬召凡之作、故有是言、猶曰我言維服、其實剴切時王也、○天方艱難、曰喪厥國者、以時事言、言天方降艱難、將以亡王國也、國既卒斬、蹙國百里、皆言王國、與此一例、曰、韓詩作聿、古曰與聿通、○取譬不遠者、言其事甚近、無多時也、看天之禍福不忒、自有凜然不可怠者、所當聽人之話言、存敬畏、謹威儀、毋自蹈於昏愚也、取譬不遠、猶殷鑒不遠之意、將曰以厲王事、近譬之今日云爾、亦詩人之微辭也、昊天不忒、言其福善禍淫之道無違也、韡村先生曰、取譬謂以彼推此、知其當如此也、非以他物相譬喩之謂也、○回遹其德二句、遹・僻也、棘・急也、回遹其德、卽顚覆厥德、而大反乎有覺德行者、夫如是則必使民至於困急、民之棘矣、天之威命亦不忒也、厲王戾虐、終有彘之禍矣、今幽王循其覆轍、則其無彘乎、此與蕩以殷鑒不遠爲結、立意酷肖、方苞曰、首章曰維德之隅、次章曰有覺德行、三章曰顚覆厥德、八章曰辟爾爲德、九章曰維德之基、卒章曰回遹其德、威儀・德之隅也、謨猷・德之則也、言語・德之章也、三者乃德之實見於行者也、然德之謹持於己者、莫要於愼獨、不能自嚴於屋漏、則習儀以亟、爲猶不遠、出話不然、不可以言德矣、故七章探其本而言之、德之求益於人者、莫切於聽言、不能虛中以順納、則威儀之不類、出言之無章、謨猷之不臧、莫肯正告、而德日蔽矣、故八章九章復發此義、後三章則反覆諄懇以申戒也、

抑十二章三章章八句九章章十句

箋曰、武公三詩、分隸三體、淇奧國風、是歌其成德、賓筵小雅、是據其一端、此篇以儆王故入大雅、前半入手處則曰、其在于今、興迷亂于政、篇終收結處又曰、天方艱難、曰喪厥國、于憂時感事、國家存亡之際、反覆三致意焉、內載修德之要、作聖之功、至詳至備、而實義理精深、淇奧所謂切磋琢磨瑟僩赫咺者、具見於此、而充耳會弁之容、金錫圭璧之德、一一可想也、

桑柔。芮伯刺厲王也。 箋曰、周之芮在河西、與商之芮鄰於虞在河東者不同地、今陝西同州府朝邑縣卽周芮伯國、姬姓、文元年左傳引此篇第十三章、以爲周芮良夫之詩、據周書則良夫乃芮伯名、非字也、周書芮伯曰、予小臣良夫、自稱當以名、不以字矣、是詩蓋作於榮夷公爲卿士之後、王流于彘之前也、厲王委任貪人、民困大怨、芮伯忠諫不行、見國人之將虐王室、託言同僚以風切天子也、首四章以亂及天下、民不聊生發端、五章至八章言王不知序爵、好用貪人、不考愼其相、皆斥其所用之匪人、而以七章列於其間、見天下之亂由此也、九章以下、多言朋友、言貪人而不明斥王者、猶民勞板詩之假同列爲說、以王監謗故也、然意仍在王、前後脈絡相承、其刺臣皆以刺王也、周語、厲王說榮夷公、芮良夫諫不聽、旣榮公爲卿士、諸侯不享、而墨子亦言、厲王染於厲公長父榮夷終、荀子成相篇亦云、任用讒夫、不能制孰公長父之難、厲王流于彘、然則

纚公孰公長父、蓋亦一時用事之人也、周書芮良夫解、其言與桑柔詩往往相合、意芮伯先作解以戒王及執政小子、戒之不從、又作詩刺之、冀其聞而改悟、忠臣憂國、惓惓無已類如此、

菀彼桑柔。其下侯旬。捋采其劉。瘼此下民。 興也、菀、茂木貌、旬、言陰均也、劉、爆爍而希也、瘼、病也、**不殄心憂。倉兄塡兮。** 倉、喪也、兄、滋也、塡、久也、**倬彼昊天。寧不我矜。** 昊天斥王者也、○菀音鬱、捋力活反、瘼音莫、兄音況、延文本作況、傳同、塡音塵、倬陟角反、延文本采作採、

傳爍下無而字、傳斥字卷子本傍注云本無、延文本亦無、

箋曰、首章哀王澤之俄盡焉、比也、桑柔者、柔桑也、倒文以諧韻耳、侯、維也、古字旬與均通、說文、旬、徧也、十日爲旬、以周匝十日言之、故有徧義、徧與均義同、易豐雖旬无咎、荀本作雖均无咎、周禮均人職、豐年則公旬用三日焉、注云、旬、均也、讀如㽦㽦原隰之㽦、是旬均相通、然旬之爲均通訓也、旬不定是陰均、故傳云言陰均也、陰讀爲依蔭之蔭、陰均者言依蔭普徧也、宣二年左傳、舍于翳桑、杜注、翳桑桑之多蔭翳者、義與此同、捋采猶攟取也、逐葉摘之謂之采、牽枝以手循衆葉而併下之、謂之捋也、劉、正義云、釋詁云毗劉、爆爍也、舍人曰、毗劉・爆爍之意也、木枝葉稀疎不均爲爆爍、然則爆爍之爲言、猶

剝落也、或言拓落、文選解嘲云、何爲官之拓落也、蓋拓落疏薄之意、猶落魄也、又言牢落、文選上林賦云、牢落陸離、李善注、牢落猶遼落也、又言畱落、漢書霍去病傳云、諸宿將常畱落不耦、蓋爆爍者稀疏之貌、故爾雅以釋毗劉、今爾雅本作暴樂者、省借字也、又單言之曰暴、宣六年公羊傳、是活我於暴桑下者也、是也、經傳多言劉、如無盡劉、遏劉、咸劉、虔劉、大抵皆訓殺、惟桑柔篇不然者、詩言捋采、止取其葉耳、於樹之根榦無損、何得云殺、王氏訓爲殺、舛矣、朱傳訓爲殘、得之、殘卽稀疏之意、以比王澤廣大、俄而匱竭焉、周以忠厚立國、本尙柔道、故詩人以桑柔爲比、厲王暴戾、始革典、周道一旦而壞、蘇氏云、桑之爲物、其葉最盛、然及其采之也一朝而盡、無黃落之漸、是得比意、○瘼此下民、上三句比也、此一句賦也、與凱風之首章同格、言上澤俄盡、而下民大瘁也、○不殄心憂者、曹操短歌行所云憂從中來不可斷絕也、殄、絕也、與不殄禋祀字法同、倉兄塡兮者、倉兄卽愴怳之省借、劉向九辨、愴怳懭悢兮、王逸注、中情悵恨意不得也、塡、滿也、積也、古詩憂來塡心、江文通恨賦・悲來塡膺、塡字皆本此、乃滿實之意、傳云倉喪者、倉喪疊韻爲訓、章懷注後漢書光武紀、亦云倉卒謂喪亂也、滋古祇作茲、常棣召旻傳竝訓兄爲茲、傳意言喪亂益久而不已也、訓塡爲久、瞻卬同、爾雅、塵・久也、古者塡與塵通、故塡得爲久、倉兄又通作倉皇、書無逸則皇自敬德、王肅本皇作況、蔡邕石經作兄、古況字多作兄、故釋文云兄本亦作況、倉兄蓋失意貌、又爲倉皇怱遽之貌、倉黃亦疊韻字、倉卒倉黃皆無正字、大抵取雙聲疊韻字爲之、○倬彼昊天二句、倬、大也、明也、寧、乃也、下同、矜・憐也、

四牡騤騤。旟旐有翩。亂生不夷。靡國不泯。騤騤行不息也、鳥隼曰旟、龜蛇曰旐、翩翩在路不息也、夷、平、泯、滅也、**民靡有黎。具禍以燼。**黎、齊也、**於乎有哀。國步斯頻。**步、行、頻、急也、○騤求龜反、旟音輿、旐音兆、泯面忍反、黎力奚反、燼才刃反、延文本作藎、傳騤騤下摺本無行字、平下行下延文本並有也字、

箋曰、二章哀萬國之亂也、旟旐者戎車之所建、詳出車篇、首二句言軍旅四起、只寫四杜旟旐之盛、而軍役旁午、騷然在目、厲王時有數興征伐之事、故詩云然、史記楚世家、厲王暴虐、熊渠畏其伐楚去其王、秦本紀言、厲王無道、諸侯或叛之、西戎反、王室滅犬邱大駱之族、後漢書西羌傳亦云、厲王無道、戎狄寇掠、乃入犬邱、殺秦仲之族、王命伐戎、不克、皇王大紀載、厲王時荊楚寇于南、玁狁寇于北、淮夷寇于東、命虢公征之、不克、徵斂數起、虐用其民、民不堪命、是其事皆與詩脗合、○亂生不夷、靡國不泯、不夷者不弭也、泯・泯亂也、承上亂生不夷、故曰靡國不亂耳、康誥、天惟與我民彝大泯亂、泯亦亂也、呂刑民興胥漸、泯泯芬芬、傳曰、泯泯爲亂、逸周書祭公篇、女無泯泯芬芬、孔注、泯、芬、亂也、○民靡有黎、具禍以燼者、爾雅、黎、衆也、古人往往稱黎民百姓、百姓者不一姓、黎民者不一民、皆衆詞也、王引之曰、黎者、衆也、多也、下文曰具禍以燼、燼者餘也、少也、黎與燼相對爲文、雲漢篇曰、周餘黎民、靡有孑遺、

子者餘也少也、黎與子亦相對爲文、雲漢言周之衆民皆餓死、無復留其餘、此詩言民多死於禍亂、不復如前日之衆多、但留餘燼耳、二者皆以多寡言之也、傳訓黎爲齊、亦不若訓衆之爲得也、又案、黎民之黎、古人但訓衆訓齊、至孟康注漢書鮑宣傳始云、黎民黔首、黎黔皆黑也、下民陰類、故以黑爲號、梁周興嗣千文沿用其說、遂有愛育黎首之句、不知古人謂民曰黔首、不聞但謂之黔、漢名奴曰蒼頭矣、使省頭字而但謂之蒼、其可通乎、然則以民首黎黑而但謂之黎、其謬誤何以異於是也、且如其說、亦必先有黎首之號、而後省其文曰黎、遍考三代兩漢之書、曷嘗有謂民曰黎首者乎、要以文義求之、堯典曰、黎民於變時雝、若訓爲黑民於變時雝、則不辭矣、天保曰羣黎百姓、若訓爲羣黑百姓、則不辭矣、此詩曰民靡有黎、若訓爲民靡有黑、則不辭矣、王說良然、傳黎齊也者、亦疊韻爲訓、莊子漁父篇以化於齊民、漢書食貨志亂齊民、顏注云、無有貴賤謂之齊民、若今平民矣、傳意蓋謂世治則民皆齊平、亂則反之、故云民無有齊平者耳、具禍以燼者、具、俱也、燼是樵燭既然之餘也、今民死亡離散、皆罹禍而僅存耳、父喪子、妻喪夫、故譬餘燼、此句連上句串讀、○國步斯頻、傳訓步爲行、步與行字微有分別、離騷、何桀紂之披猖兮、夫惟捷徑以窘步、後漢書班固傳、壽陵餘子有學步於邯鄲者、未得髣髴、失其故步、二步字與經文步字恰合、國步卽國運也、頻瀕同、今作頻者隸从省也、此言國之行步斯爲瀕邊、有欲前而不能之意、召閔不云自頻、傳頻、厓也、箋頻當作濱、釋文案張揖字詁、瀕今濱、則瀕是古濱字、濱、水邊、水邊卽水涯、國步斯瀕、猶俗言到盡頭處也、故傳訓頻爲急、急猶蹙也、國步蔑資。天不我將。靡所止疑。云徂何往。疑、定也、君子實維。秉心無競。誰生厲階。至今爲梗。競·彊、厲·惡、梗·病也、○梗古杏反、

延文本疑作凝、傳同、傳彊下惡下·並有也字、

箋曰、三章哀民之流亡也、板傳、蔑、無也、資、財也、此傳同訓、故不更解、周禮遺人疏引書傳行而無資謂之乏、詩蓋以國步之艱難、譬諸行道之無資也、我、我民也、烈祖、我受命溥將、箋、將猶助也、廣雅、將·扶也、首句受前章、省頻字而含之、言國運頻蹙、無有資財、天不扶助我民也、○靡所止疑、疑讀如儀禮疑立之疑、鄉射禮、賓升西階上疑立、主人阼階東疑立、鄉飲酒亦有此文、又士昏禮、婦疑立於席之西、鄭注、疑、正立自定之貌、爾雅釋言、疑、戾也、戾、止也、詩言靡所止疑、與下章靡所定處同義、釋文、疑魚陟反、正義曰疑音凝、凝者安靜之義、故爲定也、此當从孔音、疑者凝之借也、疑凝一聲、荀子王制、好假道人而無所凝止也、注、凝、定也、凝止卽詩之止疑也、語之轉耳、中庸、至道不凝焉、釋文、凝本又作疑、此其據也、云徂何往、徂卽往也、徂以人之行往言、往以所往之地言、故兩文以別之、居無所定、則無以自安也、徂無所往、則無以避患也、○君子實維秉心無競者、競、爭也、君子非有所指言也、維只是語助、或以爲繫維、不是、言君子當持心無競、用養和平之福、必言君子之無競者、朝廷之上、分朋植黨、則爭心起而相激、以成禍亂、如程子所謂吾黨激成之、是

也、自古救亂、都壞于競字、君子尤易蹈之、後漢唐宋皆然、詩只借君子作轉語、而歸其亂本于小人、言禍端不起于此、而起于彼也、傳訓競爲彊、喜爭啓釁、所謂競也、○誰生厲階、至今爲梗者、厲是岸之危處、因謂危禍爲厲階、所由上下也、周語、夫婚姻、禍福之階也、注、階、梯也、厲階猶云厲之梯、言禍將次弟而生也、梗是梗塞不通矣、雖有病意、未當訓作病、方言、凡草木刺人、自關而東或謂之梗、後漢書段熲傳、引詩至今爲鯁、李賢注、鯁與梗同、蓋同音假借字、厲階暗指王用小人、又若佯爲不知也者、而曰誰、言誰爲階梯、而招來此禍亂者哉、其實怨厲王而不敢斥也、與黍離此何人哉正同、至今爲梗、言亂之久也、與亂生不夷相照、

憂心慇慇。念我土宇。我生不辰。逢天僤怒。自西徂東。靡所定處。宇、居、僤、厚也、**多我覯痻。孔棘我圉。**圉、垂也、○僤都但反、

延文本・傳居下有也字、

箋曰、四章受上申哀民禍也、土宇・邦域也、見卷阿、土宇濆亂、而民盡瘁、故芮伯憂之也、念土宇、意被通章、○我生不辰、逢天僤怒者、哀己以及民也、不辰、謂不幸適生於此時也、說文、僤、疾也、从人單聲、許訓爲疾、怒、威也、僤怒卽疾威之義、訓爲疾者、當取疾惡義、非疾病義也、釋文、僤都但反、本亦作亶、同、爾

雅、亶·厚也、左傳疏引樊光注、引詩逢天亶怒、毛蓋亦讀僤如亶、故訓爲厚、厚
怒猶重怒也、○自西徂東靡所定處者、閔流離之民也、周在西、故曰自西徂
東、靡所定處、猶言靡所止居耳、○多我覯痻、孔棘我圉者、痻、病也、圉猶宇也、
易繫辭虞翻注、宇謂屋邊也、七月釋文、屋四垂爲宇、然則宇圉聲義同、左傳
以固我圉謂國之四垂也、言我民之遇困病也多端矣、而邊垂四面
受寇、勢甚危急切迫、卽史言諸侯叛王、東夷西戎迭見侵擾之事也、

爲謀爲毖。亂況斯削。 毖、愼也、 **告爾憂恤。誨爾序爵。誰能執熱。逝不以濯。** 濯所以救熱也、禮所以救亂也、 **其何能淑。載胥及溺。** 毖音祕、削相略反、濯直角反、

箋曰、五章刺在位不用訓告也、毖、敕也、劼毖誥毖之毖、況、滋也、言上之人雖
爲謀爲毖徒善徒法耳、是以亂日滋而見侵削也、削字受圉字、○告爾憂恤
二語、一篇本旨、憂恤謂假貸賑恤於貧民也、民人煩苦、彫弊亦已甚、不可不
施惠政以蘇之也、序爵謂量材度德、而次序之、外而公侯伯子男、內而公卿
大夫士、皆爵也、序則賢者用事、不肖者聽命、有功者當進、無功者當退、憂恤·
仁政也、序爵·舉賢也、二者先王之遺訓、而政之規矩準繩也、○誰能執熱、逝
不以濯者、逝爲語詞、手執熱物、必灌以冷之、憂恤序爵之於亂、猶濯之救熱
耳、曰誰能、曰不以、皆歎今之不然、必喻之以執熱者、勢急情危、不可以須臾

緩、執熱而不以濯、則手立焦灼、救亂而不以恤民用賢、則天下皆陷溺矣、瑣瑣謀毖、果何用乎、孟子離婁篇、今也欲無敵於天下、而不以仁、是猶執熱而不以濯也、因引之、憂恤爲仁政明矣、左傳襄三十一年引是曰、禮之於政、如熱之有濯也、合二書而熱濯之義燎然、胡承珙曰、墨子尙賢中篇云、孰能執熱、鮮不用濯、則此語古者國君諸侯之不可以不執善承嗣輔佐也、譬之猶執熱者之有濯也、將休其手焉、據此是以執爲執持之執、其義甚古、毛於執字無傳、以執持常語、無煩詁訓耳、段玉裁云、執熱言苦熱觸熱、濯謂浴也、此詩謂誰能苦熱而不澡浴其體以求涼快者乎、此乃常情常事、楊升菴亦云、執熱謂熱不去體、若執持然、非手執熱物、引杜詩、竝韓昌黎答張籍書云若執熱者之濯清風也爲證、蓋唐人自以執熱爲當暑、然杜詩韓筆恐不足以證經、段又云、凡爲熱所傷者、不可以冷水浸激、今注云執持熱物以水自濯其手、不切於事情也、此亦非是、凡執熱物、非屢冷手于水、則焦爛不堪、如今時春餌者然、禮記內則、炮取豚若將、以謹塗炮之塗、皆乾擘之、濯手以摩之、正義云、手既擘泥不淨、其肉又熱、故濯手摩之、去其皽矣、此執熱以濯之證也、○其何能淑、載胥及溺者、淑、善也、胥、相也、及、與也、在位不聽誨告、是執熱而不濯耳、何以能善矣、嘆其不能也、下不堪而潰滅、上亦隨而亡、此之謂胥溺、言勢且至于此也、

如彼遡風。亦孔之僾。民有肅心。荓云不逮。好是稼

穡。力民代食。 遡·鄉、僾·唈、荓·使也、力民代食、代無功者食天祿也、 **稼穡維寶。代食維好。** ○遡音素、僾音愛、荓普耕反、逮音代、唈烏合反、延文本·傳鄉作嚮、下有也字、唈下亦有也字、

箋曰、六章刺王任用貪臣、不知憂恤也、如彼遡風、說文𣶒字注云、逆流而上曰𣶒、𣶒、向也、水欲下、違之而上也、从水㡿聲、或作遡、是遡卽𣶒之或體、遡爲逆流而向上、則遡風爲逆風而向上可知、亦孔之僾者、僾或作㬈、嗚咽而不能息、如醫家所謂㬈氣也、言逆風而行、其氣爲風所逼、悶不得出、故有此苦、猶民畏王之虐政、喘息皆不敢舒也、遡風孔僾、苦語入微、非身受者不知、○民有肅心、荓云不逮者、祭統、宮宰肅夫人、注、肅猶戒也、民有肅心、猶言人人自危也、釋文、荓字本或作拼、同、爾雅釋詁、拼·使也、云、語辭、言民雖有自危之心、上之人使莫可補救也、禮記雖有肅敬之心、皆倦怠矣、○好是稼穡、民力不可輕也、力民代食、惟有功於民者、使之代耕而食也、力之爲功通義也、好是稼穡、與告爾憂恤相應、力民代食、與誨爾序爵相應、使代食者不得其人、則民亦不得盡力于稼穡矣、稼穡維寶者、申言好是稼穡之意、鼂錯有言、明君貴五穀而賤金玉、寶之義也、代食維好、申言力民代食之意、言代食、而不言力民者、但承上文、不可以六字成文也、釋文云、稼、王申毛音駕、謂耕稼也、鄭作家、謂居家也、下句稼穡維寶同、穡本亦作嗇、音色、王申毛謂收穡也、鄭云吝嗇也、尋鄭家嗇二字、本皆無禾者、下稼穡卒痒始從禾、其言鄭王異文甚悉、若从鄭作家嗇、則正義云好是家嗇爲進惡、是也、王好任用家嗇之人、

是使之代力民以食也、王肅讀此章兩言家嗇爲稼穡、與下章稼穡一例、今釋本經文義、王讀是也、作家嗇者、用古字、古人不分四聲、故家可讀稼、如箋說居字聚斂字未免橫添、韓詩外傳、晉平公之時、藏寶之臺燒、公子晏子獨奉束帛而賀公曰、自今已往、請藏於百姓之間、引詩曰稼穡維寶、代食維好、是韓詩亦作稼穡、

天降喪亂。滅我立王。降此蟊賊。稼穡卒痒。哀恫中國。具贅卒荒。靡有旅力。以念穹蒼。

贅・屬、荒・虛也、穹蒼・蒼天、○喪息浪反、蟊莫侯反、痒音羊、恫音通、延文本作侗、贅之芮反、穹起弓反、延文本・傳屬下天下並有也字、

箋曰、七章哀衰亂既極、大命將傾也、滅我立王、將滅我王也、天方艱難、曰喪厥國一例、非言既滅、左傳不朝立王、言楚王新立也、是詩不以新立言之、○降此蟊賊二句、蟊賊言蝗而貪人也、以終前章、蟊賊解見大田篇、卒・盡也、○哀恫中國、具贅卒荒、恫痛也、見思齊篇、具、俱也、贅、寄肉也、流民依人爲生、若附贅懸疣然、釋名、贅、屬也、橫生一肉・屬著體也、老子餘食贅行、釋文、贅・疣贅也、莊子駢拇、附贅懸疣、釋文、贅、瘤結也、可哀痛哉、王國之民離散流亡、身如贅瘤、而貲產盪盡、○靡有旅力、以念穹蒼、靡有字、不貫下句、與泮水靡有不孝自求伊祜一例、旅與膂通、穹蒼・天也、穹言形、蒼言色、飢寒之餘、一身之力

都已耗盡、徒念穹蒼、冀其哀矜而已、亦窮則呼天之意耳、

維此惠君。民人所瞻。秉心宣猶。考愼其相。相、質也、**維彼不順。自獨俾臧。自有肺腸。俾民卒狂。**○相如字、肺芳廢反、人字卷子本傍注云、本作之、

箋曰、八章言衰亂所本由、以結上而起下也、民生之困苦、上天之降災、皆由王者輔相之非人、詩以惠君不順、彼此相形、蓋序爵之道、當如惠君之所爲、而刺今之不然也、惠君、仁君也、終風惠而好我、褰裳子惠思我、傳竝云惠愛也、論語憲問惠人也、集解引孔注惠愛也、惠當訓爲愛、臣能愛民謂之惠人、君能愛民、故謂之惠君也、民人所瞻者、民謂百姓、人謂羣臣、○秉心宣猶者、與秉心塞淵、句法相同、宣、顯也、顯卽明也、猶・猷・古通用、猷・道也、管子君臣篇、順理而不失之謂道、又楚語、違而道、從而逆、道逆猶言順逆也、廣雅釋詁、猷、順也、秉心宣猶、言其持心明且順耳、周頌宣哲維人、與文武維后對文、宣哲卽明哲、與此詩宣猶、皆二字平列、鄭箋訓宣爲偏、猶爲謀、失之、考愼其相者、考察愼擇其相也、考有辨之明意、愼有用之謹意、獨言相者、舉重者言也、能擇一相、則所用無不賢矣、責君不能擇相、卽誨爾序爵之旨、相字尙書多例、傳讀如金玉其相、故以爲質、卽形質之義、似失之、○維彼不順、自獨俾臧者、

不順之君、暗斥厲王也、上言惠君、此不言君者、不順則無君道、故但曰不順、能愛人則順乎人情矣、不順則其不能愛人可知、是章爲上半八章之結、故提亂本終之、終而又始、宜審立言之敘焉、自獨俾臧、自對人言、獨、對衆言、言用獨見、而欲使所爲皆善、何由得善也、○自有肺腸、肺腸·五臟之物、言之以表其心、彼不順之君、何曾考愼其相乎、自有肺腸、不通衆志、徒使民迷惑、以終至于狂亂而已、言必激之亂也、厲王戾虐弭謗之勢可見、呂覽知度篇、人主自智而愚人、自巧而拙人、高注云、自智謂人愚、自巧謂人拙、卽引此詩、高以自獨俾臧爲自智自巧、而以俾民卒狂爲愚人拙人、傳義或然也、

瞻彼中林。甡甡其鹿。朋友已譖。不胥以穀。 甡甡·衆多也、

人亦有言。進退維谷。 谷、窮也、○甡所巾反、

箋曰、九章改端言朋友不信而已身窮、爲篇末三章張本、首二句興也、反體中林·林中也、蓋鹿性旅行、見食相呼、有朋友羣聚之象、故詩以興朋友之不相善、○朋友已譖、鄭箋、譖、不信也、釋文、譖、子念反、本亦作僭、僭譖同聲故通假、不胥以穀者、胥相也、以與也、穀、善也、朋友不信不與我親善、不及鹿之樂羣也、朋友指同列諸臣言、卽卿士大夫也、芮良夫解曰、惟爾執政朋友小子、是章始提朋友、至十四章再提以終、中間四章、兩兩相比、提用小人者、○進退維谷者、上無惠君、下無良朋、故窮也、進退以前後左右多窒礙而言、非進仕退休之謂、此章以憂己之言、聊作過渡、最爲深婉、正義曰、谷謂山谷、墜谷

是窮困之義、故云谷窮、阮元據晏子春秋叔向問晏子曰、齊國之德衰矣、今子何若、晏子對曰、君子之事君也、進不失忠、退不失行云云、叔向曰、善哉、詩有之、曰進退維谷、其此之謂歟、韓詩外傳、田常弒簡公、乃盟于國人曰、不盟者死及家、石他曰、不盟是殺吾親也、從人而盟、是背我君也、嗚呼生亂世不得正行、刦乎暴人不得全義、悲哉、乃進盟、以免父母、退伏劔以死、其君聞之曰、君子哉安之命矣夫、詩曰、人亦有言、進退維谷、石先生之謂也、此兩引詩之意、皆謂處兩難善全之事、而處之皆善也、且叔向曰善哉、善哉卽明訓谷字也、進退維穀、穀善也、詩人用之近在不胥以穀之下、嫌其二穀相並、故改一段借之谷字當之、此詩人義同字變之例也、阮意蓋謂、訓善之字非作穀不可、作谷卽爲叚借字、胡承珙曰、叔向引詩尙近於進退皆善之義、若韓詩外傳所言、生亂世不得正行、刦暴人不得全義、正是進退皆窮之意、仍當以傳爲正、韓外傳卷十又言、楚有士曰申鳴、楚王以爲左司馬、白公殺令尹子西、司馬子期申鳴以兵之衞、白公刦其父取以兵、使人謂申鳴曰、與我則與子楚國、不與我則殺乃父、申鳴流涕而應之曰、始則父之子、今則君之臣、已不得爲孝子矣、安得不爲忠臣乎、援桴鼓之、遂殺白公、其父亦死焉、王歸賞之、申鳴曰、受君之祿、避君之難、非忠臣也、正君之法以殺其父、又非孝子也、行不兩全、名不兩立、悲夫、若此而生、亦何以視天下之士哉、遂自刎而死、詩曰、進退維谷、此與石他事略同、然既云行不兩全、名不兩立、則所引進退維谷、必是謂進退兩窮、未可謂進退皆善也、

毛詩會箋　三

維此聖人。瞻言百里。維彼愚人。覆狂以喜。瞻言百里、遠慮也、

匪言不能。胡斯畏忌。

箋曰、十章泛言聖愚之不同、而諷王拒諫也、言其心之淑慝則有良人忍心不順之殊、其是非邪正、初不難辨、而王好惡錯謬、至使正人杜口、小人生心、是亂國者小人、而使之亂者王也、故彼此相形、至於三四、仍冀王之一悟也、此聖人唯謂智者而已、瞻言猶察言也、明察人言於百里外、審其善否而用之、故忠讒不差也、周語、兄弟讒鬩、侮人百里、韋注云、百里喻遠也、是以地之遠近而言、非時之遠近、朱傳幾先與將至對、是時之遠近、不貼於經文百里、○維彼愚人、聖人之反也、覆、反也、韓非子解老、心不能審得失之地則謂之狂、呂覽尊師、其知不若狂、注、闇行妄發之謂狂、覆狂以喜、言不察人言、啖甘吐苦、狂妄自喜耳、○匪言不能、胡斯畏忌者、匪、非也、言我非不能也、今有何畏忌而不敢言、彼狂以喜故耳、胡斯者若自訝然、猶胡然我思之、此言字是謂犯顔諍諫、與作詩風刺不同、漢書賈山傳、載其至言曰、秦皇帝居滅絶之中、而不自知者何也、天下莫敢告也、其所以莫敢告者何也、縱恣行誅、退誹謗之人、殺直諫之士、是以道諛·媮合苟容、天下已潰、而莫之告也、詩云、匪言不能、胡此畏忌、中論虛道篇曰、夫酒食人之所愛者也、而人相見莫不進焉、以彼之嗜之也、使嗜者甚于酒食、人豈愛之、故忠言之不出、以未有嗜之者也、詩云、匪言不能、胡斯畏忌、此皆以言爲諫諍也、周語、厲王得衛巫使監謗

者、以告則殺之、國人不敢言、道路以目、此卽畏忌不言之事、忌猶憚也、儀禮士虞記、夙興夜處、小心畏忌、昭二十五年左傳、爲刑罰威獄、使民畏忌、以類其震曜殺戮、竝與此畏忌同、

維此良人。弗求弗迪。維彼忍心。是顧是復。 迪、進也、 **民之貪亂。寧爲荼毒。** ○迪徒歷反、荼音徒、

箋曰、十一章方言王不用善人、重用小人也、此者愛而內之之辭、彼者惡而外之之辭、迪、道也、書迪簡在王庭、謂導引而進之也、忍心與良人相反、良人主于愛民、忍心主于害民、卽小人也、維此良善之人、未得而王不求索、旣得而王弗進用、維彼忍心者、王反還視重復而不已也、顧復二字見蓼莪、是父母愛子之事、移用極不近理、卻自尖酷得情、○民之貪亂、寧爲荼毒者、貪亂好亂也、寧、寧不我矜之寧、何也、周語引是、下曰貪天禍、荼毒是忍心者所爲也、今民皆好作亂如嗜欲、善道導之、猶懼不從、又何用忍心者、爲荼毒之行以加民、使民益怨怒邪、民至柔而强、至順而險、豈肯甘受荼毒、而俯首待死乎、其回遹不亦宜乎、寫出虐民挺險之情、與篇末相照、趙佑曰、荼苦、荼毒、皆言荼之苦、荼之毒、並非毒另是一物、疏以荼與毒區爲二、云荼苦菜、毒者螫蟲、朱傳始專言荼、是也、然荼毒之荼、亦非卽荼苦之荼、朱傳乃云、荼苦菜、味苦、氣辛、能殺物、以此解毒字、按釋草、荼苦菜、注引詩誰謂荼苦其甘如薺、疏

云、此味苦可食之菜、幷引月令苦菜秀、又豳風采荼薪樗、食我農夫、大雅堇荼如飴、皆爲可食、豈有毒能殺物而人食之者乎、釋草又云、荼、委葉、注、引詩以茠荼蓼、疏、穢草也、王肅說詩云、荼、陸穢草、然則荼者原田蕪穢之草、非苦菜也、文甚明白、朱傳于以薅荼蓼云、荼陸草、蓼水草、今人猶謂蓼爲辣荼、南方用以毒溪取魚、卽所謂荼毒也、旣以荼毒解荼蓼、則前此以荼苦解荼毒、適見其誤、與爾雅益相違矣、荼苦者菜也、荼毒者藥也、

大風有隧。有空大谷。隧、道也、**維此良人。作爲式穀。維彼不順。征以中垢。**中垢、言闇冥也、○大如字、隧音遂、垢古口反、

箋曰、十二章言君子小人性行相反、章義但說不順之人、而連及良人、猶上章因言愚人而及聖人耳、興也、以首二句興下四句、大風喻不順、大谷喻良人、良人不順所行、各由其性、蓋式穀中垢者其本性、曰作曰征則施諸行、此言君子之所在有益、而小人之必不可用也、大風與大谷對應、讀如大小之大、鄭以爾雅泰風釋之、非詩義也、左傳當陳隧者、井堙木刊、楚詞九歌、衝風起兮橫波、王逸注、衝、隧也、遇隧風大波涌起、據此則古謂衝風爲隧風矣、大風之隧、屋崩木拔、以喻讒人之大殘物焉、有隧、形容之詞、有空亦形容大谷之辭也、空者洞開虛明之狀、言大風之狀則有隧矣、大谷之狀則有空矣、先言有空、後言大谷、變文與下爲韻耳、大風大谷兩不相因、不必謂大風出於大谷、○作爲式穀、式穀出小雅、言用善道也、晉語、晝選男德、以象穀明、穀亦

有明義、言良人行事、正直明白、而不爲隱鄙之私、如空然大谷也、○維彼不順、征以中垢者、此不順不與對惠君者同、上忍心一列之人也、說文、垢、濁也、中垢者、內濁不清之謂、韓詩外傳引詩曰、往以中垢、冥行也、往與征字異而義同、小人所征必以闇冥也、賄賂、女謁、行私、容悅之類是也、君子光明正直、無事不可對人言、小人反之、其所行作、甚且不可告妻子、此傳所謂闇冥也、知小人之闇冥、則良人之式穀、必然光明正直、知光明之爲善道、則闇冥之不善可知、詩二語意又互相備也、石勒曰、大丈夫行事、當礌礌落落、如日月皎然、終不效曹孟德司馬仲達欺人孤兒寡婦、狐媚以取天下也、如日月、式穀也、狐媚、中垢也、而曹馬能取天下、而石勒不能焉、是亦中垢勝式穀之類、凡有中垢者、則式穀者必爲所斃、古今同慨、或曰、中垢卽垢中也、猶中原卽原中、中林卽林中、中谷卽谷中之類、不順之人、以闇冥爲行、如在塵垢之中、莊子大宗師、芒然彷徨乎塵垢之中、爲此詩注脚、小雅維塵冥冥、故傳云言闇冥也、此說亦通、

大風有隧。貪人敗類。聽言則對。誦言如醉。類、善也、**匪用其良。覆俾我悖。**覆、反也、○悖蒲對反、

箋曰、十三章擧貪人、以著亂之所由興也、以風隧破物、興貪人敗類、周書芮良夫篇曰、后作類、后弗類民不知后、惟其怨、作類謂作善也、傳訓類爲善、善

卽謂善類、敗類者謂貪人能敗善人耳、亂世敗政、只是一貪、箕斂厚上、人主樂收額外之獲、苞苴傾結、舉朝各有自利之私、所以去奸獨於貪人爲難、貪人卽指榮公之屬、史記載芮良夫諫用榮公在三十年、國語亦載其事、而此詩之作、猶在榮公爲卿士後、其去流彘之年不甚相遠、○聽言則對、誦言如醉二句、指王、廣雅、聽、聆從也、聽言謂順從之言、卽諛言也、楚語、倚几有誦訓之諫、誦言卽誦訓之言也、若五章所謂憂恤序爵、是誦言也、王聞貪人聽從之言、則喜而應答、聞良人典誦之言、則懵然若醉酒不省人事、史記稱、商鞅說秦孝公以帝道、孝公睡而不應、此類是也、○匪用其良、覆俾我悖者、匪猶不也、良謂誦言之善也、說命乃不良于言、予罔聞于行、言我誦言則不用、因彼言之動聽、反使我之言、自覺悖逆耳、伊尹曰、亡無日矣、祖已曰、天旣訖我殷命、故暗主以爲悖言耳、篇中三覆、一復、一反、字義皆同、故傳云、覆反也、

嗟爾朋友。予豈不知而作。如彼飛蟲。時亦弋獲。旣之陰女。反予來赫。 赫、炙也、○陰音蔭、炙之腋反、

箋曰、十四章責朋友之黨貪人、下二章一串以終、作、當讀如蓋有不知而作之者之作、卽指末章旣作而歌、謂豈不知而作詩以刺也、此詩若專爲友作者、用意亦與民勞板詩同、然篇中斥友最切至、則非同列相戒辭也、此其異於彼二篇處、九章爲起、次四章兩兩比、而意收結了、至此又舉九章朋友、遂

以終篇、下半八章、疾貪忍、責朋友、章法有離合、可玩。○如彼飛蟲、時亦弋獲者、飛蟲是飛鳥、蟲是鳥之大名、故羽蟲三百六十、鳳皇爲之長、是鳥之稱蟲者也、小毖肇允彼桃蟲、傳、桃蟲、鷦也、亦鳥稱蟲之一證矣、弋爲繳射飛鳥之稱、詳女曰雞鳴、射飛不射止、論語弋不射宿、說文廣雅並曰、宿止也、凡止曰宿、非專謂夜止也、時亦者、謂弋之獲少也、詩以飛鳥之難射、時亦以弋射獲之、喻貪人之難知、時亦以窺測得之耳、鄭以飛蟲爲喻放縱、似非詩義、○既之陰女、反予來赫者、之、往也、陰、釋文、鄭音蔭、謂覆蔭也、漢書五行志趙孟視蔭、注、蔭與陰同字、言我以舊好故、特往忠告芘蔭之、欲使轉禍爲福、則女反來赫我不從也、來對往而言、不必其身來造于我家、釋文、赫、毛許白反、光也、與王赫斯怒同義、本亦作嚇、鄭許嫁反、口距人也、莊子云以梁國嚇我、是也、正義、來赫者言其拒已之意、故轉爲嚇、與王赫斯怒義同、是張口嗔怒之貌、故箋以爲口拒人謂之嚇、定本集注毛傳云、赫炙也、王肅云我陰知女行矣、乃反來赫炙我、欲有以退止我言者也、傳意或然、俗本誤也、據正義云定本集注从王肅本作赫炙、則知正義本作赫赫也、今本作赫炙者、誤从王肅本也、方言廣雅並云、赫、怒也、楚詞離騷、涉陞皇之赫戲、王逸注、赫戲·光明貌、盛光謂之赫、盛怒亦謂之赫、義正相通、故釋文本作赫訓光耳、古訓怒者止作赫、後乃增口作嚇、又以同聲假借作猲、漢舊律、有刼略恐猲科、晉書音義曰、猲、相恐也、猲通作曷、僖十四年公羊傳、是見恐曷而亡、又通作喝、戰國策橫人日夜務以秦權恐喝諸侯、是也、王肅本傳作赫炙者、說文、赫、大火也、雲漢詩、赫赫炎炎、傳曰、赫赫旱氣也、韻會曰、火炙日曝皆曰赫、然則赫之爲炙、此其本義、又爲威怒、言威怒應人、猶火炙物然也、毛以赫與陰相對、陰所以蔭、故訓赫爲炙、我方蔭女以涼、女反炙我以熱也、鄭以口拒人解之、讀如莊子秋水鳶鴟視之曰嚇之嚇、鳥有所挾而鳴以拒物之聲、與毛自異、

民之罔極。職涼善背。涼、薄也、**爲民不利。如云不克。民之回遹。職競用力。**延文本・涼作諒、傳同、

箋曰、十五章與上下章一意貫通、民之罔極、罔極無道也、肅心不逮、民失本性也、職涼善背、職・專主也、左傳多言職此之由、此職一字卽左氏四字之義、涼之爲薄、古書左證極多、如左傳尨涼、虢多涼德、作法于涼、是也、鄭轉涼爲諒、以四字分作二義、失經旨、善、多也、與女子善懷之善同、末二章三言民俗之敗、皆歸咎於執政之人、不應舍上而責之民、且職涼善背、與下職競用力、職盜爲寇、文例正同、競力盜寇皆一義相承、則職涼善背當謂民之罔極、主由在上者行多涼薄、善相欺背、而不利于民之事如恐其不勝而勇于爲之也、以是民亦邪僻、是民之邪僻皆上之彊暴、相競用力勝民、有以致之耳、非民之咎也、

民之未戾。職盜爲寇。戾、定也、**涼曰不可。覆背善詈。雖**

曰匪予。既作爾歌。○詈力智反、涼唐石經延文本並作諒、

箋曰、十六章言所以作詩以終之、未戾者、心搖搖未定也、康誥、今惟民不靜、未戾厥心、言殷民違順未定也、職盜爲寇、卽蕩詩寇攘式內者、職字與上章同、言民之所以未定者、由有盜臣爲之寇也、職競用力、指暴虐之臣言之也、職盜爲寇、指聚斂之臣言之也、上有聚斂之臣、則民亦怨咨而不定矣、夫未戾者、宜謐定之、任其未戾而不治、則不至長戟指闕不已也、芮良夫解、以予小臣良夫觀天下有土之君、厥德不遠、罔有代德、時爲王之患、其惟國人、及彘之亂、果爲國人所擊逐、此數民之亂切戒之、正與周書合、○涼曰不可、覆背善詈者、涼卽上章之涼、背亦卽上章之背、謂我言其涼薄爲不可、彼卽反背而大詈、詈者謂薄行非其所爲、而詈人之謗己、故下文繼之云雖曰匪予、既作爾歌也、善字與上章同、阮元曰、唐石經涼作諒、非也、釋文職涼、毛音良、薄也、鄭音涼、信也、下同、所云下同者、卽此涼曰之涼是也、正義因此涼字無傳、遂取鄭爲毛說而云、故我以信言諫王曰云云、不知此涼字、毛自與上傳同訓爲薄、不訓爲信也、然其本亦未必竟改經作諒字、唐石經乃始上作涼、此作諒、失之甚矣、○雖曰匪予、既作爾歌者、匪予是推托之辭、言爾黨貪人以長其惡、我明知之、通章所刺之事與言、女雖觝拒曰、言此政非我所爲、欲以自脫、我既爲爾作是歌、爾能有自解乎、深責朋友、卽以風切時王也、大雅之體乃然、詩初皆言民之困窮而已、八章始言俾民卒狂、十一章乃言民之貪亂、至此而言民之罔極・回遹・以迄未戾、皆主由於爲政之小人、然而任用

之者王也、蓋當今之急務、在速定民心、而除其回遹罔極、此良夫作詩之本意也、非桑柔無以觀天下壞亂之甚、故以終厲王之雅矣、

桑柔十六章八章章八句八章章六句

雲漢。仍叔美宣王也。 箋曰、春秋亦有仍叔、見桓五年、卽此仍叔後也、穀梁傳作任叔、黃帝二十五子有任姓、古仍任通、其地無考、叔其世稱也、猶晉之知氏世稱伯、趙氏世稱孟、仍而升反、**宣王承厲王之烈。** 箋曰、爾雅釋詁、烈・餘也、方言、烈・餘也、晉衛之間曰烈、厲王之烈、言戾虐餘烈也、**內有撥亂之志。** 箋曰、公羊傳、撥亂世反諸正、撥、振去之義也、**遇烖而懼。** 烖、延文本作災、**側身修行。欲銷去之。** 箋曰、反側二字同義、側身修行、猶易言反身修德也、不言祈禱而曰側身修行、君子之立言也、**天下喜於王化復行。** 箋曰、厲王以前、王化未大衰、故思之、延文本無於字、**百姓見憂。故作是詩也。** 箋曰、故仍叔作詩美之也、厲王無小雅、宣王二雅竝有、故宣王大雅序、特繫廣辭、以明其所以爲大雅焉、非是則無以見王政大小之辨矣、宣王大雅以雲漢爲首、其下五篇則建國親侯、任賢使能、以及征伐用武之事、次第井然、則憂旱爲初年・事無疑、況小雅多刺宣之詩、

是其晚歲倦勤，必不復遇災而懼矣，詩曰，天降喪亂，饑饉薦臻，蓋如晉之荐饑，宣王遭旱非止一年，要之詩自作於卽位初年，往年不雨，今復不雨，而不能懸定其爲何年也，趙佑曰，案周本紀，宣王卽位，二相輔之，修政，法文武成康之遺風，諸侯復宗周，十二年魯武公來朝，宣王不藉于千畝，則不藉千畝非初年事，皇甫謐以爲宣王元年不藉千畝，虢文公諫而不聽，天下大旱，二年不雨至六年乃雨，謐蓋因國語言宣王卽位不藉千畝，遂以卽位爲元年，不知太史公採國語作史記，而獨繫諸十二年下，此雲漢詩乃宣王因災恐懼，初政勤民之善，自當在十二年以前事，與鴻雁庭燎之作相後先，不與千畝事連，如謐說則是王實躬自怠荒，以召天變，而猶曰憯不知其故，徒觖望于先祖羣公，詩之倍甚矣，何美之足云，故正義以謐無所憑據，不可依信，蓋不但與史傳相違，且與本詩不合者也，

倬彼雲漢。昭回于天。回，轉也、 **王曰於乎。何辜今之人。天降喪亂。饑饉薦臻。**薦，重，臻，至也、 **靡神不舉。靡愛斯牲。圭璧既卒。寧莫我聽。**○倬陟角反，延文本回作迴，傳同，喪息浪反，薦在見反，延文本傳重下有也字、

箋曰，首章總提，倬，大也，明也，雲漢，天河也，漢之在天，似雲而非雲，故曰雲漢，棫樸篇以雲漢喻文章，則曰爲章，此以雲漢言旱，則曰昭回，雲漢昭，天晴不

雨可知也、雲漢回、夜深望雨可知也、宣王中夜起而望雨、天無雲氣、見河漢之昭回于天、而喟然嘆者如下句、天河耿夜、乃夏秋間景、正望雨殷時、首二句揭明時序、只此是作詩人語、王曰於乎以下至末、全述王言成章、若書之以紀言當紀事、乃詩之一體、何辜今之人、非怨天也、欲知其罪而修省之、◯天降喪亂、喪亂者因厲王之禍甚言之也、饑饉薦臻者、薦與荐通、釋天、仍饑爲荐、注、連歲不熟、◯靡神不舉、舉猶祭也、首章虛言之以發其端也、次章乃備舉所用祀、六章則追思歷年承祀之恭、而冀神無怨恫也、靡愛斯牲者、牲・禱牲也、鄭注祭法、以祭時寒暑日月星水旱皆用少牢、與詩合、而春秋傳曰、凡天災有幣無牲、左傳疏謂、天之見異、所以譴告人君、欲令改過修善、既遇天災、隨時卽告、唯當告請而已、是故有幣無牲、若乃亢旱歷時、霖雨不止、然後禱祀羣神、求弭災沴者、設禮以祭、祭必有牲、大司徒疏謂、若天災之時、祈禱無牲、災成之後、卽有牲體、亦是意耳、要之日食大水、暫時之事、可不用牲、饑饉薦臻、則頻年被旱、雖責躬臯已、雨亦不降、計無復之、故不愛牲玉、罄忠誠之心、緣人情而作爲此禮、非謂祈禱必能止災、疏言是也、◯圭璧既卒、圭璧禮神之玉、此二物也、金滕屏璧與圭可證、典瑞職、圭璧以祀日月星辰、此璧上琢出一圭者、非是詩所斥也、卒、盡也、寧莫我聽、聽讀神之聽之之聽、言禮神之圭及璧已盡、何不我聽乎、篇中寧字、何莫我聽乎、胡何忍予乎、胡何病我以旱乎、皆疑而不定之辭、是詩首章卒章、而大意悉矣、中六章反覆以描寫宣王閔雨之切、而其切處在呼天呼祖呼庶神、曰何、曰胡、曰寧、曰如何、先後無甚差別、特有悲號不擇音之至情矣、春官大宗伯以蒼璧禮天、黃琮禮地、青圭禮東方、赤璋禮南方、白琥禮西方、玄璜禮北方、典瑞云、四圭有邸以祀天、兩圭有邸以祀地、祼圭有瓚以祀先主、圭璧以祀日月星辰、璋邸射以祀山川、祭神之玉、大宗伯與典瑞文不同、徐邈云、璧以禮神、圭以自執、故曰植璧秉圭、徐邈之說、以蒼璧黃琮爲尊神之玉、四圭兩圭爲自執之玉、不知六瑞六器竝掌宗伯、何獨無四圭兩圭、典瑞玉人所職尤詳、何獨無蒼璧黃琮、且典瑞下文言圭璧以祀日月星辰、璋邸射以祀山川、若以爲所奠之玉、不應一節之中、頓爾異義、如盡以爲執玉、則日月星辰山川俱無奠玉矣、且大宗伯於四方有禮玉、而何以典瑞又不言四方之祀玉邪、惟陳及之以蒼璧黃琮言其色、四圭兩圭言其形、蒼璧之與四圭、黃琮之與兩圭、祇各是一玉、其說爲正、云旣卒者、國有災祲、君臣憂憫、雩以告天、望以祈山川、索鬼神、求廢祀、殺牲無算、圭璧俱空、甚言靡神不舉耳、

旱既大甚。蘊隆蟲蟲。蘊蘊而暑、隆隆而雷、蟲蟲而熱、**不殄禋祀。自郊徂宮。上下奠瘞。靡神不宗。**上祭天、下祭地、奠其禮、瘞其物、宗·尊也、國有凶荒、則索鬼神而祭之、

后稷不克。上帝不臨。耗斁下土。寧丁我躬。丁、當也、○大音太、下並同、瘞於例反、耗呼報反、斁丁故反、

箋曰、二章申上章之意、所謂靡神不舉也、釋文、藴紆粉反、本又作熅、紆文反、韓詩作鬱、同、藴鬱雙聲、故通用、爾雅釋言、鬱、氣也、李巡曰、鬱、盛氣也、藴隆之爲鬱隆、猶素冠篇藴結之卽鬱結矣、藴隆謂暑氣鬱積而隆盛也、蟲蟲則熱气熏蒸之狀也、爾雅、爞爞・熏也、郭注云、旱熱熏炙人、蟲蟲卽爞爞之省、傳分藴隆爲暑雷、似非詩義、○不殄禋祀、殄、絕也、不殄謂既祭此、復祭彼、相續不絕、如下文所言也、○自郊徂宮、鄭箋、宮、宗廟也、以言祭事而云宮、故知宮爲宗廟也、祭郊祭廟不以同日爲之、而云自郊徂宮、爲相因之勢者、明其不絕之意也、上下奠瘞者、上下爲天地、奠者寘于地、瘞者埋于土也、奠是方祭時事、瘞是祭畢時事、靡神不宗、猶云靡神不舉也、上言舉、舉其禮、此言不宗、極其尊以示豐潔致崇之意、傳云奠其禮瘞其物者、禮物二字互文、奠不專指祭天、而瘞則專指祭地、金鶚曰、古者祭天燔柴、祭地瘞埋、鄭康成謂、燔柴皆有玉帛牲體、鶚案、祭天地之禮、燔瘞惟有幣帛、無玉亦無牲也、古人祭用玉帛禮神、猶朝覲執玉帛以爲摯、帛則受、而玉必還、是如禮神之玉不燔瘞矣、且玉亦豈可燔之物哉、燔燎取其升煙、玉不受火、燔之無謂、蒼璧黃琮與四圭有邸、兩圭有邸、皆貴重之寶、何可數燔而數瘞之也、國語曰、禘郊有全烝、全體之牲・亦非可燔、燔之而臭穢上聞于天、不敬大矣、禮運云、列祭祀瘞繒、繒爲幣帛、祀地而但瘞幣帛、則無玉與牲可知、而祭天之不燔牲玉、更可知矣、雲漢詩、上下奠瘞、靡神不宗、其上文云、靡神不舉、靡愛斯牲、圭璧既卒、別奠瘞于牲玉、是奠瘞爲幣帛也、非牲玉矣、牲未有言奠者、玉雖可言奠、然瘞爲帛、則奠亦宜爲帛也、瘞帛既見于禮運、又見于聘禮、可知此瘞爲瘞帛也、祭天帛宜燔、而云奠者、帛必奠之、而後燔于柴上也、毛傳云、上祭天、下祭地、奠其禮、瘞其物、未嘗有言牲玉、孔疏以牲玉釋之、非也、大宗伯于昊天上帝言禋祀、日月星辰言實柴、司中司命飌師雨師言槱燎、社稷五祀五嶽言血祭、山林川澤言埋沈、四方百物言疈辜、皆類敘而別言之、其禮必各異、禋之言煙、又爲精意以享、故知其但以幣帛加柴上而燔之、不貴多品、又取其氣之潔清也、實柴謂以牲體加于柴上、祭日月非全烝、當取其體之貴者燔之、爾雅釋天云、祭星曰布、謂以牲體分析、而布于柴上、以象星辰之布列、此皆非全體燒之、自無臭穢、而要不若禋祀之氣清也、日月星辰亦燔幣、然所以異於禋祀者、在牲不在幣也、槱燎則有柴有牲、無幣而用柴獨多、此祀天神之等殺也、血祭自社稷始、不言祭地者、祭地與社稷同用血祭也、社兼地、地亦兼社、地與社稷同樂、而地與社稷同血祭、從可知矣、血祭蓋以血滴于地也、氣爲陽、血爲陰、故以煙氣上升而祀天、以牲血下降而祭地、陰陽各從其類也、血祭與禋祀正對、禋祀不燔牲、則血祭亦不瘞牲、下言以埋沈祭山林川澤、是埋牲以祭山林、地與社稷五祀五嶽、皆不埋牲可知矣、觀禮祭法爾雅、皆以祭地瘞埋、與祭天燔柴對言、此所埋者幣也、非牲也、禋祀升煙、血祭下達、皆所以薦神、大宗伯以禋祀血祭對言者此也、燔幣於坎、皆所以告神、觀禮諸書、以燔柴瘞埋對言者此也、祭地用全烝、其牲不埋、社稷五祀五嶽、牲用大牢、雖非全烝、亦不瘞埋、祭山林川澤用少牢、皆折牲體、爾雅云、祭山曰庪縣、祭川曰浮沈、可縣可浮、其非全體可知、川屬乎地而又就下、故直沈之、而爾雅言浮沈、牲體折節、爲物不重、初浮而終沈也、邵二雲謂、祭川竝用牲玉、故或浮或沈、引左傳沈玉以濟、執玉而沈、及史記河渠書湛美玉爲證、又謂祭山亦埋玉、引史記正義・宋末會稽修禹廟、於土中得五等圭璧百餘枚以爲證、然祭地既不埋玉、則祭山川亦必不埋玉沈玉、周官小子、凡沈辜候禳飾其牲、鄭司農注云、沈謂祭川、是沈以牲不以玉也、左傳之沈玉、皆欲報怨而邀惠於神、非祭禮也、史記所言是漢時祭川之禮、非周制也、祭山川固皆有玉、然但奠之而不埋沈、周官言璋邸射以祀山川、未嘗言埋玉、會稽之玉、或漢以後祭山者埋之、非周禮也、埋沈與實柴正對、實柴用牲、故埋沈亦用牲、實柴之牲折節、故埋沈之牲亦折節、實柴埋沈皆以形、不若禋祀血祭之以氣也、疈辜爲磔牲、非折節、其牲或用狗、非必少牢、則又降矣、至於玉之不可燔瘞、尤其顯然者也、牲玉燔瘞不見於經、惟韓詩外傳有云、天子奉玉升柴、加於牲上而燔之、此漢人之說、自不足據、○后稷不克、說文、克、肩也、敬之佛時仔肩、傳、仔肩・克也、鄭箋、仔肩・任也、爾雅釋詁、肩、克也、書盤庚・朕不肩好貨、傳、肩、任也、后稷不克者、言后稷不肩而任之也、上帝不臨、臨讀如左傳神弗臨也之臨、謂上帝不臨護之也、古臨通作隆、如臨衝韓詩作隆衝、是也、古音讀臨蓋亦如隆、故與蟲宮宗躬諧韻耳、○耗斁下土、寧丁我躬者、斁・敗也、洪範云、彝倫攸斁、斁是毀敗之義、故爲敗也、說文、寧、願詞也、徐鍇曰、今人言寧可如此、是願如此也、古人云、寧飲建業水、寧食五斗艾、是也、此句緊承耗斁下土、言下土受其耗敗、寧可以我身當之、無使人人被患也、只此一語、便不減桑林自責、白虎通、丁者强也、釋名、丁壯也、楚辭惜賢篇云、丁時逢殃、逢尤篇云、思丁文兮聖明哲、王逸注云、丁、當也、丁當雙聲、丁鼎疊韻、漢書

匡衡傳云、無說詩匡鼎來、服虔注、鼎猶言當也、賈誼傳云、天子春秋鼎盛、亦其義也、

旱既大甚。則不可推。兢兢業業。如霆如雷。周餘黎民。靡有孑遺。

推・去也、兢兢・恐也、業業・危也、孑然無遺失也、

昊天上帝。則不我遺。胡不相畏。先祖于摧。

摧・至也、○推吐雷反、孑居熱反、摧在雷反、

箋曰、三章申呼昊天上帝、愬身死民亡、宗祀且絕也、則不可推、孟子若已推而內之溝中、是推字本義、毛訓去、推之則不來、故云去、鄭云不可移去、助以移字、推之則必動、故曰移、皆推字引申之義也、○如霆如雷、霆、地震也、雷霆言畏之甚也、寫人心洶動如此、○周餘黎民、靡有孑遺、周餘、厲王大亂後之餘民也、此應天降喪亂、周語、胡有孑然、其效戎翟也、注、孑然・全體之貌、漢書高惠高后文功臣表、靡有孑遺、耗矣、注、孑然獨立貌、說文、孑無右臂也、象形、與孓無左臂偃文、淮南說林、孑孓爲蟁、廣雅、孑孓蜎、訓無右臂者・其本義也、訓蟲名者・引申之義也、訓全體貌獨立貌者・叚借之義也、遺訓失、正義轉爲遺漏、據鄉飲酒義、知其能弟長而無遺矣、注、遺猶脫也、孟子引此詩、趙注無有孑然遺脫不遭旱災者、二書訓遺爲脫、與詩義合、以周室中衰、所餘衆民、無有孑然全體能獨立而遺脫者、言不死者亦必餓病而壞矣、是天不以餘黎與我也、下遺字當讀如問遺之遺、廣雅、問・遺也、遺・與也、與人以物、謂之問、

亦謂之遺、鄭風雜佩以問之、問卽遺也、言昊天不但不臨而已、似併此餘黎
亦不欲與我也、若訓爲留遺、則與上文靡有孑遺語相複矣、無孑遺全以旱
而言、決不得在旱前、詩之文理可尋而得也、定本及集注皆云孑然遺失也、
卷子本有無字者誤也、◯胡不相畏、先祖于摧、廣雅釋詁、摧、折也、言何不相
畏乎、先祖之祀、今將殘滅也、邶詩室人交偏摧我、吳語、爲虺不摧、爲蛇將若
何、其義皆自摧殘摧折之意轉注來、身亡則先祖無以享食、宗祧廢壞、故曰
摧耳、傳云摧至也者、爾雅釋詁、文選東京賦·五精帥而來摧、均云、摧至也、與
傳義同、毛意蓋謂、昊天上帝不使我民有留遺乎、胡不共相畏懼·以挽回天
心、其能與共相畏懼者先祖耳、
因思先祖尙其來而至乎、大迂、

旱旣大甚。則不可沮。赫赫炎炎。云我無所。大命近止。靡瞻靡顧。沮、止也、赫赫、旱氣也、炎炎、熱氣也、大命近止、民近死亡也、**羣公先正。則不我助。父母先祖。胡寧忍予。**先正、百辟卿士也、先祖、文武、爲民父母也、◯延文本炎炎作惔惔、傳同、傳武下有也字、母下無也字、

箋曰、四章因上帝而及羣公先正父母先祖、申次章靡神不宗也、則不可沮、
謂閒而止之也、是句與上章取對、上章言推、猶欲排而去之、此但言沮、僅欲

其止於是、勿更加益耳、然而亦不能矣、○赫赫炎炎、言旱熱之氣、是句又與上章對、云我無所、云・語辭、無所、無所芘身也、○大命近止、大命以國祚言、書盤庚懋建大命、西伯戡黎大命不摯、是也、蕩詩亦曰、大命以傾、言周室將亡也、近謂滅亡之期不遠、非是哀辭、實有此理、民生所在、卽國祚所關、不容異視、惟明主知之爲諦耳、止・通作只、語辭、瞻、仰視也、顧・還視也、無瞻顧而哀閔之者、則意在於羣公先正父母先祖也、○羣公先正者、月令所謂雩祀百辟卿士之有益於民者、是也、羣公先祖又承上章言、由上帝及羣公先正、又由先祖并及父母也、胡寧忍予、硬下一忍字、怨得無理、妙、正以要其矜憐也、於羣公先正、但言其不見助、至父母先祖則以恩望之矣、所謂垂涕泣而道之也、惟以恩望之、故先父母後先祖、且以就韻、寧亦胡也、連言之曰胡寧、下胡寧瘨我以旱同、傳以先祖文武爲民父母、正月父母生我傳亦云、父母謂文武也、小宛念昔先人傳亦云、先人文武也、毛蓋以二雅所稱周之先祖、至文武而極盛、而父母斯民、尤惟文武足以當之、故於諸言父母者、多斥文武、殊誣文、不取也、宣之父厲也、但厲既爲禰神、祈禱所及、於是宣亦不知厲之爲厲耳、

旱既大甚。滌滌山川。旱魃爲虐。如惔如焚。我心憚暑。憂心如熏。

滌滌、旱氣也、山無木、川無水、魃、旱神也、惔、燎之也、憚・勞、熏、灼也、

羣公先正。則

不我聞。昊天上帝。寧俾我遯。

○滌徒歷反、魃蒲末反、惔音談、憚丁佐反、熏許云反、延文本傳勞下有也字、

箋曰、五章申呼羣公先正昊天上帝、愬其恣虐鬼也、滌滌山川、滌滌卽滌蕩之義、旱既甚而草木焦枯、水泉涸竭、山川如洗滌然、傳云旱氣者、謂山之木川之水、皆爲旱氣滌除殆盡也、非指滌滌爲旱氣也、孟子言牛山之無草木云濯濯、亦此意、○旱魃爲虐、藝文類聚引韋昭毛詩答問曰、雲漢之詩旱魃爲虐、傳、魃、天旱鬼也、據此似傳本作旱鬼、說文、魃、旱鬼也、卽用毛傳、○如惔如焚、據正義言定本作如惔如焚、則正義本原作如炎如焚、後漢書肅宗詔曰、今時復旱、如炎如焚、章懷注引韓詩爲證、韓詩作炎、則作惔者自是毛詩、節南山憂心如惔、傳、惔、燔也、與此傳惔燎之也合、又前章炎炎、釋文云、炎本或作惔、同、是惔與炎聲近義同、惔卽炎之叚借、說文訓惔爲憂、是惔之本義、與詩言如惔爲炎之叚借、義自不同、○我心憚暑、憚字毛訓勞則丁佐反、鄭訓畏則徒旦反、依毛則憚字當與大東之哀我憚人、小明之憚我不暇同爲叚借字、本作癉、說文、癉、勞病也、我心憚暑者、言我心爲暑所勞而病也、憂心如熏者、熏、說文、火烟上出也、心憂之極、如火之炎上、易曰厲熏心、是也、○則不我聞者、言不唯不助我、雖有言不耳受之耳、○昊天上帝、寧俾我遯、遯、逃也、宣王之所以祈旱者至矣、而莫之答、故曰、苟吾之不當天心、則寧使我遯去、以避賢者、無以我苦此庶民也、

旱既大甚。黽勉畏去。胡寧瘨我以旱。憯不知其故。祈年孔夙。方社不莫。昊天上帝。則不我虞。敬恭明神。宜無悔怒。

悔、恨也、○黽彌忍反、瘨都田反、憯七感反、延文本莫作暮、神作祀、

箋曰、六章仍獨舉昊天上帝、而不及羣公先正、以昊天爲降旱之主、故反復仰訴之、黽勉畏去、承上章寧俾我遯來又作一轉語、言既願遯位遯去、而又黽勉不去者、蓋有所不敢也、以天位之重、不敢輕易言去、故曰黽勉畏去、畏·不敢也、○胡寧瘨我以旱、瘨·病也、憯不知其故者、雖憯然甚痛於心、有不得而知其故者矣、憯、說文、痛也、雨無正憯憯日瘁、漢書鼂錯傳法令煩憯、顏注、憯、痛也、鄭訓爲曾、非詩意、○祈年孔夙、方社不莫者、夙、早也、莫、晚也、月令孟冬祈來年於天宗、孟春祈穀于上帝、此祈年之大者也、天宗謂日月星辰也、甫田以社以方、傳云、方迎四方氣於郊、此方社連言與彼同、則方祭亦卽迎氣之祭、此本述平時敬恭明神之事、方卽謂四時方祭、社卽兼春祈秋報、通一歲之祀事、皆及時舉行、未嘗晚暮也、○則不我虞、虞、度也、言昊天上帝、則不爲我虞度、猶後世言不爲我設想也、○敬恭明祀、釋文、明祀本或作明神、正義本作明神、文選陸士衡荅張士然詩、駕言巡明祀、致敬在祈年、江淹襍體袁大尉從駕詩、恭絜由明祀、肅駕在祈年、李善注兩引毛詩作敬恭明祀、明祀猶書洛誥曰明禋也、鄭箋云肅事明神如是、明神宜不恨怒於我、則鄭

所據毛詩自作明神、下文宜無悔怒、正承此句明神言之、若作明祀、無悔怒似不可通、當以正義本爲正、宜無悔怒者、猶舜竭力耕田供爲子職、我罪伊何之意、非漫爲自信之辭也、

旱既大甚。散無友紀。鞫哉庶正。疚哉冢宰。趣馬師氏。膳夫左右。歲凶、年穀不登、則趣馬不秣、師氏弛其兵、馳道不除、祭事不縣、膳夫徹膳、左右布而不修、大夫不食粱、士飲酒不樂、**靡人不周。無不能止。**周、救也、無不能止、言無止不能也、**瞻卬昊天。云如何里。**○鞫居六反、疚音救、趣七口反、秣音末、弛式氏反、卬延文本作仰、

箋曰、七章言百官有司竭誠、而仰天哀之也、散無友紀者、白虎通、友者、有也、釋名、友、有也、相保有也、論語有朋自遠方來、釋文、有本作友、荀子大略、友者所以相有也、注、友與有同義、鹽鐵論殊路、引春秋傳季友作季有、有友同聲、故通假、釋名、紀、記也、記識之也、史記五帝紀索隱、紀者記也、文選東京賦、紀禪肅然之功、薛注、紀、記也、首章云饑饉薦臻、則知是年之前、已爲饑歲、則此章散者自指散粟賑濟、言散倉廩以賑濟、其數已多、不可勝紀、不止公帑、凡有祿者皆勸施焉、庶正冢宰以賙恤之故而至于窮病、趣馬師氏膳夫以及左右、無人不周濟、亦無不耐心爲之、不敢倦也、此章卽是救旱之實政矣、○

鞫哉庶正、箋云、鞫・窮也、鞫窮以雙聲爲義、訓鞫爲窮者、正謂貧耳、疚哉冢宰、鄭箋、疚・病也、釋文、疚本作㝌、說文、㝌、貧病也、窮與病正相因、維今之疚、對維昔之富言、亦貧病也、庶正、汎言庶官之長也、太宰又庶正之長也、王閔而曰鞫哉疚哉、二哉被下二句、庶正冢宰、其職尤重、故特下鞫哉疚哉、下則平敘職名、而以靡人二句總之、舉大以該小、舉近以該遠、凡在王朝者、具舉之矣、○趣馬師氏、膳夫左右者、趣馬、掌馬之官、蓋校人也、師氏、掌以兵守王門者、膳夫、掌食之官也、三官近於王、且取於音節雅馴而舉之、傳歲凶至不樂、此當先有成文、故傳引之以明凶年之禮、雖經無其事、以類言之、不秣謂不以粟秣養其馬、弛其兵者、掌近王之兵故可弛、弛謂舍力不役之耳、馳道不除者、秦漢謂天子所行之道爲馳道也、祭事不縣者、穀梁傳曰、大祲之禮、禱而不祀、然則此云祭者、正謂祈禱之祭、不用樂也、膳夫徹膳者、天子日食太牢、今減損之也、左右布而不修者、左右之官、布列於位、不令有所修造、穀梁傳曰、百官布而不制、是也、○靡人不周二句、月令周天下、注、周謂給不足也、鄭作賙、亦救卹之義也、上數章見君能憂民之憂、此見臣能憂君之憂也、冢宰以下諸臣、無一人不周救百姓、不忍以不能而遂止、上下同心、急民病、以格天心、此羣官之所以窮且病也、傳訓周爲救者、周官鄉師、賙萬民之囏阨、鄭司農曰、賙當爲周急之周、玉篇、賙、周也、是古賙字止作周、春秋時、列國有災、卿大夫尙有能出所蓄以賑貧民者、如楚子文宋罕氏之類、則宣王之時、羣臣以祿食之餘賙給百姓、固其宜矣、鄭以爲王賙給羣臣、然若謂臣困於食而王給之、則是給其祿餼、不當言周、且周官荒政十二、竝無賑給羣臣之條、庶正冢宰、位高祿厚、此而待賑、民當若何、況救荒當先及小民、亦不應但賙給有位也、○瞻卬昊天、釋文、卬音仰、本亦作仰、說文、卬、望有所庶及也、从匕从卩、詩曰高山卬止、卬爲古文仰、北山或棲遲偃仰、釋文、仰本又作卬、漢書卬字、注皆云卬讀曰仰、荀子議兵、上足卬則下可用也、注、卬古仰字、○云如何里者、百官竭誠無應、人事既盡、仰天而瞻之、無聲無臭、其如是憂悶何邪、釋文里如字、本亦作瘇、爾雅作悝、竝同、鄭箋、里、憂也、十月之交傳云、里、病也、憂病同義、爾雅、悝、憂也、瘇、病也、里乃瘇悝之假借耳、朱傳從爾雅訓里爲憂、季布傳無俚之俚、則聊賴之意、二解判不相涉、今乃引漢書以證詩、是以齊語證楚語也、

瞻卬昊天。有嘒其星。大夫君子。昭假無贏。大命近止。無棄爾成。嘒、衆星貌、假、至也、**何求爲我。以戾庶正。**戾、定也、**瞻卬昊天。曷惠其寧。**○嘒呼惠反、假音格、贏音盈、爲于僞反、延文本·卬作仰、傳貌下有也字、經棄·唐石經作弃、

箋曰、卒章言戒勑恐懼、弗得弗措之孚以終之也、小星嘒彼小星、傳、嘒微貌、玉篇作嚖衆星貌、蓋本此傳、經作嘒者假借、有嘒其星者、言衆星有嘒然之光也、此詩首以雲漢、結以嘒星、以著宣王中夜不安寢之狀、言舉首仰看、惟見雲漢與衆星耳、皆極言天旱無雨之狀也、○昭假無釋文、假音格、古書格

多作假、故書格於上下、説文人部作假於上下、祖考來格、後漢書章帝紀作
祖考來假、惟先格王、漢書成帝紀作惟先假王、格人元龜、史記殷紀作假人
元龜、格於皇天、格於上帝、史記燕世家格俱作假、假格聲同、故經典格多作
假、説文、贏、有餘賈也、从貝𣎆聲、廣雅、贏、餘也、漢書食貨志上、則不可得贏、注、
贏、餘利也、一切經音義十二、引字林贏有餘也、宣王勉羣臣、謂羣臣助我昭
假于天、既竭其精誠、無餘力矣、大命將摯、國家方危急、勿以無餘力、而怠棄
爾成功、益求所以昭格者、○大命近止、何見四章、爾成謂假天之成功也、得
雨卽是成功、○何求爲我、以戾庶正者、言此豈爲我一人計哉、求紓庶正百
官之鞫疚、而百禮復常、官府無事耳、未有災未息、民未寧、而庶官能定者也、
宣王初年、在廷諸臣、若尹吉甫仲山甫召虎方叔之倫、俱在庶正之列、必有
助王祈禱者、故末二章皆言其諸臣勤勞、可想見宣王初年、君與臣一德、愛
念百姓、雖承厲之亂、而復箸中興、此序所謂百姓見憂也、○瞻卬昊天、曷惠
其寧者、於是語終、又仰天而訴之曰、何時惠我而國家得安寧乎、若不敢絕
望、又不敢自必、尤妙在不敢遽言得雨、疊言昊天、蓋先祖明神皆聽命于天
者、故始終呼天也、此篇始呼天而訴之、繼疑上帝之不臨、而后稷之不克、繼
求助于羣公先正、繼望哀于父母先祖、終則歸命於昊天上帝、而望其虞、求
其惠、始言民之無辜、繼欲躬受其眚、繼痛民無孑遺、而先祀將摧、繼懼大命
將傾、靡瞻靡顧、而無所逃遁、終則言大僚庶正左右親近莫不同心急民病、
以格天心、天或終惠
以寧、言之序如此、

雲漢八章章十句

崧高。尹吉甫美宣王也。箋曰、尹吉甫、周之卿士、鄭曰、尹・官氏、潛夫論志氏姓篇亦云、尹者本官名也、**天下復平。**箋曰、竹書、蹶父如韓、韓侯來朝、在四年、南征北伐在五年、伐淮夷伐徐戎在六年、錫申伯命、樊侯城齊、在七年、不中不遠、**能建國親諸侯。**箋曰、能字・韓奕江漢亦有、**褒賞申伯焉。**

箋曰、以鎭定南方諸侯也、全篇精神俱射著南邦、將宣王命申伯之意、曲曲傳出、於以見王謀爲甚毖、而王功爲甚赫、廣序繫辭如此者、示是篇所以爲大雅也、人臣立功紀勳著於小雅、人主治定功成見於大雅、故雲旱以明格天之德、崧高以明親賢之禮、烝民以表使能之功、梁山以紀馭福之柄、江漢以下皆可知也、如朱說此但據篇中約略成文、固自不謬、然使作詩之大意、非爲美王、則不過朋友相送之詩、但當列之小雅、何以入大雅乎、據漢地理志及史記正義所引括地志徐廣說、則申呂漢之宛縣也、宣王命方叔征荆、底定後以申伯外戚負文武才、故徙封於謝、以制荆要害、爲扼吭拊背之勢、所以爲中興良圖、美之固宜、而惠士奇則謂、犬戎入周、東南諸侯無一旅至者、以申侯扼南陽形勢、隔二都咽喉、則宣王封申之役、未免失策、姚鼐謂、西周之都數遷、文居豐、武居鎬、至穆王居西鄭、見漢書、懿王居廢丘、見世本、宣王承流彘之後、而斯干考室之詩、蓋鎬京及廢邱宮室久壞、雖宣王所遷之邑無攷、而以斯干南山及崧高饑郿度之、蓋都右扶風之域、南山之北、渭水之南、雍郿間也、故其地益西近戎、卒致幽王之禍、則斯干之建都、未免失策、魏源駁之曰、姚氏討求雖勤、更非事實、何則國語杜伯射宣王於鎬、是宣末年尙居鎬也、懿王之廢邱在東兆槐里、孔疏謂、京兆故長安縣、鎬在長安南二十里、則廢邱近鎬、有離宮在焉、非遷都也、穆天子傳、出入皆在南鄭、郭璞以爲京兆鄭縣、今華州地、後以封鄭桓公者、則在鎬東、而非鎬南、當爲秦德公所居雍城大鄭宮、其地在岐山東南、鎬京正西、故自岐周言之曰南鄭、自鎬京言之曰西鄭、然宋衷謂懿王自鎬徙居廢邱、不言自鄭徙、則亦僅離宮所居、而非都也、矧宣王斯干、劉向但以爲去奢即儉、書傳並無遷都之說、乃謂宣王徙都鎬西爲失策、斯鑿空之失已、至申伯封謝、年已番番、必非後此三十餘年召戎之申侯矣、然使幽王當日不廢申后、戲驪烽、則近倚韓城、而奄受北國、外援申甫、而南土是保、西戎必不敢動、而宣王封建親賢、夾輔王室之功、將數世賴之、且申在南陽、縱可塞南方諸侯、亦不能塞東北諸侯、何以韓晉虞虢亦不聞一旅勤王、而西戎攻鎬、迫近肘腋之間、戎豈恃申侯始敢深入、周豈遠待漢陽諸姬以禦戎哉、西周亡於幽王之棄申、非亡於宣王之封申、是以衞武公晉文侯皆不以申爲討、而崧高美宣王、不爲刺宣王、鄭箋不得毛傳之意、因並不得宣王封申王風成甫之意、不論其世、曷以誦其詩哉、

崧高維嶽。駿極于天。維嶽降神。生甫及申。 崧、高貌、山大而高曰

嵩、嶽、四嶽也、東嶽岱、南嶽衡、西嶽華、北嶽恆、堯之時姜氏爲四伯、掌四嶽之祀、述諸侯之職、於周則有甫有申有齊有許也、駿・大、極・至也、四嶽降神靈和氣、以生申甫之大功、

維申及甫。維周之翰。四國于蕃。四方于宣。

翰、榦也、○崧胥忠反、駿音峻、延文本蕃作藩、傳高貌下曰崧下駿大下並有也字、有許下無也字、延文本榦作幹、

箋曰、首章言申甫之生、爲周家之祥也、崧高維嶽二句、言崧然而高者唯四岳、其峻至天也、崧亦作嵩、公羊莊四年傳注、嵩高維嶽、釋文、嵩本亦作崧、是也、韋昭國語注、嵩古通用崇字、是知嵩崧皆崇字之異體、漢地理志作崈、亦即崇字之小異、後漢書靈帝紀、熹平五年改崇高山爲嵩高、始誤分崇嵩爲二字、風俗通、嶽牞、考功德黜陟也、天子巡守至其下、牞考諸侯功德、而黜陟之、故謂之嶽、馬瑞辰曰、唐虞有四嶽無五嶽、周官大司樂始有五嶽之名、邵晉涵據禹貢至於大岳、因以霍大山合四嶽爲唐虞之五嶽、特肊說耳、唐虞四嶽、據周語云、此一王四伯、堯典帝咨四岳、下云師錫帝曰、又舜咨四岳、僉曰伯禹作司空、師與僉皆衆也、此正四嶽爲四人之證、先儒或以四嶽爲一人者誤也、舜咨四岳有能典朕三禮、僉曰伯夷、則伯夷非即四岳、史記以伯夷爲四岳、亦誤也、爾稚釋山、前一條曰、河南華、河西嶽、河東岱、河北恆、江南衡、郝懿行曰、此釋五山之名、職方氏山鎭有九、此特舉五者以槩之、其四因河爲界、其一以江爲界也、華者叚借字也、說文作𡵨、嶽者職方注以爲吳嶽、禹貢名岍、漢志右扶風汧、吳山在西、古文以爲汧山、李巡曰、華西嶽、華山也、

岱東嶽、泰山也、恒北嶽、恒山也、衡南嶽、衡山也、蓋此四山卽四嶽、故李云爾、其吳嶽不在此列、故李亦不數之、乃鄭注大宗伯之五嶽、旣以嵩高爲說、其大司樂注又以吳嶽爲言、二文不同、正義引鄭志雜問、有云周都豐鎬、故以吳岳爲西岳、不數崧高、駁之云、若必據已所都以定五岳、則五岳之名、無代不改、此駁是也、蓋鄭見爾雅前後異文、故於宗伯司樂二注、兩存其說、實則爾雅首列五山、不言五嶽、其五嶽定名、乃在下文、鄭以五山卽五嶽、故於雜問創爲異說、邵氏正義欲據此爲定論、則非矣、今詳爾雅此文、但擧山名、不加嶽號、蓋表五山以爲鎭、非奠五嶽而稱尊也、古封山濬川、翕河喬嶽、作鎭一方、所以安地德・崇望秩・而重觀瞻也、唐虞封十二山則十二鎭、職方辨九州則九鎭、爾雅定五方則五鎭、河南華者豫州鎭也、河西嶽者雍州鎭也、河東岱者兖州鎭、包靑州、故不數沂山也、河北恒者幷州鎭、包冀州幽州、故不數霍山醫無閭也、江南衡者荊州鎭、包揚州、故不數會稽也、爾雅之指、與職方同、必擧江河爲界者、北方以河爲大、南方以江爲殷、特表五山之名、以槩九州之巨鎭也、至末一條泰山爲東嶽、華山爲西嶽、霍山爲南嶽、恒山爲北嶽、嵩高爲中嶽、方標五嶽以繫地望、故郭此注不言五嶽、於河西嶽・但云吳嶽、不加西嶽之名、得其解矣、若依鄭志及周禮注、則是周家當有兩五嶽矣、恐不然也、嶽者、說文云、東岱南靃西華北恒中大室、王者之所以巡狩所至、風俗通云、泰山・山之尊者、一曰岱宗、岱・始也、宗・長也、萬物之始、陰陽交代、故爲五嶽之長、王者受命、恒封禪之、衡山一名霍山、言萬物霍然大也、是應劭以衡霍泰岱・皆一山而二名、其說是也、正義引郭注云、霍山今在廬江灊縣、潛水出焉、別名天柱山、漢武帝以衡山遼曠、故移其神於此、今其土俗人皆呼之爲南嶽、此所引蓋郭音義之文、但爾雅之霍山、本謂衡山、不謂天柱、自漢武移嶽祠於天柱、而後彼土俗人皆呼之爲南嶽、可知天柱無妨亦名霍山、而止得爲漢武之南嶽、而不得爲爾雅之南嶽矣、至於五嶽所在、泰山在博、漢晉志屬泰山郡、或在奉高、今在泰安府泰安縣北、華山在華陰、漢屬京兆、晉改屬弘農郡、今在同州府華陰縣南、衡山在湘南、漢屬長沙、晉改屬衡陽郡、今在衡州府衡山縣西、天柱山在灊、屬廬江郡、漢晉志同、既無霍山之名、亦無南嶽之號、今在安慶府潛山縣西北、恒山在上曲陽、屬常山郡、漢晉志同、今在定州曲陽縣西北、嵩高漢志穎川郡崈高、武帝置以奉大室山、是爲中岳、古文以爲外方山也、今在河南府登封縣西、此五嶽之名、蓋周所定、知者唐虞惟言四岳、周禮大宗伯及司樂乃有五嶽之名、史記封禪書引尙書、於北嶽恒山下有中嶽嵩高也五字、此自以意連言、非經文有缺脫也、胡承珙曰、虞夏之時、嵩高謂之外方、本不在五嶽之內、嵩高又名大室、左傳昭四年司馬侯曰、四嶽三塗、陽城大室、別大室於四嶽、可知嵩高爲周之中嶽矣、嵩山古本作崇山、周語神降于崇山、韋注、嵩古通用崇、是唐虞之外方、殷周或謂之崇山、或謂之大室、爾雅當本作崇山爲中嶽、漢時始改名嵩高、寫爾雅者從而易之、其實崇嵩本一字也、若詩之嵩高維嶽、但指四嶽而言、應劭風俗通始以詩嵩高爲指中嶽耳、○惟嶽降神、乃詩人形容之辭、以見上天興周之意也、生甫及申者、以家世言之也、今美申伯故重在申云、惟申及甫、一倒順間、其旨自明、鄭箋定以甫爲甫侯、而孔子間居引此詩注以甫爲仲山甫者、蓋出三家詩、困學紀聞駮之、謂仲山甫猶儀禮所謂伯某甫也、甫與父同、若以仲山甫爲甫、則尹吉甫蹶父皇父程伯休父亦可言甫矣、王駮是也、甫申齊許四國、皆出自姜姓、左氏隱十年傳、夫許太岳之允也、注、太岳、神農之後、堯四岳也、疏、周語又稱堯命禹治水、共工從孫四岳佐之、胙四岳國、命爲侯伯、賜姓曰姜、曰有呂、據此則姜與呂同出於太岳、太公、太岳之後、姜姓、亦稱呂望者、呂姓也、非國也、甫申許三國名見揚之水、三國與齊同出於太岳、皆姜姓也、以太公姓姜、又稱呂望例之、則三國姜姓亦呂姓也、書呂刑本甫侯所作、稱呂刑者、蓋稱其姓、猶齊侯亦稱呂伋也、緇衣引呂刑皆作甫刑、與詩稱申甫皆稱其國也、後世因呂與甫聲近、齊甫申許或訛作齊呂申許、書疏遂稱、子孫改封爲甫侯、未免臆說也、書傳稱申呂者、申甫之訛也、申甫同祖、以甫件說、猶揚之水之甫許、不必求其人以實之、甫侯當穆王時、申伯當宣時、並不相及、其前皆當更有人克任藩宣、而史失之者、不但甫不當偏指甫侯、申亦未必遽及申伯、蓋首章只是原起、甫申皆指其先世言之、曰維周之翰、曰于蕃于宣、皆述其先世之功、次章乃入申伯、其曰王纘之事、言王使繼其先世之事、七章曰戎有良翰、正應此維周之翰、八章曰揉此萬邦、聞于四國、正應此四國于蕃四方于宣、皆所謂纘事也、傳於首章但以甫申爲國名、而不著其人、可見毛意祇統言其先世、兼及甫者、以其同出四嶽、而又皆有賢臣耳、○維周之翰、爾雅、翰·榦也、翰卽榦之叚借、幹又榦之俗字、書費誓峙乃楨榦、馬融注、楨榦皆築具、楨在前、榦在兩旁、舍人注云、楨、正也、築牆所立兩木也、榦所以當牆兩邊障土者、是對言則楨榦異物、而爾雅毛傳又皆以植爲榦者、渾言則植榦可互訓也、○四國于蕃、四方于宣者、爲四國蕃屏、以宣天子仁聲威命也、蕃者藩之借、說文、蕃、艸茂也、是蕃字之本義也、借爲藩屏字者、周禮大司馬、其外方五百里曰蕃畿、大行人、九州之外謂之蕃國、巾車以封蕃國、晉語、蕃、籬落也、四國與四方、猶卒章之萬邦與四國、是詩之體裁然也、別自一格、吳樹聲曰、宣卽桓也、說文、桓、亭郵表也、檀弓下、三家視桓楹、注、四植謂之桓、周禮大宗伯、公執桓圭、注、雙植謂之桓、桓宮室之象、所以安其上也、又說文繫傳徐鍇曰、亭郵立木爲表、交木於其耑、則謂之華表、言若華也、表雙立爲桓、匡謬正俗如氏漢書音義曰、舊亭傳、於四角面百步築土、上有屋、屋上有柱、出高丈餘、有大板貫柱四出、名曰桓表、縣所都兩夾邊各一桓、六書故、柱之植立者曰桓、雙植以爲門、謂之桓門、亦謂和門、亦謂華表、桓和華皆一聲也、亘爲桓宣字之古文、表必以木、故从木、亭郵有宮室之象、故从宀、亘爲桓表本字、亦借爲回旋字、卽後世般桓字也、凡宣偏宣布宣通諸義、皆引申叚借之義也、宣桓皆形聲字、後世分二字、古實一字也、言維申及甫、維我周之楨幹、近而四國以爲藩屏、遠而四方亦以爲桓表也、蕃宣二字咸由幹字生義、古人文以類從也、吳說亦通、篇中定宅、式邦、徹土田、遷私人、成城廟、錫車馬、析圭、餞行、峙粻、皆分封中生色之事、詩人却不拘倫次、隨筆敍述、段段插入、不見其碎、不見其複、若入後人手、必分段落先後、各爲敍綴、便板俗矣、

亹亹申伯。王纘之事。于邑于謝。南國是式。謝、周之南國也、

王命召伯。定申伯之宅。登是南邦。世執其功。 召伯、召公也、登・成也、功・事也、○亹亡匪反、纘祖管反、

箋曰、二章言王褒申伯改封、世掌南諸侯也、亹亹猶孜孜也、忠勤匪懈之義、史記周本紀、申侯爵、以其方伯故謂申伯、方伯者一方之牧也、兪樾曰、申伯若於此時進爵爲侯、詩人必侈言之、今無其文、則進爵之說未必然也、若然則僖二十八年左傳、王命王子虎策命晉侯爲侯伯、何以仍稱晉侯不稱晉伯、曰史家紀載之文、與詩人詠歌之體不同、記載必書其實爵、詠歌可奉以尊稱、哀十三年傳、晉人曰、於姬姓我爲伯、是晉人方以伯自矜、使當時有人作詩、安知不稱爲晉伯乎、史記衞世家、貞伯卒、子頃侯立、頃侯厚賂周夷王、夷王命爲衞侯、索隱曰、康誥稱、命爾侯于東土、則康叔初封已爲侯也、比子康伯卽稱伯者、謂方伯之伯耳、非至子卽降爲伯也、至頃侯德衰、不監諸侯、乃從本爵而稱侯、按此可爲申侯稱申伯之證、魏源亦曰、考下泉四國有王、郇伯勞之、郇本侯爵、桓九年左傳、荀侯伐曲沃可證、而以爲二伯之故得稱郇伯、則申旣爲當州之伯、統一方諸侯、非謂五等之伯也、申甫及齊、皆四岳後大國、豈有齊甫並周初之侯、而申獨伯爵、直至幽王時始侯者哉、詩曰、我圖爾居、莫如南土、明爲改封遷國之事、南國是式、登是南邦、明是命爲豫州之伯、旣爲遷國、則與始封錫命無異矣、○王纘之事者、纘・繼也、使之繼其先世之事、卽周翰蕃宣之功也、四句先舉大綱、下乃推說、于邑于謝者、易曰、自

邑告命，用征邑國，春秋傳多稱我敝邑，又稱新邑于此，皆非國都之謂，說文、邑，國也，古邑國通稱，于邑于謝，言國於謝也，謝是舊名，蓋因謝國滅亡而移封申也，史記謂，四岳佐禹有功，虞夏之際，或封於申，然則申固舊國，非宣王始封之也，謝非申國之舊，宣王改封申伯於此矣，申之舊國莫可攷知，今南陽之申，因申伯而名謝地也，方輿紀要云，河南信陽州羅山縣，縣西北六十里有謝城，古申伯所都，又劉昭注續志，引荊州記棘陽縣東北百里有謝城，水經泚水注，謝水出謝城北，城周迴側水，申伯之都，朱右曾以爲，此皆世本所云任姓之謝或在此，以爲申伯之都，非是，顧廣譽曰，陳氏奐謂，潛夫論志氏姓篇，申城在南陽宛北序山之下，古謝序聲通，蓋謂宣王封申伯於序，在今漢南陽郡宛縣北，序山之下也，漢人又謂之北筮山，漢書地理志，南陽郡宛，故申伯國，有屈申城，縣南有北筮山，然則漢宛縣申伯故國，縣南有北筮山，此卽宣王所封之謝，較舊都近南，在宛縣南，不在宛縣北，案詩無憑山爲險之文，疑謝以北筮山得名，而未必其邑於山下，若果從宛徙山下，則相距咫尺，何煩召伯以定其疆地，其故由於誤以宛縣爲申之舊而別求地以實謝邑，不思漢志潛夫論，雖似小異，皆卽以謝爲申城，曷嘗分申謝而二之邪，又疏以申伯本國近謝，今命爲州牧，改邑於謝，取其便宜，今以我圖爾居詳之，疑未必如孔說，及讀史記秦本紀云，周孝王欲以非子爲大駱適嗣，申侯之女爲大駱妻，生子成爲適，申侯乃言孝王曰，昔我先酈山之女，爲戎胥軒妻，生中潏，以親故歸周，保西垂，西垂以其故和睦，今我復與大駱妻，生適子成，申駱重昏，西戎皆服，案此則舊申國雖不能指實何地，其爲周京西方諸侯則確有明證矣、○南國是式、式・法也、使諸侯以爲法也、式南國卽命爲南方伯也、○王命召伯定申伯之宅、據正義釋傳曰、以常武之序知召伯是召穆公也、是正義本傳原作召伯召穆公也、今本傳脫去穆字、召公虎爲中興元勳、以謝改封申伯爲州牧、其事重大、故特命召伯、往定其封域、所以大厚申伯、亦使南國諸侯戴王朝之聲靈也、定以經營言、烝民傳、古者諸侯之居逼隘、則王者遷其邑、而定其居、此正與定申伯之宅同義、定四年左傳言、聃季授土、陶叔授民、可見古者建國親侯、自有王朝遣官度地定居之制、定申伯之宅、亦不過定其所居耳、但此先言其概、其詳則在三四章、○登是南邦、世執其功者、登以成就言、猶定也、南邦・南諸侯也、使申伯安定南諸侯、世世爲之長、以執其職也、纘事者繩祖武也、世執者施子孫也、上下相睍、

王命申伯。式是南邦。因是謝人。以作爾庸。 庸、城也、 **王命召伯。徹申伯土田。** 徹、治也、 **王命傅御。遷其私人。**

御・治事之官也、私人・家臣也、○庸音容、本亦作墉、延文本・傳城作成、

箋曰、三章列三命三事、以著其篤於申伯也、宣王封申伯、精神注在南邦、故屢提出、因謝人以作庸者、卽謂用謝人築城於謝、如召誥云以庶殷攻位于洛汭也、此章是王命、下章有俶其城、乃方作乃既成耳、禮記郊特牲、君南向于北庸、左氏襄九年、祝宗用馬于四庸、釋文俱云、庸本作墉、蓋庸墉古字通、

故傳以庸爲城、周禮司勳、民功曰庸、太宰五曰保庸、注、保庸·安有功者、故鄭箋以庸爲功、下章明云有俶其城、此不宜以庸爲城、鄭義爲長、謝初定、人心反側、申伯往鎭、恐其有所紛更·以致多事、故告以因是謝人、隨其風俗、度其時勢、以布其經綸、庶幾上下相安、可以長治矣、○王命召伯徹申伯土田、徹·用井田徹法治之也、今用徹法以正其土田、則經界之修明、稅賦之畫一、皆在其中矣、此卽黍苗篇所云平原隰清泉流之事、又韓奕言實畝實籍、江漢言徹我疆土、蓋自厲王貪暴、而徹法壞矣、宣王中興之美、此亦可見其一也、○王命傅御、遷其私人、考工記、廬人重欲傅人、注、傅·近也、漢書傅字注、多云傅讀曰附、後漢書仲長統傳注、附、親也、據此則傅御者謂親近治事之臣、蓋王之侍御也、私人、申伯之家人妻子也、王爲舅氏遷其妻帑、故使所親近者護送之、鄭以傅御爲冢宰、然雅詩之例、於大臣有事及之者、必舉其人、如六月之張仲、韓奕之蹶父、常武之尹氏皆是、鮮有渾言之者、若舉其官、何不直曰冢宰而猥曰傅御邪、鄭失之、朱傳以爲家臣之長、不知何據、又引漢明帝送侯印與東平王蒼諸子、以手詔賜其國中傅、以爲古制如此、恐周制未必同漢也、陳啓源曰、申伯當是有土之君、入相王室、如衞武公虢文公之類、周家王后·皆侯國女、申伯是王舅、若非舊爲國君、安得與王室連姻、其城謝也猶下篇之城齊、乃遷國、非始封也、申伯身在王朝、其家室仍在申、遷其私人者、自申而遷於謝耳、申伯未遽返國、而家室在塗、宜有將導統率之者、又新邑人民未習申伯威德、其家室先到、豈能賓至如歸、亦須王臣銜命而往、以鎭服之、此豈家臣可勝其任哉、迨後申伯遄行、則家室已獲寧居、故徑從郿入謝、不復過其故都矣、六章謝于誠歸、是也、陳說得之、徹土田王者之大法、故以命之大臣、遷私人王者之私恩、故以命之傅御、土田徹·而國制定、私人遷·而家道成、則王之所以待申伯者厚矣、

申伯之功。召伯是營。有俶其城。寢廟既成。 俶作也、

既成藐藐。王錫申伯。四牡蹻蹻。鉤膺濯濯。 藐藐、美貌、蹻蹻、壯貌、鉤膺、樊纓也、濯濯、光明也、○俶尺叔反、藐亡角反、蹻渠略反、濯直角反、延文本·傳美貌下·壯貌下·並有也字、

箋曰、四章言申伯新邑告成、而天子賀之也、申伯之功、與世執其功不同、此指工役之事言、觀黍苗篇言肅肅謝功召伯營之可見、營者、周匝相度之意、○有俶其城者、俶固訓作、然凡云有者、如有蕡其實、有倬其道之類、皆形容之辭、訓俶爲作、則非其義矣、既醉篇、令終有俶、箋云、俶猶厚也、有俶其城、亦當訓厚、城貴其高、亦貴其厚、傳曰厚其牆垣、牆垣猶須厚、而況城乎、故以有俶形容其厚也、寢廟既成者、寢廟宗廟也、前曰廟、後曰寢、專舉寢廟、君子營宮室、寢廟爲先也、藐藐、釋詁、美也、藐藐訓爲美、亦純取聲音、無關字義者、至瞻卬藐藐昊天、當依方言十三注藐藐曠遠貌也、其字當作邈邈、作藐者假借、○王錫申伯、是錫所以賀成也、左傳穆叔如周聘、且賀城、禮道不虛、必有以獻也、鉤膺一物、卽鞅也、非金路馬頷之鉤、詳采芑篇、○或問崧高烝民二

詩、皆是遣大臣出爲諸侯築城、答曰、封諸侯固是大事、看黍苗詩、當初召伯帶領許多車徒人馬去、也是勞擾、此不可曉、胡承珙辨之曰、謂民築城、古人恐無此法、黍苗言召伯營謝、固與嵩高相表裏、然黍苗序言刺卿士不能行召伯之職、夫召伯之職、豈止于營謝一事邪、蓋召穆公以上公爲二伯、時或巡省南國、因有營謝之事、故黍苗後二章、竝陳其功、以刺當時卿士不能爲王布恩澤而成事業耳、所云車輦徒御、自是君行師從、卿行旅從之常、非謂以周人而築謝邑也、烝民仲山甫城齊、而曰四牡業業、征夫捷捷、傳云、言述職也、可見仲山甫是爲王卿士、職當眺省諸侯、此行亦是述其卿士之職、而因使之城齊、與召伯城謝事正同、所云四牡征夫、亦卿行旅從之義、非用征夫城齊也、

王遣申伯。路車乘馬。我圖爾居。莫如南土。乘馬、四馬也、

錫爾介圭。以作爾寶。寶、瑞也、**往近王舅。南土是保。**近、已也、申伯、宣王之舅也、○乘繩證反、介音界、近音記、

箋曰、五章言遣申伯寵命特至也、古之封建、營其城邑寢廟、必其所封諸侯自爲之、天子有所不與、申伯以親且賢、王欲褒賞而尊顯之、皆使召伯先爲營之、然後以禮遣之、所以建國親侯者、恩禮無不曲盡、遣、遣使臣遣成役之・遣、上章有四牡鉤膺之錫、賀成也、此於廟策遣、復有路車乘馬之贈、贈行也、

與後篇贈韓侯同、錫與遣不當混爲一事、周禮巾車職云、象路朱樊纓七就、異姓以封、申伯異姓諸侯、宜用象路耳、說文、駟・一乘也、古者惟士駕二、餘皆駕四、必四馬始成一乘、故因以乘馬爲四馬之稱、引申凡物四皆爲乘、如乘矢乘壺乘韋乘皮、文選李善注、引方言、四雁曰乘、皆是此傳乘馬爲四馬之說也、韓奕詩、其贈維何、乘馬路車、鄭云、人君之車曰路車、所駕之馬曰乘馬、則不以乘馬爲四馬通稱、據采菽詩、路車乘馬亦以賜諸侯、成十八年左傳、程鄭爲乘馬御、杜注、乘馬御乘車之僕也、則乘馬爲人君所駕之馬、鄭說亦有根據、○我圖爾居、莫如南土者、南土謝也、今遣之、故特言之、謂地廣民衆、而控扼江淮、必以元舅鎭之、有人地相宜之義、○錫爾介圭以作爾寶、說文、玠・大圭也、介卽玠之省借、天子之圭大尺二寸、謂之玠、以鎭圭言也、諸侯之命圭亦得通稱爲介圭、傳訓寶爲瑞、謂命圭也、若鎭圭天子所守、宣王安得以錫申伯、諸侯玉瑞・頒自王朝、故曰命圭、命圭何嘗不可以言寶、韓奕言以介圭入覲、尤不得謂非諸侯之命圭、後漢書張衡應閒曰、服衮而朝、介圭作瑞、文選魯靈光殿賦、錫介圭以作瑞、是皆諸侯命圭通稱介圭之證、春官典瑞注、人執以見曰瑞、聘禮記、曰圭璋璧琮凡四器者、唯其所寶以聘可也、是寶卽爲瑞之證、東萊謂、介之爲言大也、詩人特美大其圭而稱之、非天子尺有二寸之介圭、是也、鄭分寶與瑞爲二、失之、○往近王舅、鄭箋、近、辭也、聲如彼記之子之記、毛居正六經正誤曰、近、說文作⿺辵丌、今作迈、音記、字譌作近、馬瑞辰曰、迈从丌聲、說文丌讀若箕、其卽箕字之籀文也、古其已記忌迈五字、同部通用、王風彼其之子、箋其或作記、或作已、讀聲相似、鄭風箋、忌讀如彼已之子之巳、是其證也、故毛訓迋爲已、鄭讀若記、正義釋傳云、以命往之國不得復與之相近、故轉爲已、是正義本誤作近矣、釋文音記、字當作迋、不誤、今作近者、後人誤从正義本改耳、若釋文亦作近、則不得音記矣、迋者已之叚借、已爲語辭、詩言往迋、猶虞書言往哉、周書予往已也、迋近形近易譌、胡承珙曰、傳釋迋爲已、是往迋王舅、卽往已王舅、猶洛誥云予往巳也、鄭恐人不明迋字訓已之義、故謂經迋字爲語辭也、又古人於巳午之巳已止之已、人已之己、讀聲皆相近、故毛以迋爲已、鄭讀已如記、未必如後人分巳午爲詳里切、已止爲羊里切、人己爲居擬切也、胡馬二說皆是也、說文、母之兄弟爲舅、妻之父爲外舅、申伯稱王舅、疑是后父、以列女傳證之、宣后稱姜后、申固姜姓也、南土是保、猶云往矣王舅爲我南土是保也、不特自保、幷使南土諸侯保其土宇無相凌奪、式之斯保之矣、

申伯信邁。王餞于郿。郿、地名、 **申伯還南。謝于誠歸。王命召伯。徹申伯土疆。以峙其粻。式遄其行。** ○郿亡斐反、峙直紀反、粻音張、遄市專反、延文本・還作旋、峙作時、傳名下・有也字、

箋曰、六章言王餞申伯、恩意及行糧也、邁・行也、信邁猶誠歸、曰信邁曰誠歸、只作遞過之勢、以見餞郿峙粻、有加無已、使其可以速行、非謂申伯猶戀闕

遲留、而有待于王速之也、朱傳謂、王之數留、疑於行之不果故也、是襲王氏之說、陳啓源駁之曰、此篇屢言王命、又言王纘之事、又言王錫、王遣、王餞、不一而足、玩其詞氣、殆是王促之使行、非留之也、古諸侯在其國、則南面而爲君、入王朝則北面而爲臣、又當勤勞於職、非若後世重內而輕外也、況申伯進爲牧伯、新膺重寄、自應執謙引避、宣王倚毗念切、亦宜敦迫再三、反謂申伯欲行而宣王固留、情事豈應爾爾◯王餞于郿、郿蓋申伯出宿之所、而王就餞之、以元舅有功加隆也、祭統云、明君爵有德而祿有功、必賜爵祿於太廟、示不敢專也、郿近岐周、文王之廟在豐、申伯之受封、則冊命於文王之廟、據方輿紀要、郿縣在陝西鳳翔府東南百四十里、而故郿城在縣東北十五里、卽董卓所築郿塢也、岐山縣在府東五十里、而岐陽廢縣在縣東北五十里、以此覈之、則郿地在岐周之南、相去不過五六十里、古者餞必在近郊也、鄭箋云、時王蓋省岐周、故于郿、正義曰、郿在鎬京西、申在鎬京東南、自鎬適申、塗不經郿、時王至豐冊命申伯于文王之廟、故行餞送禮于郿、孔說是也、然申鄭義謂、王自省視岐周、非爲申伯往、則不然、古者封諸侯于廟、文王廟在岐、故康王至豐命畢公、召虎于周受命、安見不爲申伯往乎、若謂偶往省視、就之策命、則如王不在岐、便可不告太祖、自專爵土、建侯錫命乎、◯謝于誠歸、倒句、申伯改封于謝、則謝是其本國、故以往爲歸◯王命召伯云云、王蚤已有命辨治之也、此非今日之命、卽前定宅徹土田時事也、正義云、此復云王命召伯者、召伯營謝既成、遣使報王、王復命以此事、此以辭害意也、只是一時一事、此乃溯原申伯之歸謝、所由得遄行耳、朱傳謂、召伯之營謝也、則已斂其稅賦、積其餱糧、使廬市有止宿之委積、故能使申伯無留行也、蓋舉其國中之峙粻、而自京至謝、所在道路、具其糧食、固不待言矣、鄭以上言土田、故云正其井牧、定其賦稅、此言土疆、則申畫郊圻、經理疆場之事、故云治土界之所至、正爲下峙粻速行緣起、地官遺人、掌其道路之委積、凡國野之道、十里有廬、廬有飲食、三十里有宿、宿有路室、路室有委、五十里有市、市有候館、候館有積、少曰委、多曰積、皆由國中以達於四境、其儲峙供具、自在疆域既定之後、申國境內之委積、亦當取其本國之所出、釋文、峙如字、本又作峙、據釋文則經本有作峙者、爾雅釋詁、峙、具也、釋文、舍人本峙作偫、據此則作峙與峙者、皆假借字也、毛詩序乃錢鏄、說文、庤、儲置屋下也、糧粒必不能露積、自當儲置屋下、玉篇廣韻並曰、庤或作峙、釋言、粻、糧也、說文、食米也、王制五十異粻、注、雜記載粻、注、文選思玄賦、餐沆瀣以爲粻注、並云、粻、糧也、周禮廩人、治其糧與其食、注、行道曰糧、僖四年左傳、資糧屝屨、疏、糧謂米粟、行道之食也、據此則粻糧異字、粻可以爲糧、糧不可以爲粻也、是詩載封申伯、如遷其私人、以峙其粻、莫不曲盡、宣王之待元舅、其恩意周浹、綜理微密如此、

申伯番番。既入于謝。徒御嘽嘽。　番番、勇武貌、諸侯有大功則賜虎賁徒御嘽嘽、徒行者、御車者、嘽嘽、喜樂也、

周邦咸喜。戎有良翰。不顯申伯。王之元舅。

文武是憲。不顯申伯、顯矣申伯也、文武是憲、言有文有武也、○番音波、嘽吐丹反、賁音奔、延文本傳貌下有也字、

箋曰、七章言申伯就謝、儼然爲天子楨榦也、番與皤通、番番髮白貌、班固辟廱詩、皤皤國老、是也、書秦誓番番良士同、番番亦狀其德貌也、宣王成中興之業、年既强壯矣、申伯乃爲其元舅、宜乎番番、上章謝于誠歸、起程也、此章既入于謝、歸至也、嘽嘽者、樂記云、其樂心感者、其聲嘽以緩、又云、嘽諧慢易繁文簡節之音作、而民康樂、是嘽嘽有喜樂之義、陳啓源曰、雅詩四言嘽嘽、毛公解之各異、四牡傳云、喘息貌、采芑傳云、衆也、崧高傳云、喜樂也、常武傳云、盛也、蓋四牡勞使臣、故言其行役之勞、采芑常武美出師、故言其軍容之壯、崧高紀就封之事、故言其內喜樂而外安舒、合於入國不馳之禮、以見申伯之賢、義各有當也、今槩訓爲衆盛、而先儒釋經之微旨不可得見矣、○周邦咸喜、戎有良翰者、周邦就京師之人而言、戎、汝也、借周人語謝人、旁襯有情、王國咸慶之曰、汝有良翰、自此可紓南顧憂矣、此正應維周之翰意、○王之元舅者、元·尊稱也、元君元老之元、文武是憲者、言申伯有文有武以爲世之表式也、與小雅文武吉甫·萬邦爲憲同、周邦咸喜戎有良翰、不愧南土是保之命也、文武是憲、不愧式是南邦之命也、

申伯之德。柔惠且直。揉此萬邦。聞于四國。吉甫作誦。其詩孔碩。其風肆好。以贈申伯。吉甫、尹吉甫也、作是工師之誦也、肆、長也、贈、增

也、○揉汝又反、聞音問、

箋曰、八章言作詩以嗚君臣之盛終之、二章以下、首句必稱申伯、見詩人丁寧鄭重之詞、又王纘、王命、王錫、王遣、王餞、見天子眷注殷勤之意、總之則申伯之德足以承天子寵命之隆、故在錫之者非濫與、承之者非濫受、其作詩以贈之者、非溢美也、柔惠且直者、惠·順也、言柔順而直方也、通篇未嘗言德、而末章特指出柔惠且直、剛柔適中也、一且字、見其兼濟之妙、夫中興之主、撥亂反正、必需剛德、其臣須以柔道佐之、所謂無成而代有終也、然柔惠無直、則無骨子矣、若孔門論人、嘆未見剛、未常言柔也、文武卽自柔惠且直出、而有才德之辨、申伯有文武之才者、由有柔惠且直之德耳、柔惠故能文、直方故能武、○揉此萬邦、謂疆索在手、控馭得宜也、易說卦傳爲矯揉、釋文引宋衷注、使曲者直·直者曲爲揉、考工記輪人揉輻必齊、注、揉謂以火槁之、以火槁之、使曲者直直者曲也、承上句柔惠且直直字、言申伯之德、旣柔惠且直矣、萬邦容有不直者、又能揉之使直、故曰揉此萬邦、萬邦卽四國、舉其多而言曰萬邦、就其方而言曰四國、南國是式、登是南方、統屬不出南方耳、而首章言四國四方、卒章又言萬邦四國者、一方統理得人、則人知嚴憚、而不敢易朝廷也、前後首尾正相應、○吉甫作誦四句、作誦謂作此詩也、詩可誦者故亦謂之誦、不必喚出工師、節南山亦云家父作誦、風·泱泱大風之風、言聲調也、誦詩風三字、變文相足、究竟則總謂一詩耳、孔碩者、詩中皆國家治安之計、天下重遠之任、非徒頌美之詞也、肆好者、謂其音節之妙、聲氣之和、聞者莫不鼓舞激揚也、惟是王命乃有是詩、惟是詩乃有是風、詩人非自誇贈言、還誇王靈之赫曜、以表親親崇賢封建復古之治耳、此卽後世餞行賦詩之首唱矣、吉甫頌述中興之美、一以南國、一以冢宰、一以北伯、申以召伯之師、宣王功業大可見矣、所以爲大雅也、說文、肆·極、陳也、經傳有專取陳義者、詩或肆之筵、是也、有專取極意者、其風肆好、與其詩孔碩相對成文、肆好卽極好、猶言孔碩、肆从長、故傳訓爲長、與極義近、釋文云、贈·送也、詩之本皆爾、鄭王申毛竝同、崔集注本作贈、增也、崔云、增益申伯之美、序以詩爲尹吉甫美宣王、不以爲送申伯、崔本爲是、傳蓋以贈爲增字之假借、贈从曾聲、說文會下云、从曾省、曾·益也、送遺是曾益之事、故贈當兼增送二義、如賸字下云、物相增加也、一曰送也、增其本義、送其引申之義也、秦風渭陽何以贈之、傳、贈·送也、彼但言車馬、故取玩好相送之訓、此云作誦以贈、有增益德美之義、當以崔本爲正、

崧高八章章八句

箋曰、趙佑曰、予讀崧高、而知宣王之封申與平王之戍申、其爲天下之事勢計一也、蓋周之天下、北患玁允、西患西戎、東患淮徐、南患荆楚、四者皆德盛則後服、德衰則先亂、宣王中興、有南仲尹吉甫之伐、韓侯之命、所以卻戎翟、有召虎皇甫之征、所以定淮夷、有方叔之師、又重之申伯之封、所以遏蠻荆、度當時淮夷不過騷動于一方、玁允之屬、亦是擄掠而無大志、唯楚自殷世已稱梗化、至周而僭王猾夏、憑其江漢之强、駸駸有窺鼎之

勢久矣、夫宛・南陽・天下之一重鎭、關中南蔽也、春秋之時、楚得申息而橫、戰國之時、楚失武關而亡、漢高之入咸陽也、先定南陽、然後攻武關而西、光武之定洛陽也、亦起于宛鄧、然則觀于後世可知前古、故特鎭以勳戚大臣、堅其城邑、假之重兵、豈徒厚私親哉、其曰南國是式、南土是保、良有以也、

烝民。尹吉甫美宣王也。任賢使能。周室中興焉。

箋曰、賢以德言、能以才言、宣王以仲山甫爲冢宰、蓋大得其人、故係中興於此焉、通篇擧仲山甫十二、前篇亦擧申伯十四、相似、於以見惓惓尊慕之意、蓋詩人之情、於所愛者則喜擧其名而道之、故出車之於南仲、采芑之於方叔、六月之於吉甫、江漢之於召虎、崧高之於申伯、韓奕之於韓侯、皆屢言之、烝民詩雖因贈行而作、然意不專在贈行也、首章言山甫之生、次章言山甫之德、三章言山甫之職、四五六章備言山甫之德可以事上率下、保身出政、能稱厥職、而宣王之知人善任、以致中興、不言可知矣、蓋與崧高詩同是贈行、而體製既殊、意義亦別、申伯之職以藩翰爲重、故首章既及之、而通篇述就封始末甚詳、山甫之職、兼總內外、城齊之役其暫耳、故篇末方言之、復卷卷望其遄歸、二詩旨趣各有在也、崧高序云建國親侯、烝民序云任賢使能、允矣、

天生烝民。有物有則。民之秉彝。好是懿德。烝·衆、物·事、則·法、彝·常、懿·美也、

天監有周。昭假于下。保茲天子。生仲山甫。仲山甫、樊侯也、○彝音夷、好呼報反、假音格、延文本·傳衆下事下法下常下並有也字、

箋曰、首章言天生仲山甫以助宣王中興焉、有物有則者、百物必有其則也、天生衆民、有是物必有是則、蓋自耳目鼻口、達之君臣父子夫婦長幼朋友、無非物也、而莫不有法焉、如視之明·聽之聰·貌之恭·言之順、如君臣父子之止仁止敬止慈止孝止信之類、是也、說文、彝·宗廟常器也、故引申爲常、爾雅及釋文作彝、正字也、孟子及潛夫論引詩、俱作秉夷、同音假借字也、秉彝卽書曰恆性是也、彝而言秉者、渾然具於吾心、不可移奪、若秉執然、爲其有此、自無不好此美德之人者、懿德之人、是則之所有也、宣王有美德、天亦從民所好而監視之、昭格于下、保愛此宣王、爲生有美德之仲山甫以助中興焉、孟子引詩曰、天生烝民、有物有則、民之秉彝、好是懿德、孔子曰、爲此詩者、其知道乎、故有物必有則、民之秉彝也、故好是懿德、孔子之釋詩也、天生烝民句、可不用釋、有物有則句上、用一故字、便見頂上文來、中加一必字、便見二有字是側落、非平對、民之秉彝下、加一也字、好是懿德上、加一故字、便使二句有磁引針珀吸草之妙、計本文十六字、釋之亦十六字、而惟用四虛字、餘俱本字、後人解一兩句有用數十百字、尚未如此明晰者、○天監有周、昭假

于下者、監有兩義、如殷監不遠、謂以夏爲鑒鏡、而自察己之姸媸也、是死字、如天監有周、謂天之降視、猶鑒鏡之照物也、是活字、勿混合、昭假或自下、或自上、是自上而格于下也、朱傳襲鄭說、以昭爲周王之德以感格之、大失詩旨、○保兹天子一語、爲通篇主腦、天賫良弼、以保其身、以對于民望也、仲山甫之稱不一、周語稱樊仲山甫、又稱樊穆仲、晉語稱樊仲、樊其邑也、穆其謚也、仲山甫其字也、其子孫遂以樊爲氏、廣韻言周宣王封仲山甫於樊、後因氏焉、是也、通志氏族略謂、周太王子虞仲支孫仲山甫、爲周宣王卿士、此以樊爲周同姓也、據僖二十五年左傳陽樊不服、倉葛呼曰、此誰非王之親姻、據服虔曰、樊仲山之所居、故名陽樊、是陽樊卽樊、而曰王之親姻、其爲異姓蓋可知耳、左傳言成王以商民七族賫康叔、一爲樊氏、是樊本商之舊族、周以前早有樊邑、宣王始以封仲山甫、潛夫論曰、穆仲封于南陽、南陽在今河內、後有樊頃子、所謂南陽者、卽晉啓南陽之南陽也、在大行山之南、故一曰陽樊、杜預曰、野王縣西南有陽城、其地在今懷慶府修武縣、樊後爲蘇忿生之田、桓王以與鄭、又奪之以與皮、皮叛虢公討之、地入于王、至襄王以與晉文公、則樊者東都之采邑、而非國也、仲山甫宣王之大夫、食邑于樊、雖受地視侯、而不君其國、故從天子大夫稱字之例、其生也曰仲山甫、其沒也謚曰穆仲、與申伯韓侯之稱侯稱伯者異、服虔曰、陽樊・樊仲山之所居、言居則非侯國明矣、僖二十五年左傳杜注云、經傳不見畿內之國稱侯男者、天子不以此爵賜畿內也、如杜之言、畿內本無侯爵、傳言樊侯者、俞樾謂、樊侯非爵也、羔裘篇洵直且侯、傳曰、侯、君也、此云樊侯猶云樊君耳、凡歌詠之辭、與傳注之文、不得以史家紀載之法繩之、故申伯不必伯爵、樊侯不必侯爵、俞說是也、或曰史記周本紀正義引毛萇曰、仲山甫樊穆仲也、是張守節所見毛傳自作樊穆仲、不作樊侯、此說亦有據、

仲山甫之德。柔嘉維則。令儀令色。小心翼翼。古訓是式。威儀是力。天子是若。明命使賦。

古・故、訓・道、若・順、賦・布也、○延文本傳故下道下順下並有也字、道作導、

箋曰、二章言仲山甫有王佐之德而見登庸也、德卽懿德、柔嘉維則、言其德性之善、古人以敖很爲凶德、抑詩亦曰無不柔嘉、則卽有物有則之則、謂中其則也、柔嘉言則、便有學問分寸、大臣風度可想、儀・威儀也、色・顏色也、令儀令色、動容貌正顏色也、令者無暴慢無傲惰之謂、儀色非小節、大臣所持以立身而副物望者在是、淮南欲反、惟憚汲黯一人、曰若諸臣者、發蒙振槁爾、可見大臣丰采、不惟有以服物、秉可以弭亂、翼翼・恭敬貌、山甫保天子、固以天子之心爲心、然粗心必不能立德業、翼翼是形容小心之狀、非以葸而避事爲小、正以斂而任事爲小也、○古訓是式者、式・法也、古訓傳箋以爲先王遺典、蓋凡經典與五帝三王周公所制宏綱細目皆是、觀春秋時名公卿、動稱先王、而王孫圉言、左史倚相能道訓典以叙百物、可見大臣之學如此、世

固有學古而昧今、通古訓而不通世務者、而曰吾惟古訓是式、此則學古而泥古者耳、山甫令儀令色、則動容周旋中禮矣、猶曰威儀是力、何也、有德者固威儀之所自形、而謹其威儀者、亦所以檢攝而養其德也、力字透出工夫、人之威儀、必是用力乃得、故呂氏以威儀是力亦爲學問進修、蓋威儀有以事異者、如玉藻喪容戎容之類、及凡禮經所云是也、有以位異者、北宮所言君有君之威儀、臣有臣之威儀、是非學問之功、何以能至、○天子是若、若猶順也、大田曾孫是若、謂王心之順、閟宮萬民是若、謂民心之順、魯侯是若、謂公心之順也、此亦言訏謨碩畫・經久善後之計・克當於王心、故王心順之、而使布明命于四方也、張次仲云、唐宣宗時、李衞公措置藩鎭、功名最盛、宣宗嘗言、見李卿令我毛髮洒淅、爲臣者不可使君侮、亦不可使君畏、畏則疑忌叢生、禍端滋起、如山甫之柔嘉維則、人臣之標準也、明命使賦者、說文、旉・布也、字通作敷、賦與敷音近通用、敷又與布通、商頌敷政優優、左傳引作布政優優、鄭知賦卽敷之假借、故直以布政釋之、末二句拖起下章王命有法、

王命仲山甫。式是百辟。纘戎祖考。王躬是保。 戎、大也、

出納王命。王之喉舌。賦政于外。四方爰發。 ○喉舌・冢宰也、○喉音侯、

箋曰、前章備舉仲山甫之德、此言其所居之職、式是百辟者、下文賦政於外、箋云、以布政於畿外、外對內言、則上言式是百辟、指畿內諸侯無疑、百辟者、

舉成數也、凡言百辟、皆指畿內諸侯也、式云者、表率儀法之謂也、○纘戎祖考、戎·汝也、意必山甫之祖曾居冢宰之職、史失其人耳、如傳意·則說成繼大祖考、於文不辭、王躬是保、與保茲天子、遙應有情、冢宰掌環衞·供奉·飲膳·財賄·宮中使令、皆保君身君德者也、○出納王命、王之喉舌者、納與出對言、旣出命以其行之順逆復於王也、出字義重、故曰喉舌、喉舌所以出言也、王之喉舌、較股肱耳目等字、又翻新一層、精密透切、傳云喉舌冢宰者、謂喉舌乃冢宰之職、非謂喉舌爲官名也、冢宰卽周禮之天官冢宰、外則總領百辟、內則輔養君德、入則典司政本、出則經營四方、與書納言不同官也、大宰職、王視治朝、則贊聽治、歲終則令百官府各正其治、受其會、聽其致事、而詔王廢置、是冢宰出納王命之證、胡承珙曰、北堂書鈔引尚書注云、納言如今尚書、管主喉舌、此舉漢法以況、蓋秦于禁中置尚·書、有令丞、掌通章奏、漢因之、王隆漢官解詁曰、尚書出納詔令命、齊衆喉舌、後漢書李固傳、今陛下之有尚書、猶天之有北斗也、斗爲天喉舌、尚書亦爲陛下喉舌、出納王命、賦政四海、此卽引用詩文、似以烝民所言卽漢制尚書之職、然秦漢尚書秩卑、可以例書之納言、不可以當詩之喉舌、毛以喉舌爲冢宰、自以式百辟、保王躬、皆上卿之事、與後世納言之官不同、後漢書注·引春秋合誠圖曰、天理在斗中司三公也、如人喉在咽以理舌話、宋均注曰、斗爲天之舌口、主出政教、三公主導宣君命喻於人、此所言與毛傳冢宰義近、○四方爰發、發者發而應之也、四方諸侯莫不發應、書曰、惟動丕應徯志、或曰發如發蒙之發、四方向承厲王昏亂之餘、弊政因循、相習不寤、今得覩王之明命、新政初頒、積錮爲之頓

開也、此說亦通、

肅肅王命。仲山甫將之。邦國若否。仲山甫明之。將、行也、

既明且哲。以保其身。夙夜匪解。以事一人。○延文本・解作懈、

箋曰、此章承上章中美其才德也、肅肅・嚴也、將・奉行之義、卽所謂賦政於外也、○邦國若否、仲山甫明之者、若・順也、左傳執事順成爲臧、逆爲否、諸侯順逆、仲山甫察之、正其賞罰、五服五章、五刑五用、使天下之人、知黜陟有常、而瞭然不惑也、若則有加地進律、否則有削地絀爵、身爲冢宰、固不止鄭公孫揮知四國之爲耳、王廷稱諸侯曰邦國、周禮多出、恆言也、○既明且哲、明字轉用上句、賓筵亦有是例、爾雅、哲・智也、洪範・視曰明、明作哲、明者明理之是非、就平時言、哲者察事之可否、就臨時言、人儘有平時明理、及事變之來、不能曉達機宜、故又著且字、明哲字甚深、以保其身者、大臣而惟以效死爲事則國殆矣、夫任調變之職者、消禍患于未萌、握斡旋之機、措天下于泰山磐石、進退優游、豈非保身之大者、然惟明且哲者能之、苟昧于幾微而致禍敗、諉曰我殺身報國而已、尙何取于大臣哉、其殺身不足以償敗國之罪、故知明哲保身者、非爲身謀、乃所以定國也、如霍光趙汝愚輩非不忠、然不明不哲不保其身、詎能保天子、然又非孔光馮道學問、保其身者、非趨利避害、而偷以全軀之謂也、蓋仲山甫之言滿天下無口過、行滿天下無怨惡、是以能

保其身也、保身正以保王躬也、闕合亦有至理、保身事君連看、可悟人臣之義、○夙夜匪解以事一人、解者、懈之借、怠也、古人字少、經用古文、一人、天子也、夙夜匪懈、以盡其誠、此所以王躬是保也、此句義重、故於末言之、

人亦有言。柔則茹之。剛則吐之。維仲山甫。柔亦不茹。剛亦不吐。不侮矜寡。不畏彊禦。○茹音汝、矜古頑反、延文本禦作御、

箋曰、五章言仲山甫之剛直、以人言起者、見恆情如此、而山甫不然、正其異于凡民處、茹者吞咯之名、禮運曰、飲血茹毛、茹吐借人食物而言、軟物則喫咯之、硬物則吐棄之、亦非比喻、柔嘉小心、嫌其無剛健之才、故是章主不畏彊禦言之、柔茹剛吐、質淺語卻入微、又有活態、不侮矜寡、不畏彊禦、寡弱最可矜憐、故曰矜寡、矜不得讀鰥、彊禦、恃彊以抗禦善類也、不茹不侮是客、不吐不畏是主、仲山甫所以佐王出政者、寬猛相濟、仁義並用、各有當然之則、澤所必加、不靳于弱小、故無不懷其德、勢所必行、不詘于强大、故無不畏其力、四方爰發、有以也、二者是賦政中之大綱領、

人亦有言。德輶如毛。民鮮克舉之。我儀圖之。儀、宜也、

維仲山甫舉之。愛莫助之。愛、隱也、

袞職有闕。維仲山

甫補之。有衮冕者·君之上服也、仲山甫補之、善補過也、○輶餘久反、鮮息淺反、衮古本反、延文本·傳衮冕上無有字、卷子本亦傍注云本無、

箋曰、六章受上申言其修德以保王躬者如此也、德者懿德也、輶·輕也、卽微
乎微之意、夫懿德之則如毛然、微乎微者也、入微難故烝民具有之、而鮮克
舉之、如毛之喩、幾進于聲臭俱無、無可著力處、於無可著力者能著力、惟仲
山甫能舉此也、德輶如毛、詩意言其微而難舉、鄭箋以爲輕而易舉、非也、荀
子彊國篇曰、財物貨寶、以大爲重、政教功名反是、能積微者速成、詩曰、德輶
如毛、民鮮克舉之、此之謂也、楊倞注云、引之以明積微至著之功、毛公於此
二句雖無傳、觀下文愛莫助之訓愛爲隱、是謂其德深遠而隱、莫有能助之
者、可知毛用師說、亦必以毛爲微、與鄭義不同、中庸言毛猶有倫、而推之於
無聲無臭、亦是言其微、非言其輕也、○我儀圖之、釋文、我義毛如字、宜也、鄭
作儀、儀·匹也、正義釋箋云、鄭讀爲儀、是釋文正義本經傳竝作義、鄭以義爲
儀之假借耳、未嘗改爲儀也、唐石經乃竟作儀字、非其舊也、傳意似謂德之
精微、民鮮能舉、我以事物之宜圖度之、惟仲山甫所行無弗合者、故知其能
舉也、恐迂、周官大司徒典命注、竝云、故書儀爲義、是義與儀古通用、詩當依
毛作義、讀爲儀、說文、儀·度也、原爲法度字、古人不分四聲、法度是其本義、測
度其引申之義也、周語儀之於民、而度之於羣生、又曰、不度民神之義、不儀
生物之則、儀猶度也、字亦作義、襄三十年左傳、女待人、婦義事也、義事卽度

事也、文選西征賦、儀景星於天漢、注、儀爲法象之也、演連珠、是以儀天步晷、而修短可量、注、儀猶法象、法象亦由儀度義引申而出也、我儀圖之、猶言我度謀之也、儀圖二字同義、皆度也、古人自有複語耳、○愛莫助之、此句亦美山甫之語、凡舉物者皆有形、而德之舉也無形、凡有形者可助、而無形者不可助、故曰愛莫助之、心誠愛之、而恨無以助之、是極形容其愛之之語、此雖該諸人而言、然詩人自主之、謙遜之意存焉、若夫秉彝之性、通衆民、此難据作解、朱傳非也、德輶二句是人言、故下以我儀圖我字作轉、人亦至舉之、我儀至助之、各三句一讀住、而中各爲兩層轉折、袞職二句另說、毛訓愛爲隱者、愛與薆通、爾雅釋言薆・隱也、方言、掩翳・薆也、郭注引詩薆而不見、離騷、衆薆然而蔽之、薆然卽隱然也、又義近僾、說文、僾・仿佛也、引詩僾而不見、傳訓隱蓋兼蔽不見與仿佛兩義矣、言服袞冕者、居九五之尊、僾然不得見、故人莫助之、以致職有闕失、人既不能助、卽不能補、維有仲山甫補之、不復言我儀圖之者、二維字自相應也、毛意當如是、鄭箋、愛・惜也、仲山甫獨能舉此德而行之、惜乎莫能助之者、呂覽達鬱、厥也愛君之醜也、注、愛・惜、長利不足愛也、注、愛亦惜也、史記魏其武安侯傳、豈以爲臣有愛、索隱、愛猶惜也、與鄭義同、毛鄭均失經義、○袞職有闕者、天子龍袞、故王職曰袞職、鄭箋、袞職者不敢斥王之言也、禮、袞衣字皆作卷、荀子又作綣、袞卷雙聲字、故通用、釋名、袞・卷也、畫卷龍於衣也、郝懿行曰、袞龍有蟠屈之形、示不得伸以受弼正、故詩以袞職爲喻、爾雅釋言、袞・黻也、郭注、袞衣有黻文、自古畫紱作亞形、明兩弓相背、非兩已相背也、漢書韋賢傳注、紱畫爲亞文、亞古弗字也、弗字古與弼通、兩弓相背、正所以弼正之、此詩所由以袞職之闕喻補過也、夫一日二日萬幾、豈能一一盡善、苟有未善、便是闕矣、獻可替否、能彌縫之、納君于無過之地、此之謂補、非如朱傳格心之說、人臣莫難於諫、唯仲山甫能竭臣節、而無所畏忌、亦不吐剛之德度也、宣王立魯公子戲、則山甫諫之、料民太原、則山甫又諫、此其爲補王闕也多矣、左傳晉靈公不君、士季引此詩而釋之曰、能補過也、君能補過、袞不廢矣、此解正毛鄭所本、後漢書楊賜傳、故司空賜五登袞職、法真傳、同郡田羽薦之曰、願聖朝就加袞職、蓋漢人多以袞職爲三公之稱、然此詩袞職、自當指王家語、成王冠頌曰、令月吉日、王始加元服、去王幼志服袞職、亦是謂王爲袞職也、

仲山甫出祖。四牡業業。征夫捷捷。每懷靡及。言述職也、業業言高大也、捷捷言樂事也、**四牡彭彭。八鸞鏘鏘。王命仲山甫。城彼東方。**東方、齊也、古者諸侯之居逼隘、則王者遷其邑、而定其居、蓋去薄姑而遷於臨菑也、○捷在接反、鏘七羊反、隘於懈反、菑側其反、

箋曰、七章點出城齊之命、出祖者將欲適齊、出于國門、而爲祖道之祭也、○征夫捷捷者、舉動敏疾之貌、見其勸樂於事也、每懷靡及者、每懷和協其職、而以爲不及也、此句又見皇華篇、詩言四牡征夫、君行師從、卿行旅從、天子之卿視諸侯、其有征夫之衆宜矣、事關禦邊要務、故山甫以王命董其成、末

必興大師動大衆以出也、崧高召伯徹土田、營謝城、亦因謝人以徹之營之
而已、語類於此二篇有勞擾之疑、蓋未考黍苗箋耳、○王命仲山甫城彼東
方者、猶之王命南仲城彼朔方、以京師爲主、故擧方名、而不繫之于齊、下言
徂齊、特以明所城之在齊地、未必爲齊事設、宣王之時、諸侯背叛、東方尤甚、
如淮北諸夷、皆在徐方、與齊接壤、山甫重臣、親臨其地、自有深意、故曰每懷
無及、不然而以城齊之役、煩補袞之臣、竊恐烝民爲規諷宣王之詩矣、夫何
美之有、大抵周人幽據全燕制狄、齊據海岱制淮徐、兗冀翊蔽洛陽、幷荊控
扼咸雍、此天下全勢也、然則營申謝以限南諸侯、城東方以限東諸侯、完韓
城以限北諸侯、三詩相連、皆一時遠謨特擧、合三方以拱神京、而內外無不
輯矣、迨西戎作難、近由宮掖、所謂禍常出于所備之外云、考齊世家、哀公時
紀侯譖之周、周烹哀公、而立其弟靜、是爲胡公、徙都薄姑、而當周夷王之時、
哀公同母少弟山怨胡公、乃與其黨率營邱人、襲攻殺胡公而自立、是爲獻
公、獻公元年、盡逐胡公子、因徙臨淄、獻公卒、子武公立、九年周厲王出奔、大
臣共和行政、二十四年、周宣王初立、是則獻公徙都在宣王前數十年、與毛
傳不合、魏源曰、毛傳齊徙臨淄、雖未明著其世、而史記世家之年、則大不可
信、攷檀弓太公望封于營邱、比及五世、皆反葬于周、水經注穀水篇臨淄人
發古冢得銅棺、前和外隱起字、言齊太公六世孫胡公之棺也、胡公卽哀公
弟、同爲一世、今合太公丁公乙公癸公、共止五世、而此云六世、則哀公以上
缺一代矣、世本癸公作𢒿公、疑當爲二君、今若於哀公前增一世、以第五世
當懿王、哀公當孝王、至夷王三年烹、逮共和末、共得六十五年、以爲保民者

艾之胡公年數、則獻公嗣立徙都、約當宣王之初、與紀年毛傳無不合矣、獻嗣胡後、卽徙都臨淄、故葬胡公於臨淄、若如史記當夷王時、則齊未徙都、胡公當葬薄姑、安得墓在臨淄乎、顧氏日知錄駁五世反葬之說、以爲不仁不幸不度不祥不恭不惠、考金縢穆卜、左傳夾輔、太公尙佐成王、而大傳言太公期年報政、則或報政時、旋薨京師、如周公之葬畢、以從文武、其子呂伋復事康王見顧命左傳、及詩譜謂丁公嗣位于王官、則三世爲王朝公卿、是以皆葬于周、而哀公又死于朝王時、其從祖墓而不歸齊宜也、胡爲不仁不孝不度云云乎、至胡公被弑于國、始不葬周、正可以證禮記之說、但不當泥首邱反葬之文耳、魏說近之、然詩中東方之城、諸書無可徵焉、其爲臨菑亦無確據、其地適在齊之封內邪、抑在齊之疆外、而山甫駐齊慮事邪、此等存疑可也、至於仲山甫封齊之說、則見漢書杜欽傳、及潛夫論三式篇、然經文明言城彼東方、又曰徂齊、曰遄歸、其非山甫受封自城、灼然可知已、

四牡騤騤。八鸞喈喈。仲山甫徂齊。式遄其歸。騤騤猶彭彭也、喈喈猶鏘鏘也、遄、疾也、言周之望仲山甫也、

吉甫作誦。穆如清風。仲山甫永懷。以慰其心。清微之風、化養萬物者也、○騤求龜反、延文本徂作征、

箋曰、彭彭言其盛、騤騤狀其容、鏘鏘咏其和、喈喈識其衆、皆紀其出行在道之事、○式遄其歸、庚鄭所謂宰相不得久在外也、故望其疾歸耳、○穆如清

風、穆·深遠之貌、有意思深遠、可以意感、而不可以言宣之意、淸風·淸冷可人之風也、與南風之薰解慍其意同、四字絕妙評語、三百篇中、微詞婉致、冷然善入者、皆當以淸風目之、化養之意不當、○仲山甫永懷者、永懷卽靡及之懷、重在宣布王命于東諸侯、使之畏威懷德、以服其心也、以慰其心者、備陳山甫之才德、足以勝之、無不及之虞、所以慰之、亦以勉之也、宣王城東方、特命山甫、蓋以其城所關係于王國者甚重、非親信之大臣不任使也、王命山甫、本非出之于外、山甫亦非重內而輕外者比也、惟言甫以王躬爲國本、望其在朝朝夕納誨、不欲久違王之左右、所以慰山甫、卽所以諷王也、仲山甫之出使、毛傳明言述職、則詩中所言將命、賦政、百辟式、四方發、皆其所任之事、城齊特其一端耳、故至後二章始言之、序竝不及城齊一語、從可知矣、說者謂、王命山甫城齊、而尹吉甫作詩誦之、似全詩專爲城齊一事、殊於經序不合、

烝民八章章八句

韓奕。尹吉甫美宣王也。

箋曰、篇名與召旻一例、

能錫命諸侯。

箋曰、能猶論語能好人能惡人之能、蓋錫之者非妄予、而得之者非妄受、故謂能錫命諸侯、北方之國、追貊雜處、玁狁之强、至侵鎬及方、深入內地、宣王命尹吉甫六月興師、旣攘玁狁、因爲善後之策、錫命韓侯爲州伯、以鎭北方、與移封申伯以統制南方、同是大政也、故宣王中興、特著二詩、道其措置規

模、詩之列於大雅以此、魏源曰、鄭箋以韓則姬姓之國、晉滅之以封其大夫、韋昭亦謂宣王命韓侯爲卽晉所滅之韓、在河東郡界、而春秋時韓武子食采於韓原者、但箋謂梁山在夏陽、與韓原不接、自張華博物志因梁山在夏陽、幷謂夏陽有韓原、隋世因之置韓城縣、而呂記朱傳及陳啓源並從之、則移韓國於河西、而燕師所完陳氏並以庶殷攻洛、諸侯城成周、晉合諸侯大夫城杞爲比、謂三代時遠役鄰邦、不足爲異、王肅則謂、涿郡方城縣有韓侯城、水經注、聖水逕方城縣故城北、又東逕韓侯城東、方城今爲順天府固安縣、在府西南百二十里、又水經注、鮑丘水過潞縣西、高梁水注之、水東逕梁山南、潞縣今之通州、其西有梁山、正當固安縣之東北、又水經注、濕水逕良鄉縣之北界、歷梁山南、高梁水出焉、是所謂奕奕梁山者矣、顧氏炎武主之、謂漁陽三韓卽其後、將何從、曰韓原之在河東不在河西、具見左氏、夏陽在春秋爲梁伯之國、後滅於秦、謂之少梁、安得又爲韓侯之國、至陳氏引詩書春秋以證遠役北燕二千里城韓之義、則庶殷攻洛、諸侯城成周、皆王朝京師、不可以比列國、晉合諸侯大夫城杞、亦存亡國之義、助以財力、非遠役各國之民也、至辰韓馬韓弁韓、後漢書東夷傳始見、是前漢尚未有也、高梁山卽今京師之西山、其高梁水所出、卽玉泉山也、況韓侯城在今固安、亦與高梁山無涉、然則如之何、曰、以經注經、韓卽春秋河東之韓原、梁山卽禹貢冀州所治之呂梁山、燕師卽蹶父南燕姞姓之國、乃韓姞之父城韓也、尸子、古者龍門未闢、呂梁未鑿、河出孟門之上、水經注、以龍門爲大禹疏決梁山之處、而唐書地理志又以龍門東岸之山卽壺口、春秋傳梁山崩、壅河三日不流、則古時梁山實橫峙河之東西、故得呂梁之名、明非河西所得專矣、韓城縣志、龍門山卽梁山別麓、其南有石洲浮於河面、人以爲大禹治梁爲門之屑、其實卽春秋所崩梁山之遺蹟耳、爾雅、梁山爲晉望、不爲秦望、禹貢治梁、屬冀不屬雍、則周初自爲河東方伯所望祀、韓侯奄受北國、而入覲來往、皆道夏陽渡河、則呂梁其必由之道、餞詩及之、不亦宜乎、春秋時、北燕距中國遠、不甚通於邦交、惟南燕在今衞輝之封邱、故與鄭韓皆連姻、春秋書南燕曰燕、書燕則曰北燕、左傳賈逵注、南燕姞姓、引詩韓姞爲證、是三家詩固以燕師爲南燕矣、蹶父蓋南燕姞姓諸侯、入爲王卿士者、故韓侯迎止于蹶之里、至蹶父城韓、詩因昏媾以表邦交、故以燕師爲言、蹶父以燕侯入爲卿士、猶晉文侯衞武公鄭桓公之例、非周召二公之比、故召穆公不可稱燕、而蹶父可稱燕也、不曰汾王之甥、燕侯之子、而曰蹶父之子者、王朝卿士、例當書字也、若謂因時百蠻其追其貊、蠻服應去宗周三千餘里、卽以每服百五十里計之、亦應千五百里、晉爲甸侯、實非蠻服、則周都鎬京、西極秦隴卽爲犬戎、北逾涇洛卽爲荒服、皆不及千里、唐叔封於夏虛、疆以戎索、其後遷都晉絳、拜戎不暇、潞子卽在潞安、第戎近處解州、故孔疏謂、蠻服者蠻夷之在服中、韓侯當西周之時爲北方之伯、連帥諸姬、節制戎貊、如康叔兗州之伯、而劼毖殷獻臣・侯甸男衞、其國與徐戎淮夷來夷相錯間處、而齊魯則侯甸、戎夷則蠻服、豈得四面開方如職方之計其道里爲遠近哉、貊卽宣王時玁狁朔方之地、故周代戎狄之禍、初中於雍、次中於冀晉、最後中於幽燕、鄭注周禮、據漢世所見、始以貉爲東夷、故師古以辰韓馬韓爲貉貊之後、何得反爲

韓侯之後哉、

奕奕梁山。維禹甸之。有倬其道。韓侯受命。 奕奕、大也、甸、治也、禹治梁山、除水災、宣王平大亂、命諸侯、有倬其道、有倬然之道者也、受命、受命爲侯伯也、**王親命之。纘戎祖考。**

無廢朕命。夙夜匪解。虔共爾位。 戎、大、虔、固、共、執也、 **朕命不易。**

榦不庭方。以佐戎辟。 庭、直也、○倬陟角反、延文本傳倬然之道下無者字、戎大下虔固下並有也字、

箋曰、首章言王命之嚴也、奕奕梁山者、寫韓侯先從鎭山說起、春秋成五年穀梁傳云、梁山崩、壅遏河、三日不流、此其高大可知、蓋是山綿亘百里、今自郃陽西北、抵韓城縣西北之麻線嶺、皆是梁山乃禹貢冀州西北境上之山、於雍州則東北境、而韓國于其地正居北位、當是職方并州域、故得奄受北國、與申伯之式是南邦、皆以諸侯爲當州之伯、又使兼統外之夷蠻、當時韓之國勢、實大于晉、不知何以遂爲晉滅、于是梁山爲晉望、若依王肅酈元、則晉都汾絳、何能望及燕涿閒山、是必以詩之梁山、與春秋之梁山非一地也、則亦必詩之韓、與晉滅之韓有二韓也、豈其然哉、韓滅于晉、春秋初無兩韓國、左傳稱霍揚韓魏、明皆近屬、若其遠在涿郡、晉亦安能滅而有其地哉、維禹甸之毛傳以禹與宣王竝稱者、功莫大於禹、故詩人言人君之功、多配禹

毛詩會箋

言之、文王有聲以武王之功配禹、此詩亦以宣王
之功配禹、鄭以爲美韓侯能述禹之功、儗非其倫矣、商頌殷武云、天命多辟、
設都于禹之績、此不過謂禹平水土弼成五服、而諸侯之國乃定、昭元年左
傳、劉定公謂趙孟、亦有美哉禹功、明德遠矣、吾子盍亦遠績禹功而大庇民
之語、然此詩主美宣王能錫命諸侯、不重諸侯能貢獻天子、故毛傳以禹與
宣王竝稱、其義不可易矣、有倬其道、釋文、倬、明貌、韓詩作晫、音義竝同、廣雅、
倬晫竝訓爲明、是音義竝同之證、宣王能平大亂、命諸侯有倬然顯明之道、
是道乃宣王之治道也、故以倬然美之、○韓侯受命、與卒章應、此一句最重、
言受天子之命也、繼言王親命之、無廢朕命、朕命不易、鄭重言之、所望於韓
侯者重也、所望者何、望其榦不庭方也、望其纘祖考者在此、望其佐戎辟者
亦在此、纘戎祖考以下、述王親命之詞也、纘、繼也、戎、汝也、纘戎祖考句、仲山
甫亦出、而申伯曰纘之事、召虎曰召公是似、凡王命必稱先祖考、孔悝鼎銘
亦同、傳云受命爲侯伯也者、周禮九命作伯、在外州者稱侯伯、在王官者稱
二伯、其數則皆九命、而侯伯屬二伯者統於天子、八州八伯、韓侯爲侯伯、蓋
作幷州伯也、○虔共爾位、與靖共爾位同、虔、敬也、鄭箋云古之恭字或作共、
傳訓共爲執者、執者不失之謂、釋詁、拱・執也、儀禮鄉飲酒禮、退共、注、共・拱手
也、衞氓鄭箋、以自拱持、釋文、拱又作共、列子說符、臣有所與共、釋文、共一作
拱、是共與拱通也、皋陶謨、愿而恭、甘誓、今予惟恭行天之罰、史記夏本紀、恭
俱作共、牧誓今予發惟恭行天之罰、周本紀恭作共、是共與恭通也、傳以爲
執、是以共爲拱取奉持之義、言能守也、虔共爾位、言能固守爾位也、○朕命

不易猶駿命不易、言難也、命爲北方藩鎭、其職綦重矣、易當讀爲難易之易、周頌命不易哉、書大誥、爾亦不知天命不易、君奭不知天命不易、讀與此同、天子受命於天、以天命爲不易、諸侯受命於君、以君命爲不易、其義一也、古難易之易、同讀如亦、此詩以易與辟韻、猶板之篇以牖民孔易、與益辟爲韻也、鄭訓爲改易、失之、○榦不庭方以佐戎辟、易蠱、幹父之蠱、虞注、幹·正也、榦爲楨榦字、凡正物之不正、必以一木爲榦、再以小木傅之、在弓謂之檠、亦謂之柲、小戎詩借用閉、竹閉緄縢是也、故榦有正義、方·四方也、榦不庭方者、四方有不庭者、則賴爾爲楨榦以正之、以佐女之君王也、左傳鄭莊公以王命討不庭、杜注、下之事上、皆成禮於庭中、謂篚篚皮馬之屬、陳之於庭也、不庭不共職貢也、辟、君也、專征不庭諸侯、以爲天子干城者、北伯之任也、此自虞共爾位中、抽出第一義、以致戒耳、是詩首章卒章而意備、中四章兩兩成耦、與雲漢似、

四牡奕奕。孔脩且張。韓侯入覲。以其介圭。入覲于王。 脩·長、張·大、覲·見也、

王錫韓侯。淑旂綏章。簟茀錯衡。玄袞赤舄。鉤膺鏤錫。鞹鞃淺幭。鞗革金厄。 俶·善也、交龍爲旂、綏·大綏也、錯衡·文衡也、鏤錫·有金鏤其錫也、鞹·革也、鞃·軾中也、淺·虎皮淺毛也、幭·覆式也、厄·烏蠋也、○綏如誰反、簟徒點反、茀音弗、錯七洛反、鏤音漏、錫音羊、幭莫曆反、延文本·

傳長下大下並有也字、

箋曰、二章言錫予之隆也、張・肥大也、四牡・韓侯所乘也、韓侯入覲、以其介圭入覲于王者、秋見曰覲、因之凡見皆曰覲、周自厲王失道、諸侯嗣立、多不請命王朝、宣王銳志中興、韓侯初立入見、又以先世封圭、合瑞于王、可謂恪恭守典矣、於是侈陳錫予之隆、見王朝之寵、再言祖餞之盛、皆天府之珍、厚往薄來、燕饗以禮、朝聘以時、正赫然中興之治矣、兩言入覲者、上入覲承四牡言、謂此四牡之行、乃以入覲之故、下入覲承介圭言、則誌彼入覲之時、其所執之物也、介圭詳嵩高篇、◯淑旂綏章者、旂載於車、故車馬之賜及之、淑・美也、言旂之美也、釋文、綏本又作緌、禮記明堂位夏后氏之綏注、綏當爲緌、讀如冠蕤之蕤、是緌爲正字矣、今字通作綏、王制、則下大綏、則下小綏、說苑修文、作則下大緌、則下小緌、雜記上注、綏當爲緌、疏、綏字糸旁著妥、其音訓爲委、此綏與緌相通假也、荀子儒效、綏綏兮其有文章也、注、綏或爲葳蕤之蕤、此綏緌蕤三字皆同音通假、據釋文本作緌、緌、冠飾也、引之有飾義、淑旂、旂之有善色者、交龍爲章、緌章旂章之有文飾者、淑旂綏章、儷文也、毛解恐非、鄭易傳以綏爲所引登車者、殊誤、此章每句各言一物、不相錯雜、如淑旂綏章、旂飾也、簟茀錯衡、車飾也、玄袞赤舃、服飾也、鉤膺鏤錫、馬飾也、鞹鞃淺幭、則專言車之軾、鞗革金厄、則專言馬之轡、皆無一字旁及、若淑旂爲交龍之旂、而綏章又爲登車之綏、則詞意錯雜、與下各句文例不畫一矣、◯簟茀錯衡者、車前後也、覲禮天子賜侯氏以車服、路先設、故詩亦先以車言、簟茀・方文席、以爲後戶也、錯衡、衡有錯文者也、詳采芑篇、○玄袞赤舄者、以服言也、玄袞、玄衣畫龍也、韓爲侯爵、不當服袞、左傳許穆公卒于師、葬之以侯禮也、凡諸侯薨於朝會加一等、死王事加二等、於是有以袞斂、是春秋時、猶守此禮、然則袞服之錫、殆亦以州牧特賜也、舄有三等、赤舄爲上、○鉤膺鏤錫者、以馬言也、鉤膺、樊纓也、詳采芑篇、鏤錫者、鏤·刻金也、鄭云、眉上曰錫、刻金飾之、今當盧也、錫·說文作鐊、云馬頭飾也、今作錫者鐊之省、人眉上謂之揚、馬眉上之飾亦曰錫、其義一也、巾車、玉路錫樊纓、金路鉤樊纓、注云、金路無錫有鉤、夫方叔在征則革路矣、而有鉤膺、韓侯爲同姓之國、宜用金路、而有鏤錫、以此觀之、則周官所謂錫也鉤也朱也龍勒也條也、五路各擧其一互相備也、○鞹鞃淺幭者、又於車別其軾言之、車主軾、鞹·去毛之革也、鞃·軾中央、人所馮也、以鞹持之、使牢固焉、幭所以覆軾也、幭、周官巾車作複、曲禮、大夫士去國素蔑、作篾、玉藻作幦、儀禮既夕禮注云、古文幦爲冪、蓋幦爲正字、幭複冪篾皆叚借字、廣雅、覆笭謂之幦、釋名、笭、橫在車前、織竹作之、孔笭笭也、笭卽軾下縱橫交結之竹、故覆笭亦曰覆式、周官巾車云、木車素車皆犬複、駹車然複、漆車豻複、惟藻車爲鹿淺複、玉藻、大夫齊車鹿幦豹犆、士齊車鹿幦豹犆、毛之淺者、莫過於鹿、毛傳蓋據漢制文虎伏軾、爾雅虎竊毛謂之虦貓、遂以虎皮釋之、月令、其蟲倮、鄭注亦云虎豹之屬恆淺毛、然以目驗虎豹毛、皆較鹿爲深、不得名淺也、吳樹聲曰、淺字亦作虦、儀禮既夕禮、加茵用疏布緇翦、注、翦·淺也、今文翦作淺、亦作前、周禮巾車、木路前樊鵠纓、注、前讀爲緇翦之翦、翦淺黑也、聲謂、凡經書淺毛、與·俴翦前訓爲淺者、皆當釋爲淺黑也、說文、虦虎竊毛謂之淺苗、竊・淺也、爾雅釋獸、虎竊毛謂之虦貓、毛注、竊・淺也、史記周本紀、穆王得驥溫驪、徐廣曰、溫一作盜、盜、竊也、淺青色、案淺青色卽周禮注之淺黑、此爲的解、盜驪荀子本作淺驪、聲謂、依說文及爾雅注、當作竊驪、盜與竊同義、竊驪又轉爲盜驪矣、淺幭之淺、自當依周禮注、訓爲淺黑色、竊淺一聲、翦前皆與淺聲相近、俴虦與淺同從戔聲、以淺毛爲淺淺字、竝謂鹿至夏而淺毛、皆望文生義、非經義也、正義不知淺爲顏色字、謂虎爲獸中之最淺毛者、無論儀禮既夕記鹿淺幦、周禮巾車鹿淺禥、卽所引月令其蟲倮、鄭注亦明云虎豹之屬恆淺毛矣、安在淺必爲淺毛、淺毛必爲虎乎、鞹以鞹者、蓋取其柔韌而堅固也、幭以淺者、蓋取其色之平淡也、曰鞹但取其質、故不問何獸、曰淺並未言毛、何以知爲虎、總之知淺爲顏色字、不惟本文可通、卽儀禮周禮二淺字、與夫爾雅說文經書傳注之凡言淺毛者、皆可以通矣、○鞗革金厄者、又於馬別言之、鞗革詳蓼蕭篇、馬瑞辰曰、厄卽軶字之省、說文、軶・轅耑也、小爾雅、衡轅也、軶上者謂之烏啄、胡承珙以爲、軶上疑爲軶下之譌、釋名、槅・枙也、所以枙牛頸也、馬曰烏啄、又馬頸、似烏開口向下啄物時也、啄與蠋古通用、傳云烏蠋、卽小爾雅釋名所云烏啄、蠋釋文引沈音畫、是也、正義本譌作烏蠋、遂引爾雅蚅烏蠋以釋之、誤矣、衡爲橫木所以橫於輈前軶則以厄牛馬之頸、烏啄又爲軶下兩邊叉馬頸者、一名軥、說文、軥・軶下曲者、服注左傳云、軥・車軶兩邊叉馬頸者是也、是衡與軛異物、軶與烏啄又異物、而小爾雅以衡爲軶、毛傳以厄爲烏蠋者、皆以相近遂移其名耳、金厄謂於厄末爲金飾、荀子禮論、絲末彌龍・所以養威也、楊倞注、彌如字、又讀爲弭、弭・末也、謂金飾衡軛之末爲龍首也、續漢書輿服志、龍首銜軛、卽詩所云金厄耳、鄭箋謂以金爲小環、亦誤、馬說是也、文侯之命曰、秬鬯、彤弓矢、盧弓矢、馬四匹、其序曰錫秬鬯圭瓚、史有詳略、韓侯當有是錫、是篇所舉蓋重耳所受大輅之服・戎輅之服也、若夫卽位入覲、恆例所賜、何必敷陳爲榮乎、

韓侯出祖。出宿于屠。顯父餞之。淸酒百壺。 屠、地名也、顯父、有顯德者也、 其殽維何。炰鼈鮮魚。其蔌維何。維筍及蒲。其贈維何。乘馬輅車。 蔌・菜殽也、筍・竹也、蒲、蒲弱也、 籩豆有且。侯氏燕胥。

○屠音徒、父音甫、蔌音速、且子餘反、輅唐石經及延文本俱作路、

箋曰、三章言祖餞之盛、二出字晒前章二入字、祖者祈行路之安穩而已、出京之日、亦宜有之事、不必言尊其所往、屠卽杜也、杜古作屠、左傳膳宰屠蒯・檀弓作杜蕢、詩之屠・當卽鄠縣之杜陵耳、漢宣帝葬其地、因曰杜陵、說文左馮翊郃陽縣有鄠亭、許不引詩、鄠亭非卽屠地、鄠亭在今陝西同州府郃陽縣東、周都鎬京、在今陝西長安縣西南、同州在今長安縣東北二三百里、郃陽又在同州東北百餘里、鄭箋云、祖於國外畢、乃出宿、則屠必非郃陽之鄠

亭可知、太史公曰、畢在鎬東南杜中、皇覽云、文王武王冢皆在京兆長安鎬聚東杜中、此卽漢之杜陵、在周鎬京之東南、韓侯出宿、自當在此、雖韓國在周之東北、然祖餞出宿、或因道里所便、不必往北方者、定出國之北門而餞宿也、無庸以鎬在杜南爲疑、○顯父餞之者、顯父當是朝臣中一人、王使之餞韓侯也、顯父猶尙父尼父之比、皆古所云且字者也、傳以爲有顯德者、毛意以古無氏顯者、故知不同蹶父之蹶爲氏、而以爲有顯德者、父者丈夫之稱、如酒誥圻父宏父之類、古人自有此稱謂、然又知不同程伯休父之爲字者、以言字則是一人、下文淸酒百壺、籩豆有且、皆言其多、則餞送者必非僅一人、故以爲顯父是泛言有顯德者、殊拘、下章蹶父亦爲且字、正義以爲蹶氏父字、亦非、○其殽維何、蔡邕注典引云、肉曰殽、特牲饋食禮注云、凡骨有肉曰殽、是肉謂之殽也、炰鼈鮮魚、鄭箋、炰鼈、以火熟之也、正義曰、案字書、炰毛燒肉也、缹・烝也、服虔通俗文曰、燥煮曰缹、然則炰與缹別、而此及六月云炰鼈者、音皆作缹、以火熟之、謂烝煮之也、炰是缹之假借、故鄭訓爲以火熟之、義與缹同、非訓炰如毛炙肉也、大射篇注炮鼈、釋文云、或作缹、是也、鮮當讀如斯、爾雅釋言、斯・離也、離析其魚、卽是作膾、鮮・析・語之轉、列子湯問篇、越東有輒木之國、其長子生、則鮮而食之、謂析而食之也、鮮魚猶言鱠鯉、與炰鼈對文、爲一熟一生、鄭箋謂鮮魚中膾讀如鱻稾之鱻、失之、○其蔌維何、維筍及蒲、蔌者菜茹之總名、鼎有肉有菜、肉謂之羹、菜謂之蔌、散言則菜亦可名羹、皆謂熟物、與菹爲生菜、以醯成味、實於豆者不同、正義以蔌爲菹、失之、炰鼈鮮魚、此謂鼎中肉也、維筍及蒲、此謂鼎中菜也、凡肉謂之醢、菜謂之菹、皆主謂生物實于豆者、肉謂之羹、菜謂之芼、皆主謂熟物實于鼎者、此傳不用爾雅菜謂之蔌、而云菜殽者、自對上文肉殽言之、或謂、肉謂之殽、故以菜芼肉謂之菜殽、然賓筵箋、凡非穀而食之曰殽、則其說未必然也、傳釋蒲爲蒲蒻、謂蒲草之本也、宋圖經云、春初生嫩葉時、取其中心入地白蒻、大如匕柄者、生噉之甘脆、是蒲蒻與湀蒲一矣、考工記輪人鄭注、今人謂蒲本在水中者爲弱、弱與蒻通、◯其贈維何、乘馬路車者、前既有車服之賜、今復贈之車馬以寵其行、蓋殊典也、◯籩豆有且、鄭箋、且、多貌、說文、且、薦也、凡物薦之則有重義、說文、薦、荐席也、小爾雅、荐、重也、重亦爲多、說文、多、重也、故且訓爲薦、又訓爲多、有容詩有萋有且、正義曰、威儀萋萋且且、威儀多之狀、正與此箋訓且爲多貌義同、侯氏燕胥者、覲禮、侯氏皮弁注云、不言諸侯言侯氏者、明國殊舍異、禮不凡之也、賈疏云、言諸侯則凡之總稱、言侯氏則指一身、不凡之也、此詩侯氏與彼同、亦當指韓侯一身、此亦君對臣之詞、人君之車曰路車、所駕之馬曰乘馬、贈以乘馬路車、則爲王命餞之可知、侯氏亦臨以王命而爲言也、暗點有法、燕、樂也、胥、語詞、詳桑扈、侯氏樂胥、總結上文三章飲餞之榮、顧廣譽曰、三章之義、證之聘禮方明、出祖云者、聘禮記所謂出祖釋軷祭酒脯是也、出宿云者、聘禮、於賓歸亦有遂行舍于郊之文、是也、顯父之贈、則舍郊下卽云、公使卿贈、如覲幣、受于舍門外、是也、然則祖自在國門外、而屠卽近郊地名、顯父餞之、就屠餞之也、彼有贈無燕、此因燕而贈、待侯伯與聘使、禮之隆殺不同、而就出宿之地以贈賄則同、崧高詩・申伯信邁、郿蓋亦其出宿地、而王自餞之、禮又加隆焉、若春秋時、優禮霸國聘使、亦有就出宿地餞之者、左傳鄭六卿餞宣子於郊、是已、至聘禮記所云、乃飲酒於其側、特禮之細者、非崧高與此詩之餞、鄭精於禮、釋禮必擧其義、而疏或誤會、如箋曰祖於國外畢乃出宿、示不留於是也、用以明出祖後必出宿之義、未嘗謂餞送在出祖時、疏乃以餞訖然後出宿、今出宿之文在餞之上者、示行不留於是、故於祖之下卽言出宿、其誤一矣、云王旣使顯父餞之、又使送以車馬、所以贈厚意也、用以明餞與贈竝出王使之義、是本其始而言其使同此時、同此人、疏以於酒殽之下始言其贈維何、則是王使人至餞飮之處贈之、其誤二矣、

韓侯取妻。汾王之甥。蹶父之子。 汾、大也、蹶父、卿士也、 **韓侯迎止。于蹶之里。百兩彭彭。八鸞鏘鏘。不顯其光。** 里、邑也、

諸娣從之。祁祁如雲。韓侯顧之。爛其盈門。 祁祁、徐靚也、如雲、言衆多也、諸侯一取九女、二國媵之、諸娣、衆妾也、顧之、曲顧道義也、○蹶俱衞反、祁巨移反、靚音靜、媵音孕、延文本、鏘鏘作將將、傳一取作一娶、

箋曰、四章言韓侯與王卿士昏也、昏禮當在贈行前、章次反後者、此詩因受命歸國而作、故不得不竝叙始終、而以親迎置之此也、韓侯之任綦重、而外制戎蠻、故王官卿士、結爲甥舅、蓋宣王所謨深矣、此吉甫所以詠歌之、苟韓姑之燕豫、天子當不復北顧也、○汾王之甥、汾者墳之假借、故訓爲大、傳泛

言大王、但以爲美稱耳、然作者當舉其實、不宜漫言大王、鄭云厲王流於彘、彘在汾水之上、故時人因以號之、猶言莒郊公黎比公也、鄭義爲長、說文、汾水出太原晉陽山、西南入河、周語、乃流王於彘、注、彘晉地、漢爲彘縣、屬河東、今曰永安、鄭箋云、彘在汾水之上、是也、晉侯居翼、謂之翼侯、晉人納諸鄂、謂之鄂侯、鄭叔段居京、謂之京城大叔、及出奔共、謂之共叔、皆汾王之類也、汾王之甥、指蹶父也、爾雅、妻之父爲外舅、謂我舅者、吾謂之甥、郭璞云、呼壻爲甥、孟子曰、帝館甥于貳室、是也、蹶父蓋娶汾王之姊妹而生韓姞也、詳序之以見韓侯之爲國戚、蓋王欲以是寵固之也爾雅男子謂姊妹之子爲出、未有以甥名者、鄭云姊妹之子爲甥者、據釋親母之晜弟爲舅、則謂吾舅者吾謂之甥、卽是姊妹之子曰甥、此蓋以義推言之耳、非實爾雅有姊妹之子曰甥一句而今本脫之也、又釋親、女子子之子爲外孫、而猗嗟傳云外孫曰甥、則此汾王之甥、毛意亦當指汾王之外孫、與鄭異義、正義合而一之誤、◯韓侯迎止・于蹶之里者、迎・親迎也、於蹶父所居行親迎之禮、蹶父爲周卿士、意其采邑必在王城外也、傳以里爲邑者、周禮載師、以小都之田任縣地、注、小都・卿之采地、四百里爲縣、蹶父爲王卿士、當受采地於縣內也、諸侯親迎、在宣王時禮尙不廢、◯百兩彭彭者、百兩舉多數也、不當作定數、不顯其光者、用文王親迎之語、言車馬輿衞之光顯也、韓侯新命爲州伯、迎夫人於王國、況汾王之甥、而名臣之賢女乎、亦王國希覯盛美也、諸娣猶言諸媵也、祁祁・徐遲之貌、自有衆意存焉、大田傳・祁祁爲徐、此又益其義云徐靚也、徐言其行動、靚言其容飾、蓋韓侯既先、諸娣之從夫人者、祁祁出門、其袂之長、與炬火相映而炤道也、言諸娣以見韓姞爾、娣、非嵩謂女弟也、如門人於其師自稱弟子、豈真其弟其子哉、蓋自居於卑幼、而尊其師如父如兄也、禮之所謂娣亦此類也、父母家以他女送嫁爲女之件、事畢則遣還、其所謂媵則婦人之知禮者、父母家使之相禮、亦事畢遣還、皆非妾也、媵則凡嫁女者必有、娣則非富貴家不能備、詳召南江有汜篇、傳云曲顧道義者、當有成文、馬瑞辰曰、列女傳齊孝公迎華氏之長女孟姬於其父母、三顧而出、親授之綏、自御輪三、曲顧姬輿、遂納於宮、淮南子汜論篇、高誘注言蒼梧繞讓妻於兄、違親迎曲顧之義、又白虎通義曰、夫親迎御輪三周、下車曲顧者、防淫佚也、是知古者親迎有曲顧之禮、正義謂既受女、揖以出門、及升車授綏之時、當曲顧以道引其妻之禮義、說與列女傳白虎通所言曲顧合、正義又云、本或曲爲回者誤也、定本集注皆爲曲字、是知正義釋經云韓侯於是迴顧而視之、迴顧亦曲顧之譌、道與導·義與儀·古通用、傳言道義卽導儀也、

蹶父孔武。靡國不到。爲韓姞相攸。莫如韓樂。 姞·蹶父姓也、

孔樂韓土。川澤訏訏。魴鱮甫甫。麀鹿噳噳。有熊有羆。有貓有虎。 訏訏·大也、甫甫然大也、噳噳然衆多也、貓似虎淺毛者也、 **慶既令居。韓姞燕譽。** ○爲于僞反、姞其一反、訏況甫反、噳愚甫反、令力呈反、傳多字延文本搨本俱無、

箋曰、五章言蹶父擇韓侯於天下而妻之、此與碩人卒章意同、齊近河、韓多山、各賦其所有、一則美父母之國、一則美其所嫁之國也、姞、黃帝後十二姓之一、婦人稱姓、今以姓配夫之國、謂之韓姞、左傳、石癸曰、吾聞姬姞耦、其子孫必蕃、姞·吉人也、后稷之元妃也、吉甫表出其姓、蓋著是意也、相·視也、攸·所也、相攸·擇可嫁之所也、鄭語、若欲避其難、速規所矣、川澤訏訏者、溱洧訏且樂、生民實覃實訏、抑訏謨定命、傳竝云、訏、大也、訏訓大、故訏訏亦爲大、此疊字之兼取義者也、魴鱮甫甫者、甫田無田甫田、車攻東有甫草、傳竝云、甫、大也、甫甫亦疊字之兼取義者、與訏字同、韓多山而亦近河、故有川澤魴鱮之句、有熊有羆、有貓有虎、各以類分句、羆者熊類也、貓者虎類也、熊羆皆蟄獸、熊如豕黑色、羆大於熊、色黃白、又有小而色黃赤者、謂之䰐、三種皆見爾雅、一類也、爾雅虎竊毛謂之虦貓、虦音孱、非捕鼠之貓也、周書世俘解、武王狩、禽虎二十有二、貓二、卽此貓虎矣、蓋具言之曰虦貓、急言之則但曰貓、其似虦貓而食虎豹者、謂之狻猊、卽今獅子、三者皆見爾雅、亦一類也、魴鱮麀鹿可以供食、熊羆貓虎可以供裘、韓地物產之富如此、故爲樂土也、○慶既令居韓姞燕譽者、慶·嘉也、燕·安也、蹶父嘉是土、而既使居之、韓姞亦安而樂之也、昭元年左傳服虔注、訓譽爲游、又引孟子一游一譽、譽豫通用、樂也、上章言韓侯之迎韓姞、有以當其心、此章則言韓姞之歸韓國、有以適其意、但雖敘韓姞歸韓之樂、因以見國富政平、民安俗美、儼然諸侯之長、

溥彼韓城。燕師所完。師、衆也、以先祖受命。因時百蠻。

王錫韓侯。其追其貊。奄受北國。因以其伯。 韓侯之先祖、武王之子也、因時百蠻、長是蠻服之百國也、追貊・戎狄國也、奄・撫也、**實墉實壑。實畝實藉。** 實墉實壑、言高其城深其壑也、**獻其貔皮。赤豹黃羆。** 貔、猛獸也、追貊之國來貢、而侯伯總領之、◯溥音普、貊武伯反、奄延文本作掩、傳同、貔音毗、延文本作貔、傳同、延文本・傳其城下有而字、總領之下有也字、

箋曰、六章言北鎮之重、以終首章之義、溥・大也、完讀如繕完葺牆之完、是就舊城而施修補之功也、非新築之、此燕乃南燕也、隱五年左傳、衞人以燕師伐鄭、杜注曰、南燕國、今東郡燕縣、正義曰、燕有二國、一稱北燕、故言南燕以別之、宣三年傳、鄭文公有賤妾曰燕姞、注曰、姞南燕姓、此詩承上韓侯娶妻而言、韓侯娶蹶父之子、謂之韓姞、傳曰、姞・蹶父姓也、蹶父乃南燕之君、入爲王朝卿士者、蹶父既善韓之國土、使韓姞嫁焉而居之、於是又使其國之衆爲之完城、詩人言此者、見蹶父之與韓締姻、亦王命之以固結之也、王欲得韓以爲北方之障、然後專事東南、無復北顧之憂、是以一伯收百蠻之國、以九錫紆六師之勞也、中興方略、亦可覩矣、序所謂美宣王能錫命諸侯者此也、陳啓源曰、朱傳謂韓初封時、召公爲司空、王命以其衆爲築此城、此言非也、燕雖召公之國、召公未嘗至燕也、召公自食采於畿內、若召公率之、則所用之衆、乃王師也、王師而謂之燕師、可乎、況召公爲司空、不見經典、朱子爲

此說者、特因崧高疏載王肅語、謂召公爲司空主繕治、遂意召氏當世居此職耳、不知宣王時城謝則使召穆公、城齊則使樊仲山甫、穆公一身尙未必常居司空之職、況其先世乎、又案、召康公歷事文武成康四王、周書顧命列諸臣位次、召公嘗爲冢宰、而司空則屬毛公、詳見孔氏書傳、定四年左傳又云、聃季爲司空、則成康之世、爲司空者、已有兩人、明著於經傳、而召公不與焉、安得謂召氏世居此職邪、又周家六卿、竝無世職者、成王時蘇公爲司寇、康叔亦爲之、穆王命君牙爲司徒、而幽王時番爲之、鄭桓公亦爲之、謂司空獨世屬召氏、豈其然乎、○以先祖受命因時百蠻者、左傳云、邘晉應韓、武之穆也、韓之先蓋成王弟若庶兄也、其封當在成王之時、吳樹聲曰、莊子齊物論、見卵而求時夜、釋文引司馬注、時夜司夜、謂雞也、聲謂、時訓司、古誼也、時从日从寺、寺爲官府、日在官府、必有所司、會意字也、亦爲歲時字者、假借之義也、司爲古伺察字、今用爲官司字者、亦假借也、論語陽貨、孔子亦時其亡也、則又借時爲司察字、可以得二字相通之故矣、百蠻卽指下追貊北國也、以韓之先祖受命爲伯、因以之司百蠻也、今王錫韓侯命、若追若貊凡北國、皆撫柔而受之、仍其先祖之舊也、吳說得之、以其部落繁多曰百蠻、其間名號大而戎索强者曰追貊、皆蠻方之屬、類聚于北者、角弓如蠻如髦、傳云、蠻・南蠻也、自以對髦爲西夷、故言南蠻、夷蠻戎狄、對言則異也、史記匈奴傳、居于北蠻、王褒四子講德論、匈奴者百蠻之最强者是也、抑用逷蠻方、箋云、蠻方蠻畿之外、蓋亦謂九州之外通爲蠻地耳、○王錫韓侯其追其貊、此卽首章之命也、非再命之錫、猶左傳賜我先君履、馬瑞辰曰、下云奄受北國、則追與貊・皆當爲北狄、惟追於經傳無徵、釋文、追又都回反、讀如堆、李善注七發曰、追古堆字、追卽𠂤之叚借、追琢通作敦琢、又轉爲雕、周官追師注、追之言雕也、逸周書王會篇、載伊尹朝獻商書云、正西曰雕題、孔晁注、西戎之別名也、此詩追・疑卽雕之叚借、雕題可單稱雕、猶交趾可單稱交也、傳云追貊戎狄國者、夷蠻戎狄、對言則異、散言則北國可稱百蠻、亦可通稱雕耳、貊通作貉、職方氏鄭司農注、北方曰貉狄、說文、貉、北方豸種、孟子言貊五穀不生、此北方氣寒之證、漢書高帝紀有北貉、戰國策蘇秦說秦惠王曰、大王之地、北有胡貉代馬之用、此可見貉地亙秦之北、周都雍州、貊正爲其北面之國、其俗類逐水草游牧、遷徙不常、故漢以後・濊貊皆在東北爲東夷、鄭氏據漢時言、故云稍稍東遷耳、◯奄受北國、因以其伯者、奄・大也、大統制北方諸侯、猶申伯之於南國矣、傳訓奄爲撫者、爾雅、奄撫有之也、奄訓撫、又訓有也、伯・侯伯也、雍冀之交、與蠻夷接壤、天子視爲要害地、非親重臣不以封、韓故侯封、河北咸隸職方、奄受者・兼爲統轄、韓雖不盡夫北、得號北國云、◯實墉實壑、傳訓墉爲城、與皇矣良耜同、云深其壑者、壑卽池、孟子公孫丑篇、城非不高也、池非不深也、是其義、韓侯新命爲侯伯、故高其城、深其隍、修治以新其國也、實畝實藉者、治其田畝、正其稅法、藉謂什一徹法、左傳曰、穀出不過于藉、是也、高城深池可以固圉、徹田爲糧可以足食、內治本領・全在此四實字上、宣王爲邊方慮亦詳矣、郝懿行曰、小星寔命不同、傳寔是也、公羊桓六年傳、寔來者何、猶曰是人來也、穀梁傳、寔來者是來也、通作實、詩實維伊何、箋實猶是也、實墉實壑、實畝實藉、箋實當作寔、趙魏之東、實寔同聲、左氏桓六年經云寔來、文選西京賦云、寔蕃有徒、杜預及薛綜注竝云、寔實也、詩小星釋文、寔韓詩作實、云有也、是寔實通、今按、釋文小星寔時職反、韓奕寔市力反、公羊桓六年寔、亦市力反、穀梁寔常式反、左氏寔時力反、是陸德明凡遇經傳寔字、卽必加音、其於實字則不加音、故韓奕釋文、實毛如字、是其例也、○獻其貔皮赤豹黃羆、說文、貔豹屬、出貉國、皮字被豹羆、所獻皆其皮也、豹取赤、羆取黃、當是各取其美、亦如裘之重狐白也、末二句侈陳貢物之奇、正見其恪守臣節也、顧廣譽曰、首章述王命之之辭、卒章申述命之之事、錫命韓侯、於始末言之、見歸重之意、又崧高稱申伯之功、烝民稱山甫之德、此篇專美王之錫命、乃以捍禦北陲、爲中興方略、而其錫命又以先祖受命之故、惟其未有功德表見、故不輕許一言也、箋於首次及末章、皆說爲美韓侯、旣失詩指、顧氏又以宣王詩爲侈於前人、而韓奕尤侈、豈未繹作詩微指乎、又曰因上章言韓土、順及韓城、卽於韓城順及先祖、又於韓侯統轄、先舉遠者之追貊、爲倒文法、命北國得與墉壑畝藉連文、而篇首則先受命、後言覲、顧棟高曰、朱子辨曰、旣爲天子、錫命諸侯、自其常事、何足爲美、嗚呼詩序蓋有所受、朱子殆未之深思也、惇典庸禮、命德討罪、皆天子之事、所謂王迹也、春秋書錫命三、莊元年王使榮叔來錫公命、文元年王使毛伯來錫公命、諸侯不入覲、不稟命于天子、而天子遣使來錫之、至成八年、天子使召伯來錫桓公命、則是以王朝而追獎簒弒、王迹掃地盡矣、何謂錫命是其常事哉、韓奕之詩曰、韓侯取妻、汾王之孫、蹶父之子、初只平常看過、以春秋之事觀之、知是王室聲靈未墜于地、歎息爲不可再見也、當時禮樂征伐自天子出、結婚王室、足爲倚重、形于詠歌、誇其貴盛、大國莫敢陵侮、至春秋之世、桓九年春紀季姜歸于京師、莊元年王姬歸于齊、而卽于是年齊遷紀郱鄑郚矣、四年紀侯大去其國矣、以中宮之貴、天室之胤、至不能保其母家、又何有于王室之甥乎、汾王身喪其國、賴宣王振起得復還舊觀、至東遷以後、距宣王不百年、平桓孱弱、列侯跋扈、如河決魚爛、不可禁止、周鄭交質、何如崧高烝民、射王中肩、何如江漢常武、孔子列諸詩于雅、而書桓莊之事于後、蓋傷之也、初作春秋時、蓋猶望有如宣王者出、得復還雅歌之盛、至請討陳恆不行、併春秋亦不復作矣、故于哀十四年春以獲麟終、

韓奕六章章十二句

江漢。尹吉甫美宣王也。 箋曰、江漢一詩、乃召公旋師行賞之時所作也、故歷歷從頭說到賞功處、且其意爲美宣王命穆公而作、故以王命召虎兩舉而言之也、竹書宣王六年、召穆公帥師伐淮夷、王帥師伐徐戎、王歸自伐徐、錫召穆公命、此詩所陳卽其事也、**能興衰撥亂。** 箋曰、表中興之業、**命召公平淮夷。** 箋曰、召公、召穆公也、名虎、淮夷・淮南之夷也、江漢常武二篇、同言淮夷、曰江漢之滸五命召虎者、是淮南之夷也、若在淮北則江漢非所由入之路矣、曰率彼淮浦・省此徐土者、是淮北之夷也、若在淮南則徐土非聯接之地矣、征淮南之夷必由江漢進兵者、其時淮北徐戎未服、故不能由豫兗之境渡淮而南、必由

揚州之廬江左右、而後可以東行至淮也、或疑淮夷宜在淮北、不知淮夷有通言專言之別、專言則淮夷惟淮北有之、春秋所書是也、通言則淮南有夷、無異淮北、初非單指一國、此詩所述是也、詩明曰于疆于理、至于南海、固不得謂之在淮北矣、以春秋傳詳之、淮水以南、其國甚多、散之則不能有爲、聚之則足以作亂、在宣王時恃遠蠢動、難以偏舉、詩故總名曰淮夷而已、魏源曰、說者言、大政列於大雅、江漢常武之南征、何以大於六月出車之北伐、而此爲大雅、彼爲小雅者何、曰、說者不知江漢常武之在大雅者、正以宣王親征故、與小雅遣帥分政之小大、乃妄卑北伐、而侈南征、豈知周宣之時、北患最熾、故吉甫六月、南仲出車、爲中興莫大之功、然力征數十年、猶有西戎殺秦仲、姜戎敗王師之患、若方叔之於蠻荆、則不戰而服者也、蠻荆來威、因於征伐玁狁、徐方來庭、繼以淮夷攸服、於是疆理至於南海、經營告功、視西北二寇、難易大殊、至玁狁西戎命吉甫南仲、蠻荆淮夷命方叔召虎、獨淮北之徐、宣王乘東都巡守之便、自將親征、蓋西北二寇、鎬京肘腋之禍也、淮徐二夷、洛都門庭之患也、穆王之末、徐國僭號、率九夷以伐宗周、西至河上、厲王時、淮夷侵雒、王命虢公長父征之不克、東都之朝會、幾不可行矣、宣承大亂之後、卽位之初、乘輿未可輕動、及至鎬京肘腋之患已除、思纘成康之烈、巡守東都、大會諸侯、而淮徐職貢尙不至、故乘會同兵力之盛、而自將以臨之、先命召穆公平淮南之夷、以翦其羽翼、旋以六師駐淮浦、由淮北以進達徐州、乃兵方及淮、徐已震恐、旋執醜虜、下命班師、有征無戰、不失爲王者之兵、若西北二寇、則必陳師鞠旅、縱追奔逐北、亦難致其來庭矣、此常武親征所以得列於大雅耳、詩此親征爲重、故雖南仲總六師之大將、而詩則惟頌王靈、皇父程伯林父・又南仲之副、則但云三事就緒、言三卿咸稟廟算而已、此又大雅立言之體、異于小雅耳、論功烈則盪平大於驅逐、論典禮則親征大於遣將、若論敵寇之强弱、則南夷小於北狄、豈得謂大雅之寇、必強於小雅哉、劉汝楨曰、常武江漢二篇、一是自將伐徐、一是命將伐淮、二師想一時並發者也、何也、夷在淮之南北、勢相掎角、假令穆公先平淮南、則還兵北伐亦易易耳、何必侈言於王之親行、假令王既北定徐戎、則淮南之夷膽已破、穆公此行如發蒙耳、何必張大其功而寵異若此哉、故伐淮伐徐、以兩詩考之知其必並發也、

江漢浮浮。武夫滔滔。匪安匪遊。淮夷來求。 浮浮・衆彊貌、滔滔・廣大貌、淮夷東國、在淮浦而夷行也、 **既出我車。既設我旟。匪安匪舒。淮夷來鋪。** 鋪・病也、○滔吐刀反、鋪普吳反、遊延文本作游、傳兩貌下並有也字、夷行下無也字、

箋曰、首章言召公伐淮夷之疾也、興也、以江漢之流興武夫之勢焉、江漢是軍行所經、故取興耳、常武之喩王旅、亦曰如江如漢、浮浮・廣大貌、滔滔・衆彊貌、毛傳上下互譌、此浮浮當指江漢言、與次章湯湯同意、凡言湯湯者皆言水也、湯湯既言水、浮浮不應不言水也、此浮浮亦水盛貌也、此亦純取聲、而

無關字義者、左氏春秋隱八年經、公及莒人盟于浮來、穀梁作包來、據此則古音浮與包近、浮音近包、故與滔韻、王引之乃謂經當作江漢滔滔、武夫浮浮、殆似不讀鄭箋者、箋云、江漢之水、合而東流浮浮然、宣王于是水上、命將率遣士衆、使循流而下滔滔然、鄭惟順文說之如此、經何曾有錯誤乎、蔡啓盛駁王說曰、謂四月之滔滔江漢、傳訓大水貌、其亦思論語之滔滔者、言人乎、水乎、又據載驅之行人儦儦訓衆、清人之駟介麃麃訓武、而證以角弓傳之浮浮猶瀌瀌、皆訓雪盛、亦思浮浮既可言雨雪之盛、則何不可言水之盛、而轉取以言人乎、又據載驅曰汶水湯湯、下曰汶水滔滔、則此下曰江漢湯湯、上亦當曰江漢滔滔也、抑亦思本經猶有止言湯湯、或止言滔滔、二者本非不可離乎、又據風俗通義之引作江漢陶陶、取楚辭之滔滔孟夏、史記作陶陶、以證此文本作江漢滔滔、然陶從匋聲、匋從包省聲、而從包聲與孚聲者、古多相通、王說穀梁之苞人民、卽俘人民、然則此反可以證經文之不誤矣、至謂箋曰循流而下浮浮然、正取舟師浮于江漢之義、則所失尤大、鄭曰循流、不曰順流、若循可訓浮、將遵海亦卽浮海乎、而經文尤有可證者、下云既出我車、既設我旟、則明明陸行、而非水戰、且三代未有舟師、卽春秋之末、吳楚並用、要亦後此三百餘年、而又爲東南蠻夷之殊俗、鄭君應不至以此誣古人也、○匪安匪遊、匪猶不也、不安不遊、其義主神速也、孫子有言、兵聞拙速、未覩巧之久也、淮夷來求、正是求淮夷、古人之語多倒、言只求平是淮夷耳、必用倒句者、趁韻也、鄭讀來如行來之來、不若王引之訓來爲詞之是、來求猶是求也、來鋪猶是鋪也、王國來極、猶是極也、文十二年左傳裹糧坐甲、固敵是求、宣十二年、率師以來、唯敵是求、此求字之義也、上四句言武夫進發之勢、既出我車既設我旟四句、及敵而戰也、○匪安匪舒上句游字、由武夫滔滔二句生義、惟以不敢懷安之故而不同觀兵、故曰匪游、此句舒字、由出車設旟生義、亦惟以不敢懷安之故而罔或敢後、故曰匪舒、淮夷來鋪、傳以鋪爲痡之假借、或疑三章匪疚、疚訓病、此不宜言病、故以鋪爲陳・謂來陳其師旅、不知匪疚匪棘、承上式辟四方、徹我疆土而言、蓋既平淮夷之亂、因而闢地治疆、恐治病民、故曰匪疚、與此病淮夷之義不同也、來求・來鋪、亦詩人自旁述之也、非征夫自言、

江漢湯湯。武夫洸洸。經營四方。告成于王。洸洸、武貌、**四方既平。王國庶定。時靡有爭。王心載寧。**○湯書羊反、洸音光、延文本傳貌下有也字、

箋曰、二章言召公克淮夷之速也、湯湯、大貌、洸谷風有洸有潰之洸、說文、水湧貌、言武夫之勇、如水之涌也、語曰戰勝之威士氣百倍、○經營四方告成于王者、召公疾進速克、肇敏之功、可謂不忝王命矣、此詩之照應也、戰功不詳叙、徹獨王師有征無戰、亦以文德爲重、而武功從略、此吉甫通篇之微意、經營南方而曰四方、盛其辭也、經營兼伐叛招攜二意、當時江淮之間、小國尚多、既勝淮夷後、乃次第經營之、觀下章言于疆于理・至于南海、所經營者、

毛詩會箋

非但淮夷而已、○四方既平四句、庶定、言日望大平也、是言今日、非期異日、淮夷威服、四方望風而靡、於是王國之人、日望大平、而時無有爭戰、天子始安其心也、此見宣王能以天下之心爲心、而召公又能以宣王之心爲心也、

江漢之滸。王命召虎。式辟四方。徹我疆土。匪疚匪棘。王國來極。召虎、召穆公也、**于疆于理。至于南海。**○滸音虎、疚音救、海

卷子本傍注云、本作國、

箋曰、三章更端追述召公出師時王之所命也、滸、水厓也、宣王既於東都蒐軍實、乃移師次江漢之滸也、鄭云、王於江漢之水上命召公、此說必有依據、於江漢常武兩篇詩義無不脗合、世本云、穆公是康公之十六世孫、穆公諫弭謗、在厲王時已在三公矣、吉甫獨於召穆名者、以平淮夷受上公之賜、詩述其錫命拜命者特詳、事體嚴重、不名不足以稱也、○式辟四方以下四句、是王命也、辟與闢同、淮南諸國、久阻王化、今皆入版圖、猶開闢之也、四方應上章經營四方之語、徹我疆土者、叛亂之國、必至侵疆越界、酷斂橫征、故宣王以撤清命之、匪疚匪棘者、疚·病也、棘·急也、王國來極者、來語詞、與上章來求下章來旬同、極·中之表也、周禮體國經野、以爲民極、是其義也、瘠痍甫定、而即正其侵地、似乎病民、諸務未遑、而先平賦斂、似乎太急、而抑非然也、蓋

什一天下之中正、我周之定制、欲天下皆于王國取中焉耳、〇于疆于理、至于南海二句、是敘事、召伯遂遠略而治其疆界也、畫疆界爲疆、分地理爲理、詳信南山、淮夷在南、故極其遠而言之・曰至于南海、要卽就淮夷中之南境言耳、

王命召虎。來旬來宣。文武受命。召公維翰。 旬、徧也、召公・召康公也、

無曰予小子。召公是似。肇敏戎公。用錫爾祉。 似・嗣、肇・謀、敏・疾、戎・大、公・事也、〇肇音兆、祉音恥、延文本・傳嗣下謀下疾下大下並有也字、

箋曰、四章及五章、言召虎愷入、王如岐周錫命也、是篇上半三章、下半三章、一二比而三收之、四五比而六終之、三章初命也、四章後命也、五章直受上、〇來旬來宣、來亦語詞之是、猶云是旬是宣、管子入國、入國四旬、注、旬卽巡也、書秦誓釋文引字詁徇巡也、廣雅釋言、徇巡也、徇作旬者用古文、又作袀、爾雅釋文引古今字詁曰、袀今巡字、周語・所以宣布哲人之令德、又宣所以施教也、王命召虎、女邦國是巡、德教是施也、徇爲巡邦國、宣爲施德教、乃徇宣中必有之字、與文外橫添者不同、上言經營四方、又言于疆于理至于南海、則召虎大功、在此二事、今王稱其功勞、則來旬來宣、當指此二事、言南民不沾王化、爾巡行宣布德意、厥功大矣、自來旬來宣以下、皆册命之文、〇文武受命、召公維翰者、召康公名奭、召虎之始祖也、翰・榦也、昔文王武王受命、

召康公爲之楨榦之臣、宣王以文武自居、以康公待召虎也、世臣象賢、國家尤爲得力、故宋仁宗謂王素曰、朕眞宗子、卿王旦子、與他人不同、◯無曰予小子云云、蓋謙言己德不足以比文武、而惟冀召公嗣康公也、無曰予小子二句、猶云予小子不足道、女當勉嗣女祖康公之功也、惓惓以召公爲言、令召虎不得不爲名臣、而篤厚謙婉、勅命中脫略形迹語、予小子、王自謂也、禮天子未除喪、自稱曰予小子、若於至尊敬之大臣、間亦稱之、如成王之施於周公、可見也、奭之亂、召公以其子代宣王、其後與周公共間王政、非他勳臣比、故隆禮亦特異、鄭箋云、女無自減損曰我小子耳、不知人臣自稱、宜曰予小臣、無曰予小子者、況召穆是時實非幼小乎、肇敏戎公乃嘉辭、非勉辭、若作勉辭、則與用錫爾祉及下章意不接續、此句蒙來旬來宣、言汝肇敏如此、是用錫汝以福、所以爲下章緣起、釋言、肇・敏也、敏・行之疾也、謚法、肇敏行成曰直、據是則肇敏卽敏捷之義也、肇敏連言、卽訓肇爲敏、猶肇基連言、卽訓肇爲基也、戎・女也、公功古通用、後漢書宋宏傳、引詩作肇敏戎功、論語所云敏則有功也、烈文詩念茲戎功、六月詩以奏膚公、傳、公・功也、義竝與此詩功字同、傳从釋詁、訓肇爲謀者、謀敏古同聲、中庸人道敏政、鄭注、敏或爲謀、是謀敏通也、毛意謂朝廷圖謀其有敏大之功、故錫以祉福、謀功者猶言計功也、謀而錫之、故非濫賞、然迂、末二句起下章意、所謂錫祉者、卽下章之山川土田也、

釐爾圭瓚。秬鬯一卣。告于文人。

釐・賜也、秬・黑黍也、鬯・香草也、築煮合而鬱之曰鬯、卣・

器也、九命錫圭瓚秬鬯、文人・文德之人也、

錫山土田。于周受命。自召祖命。

諸侯有大功德、賜之名山土田附庸、

虎拜稽首。天子萬年。

○釐力之反、卣音酉、延文本・傳功德下有則字、附庸下有也字、

箋曰、釐爾圭瓚三句、王命也、釐・沈音賚、本于書文侯之命、古文釐來通也、并頌王釐爾成、亦當如賚字讀、瓚者・祭時酌鬯以獻尸之器、其柄以圭爲之、詳旱麓篇、禮天子圭瓚、諸侯璋瓚、王制、賜圭瓚然後爲鬯、未賜圭瓚則資鬯于天子、是錫瓚亦賞賚之一格矣、非爲當時一祭告而已、爾雅、卣・中尊也、孫炎曰、尊彝爲上、罍爲下、卣居中、春官鬱人、掌和鬱鬯以實彝而陳之、則鬯當在彝、而此及尚書左傳皆云卣者、當祭之時乃在彝、未祭則在卣、賜時未祭、故卣盛之、秦蕙田曰、未賜圭瓚則資鬯於天子、說者以爲、未賜圭瓚者、每祭請鬯於天子而用祼、非也、此言向未賜圭瓚而今始賜者、則天子必賚之以鬯、如詩江漢篇云釐爾圭瓚必兼以秬鬯一卣、程泰之云、初賜圭瓚、未及自爲之鬯、卽幷鬯以賜、使歸告祖、案此正所謂資鬯於天子也、書文侯之命、用賚爾秬鬯一卣、左傳僖二十八年、王錫晉侯秬鬯一卣、疏云、言秬鬯、必以圭瓚副可知、是也、焦循曰、傳云、合而鬱之、此鬱爲鬱積、不以爲鬱金草也、雜記云、暢、臼以秬、杵以梧、暢卽鬯、臼杵、擣築之器、冠以鬯字、則鬯非酒名、說苑云、鬯、百草之本、上暢於天、下暢於地、無所不鬯、故天子以暢爲贄、水經注引應劭

風俗記、鬱、芳草也、百草之華、煮以合釀黑黍、傳以築煮合而鬱之爲鬯、亦非以鬯卽是草名、正以百草之英爲説也、因以經文考之、鬯人、大喪·共鬯以沃尸、王齊、共秬鬯以給淬浴、斷無以酒浴者、鬱人言和鬱鬯以實彝、是鬱鬯必俟和於酒、而鬱鬯非酒也、今人擣諸香草之屑、合之稻米、摶以爲佩、俗稱爲香料、卽此鬯之遺制也、用於祼則和醆酒而沸之、用於浴則和水以供之、鬯人泛掌諸鬯、鬱人專主灌酌、職有不同、故名有各異、以鬯爲香草者、從其本也、胡承珙曰、傳兩鬯字義微不同、鬯香草也、謂此草本名爲鬯、築煮合而鬱之曰鬯、則謂草合黍米、鬱而成爲鬯、此鬯字已兼酒言之、故文王傳·以祼爲灌鬯、旱麓傳·以流爲流鬯、未嘗不謂酒爲鬯也、但鄭注禮·必謂和鬱者名鬱鬯、未和者名秬鬯則不然、稽古編曰、周禮鬱人鬯人、則秬鬯鬱鬯似有未和已和之分、若盡舉經傳中秬鬯、概以未和鬱解之則非是、承珙謂、不特此也、經傳中有單言鬯、無單言秬者、正以鬯是香草所釀、與尋常秬黍釀酒不同、言鬯則秬從可知、言秬不足以該鬯故也、傳云合而鬱之、本不以鬱爲草名、卽鬱人有和鬱鬯之文、似謂調和所鬱之鬯、鬱者積也、幽也、並非以鬱爲草名、鬯爲秬酒、説文、鬯以秬釀鬱草芬香、攸服以降神也、此指黍與草合釀之酒言之、鬱草者似亦謂所鬱之草、鬱貫草、鬱下云、芳草也、十葉爲貫、二十貫、築以煮之爲鬱、觀肆師注築香草、煮以爲鬯、可知築爲擣築、鄭許説皆同毛、蓋築煮乃有鬱名、非其草本名鬱也、其下又云、一曰、鬱鬯、百草之華、遠方鬱人所貢芳草、合釀之以降神、鬱今鬱林郡也、此則後鄭注所、謂鬱金香草者、在説文乃別一義、似非三代所有、惟郊特牲鬱、合鬯與蕭合黍稷文同、當是以鬱爲草名、鬯爲秬黍之酒、鄭所用以注禮箋詩者、惟依此耳、其實草以鬯名、取其芬芳條鬯、因鬱而釀酒、故草亦得鬱名、因鬯在酒中、故酒亦得鬯號、義有相成、故名多相借、從其本則秬爲黑黍、鬯爲草香、鬱爲築煮之名、自當以毛傳爲正也、○告于文人、文人卽下文召祖、哀二年左傳、衞大子禱曰文祖襄公、尊彝古器銘、文多稱文考者、文人猶云文祖文考耳、文侯之命、追孝於前文人、承上汝克紹乃顯祖言、正以文人爲文侯祖之有文德者、積古齋鐘鼎款識載追敦銘曰、天子多錫追休、追敢對天子顯揚、用作朕皇祖考尊敦、用追孝於前文人、文人亦追自稱其先祖、此詩文人、傳箋俱指召穆公之先人、甚確、成王世、著作皆出于周召二公、周公謚文、則召公固亦有文人之目、朱傳謂指文王、誤矣、○錫山土田三句、是敘事、非王言、召公平淮夷、遂至于南海、大功溢成、王乃錫召公命曰、汝有丕勳、賚汝圭瓚秬鬯、汝其明禋乃祖哉、乃錫之山土田、召本岐陽采地之名、今錫土田使大于故地也、畿內無附庸、有大功德則亦賜之以山澤間田、召穆公畿內諸侯、故但錫土田、不及附庸、而傳云云者、當是引成語連及之耳、且傳自述周制如此、非言賜召公也、錢澄之曰、厲王之亂、宣王匿召公之家、公以子代王死、與周公行政、厲王死、乃共立宣王、是公于周有再造之功、于王有更生之德、爰立之勳、猶其後也、王立而不聞封賞以酬之、直至江漢之役、式闢四方、乃錫山土田、加之寵命、祝後之因時擁戴、輒徼封爵者何如耶、漢丙吉絕口不言曾孫事、猶少有古意耳、○于周受命、鄭以周爲岐周、蓋岐下有周原、周之命實昉于此、故詩言周、所以別於酆鎬也、嚴緝以周爲酆、不過謂文王作酆、當有其廟耳、殊不知岐乃王迹所基、周之別廟多在焉、豈獨無文王廟乎、況上文言文武受命、召公維幹、則以召康公事文武有功而受封、今用其禮、命召虎當於文武之廟命之、不應獨令受命於文王之廟也、受命命字虛、小爾雅、命·予也、朝廷予之、臣下受之、故曰受命、自召祖命命字實、錫命之詞也·上文秬鬯土田皆有錫命之詞、後世之誥命敕書是也、自·用也、言召公往周受錫予之命、卽用其乃祖錫命之詞、望其纘乃祖考也、上章曰召公是似、亦此意也、謝枋得曰、錫山川土田、必使召虎受賜於岐周、用文武封康公之禮以待之、明賞非宣王之賞、如稟命乃祖文武也、功非召虎之功、如受教於乃祖康公也、召虎思文武之德、思康公之德、必能盡心盡力、以報宣王之德矣、三代令王、不責臣子以事功、惟勉臣子以忠孝、本於人心天理而感動之也、盤庚亦得此意、○虎拜稽首者、受王命策書也、天子萬年者、臣受恩無可以報謝者、稱言使君壽考而已、黃以周曰、周禮春官大祝、辨九拜、案說文引揚雄說、拜从兩手下、拜必下兩手至地、故揖與跪竝不曰拜、今俗語有云拜揖云跪拜者、皆非古也、一曰稽首、鄭注、拜頭至地也、賈疏、稽首稽留之稽、頭至地多時、則爲稽首也、稽首、拜中最重、臣拜君之拜、案頭至地則下衡、故荀子云、下衡曰稽首、經傳中有單言稽首者、多與拜手稽首別、稽首不必拜手、拜手稽首屬吉拜例、自注疏混吉拜於稽首頓首中、則吉拜之例不明、而稽首頓首已兼空首、則三拜亦不分矣、古人常拜用空首禮、稽之首禮甚重、大夫之臣且不敢稽首其大夫、況平敵者乎、二曰頓首、鄭注、頓首·拜頭叩地也、賈疏·首頓地卽舉、故名頓首、案頓首與稽顙同爲以頭擊地、但分吉凶言之爾、頓首稱于吉、畏之至也、稽顙稱于凶、哀之至也、孔賈二疏、謂平敵自相拜用頓首、攷之禮經禮記・及春秋傳、並無平敵用頓首之禮、三曰空首、鄭注、空首・拜頭至手、所謂拜手也、案諸經傳之單言拜者、卽空首拜也、拜字从兩手下、是跪而俯伏也、凡拜皆跪伏、故渾稱之皆曰拜、析言之拜爲空首之專稱、空首者・男子之常拜也、拜必先跪而拱手、而首俯至手與心平、乃下兩手拱至地、惟其頭至手與心平、故周禮謂之空首、荀子謂之平衡曰拜也、惟其兩手下至地、故尙書謂之拜手、少儀謂之手拜也、據孔賈二疏、拜先以手拱至地、而頭來就手、是頭亦至地矣、非特與荀子平衡曰拜相悖、且與稽首之例不分也、段氏云、旣跪而拱手、而頭俯至于手與心平、是謂平衡曰拜、曲禮注云、上衡謂高于心、平衡謂與心平、是也、賈子云、跪以微磬之容、拜以磬折之容、程瑤田釋之云、攷工記兩言倨句磬折、卽磬氏之倨句一矩有半也、磬之倨句爲一矩、又益之以半矩、懸磬之孔則股邪而鼓直、凡曲禮・弟子職・容經之曰磬折者、皆謂其象如磬之懸、身如磬鼓、頭項如磬股也、容經云、拜以磬折之容、卽荀子所謂平衡曰拜也、今讀賈子而知跪而俯首之容、讀荀子而知頭手齊心之容、讀揚子說而又知兩手兩下拱至地之容、兼此數說、而古之拜容畢見矣、四曰振動、案戰栗變動之拜、非常拜也、如成王拜手稽首于周公、穆嬴頓首于趙宣子是也、五曰吉拜、云吉拜者、拜而后稽首也、凡經單言稽首者、不必拜手、此卽拜手稽首、先拱兩手下據膝前、乃復俛首以至于地也、鄭以先拜爲吉、後拜爲凶、是也、六曰凶拜、鄭注、凶拜稽顙而后拜、謂三年服者、案稽顙而后拜、凶拜之重者、周之正制也、拜而后稽顙、則爲凶拜之近於吉者、殷之凶拜也、稽顙觸地、本與頓首叩地同禮、故亦謂之頓顙、特分吉凶言之爾、古人吉拜用稽首頓首、必先拜手者、拜手則手先至地、乃不顚觸失容、於事爲順也、凡吉拜尚左手、凶拜尚右手、吉拜拜而后稽首、或拜而后頓首、凶拜則稽顙而后拜、其云拜而后稽顙者、在殷人爲凶拜、在周人已同吉拜、特是拜尚右手、仍與吉拜有不同、七曰奇拜、案奇拜一拜也、經祇言拜、不言再者、皆一拜也、有云拜手稽首者、亦一拜也、再拜則曰再拜稽首、有云拜稽顙者、亦一拜也、再拜則曰再拜顙、八曰褒拜、案古人行禮、多用一拜、其或再拜以加敬、三拜以示徧、皆爲褒大之拜、凡禮經言三拜、及左傳或言三拜稽首、或言九頓首、以及婦人之俠拜、皆是也、九曰肅拜、鄭司農云、肅拜但俯下手、今時撎是也、介者不拜、故曰爲事故敢肅使者、案俯謂俛而低首也、但俯低頭而下兩手、較空首拜手之禮爲輕也、云今時撎者、說文云、撎舉首下手也、說似不同、而實相足、非俯而低頭則與跪同、不足以言拜、非舉首則與稽首頓首空首同、亦非肅拜、惟低頭俯而仍舉、乃爲肅拜、肅拜爲婦人之正拜、其首較空首爲略舉、其手亦異空首之下拱地、故禮經男拜必奠爵、婦人可執爵拜也、先鄭意郤至之肅使者、肅不連拜、與肅拜別、故引禮介者不拜、以明異也、肅拜者、跪而俯首下手也、肅者、立而俯首下手也、自孔賈二疏・誤以軍中長揖之肅當肅拜、而肅拜之禮遂晦矣、少儀云、婦人爲尸坐、則不手拜肅拜、是經明言坐而肅拜、而後人乃云立而肅拜、不亦左乎、

虎拜稽首。對揚王休。作召公考。天子萬壽。明明天

子。令聞不已。矢其明德。洽此四國。對、遂、考、成、矢、施也、○聞音問、延文本、傳遂下成下並有也字、

箋曰、六章以召虎拜命颺王之言終之、上章虎拜稽首天子萬年者、受册書而謝恩也、此復言虎拜稽首天子萬壽者、此祝君壽耳、對揚二句、自勉之詞也、明明天子以下、勉王之辭也、對卽荅也、對揚猶書顧命用荅揚文武之光命也、奉命不敢隊之辭、傳說晉、文並有是言、至傳訓對爲遂者、遂者㒸之通借、說文、㒸从意也、廣韻、遂、從志也、又遂隨雙聲、隨亦從也、與爾雅釋言畣然也、義亦相近、王休、天子休命也、休美也、作者、振起也、考者猶後世上考下考之考、蓋以功之成者爲考也、作召公考、所謂篤前人成烈也、王稱虎能繼康公之功、虎謂王命如此、我不敢不奮勉以振起康公之成功也、因進戒以明明之天子所以聲聞令善、垂于無窮而不已者、在矢陳其文德、以和洽此四方之國而已、對揚王休以下七句、通是拜稽首之辭、令聞不已、卽文王之事、矢其文德二語、召公之忠箴也、武功既成、願其仁政安民也、爾雅、矢、陳也、矢當爲肆之假借、大雅或肆之筵、毛傳、肆、陳也、正義以爲釋詁文、是肆卽矢也、洽此四國、孔子閒居引作協此四國、此與板之篇民之洽矣左傳引作協者正同、洽卽協字之雙聲假借、說文、劦同力也、从三力、又曰、協、同心之和也、𢝳、同志之和也、協、同衆之和也、大抵光復舊物、其君多剛武有餘、淮夷平定後、不漸摩以禮樂、開導以詩書、恐風俗頑梗、反側終未安也、武不可廢、故康公

於累葉承平、則有張皇六師之戒、武不可覿、故穆公於功成捷奏、則爲矢其文德之箴、古大臣爲國家深謀遠慮、引其君於當道志仁如此、

江漢六章章八句

箋曰、大雅吉甫四詩、於召穆純發明其心事、與宣王以召祖待穆公、而穆公亦以其祖自任、其不贅一辭焉、茲最高矣、烝民亦皆古大臣之德業聞望、次於是詩者也、崧高又次之、韓奕志在首末兩章、美王朝之措置得宜爾、於韓侯第就外物形容而已、凡皆一視其人以低昂、而不差權度如此、

常武。召穆公美宣王也。 箋曰、經文有武字無常字、詩人特立以名篇、美其武、實戒其常也、錢澄之曰、宣王卽位、凡五出師、其他皆命將、獨此爲親征也、王親御戎行、目見成功之易、將必以武略自喜、而輕于言兵、故召公以常武名篇、明武不可常也、王後果以爲常、黷武不已、卒至有千畝之敗、召公見之早矣、王業之衰、由此一勝也、故以常武終宣王之武功焉、

有常德以立武事。 箋曰、此七字亦注文攙入、 **因以爲戒然。** 箋曰、是序與庭燎同而變文也、然猶焉也、焉然古同聲、檀弓、穆公召縣子而問然、鄭注、然之言焉也、祭義國人稱願然、大戴記曾子大孝篇然作焉、是其證矣、宣王厲精圖治赫然中興信稱令主、但英明過甚、而學養未純、雖銳於始、必倦於終、穆公早得之幾先矣、宣王少長於穆公家、其資性之純駁、公所素知、故方勤政之初、已切鮮終之慮、以常

武名篇、而因美以爲戒、洵老臣納誨之深心也、魏源曰、常武何以不在江漢之前、曰、嵩高烝民韓奕江漢・皆尹吉甫詩、獨此篇召穆公詩、故列於後、從其人、非從其事也、又曰、費誓徂茲淮夷、徐戎並興、是周初徐與淮夷同叛也、周書作雒解、三叔及殷東徐奄・及熊盈以略、是周初徐並與荊蠻同叛也、書序、成王東伐淮夷、遂踐奄、左傳僖十三年、淮夷病杞、此皆淮北之夷在徐州之境者、宣王時、蠻荊最強、而徐方及淮夷・亦附和聲勢、馮陵中國、故先命方叔、威服荊蠻、以靖上游之強寇、及是復兩路出師、召穆公征淮南、而途出江漢者、先耀兵楚地、絕其上游之援、而後南仲皇父之師、方軌安行、以至淮北、同時並攻、故皆不戰而服、前詩言江漢而不及徐方、後詩言淮浦而不及江漢、可見淮南之夷、恃荊楚爲聲援、淮北之夷、恃徐方爲羽翼、從來江淮慓悍、易於騷動、故宣王親征以服之、而詩曰徐方來庭、徐方不回、言南人自此不復反也、卽地勢以悟兵形、是在誦詩者之論其世也、

赫赫明明。王命卿士。南仲大祖。大師皇父。整我六師。以脩我戎。赫赫然盛也、明明然察也、王命南仲於大祖、皇甫爲大師、**既敬既戒。惠此南國。**○赫火百反大音泰延文本傳命上無王字祖下有也字・

箋曰、首章言王命將帥南征安民也、夷厲以來、威靈不振、天下幾不知有王矣、宣王親總六師、真如雷霆乍驚、日月重朗、故曰赫赫明明、○王命卿士南

仲大祖大師皇父者、卿士執政者之稱、詳十月之交、蓋是時南仲爲卿士、皇父爲大師、宣于於大祖廟命二人爲將帥也、命命整我六師也、非命爲卿士爲大師、毛傳則云王命南仲於大祖、謂王於大祖之廟命南仲爲卿士也、云皇父爲大師者、謂王命此皇父爲大師、亦於大祖廟也、太祖二字在上下文之中、乃橫擔句法、明二人並命於太祖矣、馬瑞辰曰、毛公以出車詩南仲爲文王時人、此詩南仲別爲宣王時人、漢書古今人表作南中、係於厲王時、蓋至宣王時猶存、卽此詩之南仲也、白虎通爵篇曰、封諸侯于廟者、示不敢專也、明法度皆祖之制也、舉事必告焉、詩云、王命卿士、南仲大祖、又引禮祭統云、古者人君爵有德、必於大祖、是亦以詩南仲大祖爲命於大祖、其義與毛傳同、史記夏本紀、夏之後有男氏、世本作南、路史、禹之後有南氏、後有南仲、翊宣王以中興、是南仲實爲南氏、正義云、南仲爲卿士、未知於六官何卿、積古齋鐘鼎款識載無專鼎銘曰、王格于周廟、燔于圖室、司徒南仲右、其所謂南仲、當卽宣王時臣、則南仲實爲司徒、周官大司徒職、大軍旅大田役以旗致萬民、而治其徒庶之政令、南仲蓋命以治徒庶之事、至大師皇父、據竹書紀年、幽王元年、王錫大師尹氏皇父命、則皇父實爲尹氏、卽二章所云王謂尹氏也、安得以南仲爲太祖、鄭說之誤可知矣、○整我六師以修我戎者、整·齊也、我者、詩人之言、指王家也、此敘事、非王言、周禮大司馬、凡制軍、王六軍、六軍軍賦之大數、其調發之制、不必六軍盡出、●整我六師以脩我戎、言王命皇父以治軍事也、整六師以兵數言、脩我戎以兵政言也、不當訓作兵器、○既敬既戒、惠此南國者、敬者不敢怠、戒者不敢忽、是行師第一義、亦見天子親征・比尋常嚴翼更別、惠者去殘而弔民也、則其興師之本心也、敬戒二者、敬爲尤重、敬則戒矣、荀卿氏之論兵也曰、凡百事之成也、必在敬之、其敗也、必在慢之、故敬勝怠則吉、怠勝敬則滅、又曰、敬謀無曠、敬事無曠、敬吏無曠、敬衆無曠、敬敵無曠、行軍之貴敬如此、鄭箋、敬之言警也、周禮注亦引詩作儆、敬兼有儆義、然不如依本字訓敬畏之尤正大也、南國即指徐方說、蓋自淮南視之則爲淮北、以雍鎬視之則南國也、自寇亂以來、此方不靖、皆吾內地子民、今用兵親討、初非得已、念一方之困、思以解之、在乎萬全、而不在制勝、在乎行恩、而不在行威、惠此南國、真是聖天子語、此役王肅述毛、以爲王不親行、王基述鄭、以爲王自親行、基說爲是、觀詩辭、皆歸重於王、即首二章亦以王命統之、與他篇不同可見、考春秋傳、君不親行、則師之進退、聽於將、君親行、則師之進退、聽於君、故如城濮之晉、邲之楚、鄢陵晉楚、軍將俱備、春秋必書其君、不書其元帥、即自將之明徵、此役宣王親行、而仍命元帥者、正義引左傳鄢陵之戰、楚王雖自親行、仍使子反將中軍、是也、

王謂尹氏。命程伯休父。左右陳行。戒我師旅。率彼淮浦。省此徐土。尹氏掌命卿士、程伯休父始命爲大司馬、浦涯也、**不留不處。三事就緒。**誅其君弔其民、爲之立三有事之臣、○行戶剛反、

箋曰、二章言三軍之將受命、而師旅速作也、尹氏卽皇父也、命程伯休父者、使尹氏傳命于休父以下四句也、周官大司馬、以九伐之法正邦國、此常法也、若王有特命、則不以是拘、故休父職大司馬、而皇父實爲大將也、程者、休父所食縣內之國、稱伯者、如春秋渠伯凡伯毛伯召伯之類、馬瑞辰曰、楚語觀射父云、重黎氏世掌天地、而別其分主者也、其在周、程伯休父其後也、當宣王時、失其官守、而爲司馬氏、司馬遷自述爲休父之後、蓋自休父始爲大司馬、其後遂以官爲氏耳、續漢書郡國志、雒陽有上程聚、注古程國、是程伯休父之國、至在咸陽故安陵者、乃王季居程之程、蓋商時程國、周滅之、文王卒於畢郢、郢卽程字之假借也、韋昭以休父爲名者、魯季孫行父晉荀林父皆以父爲名、齊侯祿父亦以父爲名、則古之以父爲名者多矣、春秋釋例云、名重於字、故君父之前自名、朋友之前自字、此詩王謂尹氏命程伯休父、正與王命召虎同、爲君前臣名耳、馬說是也、首章命南仲命皇父、此章又言命程伯休父、一時而命三將者、蓋天子在軍、與特將專閫者不同、皇父元帥也、總中軍、左右二軍、休父南仲將之、兩章中點叙顯然、○率彼淮浦省此徐土者、寫用兵路徑、真如指掌、說文、浦、瀕也、瀕、水厓、人所賓附也、瀕亦厓、左傳荒浦庸浦、浦皆厓也、省、省方之省、有叛而伐之服而舍之二義、水經、淮水東至廣陵淮浦縣入於海、淮浦縣漢屬臨淮郡、今淮安府安東縣、淮水經縣南入海、卽漢淮浦縣也、詩之淮浦、未卽漢之淮浦、凡旁淮之厓、皆謂淮浦、非卽入海處、率、循也、循淮水之厓而省視徐土、則淮浦猶在徐之西、不在徐之東、其曰率淮浦省徐土、是循淮至徐、非渡淮而下、渡則淮以南矣、後復曰鋪敦淮濆者、因淮之源出豫界、至揚徐間始洪、則自豫至徐皆有淮、鎬京在豫之西、兵欲至徐、必取道于豫、故前之率淮浦者、就經歷之濆言、後之言鋪淮濆者、就徐州之濆言也、非止一處明已、馬瑞辰曰、括地志、大徐城在泗州徐城縣北三十里、古徐國也、又云、泗州徐城縣今徐城鎮、在泗之臨淮鎮北三十里、有故徐城、號大徐城、周十一里、中有偃王廟、是在泗州徐城縣北、周穆王時徐偃王國也、元和郡縣志、徐城縣本徐子國也、周穆王時、徐王偃好行仁義、東夷歸之者四十餘國、穆王發楚師、襲其不備、大破之、殺偃王、其子遂北徙彭城原東山之下、百姓歸之、號曰徐山、山在下邳之縣界、是徐自偃王以後、國已移至下邳、春秋僖三年徐人取舒、杜注、徐國在下邳僮縣東南、僮卽臨淮、續漢郡國志、下邳國云、徐本國、是春秋之徐亦在下邳、宣王伐徐、在穆王克徐以後、卽爲徐之在下邳縣界者、詩下言濯征徐國、正義言、此徐、當在徐州之地、未必卽春秋徐子之國、失之、漢地理志、徐盈姓、盈嬴古通用、玉海、徐嬴姓、伯益佐禹有功、封其子若木於徐、未聞徐有他姓、孔疏謂不知於時之君何姓、亦肊說也、○不留不處者、留、謂逗留不進、漢書韓安國傳、廷尉奏恢逗撓當斬、注、逗、謂留止也、後漢書光武帝紀、不拘以逗留、逗留卽逗撓、韓安國傳注引應劭、豆謂曲行避敵也、不處謂安處而不前也、三事就緒者、雨無正亦有三事大夫、書立政云、立政任人準夫牧、作三事、任人謂任事之官、準夫謂平法之官、牧謂養民之官、作三事者、言作此三事、要之三事大夫爲卿大夫之總稱、三事以職事分稱、毛傳立三有事之臣、與十月之交擇三有事文同、彼傳云、三有事者國之三卿、則此亦爲三卿、卽指尹氏南仲程氏也、王師之出、三卿皆有職掌、各行飭辦、事事就緒、然後師到成功、不致稽延久居于外、此與上文左右陳行四句、皆王命之辭、爲王奮厥武三章伏脈、鄭箋、三農之事皆就其緒、字義增出、況周禮祗言三農、不言三事、箋義非也、

赫赫業業。有嚴天子。王舒保作。匪紹匪遊。徐方繹騷。赫赫然盛也、業業然動也、嚴然而威、舒徐也、保安也、匪紹匪遊、不敢繼以遨遊也、繹陳也、騷動也、**震驚徐方。如雷如霆。徐方震驚。**○繹音亦、延文本遊作游、傳同、傳徐作序、

箋曰、三章言天子親征、叛國震動也、赫赫業業、承上章戒我師旅、言師旅之盛也、積弱之後、東土不覩王師之出久矣、一旦六飛親駕、威靈氣象、先已奪反者之心、首章曰赫赫明明、此曰赫赫業業、皆自見者之震動而言、有嚴天子者、嚴威肅之貌、特提天子、又點明王舒保作、著其親征也、○王舒保作者、作與子偕作之作、舒者依於軍法日行三十里、保作者相衞而行、如左右不離、前後交應、是也、不留不處、軍行速也、王舒保作、軍容閑也、二義不妨並著、匪紹匪遊、紹字傳訓繼、正訓也、卻于句義未徹、以江漢匪安匪游、匪安匪舒二句例之、紹遊對舉、承上王舒保作、當从鄭訓紹爲緩、以不疾不徐四字代經匪紹匪遊自穩、紹有緩義者、由繼續之義引申而出也、○徐方繹騷者、徐方猶云冀方、謂徐州境內、戎夷皆在其中、說文、繹抽絲也、引之有相連之義、

漢書揚雄傳注、繹繹・相連貌、曰徐土、曰徐方、皆衆詞也、原非一國一人之謂也、徐州之境內、相連而騷動、故曰徐方繹騷、此章但言徐方、則知宣王之兵及淮而未及徐方、而徐方已震驚也、此以見先聲也、次則言征徐、末章則言徐方之服、其次第皆可考也、○震驚徐方者、與徐方震驚有別、蓋上則震驚之、下則自震驚也、奮揚威武、以震驚於徐方、如雷之發聲、如霆之迅擊、而徐方之人、莫不震動而驚懼矣、震驚則已有面縛服罪之機、震驚二字、是此詩要領、王舒保作二句、言其節制、震驚徐方二句、言其聲威、繹騷只是百城聞風奔走擾亂也、首命大將、次命副將、此則總言天子將、將先聲奪人、常勝神妙之著、後齊桓召陵、寇準澶淵諸師、皆得此勢、所謂善戰者不陳也、管子論兵曰、收天下之豪傑、有天下之駿雄、故舉之如飛鳥、動之如雷電、發之如風雨、莫當其前、莫害其後、又曰、有風雨之行、故能不遠道里矣、有飛鳥之舉、故能不險山河矣、有雷電之戰、故能獨行而無敵矣、此詩如雷如霆、如震如怒、如飛如翰、與彼正同、

王奮厥武。如震如怒。進厥虎臣。闞如虓虎。鋪敦淮濆。仍執醜虜。 虎之自怒虓然、濆・涯、仍・就、虜・服也、 **截彼淮浦。王師之所。** 截・治也、○闞呼檻反、虓火交反、鋪普吳反、截才結反、延文本・傳涯下就下並有也字、

箋曰、四章五章言王師之克徐方也、如震如怒、言如雷霆之震怒也、是形容一奮字、釋文、一本此兩如字皆作而、古而如二字通用、故鄭箋云、王奮揚其威武、而震雷其聲、而勃怒其色、明是讀如爲而、○進厥虎臣者、進發虎臣而當敵也、闞如虓虎、闞、勇敢之貌、說文、虓・虎鳴也、傳云自怒者、虎力無所施、則有時自決起、牙爪怒張、如獅子捉象兔皆用全力也、壯士聞鷄、勞人運甓、皆此意、○鋪敦淮濆者、鋪・陳也、布陳其師旅也、成二十三年左傳、敦陳整旅、敦與整對、謂整頓也、氐至於頓丘、爾雅釋丘作敦丘、荀子禮論注、敦讀爲頓、文選答賓戲、欲從埜敦而度高乎泰山、注引服虔敦頓丘也、據此則敦原有頓音、亦有頓義也、鄭讀敦爲屯、屯者聚也、敦・屯・古聲近通用、呂覽去私篇高注、䵚讀曰車箠之箠、是其類也、仍執醜虜者、老子、攘臂而仍之、仍者進而就之也、泮水屈此羣醜、箋、醜・惡也、虜者囚係之名、曲禮、獻民虜者操右袂、注、民虜軍所獲也、漢書樊噲傳集注、生獲曰虜、言徐方之醜類、其生獲者、皆就執之、傳訓虜爲服、已服者似不必更執之也、○截彼淮浦、王師之所者、言截然整齊彼淮浦者・王師之所在也、句法與殷武有截其所相似、有無飲我泉我泉我池之勢、長發海外有截、鄭箋、截・整齊也、截者斬斷之義、故爲齊、整齊者治亂之謂、故王肅釋長發云、截然整齊而治也、常武一詩、言徐土徐國徐方者凡十、而其言淮者特兩見耳、曰率彼淮浦、則其經歷之地也、曰鋪敦淮濆、則其屯聚之所也、並未言伐淮夷之事、毛奇齡曰、據竹書、宣王六年召穆公帥師伐淮夷、王帥師伐徐戎、皇父休父從王伐徐戎、次于淮、歸錫召穆公命、則謂宣王與召穆並出師、一伐徐戎、一伐淮夷、案常武詩曰有嚴天子、實王自親征、江漢詩曰虎拜稽首、則爲召穆將、與竹書合、則朱傳所云一淮南夷・一淮北夷者、非也、徐戎、伯翳後、在徐地、淮夷、淮浦之夷、又徐戎外之一種、但欲伐徐戎、則必循淮浦、故詩中率彼淮浦、省此徐土、與竹書王師伐徐次于淮合、蓋召穆所伐者是淮南夷、而宣王特經歷淮北夷、非伐淮北夷也、且詩曰、率彼淮浦、省此徐土、其分稱彼此、原有賓主、以伐不主淮故曰彼、主徐故曰此、至又曰鋪敦淮濆、敦・頓也、宣王欲伐徐方、而頓兵淮上、與竹書所言又合、且江漢詩明曰淮夷來求、淮夷來鋪、常武詩明曰徐方既同、徐方既來、則其自爲分別亦甚明矣、

王旅嘽嘽。如飛如翰。如江如漢。如山之苞。如川之流。嘽嘽然盛也、疾如飛、摯如翰、苞・本也、**綿綿翼翼。不測不克。濯征徐國。**綿綿・靚也、翼翼・敬也、濯・大也、◯嘽吐丹反、摯音至、延文本靚作靜、

箋曰、嘽嘽・衆盛也、如飛如翰六句、皆寫王師節制之精、數如字不作喩說、乃形容之詞、翰字活、猶小雅翰飛戾天之翰、行動如飛、翰又飛之疾者、傳云疾如飛、鷙如翰、二字各一義、疾言其神速、鷙言其精悍也、如飛如翰者、荀子所謂徒舉進退、欲疾以速、孫子所謂其疾如風也、◯如江如漢者、正形容其廣長、則衆多之實也、◯如山之苞、如川之流者、苞卽包含也、易泰包荒、釋文包本作苞、垢釋文包瓜子夏傳作苞、又包有魚本作苞、樂記包之以虎皮、史記

樂書、作苞、苞包字古多通叚、如山之包、言其盛而重、兵法有動有靜、靜則不可驚動、故以山喻、動則不可禦止、故以川喻、○綿綿翼翼者、綿綿不絕也、翼翼不亂也、不絕言其續、不亂言其整、不測不可知也、不克不可勝也、不測孫子所謂難知如陰也、不克所謂先爲不可勝以待敵之可勝也、兵法兵機、盡此數語、直該七篇中精義、中興之兵、幾似韜鈐家所爲者、蓋聖人之兵尙德、賢人之兵尙威、德服者其詞典、威克者其詞夸、已開春秋戰國之運、○濯征徐國者、文王有聲、王公伊濯、傳、濯·大也、方言、濯、大也、荊吳揚甌之郊曰濯、上王旅嘽嘽七句、皆所以大征徐國也、後儒讀如字、訓爲洗滌、不如毛義之古、

王猶允塞。徐方既來。 猶·謀也、 **徐方既同。天子之功。四方既平。徐方來庭。** 來在王庭也、 **徐方不回。王曰還歸。** ○還延文本作旋、傳在字摺本無、

箋曰、六章言南國大定、美之、又寓規戒焉、猶猷古通用、荀子韓詩外傳引詩竝作王猷允塞、蓋行兵莫先於擇將、首二章言擇將也、莫嚴於紀律、三章言紀律也、而武勇氣勢亦臨敵決勝之要、四五章言武勇氣勢也、然此非其本也、其本則操於王之一心、故末章以王猶允塞終之、允·信也、塞·實也、以誠實行之、不用詭謀詐計、所謂推赤心置人腹心也、於是徐方乃悅服而來懷矣、左傳文五年、若吾子之德莫可歌也、其誰來之、杜注、來猶歸也、爾雅釋言、懷、

來也、是知徐方既來、猶言徐方既歸懷耳、○徐方既同者、同當讀如殷見曰同之同、同・集也、說文、同・會合也、會同朝覲、對文則異、散言則通、○四方既平徐方來庭者、帶言四方、著徐方之後服也、此庭言天子行在所也、與盤庚曰勿褻在王庭同、八句中四个徐方用頂轉、互爲呼應、另一調法、○徐方不回者、鄭箋、回猶違也、經傳中多借違作回、蓋以疊韻相假借、大明詩厥德不回、傳、回・違也、堯典靜言庸違、文十八年左傳作靖譖庸回、昭二十六年左傳、君無違德、論衡作君無回德、皆以回爲違之假借、徐方不回、卽不反違之事矣、既來、言其懷服也、始而來、或有來有不來、同則無人不來也、終曰不回、比來庭亦進、來庭者稽顙正其身、不回者誠服以其心、無反覆之憂也、○王曰還歸者、服則去之、不黷武也、卽戢干戈櫜弓矢家法、結此以終惠此南國之旨、姜炳璋曰、大雅美宣王者蓋六篇、吾于是而知宣王中興之功也、雲漢曰、周餘黎民、靡有孑遺、雖曰憂旱過甚之辭、而兵火饑饉之餘、戶口亦寥寥矣、崧高曰、徹申伯土田、韓奕曰、實畝實籍、江漢曰徹我疆土、知侵掠兼併、橫征厚斂、無國不然矣、城申城齊、韓奕曰實墉實壑、則知名城之隳、溝洫之壞、不可勝言矣、韓侯之朝・而津津稱美、則知朝覲之禮闕矣、獻其貔皮赤豹黃羆、則知方物之貢稀矣、而玁狁北侵、荊蠻南擾、淮南北又告警于東、使非召虎吉甫諸大賢扞掫于下、宣王勵精于上、驪山之禍、又何待幽王之世哉、蓋厲王暴虐、沈湎燕喪、任用强禦掊克、衞巫監謗、何異秦之偶語棄市乎、川壅而潰、流王于彘、復欲得太子甘心焉、噫甚矣哉、周召二公、口瘏手据者十有四年、不過安輯畿內、搘拄未亡、而邊境之抄掠、四方之不庭、偭規敗度、皆未遑問、亦勢有所未能也、宣王中興、南征北伐、王靈復震、諸侯守典奉法、朝貢弗怠、東都之會、周道粲然復興、然其力爲已艱矣、乃不終厥德、黷武不已、爲姜戎所敗、而料民于太原、使能從常武詩人所戒、何至中興之業頓隳乎、幽王繼之、周室遂東、嗟乎以尪羸之疾、用藥石而愈、愈而復病、病而酖毒繼之、有不殞其元氣而速之斃也哉、

常武六章章八句

瞻卬。凡伯刺幽王大壞也。 箋曰、瞻卬召旻皆凡伯刺幽王、板之篇刺厲王曰、老夫灌灌、又曰匪我言耄、則凡伯非少壯矣、今歷年既久、又刺幽王大壞、此非板之凡伯明矣、蓋畿內同姓之國、世爲王官、若鄭武公莊公相繼爲卿士也、春秋隱公七年凡伯來聘、亦是別人、詳民勞篇、序下、幽王無大雅、唯是二篇、故序曰大壞、婦人咻國命、而弄威福、此厲王所無、猶厲王之始革典、而所用者皇父石父之輩、所信者讒言、所任者刑罰、所事者尅剝、饑饉薦臻、戎狄窺伺、馴致驪山之禍、非大壞而何、故以大雅刺之、

瞻卬昊天。則不我惠。孔塡不寧。降此大厲。 昊天、斥王也、塡、久、厲、惡也、

邦靡有定。士民其瘵。蟊賊蟊疾。靡有夷屆。罪罟

不收。靡有夷瘳。瘵・病也、夷・常也、罪罟・設罪以爲罟也、瘳・愈也、○卬音仰、塡音塵、瘵側界反、蟊音牟、屆音戒、罟音古、瘳勑留反、延文本・傳久下病下罟下並有也字、

箋曰、首章言王政之大壞、此呼天仰訴以發端也、昊天、言天而王、言王而天、惠・愛也、塡久、桑柔同、厲惡、正月桑柔同、凡惡疾惡鬼皆曰厲、降此大厲、已暗指褒姒而言、著禍本也、○邦靡有定士民其瘵者、邦兼畿內外、士卽三等士、蓋內外上下、咸受其病者、乃降此大厲而然也、瘵・病也、其不曰病而曰瘵者、瘵之爲病、日傷月損、以漸卽於死期也、○蟊賊蟊疾・靡有夷屆者、蟊賊是一物、如蟊賊苗、蟊疾亦蟊賊也、賊與疾非蟲名、疾當訓速、言士民之受害者、如蟊之賊害、無有少遺、如蟊之疾速、無有少停也、蝗蟲之食禾稼也、連頃徧畝、頃刻都盡、非目覩者不知其害之烈也、故曰蟊賊蟊疾、複言之者、深憎之也、下篇亦云、蟊賊內訌、彼意指小人、此意指褒姒、而小人亦在其中、蟊賊蟊疾、皆是內、非外至者、故下篇云內訌、十月之交四章、是此句注脚、夷・語助也、曲禮在醜夷不爭、卽孝經在醜不爭、夷字不爲義也、屆・極也、靡有夷屆、靡有夷瘳、言爲害無有終極、如病無有愈時也、傳訓夷爲常、則與屆字瘳字文義不相屬、昭二十四年左傳曰、紂有億兆夷人、言有億兆人也、孟子盡心篇曰、夷考其行而不掩焉者也、言考其行而不掩也、夷皆語助、趙注訓夷爲平、平考其行、殊無意義、罪罟不收者、罪捕魚網也、罪罟猶云網罟、詳小雅小明篇、言張網罟而不肯斂、士民皆無辜而罹之也、罟亦網也、設置刑罪而羅致之、如

罟網之張也、召旻天降罪罟、義同、靡有夷瘳者、傳以瘳爲愈、愈者謂病愈也、是傳以靡有夷屆承上定字、靡有夷瘳承上瘵字、故鄭箋亦以下四句相對爲解、極愈並有止已之義、故以無止息時申成傳也、

人有土田。女反有之。人有民人。女覆奪之。此宜無罪。女反收之。彼宜有罪。女覆說之。 收拘收也、說赦也、 **哲夫成城。哲婦傾城。** 哲知也、○說音稅、

箋曰、田者、說文云、陳也、樹穀曰田、釋名云、土、吐也、能吐生萬物也、然則土爲田之大名、田爲已耕之土、對文則別、散則通也、二章承上章蟊賊言之、四女字指蟊賊之人、奪人土地人民、蟊賊不止者也、顚倒有罪無罪、罪罟不收者也、有之猶取之也、人民卽土田內之人民、削其土田、則奪其人民矣、古者大臣世祿、土田民人皆其所世傳焉、多內嬖則必滅舊族以立新家、此裳華之所以憂也、反者對正之稱、凡事之不當然而然者則謂之反、怪之之辭也、覆猶反也、上四句罪加于有位、下四句兼括士民而言、說是解脫之義、易曰利用說桎梏、赦與舍音義同、說與赦音相轉、凡音同音轉之字、古人多以爲訓、卽六書中轉注叚借之所由生、故傳云說赦也、赦卽舍、說卽稅、稅亦舍矣、胡承珙曰、此章前八句文義、則以上四句下八句各自排對用韻、又以一二句

與五六句、三四句與七八句、兩相爲協、觀經文於有之收之皆言反、於奪之說之皆言覆、亦可見其四句隔協矣、顧氏江氏泥於有當讀洧、遂謂有收不韻、非也、○哲夫成城哲婦傾城者、城字意實謂國也、而以城言之耳、成傾並在城爲切、哲婦、婦人中才智之過人者、卽指褒姒也、十月篇目爲豔妻、此稱哲婦、婦人惑君心以豔、亂國家必以哲、豔而且哲、毒莫大焉、二句好言自口莠言自口一例、而後章人之云亡、皆哲夫也、迴相照應上二事、都是褒姒所爲、故以是收結、朱傳移是二句幷次章、不唯是章無落著、一篇章法錯亂、是篇首章二章及卒章章十句、而八句者四章、中間相聯、趙佑曰、蓋上八句皆王惑于婦言而爲之者、是覆國之道也、故綴而言此、昔之哲夫艱難而成此城、今爲一婦人所傾、猶赫赫宗周褒姒滅之意也、哲非惡名、而以加于褒姒者、承幽王婦言是用、以褒姒爲哲婦、而爲此稱也、故下章懿厥哲婦云、噫乎其所爲哲婦者、何哲之有哉、但能爲梟耳、爲鴟耳、諸家都以哲夫哲婦爲論男女陰陽之義、遂若婦不宜哲者、則於理滯矣、正義曰、謀慮苟當、則婦人亦成國、任姒是也、謀慮理乖、雖丈夫亦傾城、宰嚭無極是也、非言婦人有智皆將亂邦也、正義是也、傾城既非好語、且非色稱、古詩豈不知傾城與傾國、佳人難再得、用本不誤、至名花傾國兩相歡、漢皇重色思傾國、直作佳麗名目、亦習非成是也、

懿厥哲婦。爲梟爲鴟。婦有長舌。維厲之階。亂匪降

自天生自婦人。匪教匪誨。時維婦寺。

寺・近也、◯梟古堯反、

箋曰、三四章痛言褒姒之致亂、以冀王之一悟、小雅亦言豔妻煽方處、褒姒威之、然未有若此之深切著明者、凡伯世爲畿內諸侯、與王同休戚、發於忠憤、義不可以已也、鄭箋、懿有所痛傷之聲也、金縢、噫公命我勿敢言、彼釋文云、噫馬本作懿、是懿噫通用之證、懿又通抑、十月之交抑此皇父、箋、抑之言噫、噫是皇父、疾而呼之、義與懿厥哲婦同、懿噫抑三字竝同聲、故詩以懿抑爲噫之假借、李樗引漢書師古注解之曰、言幽王以褒姒爲美、此彊古經以就今字也、朱傳因之、且訓爲懿美之哲婦、則是詩人美之、并非幽王美之矣、厥字方指褒姒、◯爲梟爲鴟、鄭箋、梟鴟惡聲之鳥、此以鳥聲之惡喻婦言之惡也、夫美婦人音聲、定是妙麗、但其悖於道理、而惑人敗國、故以爲惡聲、罵作鴟梟耳、梟與鴟本一類同惡、如楚詞斥逐鴻鵠、近習鴟梟、又唐光啓二年、慈州梟與鴟鬬相殺、則其爲二物明甚、梟說文云、不孝鳥也、故日至捕梟磔之、从鳥在木上、鄭箋不言其狀、漢書郊祀志注、孟康曰、梟、鳥名、食母、破鏡、獸名、食父、黃帝欲絕其類、使百吏祠皆用之、郭注爾雅梟鴟爲土梟、穴土以居、故曰土梟、李善注文選演連珠引淮南子主術篇云、鴟夜撮蚤、察分豪末、晝出、瞋目而不見丘山、高誘曰、鴟鵂謂之老菟、莊子秋水篇作鴟鵂、是鴟一名鴟鵂也、胡承珙曰、梟爲不孝鳥之專名、與鴟絕異、鴟則爾雅之怪鴟、郭璞謂之鴟鵂、舍人注以爲鵂鶹、南陽名鉤鵅者、本草拾遺云、鵂鶹入城城空、入室室空、怪鳥也、似鵂有角、夜飛晝伏、北土有訓狐、二物相似、訓狐聲呼其名、兩目如貓兒、大於鴝鵒、又有鵂鶹、亦是其類、微小而黃、承珙謂、衆經音義云、鵂鶹關西呼訓侯、山東謂之訓狐、是鵂鶹與訓狐爲一、訓侯合聲爲鵂侯、狐又聲之轉耳、總之此鴟乃今人所呼夜貓、其頭似貓、夜飛、其聲若呼若笑、箋云惡聲者、以其鳥惡、故聞者以爲惡聲、所以喻褒姒之言無善也、○婦有長舌維厲之階者、長舌、言多言而咻及外事也、以舌動而爲言、故謂多言爲長舌、論語駟不及舌、亦謂言爲舌也、厲卽降大厲之厲、階・梯也、詩辭與誰生厲階相似、幽王之厲甚矣、申后黜而太子廢、家厲也、小人盛而刑獄繁、國厲也、諸侯叛而夷狄侵、天下厲也、三川竭而岐山崩、天地厲也、凡此諸厲、降之者天、而爲之階者、長舌之婦也、婦非長舌不足以致亂、婦非哲不足以長其舌、豔妻字淺、哲婦字深、○亂匪降自天・生自婦人者、此受首章言之、在上天則災厲、在王則暴政、二者皆長舌所生、○匪教匪誨者、承上亂字來、言匪有教王誨王以禍亂者、實由婦寺致之爾、此故作跌頓之筆、或曰、婦人不解道理、故誨言難入也、或曰、妻妾長舌、丈夫所宜教誨禁之也、而幽王惑而無所告喻、唯是婦人是從耳、或曰、正人君子之言、足以爲教誨、若婦寺之多言、則非誣譖他人、則戕敗於己而已、何教誨之有、此不可近也、諸解皆失之、寺傳云近者、言暱近也、時惟婦寺者、猶云時惟婦人侍近之故、正義謂、寺・卽侍也、釋文寺音侍、蓋古寺與侍通用、晏子曰、身溺于婦侍、而謀因豎刁、與詩婦寺同、此古義之不可易者、歐陽訓寺爲寺人、義雖通、然詩止言婦人亂國、無一語及閹豎、不應此獨竝稱之、又歐陽唯曰舉類而言耳、朱傳則云、幽王嬖褒姒任奄人以致亂、直謂此詩兼刺婦寺矣、豈因召旻箋而爲之說與、其所云相倚

而爲奸、非當時之事、歐陽自論唐五代、其言無謬、但此援
來作說則失當、春秋以前、豈有定策國老、門生天子哉、

鞫人忮忒。譖始竟背。豈曰不極。伊胡爲慝。忮害、忒心・變也、**如賈三倍。君子是識。婦無與公事。休其蠶織。**休息也、婦人無與外政、雖王后猶以蠶織爲事、古者天子爲藉田千畝、冕而朱紘、躬秉耒耜、諸侯爲藉田百畝、冕而青紘、躬秉耒耜、以事天地山川社稷先公、敬之至也、天子諸侯必有公桑蠶室、近川而爲之、築宮仞有三尺、棘牆而外閉之、及大昕之朝、君皮弁素積、卜三宮之夫人世婦之吉者、使入蠶于蠶室、奉種浴于川、桑于公桑、風戾以食之、歲既單矣、世婦卒蠶、奉繭以示于君、遂獻繭于夫人、夫人曰、此所以爲君服與、遂副褘而受之、少牢以禮之、及良日后夫人繅、三盆手、遂布于三宮之夫人世婦之吉者使繅、遂朱綠之、玄黃之、以爲黼黻文章也、服既成矣、君服之以祀先王先公、敬之至也、◯鞫居六反、忮之豉反、忒他得反、譖子念反、慝他得反、賈音古、傳昕音欣、食音嗣、單音丹、繭古顯反、褘音輝、繅素刀反、盆蒲門反、經與字、摺本唐石經俱無、傳忮害下延文本有也字、千畝上百畝上摺本並無田字、耒耜之耜摺本無、先公延文本作先古、閉延文本作閈、入卷子本傍注云本無、副上遂字、延文本作以、使繅下延文本有而字、

箋曰、四章言褒姒之惑王、鞫如鞫獄之鞫、推勘窮究之意、言長舌之婦、能以智辯窮治人、最爲很惡、說文、忮・很也、洪範、民用僭忒、傳、忒・惡也、很惡卽於窮

人時見之、故曰鞫人忮忒、鞫人非極其忮忒、則不足以羅織無罪爲有罪、而奪人之土田人民也、譖箋云不信也、釋文、譖本又作僭、子念反、巧言僭始既涵、箋僭不信、此箋亦訓不信、則作僭者是也、譖僭古通假、竟·終也、僭始竟背者、言其初誣告、而其終必乃屏棄也、身北曰背、是屏棄之義、○豈曰不極、伊胡爲慝者、極·至也、言如此哲婦、豈非傾險之極、非彼則誰爲此慝者、深疾而痛斥之詞、或曰、言此其惡豈曰不至乎、而王尙曰、是何足爲惡、上言王維近愛婦人、則伊胡爲慝、當指王聽用其言、不知爲惡、下文所以言其能與外政也、此說亦通、慝·惡也、爲慝因譖背而發、意已足矣、如賈倍蠶織、別起端也、不得以慝論之、朱傳非是、○如賈三倍、君子是識者、賈、謂凡貨買交易之事也、不可一偏說、物相二曰倍、三倍、獲利之多也、易說卦傳、爲近利市三倍、管子小問篇、桓公曰、來工若何、管子對曰、三倍不遠千里、與詩三倍同、識者·通曉其事也、土田人民·攘奪以盡之、卽賈三倍之說也、如賈三倍君子是識、是不當知而知、下言婦無公事休其蠶織、是又當爲而不爲、相對成趣、○婦無公事休其蠶織者、公事·朝廷之事、蠶織·婦人之業、婦無公事而休其蠶織、則其讒口傾城可知矣、寫哲婦亂政、非有事實、卻曲中情狀、一若當然、一若無事、正包藏無限禍機、傳古者以下、皆禮記祭義篇文、祭義注云、先古·先祖、築宮謂築蠶宮之院牆也、七尺曰仞、言仞有三尺、則蠶宮之牆高一丈矣、棘牆謂牆上布棘以禁人之踰越、大昕之朝者、季春朔日之朝也、風戾以食之者、戾·燥也、葉及早涼脆采之、風戾之使露氣燥、乃可食蠶、蠶性惡濕也、歲單謂三月月盡之後也、少牢以禮之者、設少牢之饌、以禮遇世婦也、此章君子婦人

並稱、然詩之所刺、重仍在婦人、蓋婦人其根本也、故三章明言亂生自婦人也、

天何以刺。何神不富。舍爾介狄。維予胥忌。 刺・責、富・福、狄・遠、忌・怨也、

不弔不祥。威儀不類。人之云亡。邦國殄瘁。 類・善、殄・盡、瘁・病也、◯舍音捨、介音界、瘁似醉反、延文本傳責下福下遠下善下盡下並有也字、

箋曰、五章言王悅哲婦惡哲夫焉、褒姒之致亂、皆王使之然、故五章仍歸之王、天何以刺二句、先以災異動之、何以・何爲也、刺猶曰傷殘、降喪飢饉、斬伐四國、是也、富福古同部通用、傳蓋以富爲福之叚借、易福謙、釋文福京作富、是福通作富之證、釋名、福・富也、其中多品如富者也、是富與福亦同義、詩意謂、今天何故刺我乎、神何故不福我乎、非以不忌介狄、而忌我正言邪、◯舍爾介狄、維予胥忌者、介、卽界也、作介者用古文、文選魏都賦注、引韓詩章句、介・界也、穀梁文十五年傳、不以難介我國也、注、介猶近也、界與界相近者也、故介有近義、幽王時、戎狄寖彊、史記周本紀、申侯怒、與繒西夷犬戎攻幽王、幽王被弑、戎亦謂之狄者、對文則異、散文則通也、與崧高因時百蠻蠻字意同、言舍爾介近之狄於不問、却與予相忌而不親近也、予、凡伯自謂也、時尙未有戎禍、詩人何以云舍爾介狄、蓋戎之強、宣王之世已然、北伐南征東討、獨于西戎、則委之秦仲、孤軍深入、最失策也、卒爲戎殲、又以兵七千人與其

子莊公勝之、然未聞西戎之敘、未幾王師敗績于姜戎、戎之輕朝廷久矣、幽王繼衰、其有不駸駸乎窺中國哉、凡伯云然、驪山之變、其殆有以灼見也夫、大抵無道之主、不忌所當忌、而忌所不當忌、忌之一字、最盡庸人之病、毛讀狄爲逖、故爲遠、則介當訓爲大、王肅云、舍爾大道遠慮、反與我賢者怨乎、蓋幽王雖不能知大者遠者、然未始非其所當知、故詩人責以舍爾、小雅刺幽王諸詩、如雨無正云弗慮弗圖、小旻云匪先民是程匪大猷是經、皆告以大道遠慮者、此詩末云無忝皇祖、式救爾後、亦卽所謂大且遠者也、○不弔不祥者、不弔、不弔民也、不祥、不施恩也、祥猶君子如祉之祉、言無慈祥之政焉、威儀不類者、言負斧依者、算賈三倍也、三不者、亦哲夫所以去也、○人之云亡、邦國殄瘁者、人泛指朝中之賢臣、朝無人則任羣小之毒亂、不至邦國殄滅不止也、此邦國猶曰邦家、殄瘁二字平列、皆病也、周官稻人、夏以水殄草而芟夷之、鄭注、殄病也、魯語曰、鑄名器、藏寶財、國民之殄病是待、是殄亦病也、後漢書、陳蕃竇武爲閹人所害、郭泰歎曰、人之云亡、邦國殄瘁、瞻烏爰止、不知于誰之屋耳、引證最切、但幽王時、未聞殺害忠良、如桓靈黨錮之禍、其曰云亡、或以罷黜去國、或以知幾遠遁、非盡死亡也、下篇卒云、維今之人、不尙有舊、見人才斷無泯絕之時、但有之而棄諸閒散之地、至於潰則不可收拾、雖善者亦無如之何耳、謝枋得曰、國有賢人、如一身之元氣、元氣亡則身必喪、賢人亡則國必危、殄如脈絕、瘁如病危、誠至論也、故有天下者、以信任爲先、尤以培植爲急、

天之降罔。維其優矣。人之云亡。心之憂矣。優・渥也、天之降罔。維其幾矣。人之云亡。心之悲矣。幾・危也、

箋曰、六章言哲婦壯而哲夫退、天在五章專斥上天、在是章特斥王室、首章卒章之昊天斥上天而王、斥王而上天、罔・古網字、天之降罔、猶言天降罪罟耳、網優則投之者多、網幾則入之者近、優・闊大之義、言其所施普也、無處不施、幾・危也、近也、謂民無所措手足、首章以蟊賊之罪罟說起、至是章重言罪罟之逐哲夫、憂而悲之、人之云亡三句相屬、所以極言哲婦之禍也、

觱沸檻泉。維其深矣。心之憂矣。寧自今矣。不自我先。不自我後。藐藐昊天。無不克鞏。藐藐・大貌、鞏・固也、無忝皇祖。式救爾後。○觱音必、沸音弗、檻胡覽反、藐亡角反、鞏九勇反、延文本傳貌下有也字、

箋曰、卒章言周室將覆、以直諫之、興也、觱沸・泉涌貌、檻泉・泉正出者、詳采菽篇、或曰、檻泉用板圍之、狀如欄檻、以制水使上出也、今多有之、此說亦通、以泉水之日深、興憂心之日積、人之云亡、心之憂矣、是今日之憂也、寧猶胡也、我心之憂、胡不自我之先後、而自今也、我爲王我之也、言不先不後、自我致

之也、然自我致之、亦自我挽回之、法祖所以回天也、我皇祖以關雎之淑女興周、我以梟鴟之哲婦亡國、法皇祖而無忝、則去讒遠色、而賢者用矣、藐藐昊天無不克鞏者、藐藐、高遠貌、克・能也、雖人多勝天、亦有天定之日、是鞏也、在王室言之、名器未改、威福在手、苟更張之、國體將貞、是鞏也、鞏固以雙聲爲義、古音轉讀鞏如固、故與祖後爲韻、無忝皇祖、式救爾後者、後字對今之敗德而言、唯是王之後事、非指子孫、皇祖將辱、故以是切諫之、直言不汙、厲甚、

瞻卬七章三章章十句四章章八句

召旻。凡伯刺幽王大壞也。

箋曰、凡伯兩詩、前篇主斥褒姒、此篇主斥小人、而皆以刺王、大壞者、見天下事不復可爲而宗周遂滅也、然忠義不死之心、未嘗絕望於其主、故上篇欲其忝皇祖、此篇欲其用如召公之臣、孝子之於親也、不以疾不可救而不藥、忠臣之於君也、不以國將亡而不言、其心一也、

旻。閔也。閔天下無如召公之臣也。

箋曰、此廣序亦注文入行、召旻之名與韓奕正同、相比義而瞭然、

旻天疾威。天篤降喪。瘨我饑饉。民卒流亡。我居圉

卒荒。 圉·垂也、○旻密巾反、喪息浪反、瘨都田反、圉魚呂反、饑延文本作飢、

箋曰、謂天曰旻、本望其閔下、言天而王也、疾猶急也、韓詩外傳云、威有三術、道德之威、存乎衆心、暴察之威、存乎危弱、狂妄之威、存乎滅亡、故威名同、而吉凶之効遠矣、故不可不審察也、引詩曰、旻天疾威、天篤降喪、據此正以威爲人君之所爲、則韓詩亦必以此旻天爲斥王、再呼天者、悲痛之極也、瘨·病也、卒·盡也、居圉、言邊陲也、二字不可分說、與孔棘我圉同、日蹙國百里、大則四夷交侵、小則中國背叛、如何草不黃之序、言天之威怒甚爲急疾、故其所降之喪亂甚厚、病我以饑饉、使斯民盡以流亡、外則四面受敵、邊陲盡荒亂也、首章先舉大亂不可救之勢、

天降罪罟。蟊賊內訌。 訌·潰也、 **昏椓靡共。潰潰回遹。實靖夷我邦。** 椓·夭椓也、潰潰·亂也、靖·謀也、夷·平也、○訌戶工反、椓丁角反、潰戶對反、遹音聿、延文本傳謀下有也字、

箋曰、二章言蟊賊實爲之禍、罪罟蟊賊俱見瞻卬篇、蟊賊在內、張罪罟以害賢、以殘民也、本由王用之、故曰天降、小人之害國家、猶蟊賊之害禾稼、抑篇實虹小子、傳、虹·潰也、蓋虹乃借字、此訌則正字、字林、潰·旁決也、水經河水注、不遵其道曰降、亦曰潰、據此可以得潰字之解、卽可以得訌字之義、○昏椓靡共者、以其吸亂國政剝喪元氣故謂之昏椓、昏·昏亂也、讀爲閽、非也、上言蟊賊內訌、則下昏椓、正言其昏亂椓殘耳、昏通作惽、民勞篇以謹惽怓、傳、惽

怓・大亂也、說文作怋怓云、怋・怓也、怓・亂也、此詩昬亦怓亂耳、正月詩、天夭是椓、夭椓者・殘害侵削之謂、合二字成義、但正月言天、故傳云君夭之、在位椓之、以天屬君、而屬椓在位者、此云夭椓、自當專指在位者、鄭箋讀昬爲閽、讀椓爲刖劓椓黥之椓、與傳異義、陳啓源曰、閹寺之禍、始見於齊之貂、宋之戾、至秦之高而甚焉、三代以前、未嘗有也、幽王時、亂政小人、詩有尹氏、有皇父七子、國語有虢石父、皆非寺人、卽史伯所云讒慝暗昧、頑童窮固、侏儒戚施、妖試幸措、亦非寺人也、其寺人僅有遭讒被刑・無可控訴・而作巷伯詩・以鳴其不平者、其他閹官、未必怙寵弄權可知、蓋周官法度精密、此時未盡亡、又勳舊之族、世掌國鈞、此輩止供洒掃、給使令、未敢預政也、召旻篇昬椓靡共、毛傳昬字無訓、椓訓夭椓、未嘗以爲閹人、鄭箋始以昬爲閹官、椓爲毀陰、鄭生桓靈之世、目覩諸常侍之惡、故激而爲此解耳、然以論世則疏矣、朱子不用其說、良爲有見、但瞻卬篇又以任閹人爲說則失之、胡承珙曰、經文蟊賊內訌昬椓靡共二語、正相承接、昬椓卽內訌之實、謂其所以訌於內者、乃昬亂椓喪之事、皆潰潰然維邪是行、謀夷滅我王之國、昬椓乃蟊賊之所爲、非與蟊賊爲二也、若謂蟊賊是爲衆殘酷之人、昬椓別是奄人、則潰潰回遹二句、專指奄人、而通篇絕不見任用奄人以致亂之意、似於經旨未合、二說皆是也、共・供同、謂共其職也、潰潰回遹者、下文無不潰止傳、潰・亂也、彼言潰、此言潰潰、亂而又亂也、且以足句也、回遹言邪曲避匿不由正道也、出小旻、蟊賊狀其人、昬椓狀其害、回遹狀其行、總是醜詆此一流人、○實靖夷我邦者、靖訓爲謀、本於釋詁、夷之爲滅、則恆訓也、易曰、夷者、傷也、言此昬椓回遹之人、實謀夷滅王國而後已、原其本心、亦不欲邦之夷滅、但小人亂國、勢必至此、朱傳以靖夷爲治平、謂王所使治平我邦者非其人、迂矣、

皋皋訿訿。曾不知其玷。 皋皋、頑不知道也、訿訿、窳不供事也、 **兢兢業業。孔塡不寧。我位孔貶。** 貶·隊也、○皋音羔、訿音紫、玷丁簟反、窳音庾、隊直類反、

箋曰、三章承上言王悅小人惡君子、明堂位注云、皋之言高也、蓋皋與高同、皋皋爲頑傲之義、傳云頑不知道者、乃皋皋之狀、爾雅刺素食者、不知道、卽是尸位素餐、此則推詩言皋皋之意耳、毛釋訿訿、用爾雅莫供職也之訓、卽呰窳惰怠之意、與小旻傳訿訿然不思稱乎上意略同、蘇氏云、訿訿多讒謗也、此誤以說文口部之呰、當此部之呰、說文、呰·苛也、苛與訶同、卽詆訶之訶、鄭注喪服四制云、口毀曰呰、此呰自爲詆毀之義、若此部呰窳也、乃詩訿訿之字、史記漢書皆有呰窳偷生之義、正與爾雅毛傳合也、上章潰潰回遹、疾其昏亂邪橫也、此章皋皋訿訿·疾其傲慢無賴也、曾不知其玷、鄭以小人不知其玷、朱傳以王不知其玷、朱傳爲長、傳所云頑不知道、窳不供事、小人敗壞國家、蔑不由此、王宜知其玷而不知也、玷·缺也、疵也、○兢兢業業二句、鄭以爲天下之人之心、而我位爲王之位、朱傳以爲憂國之人之心、而位卽其位、亦集傳爲長、立亂朝戒敬恐懼、甚久而不寧、所謂獨醒也、獨醒者衆醉之所忌、言小人所爲如此、而王不知其缺、小心戒懼·不敢自安者、反見貶黜、其顚倒錯亂之甚如此、

如彼歲旱。草不潰茂。如彼棲苴。潰·遂也、苴·水中浮草也、**我相此邦。無不潰止。**○潰戶對反、苴士如反、相息亮反、

箋曰、四章中首章之意、言民生之困悴流離、如歲旱之草、又如棲苴、三句意以下二句著矣、饑饉流亡之喩也、旱草枯槁不茂、喩無生計、棲苴·漂泊無根、喩無定居、經兩言如彼、分作兩喩、但語勢有長短耳、小旻傳亦曰、潰·遂也、潰·遂·疊韻字、潰卽遂之音近假借、猶旞或作旜、遺風通作隧風也、廣韻、遂·達也、遂者草之暢達、與茂義相成、潰茂正可連文讀、草本易潰茂、必言歲旱而義乃見、棲苴則有甚於歲旱之草、故復繫之如彼、而以一句配兩句、馬瑞辰曰、楚詞九章、草苴比而不芳、王逸注、生曰草、枯曰苴、苴通作蒩、管子輕重篇、請君伐蒩薪、房注、草枯曰蒩、又與槎字通用、張參五經文字、苴七余反、又音查、見詩大雅、卽指此詩、是唐人讀苴亦如槎、查又爲浮木之稱、古聲同者、其義亦同、水中浮木謂之查、水中浮草謂之苴、其義一也、傳云水中浮草、亦謂枯草之浮於水中者耳、草之生曰興、曰作、則其枯可謂之棲、釋文棲謂棲息、蓋謂枯草偃臥、有似棲息也、正義謂棲爲浮義、失之、鄭箋以爲樹上棲苴、亦非、○我相此邦無不潰止、相·視也、此邦言王國也、是詩閔周、非言邦國四方也、民逃其上曰潰、王畿千里、飢耗流亡、而皆有潰散之勢也、傳箋皆不釋止字、蓋以止爲語詞、

維昔之富不如時。往者富仁賢、今也富讒佞、**維今之疚不如茲。**今則病賢也、**彼疏斯粺。胡不自替。職兄斯引。**彼宜食疏、今反食精粺、替·廢、況·茲也、引·長也、◯疚音救、粺皮賣反、兄音況、延文本作況、下文同、延文本廢下有也字、

箋曰、五章更端言小人之疚賢長亂、如時、如茲、猶言如是也、維昔之富者君子也、乃富所當富、不見如是之富小人也、維今之疚者君子也、則疚所不當疚、不料如是之疚賢人也、說文、宊·貧病也、廣雅、宊·貧也、宊與富相對爲文、變貧言宊者、取合韻也、疚者宊之假借也、此二句專主賢人、下文彼疏斯粺三句、則言小人之有富而無疚耳、夫君子宜富、小人宜疚、王政顛倒、貧富易人、故言昔而傷今、◯彼疏斯粺者、鄭箋、疏·麤也、謂糲米也、米之率糲十、粺九、鑿八、侍御七、疏云、九章粟米之法云、粟率五十、糲米三十、粺二十七、鑿二十四、侍御二十一、言粟五升爲糲米三升、以下則米漸細、故數益少、四種之米、皆以三約之、據此、鄭指糲米一斛舂爲九斗之粺、然一斛舂九斗之粺、與糲米校、糲米爲疏、而粺則未爲精、亦是疏米也、故竝喩小人爲是、下言胡不自替、單指小人、彼疏斯粺與下聯貫、不宜分指、斯爲語詞、猶乃也、胡不自替、職兄斯引者、兄·況同、滋益也、言女小人、何不自廢退以辟賢路、而彌益延今之潰亂乎、胡不·是恨詞、自替·只時日曷喪意、非代爲善後之圖、蓋爲不得已之辭、亦以見王之昏惑·難望以進賢退不肖之舉也、馬瑞辰曰、離騷長大息以掩

涕兮哀民生之多艱、余雖好修姱以鞿羈兮、謇朝誶而夕替、以替與艱韻、與此詩以替與引韻正相類、替說文作暜、云、暜・廢也、或从兟从曰、錢氏大昕曰、字當爲瞽、从曰兟聲、錢說是也、古先辛同韻、是以替與引聲近、兟从先聲、色巾反、瞽从兟聲、他因反、讀如親、正與引同爲眞臻部字、亦與艱讀如根相協、

池之竭矣。不云自頻。頻・厓也、**泉之竭矣。不云自中。**泉水從中以益者也、**溥斯害矣。職兄斯弘。不裁我躬。**○溥音普、裁音災、延文本傳益上有自字、

箋曰、六章言中外壞亂、王室將覆、四句比也、不云、云也、池・水之鍾也、其所以竭者、由厓之疎漏、故曰豈不云自頻乎、言必自頻也、泉水之發也、內不發則竭、故曰豈不云自中乎、言必自中也、四句比禍亂之生、有所自來、說文頻作瀕、云水厓人所賓附、顰蹙不前而止、從頁從涉、然則古有頻無瀕、後人借爲頻數字、而省其水、別作瀕字以當水厓之義耳、今也居圉卒荒、如池自頻竭、蟊賊內訌、如泉自中竭、禍亂之來、中外無方、偏爲殘害、日益弘多、豈不災及我身乎、我躬、凡伯自呼而王躬也、不裁、裁也、說文、天火曰裁、引之亦爲凡裁害字、故凡水火刀兵以及凡害人者皆謂之裁、兩職兄之兄、只須作況字、解爲滋益之義、首章言我居圉卒荒而已、二章則言實靖夷我邦、至三章而言我位孔貶、則切矣、及此直云不裁我躬焉、所謂裁及其身者也、則切之甚矣、驪山之禍、凡伯蓋有先見、而猶冀王之能改焉、大臣憂主之心如此、胡承珙曰、此章頻與中弘躬爲韻、江氏謂、中字方音稍轉似陟人切、與頻韻、而弘躬

亦從方音借韻、

昔先王受命。有如召公。日辟國百里。今也日蹙國百里。 辟·開、蹙·促也、 **於乎哀哉。維今之人。不尚有舊。** ○蹙子六反、延

文本傳開下有也字、

箋曰、此先王謂宣王也、召公謂召穆公也、昔者宣王受命中興、復文武之竟土、輔佐之者有如此召公之臣、是以日辟國百里、江漢篇云、王命召虎、式辟四方、于疆于理、至于南海、鹽鐵論地廣篇亦云、周宣王辟國千里、是其事也、詩人本旨、近舉先王中興之業、以見父何其盛、子何其衰、極得覺悟昏主之法、小雅黍苗刺幽王、卽陳宣王之德召伯之功、則此詩召公亦當指召穆公、下文哀今之人、不尚有舊、幽王去宣王中興未遠、故因言召穆公、而欲王圖任舊人、若文武之去幽王遠矣、安得復言有舊乎、若謂受命必屬文武、宣王中興、獨非受命之君乎、日辟國百里者、辟古闢字、言日辟日蹙、甚言之耳、不得一日之間、便有百里之效、○不尚有舊者、尚·尚齒尚德之尚、抑篇、肆皇天弗尚、舊·世臣者舊也、與召公照、夫天地交而成泰、召公之光于國、端由先王之有其人、今王方棄先王之命、安能用先王之臣、度當時非無一二耆長、亦各懷忠抱憤、而無所展抒而已、是思召公仍是思先王、此樂毅報書、武侯進

表、所以惓惓于先王先帝也、關雎正義謂、詩有一句六字者、昔者先王受命有如召公之臣之類也、今本無者字、無之臣二字、臧玉琳曰、序閔天下無如召公之臣也、正取詩有如召公之臣爲說、又箋言、有如昔時賢臣多、非獨召公也、是鄭本原作有如召公之臣、當从關雎正義所引補正、臧說是也、詩有之臣二字、以命與臣爲韻、於古音正合、胡承珙曰、成伯璵毛詩指說論詩六言者、所引與關雎疏同、是古本當作昔者先王受命有如召公之臣、若本篇序下正義引卒章有如召公、或傳寫脫之臣二字、章末疏云、蹙國之上不言無賢臣者、以不尙有舊事見於下、故空其文、以下句互而知之、觀此亦可知孔所見本·辟國之上有之臣二字矣、

召旻七章四章章五句三章章七句

箋曰、小雅終苕之華何草不黃、大雅終瞻卬召旻、皆悲惋悔切、所謂亡國之音也、

蕩之什十一篇九十二章七百六十九句。

○延文本一篇上有有字、

毛詩卷第十八

毛詩卷第十九

竹添光鴻會箋

清廟之什詁訓傳第二十六　毛詩周頌

箋曰、頌者祭祀之樂歌、譜謂周頌作在周公攝政成王卽位之初、是也、周大師譜詩入樂、但謂之頌、不繫周字、後詩在魯、魯有魯頌、又有商頌、遂加周以別之、左傳吳札請觀周樂、爲之歌頌、吳札曰、五聲和、八風平、節有度、守有序、盛德之所同也、此歌頌者美文王武王成王盛德、皆同歌周頌、非幷魯商而歌之也、集傳謂、周頌亦或有康王以後之詩、不知風無陳靈後詩、大小雅無東遷後詩、而周頌無周公後詩也、序曰、頌者美盛德之形容、以其成功告於神明者也、頌卽形容之容、漢書魯徐生善爲頌、頌卽容字、故籀文作額、而說文訓貌、頌體止一章、與雅別在此、後漢書祭祀志注、載東平王蒼議曰、大樂必易、詩傳曰、頌言成也、一章成篇、宜列德、故登歌淸廟、一章也、王所述詩傳不知出何家、由其言可以得周頌不分章之旨、獨魯頌四篇、及商頌長發殷武、乃分章者、或其本爲鋪張功德、非必專爲祭祀之樂、今卽三頌論之、殷惟陳先王之德、周兼美今王之功、魯則預禱時君之福、是遞降也、魯固無論已、若周之爲頌、每和柔繁縟、將以馴擾天下之人、卽參之於書、其委曲而多數者、舉皆周也、至夫商人、氣必駿發、詞必簡厲、樂記曰、明乎商之音者、臨事而厲斷、文章關乎氣運、周公以尊親慈美之道休天下、其術可以爲久、而不可以爲强、其敝也如痿痺之人、四支不舉、而元神未盡、猶獲長年、商人以其嚴肅不寙之氣、自勝于天下、故其後也如綱解紐絕、一散而難復收、周中興雖止一宣、乃遽替而終衍、商則中衰而五奮、至受曆不及周、夫亦卽其告成之作有可知者矣、彼魯之後六國而亡、亦周公之政也、其道固猶此耶、正義曰、周頌之次、雖有曲而變、要以盛者爲先、淸廟之什、陳文武盛德、郊宗柴望配禮之大者、臣工之什、言助祭祈報、合樂朝見、閔予之什、繹告未祭、類禡小禮、陳啓源曰、周頌三十一篇、朱傳之與敘合者、淸廟、我將、時邁、思文、振鷺、豐年、有瞽、潛、有客、閔予小子、訪落、敬之、小毖、酌、般、凡十五篇、其迥與敘別者、天作、昊天有成命、執競、臣工、噫嘻、雝、載芟、良耜、絲衣、凡九篇、天作以爲祀大王、而不思經文兼頌文王、昊天有成命及執競、以爲康昭以後詩、而不思周頌俱周公所定、臣工噫嘻以爲戒農官、而不思頌篇皆用於祭祀、雝詩以爲武王祭文王非禘太祖、而不思文王廟中不應斥言昌後、載芟良耜徒譏敘誤、不能定其何用、而不思祭社稷豈獨無樂章、絲衣以爲祭而飲酒、不能詳其何祭、而不思絲衣士服繹祭之明證、此皆失之顯然者、至於維天之命、維淸、烈文、載見、武、桓、賚、凡七篇、則朱傳與敘在離合之間、尤有當辨者、維天之命、及維淸、皆以爲祭文王、本與敘不遠、而獨刪其告大平奏象舞之說、夫上推天命、下及曾孫、明是功成治定、歸美祖考之詞、此因大平而祭、非常祭也、至象箾之舞、是文王之樂、見於左傳、敘語實有明徵、奈何必欲棄之、烈文、載見、皆助祭之詩、亦與敘合、而不用其初卽政、及始見之意、夫諸侯助祭、常事耳、惟莅阼之始，見廟臨諸侯，詩人樂見新王丰采，故述而爲歌，敘說豈可廢乎，其武桓賚三詩之說，與敘不異矣，然據左傳楚子之言，以武爲大武之首章，賚爲大武之三章，桓爲大武之六章，則甚非也，左傳以耆定爾功爲武之卒章，並不以武爲大武之首章也，周頌篇止一章，無疊章者，傳指末句爲卒章，意以一句爲一章與，且耆定爾功爲卒章，則此句之後，不得更有武頌矣，朱子反目爲首章，方欲借左以證成其說，而顯與之違，何以取信於人邪，其三其六，杜注本以篇言之，不言章也，朱子何弗察也，姜炳璋曰，吾讀周頌，而知序謂周公之後無爲周頌者，非無稽矣，清廟維清大武用於文武二廟者也，何以嘗禘用之，賓禮用之，養老及小學亦用之，禘之雝用於徹，又用於賓饗，武之酌用於燕禮，又用於內則，此類不可更僕，夫名臣鉅儒所時有也，何難祭爲一詩，賓爲一詩，養老小學爲一詩，而墨守故什，使王者宗廟之大樂，爲尋常之樂舞哉，蓋不愆不忘，率由舊章，後王遵周公之制作，寧上下通用，而不敢別有設施也，吾讀周頌，而知成王康王無頌，成康賢君也，豈不可以爲頌，然以因心篤慶之王季，未有形容，肇基王迹之太王，不列世室，蓋頌者祖有功而宗有德，以大公無我之心，合諸天下後世臣民之議，雖太王王季，亦在先王先公歌天作之詩之列，而不得多爲之頌也，成康之無頌，亦如是矣，如必廟爲一頌，則宣王中興，吉甫善頌，何雅詩連篇，而頌獨闕然乎，或曰殷中宗高宗既有頌，太宗疑亦有頌，先儒以爲詩散亡耳，然則三宗皆有頌也，成康何遽不如三宗，曰殷人祖契宗湯，下及三宗，俱爲百世不遷之廟，故玄王武湯及三宗俱有頌，周人祖文王而宗武王，未聞又宗成康也，成康之廟，親盡則祧、故成康無頌、蓋所謂宗者、於初崩祔廟、卽率臣民而定爲宗、追親盡之時、始別立廟、非必至七世而後宗之也、商人兼重守成之君、太甲所以不祧也、周家獨重開創之主、所以世室止於文武、不及成康也、

清廟。祀文王也。周公既成洛邑。朝諸侯率以祀文王焉。

洛、延文本作雒、○箋曰、周頌序有廣辭者竄入也、方苞曰、舊說此周公既成洛邑而朝諸侯、率之以祀文王之樂歌、蓋以四時袷祭皆于太廟無獨祀文王之禮、然武王革殷之後、洛邑未作之前、不宜竟無祀文王之樂歌、尙書武成、王來自商至于豐、則邦甸侯衛駿奔走執豆籩、尙在五廟中之稷廟、及武王遷鎬、乃立天子之七廟、而周公于是時特起大義、立廟于豐、獨祀文王、凡爵命公侯卿大夫皆于豐廟、蓋爵命當世之公侯卿大夫、而臨以上古之侯伯、則義有未安、鎬京雖有文王之廟、然后稷及先公先王皆式臨焉、而獨受命于文王之廟、非文王之心之所安也、郊祀后稷、而別立明堂以宗祀文王、亦此義也、顧棟高曰、歐陽及朱子、專主洛邑告成、說文武並祭、而不言武者、以文爲主也、望溪則專主豐廟立說、此是千秋隻眼、蓋周家興舉大事、無不發命于文王之廟者、成王作洛則至于豐、康王命畢公保釐東郊則至于豐、召虎錫命曰于周受命者、周亦豐廟也、常武王命卿士南仲太祖、毛謂王命南仲于太祖之廟、太祖當卽指文王、蓋推文王爲受命之祖、故凡發令致祭、卽武王亦不得與、所以歸美于先人也、若如序之

說、則自武之克殷至宅洛凡十有餘年、文王之樂歌至是而始備、無乃太闕略乎、胡承珙曰、以清廟爲祀文王、王褒蔡邕皆同序義、尚書大傳曰、清廟升歌者、歌先人之功烈德澤、故周公升歌文王之功烈德澤、苟在廟中嘗見文王者、愀然如復見文王、此爲清廟祀文王之確證、洛誥所稱兼祭文武者、與清廟祀文王、迥然爲二、經義述聞合此二條、謂漢初言清廟者、亦有既成洛邑兼祭文武之說、非也、魏源曰、周頌多作於周公攝政制禮樂之後、故多與召誥洛誥相表裏、至周公攝政之年、考大傳周公攝政一年匡亂、二年克殷、三年踐奄、四年建侯衛、五年營成周、六年制禮樂、七年致政、則是但言攝政、未嘗言踐阼受朝稱天子也、逸周書明堂解又攝政於成王初年、卽嗣君諒闇、百官總己以聽於冢宰之事、而特久其任、非如鄭說不攝於初喪沖幼之時、而攝於年長還朝之後也、至以攝政爲踐阼稱王、則始於荀卿儒效篇、荀卿憪然誣周公、君臣易位、以枝代主、爲大儒之效者、不知大儒之效、則臣道之極也、子道之盡也、繼志述事、成文武之德、達孝是也、非君臣易位以枝代主也、周誥紀於史臣、而酒誥稱成王若曰、今古文本皆同、召公取幣旅王若公、又召公稱旦者一、成王稱公者十有三、金縢諸史及百執事則曰、公命我勿敢言、於此而猶以王若曰爲周公稱王、則誣矣愚矣、或又以成王襁褓之言出保傅篇、尤繆之繆、保傅篇言、古者天子始生、卽舉以禮、教之於赤子之時、故成王幼在襁褓之中、而召公爲太保、周公爲太傅、太公爲太師、又置三少、以道習之、故太子生而日見正事、聞正言、此謂武王時教太子誦之法也、又曰、及太子少長知妃色、則入於小學、及太子既冠成人、免於保傅之嚴、而

後繼以三代天子之禮、引明堂之位、曰、道者導天子以道者也、常立於前、是
周公也、充者充天子之志者也、常立於左、是太公也、弼者弼天子之過者也、
常立於右、是召公也、承者承天子之遺忘者也、常立於後、是史佚也、成
王中立而聽朝、則四聖維之、此則成王卽位以後、周公夾輔之證也、

於穆清廟。肅雝顯相。於、歎辭也、穆、美、肅、敬、雝、和、相、助也、**濟濟多士。秉**
文之德。執文德之人也、**對越在天。駿奔走在廟。**駿、長也、**不**
顯不承。無射於人斯。顯於天矣、見承於人矣、不見厭於人矣、○於音烏、後發句歎辭、皆放此、雝延文本作
雍、傳亦然、相息亮反、傳歎下延文本有之字、美下敬下和下延文本各有也字、經射音亦、禮記作斁、

箋曰、穆、深遠也、於穆、卽狀清廟之貌、尙書大傳云、清廟升歌者、歌先人之功
烈德澤、故欲其清、清者欲其在位者徧聞之也、此正以清靜爲義、漢書韋元
成傳云、議者又以爲清廟之詩、言交神之事、無不清靜、賈逵左傳注、肅然清
靜、謂之清廟、蔡邕明堂月令論、取其宗祀之清貌則曰清廟、古釋清廟、皆謂
以清靜得名、猶明堂義取嚮明、此詩序箋云、清廟者祭有清明之德者之宮
也、謂祭文王也、天德清明、文王象焉、其說非也、左傳清廟茅屋、非專指文王
之廟、戰國策淳于髡言、薛不量其力、而爲先王立清廟、亦可見清廟通稱、不
專爲象文王之德、肅雝顯相者、謂助祭之公卿諸侯也、稱助祭之人曰顯相

者、謂其有顯著之德、美稱之也、士虞禮祝辭曰、孝子某孝顯相、夙興夜處、然則自主人之外、餘皆顯相也、濟濟美盛、與顯對、不與肅雝對、肅雝兩字統貫全章、文王只是一敬德、敬之儼恪處曰肅、敬之從容處曰雝、助祭之諸侯、執事之多士、皆執肅雝之德以爲德、與文王在天之神相融洽、而駿奔走於廟中、極其肅雝也、○濟濟多士、秉文之德者、文王傳云、濟濟多威儀也、多士與祭執事之人也、助祭者、祭統云、君執圭瓚祼尸、大宗執璋瓚亞祼、小宰云、凡祭祀贊祼將之事、是助行祼事、非獨一人、與祭者宗祝有司之類、中庸曰、序爵所以辨貴賤也、序事所以辨賢也、此便是助祭與祭之別、秉文之德、鄭以爲執行文王之德、然詩言文王、不可單舉文字、猶祀武王成王、必不可云秉武之德秉成之德、昭二十三年左傳、昔成王合諸侯城成周、以爲東都、崇文德焉、周語、昭顯文德、又詩告于文人、傳、文人文德之人也、皆泛言文德、此傳謂多士皆執持文德、亦泛言有文德、傳義不可易、且單舉謚之一字、非莊重之體、清廟詩尤肅穆、不宜有此、但傳箋釋文德異、而以秉文之德單屬濟濟多士則同、蓋顯相舉其要、多士舉其詳、且言肅雝則有文德可知、至對越在天二句、其爲通言顯相多士無疑、○對越在天駿奔走在廟者、爾雅、越、揚也、注謂發揚、對越猶對揚、對越在天與對揚王休同意、在天言文王在上也、惟在天故曰越、對下駿奔走、則對越字自當實講、鄭箋乃訓越爲於、便誤讀越作粤矣、爾雅、駿、速也、速與疾義同、正義引禮記大傳駿奔走注、駿疾也、疾奔走言勸事、廟中奔走、以疾爲敬、對越如見其視聽聲容、駿奔走如親其威命靈爽、不必以駿奔走在廟句、泥在天在廟爲對也、○不顯不承、無射於人斯者、權輿傳、承·繼也、言文王之德、豈不顯乎、豈不承乎、永永無見厭於人也、後人承而不絕、是文王垂統詒謀之盡善也、無射、卽德音不忘也、無射句即粘顯承說、此一章歸宿處、人字泛指天下之人、而奉祭在其中、周公之意是舉廟中以見天下也、又頌之用韻、多與雅異、有半韻半否者、有全似無韻者、清廟一篇、上半章首二句不入韻、而濟濟多士、秉文之德相爲韻、下半章中二句不用韻、而對越在天、無射於人、首尾相爲韻、蓋德古音如置、故可與士協、本經嘉樂君子、顯顯令德、抑之辟爲爾德、淑慎爾止之類是也、天與人韻、如柏舟之母也天只不諒人只之類是也、馬瑞辰曰、古德字作悳、从直从心、蓋亦兼从直聲、故可讀如置、易有功而不德、鄭本作置、大戴禮其心不德、荀子作置、又有施而不德、逸周書作置、玉藻立容德、徐仙民音置、皆德有置音、古字通用之證、兩廟字亦遙爲韻、孔廣森曰、維天之命篇、篤與收韻、篤與竺築等字俱諧竹聲、竹古蓋讀如呪、又云、維清典與禋韻、新臺正義曰、腆與殄古今字、故儀禮注、腆古文作殄、据此則從典之字、讀當與㐱同、

清廟一章八句

箋曰、頌體簡淡、此詩及維清其尤也、然維清嚴於辭而已、此詩但以助祭者言、而文王之盛德大業、主祭之奉見孝享、令人自得於言辭之表、其意尤深長也、樂記曰、清廟之瑟、朱絃而疏越、壹唱而三歎、有遺音者矣、朱絃·練之使柔而朱其色也、不練則體勁而聲清、練則絲熟而聲濁、越·瑟底孔

也，瑟兩頭有孔，疏通也，使兩頭孔相通，孔小則聲急，孔大則聲遲，音節舒徐，以象其德也，倡發歌句也，壹倡而三歎，謂一人倡而三人和也，朱傳引樂記，并言漢因秦樂，乾豆上奏登歌，獨上歌，不以筦絃亂人聲，欲在位者偏聞之，猶古清廟之歌，此本漢書禮樂志文，升歌之法，得此益明，劉瑾謂，書言烝祭文武，而此樂歌只頌文王，父子並祭，統于所尊，此言非也，文武各有其廟，清廟只祀文王，洛誥亦文王騂牛一，武王騂牛一，本是分祭兩處，非合祭一處也，祀武王之樂，據序則有執競，劉之說不可通矣，

維天之命。大平告文王也。

箋曰，序所云告太平者，以今日太平之業，本於文王之德之純，故於祭祀，以告文王也，自在假以溢我三句，而章首四句，是推所以太平之本，毛傳引孟仲子曰，大哉天命之無極，而美周之禮也，夫大平之事，孰有大于禮樂者，以周禮爲致大平之具，此實七十子之微言大義，孟仲子所親受於孟子者，故毛公首引此說，陳啓源曰，周家爲治，全恃禮樂，周公制禮作樂，是輔相成王一大事業，故降至春秋，日尋兵革，猶聘問燕好，以禮相維，而天王亦賴以全其守府之尊者二三百年，其重可知矣，但周公制作，必有所因，文王爲受命開基之祖，居位最久，意五十年中，規模制度，秩然備矣，今紀載闕略，無由考其詳，然稍著於經傳者，如禴祠烝嘗，靈臺辟廱，皆見於文王正雅，又詩言文王之典，書言文王之謨，孔子亦言文王之文，信乎文王之時，制作已備也，特未布之天下耳，周公既致大平，更取而斟酌釐定之爲一代大

法、明堂位所謂六年頒度量是也、此詩正作於斯時、所云收聚惠順、指制禮作樂、於義爲允、○大音泰、

維天之命。於穆不已。孟仲子曰、大哉天命之無極、而美周之禮祀也、**於乎不顯。文王之德之純。假以溢我。我其收之。駿惠我文王。**純、大、假、嘉也、溢、愼、收、聚也、**曾孫篤之。**成王能厚行之也、○傳大下哉字、之下禮字、並卷子本傍注云本無、禮下祀字、摺本延文本並無、純大下假嘉下溢愼下延文本並有也字、厚下行字、之下也字、延文本並無、

箋曰、命謂眷顧保佑於周家之命也、與昊天有成命、天命匪解同、猶之周雖舊邦、其命維新、有周不顯、帝命不時、天監在下、有命既集、有命自天、命此文王諸語也、穆而不已、言天休滚滚無有止息也、下稱文王之德者、以明天之所以眷顧保佑之由也、言文王之德日顯、純而不已、是以天之休命、亦穆不已也、自中庸引用爲說理之辭、於此詩上二句曰、蓋曰天之所以爲天也、下二句曰、蓋曰文之所以爲文也、純亦不已、將天命與文王之德、說作兩事、謂文王之純、與天之不已無異、是爲與天爲一、中庸引詩、斷章取義、不可据以作解、鄭依中庸解詩、命字訓爲道、詩之言天命者多矣、何以彼皆不訓道、而此獨訓道乎、傳引孟仲子甚精、蓋德非專指一心、凡本於心術、徵於言行、施於政事、無非是者、是固禮意之精華、而禮樂政刑之所自出也、故先以於乎

不顯也。正義引孟子趙注云，孟仲子孟子從昆弟，學於孟子者也。史記孟子列傳云，孟子受業於子思之門人，如孟子且未及親事子思，豈孟仲子學於孟子，轉曾爲子思弟子乎。詩譜謂孟仲子者子思弟子，蓋與孟軻共事子思者，蓋不足據。經典序錄云，詩自子夏傳曾申，申傳魏人李克，克傳魯人孟仲子，孟仲子傳趙人孫卿子，孫卿子傳魯人大毛公，孫卿生孟子後，得受詩於孟仲子，則孟仲子幼於孟子，未及受業於子思可知矣。孟仲子爲毛詩傳授所本，故此詩及閟宮詩傳，並引其說。其曰，大哉天命之無極者，言天命文王之無極已，釋上四句也。曰而美周之禮者，言成王順文王之意，制作禮樂，釋下四句也。不顯者，所以甚言其顯也。文王之德之純者，如大雅文王之於緝熙敬止，亹亹文王，令聞不已，及思齊所言皆是。說文，純，絲也。崔觀說易曰，不雜曰純，純本美絲之稱，假以狀德之明而不雜，故義爲明，爲文，又爲大耳。假以溢我者，假字卽假樂君子之假，當訓嘉，卽天之休命也。說文，誐，嘉善也，引詩誐以謐我。誐與假雙聲，謐與溢字異而音義同。左傳襄二十七年引作何以恤我，古者音同通借，但果作何恤二字，則是虛擬之辭，而非實然之辭，不必依左傳改。鄭訓溢爲盈溢，言文王德既純大，則天之休命有餘而可以及人，溢者有餘之謂也，水有餘則必溢，詩人謂，文王有餘之天休及于成王，是假溢于成王也，我其收之，其者自期之辭，收字當兼有守意，謂聚而保守之也。毛訓溢爲愼者，爾雅，溢愼謐皆訓靜，溢又訓愼，詩言溢我，卽愼我也，謂以嘉美之道戒愼我子孫，詩言及子孫，多云戒愼，螽斯宜爾子孫繩繩兮，傳，繩繩戒愼也，是也。其德惟純故嘉，以是傳付於我，我其受而收聚之，以制爲法度、正所以繩其祖武也、與所謂謙讓未遑者異、駿惠我文王者、駿・大也、惠・順也、凡人之先、悅其後有循迹步武之人、尤悅其後有恢弘光大之人、曰駿惠、不止徒守故轍、實有神明變通意、所謂善傳者傳心不傳法、善師者師意不師跡也、曾孫篤之者、曾猶重也、自孫之子而下、事先祖皆稱曾孫、毛以曾孫爲成王、鄭以爲後世者、以成王於文王未得爲曾孫、論文勢則我者卽我成王、曾孫不得仍爲成王、以指後世爲允、篤者用意專而隆厚、卽假樂所云收字、篤字與不已相爲遙接、收是不使滲漏、篤是益加積累、文王有餘之天休、薰蒸溢衍、使後王不能收、則成漏卮矣、不能篤則成薄祜矣、後四句正欲使文王德澤點滴不漏、用固丕基、則千世萬世與天同久、詩所以以天命起、以曾孫結、非周公聖筆不能渾化形容若此、然自昭王以下、篤字蓋難言之、一本傳厚字下有行字、不是、詩人之意、本勉後人篤厚之而不忘、所謂行者固亦在其中矣、但曰曾孫篤之、則意味深長、衍一行字、意味卽短、

維天之命一章八句

維清。奏象舞也。 ○延文本舞下無也字、箋曰、此象舞之樂章也、堂下奏象舞、堂上歌維清、樂有歌有舞、歌以爲聲、舞以爲容、聲容備謂之奏、容所以象也、有戰伐之功、則舞以象之、如文王戡黎伐崇遏密、大雅云、文王受命、有此武功、故象以舞、而此詩是象舞之樂歌、於舞時奏之、周禮樂師賈疏謂、詩爲樂章、與舞人爲節者、有是舞卽有是詩矣、是也、左傳襄二十九年舞象箾、舞韶箾、此象箾之箾、正字也、韶箾之箾、

則簫之假字也。釋文于象箾之箾音朔，而于韶箾之箾音簫，正義引賈景伯釋象箾爲天下樂削去無道，則象箾爲象文王之武功無可疑。惟文王雖伐密共諸國以削無道，然三分有二，終未合一，季子所以言美哉猶有憾，卽其樂之獨不以大名者亦因此，此象箾以削爲義，而音朔之由也。韶之訓繼，樂記旣有明文，故鄭注言舜能紹堯，而公羊哀十四年疏載樂說，宋注謂簫之言肅，此爲自古相傳之說，無煩更釋耳。乃正義妄徇杜解，箾爲舞者所執，而引詩之執籥秉翟爲證，不知周禮大司樂六樂之大磬，即韶簫也，而樂師教舞止有帗舞羽舞皇舞旄舞干舞人舞，絕無所謂箾舞者，則必不得因其字從竹，而强說爲執竹以舞矣。詩雖翟籥並言，而籥師職云掌教國子舞羽吹籥，則翟爲所舞而籥爲所吹，尤可因籥非舞器，而推知箾亦非舞器矣。蓋舜無削去無道之事，其德在紹堯之肅，所以簫爲正字而箾爲假。文王無肅可紹，其德在削去無道，故又必以箾爲正字。至簫韶亦單言韶，象箾亦單言象，則不過詳言約言之別而已。正義又曰，象舞象文王之事，大武象武王之事，二者俱是爲象，但序于武詩避此象名，不言象。此亦似而非者，考武詩初無象名，無所庸避。襄二十九年左傳，見舞象箾南籥者，注，文王樂，見舞大武者，注，武王樂，而禮文王世子、祭統、明堂位，皆言升歌淸廟，下管象，其下别云冕而舞大武，鄭注自誤合爲一耳。馬瑞辰曰，古者文舞執籥，武舞執干，左傳南籥爲文舞，則象箾爲武舞，卽此詩象舞也。舞武古通用，象舞蔡邕獨斷作象武，蓋以象文王之武功也，作舞者通借字耳。是以知仲尼燕居篇下管象武，卽象舞也。象舞亦單稱象，文王世子、明堂位皆云下管象，以象與大武對言，則象非大武可知、文王世子鄭注乃謂、象周武王伐紂之樂也、以管播其聲、又爲之舞、合象與大武爲一、誤矣、仲尼燕居曰、升歌清廟、示德也、下而管象、示事也、白虎通曰、歌在堂上、舞在堂下、歌者象德、舞者象功、君子上德而下功也、清廟象舞雖俱是文王之樂、清廟以人歌之、故宜升、象舞以管奏而舞之、故宜下、正義乃云、下管象若是此篇、則與清廟俱是文王之事、不容一升一下、失其義矣、墨子七患云、武王勝殷殺紂、環天下自立、以爲王事成功立、無大後患、因先王之樂、又自作樂、命曰象、春秋繁露質文篇、武王受命作象樂、繼文以奉天、是武王之樂亦名象、然云因先王之樂、云繼文、是正因文之象舞而作、非卽此詩象舞、亦非下管象之象也、

維清緝熙。文王之典。 典、法也、 **肇禋。** 肇、始、禋、祀也、 **迄用有成。維周之禎。** 迄、至、禎、祥也、○緝七入反、延文本作緝、熙許其反、肇音召、迄許乙反、傳始下至下、延文本並有也字、

箋曰、清明而緝熙者、文王之典也、清亦明也、易象上傳、則刑罰清而民服、虞注、清猶明也、楚辭愍命、或清極而無所通、注、清明也、緝則繼續而不已、熙則廣大而光明、典、經也、常也、法也、凡禮樂刑政皆是、謂之典者、臣子推尊之辭也、肇禋者、蓋文王征伐、始禋祀于天而擧之也、此肇禋與生民肇祀正同、彼傳謂后稷始歸郊祀、則此傳肇始也、禋祀亦當指文王言、說者以文王三分服事、不應祀天爲疑、則禋祀不過指出師類禡之事、古者征伐無道、因事告

神、不必定是祭天、詩意謂文王始行禋祀有此武功、以至于今永清大定、事觀厥成、則文王之典、誠足爲周家之吉祥矣、周世武功、惟文王最多、文王武功、以伐崇爲大、故文王有聲篇言繼伐獨舉伐崇爲言、皇矣之是類、又正指伐崇之事、則肇禋雖言祭、實美文王征伐之功、傳訓禋爲祀者、說文、禋、絜祀也、一曰、精意以享曰禋、洛誥予以秬鬯二卣、曰明禋予不敢宿、則禋于文王武王、宗廟亦得稱禋、是禋乃祭祀通稱、不專謂祭天、傳意蓋言始禋祀而征伐、義不繫於祭天、生民承上帝居歆言之、故傳以肇祀爲郊祀、此詩上無所承、故傳以肇禋爲泛言禋祀耳、正義以鄭述毛、非也、成、成功也、肇·始、迄·至、文義相對、言文王始行禋祀、至武王伐紂、用能有此成功也、是文王征伐之法、實啓有周之祥、祥者吉之先見也、馬瑞辰曰、爾雅釋言、禎·祥也、某氏注引詩維周之祺、正義釋文本原皆作祺、惟正義引定本集注釋文引徐邈本作禎、作禎者以與禋成爲韻、作祺者以與首句熙字爲韻、爲首尾用韻、二本皆於韻合、正義引某氏稱詩維周之祺、考爾雅某氏注引詩、如妃媲也·引天立厥妃、亶厚也·引俾爾亶厚、呬息也·引民之攸呬之類、皆與毛異字、蓋多出於三家、此詩亦或三家作祺、毛詩自作禎耳、行葦壽考維祺、傳云、祺·吉也、此經如作祺、傳不應別訓、惟作禎乃訓爲祥、說文、禎·祥也、祺·吉也、从毛傳不从爾雅、則經文作禎爲是、

維清一章五句

箋曰、朱子辨說謂、詩中未見象舞之意、然頌之爲辭簡嚴、取於形容功德、或無事鋪敘制樂之由、維清之奏象舞、卽禮記下管象一語、可以斷之、胡承珙曰、周頌清廟三篇、與國風二雅之首各三篇者相同、儀禮歌關雎葛覃卷耳、歌鹿鳴四牡皇皇者華、國語歌文王大明緜、又左傳歌鹿鳴之三、歌文王之三、此風雅之首三篇連奏者也、他如金奏肆夏之三、工歌蓼蕭之三、鵲巢之三、笙奏南陔之三、由庚之三、是古者歌詩必三篇連奏、凡正風正雅、列在樂章者皆然、然則禮記每言升歌必言下管象、自是周頌開章三篇連奏之義、不言維天之命者、舉首尾以該中間、但清廟以瑟歌於堂上、維天之命維清二篇、其歌之亦必在堂上、獨言下管象者、以維清又爲象舞之曲、或不歌而管則在堂下耳、顧廣譽曰、象舞見左傳禮記、其不列周禮之六樂何、以內則考之、十有三年舞勺、成童舞象、象與勺舞之小者也、二十舞大夏、大夏舞之大者也、惟象爲小舞、故左傳於大武之先舞之、大夏爲大舞、故周禮於祭山川舞之、大司樂之六祀皆大祀、故其所用之六舞皆大舞、事惟其稱也、且其上曰以樂舞教國子、舞雲門大卷大咸大磬大夏大濩大武、明乎此爲大學之舞、卽知內則勺象爲小學之舞矣、然則二十之舞大夏、特舉一以概其餘耳、雲門以迄濩武、殆皆舞自二十以上

與、

烈文。成王卽政。諸侯助祭也。

箋曰、卽政、言作洛之後、蓋頌作於作洛之後、故受前

三篇、先以成王卽政之詩也、

烈文辟公。錫茲祉福。惠我無疆。子孫保之。烈・光也、文王錫之、

無封靡于爾邦。維王其崇之。念茲戎功。繼序其皇之。封・大也、靡・累也、崇・立也、戎・大、皇・美也、

無競維人。四方其訓之。不顯維德。百辟其刑之。於乎前王不忘。競・彊、訓・道、前王、武王也、○辟音璧、延文本傳錫之下戎大下競彊下、並有也字、道作導、前王下有文王二字、

箋曰、成王卽政之初、周興未久、其助祭諸侯、往往身佐文武以定天下者、故先稱美之、乃誥誡之、烈文二字平列、烈・武功也、文・文德也、辟公・助祭諸侯也、爾雅、辟・君也、天子諸侯皆有君號、故通稱爲辟、天子曰辟王、詩載見辟王、是也、諸侯則曰辟公、此詩烈文辟公、雝詩相維辟公、是也、箋以辟公兼指卿士、序云、諸侯助祭、不言卿士、經言無封靡于爾邦、維王其崇之、與下念茲戎功、文勢緊相承接、不得以念茲二句爲戒卿士、則傳以辟公唯指諸侯、是也、錫茲祉福者、錫字上下通用、如納錫大圭、錫馬蕃庶之類、皆自下錫上、錫茲祉福、言我祭而受福、皆助祭者有以錫之、是辟公之惠我也、以及我子孫、世世

保之、所謂惠我無疆也、○無封靡于爾邦者、封專利以自封殖也、靡、奢侈也、檀弓、如是其靡也、時已艾安、故戒封殖奢侈也、不封靡則崇之、含封靡則有罰之意、示威福之權在此句、崇、崇寵崇褒之崇、謂增其爵土、即就在廟言、慶讓必廟中行之、豈但獎廉靖于臣子、亦體褒嘉于祖宗也、傳以封靡爲大累、崇爲立、言武王克紂時、諸侯無大累於汝邦者、仍立之爲君也、白虎通義誅伐篇曰、詩云、毋封靡于爾邦、惟王其崇之、此言追誅大罪也、或盜天子土地、自立爲諸侯、絶之而已、此以封靡爲大罪、正與毛義同、蓋殷末亡、三州之侯、黨惡於紂、紂誅應概從翦滅、但其中或出脅從、不皆助紂爲虐、大累於民、武王仍封立之俾得自新、洵曠蕩之恩也、此時亦在助祭之列矣、其黨惡之甚者、則弔伐加焉、孟子云、滅國五十、周書世俘解云、武王征四方、凡憝國九十有九、謂此也、周書又云、凡服國六百五十有二、則所謂無大累而得封立者也、足證傳義矣、念茲戎功者、戎功、武功也、成王即政之初、周興未久、其助祭諸侯、有以佐命之勳新受茅土、又有孟津諸侯、故言戎功、念茲使自念之也、猶管仲言君無忘臣無忘也、集傳謂助祭錫福之大功、助祭豈可言大功邪、繼序、爾雅、序、緒也、說文、緒、絲耑也、繼序猶云纘緒、謂諸侯世繼其先祖之緒以爲君也、皇、大也、上文言辟公之惠保我子孫、此則因我子孫、而屬望辟公之子孫、言我之子孫固當保守於無窮、而爾之子孫亦當繼序於弗替、則爾之所以裕後、不可以不愼也、無封無靡、所以愼也、爾辟公、夾輔先王、用武功平定天下、以有今日、自今以後、凡汝之子孫、繼汝爲諸侯者、其亦能張皇威武、以消四方覬覦不軌之心、而壯王室之勢、不徒保守其爵土而已、是則我之所深致望者也。○無競維人四句。言前王之德業也。人謂賢人。言國勢無競乎。維有賢才也。萬國皆訓之。光明不顯乎。維有實德也。諸侯皆刑之。抑詩用之爲自責。此爲勉人。彼意在專脩。此意在廣化。傳箋以無競爲競。不顯爲顯。如雅之抑。頌之清廟烈文。不一而足。在烈文尤曉然。可見中庸引不顯惟德。斷章取義。說者欲順文解義。非也。襄二十一年左傳引訓作順。古訓順通用。洪範于帝其訓。是訓是行。史記皆作順。傳釋訓爲導。亦以訓順字通。大雅抑篇四方其訓之。傳云。訓教。此傳以訓卽順字。故又釋爲順導之導。結處點出前王。倒裝法。不忘者。文武用賢明德之規矩。實不可忘。使諸侯訓而刑之也。前王卽今日所祭之神矣。不忘之人卽今日助祭諸人矣。意尤著實。廟中歌詠情景可想矣。不當著恍惚解。夫治邦在得人。在愼德。任賢才則生靈蒙福。脩德行則天下同風。前王之龜鑑。其可忘乎。宜儀刑以臨民矣。成王始卽政。以諸侯祭於先王。歌之廟中以訓諸侯。戒以黜涉之典也。

烈文一章十三句

天作。祀先王先公也。

箋曰。序言祀先王先公。不言何祭。正義引天保禴祠烝嘗于公先王。定爲時祭。朱子只以爲祭大王詩。而不及文王者。意以幷祭王季。頌其子不頌其父。與祭其間。非所安也。果然。詩中言文王者何說邪。春官司服享先王則袞冕。享先公則鷩冕。分爲二祀。恐非合祭一處。想序所云。當是或祀先王或祀先公俱歌天作也。姜炳璋曰。頌有專祭太祖者。則稱太祖之功德。如思文是也。有專祀文王者、則稱文王之功德、如清廟三篇是也、此詩四時之祭也、蓋時祭以昭穆爲重、若偏擧羣廟功烈、亞圉以下無可稱述、亦非簡嚴頌體、故於先王中擧一肇基王迹之太王、非遺祖紺以上也、言太王而后稷以來之緒在是矣、又擧新命有二之文王、非遺王季也、季以太王爲父、文王爲子、承先啓後之美可見矣、故特祭則歌是詩於各廟也、要知頌與雅不同、雅者臣子之告君、主於條暢、頌者子孫之告於祖、主於謹嚴、故錯擧大端、包涵無盡、如此篇太王造岐之功、只一荒字盡之、文王治岐之政、只一康字盡之、卽治岐而虞芮質成、太和宇宙、只有夷之行該之、鄧元錫曰、皇矣數十百言、括之數言中而足、蓋上承祖考凜凜如在、稱頌之詞、極簡愼之至也、金鶚曰、天子廟制、荀卿劉歆班彪父子王肅孔晁虞喜干寶之徒、皆謂天子七廟、韋元成馬融盧植鄭康成輩、皆謂天子四廟、與大祖而五、周以文武爲二祧、始有七廟、鶚竊以四廟之說爲不然也、王制祭法禮器曾子問穀梁僖十五年傳皆言、天子七廟、諸侯五廟、大戴禮三本篇亦云、有天下者事七世、有國者事五世、積厚者流澤光、積薄者流澤卑、此自上而下、降殺以兩、百王不易之制也、若天子諸侯皆親廟四、何尊卑之無別乎、惟喪服小記有云王者禘其祖之所自出、以其祖配之而立四廟、蓋天子三昭三穆、其二昭二穆爲四廟、一昭一穆爲二祧、祧不得爲廟、則止四廟而已、周官守祧掌守先王先公之廟祧、其廟則有司脩除之、其祧則守祧黝堊之、先王爲廟、先公爲祧、先王親而先公疏、脩除重而黝堊輕、是四廟之視二祧、親而且尊也、大祖則視四廟爲尤尊、故不言廟而特言祖也、二祧不尊不親、故略而不言、非謂天子無七廟也、在成王時、大王王季文王武王爲四親廟、諸盩亞圉爲二祧、大王王季文王武王皆先王也、亞圉諸盩皆先公也、故守祧有先王先公之文、説天保篇云、禴祠烝嘗、于公先王、中庸亦言、周公上祀先公以天子之禮、夫禴祠烝嘗、時祭也、時祭及先公、則廟不止於四矣、天作序言祀先王先公、亦謂時祭犆祀、若大禘則先公與先王並列、自必祀以天子之禮、序亦不必別言之、但言祫祭宗廟可矣、又司服云、享先王則衮冕、享先公則鷩冕、此亦謂時祭犆祀、先公之尸服鷩冕、故祭者亦服鷩冕、不以卑臨尊也、若禘祫之祭、先王先公同在一處祭者、只應服衮冕、何得殊服乎、由此觀之、成王之時、先王已有四廟、又有先公之廟、非七廟而何、天作孔疏謂、周初只五廟、先公爲后稷、不知后稷爲周大祖、推以配天、雖不追王、亦得稱先王、國語云、我先王后稷、是稷稱王也、思文頌后稷、則祭后稷之廟當歌思文、不歌天作也、序謂祀先王先公而詩但言大王文王者、以大王肇基王迹、文王始受天命、故特言之也、大王以上先公無可頌者、故略之也、詩不及先公、而祀先公得歌之者、以大王本先公也、大祖尊於羣廟、未有不祀以天子之禮者、何必特言之乎、則先公非后稷明矣、周官守祧、奄八人、鄭注云、天子七廟、三昭三穆、孔疏云、通姜嫄爲八廟、廟一人、故八人也、此在周公制禮之時已有七廟之明證、鄭注謂祧爲文武之廟、遷主藏焉、先公之遷主藏于后稷之廟、先王之遷主藏于文武之廟、不知祭法所謂二祧者、非以遷主所藏而名之也、説文云、祧、遷廟也、蓋祧之爲言超也、超上去也、凡主居此廟則將遷去、故名祧、祭法所謂遠廟爲祧、祧也、祧所以有二者、以服制上殺終于高祖、故親廟只有四、其二廟爲祧、左昭右穆、取其相稱、且新主爲昭則祧昭、新主爲穆則祧穆、故二祧也、然對文則祧與廟別、散文則祧與廟通、聘禮、不腆先君之祧、左氏襄九年傳、以先君之祧處之、昭元年傳、其敢愛豐氏之祧、祧卽廟也、守祧職兼廟祧、而官以祧名、是廟祧通稱爲祧也、天子有二祧、而通稱七廟、亦猶是也、至于遷主所藏、必在大廟夾室、以大禘在大廟中、故毀廟之主皆藏于此、且六世以上之主、不可入子孫之廟、是知二祧非遷主所藏也、成王之時、文武在四親廟中、安得以爲二祧乎、明堂位有文武世室之說、其制在懿王孝王之時、然則文武爲二祧不過在穆王共王之時、未幾而爲世室矣、何得謂文武常爲二祧乎、周文武之廟、稱爲世室、世室者世世不毀也、卽是不毀之廟、而謂之祧、不亦悖乎、知文武不得爲二祧、則知七廟爲天子之定制矣、又曰廟寢之度、經無明文、而要皆可考而知也、明堂位云、大廟天子明堂、此言魯之大廟、大如周之明堂也、可知天子大廟、其廣深當與明堂等、考工記云、周人明堂、度九尺之筵、東西九筵、南北七筵、鄭君謂、天子大廟路寢、制如明堂、其說固非、而三者廣深之度、實未嘗不一、則天子路寢亦如明堂矣、蓋明堂大廟路寢、皆爲諸侯羣臣朝覲之地、又明堂以行宗祀告朔、大廟以行禘祫大饗、路寢以行燕飲賓射、三者同其隆重、故其廣深之度、皆相等也、今由明堂推天子大廟路寢、堂廣二十四丈、深一十八丈、中堂廣十六丈、左右夾室各四丈、大廟可藏祧主數十、路寢可陳籩豆數十矣、堂深十三丈五尺、其後房室各深四丈五尺、廣五丈三尺有奇、大禘可以行禮矣、又考、廟寢之庭、皆三堂之深、天子堂深十八丈、則庭深五十四丈、鄉射記疏云、賓射之侯、天子九十步、諸侯七十步、今天子庭深五十四丈、適得九十步、自無不足矣、天子諸侯之堂最深、當各爲九架屋、天子每架二丈、諸侯一丈七尺弱、方易構接、天子諸侯之堂最廣、恐棟梁等材、未易有如此之長者、蓋當兩楹之處、東西各有八柱、幷兩楹爲九柱、合得十八柱、逸周書云、大廟路寢明堂咸有旅楹、孔晁注、旅、列也、可知不止兩楹矣、而兩楹特大、故釋名云、楹、亭也、亭亭然孤立、旁無所依也、兩楹持楣、其前亦爲楣、在大夫士爲第二架、在天子諸侯爲第三架、東西當室之東西壁、則堂上均分爲三間、左右當房、中間當室、至于小寢爲燕息之地、不必寬廣、當減于路寢、羣廟無禘祫之祭、可與小寢同、明堂位言大廟天子明堂、而不言羣廟、可知羣廟小于大廟矣、祭僕云、復于小廟、鄭注云、小廟、高祖以下也、又可知羣廟之小矣、曲禮言寢不踰廟、路寢如大廟、小寢如羣廟、是不踰也、經言不踰、而未嘗言寢小於廟、可知寢與廟等也、堂廣十六丈、以五丈三尺强爲東西廂、夾中堂廣十丈六尺强、室與東西房、各廣三丈五尺有奇、深十二丈、以九尺爲前堂、房室各深三丈、如此不促狹、亦不大寬、正可以居、而廟中行祭、亦無不可、天子之門、其廣狹之度、見於考工記、廟門容大扃七个、闈門容小扃參个、路門不容乘車之五个、應門二徹參个、夫路之爲言大也、路門治朝在焉、當大於應門、不當小於應門三分之一也、記謂不容乘車之五个、則是四个有餘、五个不足之文矣、竊意、路門廣三丈、蓋四个爲二丈六尺四寸、五个爲三丈三尺、折其一个之中、又足成整數而爲三丈、故曰不容乘車之五个也、廟門二丈一尺、是天子羣廟之門、若大廟之門、當與路寢門同、小寢之門則與羣廟同、門側之堂謂之塾、門堂所以爲賓客待事之處、惟明堂大廟路寢有之、羣廟小寢則無有也、覲禮、侯氏出自屏南、適門西、是屏在廟門內也、廟如是、則朝亦如是矣、爾雅云、門屏之間謂之宁、宁卽治朝、在路門外、惟應門內有屏、故宁在門屏之間、若屏在應門外、何得云門屏之間謂之宁乎、屏一名蕭牆、釋名云、蕭牆在門內、肅、蕭也、臣將入、於此自肅敬之處也、吳語云、越王入命夫人、王背屏、是寢門內有屏、可知門皆有屏矣、屏卽小牆、而明堂位以疏屏爲天子之廟飾、似非牆制、蓋屏上有屋以蓋牆、刻畫疏通、故謂之疏屏、此惟天子有之也、若夫廟後之寢、以藏衣冠祭器、其制無東西廂、無東西廂則無夾室、或謂有夾室者非也、天子惟二祧無寢、見夏官五寢注、豬飼彥博有寢廟堂室考、見小雅斯干篇、宜參考、

天作高山。大王荒之。作、生、荒、大也、天生萬物於高山、大王行道、能安天之所作也、彼作矣。文王康之。彼徂矣。岐有夷之行。夷、易也、子孫保之。

○延文本、傳生下有也字、生下無萬字、

箋曰、高山謂岐山、荒字當讀如公劉豳居允荒之荒、謂擴而大之也、傳云、能安天之所作、安爲大字之譌、荀子王制篇曰、天之所覆、地之所載、莫不盡其美致其用、上以飾賢良、下以養百姓、而安樂之、夫是之謂大神、引詩天作高山四句爲證、此毛傳天生萬物於高山所本、蓋合天覆地載之語、而括以萬

物也、天作高山、猶大雅言帝省其山、帝作邦作對、皆天命興周之意、詩無達詁、詞在此而意在彼、本不必泥於天之生山、與生萬物、兩彼字、鄭皆以爲彼萬民、彼作之作、毛無訓、蓋卽同上傳訓作爲生、則毛意彼作之彼、當謂萬物、鄭言萬民、民亦物也、傳意當云、彼萬民既生矣、則惟文王能安之、下云、彼萬民皆往矣、則惟岐邦有易道故也、徂謂新民之歸往、如其子焉往之往也、康、安也、文王康之、孟子所謂治岐之政備之矣、鄭箋以彼徂矣三字爲句、與上彼作矣相對成文、以岐字屬下句讀、又後漢書西南夷傳、朱輔上疏曰、臣聞、詩云、彼徂者岐、有夷之行、傳曰、岐道雖僻、而人不遠、李賢注引韓詩薛君傳曰、徂、往也、夷、易也、行、道也、彼百姓歸文王者、皆曰岐有易道、可往歸矣、易道謂仁義之道易行、故岐道阻險、而人不難、韓詩外傳云、傳曰、易簡而天下之理得矣、說苑云、聖人寡爲而天下理、並引此岐有夷之行二句爲證、據此知三家俱以岐有夷之行爲句、而夷爲平易治民之道、與傳箋合、寡爲卽易簡、易簡是夷之義、而仁義則易簡之實事也、沈括夢溪筆談引後漢書朱輔疏、誤作朱浮傳、又誤讀岐字爲句、誤徂作岨、蓋由誤以韓詩傳岐道阻險爲釋詩彼徂者之徂也、集傳沿其誤、固與韓詩無涉也、韓惟矣字作者、不同於毛耳、朱子改徂爲岨、竟不思徂之爲往、薛君自有正訓、其云阻險者、反明夷之行之義、非釋徂義也、或曰、岐有夷之行、只謂道路平易、不必深看、言岐山有坦坦平夷之道、儼然成一大都會、與豐鎬鼎峙、而爲王都之抵也、此說似可通、但木拔道通、當在太王王季之世、皇矣之詩可證、若文王三分有二之後、似不必言及道路、子孫保之者、言子孫而無忘創業之艱難、尚其保守此道而不替乎、則后稷以下先公先王、皆可泰然以安處焉、凡歌子孫似續、所以安慰先神也、祭先王先公、單咏治岐一事何也、大王以前、初逼西戎、自荒岐而後、可據崤函而控中夏、關中根本專恃岐山爲重鎭、則兩京並建、其基業皆由乎此、詩人故於皇矣章首稱岐宅、閟宮章亦以岐陽爲翦商伊始、雖當大王初遷、勢尚微末、已爲東瞰中原之漸矣、曰天作、美形勝也、曰荒之、詠勤苦也、曰文王康之、明大王厥始者艱也、曰子孫保之、示周家龍興舊地・大王爲子孫計者至遠也、

天作一章七句

昊天有成命。郊祀天地也。

箋曰、周禮、冬至祀天於南郊、夏至祀地於北郊、序云郊祀天地、蓋二郊並歌此詩也、北郊歌此詩、而言天不言地者、地統於天也、胡承珙曰、祭法以禘與郊對、又禘在郊上、故鄭以禘爲圜丘祀天、郊爲南郊祀天、若散文則圜丘亦可稱郊、諸書惟周禮有圜丘之名、其他經傳言郊者、未必皆指夏至、南郊絕不及冬至圜丘之祭也、周禮爲制度而言、故但稱圜丘方丘、而不言郊、以其祭本不名郊也、以邱亦在郊、故通謂之郊耳、至序言郊而不言丘者、丘通於郊也、詩言天而不言地者、地統於天也、舜典類于上帝、不言祭地、大宗伯禋祀昊天、不言祭地、中庸郊社所以祀上帝、亦不言地、皆以天統之也、後人歌所不祭、祭所不歌之疑、其見淺矣、焦弱侯曰、天地合祭、或曰別

祀、立論不同、牢不可破、不知先王之郊、一歲之中、自有分合、非一端而已、冬日至於南郊祀天、夏日至於北郊祀地、正月郊而祈穀、仲月大雩、季秋大饗四立日郊而迎氣、二至日之郊、蓋分祀也、自餘皆合地從天饗焉、不別祀也、方觀成曰、康成溺於緯書、附會星垣、强立名目、所以不可據、若天分爲四時、何不可曰春天夏天秋天冬天、列於五方、何不可曰東天西天、然是就一時一方言之、雖同曰帝曰天、而不得謂之統體之天也、五帝之祀、第爲四時迎氣、而不混乎祭天之中、斯可以廓清聚訟矣、龜井昱曰、辨說云、此詩以國語證之、其爲康王以後祀成王之詩無疑矣、案國語成王之解、賈鄭唐韋皆以爲成其王功也、以國語證成王之爲王誦、未得確當、下武云、成王之孚、下土之式、酒誥云、自成湯咸至于帝乙、成王畏相、下武酒誥蓋皆周公之作、而成王之義、正與是篇合、且成王者中主也、單子以頌之盛德予之、不亦溢美乎、朱子又云、小序又以此詩篇首有昊天二字、遂定以爲郊祀天地之詩、殊不知其首言天命者、止於一句、次言文武受之者、亦止一句、至於成王以下、然後詳說不敢康寧、緝熙安靜之意、乃至五句而後已、則其不爲祀天地、而爲祀成王無可疑者、又況古昔聖王制爲祭祀之禮、必以象類、故祀天於南、祭地於北、而其壇壝樂舞器幣之屬、亦各不同、若曰合祭天地於圜丘、則古者未嘗有此瀆亂龐雜之禮、若曰一詩而兩用、如所謂冬薦魚春獻鮪、則此詩專言天而不及地、若於澤中方丘奏之、則於義何所取乎、案古之所以用詩者、不若是紋焉、若文王之用於相見、既已散見諸篇、若必曰有其事必有其辭、則雖之於徹俎、其辭果類乎否、朱子嘗云、頌猶漢諸郊祀詩、祭其神便說其事矣、予曰、三代異物、况漢乎、抑以大風之歌奏諸宗廟、文景之世猶然、夫昊天之成命文武者、以其始中終能成之也、苟周德之不易、則天命其將焉歸、故能奉天者二后也、祚二后者天地也、郊祀之頌二后、又何不類之有、夫天地萬物之所受命、其道一也、聖人稱天命天威天常天顯、而未嘗言地、且冬至所謂雲門、何必言天、而夏至咸池、何必言地、亦有所取爾、朱子又曰、周公制作、亦及其當時之事而止耳、若乃後王之廟所奏之樂、自當隨時附益、若商之玄鳥作於武丁孫子之世、漢之廟樂、亦隨時而更定焉、豈有周之後王、乃獨不得褒顯其先王之功德、而必以改周公爲嫌邪、基者非必造之於始、亦承之於下之謂也、如曰邦家之基、豈必謂大王王季之臣乎、案命者周之受命也、基周之命者、文武之事也、與邦家之基造語不同、濮氏曰、基命與洛誥之基命定命合、其爲頌成王審矣、此又誤矣、所謂基命者、言天命之所以基周室、乃創業之謂也、定命者、言天命之所以定周室、乃守成之謂也、故曰天基命定命、造語犂然不可混也、况可牽強乎、顧廣譽曰、朱子辭說極詳、而其中猶有可言者、天地上帝之德、無可名言、故我將於首末言饗天畏天之誠、而中言文王、思文但言后稷之克配彼天而已、若此詩則昊天益尊、故始終陳文武之當於天心、以是爲事之稱也、其言天不及地、疏固云、言天可以兼地矣、至云後王之廟所奏之樂、當隨時附益、然商頌成湯而外、獨中宗高宗有詩、而漢之樂舞更定、亦惟大宗廟之昭德、世宗廟之盛德爲然、以其百世不祧故耳、成王雖賢、未爲不祧之廟、即季札請觀周樂、成王不見有舞、則其詩之不復增置、亦從可知也、

昊天有成命。二后受之。成王不敢康。夙夜基命宥密。二后、文武也、基・始、命・信、宥・寬、密・寧也、

於緝熙。單厥心。肆其靖之。緝・明、熙・廣、單・厚、肆・固、靖・和也、○延文本・傳始下信下寬下明下廣下厚下固下、並有也字、

箋曰、天監代殷莫如周、天命既成、故曰成命、夫有二后而天命成、然曰命既成而二后受、敬天也、此詩言天命者止一語、蓋天地功德無可形容、但言二后受之不負所付託而已、可知是詩本未嘗頌天、及其祭地、更何煩易一語以頌地也、成王言成王者德業也、猶大雅下武云成王之孚、皆成就之義也、賈誼新書以成王爲武王之子、至歐陽修、以此成王與執競之成康、概指爲成王誦康王釗、不知成王非基命之君、而周之奄有四方、亦不自成康始也、正義謂傳基始以下、皆國語文也、此詩作在成王之初、非是崩後、不得稱成之謚、所言成王有涉成王之嫌、韋昭云、謂文武脩己自勤、成其王功、非謂周成王身也、鄭賈唐說皆然、是時人有疑是成王身者、故辨之也、今考周語、叔向告單子之老曰、昊天有成命云云、是道成王之德也、成王能明文昭、定武烈者也、夫道成命者而稱昊天、翼其上也、二后受之、讓於德也、成王不敢康、敬百姓也、夙夜・恭也、基・始也、命・信也、宥・寬也、密・寧也、緝・明也、熙・廣也、亶・厚也、肆・固也、靖・和也、其始也翼上德讓、而敬百姓、其中也恭儉信寬、帥歸於寧、其終也廣厚其心、以固和之、始於德讓、中於信寬、終於固和、故曰成王、觀其釋

二后受之爲讓德、而以始於德讓爲成王、則所言成王卽二后、並非指成王誦甚明、周語又曰、單子朝夕不忘成王之德、可謂不忝前哲矣、夫單子爲靈王卿士、自當朝夕不忘成就靈王之德、不忝前哲、謂其不忝古之大臣、若以前哲爲成王、安在爲人臣者、轉欲不忝古之爲君者哉、果是不忝成王、恐叔向儗不於倫矣、古序不可易也、○不敢康者、戒謹恐懼也、夙夜者、無間斷也、天道至信、唯盡忠信而可以奉命也、基於天命之信、在竭中心之信、故曰、命信也、基是積累於下以承藉乎上者也、爲成命、故固其基而寬裕以寧靜也、非寬裕無大受之、非寧靜無能定之、宥字說文本訓寬、其見於經典者、易云宥罪、書曰流宥、宥過、盡取寬義、而莊子亦有在宥篇、彼釋文云寬也、密新書作謐、說文云、靜語也、一曰、無聲也、仲尼燕居孔子曰夙夜基命宥密、無聲之樂也、密通爲謐、乃無聲之義、爾雅、密·寧靜也、宥而寬者天之德、密而靜者地之德、中庸溥博如天、淵泉如淵、二后所以德配天地也、○於緝熙者、於、歎辭也、緝熙以下、寫出艱難勤苦、妙在以歎美頓挫出之、篤勉後世之旨、言外可想、緝、緝御之緝、熙、光之廣也、緝熙屢出、繼續光明如磨礪生光、言昧爽丕顯、日新其德也、周語、緝·明也、熙·廣也者、光與廣聲同字通、古人光字兼有廣義、爾雅釋詁、緝熙光也、故以擴而充之義繹之、二字成語、故下言廣而不言明、修明而廣之、故言廣則明在其中、如庶績咸熙、古訓廣、本自光明來、鄭破字誤、○單周語作亶、曰、亶·厚也、說文、亶·多穀也、亶之本義爲多穀、引伸爲厚、毛詩作單者、雙聲假借字、中庸今夫地一撮土之多、及其廣厚、萬物載焉、周語曰、廣厚其心者、如一撮之廣厚無不載、緝熙而日廣明之、無非在厚、○肆其靖之者、肆猶遂也、靖有靜義、故傳訓爲和、小明靖共爾位、漢書敘傳上集注、靖古靜字、後世靜字訓和者、皆靖字引申之義也、靖恭爾位、韓詩外傳作靜恭之、言和寧天下也、有休養安輯意、爾雅、肆、故也、取其有始有終之義、故周語曰、肆、固也、又曰、其終也廣厚其心以固和之、又曰、終於固和、以固與和平列、肆可訓爲語詞之故、卽可訓爲堅固之固、然在詩依然助字、非堅固之義、此篇始言二后受天命以敬畏之心、中言二后基天命以寬靜之德、終又歎美言二后繼續光明而厚厥心、夙夜憂勤、故能安靖天下、而保其所受所基之天命也、其文上下相足、始終相須、嚴氏謂緝熙以下爲成王自勉之辭、則是成王自爲歎美、在二后爲有始無終矣、而可乎、

昊天有成命一章七句

我將。祀文王於明堂也。

箋曰、詩言求福於天與文王、畏而保之、此序言祀文王於明堂、文王之祀、既不敢同后稷于郊、又無屈天神于宗廟之理、故特著其祀于明堂、鄭箋謂明堂爲大饗五帝、而不及昊天、不知帝卽天也、此詩首言維天其右之、末云畏天之威、祇言天而不言帝、何得云明堂之享、但有五帝而無昊天乎、孝經所分配天配上帝者、南郊專祀昊天、明堂兼及五帝耳、顧廣譽曰、正義引祭法注謂、明堂之祀、武王亦配之、詩人主說文王、故序惟言文王、夫果兼配文武、則是有周大典、詩人必無舍武王不言之理、胡氏後箋又謂、當時祇以文

王一人配、後乃定以文武二人配、祭法所言是也、則詩亦宜更有祖宗明堂之歌、案南齊王摛議曰、孝經、周公郊祀后稷以配天、宗祀文王於明堂、以配上帝、不云武王、又周頌思文、后稷配天也、我將祀文王於明堂也、武王之文、惟執競云祀武王、此自周廟祭武王詩、彌知明堂無矣、又唐長孫無忌等議曰、歷代無父子同配明堂之義、惟祭法云、周人禘嚳而郊稷、祖文王而宗武王、注、禘郊祖宗、謂祭祀以配食、祖宗、謂祭五帝五神於明堂、鄭以祖宗合爲一祭、王肅駁曰、古者祖有功而宗有德、祖宗自是不毀之名、非謂配食明堂、如鄭義則孝經當言祖祀文王於明堂、不得言宗祀也、宗者尊也、周人既祖祀廟、又尊其祀、春秋傳、禘郊祖宗報五者、國之祀典也、傳言五者、故知各是一事、非謂祖宗合祀於明堂也、並足以糾正鄭之失、顧説是也、至明堂之制、則袁準正論云、明堂宗廟大學、禮之大物也、事義不同、各有所爲、而世之論者、合以爲一體、失之遠矣、夫宗廟之中、人所致敬、幽隱清靜、鬼神所居、而使衆學處焉、饗射其中、人鬼慢黷、死生交錯、囚俘截耳、瘡痍流血、以干犯鬼神、非其理矣、夫宗廟鬼神之居、祭天而於人鬼之室、非其處也、明堂法天之宮、非鬼神常處、故可以祭天、而以其祖配之、配其祖於天位可也、事天而就人鬼則非義也、是故明堂大廟者、諸侯講禮之處、宗廟享鬼神歲覲之宮、辟雍大射養孤之處、大學衆學之居、靈臺望氣之觀、各有所爲、非一處也、古有王居明堂之禮、月令則其序也、天子居其中、學士處其內、君臣同處、非其義也、明堂以祭鬼神、故亦謂之廟、明堂大廟者、明堂之內大室、非宗廟之大廟也、馬融云、明堂在南郊就陽位、而宗廟在國外、非孝子之情也、孟子曰、明堂者王者之堂也、夫宗廟之設、非獨王者也、若明堂卽宗廟、不得曰明堂者王者之堂也、且說諸侯而教毁宗廟、爲人君而疑於可毁與否、雖淺丈夫未有是也、

黄以周曰、昔者黄帝始作宫室、上棟下宇、以止風雨、明堂、中有一殿、四面無壁、謂之明臺、亦謂之明庭、周人謂之明堂焉、堂爲合殿之制、故黄帝又謂之合宫、宫謂之室、室謂之宫、故夏后氏謂之世室焉、周人亦謂之太室焉、室必重檐、故殷人特稱重屋焉、以其在國之陽、故殷人謂之陽館、以其四達而不悖、故唐謂之衢室、殷謂之總街、以其大禮總於此表章、故虞謂之總章、以其各禮總於此期會、或謂之總期、字異而義同、以太室爲宗祀配天之所、故唐虞謂之天府、明堂之名義、有如此者、明堂有室、室啓以戶、戶夾以窗、其脩廣之數、唐虞以前制已無考、而三代之制、當以考工記匠人職爲據、記云、夏后氏世室、堂脩二七、夏度以步、堂脩七步、與殷度以尋、堂脩七尋、周度以筵、堂脩七筵爲制正同、一七步以爲堂、又一七步以爲堂之餘基、與殷重屋之制亦同、故特云堂脩二七、而堂與其基皆見、文簡而明、不云步者、下五室脩三四步、言之互見也、記又云、廣四脩一其廣、又益以四分脩之一也、堂脩七步、其廣八步四尺、堂基脩十四步、其廣十七步半也、記又云、五室三四步、四三尺、又於一堂之上分四隅爲室、是謂五室、有四隅室、而太室祀五帝之位乃分、亦有四隅室、而十二辰聽朔之位乃定、四隅室分於太室、其脩中居三步、隅室四步、廣亦如脩、而又益之、中以四尺、兩隅之室各三尺、統五室四面度之、適合堂脩七步廣四脩一之數矣、記又曰、殷人重屋、堂脩七尋、殷度以尋、其堂爲深於夏矣、不言廣者、廣如脩也、重屋亦分四隅爲室、室各二尋、堂之

基則倍之爲十四尋、得方一百一十二尺、基崇三尺、階在基內、廣六尺、若除階六尺言之、室居基之中、實得方百尺、室中七尋、實得萬五十六尺、周初明堂、實沿其制、嗣後周公作明堂於土中、度以筵、堂脩七筵、廣益二筵、又分堂之四隅爲室、室各二筵、其制較殷人重屋又大、故記言周人明堂、東西九筵、南北七筵、是爲周制也、匠人職、先總記一堂脩廣之制、而五室之脩廣、又分一堂而別記之、可謂至詳且盡、說者不察、謂五室中有大寢堂、可四分之爲九室、不知古者分堂隅爲四室、遂名中堂曰太室、分之爲五室、合之實一堂、是一堂有五室之名、非五室外又有大寢堂之稱、而可四分之爲四堂、故匠人職記五室、不記四堂也、大室四達無四方、不可設牖戶、東出謂之靑陽、南出謂之明堂、西出謂之總章、北出謂之元堂、皆大室四達之道、不可環而障之爲一室、亦不可區而別之爲四堂也、唯四隅分於大室、有四方可以設牖戶、一室四戶、一戶兩窗、赤綴戶、白綴窗、戶高八尺、窗高三尺、四室十六戶、三十二窗、匠人職曰、四旁兩夾窗白盛、旁之爲言方也、四方謂四隅之有壁者、對大室之無四方言、每四方有兩夾之室、如寢廟東西兩廂之制也、窗白盛者、白盛飾窗、非飾戶也、堂之上四角爲飛檐、謂之四阿、又作覆檐、別設棟以列椽、謂之重檐、堂基之高、殷三尺、周九尺、設九階焉、南面三階、東西北各二階、階下又有餘地、周之以垣、朝會以處諸侯、祭祀以合族屬、周垣有四門、門有兩堂兩室、取數於正堂、而三分之、堂之脩廣居二、室居其脩之一、門居其廣之一、其地在南門外・近郊三里之外・七里之內、明堂之制、有如此者、抑考之禮、圜丘所以祀昊天也、四郊所以祀五帝也、七廟所以祀祖考也、三朝所以臨臣庶也、辟雍學校所以養老尊賢・教國子獻俘馘也、又作明堂者、迺以聽月朔、朝諸侯、宗祀配帝也、明堂聽月朔之禮、春居靑陽、夏居明堂、秋居總章、冬居元堂、四仲居中室、餘居四隅室、其中室雖有靑陽明堂總章元堂之目、而實一室、不必分爲四堂、其隅室雖有左右个之別、而實一室、亦不必分爲二室也、明堂朝諸侯之禮、公侯伯子男、及夷蠻戎狄、九采諸國、各有列位、以明諸侯之尊卑、其就立也有中階前者、有阼階東者、有西階西者、有門東門西者、有東門外南門外西門外北門外應門外者、其序立也有北面東上者、有西面北上者、有東面北上者、有東面南上者、有南面東上者、昔者周公既成洛邑、朝諸侯於明堂、遂大饗上帝、宗祀文王、歌我將之詩、夫祀天神皆在壇、而此獨饗諸廟者、亦謂明堂爲法天之宮、古人謂之天府、府者聚也、謂天之五帝聚於此也、於天府祀天神、禮以義起、明堂之禮、有如此者、其有禮同於明堂而名亦因之者、方嶽之壇宮是也、天子巡狩至方嶽下、柴望覲侯、以壇壝爲宮方三百步、四門、與明堂之宮垣同、諸侯就旂而立、與明堂之朝禮同、有壇宮而加方明、故亦有明堂之名、而與近郊明堂迥別、金鶚曰、明堂、淳于登以爲在國南三里、案玉藻云、天子聽朔於南門之外、鄭注以爲在明堂、夫諸侯受朔於天子、天子受朔於天、明堂祭天之所也、是知聽朔於南門外者必明堂也、明堂既在國外、則國中不得有明堂矣、明堂以祀上帝、在國中則褻、故與泰壇同置於郊、玉藻言在南門之外、則去國不遠、當在國南三里、南爲陽方、三爲陽數也、至蔡邕輩謂明堂卽大廟、則其說頗繆、夫左祖右社見于周官、宗廟何得在郊、廟制・左昭右穆、而明堂四廟列於四旁、何以爲昭穆、天子七廟、又何止於五、與諸侯同制、其說不可通矣、逸周書云、乃位五宮、大廟・宗宮・考宮・路寢・明堂、此雒邑之制、不備七廟、大廟・后稷廟也、宗宮・文王廟、考宮・武王廟、幷路寢明堂爲五宮、其序大廟于上、而以路寢與明堂連文、則大廟非明堂可知也、鄭君謂大廟明堂異處是矣、而謂大廟路寢制如明堂、其說亦非、成王崩時、有東西房見顧命、喪大記亦言路寢房中、而明堂則有室無房、是路寢與明堂顯然不同、鄭以爲大廟路寢・與明堂同制、故注夏后氏世室、以爲宗廟、殷人重屋、以爲路寢、不知其皆爲明堂也、夏曰世室、世室猶大室也、古者宮室通稱、大室猶言大宮、以其祭天、故曰大以尊之也、殷曰重屋、重屋・複笮也、周人宗廟亦爲此制、謂之複廟、見明堂位、而殷人惟明堂有之、故以此爲名、又名陽館、陽之爲言明也、此歷代明堂之名也、周之明堂、當始于武王、樂記言、武王散軍郊射、祀乎明堂、此武王已有明堂之證、鄭君謂、西周無明堂、惟東都有之、不知明堂與宗廟並重、豈可無邪、周公營雒邑爲東都、以朝諸侯、故亦建明堂、又建宗廟路寢矣、

我將我享。維羊維牛。維天其右之。 將・大、享・獻也、 **儀式刑文王之典。日靖四方。伊嘏文王。既右饗之。** 儀・善、刑・法、典、常・靖、謀也、 **我其夙夜。畏天之威。于時保之。** 右、延文本作祐、嘏古雅反、延文

本傳「大」下「善」下「法」下「常」下、並有「也」字、

箋曰、將、奉將而薦之也、維羊維牛、周官羊人疏、及隋書宇文愷傳引詩、並作維牛維羊、然隋書禮儀志、載梁天監十年議曹朱异議明堂牲牢云、我將詩有維羊維牛之說、此又與宇文所引不同、箋云、我奉養我享祭之羊牛、正義釋經云、維是肥羊、維是肥牛、均先羊而後牛、又詩以將享、與下方王饗爲韻、而中以牛與右韻、與詩中隔句用韻、其隔句自爲韻者正合、仍从唐石經、及古本作維羊維牛爲是、顧廣譽曰、維羊維牛、孔賈異說、此疏以郊用特牲、明堂亦當用特牛、又說、配當用大牢、此禮有文武爲配、於禮得有羊、賈氏周禮羊人疏謂、祭天用犢、其日月以下有用羊者、如孔說經宜於下文王言之、如賈說則明堂大饗、未見有祭及日月之文、且何遂以日月已下之牲爲天之牲也、案宋書禮志、孝武大明五年、有司奏、禮記郊以特牲、詩稱明堂羊牛、吉蠲雖同、質文殊異、隋書禮儀志、梁天監十年、朱异以爲、毛詩我將篇云、祀文王於明堂、有維羊維牛之說、良由周監二代、其義貴文、明堂方郊、未爲極質、又宇文愷傳表曰、詩云、我將祀文王於明堂、我將我享、維羊維牛、據此則備大牢之祭、此俱出孔賈前、並以爲文質之殊、禮書曰、明堂之祀、於郊爲文、於廟爲質、故郊掃地藁秸而已、明堂則有堂有筵、郊特牲而已、明堂則維羊維牛、然郊有燔燎、而明堂固有升煙、漢武帝明堂禮畢、燎於堂下、古之遺制也、楊氏復亦曰、祀上帝禮並如郊祀、然月令有大饗之文、我將之詩有維羊維牛之語、則明堂之禮爲尤備、據此知明堂之有羊牛、正以異於郊、而疏家輒

執郊以例明堂、非通論矣、○維天其右之者、右卽祐佑字、古字保佑字皆作左右之右、詩作右者用古文、釋文本亦作佑者、用後世形聲字、右只是祐助之意、易曰、自天佑之、其義同、言我奉羊牛、敬享於帝、帝其庶乎祐之歟、求福也、兩右字皆訓助、朱傳釋爲右手之右、云右尊也、非字解、當以神坐東向在饌之右爲義、古人以右爲尊、如云位在其右、尤出其右、故右有尊義、然此好新之過也、於維天其右之云、天降而在牛羊之右、天與牛羊敘尊卑乎、於旣右饗之云、文王降而在此之右、不知此字何所指、況古人以左爲尊、內則、凡男拜尙左手、女拜尙右手、注、左陽也、右陰也、老子吉事尙左、注、左、生位也、呂覽悔過、左不軾而右之、注、左、君位也、又曲禮進劍者左首、又執禽者左首、注並云、左首尊也、此其據也、以右爲尊者、漢以後之法也、○儀式刑文王之典者、儀刑二字一義、大雅文王儀刑文王、傳云刑法、而儀字無訓、鄭云儀法文王之事、亦以儀法爲一義、禮記緇衣引詩儀刑文王、注云、儀法文王之德、與詩箋同、說文、儀度也、度法制也、爾雅釋詁、儀幹也、說文、立木作表爲榦、是儀卽表也、文六年左傳引之表儀、荀子、君者儀也、儀正則景正、皆以儀爲表、因而測天之表謂之儀、人之儀表亦爲儀矣、刑者型之省、說文、型、鑄器之法也、古者以木曰模、以金曰鎔、以竹曰範、以土曰型、經傳中通假作刑、法之亦謂之刑、烈文百辟其刑之、箋云、卿大夫法其所爲、是也、是儀刑皆可訓法、不必如毛傳訓儀爲善、式以也、此與儀刑文王同意、加式與之典三字以足句耳、○伊嘏文王者、伊・釋詁云、維也、嘏讀若雝篇假哉皇考之假、爾雅曰、嘏・假、大也、假哉皇考、伊嘏文王、皆贊美之辭、大哉文王、旣右助我而饗其祭也、言曰靖以冀右享者、安民所以康祖、康祖所以燕天、我其其字、疑詞、尊之而不敢必也、故言右而不言饗、旣者決詞、親之而可必也、故言右而併言饗、於天不敢加一辭、於文王則詳道其所以事天事親、精細分明如此、我其夙夜、直如對天結誓之詞、三句作結、篤厚兢業之衷如見、于、於、時・是也、保之言天之祐、文王之饗也、保是二者、卽保天下國家之謂也、呂氏曰、言畏天之威、而不及文王者、統於尊也、畏天所以畏文王也、天與文王一也、

我將一章十句

箋曰、郊天報始、享帝報成、郊配后稷、始於祖之義、明堂配文王、成於父之義也、程子曰、萬物本乎天、人本乎祖、故冬至祭天、而以祖配之、以冬至氣之始也、萬物成形於帝、而人成形於父、故季秋享帝、而以父配之、以季秋成物之時也、陳氏曰、古者祭天於圜丘、掃地而行事、器用陶匏、牲用犢、其禮極簡、聖人之意以爲、未足以盡其意之委曲、故於季秋之月、有大享之禮焉、天卽帝也、郊而曰天、所以尊之也、故以后稷配焉、后稷遠矣、配稷於郊、亦以尊稷也、明堂而曰帝、所以親之也、以文王配焉、文王親也、配文王於明堂、亦以親文王也、尊尊而親親、周道備矣、何楷曰、宗祀文王、以配上帝之禮、本昉於周公、孝經以此贊周公之孝曰、孝莫大於嚴父、嚴父莫大於配天、所云嚴父、蓋主周公尊文王而言也、文王有盛德、宜享此盛禮、武王末受命、一切制度、俱所未遑、至周公始能成之、假使文王無周公、則雖有盛德、亦遏佚而不彰矣、以此論孝、孝孰加焉、後世不達此義、但誤執嚴

父二字、以爲凡爲人子而有天下者、必尊崇其父以配天、而後爲孝、西漢孝武始建明堂、固以高帝配矣、其後又以景帝配、唐初以元帝配、其後以高祖太宗配、及孝和時、以高宗配、明皇時以睿宗配、宋初以宣祖配、後以太祖配、既而真仁英神諸宗、皆相繼而配、莫有能正其失者、惟東漢明帝時、以光武配饗明堂、迄章安而後不變、識者稱爲近古、善乎司馬光之推言之也、曰、孝子之心、誰不欲尊其父者、聖人制禮以爲之極、不敢踰也、故祖已訓高宗曰、祀無豐於昵、孔子與孟懿子論孝、亦曰祭之以禮、然則事親者、不以數祭爲孝、貴於得禮而已、孝經曰、嚴父莫大於配天、孔子以周公有聖人之德、成太平之業、制禮作樂、而文王適其父也、故引之以證聖人之德莫大於孝、以答曾子、非謂凡有天下者、皆當尊其父以配天然後爲孝也、

時邁。巡守。告祭柴望也。 箋曰、柴・燔柴以祀天也、望・望秩以祀山川也、五嶽四瀆之屬、望而祭之、故曰望、此武王克商始巡守而告祭行柴望之樂歌也、宣十二年左傳曰、昔武王克商作頌曰、載戢干戈、故知爲武王克商後作、國語又稱此爲周文公之頌曰、載戢干戈、則周公作於武王時也、武王十三年克商、十九年崩、在位七年、何氏曰、舜受堯禪、望於山川、徧於羣神、故武王革命之始、天下初定、遂有方岳之行、時邁其邦、言此時而往諸侯之邦、非周十二年王巡守之常制也、故樂記馬散之華山之陽、牛放之桃林之野、倒載干戈、包之虎皮、與詩言皆

合、然則武王巡守自在七年之內、詩之所有、足以補史傳之闕者、此類是也、鄭箋解巡守告祭舉及封禪之文、殊不知古之巡守、但有告祭柴望之禮、初未嘗有封禪也、管仲於封禪數十二、於周惟言成王、夫武王既不封禪、成王亦豈爲哉、此管仲之言亦不足信、聚土曰封、除地曰墠、譬如今人掃墓者、祭畢加土一二畚於上耳、不知後世作一非常奇舉、齊桓慕之以明功、漢武行之以示侈、相如遺之以表忠、宋真書之以徵怪、真可笑也、守延文本作狩、

時邁其邦。昊天其子之。實右序有周。薄言震之。莫不震疊。懷柔百神。及河喬嶽。允王維后。 邁·行、震·動、疊·懼、懷·來、柔·安、喬·高也、高嶽·岱宗也、 **明昭有周。式序在位。** 明矣知未然也、昭然不疑也、 **載戢干戈。載櫜弓矢。** 戢·聚、櫜·韜也、 **我求懿德。肆于時夏。** 夏、大也、 **允王保之。** ○戢側立反、櫜音羔、延文本右作佑、柔作濡、傳行下動下懼下來下安下並有也字、疑下無也字、聚下下有也字、

箋曰、邁·巡行邦國也、以其革命甫定、應天時行、故曰時邁、集傳引周制十有二年王巡守殷國、以釋時字、然始巡何有年限、年限在始巡之後可得而

定也、武王在位七年而崩、亦焉得論十二年哉、昊天其子之者、人之宗子主一家者也、天之子主天下者也、只衍天子二字、自成奇語、一其字、自謙自任俱有、實右序有周者、右卽祐之古文、助也、序、以帝王次序而言、謂以周繼夏商也、薄言震之二句、武威也、人事也、薄言皆語詞、時邁卽所以震之、謂羽旄車馬・如山如河、威容赫赫、自有震動之也、非猛威脅之下、震字則彼自震動也、震之猶未是慶讓黜陟、只是示以更始之意、此時善者未敢自信、惡者業已悚然、恐難逃新天子之刑誅也、傳以疊爲慴之假借、爾雅、慴・懼也、郭注、慴卽懾也、說文、慴・懼也、讀若疊、是慴疊音同之證、懷柔百神二句、文德也、神事也、與上二句互備、懷・是來格來享、柔・是無怨無恫、皆自我懷柔之也、百神・羣神也、堯典云徧于羣神、祭法云有天下者祭百神、故巡守所至、百神皆祭焉、喬嶽宜通指四岳言之、般之詩兼祭四嶽、亦曰隋山喬嶽、是其證也、周初代商、自少此一番時巡不得、如舜受堯禪、肆類禋望班瑞修禮等、無論禪受征誅、俱須行此以振動幽明、允王維后者、王・武王也、后・君也、上文語勢至此一住、言我以時巡行邦國、天實子之、以祐而序我有周、於是或以威震之、或以德柔之、則神民莫不歆享、允矣天子、允維天下之后也、允是愜當之義、與信不同、○明昭有周者、洗從前汚濁之風、布今日淸明之治也、式序二字內、包孟子入其疆一段、王制命太師以下二大段事、韓詩外傳曰、王者之論德也、而不專無功、不官無德、不誅無罪、朝無幸位、民無幸生、百姓曉然、皆知夫爲善於家、取賞於朝也、爲不善於幽、而蒙刑於顯、是王者之德、詩曰、明昭有周、式序在位、善盡明昭之義、式發語詞、序者、天子之位天序之、諸侯之位天子序之、旌別賢否、等次殿最、便是叙也、此係新朝典章、與尋常黜陟慶讓不同、載櫜弓矢者、櫜弓衣、一名韜、故納弓於衣謂韜弓、戢櫜者斂天下平定氣象、呼起下文耳、非去兵也、後世偃武之事、誤而銷兵、公私大小、何啻萬里、我求懿德者、懿德謂美德之人、卽賢者也、求而使安民也、以式序齊天下、君道也、天下於是服王者之政、求懿德淑天下、師道也、天下於是服王者之教、一部周禮盡在是、肆于時夏者、肆、故也、于時、語詞也、言天子之功德、於是乎大也、左傳宣十二年、楚莊王論武七德、引是詩曰、保大、保是允王保之之保、大是肆于時夏之夏也、允王保之者、保是夏而不失也、天子時巡、考制度、明黜陟、是以周道明昭、五等諸侯莫不卽序也、於是偃武事、益求懿德君子、爲民長伯、天子之功、於是乎盛大矣、允也天子保是大功而永爲神人之主矣、允王字、結語相照、

時邁一章十二句

箋曰、同是巡守之詩、時邁告至之詩也、故言柴望、以皇天后土爲主、般、過而祭之詩也、故言祀四岳河海、以名山大川爲主、互相備也、王夫之曰、時邁執競思文、鄭氏周禮注、以此三詩爲肆夏昭夏納夏之樂章、其說與韋昭國語注·及呂叔玉之論合、而集傳取之、今按、九夏皆金奏之樂、故周禮以鍾師掌之、而歌工不與其事、左傳叔孫豹如晉、金奏肆夏之三、工歌文王之三、金奏工歌既分別、而不相並、鄭氏乃云、以文王鹿鳴言之、則九夏

皆詩篇名、殊爲不審、杜子春曰、尸出入奏肆夏、牲出入奏昭夏、四方賓來奏納夏、叔孫穆叔曰、三夏天子所以享元侯也、今觀時邁一章、何與於尸、執競思文何與於迎牲與接賓、合此三詩、抑於享元侯之義無取、而以后稷配天之歌、延四方之賓、尤爲不倫、且尸賓與牲方出方入、非獻酬之際、但可以金奏節其威儀、浸令配以歌詩、亦孰與聽之、故燕飲必畢、坐行酬而後弦歌乃奏、以寫心而合歡、未有於出入閒亂以歌聲者、故知呂叔玉之說、附會而失實也、王說洵然、倘以肆于時夏、與陳常于時夏兩夏字爲據、則尤迂謬、說文、夏・中國之人也、从夊从頁从臼、臼兩手、夊兩足、蓋樂名夏者、亦取人手足舞蹈之象、故字从臼爲兩手、夊爲兩足、禹樂謂之夏、周樂亦謂之夏、如三夏九夏是也、夏取舞蹈之意、猶頌取形容之意也、王又曰、樂以夏名者、蓋卽禹貢夏翟之夏、金奏以配舞得名、故亦曰夏、夏要爲樂舞之名、而非時夏之夏矣、金奏以合舞節、而謂之夏、而燕禮賓及庭奏肆夏、大射禮・賓降奏陔、公入驁、陔・驁・皆九夏名、而皆無舞者、則以此九夏之節、自舞而來、不必配舞、而亦可獨奏、猶燕禮・若舞則勺亦獨具勺舞、不必繼以於鑠之詩也、金奏者、以鐘鎛播之、鼓磬應之、大射禮・樂人宿縣于阼階之東、西階之西、而歌工之席則在西階上少東、其位旣遠而不相比、歌工不能越位以就縣、舞者不能升堂以應歌、且公之始升卽席、卽奏肆夏、告旨禮成、而樂闋、酢酬禮畢、而後歌工入焉、則方奏肆夏之時、歌工未入、誰與歌此三詩以合樂乎、其終也歌工與旅酬之禮、而鐘人則受賓賜之脯于門內霤、是掌金奏者之與歌工、貴賤禮殊、終不得而合矣、如謂以金鼓寫詩章之音旨、則鐘鏄之聲、餘韻因其弇侈爲一定之響、不可以意爲斂縱、非若笙管之激揚、因乎人氣之噓吸、能令合新宮等譜也、特以其輕重疾徐、應舞節之起伏旋折、爲九夏之別、而必不可以言語文字爲之句段、故車之和鸞、行之佩玉、皆可以肆夏爲節、則其抑抗之間、不過數聲而已矣、樂既崩壞、九夏之譜不傳、叔玉韋昭妄以詩章系之、而偶有時夏之文、適以資其穿鑿、不知時夏之夏、與夏翟之夏、逕庭不合、自不勞辨而自明、況九夏之樂、制自周公、集傳抑以執競爲昭王以後之詩、然則當昭王以前、執競未作、九夏缺一而無昭夏乎、集傳曲徇鄭說、亦且自相背戾矣、

執競。祀武王也。　箋曰、歐陽以成康爲成王康王、集傳因之以爲祭武王成王康王之詩、朱鶴齡曰、詩之歌於祖廟者、非時祭則祫祭也、天子七廟、廟各有主、祫則羣廟之主、咸入太廟、三王並祭、此何禮邪、如謂主功德之最盛者、不應上捨文王而下逮成康也、既曰祭三王矣、誦武王僅二語、不顯以下皆頌成康、豈成康功德遠過武王邪、且文武皆受命開基之主、祀文王有詩、何祀武王獨無詩乎、夫不顯成康猶雝詩云文武維后、皆非舉謚爲言也、胡承珙曰、漢稱文景、周曰成康、後人言之則可、若作爲樂歌、昭告祖宗、而以父子兩世合併稱之、如史策記贊之詞、有是文義乎、且下文自彼成康、傳謂用彼成安之道、故可言彼、若明明祭成王康王之詩、而曰自彼可乎、

執競武王。無競維烈。不顯成康。上帝是皇。無競·競也、烈·業也、不顯乎其成大功而安之也、顯·光也、皇·美也、

自彼成康。奄有四方。斤斤其明。自彼成康、用彼成安之道也、奄·同也、斤斤·明察也、

鐘鼓喤喤。磬筦將將。降福穰穰。喤喤·和也、將將·集也、

降福簡簡。威儀反反。既醉既飽。福祿來反。穰穰·衆也、簡簡·大也、反反·難也、反·復也、○競其敬反、將七羊反、延文本作鏘、傳同、穰如羊反、難乃旦反、傳大延文本作天、卷子本亦傍注云、本作天、顯光也三字、卷子本傍注云本無、

箋曰、競·彊也、執競猶曰守彊、如執持而不失者然、非常之擧、非無執持人可建、湯曰不震動戁竦、武曰執競、湯武之功、有許大性力學力在、言武王執彊勿失、是以國家無競乎、功烈盛大也、烈本火猛之義、功之光且盛者、亦以烈名之、執競之烈主牧野大事言之、通篇大義也、執競無競二競義本同、無競猶不顯、反詞也、集傳云、武王持其自彊之心、故其功烈之盛、天下莫得而競、則下競字乃爭競之競、非自彊之競矣、又天下之競、非武王之競矣、可謂誤已、不顯成康者、言惟成而能安之所以上帝是皇也、皇、暀也、臨而保右之也、後世成大功者不少矣、能安者有幾與、如論語堯曰篇所述、禮記樂記所陳、

皆其成安之實事也、○自彼成康、傳云用彼成安之道、用釋自字、唐羔裘緜
傳皆云、自、用也、用猶施也、成安之道、謂成大功而安之之道也、蘇氏以爲周
之興也遠矣、至於武王成而安之、如蘇說是以彼斥武王、非立言之體也、斤
斤其明者、王道無外、幽隱畢達、明之至也、照臨四方、以明爲主、故以明言之、
爾雅釋訓、明明斤斤・察也、斤斤卽昕昕之省借、說文、昕・旦・明也、廣雅、昕・明也、
重言之則曰昕昕矣、○鐘鼓喤喤以下、言今日致祭之事、筦本亦作管、同、風
俗通曰、管、漆竹長一尺、六孔、廣雅亦云、管長尺、圍寸、六孔無底、如風俗通廣
雅所言、則其制度與篪無別、音響必與篪同、既有筦、又何爲而作篪耶、郭璞
穆天子傳注曰、筦如併兩笛、鄭氏禮注亦云、如笛而小、併兩而吹之、蓋莊子
所謂比竹也、當以鄭郭爲正、喤喤者、鍠鍠之假借、漢書禮樂志作鍠鍠、爾雅
釋文引字書鍠鍠樂之聲也、是也、字从皇者、皇有大義、鐘鼓皆樂之大器、故
聲大、韓奕八鸞將將、釋文將本亦作鏘、據此則將者鏘之古文也、磬筦之聲
小於鐘鼓、故曰鏘鏘、鐘鼓音大易厲、故貴和、磬筦音清難合、故貴集、喤喤訓
和、將將訓集、皆引申之義也、說文、穰・黍穰也、齊民要術、作肉醬法、寒月作之
於黍穰積中、此穰字正解也、今北方黍稷稭皆謂之穰矣、黍稷之穰、縱橫狼
籍、有衆多之意、爾雅、穰穰福也、福之多曰穰穰、豐年禾黍之多亦曰穰穰、其
義一也、樂以宣執競之心、播無競不顯之烈、功成樂作、則武王儼然如在、祭
則受福、正受此成康之緒耳、威儀反反者、反反、自反也、賓之初筵傳、反反言
重愼也、說文、反、覆也、凡言反覆者、皆愼重之意、故此傳又以反反爲難、正義
釋爲重難、重難猶重愼也、降福大則受之者恐不勝、威儀反反則無不勝之

慮矣、既醉既飽者、言神既鑒吾之誠、歆吾之祀、醉飽無怨恫、而降福不厭也、福祿來反者、見禮終不倦、故福亦反復之而不厭也、乃勉後王之辭、

執競一章十四句

思文。后稷配天也。

箋曰、此郊祀后稷以配天之樂歌也、郊禮有二、而皆配以后稷、一爲迎長日之郊、一爲祈穀之郊、此則迎長日之郊也、后稷之配南郊、與文王之配明堂、其義一也、我將主言文王饗其祭祀、不說文王可以配上帝、此篇主言后稷有德可以配天、不說后稷饗其祭祀、兩序之作、於我將言宗文王、而不言配天、於思文言配天、而又不言郊后稷、言饗祀而配天可見、言配天而饗祀亦可知也、李樗曰、古之祭者、必以其祖配之、公羊宣三年傳曰、郊則曷爲必祭稷、王者必以其祖配、自內出者、無匹不行、自外至者、無主不至、則后稷所以配天、蓋所以尊祖也、黃以周曰、爾雅釋天曰、禘大祭也、禘从示从帝、帝、天也、故在釋天中、禘爲大祭之名、祖廟五年之禘、對四時常祀爲大也、冬至啓蟄二郊之禘、對祖宗爲大也、祭法又分郊禘爲二者、冬至之禘、對啓蟄郊爲更大也、禘郊在丘壇以祀天帝、曰禘郊、所以別祖宗之爲廟也、祖有德、宗有功、爲廟之不毀者、曰祖宗、亦以見禘郊之不必用其姓也、是以四代之祖宗、皆其所自出之先人、舜受堯禪、雖外戚情同父子、亦不必以非其姓嫌之、而禘郊之配、不必皆祖宗、如舜郊嚳、舜非嚳後、殷人禘嚳、殷亦非嚳後、周人禘嚳、猶殷人禘嚳、無取乎後不後也、四代之禘、不以其祖配之者、禘以祀昊天、自古昊天之配、

皆有功德、而爲天子者也、有功德不爲天子不以配者、郊以祀五帝、以尊天地、以崇帝也、此百王之所同也、三代之郊、又以其祖代配昊天、以祀五帝、五帝之祀、配以人帝與昊天同、而爲諸侯之有功德者、亦嘗從人帝而祔食焉、此又與昊天異也、契稷身爲諸侯、雖有功德于民、不以配昊天、而得專配五帝者、亦以其子孫爲天子、可以其祖配自出帝耳、不然契稷卽有功德、當如勾芒后土之屬、祔食於壇、安得專配於郊乎、此孔子所以歎追祖配天之爲大孝也、鄭王肅之注祭法、互有出入、鄭得禘郊之義、而失在祖宗、王得祖宗之義、而失在禘郊、祭法之言、本於國語、國語曰、禘、郊、祖、宗、報·五者國之祀典也、如鄭說合祭明堂曰祖宗、是五祀止爲四祀、於國語之文未合、鄭之誤一也、祭法言祖宗、不及明堂、孝經言宗祀明堂、又不及祖、如鄭說文武並配明堂曰祖宗、是兩祀牽爲一祀、於孝經之文亦未合、鄭之誤二也、史記、堯舜禹稷契·同出黃帝、駁之者據潛夫論、帝嚳爲伏羲之後、其後嗣姜嫄生后稷、堯爲神農後、舜爲黃帝後、禹爲少昊後、契爲顓頊後、則二帝三王不一出於黃帝審矣、然謂虞出黃帝夏出少昊、非顓頊後、又與左傳國語諸文違、亦爲未覈、史記緜之父顓頊、蓋據左傳顓頊不才子之文也、其實左傳所言不必一世、故曰世濟、班氏律歷志、顓頊五代而生緜、近之矣、王肅偏據史記以立說、其誤一也、祭法禘郊祖宗、以祀典之大小順言之、如王肅說、禘爲廟祭、則郊當在禘上矣、且如其說、禘嚳祖文宗武、皆宗廟之正祭、記乃於宗廟祭中羼一郊天之祀、於嚳文武正祭中羼一郊稷之配享、何其雜廁不倫乎、王肅所解、未合祭法本文、其誤二也、大傳曰、禮不王不禘、禘謂郊天、禮惟天子得郊天、諸侯否、王肅說此爲追祀遠祖於始祖之廟、申之者謂、諸侯不敢祖天子、契・稷・諸侯也、商周以爲始祖、及爲天子、乃追始祖所自出之帝而禘嚳、禘者享帝之祭也、不爲天子不得祖天子、是謂不王不禘、抑知禮言諸侯不敢祖天子、以國之存者爲言、如周天子在、魯不得祖文王、是也、若其國亡君滅、則諸侯可以祖天子、如夏亡而杞郊禹、是也、契稷無父而生、傳有明文、欲追始祖所自出、亦祭女娀姜嫄而已、何必禘嚳、令契稷果嚳後、殷周卽爲諸侯、亦當祭嚳、而大傳又何以云不王不禘乎、如王肅說、於大傳之文亦未合、其誤三也、且嚳無專廟、而祭於稷廟、俾后稷壓於所尊不得申始祖之嚴、於嚳則爲屈、於稷則又褻、令稷果嚳後、猶曰配享、如嚳非稷祖、不幾同夏相之奪祀乎、後世開創之君、多無遠祖可追祀、唐天寶時、從王肅說、追李聃爲祖之所自出、禘於大淸宮、認他人祖爲己祖、遺笑於天下、如王肅說、不合於古、不宜於後世、其誤四也、祭法之文本國語、還當以國語之言證祭法、國語云、禘郊不過繭栗、烝嘗不過把握、此卽記祭天地、牛角繭栗、宗廟角握之說、則禘郊是祭天也、又云、天子禘郊之事、必自射其牲、諸侯宗廟之事、必自射其牛、刲羊擊豕、此卽記祭天特牲、宗廟大牢之說、牛羊豕爲大牢、於宗廟之事臚言此者、明禘郊射牲爲祭天特牲也、一以禘郊對烝嘗、一以禘郊對宗廟、與此禘郊對祖宗、爲文正同、則祖宗之卽爲宗廟可見、禘郊之異於宗廟烝嘗亦可見、

思文后稷。克配彼天。立我烝民。莫匪爾極。 極、中也、

貽我來牟。帝命率育。無此疆爾界。陳常于時夏。牟，麥。

率，用也。○貽音夷，字又作詒，界唐石經作介，傳麥下延文本有也字。

箋曰，思，語辭，文是裁成輔相，開物成務，正經天緯地之文也，莫匪爾極陳常時夏，祇發明一文字，古今稱天文而不稱地文，日月星漢，天之文也，至于地卽成平而後，黃茅白草塊然爾，自稷教稼，而荏菽麻麥等，發秀穎栗，披紛被野則文，因而舉世粒食，籩豆烝亯飪，餴香椒馨則又文，迨至五品克從，禮樂百度，并然而舉，而文至矣，日月由以光華，星漢由以燦美，卽天文實賴之不墮也，頌曰思文，良有深意，後世郁郁之盛，實醞釀於此，○立我烝民莫匪爾極者，立當如字，極，皇極民極之極也，民食不足，何以錫極，故立極於民者，以唐虞之道化，本諸后稷也，傳云，極中也，中者天保所謂爾德，君牙所謂惟爾之中，所謂常性是也，是中也人性之所固有，民之中卽后稷之中，故曰莫匪爾極，所謂羣黎百姓徧爲爾德者，古賀煜曰，鄭箋立當作粒，集傳本此，康成以尙書有烝民乃粒之語，故改經文以遷就臆見，殊不思書乃正言，詩乃倒言，立自立，粒自粒，奚可混以爲一，立我烝民莫匪爾極，猶書所謂皇建其有極，宋儒所謂爲生民立極者，立字與下極字緊應，言后稷所以立烝民者，莫匪后稷所得之極，蓋民莫不有極，而不能自立，得后稷之輔翼匡直，然後克有立，及其旣立，又非分后稷之極以與之，傳所謂則而象之者是也，此極贊頌后稷之詞，又理致精到之語，左傳成十六年，申叔時曰，上下和睦，周旋不逆，求無不具、各知其極、故詩曰、立我烝民、莫匪爾極、杜註、言先王立其衆民、無不得中正、周語芮良夫曰、夫王人者、將道利而布之上下者也、使神人百物無不得其極、故頌曰、思文后稷、克配彼天、立我烝民、莫匪爾極、豈可改作粒乎、○貽我來牟、卽所謂誕降嘉種也、貽・遺也、來牟與天地俱生、至稷而後識之、以爲粒食之輔、故曰貽我、古人祇稱麥爲牟、累言之則曰牟麥、詩稱來牟者、乃專因周家之瑞、謂此瑞麥爲來牟、是來本非麥之通名、故傳不釋來字、鄭亦不以來爲麥名、然至鄭引古文泰誓云武王渡孟津火流爲烏五至、以穀俱來、此謂遺我來牟、則失於好怪、泰誓乃武王誓孟津時也、此貽我來牟乃后稷教民事、以武王之事乃以爲后稷稼穡之言、其說不辨自破、總之此詩來牟、下言帝命、臣工來牟、下言將受厥明、明昭上帝、則來牟確爲周家瑞麥、故有是稱、漢書劉向傳引詩作貽我釐麰、文選典引注引韓詩作貽我嘉麰、皆此意也、但麥之爲穀、始于上世、非至周初始有、故傳第訓牟爲麥、孟子亦但言麰麥、在當時本不分大麥小麥、廣雅、麳小麥、麰大麥、趙注孟子、麰麥大麥、乃後人所分耳、帝命率育者、雒書曰、天錫來牟、此曰帝命、其事一也、育讀如五穀熟而民人育、育養也、言天命后稷、率此人民而育養之也、傳訓率爲用者、釋詁、率・由・自也、君子陽陽傳、由・用也、唐羔裘繇傳、自・用也、是率由自三字訓同、故爲天命用此牟以養民人也、無此疆爾界者、對彼爲此、對我爲爾、皆互文、言無以此爲我之疆、無以彼爲爾之界、無有內外彼己之殊也、界釋文作介、訓大、非也、介古界字、文選魏都賦注引韓詩章句云、介、界也、○陳常于時夏者、昭二十年左傳、布常無藝、杜注、言布政無法度、此詩陳常謂布其農政也、農政、畎澮及培殖之常法也、言無彼此疆界之別、布其農政甚弘大而無所不至也、則樹藝之教、於是乎備、生養之利、於是乎周、而徧天下之民無復有阻飢之患矣、詩尊后稷而特言來牟者、麥是接絕續乏之穀、夏時舊穀既沒、新穀未升、民無以續食、便有生養不偏處、后稷降是嘉種、大爲生民啓厚生之利、唐虞時雍之本在茲、乃使烝民無不得其極者、此后稷之文所以配天、而無慚德也、集傳解常爲君臣父子之常道、與上文疆界大不相承、且謂五典爲五常、起于後世、古無是言也、又釋夏爲中國、且謂肆夏納夏因時夏語得名、然則執競不言夏、何以名昭夏乎、龜井昱曰、來牟之事、以本邦之古視之、大有可念者、自吉備公如唐、朝廷命民種麥、有司甚力、然民不從者數世、至刈青麥食馬、久而後民悟其利、大賚民食、因知后稷深知來牟之利、以身先民、遂以贊天地之化育者、實生民萬世之父母也、周之子孫、寵神而靈異之亦宜、釐麰之釐、與禧通作、蓋與嘉鏊一意也、並係之祥瑞、天工開物云、

思文一章八句

箋曰、后稷配天一事也、生民述事、故詞詳而文直、思文頌德、故語簡而旨深、雅頌之體、其不同如此、

清廟之什十篇十章九十五句

毛詩會箋

臣工之什詁訓傳第二十七　毛詩周頌

臣工。諸侯助祭遣於廟也。延文本廟下無也字、○箋曰、遣於廟、言遣自廟也、朱子改爲戒

農官、戒農官何與於頌、諸侯守土、民事爲先、故於來朝助祭歸、而申飭王章、稼穡其首務也、周先王力農開國、故告於廟、以祖德訓之、所以爲頌也、詩第言臣工耳、若不見其爲諸侯者、然果王朝之臣、則於臣工第云敬爾在公可矣、何以又云王釐爾成、來咨來茹也、此乃諭之以王所賜成法、動當稟於天朝、毋或自專、來者自外之辭也、非所施於畿內、於保介第云莫春求新畬、及命衆人以庤錢鎛觀銍艾可矣、何以云將受厥明迄用康年也、此又諭以我朝之得天眷、諸侯亦與受其福、如桓詩所謂綏萬邦屢豐年者、若泛以指農官、明涉於躐辭矣、蓋天下之大、非一人智力所能周、必衆建諸侯、以分理之、然各君其國、各子其民、王命易於壅遏而不行、故惟有道以綱紀其間、絲聯繩牽・而皆受命於天子、則政出於一、然又非束縛馳驟之謂、天子代天以理物、而諸侯又代天子以理物、天下猶一家、中國猶一人、而無所私意於其間、觀於來咨來茹見之矣、先王之於諸侯、仁至義盡如此、譙郡張氏曰、先王深知義禮之本原、起於稼穡之際、故其於農事、常首先天下之政、諸侯助成王祭、其歸而戒之以農事者、由此故也、先王巡四嶽、較諸侯之善惡、其慶始於土地辟・田野治、其罰始於土地荒蕪・田野不治、夫惟戒諸侯之事、莫急於新畬之勤、制諸侯之賞罰、莫先於田野土地之政、則夫先王之意、概可見矣、

嗟嗟臣工。敬爾在公。王釐爾成。來咨來茹。嗟嗟、敕之也、工、官也、公、君也、嗟嗟保介。維莫之春。亦又何求。如何新畬。田二歲曰新、三歲曰畬、於皇來牟。將受厥明。明昭上帝。迄用康年。康、樂也、命我衆人。庤乃錢鎛。奄觀銍艾。庤、具、錢、銚、鎛、鎒、銍、穫也、○釐力之反、茹如預反、莫延文本作暮、於音烏、迄許乞反、庤持恥反、鎛音博、銍珍栗反、銚七遙反、鎒乃豆反、延文本傳敕下無之字、具下銚下鎒下並有也字、

箋曰、嗟嗟、發語嘆辭、與單曰嗟無異、此與下篇以嗟嗟噫嘻發端、蓋稼穡艱難、故重其詞也、臣工、羣臣百官也、通諸侯卿大夫言之、此詩則專指諸侯、臣工二字平列、猶官府之比、酒誥殷之迪、諸臣惟工、小爾雅、工、官也、堯典允釐百工、史記五帝紀作信飭百官、皆工卽官之證、鄭以臣爲諸侯、工爲卿大夫、非詩義也、在公謂居君位而行君事也、○王釐爾成來咨來茹者、釐、賜也、成、成法也、茹、度也、嗟臣工、宜敬爾事而不怠焉、周家成法雖備、而其閒土宜不同、風氣不一、有許多調停纖悉處、務要講求之審度之、而後可行、不可視爲具文也、法何以云成、若朝更夕改、則耳目紛、心志亂、將有數搖徙以亡其功

者、故成法一定而不可易也、然泥法之弊、與廢法均、故必咨詢之、審度之、蓋因法而求所以善用法也、○嗟嗟保介者、保介蓋言宜保民而輔相之也、命我衆人以下、助民務之事也、韓詩外傳、楚莊王制節守職、反身不貳、其霸不亦宜乎、詩曰、嗟嗟保介、莊王之謂也、此只保介其身之謂也、毛公不注、其無深義可知、鄭箋以保介爲車右、據月令天子親載耒耜、措之參于保介之御間、以爲車右衣甲持兵、故曰保介、保猶衣也、之猶與也、謂參於保介與御者之間也、呂氏春秋孟春紀、是月也天子乃以元日祈穀于上帝、乃擇元辰、天子親載耒耜、措之參于保介之御間、率三公九卿諸侯大夫、躬耕帝藉田、天子三推、三公五推、卿諸侯大夫九推、高誘注、保介、副也、蓋讀介如賓介之介、副是天子之副、卽下文三公九卿諸侯大夫也、天子躬耕、則三公以下爲副、諸侯躬耕、則三卿以下爲副、則保介爲天子藉田時皆所率耕之人矣、然臣工詩實不言耕藉也、鄭箋亦非、月令言親耕秉耜、無庸更有被甲之人、守視耕器、月令保介固指車右、亦以副貳爲義、謂其同車輔佐、是保介爲車右之別稱、非以其衣甲而名之也、古者士大夫皆嫺於射御、故君之御及車右、皆以大夫爲之、初非別有甲士、朱子亦疑車右不過勇力之士、與農事無涉、故用高注、以副爲農官之副、然凡官有長必有貳、何由知此副定屬農官乎、若農官則詩中每言田・畯、不謂之保介、況又以爲農官之副、將以何者爲農官之正乎、又何乃獨戒其副乎、維暮之春者、箋云、周之暮春、於夏爲孟春、諸侯春朝用孟月、故於周之晚春遣之、蔡氏書傳引此、以爲麰麥將熟、其爲夏之暮春三月可知、殊不知孟春之時、三陽初動、麥已生長、故先言來牟之受明、繼之以迄用康年、奄觀銍艾、總祈一年之內、五穀皆熟也、詩止曰將受厥明、不曰來牟將熟、將之云者、未至而預期之詞、其曰如何新畬、命我衆人庤乃錢鎛、卽七月之詩言於耜舉趾、周官遂大夫正歲簡稼器、修稼政、皆夏正孟春事也、若待建辰之三月、始治新畬、始庤錢鎛、不亦晚乎、況此於廟中遣諸侯、而勑其下、播爲頌詩、固宜從本朝正朔、詳詩語氣、總暮春一時告戒、所謂三時之望、全係于此、故動色咨嗟、示以敬求之實、如何新畬者、問所治之新畬今如何也、新墾最費力、故舉新以該舊也、言時方暮春、汝歸而又何求、將如新畬何、民事不可緩也、不助而戒督之必怠、稱新畬者、田野之日闢也、易无妄馬融注、菑、田一歲也、畬、田三歲也、坊記鄭注、田一歲曰菑、二歲曰畬、三歲曰新田、鄭說非也、說文、畬三歲治田也、孫炎云、菑始災殺其草木也、新田、新成柔田也、畬、和也、田舒緩也、郭璞云、今江東呼初耕地反草爲菑、說文、菑不耕田也、不耕爲菑、猶休不耕者爲萊、新謂耕二歲者、畬謂耕三歲者、易董遇注、悉耨曰畬、蓋至三歲悉可耕耨矣、此詩新畬就耕田說、若采芑新菑就休耕之田說、故有可采之芑、立文自有不同、如何二字、包許多人事在內、問之也亦趣之也、○於皇來牟將受厥明者、來牟后稷之嘉種、故尊而靈之曰皇、爾雅釋詁、明、成也、凡物至於成熟、則必分外光彩、故明有成義、言新畬有於美之來牟、將受其成熟也、周語曰、守終純固、道正事信、明令德矣、言令德已成也、又曰、和平則久、久固則純、純明則終、言純成則終也、史記李斯傳曰、大山不讓土壤、故能成其大、河海不擇細流、故能就其深、王者不卻衆庶、故能明其德、明與成就同義、據此訓明爲成、謂莫春之時、麥已將熟、故云將受厥成也、韡村先生曰、周井田之制年一稼、求之七月三之日于耜、四之日舉趾、是春耕、十月納禾稼、黍稷重穋禾麻菽麥、是秋冬收、斯篇云維暮之春如何新畬、戒耕也、而於皇來牟將受厥明、是麥至四五月方熟、正如今時夏稼也、然田以歲耕種者爲不易上田、則雖夏稼亦止一稼耳、○明昭上帝者、昭訓顯、亦明也、猶言明明上帝也、迄用康年者、迄爲幾之叚借、言有明顯上帝、故庶幾于康年耳、云將者、且然而未必然之辭、幾則有冀望之義焉、史記晉世家毋幾爲君、呂不韋傳、則子無幾得與長子、索隱並云、幾謂望也、有期必之義焉、有明顯之上帝、故可冀望而期必於康年也、康年卽康食之康、商頌曰、自天降康、豐年穰穰、言將享受此來牟之獲、不獨來牟之熟可必而已、上帝方明、禍福不忒、汝能敬君事、勤民務、至于西成之時、又將受康穰之福矣、此豫祝秋成之辭也、康年之休祥、主熟田而言、熟田本業也、如新畬其數不多、實不足論豐歉、集傳總爲新畬之事、謬矣、○命我衆人庤乃錢鎛者、衆人・天子之民也、故曰我、錢鎛・諸侯之器也、故曰乃、庤峙同、爾雅、峙・具也、考工記注、引作偫乃錢鎛、說文、偫・待也、儲偫也、庤・儲置屋下也、義皆相近、錢鎛與銍三者皆田器、錢以起土、用于春耕、鎛以去草、用于夏耘、銍以穫禾、用于秋收、傳云、錢・銚也、鎛・鎒也、銍・穫也、銚與鎒廣其名、穫言其用矣、陳啓源曰、錢本田器名、卽淺切、後世借爲貨泉字、讀如全、他書史皆然、惟此詩錢字、猶存本音本訓、馬瑞辰曰、銚古假作斛、爾雅、斛謂之疀、郭注皆古鍬鍤字、文選注引爾雅作鍬謂之鍤、是斛卽鍬、疀卽鍤也、釋名、鍤、插也、插地起土也、今俗通以插地起土者爲鐵鍬、猶古語也、釋名、鎛・鋤類也、今按古耨以薅艸、然有傴薅立薅之分、釋名、槈似鋤、偃薅木也、鎛亦鋤田器也、鎛、迫也、迫地去艸也、是則鎛鎒一物、皆偃薅所用、其柄短、呂覽任地篇、耨柄尺、此其度也、其耨六寸、所以間稼也、是也、鋤正作鉏、說文、鉏·立薅斫也、爾雅·斫謂之鐯、郭注、钁也、說文、钁·大鉏也、其柄長、六韜軍用篇、棨钁刃廣六寸、柄長五尺以上、是也、鎛爲鉏類、而非卽鉏也、○奄觀銍艾者、奄、大也、徧也、釋文正義皆以錢鎛銍爲三器、然毛但訓銍爲穫、鄭云必多銍艾、似不以銍爲田器、良耜·穫之挃挃、傳、挃挃、穫聲也、說文、銍·穫禾短鎌也、挃穫禾聲、是挃與銍有別、而此詩作銍者、假借字也、生民正義引鄭注尚書二百里銍云、銍謂刈穗斷去藁也、亦是以銍爲挃借耳、艾亦乂之假借、說文、乂·芟艸也、或作刈、乂穫乂穀也、是芟艸穫穀通謂之乂、言汝須告喻衆民以力田、具農器以賚民、上下恪敬於農、至秋成而大觀民之豐收也、此篇顧氏詩本音、以茄畬帝艾四韻爲長調、工公求牟年人各爲韻、

臣工一章十五句

噫嘻。春夏祈穀于上帝也。　箋曰、祈猶禱也求也、月令、孟春天子乃以元日祈穀于上帝、此春祈穀也、月令、仲夏命有司爲民祈祀山川百源、大雩帝用盛樂、乃命百縣雩祀百辟卿士有益於民者、以祈穀實、此夏祈穀也、桓五年左傳稱、啟蟄而郊、龍見而雩、啓蟄建卯之月也、蒼龍之宿、昏見東方、建巳之月也、與月令小異、然其爲春夏則同也、雩正祭、大雩旱祭、雩用樂、大雩用盛樂、春秋經、常雩

不書、秋三月書大雩者凡二十、皆是因旱而急求、非雩月之正也、噫於其反、嘻音喜、

噫嘻成王。既昭假爾。率時農夫。播厥百穀。噫·嘆也、嘻·勑也、成王·成是王事也、

駿發爾私。終三十里。亦服爾耕。十千維耦。私、民田也、言上欲富其民、而讓於下、欲民之大發其私田爾、終三十里、言各極其望也、○假音格、率韓詩作帥、三十唐石經作卅、亦延文本作奕·卷子本亦傍注云、本作奕、傳勑卷子本作和、成王二字、卷子本傍注云本無、

箋曰、噫嘻、疊韻連緜字、歎聲也、古人用歎詞不一、有驚而歎之者、有惡而歎之者、有美而歎之者、此經當是歎美成王事者之能勸農重穀耳、勸農是一代重典、故以噫嘻發端、正義本傳嘻勑也、蓋以嘻爲釐之假借、書允釐百工、史記作信飭百工、釋名、勑·飭也、釐可訓飭、即可訓勑、釋文本作嘻和也、說文、和相譍也、蓋以噫爲歎而嘻和之、嘻即譆之叚借、譆·譍聲之詞、然均非詩義也、既昭假爾者、假·至也、昭假言其德格于天也、書曰、有若伊尹格于昊天、言其德昭格也、詩凡言昭假者、義爲昭其誠敬以假於神、昭其明德以假天、精誠表見曰昭、貫通所至曰假、言噫嘻我周自后稷以來、世勤稼穡以成王業、其德既昭假矣、宜爲天之所佑也、爾說文作尒、詞之必然也、經作爾者假借字、爾固从尒之聲義也、鄭箋以矣字代尒字、孔疏以如此二字代爾字、雜記

曰、宦於大夫者之爲之服也、自管仲始也、有君命焉爾也、言有君命乃如此
也、孟子告子上、非天之降才爾殊也、言非天之降才如此其殊也、古人音濁、
爾之古音與矣相近、亦如此之合音也、○率時農夫者、率帥古字通用、時是
也、率時農夫、如祈穀之後、卽躬耕帝藉、此尤其大者、又如月令所云孟春命
田、孟夏命野虞司徒、仲秋命有司者、不一而足、若大田甫田並云曾孫來止、
與孟子所云省耕省斂、則皆身自巡焉、足知三代盛時少惰農、皆王者精神
之所貫徹也、鄭以農爲主田之吏、是讀夫如大夫之夫、率人曰夫、凡經傳言
準夫、牧夫、嗇夫、馭夫、膳夫、宰夫、皆率人之義、正義云若田農之夫、非王所親
率、故知農夫是典田之吏、然據甫田食我農人傳農夫食陳、則傳意農夫卽
農人、於下文駿發爾私、文氣尤順、國語、王耕一撥、班三之、庶人終于千畝、庶
人卽農人、何言田農之夫非王所率、正義以鄭義爲毛義、失之、播厥百穀者、
播猶種也、文選東都賦注、引韓詩薛君云、穀類非一、故言百也、駿發爾私者、
駿·疾也、周語、土乃脈發、韋注引農書曰、春土冒橛、陳根可拔、耕者急發、駿發
卽急發也、呂氏春秋音律篇曰、大簇之月、陽氣始生、草木萌動、令農發土、毋
或失時、亦駿發之義、考工記耜廣五寸、二耜爲耦、一耦之伐、廣尺深尺謂之
畎、伐通作坺、說文、坺、坺土也、一臿土謂之坺、段注、一臿所起之土謂之坺、是
伐坺字異而音義同、周語、王耕一墢、韋注、一墢一耜之墢、墢亦伐也、考工記
一耦之伐、謂所起發之土、量得二耜、合於一耦之數、則謂之伐、正義言以耜
擊伐此土、失之、爾受上農夫也、私·民田也、祈穀之禮、所以爲蒼生、故以私言
之、朱傳云、溝洫用貢法無公田、故皆謂之私、此言非是、井地有公田、故在民

者、以私別之耳、若無公田、安得名之以私哉、正義曰、毛以所在皆有公田、在民井田之間、亦當民所耕發、而云駿發爾私者、上意欲富其民而讓於下、欲是民意之先公也、此云駿發爾私、言不及公、上意之讓下也、以彼公私相對、民之大發私田、使之耕以取富、故言私而不及公、大田雨我公田、遂及我私、知此言私對公、此疏申毛甚當、鹽鐵論取下篇曰、君篤愛臣盡力、上下交讓、而天下平、浚發爾私、上讓下也、遂及我私、先公職也、此言正與毛合、但私者對公言之、經不及公、所以爲讓富於民、並非此中絕無公田、若因此謂是溝洫用貢法無公田、則是本皆私田、何必言讓、且此詩祈穀上帝、以天子而戒農播穀、何以所言止及鄉遂、而不通於畿甸乎、終三十里者、終、言盡之也、三十里是正方三十里、九百井之地矣、四旁有川、耕夫七千二百人、詩稱十千者、萬盈數也、不言萬而言十千者、所以足句也、且民有餘夫、耕時亦有疆、以其數有加焉、不止于七千二百矣、種萬夫亦可矣、又川流必紆舒以進、不能直遂、水之性也、然則正方三十里、亦大概言之者、不能應準繩磁針也必矣、不可拘說、其一川之間、亦有邑居池澤可知矣、傳云言各極其望也者、上欲望民之富、今私田三十里、以大發之、是謂各極其望也、亦服爾耕者、亦猶曰既終而又發也、其實川川一時並發也、服耕卽發也、舉一川而可以徧畿內、卽可以徧天下矣、十千維耦者、耦、二人並耕也、二人並耕、則十千維耦實五千耦耳、鄭箋云、一川之間萬夫、故有萬耦、錯矣、維耦謂萬夫悉作、各爲耦耕也、非朱傳萬人如一耦之謂、周禮興鋤利民、又曰、以歲時合耦於耜、興鋤使之通力合作也、合耦謂配合其力之相等者、俾强不獨勞、弱不獨逸也、言今我大發農夫之田、以盡三十里、又使萬夫耦耕、川川相望、無所不盡其力、上帝庶乎其降康歟、終三十里、欲其地之無遺利也、十千維耦、欲其人之無遺力也、古之聖王、其戒農有曰震雷出滯、土不備墾、辟在司冦、故民莫不震動恪恭于農、日服其鎛、則勞其筋骨、而靡驕心、安其田里、而無異志、不使游手逐末者、多于南畝之夫、此周家所以享國長久也、此詩

顧氏詩本音以爾與私里協、耦古音魚矩反、與夫穀韻、

噫嘻一章八句

箋曰、朱傳以爲亦戒農官之辭、則此詩宜在雅不在頌、詩中所言者、但言民從事於田畝、以爲人事於此盡矣、若夫百穀順成、非人之所能爲、天也、故於此而祈穀焉、詩辭有盡而意無窮、可以一唱而三嘆也、王夫之謂、子言其或繼周者、雖百世可知、謂知其損益也、立仲尼於嬴項之餘、通周之變、必有損周之道者、周頌三十篇、而豐年載芟良耜臣工噫嘻之篇凡五、靈星之祀一、乃孔子告樊遲不學稼、而孟子斥許行並耕爲小人之事、何耶、三代以下、粒食具、而可憂者不在此、損周禮者、其在斯乎、六國强秦、惟不損周、而且益之也、鞅之耕戰、悝之盡地力、汲汲上下交獎以謀食、而民之害氣以昌、後聖之所必損奚疑哉、魏源駁之曰、理欲同行而異情、王伯同迹而異心、孟子說齊梁以王道、皆不外乎勿違農時、數罟毋入汚池、五畝之桑、五母二母之雞彘、使其說施諸衡門韋布之儒、則與問舍求田之陳登曷異焉、天子家天下、諸侯家其國、庶人家其家、以家天下者、而但家

其家則亡、以家其家者、而爲天下人人謀其家則王、故曰、王道至纖至悉、此天理人欲同行異情之說也、我能爲君任土地、闢草萊、充府庫、今之所謂良臣、古之所謂民賊也、君不鄉道、不志於仁、而求爲之聚斂、是富桀也、然則使君嚮道志仁、而任土地闢草萊之政、有不卽爲良臣者乎、李悝之盡地、白圭之治生、商鞅之耕戰、皆知有己、而不知有人、知有國而不知有民、故孟子斥圭治水以鄰國爲壑、使耕戰盡地治生、皆爲小民謀其衣食、與孟子說齊梁易田疇薄稅斂者何異乎、孔明以管樂自比、以申韓治蜀、子産以刑書治鄭、後世議者未聞擯諸三代、此王伯同迹而異心之說也、春秋變周之文、從殷之質、董子謂漢繼大亂之後、宜損周之文、用夏之忠、是以文景之養民重農、與天下休息、雖未遑禮樂、而醇樸無爲、闇合孔子損文從質之誼、未聞其損養而專教也、然則有王者作、其得與民變革者、文質而已、至於教養之道、則百王相因、不得與民變革者也、利民之政千萬端、皆從養民重農而起、不利民之政千萬端、皆從不養民不重農而起、王氏乃謂元后之爲生民計、尚有大於此者、然則孟子之說齊梁、孔子之足食足兵、先富後教、洪範之先食貨、後賓師、皆爲不知務乎、

振鷺、二王之後來助祭也。 二王、夏殷也、其後、杞也宋也、詩美其儀容以戒勸之、漢書酈食其說漢王曰、昔湯伐桀、封其後於杞、武王伐紂、封其後於宋、大戴禮少間篇曰、成湯乃遷姒姓於杞、列子殷敬順釋文引世本曰、湯封夏於杞、周又封之、

均與鄶食其言湯伐桀封杞合、是夏之封杞、實始於湯、紂時或已中絕、武王復以杞封之、故漢書梅福傳云、武王克殷、未下車存五帝之後、封殷於宋、紹夏於杞、正以宋是肇封故言封、杞是繼絕、故言紹耳、

振鷺于飛。于彼西雝。我客戾止。亦有斯容。興也、振振・羣飛貌、鷺・白鳥也、雝・澤也、客・二王後也、

在彼無惡。在此無斁。庶幾夙夜。以永終譽。

○雝唐石經延文本並作雍、傳同、惡烏路反、斁音亦、傳振振延文本作振、卷子本傍注亦同、羣飛貌、延文本作羣飛之貌也、

箋曰、以振鷺之潔白興二客之威儀焉、鷺解見陳風宛丘篇、詩中一字而傳以疊字訓釋者甚多、此振鷺卽與魯頌之振振鷺同、振振者盛也、在鳥則羣飛爲盛貌、故以振振爲羣飛貌耳、微子之命曰、修其禮物、作賓于王家、左傳僖二十四年皇武子曰、宋・先代之後也、於周爲客、是詩雖爲杞宋之來助祭而作、而其意則專在宋、以白鳥喻者、商尚白也、當與有客一篇參看、蓋爲古帝之後易、爲勝國之後難、古帝之後餘於愛慕而已、爲勝國後者、悵宗社之丘墟、悲衣冠之非昔、猜嫌難化、而疑忌易生也、毛傳以雝爲澤、說文曰、邕・四方有水自邕成池者、水經注、釋漁陽郡雍奴縣曰、四方有水爲雍、不流爲奴、皆與毛合、周禮雍氏注、雍爲隄防止水者也、凡止水處曰邕、假借字作雝、雍卽雝之隸變、曰西者寓東人西歸之意、韓詩以雝爲文王辟廱、後漢書邊讓

傳引薛君章句曰、鷺、潔白之鳥也、西雝˙文王辟雍也、言文王之時、辟雍學士皆潔白之人也、其義蓋謂、是文王親往視學之詩、其云我客者、卽辟雍學士也、然頌詩所云客、皆謂先代之後、且果謂學士、則在彼在此亦無義矣、或謂、此爲微子來助祭、先習射于澤宮作也、不知射以擇士、中者得與祭、此爲與祭之士言也、諸侯助祭者、當不在此例、若不中遂不得助祭乎、我客戾止、曰我客者、不純臣待之、如所謂虞賓在位、作賓王家也、戾、至也、亦有斯容者、斯容猶曰其容也、二王之後、禮物不與列國同、故殊美其容、所以寵異之也、此節應專指容儀說、下節無惡無斁、方說其德、○在彼無惡二句、在彼謂居其國也、在國無怨惡之者、國人安其豈弟也、在此謂其來朝也、人皆愛敬之、無厭之者也、在彼在此、欲其長服事王家、與國咸休也、無惡無斁、不見惡不見厭也、中庸及韓詩斁作射者假借字、與葛覃服之無斁、緇衣作服之無射同、朱傳載陳氏說、以爲彼不以我革其命而惡我、我不以彼墜其命而厭彼、誤矣、彼墜其命是爲可傷、有何可厭、厭之非人情、乃以無之自多乎、又無惡斁而有譽、同指客、句法本相應、若惡屬客、斁屬我、則與有譽文義不貫矣、庶幾夙夜者、庶幾字被上下句、望之之詞也、夙夜言匪解也、以永終譽者、永終於二王之後爲切也、夫以其不見惡不見厭、勸其永終譽、殆如家人父子語、以其爲先代後˙故接以殷勤之意、禮加列國一等、大見周家忠厚之美矣、

振鷺一章八句

豐年。秋冬報也。

箋曰、詩言天降康年、祖妣得以豐享、百禮得以洽備、秋而報焉、則方祭之謂也、冬而報焉、則蜡祭之謂也、以其同謂之報祭、故同歌、是詩也、鄭箋以烝嘗當之者、以詩言祖妣耳、載芟社稷辭與此同、胡不以爲烝嘗也、祖廟之祭、以展孝思、非報田功、王介甫以爲祭上帝、陳鵬飛以下多述之、且以序不曰上帝爲省文、然考之祀典、社稷有祈而有報、上帝則有祈而無報、尊之而不敢瀆也、季秋大饗明堂、非爲秋冬報也、而明堂樂章已有我將、何又歌豐年、序之非省文明矣、朱傳以爲祭田祖先農方社之屬、然田祖之祭在孟春吉亥、不在秋冬、又是祈祭、非報祭、至秋報社稷、當歌良耜、不應又以此詩爲樂章、集傳之說、亦未必然也、惟蘇傳以爲秋祭四方、冬祭八蜡者得之、八蜡詳見郊特牲、祭四方見於甫田篇、蜡之爲祭、所以報本反始息老送終也、其所致者川澤山林、以至土示天神莫不與焉、則合聚萬物而饗之者、非特八神也、而所重者八、以其尤有功于田故也、八神、先嗇也、司嗇也、百種也、農也、郵表畷也、禽獸也、坊也、水庸也、延文本報下無也字

豐年多黍多稌。亦有高廩。萬億及秭。 豐大、稌稻也、廩所以藏齍盛之穗也、數萬至萬曰億、數億至億曰秭、**爲酒爲醴。烝畀祖妣。以洽百禮。降福孔皆。** 皆、徧也、○稌音吐、廩力錦反、秭咨履反、畀必寐反、傳大下延文本有也字、齍音資、延文本作粢、盛音成、數色主反、

箋曰、豐年、大有年也、黍宜高燥而寒、稌宜下濕而暑、專言黍稻者、著水陸田皆熟、又主爲酒醴尤美者、爾雅稌稻、說文稻稌互訓、義本爾雅、鄭衆注周禮食醫、以稌爲稉、又注膳夫、以稌爲六穀之一、是皆以稌爲稻名也、說文秔或作稉、云稻屬、又云、沛國呼稻曰稬、是稬秔亦稻之通名、釋文引字林云、稬、黏稻也、秔、稻不黏者、李登聲類、亦以秔爲不黏稻、是皆以秔稬爲黏不黏之異名、蓋漢以後始然、非古義也、稬亦曰秫、秔亦曰秈、故廣雅云、秈、稉也、秫、稻也、是又以秔稻爲黏不黏之異名、皆後人異稱也、經典或單言稌、食醫云牛宜稌、此詩云多黍多稌、是也、或單言稻、論語食夫稻、內則稻醴淸糟、是也、是皆直言稻稌、不分黏與不黏、韓村先生曰、爾雅翼云、稻米粒如霜、性尤宜水、一名稌、然有黏有不黏、今人以黏爲稬、不黏爲秔、又有一種曰秈、比於秔小、而尤不黏、其種甚早、今人號秈爲早稻、秔爲晚稻、據此數種皆水稻、非陸稻、又曰、周禮稻人、以水澤之地種穀、是與遂人所掌井地各別、井地皆陸田、遂溝洫澮皆通水於川、其種必無稻、稻人所種則瀦防、溝遂列澮皆所以行水去水、然揚去前年所芟之草、而治田種稻則亦無一年再稼之田、○亦有高廩者、亦爲語詞、稻帶莖爲穗、去莖爲粟、脫粟爲米、傳云廩所以藏齍盛之穗者、意蓋主言粟以該米耳、明堂位、米廩有虞氏之庠、桓十四年穀梁傳、甸粟而納之三宮、三宮米而藏之御廩、此廩藏米之明證、公羊傳、御廩者何、粢盛委之所藏也、此廩藏粟之明證也、器實曰齍、在器曰盛、齍盛謂飯食也、以米粟爲之、萬億及秭者、釋文、數億至萬曰秭、一本作數億至億曰秭、一本是也、一切經音義卷六、引算經、黃帝爲法、數有十等、謂億兆京垓壤秭溝澗正載、及其用也有三、謂上中下、下數十萬曰億、中數百萬曰億、上數萬萬曰億也、毛傳於伐檀楚茨篇並曰萬萬曰億、此傳數萬至萬曰億、皆是據上數言、是知秭亦上數、當作數億至億曰秭、要之詩主詠歌、不同紀事、此詩欲極言黍稌之多、由萬而億、由億而秭、皆形容之辭、故雖數有二等、當取其多者言之、並非實計、年之所入、與廩之所藏、無容疑於數之寥闊也、韓詩以爲陳穀曰秭、高廩所藏黍稌萬億、皆新穀也、而言及秭、則陳穀亦在其中矣、醴者體也、上下一體、滓汁相將也、醴濁而泲之則清矣、烝畀祖妣以洽百禮者、烝進也、畀獻也、畀之爲獻、猶錫之爲貢、古字上下通用、進獻祖妣、謂祭先祖先妣也、洽徧也、百禮非特祭祀、養老享賓皆在其中、降福孔皆者、皆偕古通用、襄二年左傳、引詩作降福孔偕、福卽指豐登而言、隨事賴豐年之利用、則隨處徵神惠之普存、

故曰徧、

豐年一章七句

有瞽。始作樂而合乎大祖也。 ○大祖也、唐石經無大字、箋曰、大祖、后稷也、正義本作合乎大祖、故云言合乎大祖、則特告大祖、今正義本作合乎祖、非其舊也、正義云、定本集注直云合乎祖、無大字、釋文合乎祖也本或作合乎大祖、則定本集注及釋文本自作合乎祖、案無大字脫也、是序與雝禘大祖比、以示二篇相耦、鄭箋云、王者治定制禮、功成作樂、合者大合諸樂而奏之、正義以

箋合諸樂謂合諸樂器、非合諸異代之樂、是也、經云在周之庭、傳云縣鼓周鼓、正以見其皆爲周樂、不必合諸異代、況功成作樂、未必止大武一樂矣、云合者由經之所陳見之也、經乃奏、大合之也、作樂一代大典、故特奏之、未必徧及前王之樂、或謂合祭祖廟、而以爲祫祭之詩、或謂合乎樂祖則祭瞽宗之詩、或又以夏祭曰禴、以樂爲主、故其文從龠、取和衆聲、然詩不及禮儀品物、惟敷陳樂器則是合樂、而非合祭、先祖是聽、必非樂祖、夏禴乃時祭、非大祭、何以來助祭之客、正義以大祖爲文王、蓋以成王之祖爲文王也、不知治定制禮、功成作樂、形容功德、不得專告之文王、經云先祖是聽、則昭穆之主、無不聚於太祖之廟矣、

有瞽有瞽。在周之庭。設業設虡。崇牙樹羽。應田縣鼓。鞉磬柷圉。瞽、樂官也、業、大板也、所以飾栒爲縣也、捷業如鋸齒、或曰畫之、植者爲虡、衡者爲栒、崇牙上飾、卷然可以爲縣者也、樹羽、置羽也、應、小鞞鼓也、田、大鼓也、縣鼓、周鼓也、鞉、鞉鼓也、柷、木控也、圉、楬也、既備乃奏。簫管備舉。喤喤厥聲。肅雝和鳴。先祖是聽。我客戾止。永觀厥成。○鞉音桃、柷尺叔反、圉魚古反、栒荀允反、控苦江反、楬苦瞎反、延文本・經縣作懸、傳同、傳飾作餝、經雝作雍、唐石經同、以下爲字、縣

下者字、鞞下鼓字、並
卷子本傍注云、本無、

箋曰、瞽宗、殷學也、殷掌禮樂教國子之官名瞽、因瞽妄舊官名耳、樂以鼓爲節、故名官曰鼓、非必無目者、其後無目者、習樂而通、則爲之耳、周禮上瞽四十人、中瞽百人、下瞽百六十人、凡三百人、每人有視瞭相之、其賢者爲大師少師、重言有瞽、見其非一人、在周之庭者、在周大廟中之庭也、設業設虡者、視瞭設之、說文、業·大版也、所以飾縣鍾鼓、捷業如鋸齒、以白畫之、象其鉏鋙相承也、段注云、許說本毛、毛傳或曰畫之、或曰二字、乃以白二字之譌、段說是也、業爲懸樂之版、周禮樂正司業、謂樂官之長主司此業也、記言大功廢業、卽曲禮所云撤懸、謂廢此懸樂之業也、至弟子之言習業請業、皆謂書所問於版、以備遺忘、蓋弟子之有業版、猶人臣之有笏也、業又謂之筍、周官典庸器梓人、禮明堂位檀弓、皆言筍虡而不言業、此及靈臺、言虡業而不言筍、互相備也、虡之言舉也、從立兩旁以舉栒也、其足作獸象、崇牙樹羽、傳云崇牙上飾者、謂業上飾也、爾雅釋詁、崇·重也、崇牙蓋取兩層相承之義、故明堂位殷之崇牙注、夏于大板上刻爲龍、殷又於龍上刻畫之爲重牙、據此知業爲栒之上飾、崇牙又爲業之上飾、業爲平版、作鋸齒形、以白畫之、崇牙爲業上曲然高聳處、以縣鍾磬、故傳云卷然可以縣也、是鍾磬縣於崇牙、不縣於業、牙大齒小、上下相承、業畫齒、崇牙非畫也、解者以牙與齒爲一、失之、詩有業、又有崇牙、靈臺有業又有樅、傳亦必分釋之、其爲二物明矣、樹羽、置五采之羽於崇牙之上也、文選東京賦、李善注引樹羽傳作置羽於栒上以爲飾也、今少六字者、蓋誤脫、經言樹、傳言置者、置植古通用、植立也、置羽卽植羽、謂樹立也、應田縣鼓者、應、小鼓也、以助鼓節、卽大射禮應鼙是也、傳云小鞞、鞞乃鼙之借字、田、毛以爲大鼓、鄭則以爲小鼓、云、田當作朄、朄小鼓、在大鼓旁、應鞞之屬也、聲轉字變、誤而爲田、馬瑞辰曰、田从箋作朄、是也、周禮爾雅注、宋書樂志、並引詩應朄縣鼓、三家詩當有作朄者、故箋據以爲說耳、朄說文作軸、云擊小鼓引樂聲也、今按周禮大師鄭衆注、朄、小鼓也、小鼓爲大鼓先引故曰朄、朄讀爲道引之引、說文、軓·引也、申引字同部、則朄應从申聲、朄从申聲、與田字亦同部通用、朄借作田、猶陳轉作田也、故鄭云、聲轉字誤、變而爲田、又按大射儀、建鼓在阼階西、應鼙在其東、鄭注、應鼙、應朔鼙也、先擊朔鼙應之、鼙、小鼓也、又西階之西、一建鼓在其南、朔鼙在其北、鄭注、朔·始也、陳用之曰、儀禮朔鼙、卽朄鼓也、以其引鼓故曰朄、以其始鼓故曰朔、是以儀禮有朔無朄、周禮有朄無朔、其實一也、陳說是也、釋名、鼙裨助鼓節也、聲在前曰朔、朔、始也、在後曰應、應大鼓也、朄以引鼓、在前可知、朄之卽朔亦可知矣、詩言應朄、前後皆備、鄭君於小師擊應鼓注云、應與朄及朔皆小鼓也、其所用別未聞、此箋又以朄爲應鼙之屬、皆由不知朔與朄爲一耳、馬說是也、應田縣鼓·承上業虡崇牙言之、縣鼓二字插串上下、與虞書百姓如喪考妣、三載四海遏密八音、論語子在齊聞韶三月不知肉味、三載三月二字、皆插串上下、文法相類、蓋古人作樂、以鼓爲重、故那及是詩皆先鼓、明堂位云、夏后氏之龍簨虡、殷之崇牙、周之璧翣、樹羽、周制也、又云、夏后氏之足鼓、殷楹鼓、周縣鼓、縣鼓亦周制也、始作樂者、言之固宜特詳、足鼓、足謂四足也、楹鼓、楹謂之柱、貫中上出也、縣鼓、縣之簨虡而擊之也、鞉亦作鼗、卽大司樂之路鼗、爾雅釋文、鼗本或作鞀、同、傳云鞉鞉鼓也者、卽本那篇置我鞉鼓而言也、鞉解詳商頌那篇、周禮小師注、鼗如鼓而小、持其柄搖之、旁耳還自擊、賈疏云、後鄭解鼗依漢法而知、賈知鄭依漢法者、據置我鞉鼓、鄭箋置讀曰植、植鞉鼓者、爲楹貫而樹之、以彼貫而樹者爲古法、卽知持而搖者爲漢法矣、磬、朱子以爲石磬、磬師掌教擊磬、鄭以編磬釋之、是也、柷一名椌、圉亦作敔、一名楬、樂記、聖人作爲鼗鼓椌楬、鄭注、椌楬謂柷敔也、書益稷鄭注、柷狀如桼筩、投椎于其中而撞之、敔狀如伏虎、背上刻之、爾雅郭注、柷如漆桶、方二尺四寸、深一尺八寸、中有椎連底、挏之令左右擊、敔如伏虎、背上有二十七鉏鋙刻、以木長尺櫟之、李注、擊柷之椎、名謂止、戛敔之木、名謂籈、金鶚曰、益稷鄭注云、合樂用柷、敔以止樂、孔疏云、樂之初、擊柷以作之、樂之將末、戛敔以止之、鶚以爲不然、周語云、革木以節之、爾雅云、和樂謂之節、是節樂卽所以和樂、學記云、鼓無當于五聲、五聲弗得不和、柷敔與鼓同也、夫柷敔以節樂和樂、當如後世之柏板然、或二句一節、或一句一節、或一句二節、若始終止一用、何以節樂和樂乎、且節有止義、必節于終、未有節于始者、爾雅云所以鼓柷謂之止、是柷亦所以止樂也、說文云、柷、樂木空也、所以止音爲節、風俗通引禮樂記云、柷方三尺五寸、高尺五寸、中有椎、止音爲節、據此柷敔皆所以節止樂、不可謂柷以作樂于始也、書言合止柷敔、謂合其句而止之、合有和之義焉、止有節之義焉、合止皆兼柷敔、非柷合而敔止也、又止者暫止、非終止也、先儒皆以爲終止、旣與節字之義不合、而虞書此句、亦不當敘于笙鏞以間之先矣、升歌下管合樂、皆必以柷敔節之、故敘于下管之後、鼗鼓亦將、節樂、故與柷敔連文、瞽矇言播鼗柷敔、樂記言鼗鼓控揭、王制言柷將鼗將、爾雅鼗次于柷敔、皆此意也、然鼓所以節樂、亦所以先樂、柷敔但主于節樂、而不以先樂、故合止二字專屬柷敔也、唐六典舉麾鼓柷、而後樂作、偃麾戛敔而後樂止、大常沿襲相傳、皆爲先儒所誤也、考之經典、絕未有作樂先鼓柷之說、周語云、金石以動之、絲竹以行之、是金石先于絲竹、動之者謂先作而發動之也、大樂以金奏爲先、鐘師掌金奏、以鐘鼓奏九夏、鄭注云、先擊鐘、次擊鼓、虞書言升歌、首戛擊鳴球、大師登歌、先擊拊、拊亦鼓屬也、是升歌先擊特磬、次擊拊、大師下管先鼓朄、朄者小鼓也、然則鐘磬鼓皆以先樂、經有明文、奈何以柷先樂乎、樂記云、始奏以文、復亂以武、鄭注云、文謂鼓也、武謂金也、夫亂爲樂之終、而擊金以止之、則止樂亦以特鐘、以此始亦以此終也、八音惟金最洪、爲衆音之綱、故始終用之、若謂樂終戛敔、其音甚輕、何足以收衆音乎、金說是也、既備乃奏者、樂器皆備、乃合奏也、或言奏、或言舉、互相備也、樂有八音、詩中所舉者四、或舉重以該輕、或舉小以包大、故云既備耳、禮曰、歌者在上、匏竹在下、貴人聲也、在庭而後設、將奏乃升、敬事也、且云有瞽、則琴瑟不待言矣、下又總言既備、則絲金匏土之無不設可知矣、簫・編小竹管爲之、舜樂以簫爲主、故名韶箾、風俗通云、簫・參差象鳳翼、荀子解蔽篇云、鳳皇秋秋、其聲若簫、是簫形象鳳翼、音亦象鳳聲矣、通典引蔡氏月令章句云、簫編竹有底、大者二十三管、小者十六管、長則濁、短則清、以蠟蜜實其底、而增減之則和、管詳執競篇、周樂曰象箾南籥、蓋以簫管爲主、簫管以舞、故在備奏之後也、說者或以此詩分配升歌四節、金鶚曰、金奏下管、樂之大者、笙入間歌、樂之小者、故天子諸侯有金奏下管、而無間歌、大夫士有笙入間歌、而無金奏下管、此其等差也、燕禮有金奏升歌、下管、笙入合樂、而無間歌、有笙入者諸侯燕大夫、故卽以大夫樂樂之、非諸侯之正樂也、徧考諸經、皆無天子諸侯用笙間之說、金義爲允鼗磬柷敔簫管、大師掌其教、瞽矇掌其器、眡瞭掌其縣、其陳設之位、則禮器云、廟堂之下、縣鼓在西、應鼓在東、大射儀、樂人宿縣於阼階東、笙磬西面、其南笙鐘、其南鑮、皆南陳、一建鼓在阼階西南、鼓應鼙在其東南、鼓西階之鼓頌磬東面、其南鐘、其南鑮、皆南陳、一建鼓在其南東、鼓朔鼙在其北、一建鼓在西階之東南面、簜在建鼓之間、鼗倚於頌磬西紘、推射樂之陳設、可以知祭樂之陳設矣、○喤喤厥聲、肅雝和鳴二句、將堂上堂下一齊收舉、言人聲八音相應、無不和諧也、雝卽和也、然一於和而無以節之、非和也、惟肅雝相濟、皦如純如、乃和之至也、揚厲文武之樂、克當先祖之心者全在此、○我客二王之後也、我客戾止、則百辟百官不言、而其盛可知矣、永觀厥成者、樂者象成者也、故曰成、虞有九成、周有六成、舞亦入、故曰觀、與上聽字相應、據序始作樂而合乎大祖、固當有舞也、言二王之後、亦觀於周樂、而永仰天下之大成焉、此詩首二句、總序其事、卽用兩字爲韻、下乃分承之、結搆極整、

有瞽一章十三句

箋曰、魏源曰、君子讀周頌而知聖人存三統之誼、非於振鷺有客見之、而卽於有瞽見之也、有瞽始作樂、而合乎祖、然且曰有客戾止、永觀厥成、何耶、斂四海之和、動之以聲容、大鳴其豫、以綏昭明、悽愴之陟降、匪他是榮、而榮客之觀、無適而不榮也、斯道也匪直周道也、虁曰、祖考來格、虞賓在位、崇賓如祖、綏祖如賓、繇虞訖周一致矣、此豈三代以下之氣象也哉、秦代周而絕先王之祀、北齊周隋、相代而滅、漢唐宋之待前代、彼善於此焉、以言乎三統恭讓之情、如從栗冽而溯薰風矣、惰子忌兄弟之孝、賄臣忌朋友之忠、無德以存、忌鄰邦之盛、無道而興、忌故國之虞、故曰、心存者不患、道大者不憂、憂患亡而疑忌消、有客有客、亦白其馬、駿奔走在廟、其祼將服冔者、卽膚敏之殷士、在此者猶在彼也、箕子洪範陳之於武、微子樂器授之於周、道一而文質一、統一而王國侯邦一、治一而孫子功臣與勝國之嗣一也、故曰、三皇如春、五帝如夏、三王如秋、五伯如冬、漢唐以後皆伯也、視三代以上之氣象、如栗冽之於薰風矣、

潛。季冬薦魚。春獻鮪也。

箋曰、一詩而冬春兩用者也、此是常祭之外、別舉此祭、如漢原廟薦新之意、薦祭義同而微別、故穀梁桓八年范甯注、無牲而祭曰薦、薦而加牲曰祭、然則祭可以包薦、薦不可以包祭也、周官𩰫人、凡祭祀共其魚之鱻薧、曲禮云、薧魚曰商祭、鮮魚曰脡祭、則王於凡祭祀、其登俎者、奚適而不用魚哉、特季冬純用魚、而春薦新則專用鮪耳、集傳引月令曰、季冬命漁師始漁、

天子親往、乃嘗魚、先薦寢廟、季春薦鮪于寢廟、然取魚至於天子親行、其禮大重矣、月令固非周制、恐不得援以解周頌、正義謂、季冬卽月令季冬、春卽月令季春、然𠭥人第云春獻王鮪、夏小正二月祭鮪、傳以爲鮪者魚之先至者也、而其至有時、則獻鮪不必定是季春時、其新來行之耳、金鶚曰、薦者儉乎祭禮而爲之、而與祭異者也、祭必卜日、薦不卜日、祭有尸、薦則無尸、祭有牲、薦則無牲、祭有樂、薦則無樂、此其異也、天子諸侯之薦有二、一曰薦新、月令云、仲春之月、天子乃獻羔開冰、先薦寢廟、季春薦鮪於寢廟、孟夏以彘嘗麥、仲夏以雛嘗黍、孟秋嘗穀、仲秋以犬嘗麻、季秋以犬嘗稻、季冬嘗魚、皆先薦寢廟、凡薦新皆必物之新熟者也、先薦寢廟、注疏以爲薦於廟後之寢、先儒皆謂、廟藏神主、而祭以四時、寢藏衣冠几杖、而薦以新物、不知主者神之所依也、主藏於廟、則薦新亦必於廟、安得薦於無主之寢乎、竊謂、古者廟與寢同制、廟後又有寢、故廟亦曰寢廟、寢廟卽廟也、宮本與廟別、而喪服傳有築宮廟之文、是廟亦曰宮廟、寢廟猶宮廟也、經文雖言寢廟、其實止是薦於廟、非薦於廟後之寢也、薦本無牲、而天子薦新用羊彘犬、似亦有牲矣、然天子祭以太牢、牛羊豕三牲具備、而薦新僅用一牲、且羔異于羊、彘異于豕、犬非宗廟正祭所用、則亦可謂無牲也、一曰朔薦、祭法國語言天子諸侯有月祭、夫祭不欲數、月祭不亦數乎、竊謂、月朔之禮、薦也、非祭也、長樂陳氏以月祭爲薦新、不知薦新隨物熟之時、不必月月薦之也、喪禮於寢朔奠、與薦新同、則吉禮於廟朔薦、亦宜與薦新略同、春秋文公六年、閏月不告月、猶朝于廟、告月、告朔也、朝廟卽朔薦也、猶者可以已之辭、是告朔重於朝廟、天子告朔以特牛、朔薦當以特羔、諸侯告朔以特羊、朔薦當以特豚、禮器云、羔豚而祭、百官皆足、大牢而祭、不必有餘、大牢爲天子諸侯祭禮、則羔豚之祭、亦屬天子諸侯可知、且惟天子宗廟之祭乃有百官助祭也、薦本非祭、而此云祭者、散文通也羊豕爲牲、羔豚小、尙未成牲、所謂無牲而祭爲薦也、告朔百官皆至、故有百官助祭、若薦新則百官皆未必來助矣、天子玄冕告朔、則朔薦亦玄冕、諸侯皮弁告朔、則朔薦亦皮弁、大學始教皮弁祭先師、蜡祭亦皮弁、是皮弁亦祭服也、不服冕者、朔禮輕、不得逾於告朔、又宜別於正祭也、大夫士宗廟亦宜用朔薦、古人月朔皆加膳、天子朔食大牢、諸侯少牢、大夫特豕、士特豚、加于常食一等、孝子事死如事生、則大夫士月朔豈可無薦乎、但降殺于諸侯、不得薦以特豚、蓋陳其籩豆脯醢而已、王制曰、大夫士有田則祭、無田則薦、案祭與薦對言、是謂有田祭而不薦、無田薦而不祭也、鄭謂有田者既祭又薦、明與經不合、且此薦字、乃四時正祭貶降而爲薦、與薦新不同、孟子言君子之急于仕、而曰惟士無田則亦不祭、可知無田謂不仕者也、又言士無田牲殺器皿衣服不備、不敢以祭、可知此薦非薦新之薦也、大夫士雖無田、亦豈得不行四時之薦乎、若僅行薦新、則與庶人等矣、祭以首時、則薦亦宜用首時、若遲至仲月、是不敬矣、無田所以不祭者、以力不能備物也、若薦以首時、豈亦力不能備乎、如以爲薦新、則無定時、亦不必在仲月矣、

猗與漆沮。潛有多魚。有鱣有鮪。鰷鱨鰋鯉。 漆沮、岐周之二水也、

潛、槮也、

以享以祀。以介景福。

○延文本・鰋作鰋、傳槮作糝、猗於宜反、潛在廉反、鱣張連反、鮪于軌反、鰷音條、鱨音常、鰋音偃、槮素感反、

箋曰、那傳云、猗・歎詞、國語・猗兮違兮、韋注、猗・歎也、猗與猗猗兮也、漆沮詳緜篇、周公制禮、合萬國之歡心、以事其先王、則祭時備物、四海九州之美皆具、何必以漆沮非近京爲疑、況岐周爲與王之地、取其所有而薦之、示不忘本、亦思其所嗜之意、經言漆沮、傳言岐周、皆指其實、非以鎬岐相近、繫而言之也、正義失之、潛有多魚傳槮也、正義云、槮字諸家本作米邊、爾雅作木邊、積柴之義也、然則槮用木不用米、當從木爲正也、釋文云、槮、舊詩傳・及爾雅本・並作米旁參、小爾雅云、魚之所息謂之槽、槽・槮也、謂積柴水中、令魚依之止息、因而取之也、郭景純因改爾雅从小爾雅、作木旁參、音霜甚反、字林作罧、音山泌反、義同、馬瑞辰曰、潛與涔古音同通用、書沱潛既道、史記作沱涔、山海經西山經、大時之山、涔水出焉、郭音潛、是其證也、故毛詩作潛、韓詩則作涔、文選長笛賦李注、引韓詩薛君章句曰、涔、魚池、與爾雅槮謂之涔合、說文、罧積柴水中以聚魚也、淮南說林訓、釣者靜之、罧者扣舟、高注、罧者以柴積水中以取魚、扣・擊也、魚聞擊舟聲藏柴下、壅而取之、罧讀沙糝、今沇州人積柴水中捕魚、幽州人名之爲涔也、據云罧讀沙糝、玉篇槮與罧同、知糝槮皆罧之假借、正義謂當从木作槮、或據爾雅舍人注云以米投水養魚爲涔、詩疏引李巡注同、謂當从米作糝、皆肊說也、槮又謂之筌、莊子外物篇、筌者所

以在魚、釋文云、積柴水中、使魚依而食焉、是筌卽潛也、筌與潛亦音近而義同、胡承珙曰、槮謂之涔、爾雅列於釋器、若以米養魚、不得爲器、況漆沮大川、非可投米以養、若如韓詩謂涔爲魚池、則又當入釋地矣、爾雅旣與罭罶罩罹並列、則槮自是圍魚待捕之具、以上二說是也、積柴非一木、故从林、林非一木、罧亦网類也、故从网、當作罧爲正字、經作潛亦叚借字、傳訓槮者亦叚借字也、多者槪辭、北方魚少、魚爲貴、取之于祖所自興之地、于神嗜爲尤歆、鱣鮪解見衞風碩人篇、鄭箋以鱣爲大鯉、不過謂鯉類之稍大者、其小者自名鯉、不得名鱣、非如鮪之大者名王鮪、小者名叔鮪、又可通稱鮪也、然此二魚、詩凡三見、皆以鱣鮪連言、自是種類相近、王夫之曰、中華古今注曰、鯉魚之大者鱣、鱧魚之大者鮪、高誘淮南子注曰、鮪魚似鯉、集傳乃謂鱣魚似龍、黃色、銳頭、口在頷下、大者千餘斤、鮪似鱣而小、色靑黑、蓋沿陸璣之誤、而璣之誤則沿郭璞之不善讀爾雅也、爾雅之文、多一物連舉二名、以廣異稱、其釋魚曰、鯉鱣、句鰋鮎、猶言鱣·鯉也、鰋·鮎也、許愼說、鱣·鯉也、鰋·鮀也、鮀·鮎也、正與爾雅胳合、郭璞不解、分爲四句、各爲一種、乃謂鱣似鱏無鱗、肉黃、口在頷下、大者長二三丈、則是今之所謂黃魚也、集傳因以謂鮪似鱣而小、靑黑色、則是今之所謂鱘魚也、乃此二魚、唯江南有之、北方所無、故今制·湖廣以其鮓充貢、其爲魚也絕有力、釣者恆以機施百餘鉤、宛轉罥之、隨以大棓擊之、順流數十里、俟其力憊、乃可舉而出之水中、固非施罛之所能得、而潛是以積柴圍之、以小罟羃而取之、則其爲鯉鱧可知矣、後漢書楊震傳、鸛雀銜三鱣魚、卽鯉也、鯉、黑質朱尾、故都講以爲卿·大夫之象、言其玄上而纁下也、陸佃曰、鮪仲春從河西上、得過龍門、便化爲龍、否則點額而還、說雖諧俗、而言鮪則確、所謂點額者、頭上七星點也、龜井昱曰、冬薦多魚、雖無鮪亦幷言鮪也、春獻鮪、雖無多魚仍言他五魚、從來詩之辭如之、朱子說頌、總拘於辭、盍以是詩辨惑、何楷曰、鰷其形纖長而白、故曰白鰷、又謂白鯈、江東呼爲鮂、爾雅、鮂·黑鰦、是也、此魚好游水上、故莊子觀于濠梁、稱鯈魚出遊從容、以爲魚樂、明遂其性也、淮南子曰、不得其道、若觀鯈魚、望之可見、卽之不可得、此魚好游也、陸云、鰷魚形狹而長、若條然、故曰鰷也、今江淮之間、謂之鰷、徐鼎曰、本草、生江湖中、長數寸、形狹而扁、狀如柳葉、鱗細而整、潔白可愛、好羣游、鱨鰋鯉解、俱見小雅魚麗篇、末二句、此祭祀之常語、

潛一章六句

雝。禘大祖也。

○雝、唐石經作雍、箋曰、此禘于后稷廟之詩也、大祖卽指后稷、善人助祭、成王垂拱受福、故言其意以安先祖也、禮不王不禘、周所以王天下得行禘禮於大祖者、皆文王武王之功也、故成王於禘之時推其得禘之由、播之樂歌、以告大祖也、鄭箋云、大祖謂文王、非也、禘必羣廟之主、合升於大祖廟、周公成王時、文武以下尙無昭穆之廟、而文王尙居親廟、豈得於文王廟禘祭、王制、天子七廟、三昭三穆、與大祖之廟而七、注云、此周制、七者、大祖及文王武王之祧、與親廟四、大祖·后稷、唐神龍元年張齊賢議曰、始封之君謂之大祖、大祖之廟、百代不遷、商之元

王、周之后稷、是也、又云、伏尋禮經、始祖即大祖、大祖之外、更無始祖、或有引白虎通義云后稷爲始祖、文王爲大祖、武王爲大宗以爲說者、其義不然、何者、彼以王者祖有功而宗有德、周人祖文王而宗武王、以謂文王爲大祖、自非祫祭羣主合食之大祖耳、周官雖無禘祫之名、然中庸以禘嘗爲宗廟之禮、明堂位言魯以禘禮祀周公於太廟、下云天子之祭、可知天子自有宗廟之禘、夫禘禮起于虞夏、豈豫爲後世辨昭穆之地、故禘審昭穆之說、非也、釋天曰、禘、大祭也、惟以禘爲大祭、故祀天祖之大祭、皆謂之禘、於是諸侯之大祭因僭名禘矣、春秋傳所云是也、廟制、天子七、諸侯五、祭之日自迎尸至徹俎、非彌日不能給、以一日徧祭、此必無之理、若日祭一廟、則散齊七日、致齊三日、共十日、祭前夕牲、祭後有繹、祭七廟者、前節已移後節、是天子諸侯四時之祭、皆合祭於始祖廟、少牢筮日辭曰、敢用來日丁已、用薦歲事于皇祖某甫、以某妃配、大夫三廟、云皇祖則祖禰統焉矣、曾子問、祫祭於廟、則祝迎四廟之主、又曰、當七廟五廟無虛主、虛主者惟祫祭於廟爲無主耳、若夫嗣君即位三年之喪既畢、遠主將遷、新主將入、嗣君於是初行廟享之禮、其不可以四時常祭行之明甚、然則喪畢而祭、先行禘祫之禮、固知其必然、惟以禘爲三年喪畢之祭名則非也、禘之時月、王制與祭統、皆謂春礿夏禘秋嘗冬烝、周禮大宗伯・及司尊彝、與春秋公羊傳與爾雅、皆謂春祠夏禴秋嘗冬烝、而不復有禘之名也、詩天保亦謂禴祠烝嘗、以烝嘗倒文推禴祠、則亦春祠夏禴也、王制注曰、此夏殷祭名、然則夏后之春祭曰禘、殷人之夏祭曰禘、此二代時祭之異名、周則春曰祠、夏曰礿、無時禘也、夫禘祭原不在時祭之外、蓋以大禘禮行之於嘗則謂之大嘗禘、曾子問曰、天子嘗禘、中庸亦言禘嘗之義、然則謂禘祭不在時祭之外則可、謂禘祭卽時祭之一則不可、襄十年宋公享晉侯於楚邱、請以桑林、荀偃士匄曰、諸侯宋魯於是觀禮、魯有禘樂賓祭用之、宋以桑林享君、不亦可乎、按襄十六年傳、晉亦有禘、則禘乃諸侯皆僭用之、此文以魯之禘樂比宋之桑林、則魯禘所用之樂、非諸侯通用之樂矣、然則魯之禘蓋用天子之祭器樂章爲僭、其實禘乃當時諸侯祭羣廟之通禮、不必禘爲天子獨有之祭也、且云賓祭用之、則此樂魯亦以之娛賓矣、王制、天子犆礿祫禘祫嘗祫烝、諸侯礿犆、禘一犆一祫、嘗祫、烝祫、一或也、非一年犆一年祫之謂、穀梁云、一有一無、爾雅云、泉一見一否、夏小正一則在本、一則在末、其義皆爲或、謂礿則犆、嘗烝必祫、禘則或犆或祫、據此知礿禘烝嘗乃祭之名、而犆與祫乃分合之謂、非祭之名也、分祭則謂之犆、合祭則謂之祫、犆卽直也、專之義也、祫卽合也、後人加示於合旁耳、所謂禘之犆者、卽春秋之禘于襄公也、所謂禘之祫者、卽春秋之大事于太廟也、所謂嘗祫烝祫者、卽春秋之但書己卯烝、乙亥嘗、而不書所祭之廟也、由是言之、禘之與祫不得平列爲二祭、而以三年五年分屬之也明矣、左傳云、烝嘗禘於廟、至紀祭時則云始殺而嘗、閉蟄而烝、獨不言禘、是禘無定時也、故禘於經有五月七月之異、於傳有二月十月之殊、由是言之、五年一禘之說、以事理考之、蓋雖不中不遠矣、學記、未卜禘不視學、游其志也、必古有五年一禘之說、而後學記述之也、喪服小記、王者禘其祖之所自出、以其祖配之、而立四廟、庶子王亦如之、按此文義甚明、所謂其祖、卽高曾祖考也、所謂其祖之所自出、卽始祖也、所謂禘其祖之所自出、以其祖配之、卽王制之祫禘也、高曾祖考天子之所獨祖、故曰其祖、始祖同姓諸侯之所同祖、而高曾祖考亦由此人而後有、故不謂之其祖、而謂之其祖所自出、天子之祫禘、高曾祖考之主、皆與始祖之主、同陳於太廟、故曰禘其祖之所自出、以其祖配之、何嘗有禘其始祖之所自出、而以其始祖配之之說哉、且其下文云立四廟、庶子王亦如之、則其意尤顯然、此篇本記喪服、所以言此者、欲以明適庶之分、言王者世適相傳、然後得祭及其始祖、而以其祖配之、其他支庶小宗、則不得祭其祖、或但祭其祖、而不得及始祖、如周昭王之時、以后稷爲其祖之所自出而禘之、以文武成康爲其祖、而立四廟配之、至魯與衞、則皆周之支庶、但祭其祖周公魯公康叔康伯、而皆不得上推其祖之所自出而禘后稷也、若無適子、或適子有他故而庶子立爲王、則當奉大宗之統、而祭與適子同、其子孫皆得溯其祖之所自出而禘后稷、而不僅祭及於其祖之爲庶子者而止、故曰庶子王亦如之、庶子云者、兼庶子之子孫而命之也、猶下文之云庶子不祭祖也、然則此章之意、止以但祭其祖、與兼祭其祖之所自出爲適庶之別爾、大傳王者禘其祖之所自出、以其祖配之、諸侯及其太祖、大夫士有大事省於其君、于祫及其高祖、大傳文卽采之於小記、諸侯以下其意亦與小記無異、何者、高祖者四世之祖、故大夫士皆得祭之、太祖者始封之君、比於高祖爲遠、故諸侯乃得祭之、祖之所自出、則始祖也、最遠、故唯天子乃得祭之、然則大傳之意、亦謂其祖之所自出爲始祖耳、以禘爲祭嚳、以嚳爲稷所自出之帝者、皆本魯語祭法爲言、然此二篇之文、與小記大傳禘其祖所自出之語無涉也、長發序曰大禘也、商有四時之禘、故曰大禘以別之、功臣皆祭也、周則功臣皆祭者、惟明堂之宗祀有之、夏官司勳曰、凡有功者祭於大烝、春秋傳曰、周志有之、勇則害上、不登於明堂、凡此皆明堂之祭、所稱宗祀者也、宗祀者、天子朝諸侯於明堂、因朝而祭其祖宗之有功德者、以爲諸侯之師法、謂之宗祀、於是而以其功臣從祭、故功臣皆祭也、漢儒誤以宗廟稱明堂、遂以爲宗廟中有功臣從享、如長發序曰大禘也、以宗祀爲大禘、毋乃謬歟、通典引韓內傳曰、禘取毀廟之主皆升合食於大廟、又引逸禮曰、禘於太廟、毀廟之主升合食、而立二尸、又曰、昭共一牢、穆共一牢、是諦則無論毀廟未毀廟皆升合食也、春官司尊彝職曰、凡四時之間祀追享朝享、追享者大祫之毀廟主、本非所享而猶必追而享之、以順祖考之心、故曰追享、朝享有二、一則會同于明堂而祭文王、及宗祀文武于明堂、以及功臣、皆因朝而祭者、一則諸侯來覲于廟之常禮、亦因朝而祭者、故曰朝享也、其先言四時之間祀者、承上祠禴嘗烝而言、夫魯之行禘、祇在周公廟、則他廟固不可行也、然此端一開、後嗣子孫、遂以爲己所宜用、而其威儀之盛、樂舞之繁、鼎俎之陳、籩豆之設、實遠過于他祭、魯君以爲、非是不足薦我先人、盡我孝思也、故遇新主入廟、卽以行于太廟者行之、其意特假此以隆其先人、初非以是爲正禮也、但一人㧻之、後人尤而效之、亦遂以爲故事、于是向行于太廟者、後遍行于羣廟矣、向行之爲殷祭者、後行之爲喪畢之祭矣、且更推而廣之、卽非喪畢致主、而亦用之矣、如昭十五年禘武宮、定八年禘僖公之類、其尤甚者、三桓之家、亦以是爲美觀而僭用之、昭二十五年禘襄公、萬者二人、其衆萬于季氏、是也、此實魯行禘之由、夫豈先生之定制、諸侯之達禮哉、鄭乃曰、魯王禮也、周禮推此可知、則當悉與魯禘合、而魯則爲喪畢之祭、周則爲合享毀廟之祭、其不合者一、魯則言禘于羣廟、周則但禘于后稷廟、其不合者二、魯則援禘于莊公禘于襄公爲證、皆未毀之廟、周則祀先公之遷主、皆已毀之廟、其不合者三也、

有來雝雝。至止肅肅。相維辟公。天子穆穆。於薦廣牡。相予肆祀。相助、廣大也、假哉皇考。綏予孝子。宣哲維人。文武維后。假嘉也、入及皇天。克昌厥後。綏我眉壽。介以繁祉。燕安也、既右烈考。亦右文母。烈考、武王也、文母、大姒也、○禘大計反、雝漢書作雍、相息亮反、於音烏、延文本傳助下有也字、經右作佑、

箋曰、首二句主濟濟賢相言之、雝雝和也、肅肅敬也、揖讓而入其和也、既立而肅然其敬也、至言既至而立於位也、和敬賢者之常、和在色、敬在心、因來至異文而分之耳、止語辭、相維辟公者、相助祭也、辟公諸侯也、天子謂成王也、穆穆深遠之貌、顯相助祭事、故天子唯恭己而已、若集傳云天子之容、是

後人据詩語、遂以爲定範者、不得更援來却解詩也、於薦廣牡者、於·歎辭、廣·四牡脩廣之廣、廣牡·碩大肥腯之謂也、薦廣牡、成王薦之也、宗廟之祭、主者爲尊、故薦大牲者、歸於天子、以對祖考、贊助之者諸侯爾、載於周禮、詳於禮器、及祭義甚備、集傳作助祭之諸侯薦之、未審所本、相予肆祀者、予·成王自予也、肆祀當卽周禮之肆享、大祝、凡大禋祀肆享、祭示則執明水火而號祝、鄭注、肆享·祭宗廟也、此詩禘大祖、正當用肆享之禮、故言肆祀、大司徒祀五帝奉牛牲、羞其肆、鄭司農注、肆·陳骨體也、小子羞羊肆、鄭司農注、羊肆·體薦、全烝也、蓋牛之體薦曰牛肆、羊之體薦曰羊肆、舉全體而薦之、與體解爲折俎異、故鄭司農謂體薦爲全烝、其所云肆陳骨體者、卽體薦也、賈疏以爲體解節折誤矣、詩之肆祀、承上廣牡言、正謂舉全體而陳之、周禮肆享、同、假哉皇考者、假·大也、假哉天命之假、皇考指武王、嚴氏引祭法父曰考、祖曰王考、曾祖曰皇考、高祖曰顯考、謂考者祖考之通稱、就如所云、惟曾祖稱皇考、而稷非曾祖也、且皇考果爲祖、卽當以孝孫對言、而下文明言綏予孝子、則皇考卽父明矣、綏予孝子者、予孝子·成王自稱也、對辟公言則曰天子、對皇考言則曰孝子、語意各有所主、故不同、綏·安也、謂保護孝子使其安寧也、與下章綏我之綏同、集傳爲安孝子之心、非是、言辟公是文王之舊臣、相予報事、使我穆穆享福、實祖考之遺休也、故稱武王而曰、大哉使我如是安然奉祭焉、蓋文武雖同建王業、而武王實得天下、故特言之、且表成王孝思○宣哲維人文武維后者、宣哲二字平列、僖二十七年左傳、未宣其用、國語晉語、武子宣法以定晉國、杜預韋昭注並曰、宣·明也、宣哲連文、猶言明哲也、人當讀如靄靄王多吉人、宜民宜人之人、謂臣也、史記燕世家而以啓人爲吏、索隱曰、人猶臣也、對下句后字、故知爲臣、言善人是富而文武永爲周家之后也、燕及皇天克昌厥後者、燕讀以燕翼子之燕、及字包安民在內、蓋天以安民爲心、民安則天心安也、明哲之人、實蕃有徒、以相文武是以文武永君臨周邦、威察如存、誠能安皇天之心、而使我後嗣若是昌大也、箋云、又能昌大其子孫、據箋語后當作後、作后者同聲叚借、儀禮聘禮記、君還而后退、注而后猶然後也、漢書陳勝項籍傳贊、閩粵王傳集注、並云、后與後古字通用、經此句與上文文武維后連用二后字、亦同字異義者也、釋文云、克昌如字、或曰、昌文王名、周人以諱事神、不應犯諱、因讀昌爲倡導之倡、克倡厥後正與大武詩克開厥後同義、或讀非也、曲禮、廟中不諱、鄭注云、爲有事於高祖、則不諱曾祖以下、尊無二也、於下則諱上、然則此詩有事於后稷、故不爲文王諱、況周人避諱之法、起周公制作之後、作此詩之時、未有是規則耳、正義乃謂、此詩自是四海之人·歌頌之聲、本非廟中之事、故其辭不爲廟諱、然頌異於風、作於上、不作於下、即謂作於下、然采得之後、歌之廟中、豈容不諱乎、蘇氏則曰、周之所謂諱、不以其名號之耳、不遂廢其文也、諱其名而廢其文者、周禮之末失也、然禮所謂臨文不諱者、謂古書成文、不敢以諱而變改焉、蘇說亦爲不通、陳啓源曰、宋李樗謂、周穆王名滿、而有王孫滿、襄王名鄭、而有衞侯鄭、魯武公名敖、而有公孫敖、證雝詩祀文王不諱昌之義、此非確證也、周人以諱事神、生時無諱也、廟既毀、亦無諱也、衞侯鄭與襄王同時、不得有諱、此正與衞襄公名惡、而大夫有齊惡、事同、昭七年穀梁傳所謂君子不奪人名、不奪人親之所名、是也、王孫滿當定王時、穆王已在三昭三穆之外、公孫敖當僖公時、武公已在二昭二穆之外、親盡廟毀、不得有諱、如檀弓謂旣卒哭、宰夫執木鐸以徇於宮曰、舍故而諱新是也、何得取以爲證乎、○綏我眉壽介以繁祉者、介·大也、助也、眉壽就壽之徵言、繁祉就貴爲天子·富有四海言、有已然意、綏眉壽、介繁祉、正言昌後之實、下二句言已得盡饗親之禮、皆昌後之所致也、旣右烈考亦右文母者、二右字當讀如以妥以侑之侑、傳、侑勸也、彤弓一朝右之、傳、右勸也、作右者同音叚借、儀禮有司徹右几、注、古文右爲侑、周禮大祝以享右祭祀、注、右讀爲侑、又令鐘鼓右亦如之、注、右讀亦當爲侑、皆右侑相通之據也、箋云、烈·光也、子孫所以得考壽與多福者、乃以見右助於光明之考、與文德之母歸美焉、傳箋義異、傳意烈考者武考也、故以爲武王、文母者配文考而言也、故以爲太姒、箋意烈考文母相對、乃父母之稱、若從傳義、以子先母、於理未安、故易傳以爲光明之考、文德之母、泛爲子孫歸美父母之辭、無所專指也、尙書洛誥篇、越乃光烈考武王、鄭注曰、烈·威也、而於此箋則曰烈光也、箋注不同者、以彼烈考指武王、此烈考不指武王耳、蓋烈考以包先祖、文母以包先妣、不敢言遠祖、蓋尊親之別也、王引之曰、文王之文·謚也、文母之文·則美大之稱、猶言皇妣皇母耳、漢書元后傳、太皇大后當爲新室文母大皇大后、後漢書鄧騭傳、伏惟和熹皇后、聖善之德、爲漢文母、何敞傳、伏惟皇大后秉文母之操、皆本周頌爲義、彼言文母、並是文德之稱、非因其夫之謚文而稱之也、古人贊美先世、多謂之文、堯典受終于文祖、傳曰、文祖者、堯文德之祖廟、康誥今民將在祗遹乃文考、傳曰、將在敬循汝文德之父、洛誥承保乃文祖受命民、傳曰、承安汝文德之祖文王所受命之民、文侯之命追孝于前文人、傳曰、使追孝于前文德之人、大雅江漢篇告于文人、毛傳曰、文人、文德之人也、是也、此詩以烈考文母對舉、烈文皆贊美之詞、晉語及哀三年左傳、並曰烈祖康叔、文祖襄公、韋昭注、烈、顯也、文言有文德也、其明證矣、王說是也、春秋僖八年秋七月禘于大廟、用致夫人、此禘致夫人之新主、是有父主必有母主矣、儀禮少牢饋食篇、祖與祖妣並告、是各廟宗祏中、皆有考妣二主、文二年穀梁疏、麋信引衛次仲云、宗廟主皆用栗、右主八寸、左主七寸、廣厚三寸、若祭訖則內於西壁石埳中、右主謂父也、左主謂母也、雜記、男子祔於王父則配、注、配謂并祭王母、此謂女子無廟、祔於男子合食也、祭統、鋪筵設詞几、爲依神也、注、詞之言同也、祭者以其妃配、亦不特几也、此謂男有尸女無尸同几、周旅酬六尸、蓋三昭三穆各有尸、合始祖而爲七也、廟各有考妣二主、而尸止一人者、周惟喪祭男用男尸、女用女尸、若宗廟吉祭、則以一尸統二主、無女尸也、儀禮特牲少牢、廟中只一尸、單祭考不祭妣、少牢筮尸曰、用薦歲事于皇祖伯某、以某妃配某氏、以某之某爲尸、是妣統于考共一尸之明證也、惟士虞禮記曰、男男尸、女女尸、必使異姓、不使賤者、賈疏云、此謂喪中之祭、男女別尸、蓋當殯于寢之時、若既祔于廟則同几共尸、精氣合故也、故篇末云、是月也吉祭猶未配、配則其尸可知、集傳以此詩爲武王祭文王、云、右、尊也、謂神坐東向在饌之右、若然則大姒與文王同在廟中、朱子于我將篇既以維天其右爲左右之右矣、於此烈考文母亦云然、豈有一廟之中、文王大姒並設二尸、當百僚助祭之時、獻酬交錯、男女雜遝、豈復成禮乎、龜井昱曰、二右亦顯相之力也、成王中主、周公三致意、不啻此篇、況擧賢才實經世要務也、然則成王事先、亦非它也、故禘而歌之、

雝一章十六句

箋曰、周禮樂師、及徹帥學士而歌徹、鄭注、徹者歌雍、是雍爲徹祭所歌、因一名徹、又小師徹歌、大饗亦如之、是雍又歌於大饗、此亦猶關雎通用之鄉人邦國耳、此詩十六句八韻、句句隔用、而第五七句又承第三韻、第六八句又承第四韻、聲律特奇、可謂極情文之至者矣、

載見。諸侯始見乎武王廟也。

箋曰、此諸侯始見成王於禰廟也、非常助祭之比、蓋以成王新卽政、率是百辟、見於昭廟以隆孝享、一以顯耆定之大烈、彌光、一以彰萬國之歡心如一、有丕承王業、畏懷天下氣象、故曰始也、若泛言諸侯助祭、則烈祖有功德之廟多矣、何獨指武王一廟而作此歌乎、

載見辟王。曰求厥章。龍旂陽陽。和鈴央央。鞗革有鶬。休有烈光。

載・始也、龍旂陽陽、言有文章也、和在軾前、鈴在旂上、鞗革有鶬、言有法度也、

率見

昭考。以孝以享。以介眉壽。永言保之。思皇多祜。昭考・武王也、享・獻也、烈文辟公。綏以多福。俾緝熙于純嘏。○鞗音條、鶬七羊反、祜音古、緝七入反、嘏古雅反、休延文本作烋、

箋曰、載見・始見于天子也、爾雅、哉、始也、古載哉聲通、辟、君也、君王謂成王也、曰求厥章者、曰、詞也、曰、聿、古通用、厥章乃天子所制、諸侯所守、凡典禮法度皆是、但新王卽位、因革損益、或有不同、故諸侯來朝而稟受之、以爲循守之規耳、求章者・王氏所謂求法度文章、以歸治其國家、鄭箋但云求車服禮儀之文章制度、狹矣、蓋由王朝言則爲王釐爾成、由侯國言則爲曰求厥章、其實一也、墨子尙同中篇、引周頌載來見彼王、聿求厥章、釋曰、此語古者國君諸侯之以春秋來朝聘天子之庭、受天子之嚴教、退而治國政之所加、莫敢不賓、當此之時、本無有敢紛天子之教者、所云受天子之嚴教、卽詩聿求厥章也、龍旂陽陽者、龍旂・交龍爲旂也、樂記、龍旂九旒・天子之旌也、商頌、龍旂十乘、大糦是承、與此同、陽卽我朱孔陽之陽、色之鮮明也、考工記畫繢之事、注、青與赤謂之文、赤與白謂之章、此傳所謂有文章也、交龍爲旂、故曰有文章、和鈴央央者、和在軾前、鈴之在軾前者也、詳蓼蕭篇、爾雅釋天、有鈴曰旂、李巡曰、鈴箸旒端、說文旂有衆鈴以令衆也、鈴令丁也、令丁爲鈴動有鳴聲也、交龍旂有九鈴、箸旒端、所云旂有衆鈴也、郭璞謂縣鈴於竿頭、乖矣、詩上

句言龍旂、下句言鈴、傳云鈴在旂上、則與凡稱旂爲旐旗總名者不同、故庭燎采菽泮水等篇、皆云言觀其旂、但辨旂之色、不及旂之聲、與此有別、央央狀和鈴之聲、與訓鮮明者不同、呂覽古樂篇、其音英英、高注云、英英和盛之貌、與此央央同、鞗革有鶬者、鞗革見蓼蕭篇、傳云、鞗首垂也、說文、鋚·鞗首銅也、鋚與鞗同、鋚爲鞗首銅飾、故箋以有鶬爲金飾貌、集傳取烈祖箋聲和語釋鶬、不當、彼言八鸞、故以鶬鶬爲聲耳、鞗首之金有幾、而亦和鳴哉、況車上設鈴、本取其聲、革末垂金、止以爲飾、詩人稱美、義各有歸、不得移彼釋此、休有烈光者、休有靈異也、有烈光、天威赫然也、先望龍旂、次聞和鈴、次見鞗革、而烈光、不敢直指顏色容貌也、其辭有敘、蓋祭之日、諸侯始入武王廟、而見嗣王也、諸侯未知新天子爲何如君、瞻卬以求其儀容、則天子建龍旂、鳴和鈴而至、休然盛德之光、真有以爲文武祚胤者、諸侯歡喜、祥風滿城、○率見昭考者、既而天子率諸侯以見昭考、以孝祀也、率見二字重、昭考震疊之威如在、式序之典猶新、率而見之、使羣公對先靈無斁、庶奉嗣聖、益虔昭考武王也、書酒誥稱文王爲穆考、則武王次居昭矣、又僖二十四年左傳、管蔡郕霍魯衛毛聃郜雍曹滕畢原豐郇·文之昭也、邘晉應韓·武之穆也、以文所生爲昭、武所生爲穆、則益知文爲穆武爲昭矣、朱子曰、廟制、大祖廟在北居中、昭穆各以次而南、廟皆南向、羣廟之列、左爲昭而右爲穆也、武王謂文王爲穆考、成王稱武王爲昭考、則自其始祔而然、蓋但以左右爲昭穆、而不以昭穆爲尊卑也、凡廟主在本廟之室中皆東向、及其祫於大廟之室中、則惟太祖東向自如、而爲最尊之位、羣昭之入乎此者、皆列於北牖下、而南向、羣穆

毛詩會箋

之入乎此者，列於南牖下而北向，南向者取其明，故謂之昭，北向者取其深遠，故謂之穆，蓋羣廟之列，則左爲昭而右爲穆，祫祭之位，則北爲昭而南爲穆也，據此知昭穆之號，是由祫祭之位而生焉，縱令廟列如祫位，於文義無當。◯以孝以享，以介眉壽者，能左右之曰以，三言以者，皆以諸侯爲此也，三者雖皆指祭言，而義亦微別，孝者內盡其心，所謂合萬國之歡心也，享者外備其物，所謂三牲魚腊四海九州之美味也，介眉壽者，祭畢而受嘏，所謂小大稽首使君壽考也，此三句是王之福也，烈文以下乃諸侯之福矣，王亦受福，諸侯亦受福，兩項勿相淆，永言保之與子孫保之于時保之同，謂保先王無窮之業，蓋對上帝言則曰永言配命，對昭考言則曰永言保之，其實亦一也，思·語辭，思皇亦靈異之也，與思皇多士，於皇武王一意，懷諸侯以事先王，故保是福也，◯烈文辟公者，辟公謂諸侯也，綏以多福，綏者昭考綏之也，俾緝熙于純嘏，俾者昭考俾之也，純·大也，言昭考安諸侯以多福，多尤欲其純，且俾諸侯繼續此純嘏，光顯此純嘏，而世世相承也，緝熙見文王篇，以介眉壽而下三句一韻，秦人功德碑本此，末用六字作收，句法雄勁，

載見一章十四句

有客。微子來見祖廟也。

箋曰，微蓋商畿內國名，封於微而爵爲子，詩言微子令德，天子崇之，

文祖福之，頌蓋周公所定，與南雅同，故主成王言之，非祖文王宗武王之謂，序云來見祖廟，則非助祭，蓋及其歸，歌諸廟送之也，助祭則歌振鷺之詩矣，

史稱微子抱祭器歸周、大抵微子初去、爲宗祀耳、如伯夷居北海、非必遠服周、夫子仁之、仁其存祀一念也、迨至太白授首、祿父再殛、白馬入京、存殷一綫、聊附虞夏之班、不負初抱器之願矣、

有客有客。亦白其馬。有萋有且。敦琢其旅。殷尚白也、亦亦周也、萋且・敬愼貌、

有客宿宿。有客信信。言授之縶。以縶其馬。一宿曰宿、再宿曰信、欲縶其馬而留之、

薄言追之。左右綏之。既有淫威。降福孔夷。淫・大、威・則、夷・易也、○敦都回反、徐又音彫、琢陟角反、縶陟立反、易以豉反、延文本・傳白下無也字、貌下之下大下則下、並有也字、

箋曰、客・微子也、周既滅商、封微子於宋、以祀其先王、而以客禮待之、不敢臣也、左傳言宋於周爲客、猶書言虞賓在位、重言有客者、喜之也、亦白其馬者、亦語詞也、亦有不承上文而但爲語詞者、若易井彖辭亦未繘井、書亦行有九德、詩草蟲亦既見止、是也、此詩亦白其馬、及豐年亦有高廩、亦皆爲語助、○傳謂亦周、失之、首二句言微子之儀、獨殊絕羣后、而令德稱其服亦可知矣、有萋有且者、皆以狀從者之盛、說文、萋・艸盛也、韓詩章句、萋萋・盛也、且亦

盛貌、與韓奕籩豆有且之且同、草之盛曰萋、籩豆之盛曰且、人之盛曰萋且、其義一也、敦琢其旅者、敦琢言玉也、旅、衆也、爾雅釋器云、玉謂之雕、又云玉謂之琢、是雕琢皆治玉之名、雕追敦字異義同、嚴緝據棫樸毛傳、謂雕琢分別金玉、誤矣、棫樸追琢與金玉連文、毛姑卽經文而分釋之耳、非雕字定訓也、言敦琢者、以賢美之、故玉言之、亦是其人如玉之美也、美其從而主可知矣、宋先代之後、天子文物存焉、其儀大異於萬國、故首言之、所以寵異之也、

○有客宿宿、有客信信者、宿者久也、言留止於此時久也、信者申也、言已宿留又重申也、莊三年左傳、凡師一宿爲舍、再宿爲信、過信爲次、一宿爲舍、卽一宿曰宿也、爾雅釋訓、有客宿宿、言再宿也、有客信信、言四宿也、毛傳據單文而言、故言一宿再宿、爾雅據重文而倍言之、故宿宿言再宿、信信言四宿也、詩以下四句言其留之也、宿而將歸、又留之宿、信而將歸、又留之信、再宿四宿可玩、然是特心欲留客致殷勤之詞、猶豳風于女信處、于女信宿耳、正義乃云、不知於信信之後幾日乃可去也、失之拘矣、○言授之繫、以繫其馬、是所以宿又宿、信又信也、天子留之致其殷勤也、繫爲絆馬之索、授之繫卽授之索也、因之以索絆馬亦爲之繫、繫其馬卽絆其馬也、○薄言追之左右綏之者、薄言皆語詞、追之、追而餞之也、左右、宋之卿大夫、所謂其旅也、綏、勞慰之也、追綏是一事、微子既去矣、天子使人追而餞之、亦及其卿大夫、以勞慰之、愛之無已也、○既有淫威、淫者、浸淫又久雨也、浸久有過度之意、故訓爲過、過有奓泰之意、故又爲大、文選七發云、血脈淫濯、李善注、淫濯、謂過度而且大也、是淫有洋溢之意、威之言畏、法則人所畏、古讀君若威、君人所畏

而法則也、降福孔夷者、降福主祖廟言之、説文、夷从大从弓、古夷字必有大訓、孔夷猶云降福孔大耳、白馬亦是淫威也、微子克愼其德、是以天子爲龍爲光、以申文祖之福也、毛訓淫威爲大則、當承敬愼而言、敬愼則能獲福、左傳劉康公曰、民受天地之中以生、所謂命也、是以有動作禮義威儀之則、以定命也、能者養以之福、不能者敗以取禍、有萋有且、是威儀之大則、降福孔夷、卽所謂養以之福也、呂記嚴緝俱載什方張氏語、以淫威爲誅武庚事、顧氏非之、以爲微子新受寵命、來周爲客、天子襃崇、越於常制、猶復追綏、眷厚如此、而忽涉前事、以傷其心、豈所謂綏之者邪、陳啓源亦曰、周家忠厚待人、其命微子也但述成湯以聖德受命、勉其踐修、詞氣和平、如骨肉相告語、並無猜防之意、豈於其來朝、無故舉亂亡之禍、以傷其心哉、後世智略之士、稱揚朝廷威德、以攝遠夷叛賊、則有之矣、不聞忠厚之朝、施此於象賢之裔也、

有客一章十二句

箋曰、有客頗近分章之體、蓋頌之似雅者、周道忠厚、雖三叔不咸、而親賢益建、祿父既畔、復進微子于上公、與後世猜疑迥別、而國祚偏長、乃其機權之深、別有在者、三恪封邑、多弱小近中原、如虞裔在陳、禹後在杞、今微子封宋在睢陽、皆無名山大川巖險可恃、地近則易取、國小則無邪心、所以制之、亦以全之、俾得貼然常作賓王家也、王樵曰、自後世論之、懲管蔡事、鮮不疑同姓、懲武庚事、少有能善處前代後者、周家則不然、管蔡敗而

並建親賢爲益盛、武庚敗而建微子於上公、其待遇爲益加、此周德之爲至也、姜炳璋曰、晉魏以來、禪代革命之際、視故主遺育、如芒刺在身、必去後已、至有生生世世願無生帝王家者、亦可哀矣、觀振鷺有客之詩、愛敬交至、不啻若自其口出、非大公無我之聖人、何能如是哉、延祚八百、雖以秦政之暴、猶有南君之封、天道不誣也、

武。奏大武也。箋曰、奏大武之舞時歌之也、詩頌武王以武烈成文王之功、命篇以武、而序云大武、猶大磬大夏大

濩四代之樂皆稱大者、以功成作樂爲一代大事耳、胡承珙曰、周頌惟維清及此序言奏、明是既歌此詩卽爲此舞、但維清箋言象舞武王所制、則似武王時已象文王之伐而爲舞、周公乃爲歌詩、作樂而奏之於廟、則獨斷謂、大武周武所定、蓋本左傳武王克商作武之語、而國語引此以爲周文公之頌、且經云於皇武王、云者定爾功、必非武王時所作、意此亦同維清其舞作於武王時、詩則周公所定、至此乃合詩與舞而奏之歟、何氏古義據呂覽云、武王伐殷克之、歸乃薦俘馘于京大室、令周公爲作大武、墨子亦云、武王因先王之樂、又自作樂、命曰象武、象武卽大武、周禮言舞大武、意者大武之舞已作于武王之世、特其詩未備、周公乃始成之、此說近是、此與維清序皆言奏、奏者進也、明用此舞卽歌此詩、如謂此是詩而非樂、則必象舞武舞別有樂章、顧何以告成大武有詩、述奏大武有詩、而大武爲一代盛樂、其本詩反無一詩見於三百篇乎、酌序言告成大武也、告成大武當是周公既作武樂、別

爲詩以告廟、故不言奏、此則歌詩以爲舞節、故言奏、但告成當在先、奏之當在後、今不然者、自是簡編有錯亂耳、

於皇武王。無競維烈。允文文王。克開厥後。烈、業也、嗣武受之。勝殷遏劉。耆定爾功。武、迹、劉、殺、耆、致也、○於音烏、遏於葛反、耆音指、延文

本傳迹下、殺下、並有也字、

箋曰、於歎辭、皇大也、於皇贊盛德也、一戎衣定天下者、其唯武王乎、與皇矣上帝贊意同、無競競也、國無競乎功烈若是盛也、謂牧野大事、與執競同、○允文文王克開厥後者、武王卒文之功者也、故革命係文王、周家之常也、蓋武王之志乃然、允文以開之、故武王亦遏劉定功、克嗣其緒矣、詳文氣是頌武遡文、歸重武王之功者、明非武王之武無以成文王之文也、○嗣武受之者、傳以武爲迹、嗣武猶曰繩武、受之猶我龍受之、鄭以爲嗣子武王、然雅頌稱先王、皆以王配謚而言、其單擧謚惟江漢文武受命、閟宮至于文武、雖文武維后而已、彼二王並擧、容或省文、此專目武王、不同彼例、○勝殷遏劉、鄭訓遏以止、謂伐殷勝之、以止天下之殺、孟子曰、武王一怒、而安天下之民、殺以止殺、此湯武所以爲仁義之師也、遏劉字深、所謂止戈爲武也、楚語云、武者禁暴戢亂安民和衆者也、武王雖以征伐得天下、實本于文王之德、故克殷濟河、散馬歸牛、藏車甲、櫜弓矢、所以體天心而恤民命也、周公作樂、明武

王之功、所以止殺、非以戕民、故于終篇曰勝殷遏劉、人第知敦商有肆伐之威、而不知一戎有止戈之道、爾功之定、實由乎此、或曰、遏劉合二字一義、不知此遏劉不當與虔劉一例、遏之爲義既別、況詩文先云勝殷、惟其止殺、故爲王者之師、而大功遂以致定、君勝殷矣、復殺害之、得非以暴易暴乎、○者定爾功、馬瑞辰曰、說文、底、柔石也、其引伸之義爲致、者者底之叚借、故傳訓爲致、爾雅釋言、底、致也、郭注見詩傳者、卽指此詩毛傳也、者定爾功、猶書乃言底可績、史記夏本紀作汝言致可績、禹貢覃懷底績、夏本紀作覃懷致功、是其證也、至韓詩者惡也、當爲皇矣詩上帝者之章句、蓋毛韓詩同義、釋文誤引入此章、亦猶簡蓮也、本韓詩澤陂章之章句、而釋文誤引入溱洧章也、若云惡定其功則不詞矣、又宣十二年左傳、者昧也、以釋酌詩遵養時晦、非釋此詩者定爾功、此詩正義云、左傳引此者定爾功者昧也、又申之曰、其意言移以致討于昧、故以者爲致、是誤以釋汋篇者釋武篇矣、或曰、禮郊特牲伊者氏、史記五帝紀注作伊祁氏、者祁同音故通假、吉日其祁孔有傳、祁大也、者爲祁之借、者定爾功、猶言大定爾功耳、此說亦通、

武一章七句

箋曰、此詩通篇無韻、李樗曰、案禮記總干而山立、武王之事也、發揚蹈厲、太公之志也、武亂皆坐、以象周召之治、言太武之舞、其始則持盾正立、以待諸侯、既而戰鬬、既而又使行列皆坐、以見其爲止戈之武也、大武之舞、在於止戈、大武之詩、在於止殺、其義一也、韓昌黎元和聖德詩云、牽頭曳

足、先斷腰膂、揮刀紛紜、爭刋膾脯、將以形容聖德、適足見憲宗之暴、其與武王詩異矣、朱鶴齡曰、朱子謂、春秋傳以武爲大武之首章、賚爲大武之三章、桓爲大武之六章、嚴華谷因其說、謂酌與般亦大武篇內之一章、以愚考之、其說誤也、周頌簡嚴、故篇止一章、無有疊章者、左傳既以耆定爾功爲大武卒章、則此句之下、不應更有武詩、而下之其三其六、斷皆以篇言、而非以章言矣、傳意蓋謂、武爲武王之樂、桓與賚亦皆武王之樂、故以其三其六數之、雖當時篇次已不可考、然桓賚四篇、必無屬武樂分章之理、胡承珙曰、左傳首言武王克商作頌、然後曰又作武云云、蓋謂時邁及武賚桓諸詩、皆頌武王克商之事、傳文於時邁言作頌、所以包下武賚桓三篇、而於武則舉篇名、於賚桓則舉篇次、此不過行文錯舉互見耳、然於時邁汎言作頌、固已別於武樂、其上文隨武子引汋曰、又引武曰、亦可見酌及時邁必非武樂中之詩篇矣、嚴華谷以酌爲大武篇內之一章、何黃如幷以時邁亦爲大武之一章、皆臆說也、至篇次不同、杜注謂、楚樂歌次第、亦未必然、楚子明言克商作頌、自必用當時周頌之次、其與後世不同、不必推及未刪定以前、卽如左正義引沈氏難云、今頌篇次、桓第八、賚第九、而周頌譜疏所次則桓在二十九、賚在三十、是六朝篇次、又與鄭譜不同、況未經秦火時乎、所謂可與牣論、難與精悉者也、朱胡二氏得之、左傳宣十二年、楚莊王曰、武王克商作頌曰、載戢干戈、載櫜弓矢、又作武、其卒章曰、耆定爾功、正義曰、卒章者謂終章之句也、國語以那篇末爲輯之亂、則正義是也、

臣工之什十篇十章一百六句

閔予小子之什詁訓傳第二十八　毛詩周頌

閔予小子。嗣王朝於廟也。箋曰、詩言成王哀慕求助祖考、嗣王・新辟之詞也、不曰成王而曰嗣王、明其始除喪也、曰朝於廟、免喪之詞也、連下二篇皆喪畢周公奉成王朝於廟之詩也、小毖管蔡亂後作、故末附、左傳吳公子札觀于周樂、爲之歌頌、曰哀而不愁、頌何有哀音、其在閔予小子四詩乎、胡承珙曰、烈文序云、成王卽政、諸侯助祭、彼疏云、烈文敕戒諸侯、以賞罰爲己任、非復喪中之詞、故知是致政後年之事、然則閔子小子序・變成王言嗣王、又但云朝於廟、其爲免喪後始朝於廟可知、漢書匡衡曰、煢煢在疚、言成王喪畢思慕、意氣未能平也、文選寡婦賦注、引韓詩惸惸余在疚章句曰、凡人喪曰疚、獨斷云、閔予小子、成王除武王之喪、將始卽政、朝于廟之所歌也、此幷與鄭箋大同、可見三家皆以此詩爲喪畢、毛以閔疚皆訓病、正當爲免喪後之辭、疏述箋意謂、是太平之時、詩人追述其事、亦未必然也、

閔予小子。遭家不造。嬛嬛在疚。閔・病、造・爲、疚・病也、於乎皇考。永世克孝。念茲皇祖。陟降庭止。庭・直也、維予小

序・緒也、○家不造、
延文本作家之不
造、嬛其傾反、於音烏、漢書庭作延、
延文本傳病下爲下、並有也字、

子。夙夜敬止。於乎皇王。繼序思不忘。

箋曰、鄭箋、閔・弔者在門也、據此則悼傷者閔字之本義也、悼傷之甚則病矣、傳箋一義、閔予小子、成王自歎也、予小子、古天子之恆稱、對先王而言也、召誥・洛誥・及周官載成王之言、皆有此稱、作洛在攝政之七年、除喪已久、至作周官、在四征弗庭之後、則卽政又久矣、又康王命畢公、穆王命君牙、亦自稱予小子、畢命作於十二年、王在位久矣、君牙之作、未詳何年、未必初立時也、曲禮云、天子在喪曰予小子、此言殆未可泥、湯誥予小子履、卽非沖幼亦以自稱、豈必在喪爲然哉、鄭箋、造猶成也、淮南子本經篇、五穀不爲、高注、不爲不成也、成與爲同義、故箋以成申毛義、不造、哀家將殄之辭、大誥曰、弗弔天降割於我家、亦言武王崩也、蓋周室方新、而天下之向慕猶淺、商祚爰革、而人心之感慨未灰、觀書大誥多方可見矣、釋文、嬛崔本作煢、裴回無所依之意、集韻曰、煢或作儝、方言、儝・特也、小爾雅、寡夫曰煢、楚詞王逸注、煢・孤也、是訓孤特者、字以作煢爲正、在疚、憂其不能負荷大業也、○於乎皇考、永世克孝者、皇考・武王也、大孝終身慕、故曰永世、皇考之孝、與他人不同、他人能堅守前烈、卽謂之孝、皇考於皇祖所未有之事集之、所未遂之志成之、是能以光大爲纘承者、故稱之曰克、念茲皇祖者、皇祖・文王也、念者成王追念之也、因念武王之慕文王、遂及文祖也、不曰念皇考、互文、陟降庭止者、陟降、上下也、止、語詞、陟降庭言如見其升降於廟庭、猶所謂見堯於牆見堯於羹也、楚詞大招曰、三公穆穆、登降堂只、與此文勢正相似、而匡衡引此句、顏師古亦云若神明臨其朝廷、是也、朱子曰、匡衡時未行毛説、顏監又精史學、而不梏於專經之陋、故其言獨得經之本旨也、及讀楚辭、乃有登降堂只之文、於是益信陟降庭止之爲古語、其義審如顏説而無疑也、朱説可從、傳訓庭爲直本爾雅、然詩稱文王德多矣、而專名以直則未之見、故集傳不從、蓋謂思念文王之陟降乎庭者、無非實心實政、而用以繼其志、述其事也、非徒慕其既往、而直追其生前、故曰事死如事生、事亡如事存、○夙夜敬止者、不敢言孝而言敬、敬以求跂于孝也、不敢言永世、而言夙夜、無夙無夜、以幾于永也、體認絶細、○於乎皇王者、皇王指武王也、言孝則曰皇考、言繼序則曰皇王、有聲詩云、四方攸同、皇王維辟、皇王烝哉、鄭以皇王爲武王、此又兼言文武則非矣、繼序猶纘緒、閟宮纘禹之緒、傳緒業也、緒業一義之引申、蓋皇考以念皇祖爲孝、予小子亦以思皇考爲孝、皇考未沒、皇祖之序在皇考、皇考既沒、皇考之緒在小子、一序遞傳、身謝之不得者、萃而結于其思、只一思字、杳渺無極、不忘、指序言、序之自前人開者、不自予身而止、不可忘也、序之自予身承者、不恃前人爲庇、尤不可忘也、思指所以繼序言、只此句便是敬止實際、

閔予小子一章十一句

訪落。嗣王謀於廟也。箋曰、詩言求助羣臣、而藉靈武王、

訪予落止。率時昭考。於乎悠哉。朕未有艾。將予就之。繼猶判渙。訪・謀、落・始、時・是、率・循、悠・遠、猶・道、判・分、渙・散也、維予小子。未堪家多難。紹庭上下。陟降厥家。休矣皇考。以保明其身。○艾五蓋反、難乃旦反、休延文本作烋、傳謀下始下是下循下遠下道下分下、延文本並有也字、

箋曰、說文、汎謀曰訪、謂廣問於人也、落乃莅政之始、非卽位之始也、物終乃落、而以爲始、落之爲始、大抵施於終始相嬗之際、如宮室考成謂之落成、言營治之終、而居處之始也、訪予落止、此先君之終、而今君之始也、以落爲始、猶之以亂爲治、以來爲往、本以相反而相成義耳、率時昭考、此句爲主、咨訪正求所以率之也、率上添將字看、○於乎悠哉、傳訓悠爲遠、讀任重而道遠之遠、朕未有艾者、當依爾雅釋詁艾歷也、乃更事之意、爾雅又曰、歷・數也、郊特牲曰、簡其車徒、而歷其卒伍、歷當讀爲閱歷之歷、說文、閱具數於門中也、是知艾歷與數皆同義、鄭釋未有艾爲未有數、猶云未有歷也、未有歷則難及、故鄭又言遠不可及、正義謂未有等數、失之、○將予就之、者、樛木福履將之、箋云、將猶扶助也、無將大車箋、將猶扶進也、將予就之、謂扶助我以就法

昭考、繼猶判渙者、猶猷同、判渙卽卷阿伴奐也、皆疊韻字、亦作盤桓、易屯盤桓、利居貞、馬注、盤桓・旋也、又象上傳雖盤桓、荀注、盤桓者動而退也、文選西京賦、奎踽盤桓、薛注、盤桓便旋也、幽通賦、並盤桓而且俟、曹注、盤桓不進也、漢張表碑、畔桓利貞、盤作畔、蓋盤桓皆叚借字、故可以作盤桓、亦可作判渙、伴奐・畔渙・叛換、或同聲叚借、或聲近叚借、判渙卽盤桓、在不賢者爲恣睢、在賢者爲舒散、由舒散之義引之爲盤旋不進之貌、經言將予就之、繼先人之猷、不免於盤桓不進者、一以見朕之未有閱歷、一以見昭考之遠莫能及也、○未堪家多難者、小毖傳、堪・任也、國語周語、何德以堪之、又若不堪重、注並云、堪・任也、亦訓爲勝、爾雅釋詁、堪・勝也、國語魯語、口弗堪也、列子仲尼、堪秋蟬之翼、注並云、堪猶勝也、案勝之方能任之、是勝義在任義前矣、經云未勝任耳、兼兩義尤合語氣、王室新立、國家多虞、故曰多難、難讀如患難之難、檀弓國家多難、釋文、難乃旦反、是也、言予小子尙未足以任國家多難也、反覆言求助之意、○紹庭上下二句、傳箋不可通、集傳於陟降庭止、旣用漢書顏注鬼神上下臨其朝廷之語、於此詩云紹其上下於庭陟降於家、語意複沓、且不可謂繼鬼神之上下陟降、故輔廣以爲紹武王內外所行之事、上下於庭指其外事、陟降於家指其內事、許謙亦謂紹庭上下欲法武王之正朝廷也、陟降厥家、欲法武王之齊其家也、則又與閔予小子篇之陟降不同矣、且經云紹庭上下、而改爲紹其上下於庭、可乎、況鬼神陟降於庭、本屬虛想、非實有其事也、將何以紹之、龜井昱曰、紹庭當作昭假、武成昭我周王、孟子引作紹、庭廷同、假叚同、廷叚篆文相似、二句蓋言武王之德也、將言休矣皇考、故先提其休、此說可從、休矣皇考者、休美也、句法與皇矣上帝、允矣君子一例、上言昭考、此言皇考、皆斥武王也、以保明其身者、保安也、明顯也、身爲天子、富有四海、以保其身、德爲聖人、身不失天下之顯名、以顯其身、中庸語可爲保明二字注脚、以字極緊、夫皇考昭假天地、照臨周家、其德休明若是、願藉是遺德、我亦以保明其身而已、是藉靈於武王之意也、身字結束得妙、正率時實際處、此詩雖對羣臣而作、以延訪發端、而意止屬望昭考、至小毖篇、始道其延訪羣臣之意耳、此詩通篇無韻、

訪落一章十二句

敬之。羣臣進戒嗣王也。

箋曰、詩言王者當畏天命、不自足以學于古訓、此亦進戒於廟之詩也、廟出前二篇、故省之、小毖不言廟、亦同、詩作於周公、羣臣進戒之忠、成王受戒之美、兩兩傳出、朱子改進戒爲成王述羣臣之戒、又曰、乃自爲答之之詞、是直以此詩爲成王作矣、

敬之敬之。天維顯思。命不易哉。無曰高高在上。陟降厥士。日監在茲。顯、見、士、事也、維予小子。不聰敬止。

日就月將。學有緝熙于光明。佛時仔肩。示我顯德行。

小子・嗣王也、將・行也、光・廣也、佛・大也、仔肩・克也、○易以豉反、佛符弗反、仔音茲、行下孟反、延文本傳見下有也字、

箋曰、首節述羣臣進戒之言、二節則述其受戒而答羣臣也、敬非敬天、乃心存戒愼、重言敬之者、無時無事而不敬也、天維顯思者、顯・明也、大雅曰、皇矣上帝、臨下有赫、維顯之謂也、思、語辭也、僖二十二年左傳、公卑邾不設備而禦之、臧文仲曰、國無小不可易也、引詩命不易哉、此以詩不易爲難易之易、大雅文王篇、駿命不易、釋文述毛云、不易言甚難也、此詩命不易哉、義與彼同、但古人不分四聲、難易之易、與改易之易其音同、非如後世讀難易爲以豉反也、○陟降厥士者、說文事乃士之本訓、其以士爲人品之稱者、則謂其人足任事、故亦以士名之、厥士指王者萬幾、凡出入內外之事、陟降厥士、當指人君說、上文無曰高高在上、開下文日監在茲、合中間就人君說、愈覺危悚、所以疏敬之敬之句也、言無謂天高而又高在上、若無聞見、人君一陟一降之事、天固日監在茲、一舉一動、絲豪不能遁飾也、○維予小子不聽敬止以下、嗣王答辭也、亦借其口以進戒者、自閔予小子以下三篇、皆有維予小子語、毛於前二篇無傳、惟敬之傳云嗣王也、毛意蓋以上二篇皆爲成王之詞、則所稱小子自係嗣王、敬之前六句皆羣臣進戒之詞、忽接以維予小子、嫌於羣臣自稱、故特爲發傳、其精析如此、聽敬・言聞敬說而直聽達之也、○日就月將二句、就・就緒之就、將・行也、詩言緝熙者屢矣、爾雅釋詁、緝熙・光也、

光廣古通用、周語、叔向釋昊天有成命詩曰、緝・明、熙・廣也、廣卽光也、此傳又以光爲廣、廣猶大也、學有緝熙於光明、若釋之曰學有光明於光明、則不詞矣、說文、緝・績也、此今繼續也所本、如緝麻之緝、連緝不已之意、熙字當依國語叔向說廣也、一以積累言、一以擴充言、又績之言積、緝熙當謂積漸廣大、以至於光明、卽大戴禮所云積厚者其流光也、緝熙與光明、散文則通、對文則緝熙者積漸之明、而光明者廣大之明也、要之緝熙只工夫無間斷、就與就繼、而引之加長、將與將續、而策之加進、便是緝熙至於光明、光明是本體上無一毫蒙翳、繼續此明、以至於明之純、便是光明境界、然却是遙想其光景如此、非遽言成功如此也、言予於敬雖聽德不聽、自今勉學、日就不去、月征不已、庶有烝烝日進於高明之域矣、夫帝王之學遠矣、而其明言學者自說命始、如曰念終始典于學、斅學半、遜志務時敏、厥修乃來、是也、次卽見於是詩、徐幹云、如寶在於室、有所求焉而不見、白日照焉、羣物斯辨矣、學者心之白日也、淬材怡性、疏神達思、以極乎性命之微、推之卽覽千載之上、若出一時、論殊俗之方、若與同室、度幽明之故、若見其情、綜治亂之源、直指諸掌、始終典學、輔之以人、敬止之道、殫於此矣、但天子之敬、非徒危坐靜存、上以承天、下以出治、心法卽治法也、敬之旨約、而敬之道博、求敬之途、全係乎學、而旁通乎問、學問者見天於心、而適於治之道也、○佛時仔肩者、說文、⿱大弗・大也、从大弗聲、傳以佛爲⿱大弗字之假借、故訓爲大、鄭訓佛爲輔者、蓋以佛爲弼字之叚借、說文弼作弻、注云、輔也、古弼字又通作拂、管子四稱篇、近君爲拂、遠君爲輔、賈子保傅篇、拂者拂天子之過者也、輔相篇、大拂之任也、輔謂之佛者、言正救其失、不專順從之也、學記云、其求之也佛、佛不順也、猶孟子所謂法家拂士也、以經文求之、从箋讀弼爲長、韓詩作弗、亦省借字、至仔肩傳訓克、箋訓任、其義相承、蓋言己所負荷也、爾雅釋詁、肩・克也、說文、仔・克也、二字同義、克・勝也、勝亦任也、書盤庚下、朕不肩好貨、傳肩、任也、仔肩謂之克、猶左謂之助、右謂之助、左右謂之助、詁訓中有此分合同義之例、或曰、仔・任也、仔肩謂任擔之肩、任之大重、肩不能勝之、故請輔助之、此說亦通、示我顯德行者、顯德行謂明明德行也、書所謂顯休命、語法同、言汝宜弼我重任、示以德行使我察之由之乎、德者行之本、行者德之發、德行謂德見於行者、先王已然之成跡、皆明德所流露、故曰德行也、

敬之一章十二句

箋曰、戒王以天之當敬者、臣之忠也、答羣臣以未能敬者、君之謙也、此時羣臣進戒、成王自謙、君臣一德、更相問答、而且切於學問、純於治道、故詩人備述其事而頌之、非如補傳所云設爲成王之言、欲其求之學問、求之輔弼也、至謂羣臣善誘其君、則是歸美其臣、更不得列於頌矣、

小毖。嗣王求助也。

箋曰、訪落以下三詩、皆謀於廟之作、蓋古者于旅也語、有乞言之禮、是其事也、下二序不言廟、統於上耳、小毖愼之於小也、桃蟲二句所以取名也、此亦嗣王於羣臣之詩、而辭氣頓異、必以爲一時所作、恐不然也、箋以上三篇居攝之前、

此在歸政之後、又相去大遠、序何以蒙前、仍稱嗣王、且拚飛維鳥、予又集於蓼、驚痛異常、似非大難已平之作也、鄭說亦未盡、戴氏謂、小毖詩辭之哀、大類鴟鴞、東山之役未歸、故鴟鴞作、金縢之書既啓、故小毖興、意者成王悔過、求助於羣臣、而歌是詩也、懲創前事戒愼後患、此成王之心也、胡承珙亦謂、桃蟲飛鳥之喩、多難集蓼之言、乃似方當武庚作亂、國家不靖之時、急求輔助、故其辭危迫、大誥曰、殷小腆、誕敢紀其敘、卽桃蟲飛鳥之謂也、曰天降割於我家、曰有大艱於西土、卽多難集蓼之謂也、曰予惟小子若涉淵水、予惟往求朕攸濟、卽序求助之謂也、大抵武王崩、羣叔卽流言、周公居東二年、始知流言所起、鴟鴞貽王、風雷示警、然後悟而迎周公、曰予其懲者、懲戒往日之誤信流言致疑周公、史記樂書所謂推己懲艾、悲彼家難也、曰毖後患者、謂禍難未已、當日愼一日、大誥所謂朕言艱日思也、

予其懲而。毖彼後患。莫予荓蜂。自求辛螫。 毖・愼也、荓蜂・掣曳也、

肇允彼桃蟲。拚飛維鳥。 桃蟲・鷦也、鳥之始小終大者、

未堪家多難。予又集于蓼。 堪・任、予・我也、于蓼・言辛苦也、◯毖音祕、毖下彼字、摺本無、荓普經反、延文本作蛢、傳亦同、螫音釋、掣尺制反、曳以制反、拚芳煩反、蓼音了、鷦子消反、延文本者下有也字、予我二字卷子本傍注云本無、延文本言下有皆字、

箋曰、懲有所傷而知戒也、懲以已然言、毖以未然言、成王始信流言而疑周公、旣而悟其過、故曰予其懲而、謹後患也、明是兩句、不可作一滚下、正義於而字絕句、各本皆云、小毖一章八句、釋文亦以懲而作音、是陸孔章句正同、唐石經於經文毖下旁添彼字、蓋當時別有本作毖彼後患、鄭覃等因據以旁注也、增彼字以助句、於文義爲順、正義愼彼在後、恐更有患、亦卽順經文毖彼後患言之耳、首二句自道其懲前毖後之意、下乃申言其所以然、中四句此其所當懲者、是申言首句之意、而末二句申言次句之意、○莫予荓蜂者、篇中三予字、皆成王自我也、荓蜂、爾雅釋訓作甹夆、云掣曳也、掣者、說文作瘛云、引縱曰瘛、曳、亦牽引之言也、說文、𢔩・使也、𢓜・使也、合言之則曰𢔩𢓜、雙聲字也、爾雅訓掣曳、而說文言使者瘛曳卽使之也、然則𢔩𢓜者其本文、爾雅省作甹夆、而毛詩通借作荓蜂耳、故單言荓爲使、而累言荓蜂亦爲使、大雅荓云不逮、傳、荓・使也、頌之荓蜂、與大雅之荓同義、荓蜂者謂牽引而使之也、瘛掣音義同、箋云、小人無敢我瘛曳、釋文引孫炎曰、謂相掣曳入於惡也、是謂荓蜂爲牽引之爲不善、正義引孫毓云、羣臣無肯牽引扶助我、則謂荓蜂爲引而之善、蓋荓蜂之義、止爲瘛曳、故善惡皆通、然嗣王創艾求助、而先怵羣臣以毋相掣曳爲惡、固非自怨自道、卽謂無人扶助爲善、亦非責己怨人之義、莫予與自求、文相呼應、莫者無也、言往日之事、無有瘛曳使我爲之者、乃我自求辛螫之害耳、潛夫論愼微篇云、德輶如毛、爲仁由己、莫與併蠭、自求辛螫、禍福無門、唯人所召、此引詩正謂無人掣曳於我、禍福皆自己求之、解經較箋爲勝、宋儒或訓蜂爲蜂蠆之蜂者、以下句言螫耳、然辛螫並言、豈辛者蜂之味邪、鄭箋云、自求辛苦毒螫之害、是也、○肇允彼桃蟲二句、肇始也、允信也、拚飛貌、解者皆依傳以鷦鷯始小終大爲說、曰、爾雅桃蟲鷦、說文謂之鷦䳣、一單評之、一累評之耳、鷦䳣卽莊子之鷦鷯、其爲小鳥可知、鄭箋云、鷦之所爲鳥題肩也、正申傳始小終大、爲者化也、鄭注大射儀云、鄭、鳥名、齊魯之間名題肩爲正、鳥之捷黠者也、月令注題肩或名曰鷹下、有仲春化爲鳩語、鄭箋意蓋以此桃蟲飛鳥、亦鳩鷹變化之類、列子天瑞篇、鷂之爲鸇、鸇之爲布穀、布穀久復爲鷂、藝文類聚引陸璣疏引隼鷂也、齊人謂之題肩、或曰雀鷹春化爲布穀、此屬數種皆爲隼、然則題肩實有變化、故箋云鷦爲題肩、然鷦鷯本鳥、非蟲、說苑云、巢于葦苕、非桃、經文明分蟲鳥、必是非鳥而爲鳥、未應以小鳥稱蟲、大鳥始稱鳥、且經文但言維鳥、何以知其必爲大鳥乎、經傳言鳥者、書君奭我則鳴鳥不聞、謂鳳皇也、六月織文鳥章、錯革鳥爲章者也、周禮司尊彝祼用雞彝鳥彝、謂刻而畫之爲雞鳳皇之形、夏小正丹鳥羞白鳥、傳有翼者爲鳥、楚辭自悲鳥獸驚而失羣兮、注飛者爲鳥、據此則鳥固總名、但言鳥不必定爲小鳥、亦不必定爲大鳥也、諸家拘于釋鳥以鷦爲桃蟲本名、不知桃蟲小青蟲也、樹上小青蟲、食葉久之、俄翼而飛、此化生所多有、不必桃蟲也、偶舉言之耳、不必皆爲鳥也、比狀言之耳、至鷦鷯生鵰必無之事、古語亦譬喻耳、猶俗諺云鳶生鷹之類耳、若鷦鷯生子爲鵰鴞、不知鷦鷯又何物所生乎、若使桃蟲爲鳥、詩決不又云拚飛維鳥矣、蓋謂蟲之小物、忽變而爲飛鳥、以喻武庚其始甚微而臣服、後乃鴟張也、猶言先爲鼠後爲虎、懲輕殷之小腆而爲大患也、總之桃蟲飛鳥、不過小患大變之喻、猶云爲虺弗摧爲蛇若何耳、卽有所指、亦當謂殷遺可慮、若管蔡之誅、周公雖以大義滅親、事非得已、故詩中爲親者諱、如鴟鴞但云既取我子、至常棣尤惓惓以莫如兄弟爲言、鄭箋謂、流言之罪、恨不早誅、恐非詩人之意也、○未堪家多難二句、言我未能任多難、而又沒入于辛苦之地、若之何不自悔艾乎、故求助于羣臣、以救其患也、蓼莖赤、一名薔、味辛、故傳云言辛苦也、楚辭東方朔七諫怨上篇、蓼蟲不知徙乎葵菜、王注、言蓼蟲處辛烈食苦惡、不能知徙於葵菜食甘美、終以困苦而癯瘦也、洪興祖補注云、蓼、辛菜也、魏都賦云、習蓼蟲之忘辛、李善引楚辭蓼蟲不知從乎葵藿、又字承未堪家多難、集字跟上桃蟲字鳥字、不黏不脫、在可解不可解之間、既未堪多難、又集於辛苦之地、此後患之所以毖也、毛奇齡曰、臣工小毖詩、皆不用義盡處爲韻、如臣工茹與畬合、帝與艾合、小毖蜂與蟲合、鳥與蓼合、漢鐃歌樂府曲與烏生八九子相和歌辭等用韻比視此、

小毖一章八句

箋曰、方苞謂、以上四詩、高深微密、恐非成王初年所及、必周公代作用、以答天下之望、而又使日誦以自警也、得之、朱傳疑後世遂以爲嗣王朝廟之樂、是不達序稱嗣王之意耳、詩曰昭考、曰不造、曰多難、明是成王之事、況曰集于蓼、豈可通於後王乎、

載芟。春藉田而祈社稷也。

箋曰、藉田、甸師氏所掌、王載耒耜所耕之田、天子千畝、諸侯百

畝、藉之言、借也、借民力治之、故謂之藉田、月令、孟春天子躬耕帝藉、仲春擇元日命民社、大司馬、仲春教振旅、遂以蒐田、獻禽以祭社、然則天子祈社亦以仲春、甫田云、以社以方、我田既臧、雲漢云、祈年孔夙、方社不莫、是社稷有祈年之典也、獨斷云、天子社稷、土壇、方廣五丈、諸侯半之、社稷二神同功、故同堂別壇、祭法云、王爲羣姓立社、曰泰社、王自爲社、曰王社、祭法疏、從崔氏說王社在藉田、據此序文爲斷、此疏云、此爲百姓祈祭、當主於大社、其義互異、蘇氏主祭法疏、以爲藉田所祈也、然國語、王藉則司空除壇、農正陳藉禮、而歷代所祭先農而已、不聞祭社、序曰、春藉田而祈社稷、非謂社稷達於藉田也、社自社、先農自先農、藉田所祭乃先農也、所謂先農、始教造田者、是人鬼、社是土示、截然不同、國語云司空除壇、則是臨時之事、若王自立社、則當有常設壇壝、不得言除矣、萬斯大曰、社有二、祭法曰、王爲羣姓立社曰大社、卽郊特牲天子大社必受霜露風雨以達天地之氣者、所謂方邱者唯此、所謂太折者亦惟此、夏至日地示之祭、卽於此行焉、此北郊之社、與郊對舉者也、又曰、王自爲立社、曰王社、祭土穀之神、而以勾龍后稷配、此庫門內右之社、不與郊並稱者也、蓋大社以祭率土之地示、王社以祭畿內之土穀、鈞名爲社、而大小不同、猶之郊與祈穀大雩皆祭天於郊、而唯郊最大、直稱郊也、案孔氏穎達據祭法謂、方邱之外別有大社王社、引小宗伯左宗廟右社稷之文、謂在庫門內之右者爲大社、則王社不得不移之藉田內矣、不知王社卽庫門內之社、而大社爲北郊矣、五禮通考言祭地與祭社不同者十三、亦謂大社與王社禮不同耳、蓋天父道、地母道、父至尊、惟宗子得祭、母至親、卽

毛詩會箋

庶子孽子皆得祭之、故自天子諸侯以及庶人、無不祀社、北郊而爲大社者、猶之諸母衆母皆謂之母、而主母獨以大稱也、君天下曰君、君一國亦曰君、而天子曰大君、易曰大君有命是也、司土曰后土、司穀曰后稷、而天子曰元后、元・大也、書曰元后作民父母是也、此方澤之祭、所以名大社乎、孔子以郊社並稱、而郊特牲亦有社神地道、尊天親地之說、職是故也、天子三社、大社則大宗伯夏至日祭地示與郊配者、禮至重也、王社則與稷並稱、此血祭之禮、禮之稍輕者也、又有亡國之社、以爲戒、于商曰夏社、于周曰亳社、穀梁所謂廟屏戒是也、竊意諸侯止二社、一曰國社、一曰亳社、國社祭一國土穀之神、即所謂周社、亦名侯社、猶大夫曰置社、亦名州社是也、左傳成季之繇曰、間于兩社、杜注、兩社周社亳社、是諸侯二社、未聞兩社之外又有所謂侯社也、萬說可從、王社者、周官小宗伯掌建國之神位、右社稷、左宗廟是也、郊特牲曰、唯爲社事單出里、臣民祭社之廣如此、以王者神地之道、宜無祭大社遺王社之理、祈則俱祈耳、但上欲富於民而讓於下、故詩辭亦一以民事爲主、是可以意逆也、其先云藉田者、重藉田、故推本焉、范氏補傳曰、序言藉田而祈社稷、皆歌此詩、如春夏祈穀同歌噫嘻之類、然詳詩無一言及藉田、恐未是、載芟春祈社稷也、良耜秋報社稷也、社稷正祭、頌中宜備其樂、二詩一祈一報、各就末數語潛玩可得之、載芟詩言盡人事必受神助、以祈秋穫嗣往歲、夫無地不墾辟、無人不力田、以受祭之福、古來不渝、言之以祈今秋如舊於地神穀神、其義明明、而朱子疑詩無祈田之意、故云未詳所用、然猶謂辭意與豐年相似、其用應亦不殊、是以爲報而非祈也、然豐年詩言報祀而神降福、而此詩無其文、則似不可言報、況噫嘻詩序以爲祈穀、只言農夫盡力於耕、而不言福、此詩但言農事之勤、所穫之多、可備百禮之用、未嘗言祭報而獲福也、則非報之樂章明矣、若以類諸豳之七月、雅之大田、則當次於風雅、今次於頌、則爲王者之樂章明矣、金鶚曰、社稷之制、說者多誤、一曰、社稷是人鬼、非地神、案周官大宗伯、天曰神、地曰示、人曰鬼、而血祭祭社稷、與五祀五嶽並列于地示、社稷爲地神甚明、又左昭二十九年傳、亦以社稷與五祀並列、考五祀是五行之神、五行質具於地、故爲地示、月令以句芒爲春神、祝融爲夏神、明非人鬼、若重與犂則配食於此者耳、五祀非人鬼、則社稷亦非人鬼可知、且古之祀典、人鬼特祀者、如先嗇先蠶先炊先聖先師之類、皆爲小祀、而社稷爲國之主、諸侯所首重、天子之祭亦亞於天地、更可知其非人鬼矣、至郊特牲謂社祭土而主陰氣、又謂社所以神地之道、尤顯然可見爲地神、一曰、稷爲原隰之神、非穀神、案社字从土、明是土神、稷字从禾、明是穀神、易云、百穀草木麗乎地、故稷亦爲地示之屬、猶日月星辰皆爲天神也、穀爲土所生、故社尊於稷、而穀與土別、故稷可與社對、若原隰則已在五土之中、既總祭五土之神、何必又別祭原隰、原隰又何可與五土總神對乎、至許氏以自食爲疑、其說尤繆、夫祭稷者祭稷之神、非祭稷也、天下有一物必有一神主之、其神既主是物、正宜用是物以祭、報其生育之恩、安得謂自食乎、左氏昭二十九年傳、謂稷田正也、此言稷之所配食者爲田正之官、以其播殖百穀、有功於世、故配食於穀神、猶句龍能平水土故配食於土神也、許氏卽以田正爲稷、與賈逵等同其誤矣、一曰、社卽祭地、別無北郊之祭、此說大繆、禮運云、天子祭天地、諸侯祭社稷、是祭地專於天子、而祭社下達於太夫士、至於庶人亦得與祭、蓋祭地是全載大地、社則有大小、天子大社祭九州之土、王社祭畿內之土、諸侯國社祭國內之土、鄉大夫置社祭一鄉之土、州長置社祭一州之土、與全載之地異、又地有上中下、上爲山嶽、中爲平原、下爲川瀆、社雖兼五土、而爲農民祈報、當以平原穀土爲主、是社與嶽瀆各分地之一體、與全載之地尤異、此社神與地神所以分也、然對文則別、散文則通、凡經典郊社並稱者、皆祭地之通名爲社、非別無北郊之祭也、一曰、王社王稷皆在中門之外、不知宗廟社稷皆宜在中門內、白虎通以爲在中門外、鄭君從之、非也、春秋左氏傳曰、間于兩社爲公室輔、以朝廷執政所在爲言、宜繫君臣日見之朝、兩社・國社亳社也、穀梁傳云、亡國之社、以爲廟屏、蓋在廟門之外、與國社對、治朝在其中間、社在中門內明矣、一曰、左祖右社、是尙尊尊、不知地道雖尙右、而宗廟卻尊於社稷、大宗伯職云、祀大神、祭大示、享大鬼、大鬼謂宗廟大祭也、社稷非大示、而宗廟與天地並列、其尊於社稷可知、故享先王衮冕、先公驚冕、祭社稷則毳冕、諸侯祭宗廟大牢、社稷則少牢、豈可謂尙尊尊而立社稷於右乎、牧人職云、陽祀用騂牲、陰祀用黝牲、鄭注謂陽祀祭天及宗廟、陰祀祭地及社稷、宗廟屬陽、故在左、左爲陽也、社稷屬陰、故在右、右爲陰也、一曰、稷壇在社壇西、不知地道尙右、何以社反居稷之左、社宜在稷西、此不易之理也、經典凡止言社而不及稷者、以社尊稷卑、故省文而以社該稷也、載芟載柞。其耕澤澤。千耦其耘。徂隰徂畛。侯主侯伯。侯亞侯旅。侯彊侯以。除艸曰芟、除木曰柞、畛·埸也、主·家長也、伯·長子也、亞·仲叔也、旅·子弟也、彊·彊力也、以·用也、

有嗿其饁。思媚其婦。有依其士。嗿·衆貌、士·子弟也、

有略其耜。俶載南畝。播厥百穀。實函斯活。略·利也、

驛驛其達。有厭其傑。厭厭其苗。緜緜其麃。達·射也、有厭其傑、言傑苗厭然特美也、麃·耘也、

載穫濟濟。有實其積。萬億及秭。濟濟·難也、

爲酒爲醴。烝畀祖妣。以洽百禮。有飶其香。邦家之光。飶·芬香也、

有椒其馨。胡考之寧。椒猶飶也、胡·壽也、考·成也、

匪且有且。匪今斯今。振古如茲。且·此也、振·自也、◯藉在赤反、芟所銜反、柞側伯反、耘音云、延文本作芸、傳同、畛之忍反、嗿勑感反、饁于輙反、函戶南反、有厭之厭與壓同、厭厭之厭於豔反、麃表驕反、穫戶郭反、積子賜反、秭音姊、畀必二反、飶蒲節反、

椒子消反、延文本、傳芟下柞下、並有也字、場作易、貌下有也字、經緜緜作綿綿、傳厭然作厭厭然、

箋曰、開端耕耘雙提、下分應之、秋官序官柞氏注、柞・除木之名、除木者必先刊剝之、皇矣詩作之屛之、作謂除木、亦當讀與載柞之柞同、柞又與斮聲近而義同、說文、斮・斬也、斬・截也、內則、魚曰作之、爾雅樊光本作斮、亦柞斮相通之類、除草木是初墾闢而爲田者也、其耕澤澤者、鄭箋云、耕之則澤澤然解散、釋文、澤澤音釋釋、注同、爾雅作郝郝、音同、云・耕也、郭云、言土解也、正義引爾雅釋釋耕也、舍人云釋釋猶藿藿、解散之義、是郭本爾雅作郝郝、舍人本作釋釋、古音澤釋皆讀如度、故郝藿皆通用、卽皆釋釋之假借、小爾雅、釋・解也、〇千耦其耘者、耦言竝耕也、千耦言其多也、乃其耦數、非二千人之謂、耘・去苗間草也、徂隰徂畛謂或徂隰或徂畛也、隰・水田、畛・陸田、遂人云溝上有畛、則畛謂畔之徑路也、至此而易之主、故以畛爲場、畛元無原隰之別、然此與隰對、則爲高原之田耳、言無曠土也、詩先舉大概、下乃申敘其詳、首二句言耕、次二句言耘、如七月首章之竝舉衣食也、新闢之田、今年所增入、其數必不多、元非此章之主、然耕治在前、故先言之耳、侯主侯伯八句爲第二節、承言耕之事、播厥百穀六句爲第三節、承言耘之事、載穫濟濟十三句爲第四節、皆侈言神貺、以道其願望之忱、古者祈田之辭、往往如此也、詩陳民之盡力於農、以祈神之佑助、故篇首祇舉耕與耘、而不及其穫、至載穫以下則籲其豐收、將以祀祖妣、乃言今所以祈也、朱子舊說從箋、以耘爲除根株、集傳改爲去苗間草、知其非有兩耕耘也、蓋芟柞矣、則草木根根已盡、安有既

耕且耘、至於千耦之衆、然後俶載南畝者邪、○侯主侯伯二句、言農皆舉家
而出也、坊記云、家無二主、主是一家之尊、故知主家長也、伯長子也者、子最
長迫近父也、亞訓次也、次於伯、故知仲叔也、旅訓衆、幼者之衆、卽季弟及伯
仲叔之諸子也、侯彊侯以者、周禮遂師、巡其稼穡、而移用其民、侯彊侯以、皆
在移用其民之列、彊指彊有力者、旣自治其田、仍有餘力助治人之田、以・則
傭賃專爲人用、此其異也、以猶傭、用於人者也、鄭箋云、能東西之曰以、此卽
左傳能左右之曰以也、周禮遂人、以彊予任甿、彊爲詩之侯彊、予卽詩之侯
以、予以古通用、予卽與也、與猶以也、强予二字平列、鄭注遂人云、謂民有餘
力、復予之田、不知予卽侯以之以、故此箋但引强予以證侯彊耳、○有嗿其
饁者、說文、嗿・聲也、增韻釋爲衆聲、亦引此詩、蓋合毛許二義而爲之說、而經
義亦合、有字作摹擬字解、婦女不止一人、行走之聲衆多、故曰有嗿其饁、思
媚其婦者、思・詞也、如文王之思皇多士、載見之思皇多祜、泮水之思樂泮水、
句首思字皆語詞、思齊傳云、媚・愛也、說文、媚・順也、讀若媚、廣雅、媚・好也、思媚
其婦、亦形容婉孌之詞、此句承上文有嗿其饁言、餉饁農婦、豈能與周姜並
美、彼則笄珈象佩、自備天帝之威儀、此則裙布釵荆、不失農家之裝飾也、故
皆云思媚、○有依其士者、出車楊柳依依、文選金谷集詩注、引韓詩章句曰、
依依盛貌、依卽依依也、盛也、由盛義引之、有茂盛義、車舝之依彼平林、是也、
有壯盛義、此詩之有依其士是也、依爲壯盛貌、有爲形容摹擬之詞、與上句
有嗿其饁、下句有略其耜、句法皆同、白虎通爵、士者事也、任事之稱也、婦女
不能任事、故於有嗿其饁外、有依然壯盛其士也、論語泰伯、子曰士不可以

不宏穀、皇疏、士通謂丈夫也、有噴其饁思媚其婦一氣讀、有依其士有略其耜作一氣讀、文義自見、或曰、鄭箋、依之言愛也、說文云、倚也、依者親近之意、故云依愛也、勞苦之餘、見饋饁之婦、彼此相媚相依、不必律以如賓之敬矣、士・夫也、士者男子之稱、婦人亦稱夫爲士、易大過老婦得其士夫、是也、媚依蓋得于旁觀者、所謂媚、神情中若作婉孌之態云爾、所謂依、形跡間不無眷戀之狀云爾、畫出家人婦子、田野慰勞敦睦光景、是詩人點綴語、勿著色相、此說亦好、傳云士子弟也者、以此詩之婦士、卽七月之婦子也、皆謂行饁之人、恐非詩旨、○有略其耜二句、略者畧之假借、釋文略如字、字書作畧、同匡謬正俗引張揖古今字詁云、略古作畧、是其證也、爾雅、畧・利也、釋文畧詩本作略、俶・始也、載・事也、前曰其耕澤澤、初反土也、今曰俶載南畝、則將種矣、○播厥百穀者、播猶種也、實函斯活者、實・助字也、函者容藏之義、故轉爲含、猶人口含之也、活・生也、函活言其萌芽含生氣也、○驛驛其達者、驛驛・相接續貌、爾雅从糸作繹、方言、達・芒也、郭注謂、杪芒射出、與毛傳合、射卽初生射出之貌、故鄭以出地申釋之、有厭其傑者、說文、猒・飽也、今字作厭、猒本飽足之稱、苗之得氣足者先長爲傑、猶才過人者謂之傑、乃氣至則衆苗齊足、故曰厭厭其苗、管子五行篇、苗足本、然則詩厭字、卽從厭足義爲得、緜緜其麃者、詩言緜緜者不一、緜緜葛藟、傳緜緜長不絕之貌、緜緜瓜瓞、傳緜緜不絕貌、此豎言也、此緜緜韓詩作民民、緜與民雙聲、故二字通用、訓衆貌者、此橫言也、穀梁文十四年傳、緜地千里、注、緜猶彌漫、緜亦緜緜之義也、孫炎曰、緜緜言詳密也、蓋苗已長齊、其芸恐致傷苗、自以詳密爲要、莊子滅裂而耘之、則

亦滅裂而報余、詳密正與滅裂相反、耘之功較耕倍細、如不去草懼其害苗、
欲去草又懼其傷苗、緜緜者不鹵莽不滅裂、務盡其操作之道也、驛驛三句、
是造化、緜緜一句、是人功、王肅云、芸者其衆緜緜然不絕也、似用韓義、然謂
衆芸不絕、此指上文千耦其耘則可、以解此文、失詩人體物措辭之妙、麃是
耘之別名、除苗間草也、左傳是穮是蔉、字林、穮、耘禾間也、釋文、麃說文作穮、
音同、○載穫濟濟者、濟之爲言齊也、濟濟謂人衆而齊力也、緜緜濟濟、皆狀
農夫力田也、傳云難也者、少則穫之較易、多則穫之較難也、然轉濟濟爲難、
太迂折、有實其積、萬億及秭者、實、積之實也、積、說文云、聚也、據公劉篇以積
與倉對言、朱子以爲露積是也、穫言在野、積言在場、其秉萬億及秭矣、有實
其積、以二字承上、以二字屬下、句法甚奇、○爲酒爲醴三句、百禮、祭禮百備
也、酒、三酒、醴、五齊、祭有十倫、其禮實繁、而皆以酒行之、故祭可以洽百禮、詩
三云以洽百禮、皆言祭祀、不當旁涉饗燕之類、以上四句、豐年報祭亦出、但
此無降福孔皆句、可玩、○有飶其香者、受上酒醴、美其芬芳也、嘉栗旨酒、非
邦家之榮而何、故曰邦家之光、左傳所云奉盛以告、謂三時不害而民和年
豐、奉酒醴以告、謂上下皆有嘉德而無違心者、其邦家之光顯孰如之、若凶
荒殺用、氣象薾然、何光之有、俞樾曰、苾本字、飶俗字也、苾字從艸、其義本爲
草香、傳不徑釋苾爲香、而必曰芬香也者、正以苾芬二字皆從艸、其義相同、
故楚茨篇、信南山篇、竝曰苾苾芬芬、毛於彼經皆無傳、而此傳曰苾芬香也、
則並彼經而釋之矣、有苾其香、有椒其馨者、蓋以草木之馨香喻酒醴之馨香
也、沈重以椒爲俶之誤、非是、○有椒其馨者、椒性極香、故借之、猶有鶯其羽、

胡考之寧者、廣雅、胡・大也、大年卽壽、故傳訓胡爲壽、胡考猶壽考也、說文、老・考也、考・老也、是訓老爲考之本義、引申之又訓成、書詩言老成人、老而有成德也、老成人亦老也、故毛傳訓考爲成、或曰、胡・老人頷下緩皮也、未當訓作壽、考・耇之本字、腰勾屈也、故耇乃大老之稱云、亦通、寧者引養引恬之謂、悅精神而卽以康肢體、酒醴之馨香、老人飲之以和寧也、胡考之休出絲衣、亦祭時也、集傳引饗燕養老、非經旨、○匪且有且二句、乃遞言之、非重言之也、且者如此之合音也、且有徂音、且如疊韻、此且雙聲、故如此二字、合音爲且、承上文言、穀之豐熟如此者、心望其如此、而不敢必其如此、故曰匪且、不敢望其如此、而竟有如此、故曰匪且有且、卽使如此、不敢必之卽今、故曰匪今、不敢必之卽今、而竟得之卽今、故曰匪今斯今、斯猶乃也、小閔謀猶回遹、何日斯沮、賓之初筵、大侯既抗、弓矢斯張、書洪範、女則錫之福、時人斯其惟皇之極、金縢、周公居東二年、則罪人斯得、斯字、皆當訓爲乃、難詞也、斯字與上句有字異、有有自無而之有之義、出於意外也、斯有本有而不易有之義、得之意中也、是宜分別觀之、振古如茲者、韋注國語振廢淹云、振・起也、禮運云、凡禮之未有者、可以義起也、起有始義、振古如茲、猶言起于古初已如此矣、毛訓振爲自、自有始義、與起義合、言前古以來、受社稷之神祐常如此也、今秋之穫、庶亦如幾如式哉、與良耜篇末並看、祈報自見矣、然振古亦自周家開國之初言之、此詩前半摹寫田家氣象、父老子弟婦女壯丁歷歷在目、末忽說向宗廟朝廷上去、文字便典鉅、筆端變化如此、豳風亦然、而體裁不同、

載芟一章三十一句

良耜。秋報社稷也。

箋曰、此詩爲報社稷、必陳農功之本末、故當秋時而追述春耕也、載芟猶噫嘻、言盡力人事以祈之、良耜猶豐年、言秋穫之盛以報之、彼二篇用之上帝、故其辭簡朴、與豳栗陶匏似、此其異也、祈之詩則詳耕種之事、報之詩則詳收成之事、載芟言以洽百禮者、願其年豐而百神之祀無闕也、良耜言殺時犉牡者、專主社稷而言、則天子用大牢之禮也、其爲報社稷可無疑矣、曰續古之人、則亦非宗廟之祭可知、此詩與載芟相連、一報一祈、理亦當然也、惟豐年言大倉粟米之多、此則皆言民間收藏之盛、不同者王者爲羣姓立社、曰大社、其報也所以爲民、亦以明百姓足君孰不足王者藏富於民之道、而民之豐盈安樂、君與社稷所同享也、故言之不嫌其詳、延文本稷下無也字、

畟畟良耜。俶載南畝。播厥百穀。實函斯活。畟畟猶測測也、

或來瞻女。載筐及筥。其饟伊黍。其笠伊糾。其鎛斯趙。以薅荼蓼。笠所以禦暑雨也、趙刺也、蓼水艸也、荼蓼朽止。黍稷茂止。

穫之挃挃。積之栗栗。其崇如墉。其比如櫛。以開百

室。挃挃・穫聲也、栗栗・衆多也、墉・城也、**百室盈止。婦子寧止。殺時犉牡。**

有捄其角。以似以續。續古之人。黄牛黑脣曰犉、社稷之牛角尺、以似以續、嗣前歲續往事也、○耜音似、畟楚側反、饟式亮反、笠音立、糾居黝反、鎛音博、薅呼毛反、荼音徒、挃珍栗反、延文本作桎、傳同、積子賜反、櫛側瑟反、犉如純反、捄音虯、延文本傳脣作脣、稷下無之字、

箋曰、首十二句言耕耘之事、詩曰以我覃耜、曰有略其耜、覃略自皆言耜利、此既言良耜、則畟畟似非狀耜之詞、毛轉畟畟爲測測、用今語釋古語、故曰猶、爾雅釋文云、畟本或作稷、尙書中候至于日稷、鄭注、稷讀曰側、春秋定十四年丁已葬定公、戊午日下昃、乃克葬、穀梁作日下稷、白虎通謚篇引春秋作日下側、畟畟訓測測、以聲近爲義、猶稷讀爲側也、爾雅、深・測也、說文、測・深所至也、畟畟測測、皆狀農人深耕之貌、淮南子原道篇注、度深曰測、則以耜入地之深亦得曰測、爾雅舍人注、畟畟・耜入地之貌、亦狀其入地之深、郭注言嚴利、失之、○或來瞻女三句、祇是敘饁事、空中揷或來瞻女四字、便覺神情飛動、或字虛用、不言婦子亦妙、瞻猶省也、或曰、瞻當讀贍給之贍、來饁・正所以贍之也、禮記大傳、民無不足、無不贍者、釋文本作瞻、此贍古通作瞻之證、此說亦通、筐筥・饟具也、周人謂餉曰饟、民間種黍者食黍、種稷者食稷、其饟有黍句當活看、必云黍者合韻耳、前篇餉耕在播種之前、此餉耘在播種

之後、方筐圓筥、不一之辭、詩每舉一端、此篇爲多、如於食舉黍、於首舉笠、於器舉鎛、於家人舉婦子、於牲舉犉、或舉大以包小、或舉小以見大、詩之體然也、箋謂、豐年之時、雖賤者猶食黍、失詩人意、又載芟侯主侯伯六句、先男後女、此詩或來瞻女六句、先女後男、文法之變、總皆內外各勤其事也、事之始、虛言或、事之末、明言婦子、上下互相發也、○其笠伊糾三句、絕妙耘田圖、魏風糾糾葛屨、傳糾糾猶繚繚也、葛以爲屨、草以爲笠、皆有糾繚之形、故並曰糾、其鎛斯趙者、鎛・鋤類、荀子賦、箴頭銛達而尾趙繚者邪、楊注、趙讀爲掉、掉繚・長貌、言箴尾掉而繚也、趙繚之趙與此趙字異義、其笠伊糾、糾爲笠之狀、則其鎛斯趙、趙亦當爲鎛之狀、非言鎛之用也、毛訓趙爲刺者、淮南氾論訓、修戟無刺、注、刺・鋒也、鄭箋以田器刺地、蓋刺者鋒利之謂、言其鎛鎒鋒利、故可以刺地耳、以薅荼蓼者、說文蓐部、薅拔去田草也、王肅曰、荼・陸穢、蓼・水穢、穢本作薉、蕪也、田中雜草也、荼與蓼一物而有水陸之異也、爾雅、荼・委葉、舍人曰、荼一名委葉、某氏引此詩、則此荼謂委葉也、爾雅、薔・虞・蓼、列於䪥蘇之下、則蓼是爲辛菜矣、內則・烹雞豚魚鼈、皆實蓼腹中、又切之以和羹膾與葱芥等、漢史游急就篇、蓼與葵韭蘇薑竝列於蔬品、淮南子亦云、蓼菜成列、說文以爲辛菜、而尹都尉書有種芥葵蓼韭葱諸篇、長沙定王故宮有蓼園、其調和食味、大有用也、此蓼如爲薔虞、傳應直舉其名、今但云水草者、上篇厭厭其苗、緜緜其麃、傳、麃・芸也、說文、穮除苗間穢也、本篇上言實函斯活、苗已生矣、下言荼蓼朽止、黍稷茂止、草除而禾茂、是此句之薅、乃除苗間之穢也、傳於誰謂荼苦、堇荼如飴訓苦菜、以有女如荼訓英荼、於予所捋荼訓萑苕、而此荼不言者、於言蓼見之、蓼爲水草、則荼爲陸草可知矣、小毖予又集于蓼、傳云、言辛苦也、明以蓼爲辛物、而此不言者、自是泛言水田之草、不指辛菜、故王肅云、荼陸穢、蓼水草、疏以爲田有原隰、故並擧水陸穢草、是也、○荼蓼朽止二句、言草朽而苗茂也、黍稷以賅百穀也、朽·爛也、荼蓼滋則瘠黍稷以自肥、朽則轉以肥黍稷、故彼曰朽止、此卽曰茂止、陸佃曰、因暑雨化之、則草不復生而地美、蓋非特去草之害、亦以釀其田疇、故荼蓼朽、於是黍稷茂、月令、季夏土潤溽暑、大雨時行、燒薙行水、利以殺草、如以熱湯、可以糞田疇、可以美土彊、此之謂也、○穫之挃挃以下七句、言豐年之事、說文、挃挃穫禾聲也、此亦純取聲者、其崇如墉者、就每積言、如城墉之高也、櫛、理髮器、其比如櫛者、就衆積言、如櫛齒之比也、以開百室者、百家同時納穀也、百室·百夫之室、十夫有溝、百夫有洫、此稱百室、擧一洫之田而言也、五家爲比、五比爲閭、四閭爲族、百室·一族之人也、族人輩作相助、故使之同時納穀、所以示親睦均有無也、○婦子寧止者、婦子卽來贍女者也、與上篇胡考之寧變一言老者、一言少者、擧婦子者、以其平時餉饁疑無所事、而今曰寧、則向以農事勤動、擧不獲安可知、亦作者詳略之法也、○殺時犉牡四句、正言秋報之事、郊特牲云、郊特牲、而社稷太牢、非天子不用太牢、此曰殺時犉牡、則非民間之報賽也、周禮牧人、凡陰祀用黝牲、毛之、社稷在陰祀之列、宜用黝牲、而用黃者、社土神、黃其色也、蓋正禮用黝、而報功則以其色、仍用黑脣、不失爲陰祀也、社稷太牢、獨云牛者、牛於三牲爲大、故特言之、載芟言酒醴、良耜言牲、此二詩變換處、有捄其角者、捄角亦言角之美也、說文、斛角貌、捄卽觓之假借、王制、祭天地之牛角繭栗、宗廟之牛角握、賓客之牛角尺、語異毛傳、孫志祖曰、賓客二字、卽社稷之譌、王制蓋以祭字貫下三句也、若賓客則不得言祭也、禮器、牲不及肥大、疏謂、郊牛繭栗、宗廟角握、社稷角尺、是禮疏所據作社稷、不譌、詩疏引禮緯稽命徵云、宗廟社稷角握、公羊傳僖三十一年何注、祭天牲角繭栗、社稷宗廟角握、六宗五嶽四瀆角尺、是何用禮緯說、與王制異、而亦不及賓客、可證、孫說得之、郊特牲疏、引聖證論王肅難鄭云、祭天牛角繭栗、而用特牲、祭社牛角尺而大牢、馬昭等通之云、以天神至尊、而簡質事之、故牛角繭栗而用特牲、社稷是地之別體、有功於人、報其載養之功、故用大牢、貶降於天、故角尺也、足知王馬所見王制本並作社稷之牛角尺、與毛傳禮疏合、○以似以續二句、廣雅、似・續也、似續二字同義、以似以續、猶云以享以祀、不嫌語之複也、似續皆爲祀事、說文、祀・祭無已也、祭無已故爲似續、殺犉牡以似續先古報祭之禮也、其辭重複者、詩人之巧也、言先祖於農事之成、常行報賽之典、故我今日之舉、亦以似續古之人、而修常典於不墜、庶其答神之貺、而永賴神之休耳、毛鄭分似續爲二義、可謂昧於詩之辭矣、集傳・本音、末句無韻、孔氏詩聲類云、真清音相近、易繫辭以身與成同用、革彖傳、兌彖傳、以人與成貞同用、而何人斯聲身、此詩盈寧人同用、胡承珙亦云、人與上文盈寧隔韻、而中以角續爲間韻、與生民末章韻同、

良耜一章二十三句

絲衣。繹賓尸也。高子曰。靈星之尸也。

箋曰、宗廟正祭之明日、又祭曰繹、朱子辨序說爲誤、而改爲祭而飲酒之詩、夫祭而飲酒、正楚茨所謂燕私、湛露所謂在宗也、乃燕也、非祭也、燕飲樂章不應列之於頌、至鳧鷖乃專言賓尸、既獻後行旅酬無算爵爲燕禮、故每章皆曰公尸燕飲、蓋繹祭行禮時、奏是詩、而燕尸飲酒復奏鳧鷖之詩也、先奏是詩者、以神道事之、故爲頌、復奏鳧鷖、則以人道娛之、故爲雅也、繹與祊不同、經典言祊皆在正祭之時、楚茨詩云、祝祭于祊、次于或剝或亨或肆或將之下、其在正祭時甚明、爾雅云、繹、又祭也、周曰繹、商曰肜、亦不言祊、是祊與繹判然各異矣、繹是祭名、其曰祊者祭之所也、其曰賓尸者、既祭而燕尸於堂也、繹祭在於門堂、賓尸在於廟堂、繹與賓尸爲二事、非卽指賓尸爲繹、賓尸以人道接之、故曰賓、蓋繹所以事神、賓尸所以事尸、與正祭日、尸以象神者殊也、大夫士無繹祭、故賓尸在當日、天子諸侯有繹祭、故賓尸在明日、序所謂繹賓尸者、既繹而又賓尸也、繹非求神、賓尸更不可言求神、鄭謂繹既設祭于室、而事尸于堂、孝子求神非一處、是混祊于繹、又混繹于賓尸、其義殊不可通矣、繹爲又祭、主人必親、書高宗肜日、是祖庚祭高宗廟、可知主人必親也、而祊言祝祭、蓋第使大祝爲之、主人不親也、祊所以求神于遠、而繹則尋繹正祭、無求神于遠之義也、繹與正祭相似、本當在廟堂中、然禮不可全同於正祭、同則享祀繁黷、又賓尸在堂、若繹祭亦于堂中、則人神混亂、故繹於廟門內也、祭於門堂所以別於正祭、而在門內則猶與正祭相仿、若在門外則絕不類矣、故知繹宜在廟門內也、爾雅、祊謂之門、不言門內外、注疏家以正祭之祊爲門內者、一則鄭氏以爲孝子不知神之所在、故使祝博求之平生門內之旁待賓客之處、一則孔疏以爲、爾雅直言門、知門內者、以正祭之禮、不宜出廟門、二說是也、其以繹祭之祊爲門外者、則以禮器爲祊乎外一語、不知禮器所言並是正祭、而非繹祭、外之云者、亦以門對堂而爲外、非謂門之外也、且繹祭之祊、與正祭之祊同一祊耳、而一在門內、一在門外、於義何取、求其說而不得、則曰內外皆有祊稱、亦調停兩岐之說也、郊特牲、孔子曰、繹之於庫門內、祊之於東方失之矣、夫祊於東方爲失、則祊於西方非失矣、繹於庫門內爲失、則繹於廟門內非失矣、何必强分內外、鑿空附會、以成其說耶、正義引鄭志曰、高子之言非毛公、後人著之、則是衞宏所附益、其爲漢人之語無疑、而詭託之高子者也、蓋古人之尸、專爲人鬼而設、若天神地示日月星辰之屬、其尸無見於經者、士虞禮、男男尸、女女尸、惟虞祭有之、此後祭宗廟、則考有尸而妣且無尸矣、漢書郊祀志、高祖詔御史、令天下立靈星祠、張晏注、以靈星爲蒼龍左角星、卽天田、周語所謂農祥晨正者此也、淮南子主術訓曰、君人者其猶靈星之尸也、儼然玄默、而吉祥受福、續序之言、殆因篇次良耜後、而傅會於農祥耳、高子卽公孫丑所引論小弁之詩、而孟子所斥爲固哉者、無論其僞、卽使屬真、亦同爲固執、而不可從矣、

絲衣其紑。載弁俅俅。自堂徂基。自羊徂牛。鼐鼎及

鼒。絲衣·祭服也、紑·絜鮮貌、俅俅·恭愼貌、基·門塾之基、自羊徂牛、言先小後大也、大鼎謂之鼐、小鼎謂之鼒、兕觥。其觩。旨酒思柔。不吳。不敖。胡考之休。吳·譁也、考·成也、○紑孚浮反、俅音求、鼐乃代反、鼒音茲、觥延文本作觵、觩音虯、陸本作觓、延文本吳作吳、敖作傲、傳絜鮮貌、作潔鮮也、卷子本則傍注云貌字本無、恭愼下貌字、延文本作也、卷子本傍注云本無、

箋曰、上五句追述未祭先潔愼如此、下四句祭末旅酬靖恭如此、則祭時謹禮可知、詩人之善於立言也、麻衣朝服、絲衣則祭服也、祭服鮮不用絲、而五冕之服、各有章采、此專言絲衣、則以素別於繪耳、說文、紑·白鮮衣貌、引詩素衣其紑、絲衣鮮絜無華、故亦曰素衣、徐璈云、皮弁服、故素衣也、絲與素雙聲、故通用、據說文作素衣、則以衣爲皮弁服、其弁亦皮弁、非爵弁也、必言弁者、明爲繹祭也、載·戴也、古多通作、爾雅釋言、俅·戴也、郭注引詩戴弁俅俅、蓋以俅俅爲戴弁貌、釋訓、俅俅·服也、服亦爲戴、故郭注謂戴弁服、毛傳所謂恭愼、亦謂戴弁之容、上文紑爲衣貌、則俅俅宜从釋言訓爲戴冠貌矣、王夫之曰、雜記曰、士弁而祭於公、冠而祭於已、士冠禮、爵弁服纁裳純衣、鄭注曰、此與君祭之服、純衣·絲衣也、餘衣皆用布、唯冕與爵弁服用絲耳、則絲衣載弁、士祭於公之服、故鄭氏以謂、繹禮輕、使士升門堂視壺濯及籩豆之屬、然而亦有不然者、按周禮司服、公之服、自袞冕而下如王之服、士之服自皮弁而下

如大夫之服、蓋周制卑不可犯尊、而尊可兼卑、則以大夫以上至於王、其弁服無異於士也、是絲衣載弁、不但唯士爲然矣、禮享大鬼神、則眡滌濯省牲鑊者大宗伯也、大祭祀則省牲鑊滌濯逆齍省鑊者小宗伯也、大宗伯卿也、小宗伯中大夫也、則牛羊鼒鼎之事、固非士之所得與、倘以繹禮輕於正祭、降用賤者、乃以少牢饋食禮例之、其正祭、司馬升羊、司士升豕升魚、司宮設席、其賓尸也亦司馬舉羊、司士舉豕魚、司宮設席、初無所降、則時享賓尸之禮、亦當仍用大小宗伯、而不應降用士矣、且所謂士者何士邪、豈牛人羊人司尊彝之屬乎、若然則亦簡媟而非以尊皇尸矣、大宗伯六命、其服毳冕、衣五章、小宗伯四命、其服希冕、衣三章、而此乃絲衣載弁者、皇尸士服、爲尸厭、不伸其尊也、王之享先王則衮冕、享先公則鷩冕者、以王季文王受命爲方伯、所服者衮冕、組紃以上、位爲侯伯、所服者鷩冕、故如其服以祭、不敢以己之貴臨祖宗之卑也、今此賓尸、敬主於尸、而爲尸者少賤未爵之子弟、所服者爵弁、使王與有司以冕臨之、則皇尸之尊絀矣、然則賓尸之禮、雖王亦弁、而況於宗伯以降乎、故知此服弁衣絲者、非士也、其卽省牲省器之卿大夫審矣、○自堂徂基者、傳云基門塾之基者、爾雅、門側之堂謂之塾、匠人云、門堂三之二、注云以爲塾也、門之東西皆有塾、一門凡四塾、外兩塾南向、內兩塾北向、夾門東西、因謂之東堂西堂、故孫炎曰夾門堂也、傳言門塾之基、宜爲內塾、基者畿之假借、谷風篇薄送我畿、傳、畿・門內也、畿之言期、限也、期・基・朞、古同音、故畿可借作基、繹不索神、故先埽堂、而後及基、堂在內、基在外、少牢禮、賓尸在堂、則天子諸侯亦必在堂可知、門堂頗狹、天子賓尸、何能容之、且降於大夫、尤無此理、經言自堂徂基、其爲廟堂甚明、毛傳釋基字不釋堂字、蓋不以堂爲門堂也、豬飼彥博曰、門之屋兩下、其北霤曰內霤、塾之制、舊說恐未得其實、士冠聘禮公食大夫禮並曰、擯者負東塾、是立於內東塾之北也、而云負則塾之外面有壁歟、凡云負者、其所負必高、負依負牆之類、可以證矣、蓋門堂之四邊皆有壁、唯開南北之中當門之一分、門與塾之界無壁、東西塾相向、棟下有壁以隔內外、內塾之北、外塾之南、皆應有牖、月令注所謂奧者、只言塾內深奧之處與、或曰室、或曰堂、固無堂與室之分也、爾雅曰、樞達北方謂之落時、郭注曰、門持樞者或達北檼以爲固也、案檼當作櫓、落時謂門旁持樞之木、橫門與塾之際、北至屋櫓也、又曰、所以止扉謂之閎、注曰、門辟旁長橛也、蓋門與東西塾之界、各豎長杙以止開扉也、考工記曰、廟門容大扃七个、注云、大扃、牛鼎之扃、長三尺、七个二丈一尺、門之廣二丈一尺、左右塾亦如之、則門堂之廣六丈三尺、與明堂南北七筵、其度正同、夏后氏門堂三之二者、亦不相遠、今又依此制而擬之、其修則又減二筵爲四丈五尺、中分之則內外塾之廣各二丈二尺五寸矣、敖氏曰、東塾西塾、其北蓋與東西堂相對、而廣亦如之、然周書顧命、陳輅於庭、左塾右塾與阼階賓階相對、以是觀之、東西塾與東西房正對、敖氏說恐亦非是、○自羊徂牛者、蓋天子之繹禮、別用牲焉、與卿大夫有司徹之禮、有異鼎而無異牲者不同、若集傳謂此祭而飮酒之詩、不知祭畢之飮、義取餕餘、自無別用大牢之理、○鼐鼎及鼒者、發其覆冪、而告鼎之潔也、爾雅、鼎絕大謂之鼐、說文段注、絕大謂函牛之鼎也、九家易曰、牛鼎受一斛、羊鼎五斗、豕鼎三斗、爾雅、鼎圜弇上謂之鼐、孫炎曰、鼎斂上而小口者、牲與鼎俱在門外、鼎正當門、居牲北、牲居鼎南、少近南、凡壺濯牲鼎之屬、正祭則先日陳並視、繹則就本日陳而視之、特牲、先夕陳事、主人即位於堂下、宗人升自西階、視壺濯及籩豆、反降東北面、告濯具、主人出復外位、宗人視牲告充、宗人舉鼎羃告絜、彼先視濯籩豆、次視牲、次舉鼎、先後與此次第正同、告皆告於主人也、以詩言之、主人王者也、堂基但言所往、不及事、牛羊但言所視之物、不言所往、鼎鼒並不言自徂、蒙上文也、此詩家敘事法、郝敬謂、繹祭殺於正祭、牲牢器皿、皆因祭之餘、有司徹云、㸑尸俎、非別殺牲先夕省視也、是郝以大夫士禮概天子耳、繹果非異牲、則當祭禮未行、牲先實鼎久、已名其爲牛羊豕之鼎矣、詩陳繹祭、不應既言自羊徂牛、又言鼐鼎及鼒也、繹於明日異牲、詩自羊徂牛、是也、大夫士賓尸於祭日、用正祭之牲、有司徹㸑尸俎、是也、蓋正祭重、主於禮神、繹輕、主於禮尸、主於禮神、故在室、主於禮尸、故在堂、則自堂徂基掃堂設筵者、皆堂上之事也、○兕觥其觩二句、卷耳我姑酌彼兕觥、傳兕觥角爵也、七月稱彼兕觥、傳兕觥所以誓衆也、則兕觥爲獻酬賓客之爵、繹祭行旅酬、故設兕觥焉、柔・溫柔也、飲酒溫克之義、鄭訓安、非也、桑扈蓋取於此、不吳不敖二句、不吳是言之謹、猶笑語卒獲也、不敖是儀之謹、猶禮儀卒度也、正義曰、定本娛作吳、釋文云、不吳舊如字、說文作吳、吳、大言也、何承天云、吳字誤、當作吴、從口下大、故魚之大口者名吴、胡化反、據此是正義本作娛、釋文本作吳、釋文引何承天曰、吳字誤、當作吴、正承上說文吳大言也言之、史記武帝紀引作不虞不敖、是古虞娛吳三字本通用、然毛詩本文、自當依定本作吳、虞娛皆吳之假借、吳則六朝別體字、傳訓吳爲譁者、大言必譁、引申之義也、胡考之休者、胡考解見載芟、休、祥也、胡考以是得祭之福也、與胡考之寧同、下半是公尸燕飲之事、鄭失之、

絲衣一章九句

酌。告成大武也。言能酌先祖之道。以養天下也。

箋曰、酌或作勺、儀禮燕禮、若舞則勺、禮記內則、十三舞勺、卽以此詩爲節而舞也、漢書·風俗通·樂書·俱作勺、左傳·荀子·俱作汋、勺酌汋音同、故相通爲稱、春秋緐露質文篇云、周公輔成王、成文武之制作、汋樂以奉天、此汋卽酌也、漢書董仲舒傳、虞氏之樂、莫盛于韶、于周莫盛于勺、曰奉天者、不過言革命所以順天、言其盛者、以周之武功爲極盛耳、此告成大武之詩、而篇名酌者、言酌時之宜、所謂湯放桀·武王伐紂、時也、廣序曰酌先祖之道者、先祖謂文王、文王之道·三分有二而不取、武王八百會同則取之、孟子曰、取之而萬民不悅則勿取、文王是也、取之而萬民悅則取之、武王是也、廣序以大武之取天下、爲能酌文王之道、卽此意也、稱先祖者、據成王作頌時言之耳、漢書禮樂志云、周公作勺、勺言能酌先祖之道也、廣序似襲之、其意謂因時以養紂之晦、文王之道也、武王初則遵之、及時異勢殊、則不執故迹、而有甲子之師、此武王之善繼志述事、而詩之所以名酌、卽所謂酌先祖之道也、然此詩人

之推功德宜爾、實則養紂晦者、正是冀其悔悟、乃文武本心也、朱傳云、酌及賚般皆不用詩中字名篇、疑取樂節之名、如云武宿夜云爾、其說亦支離、他詩篇名、亦有不用詩中字者、又何居、武宿武僅見于祭統、他經傳亦無見也、以養天下、正義、疑雖同養字、而非經之所謂養、此亦不然、夫以紂之暴、留存一日卽一日有害于天下、聖人豈不知之而顧勉爲優容者、蓋征戰爲大不祥之事、雖爲除暴、而漂杵之血、天下豈不大傷、故一日有可姑緩猶不忍、失之稍急、必不得已而後爲之、然則其所以養昧者、正爲養天下而然耳、詩意本爲表武王之恤民而不遽伐商、故士會引之、以明不宜戰之理也、

於鑠王師。遵養時晦。時純熙矣。是用大介。鑠·美、遵·率、養·取、晦·昧也、

我龍受之。蹻蹻王之造。載用有嗣。龍·和也、蹻·武貌、造·爲也、

實維爾公允師。公·事也、○於音烏、鑠舒灼反、蹻居表反、造才老反、延文本·傳美下率下取下貌下、並有也字、

箋曰、於·歎辭、鑠·光明也、一鑠字寫出王師氣概、併道出聖人心事、王·武王也、遵養時晦、爾雅、遵·循也、言鑠哉武王之行師也、初遵先志、養紂之昧、而不卽取也、養晦·言長殷國闇昧也、宣十二年左傳引是曰、耆昧也、古義可窺、傳亦據左傳耆味之文、則不當訓養爲取、取蓋致字之譌、蔡啓盛曰、左傳杜解云、

者·致也、案訓者爲致、是相傳之古說、而以致爲致討、則征南失其旨矣、士會意不欲戰、故將弱與昧析言之、引伸凪言、而釋以兼弱、是宜急取此爲客意、引此詩而釋以耆昧是宜有待、此爲主意、觀下文終之以撫弱耆昧、而先穀之必欲戰者、卽斥曰不可、此顯然可見、耆之訓致、見武篇者定爾功傳、箋易爲老、義仍相通、此箋亦云養、是闇昧之君以老其惡、蓋致從夂至會意、訓爲送詣、有積漸而至之義、人之衰老亦然、故耆可訓爲致、非但聲近也、致之養之老之、似異而實皆可會通、若果訓養爲取、則全非養之本義、卽以引申反訓之例求之、亦不可得、故他書無一同者、不但孤文無證而難憑、直可決其爲致之誤字無疑也、如陳碩甫謂養訓取是古義、據羣鳥養羞注云羞謂取食、則養羞猶言取食也、不知鄭以取食釋羞耳、若養又爲取、則養羞猶言取取取食矣、尙成詞乎、蔡說是也、養與取不同、下蹻蹻王造、方是取隨武子耆昧之云、蓋要其終言之、兩時字皆語詞、純·大也、熙·光也、鑠生於熙、熙卽晦之反、彼日滋晦、故日滋明、左傳紂作淫虐、文王惠和、殷是以隕、周是以興、是也、介·助也、所謂多助之至、天下順之、是大介也、○我龍受之者、我·我武王、龍·寵之本字、龍受猶書所謂靈承也、寵靈寵神之寵、武云、允文文王、克開厥後、嗣武受之、賚云、文王既勤止、我應受之、與此同一文法、彼二篇謂受之於文、此謂受之於天人也、毛訓龍爲和、長發同、書牧誓·今予發惟恭行天之罰、史記漢書皆作共、或作龔、漢書敘傳·龔行天罰、赫赫明明、文選鍾士季檄蜀文、命授六師、龔行天罰、班固東都賦、龔行天罰、應天順人、斯乃湯武之所以昭王業也、尙書龔字、其義皆可訓爲和、詩之龍卽龔之古文假借字、應天順人謂之和、大明變伐大商、傳、變、和也、其意正同、○蹻蹻王之造、造、成也、有大造于西之造、一戎衣之功、通變振動、作之而能訖、訖之而能成、以其有甚銳之氣也、然一世之造于此始、卜年卜世之造、亦于此始、故曰造、頌武功而推其造于王者、見當時牧野陳師方略、俱出自王指授、王之二字、勿得略過、實維爾公允師、公、功也、王公維濯之公、言天人交助我武王、於是順天應人、一戎衣而有天下、用使後世有所嗣守、實維武王之功、可謂允王者之師、得其道矣、孟子、君子有不戰、戰必勝矣一章、正與是頌符、此篇與武頌、本因作大武之樂、而思武功、經首言於鑠王師、明是美武王用師伐紂、末句正與首句相應、兩師字不得爲異解、朱傳失之、

酌一章九句

箋曰、傳箋於爾公句、章凡九句、蘇氏六字爲句作八句、朱傳呂記從蘇、是也、

桓。講武類禡也。

箋曰、詩言武王以厥士綏邦定家、類也禡也並師祭也、講武尙威武、故取篇中桓字名篇也、書類于上帝、文在巡守之先、周禮肆師、類造上帝、記在師甸之後、至肆師甸祝、大司馬表貉、諸家以爲貉卽禡祭、皆爲四時田獵設祭、是巡狩大甸獵皆有類禡、序云講武、則不獨施於出征矣、蓋武王克紂代殷、出征類禡、其後大平告成、講武事、而類禡、當亦以此爲樂歌歟、

桓。武志

也。箋曰、武王有其事、而無其詩、以頌聲未作故也、至成王制禮作樂、於是作此詩以歌其事、亦以告於武王、謂之武志者、武王講武類禡之時、其志已欲保厥士、而用四方、定厥家、而昭于天、後果如其志、釋文云、桓武志也、本或以此句爲注、正義云、序又說名篇之意、桓者成武之志、是孔本以此句爲序文、蓋此詩桓武志也、及下章賚予也、文義一例、皆當爲序者之言、此序首言詩之用、繼言詩之意、其實仍一義也、禡馬嫁反、

綏萬邦。婁豐年。天命匪解。桓桓武王。保有厥士。于以四方。克定厥家。士事也、於昭于天。皇以間之。間代也、○婁力住反、解音懈、於音烏、間間廁之間、

箋曰、綏萬邦、婁豐年、征伐合於天心故也、綏猶和也、婁·數也、宣十二年左傳引頌曰、綏萬邦、婁豐年、而釋之云和衆豐財、謂武七德之二事也、天命匪解、解·懈之本字、天之休命、於穆不已也、是句上屬、先提武王之武成也、○桓桓武王二句、桓桓·威武貌、士·師衆也、此講武之詩、故主虎賁熊羆之士、書康王之誥、則亦有熊羆之士、不二心之臣、保乂王家、用端命于上帝一大段、可爲此詩注脚、○于以四方二句、以·用也、以四方謂用厥士於四方也、以車彭彭之以、易曰、以其國、君凶、左傳不有以國、其能久乎、古語急迫、可例而觀之、四方亦宜以江漢例之、能安定其家、謂成就先王之業、遂爲天下之主、此所謂

以天下爲家也、旋乾轉坤、只以家事言之、妙、正義於婁豐年下曰、所以得然者、於克定厥家下又曰、由是萬國得安、陰陽得和、此言結上之意也、頌文肅穆、非此詳爲申釋、則其義不顯矣、○於昭于天、如至治馨香感於神明意、皇以間之者、皇·大也、書曰、皇自敬德、爾雅、間·代也、書多方、天降時喪、有邦間之、言武王撫綏萬邦、豐穰仍臻、天命之福周日新、夫武王保其師旅、能講習之、而用諸四方之事、遂定周家、嗚呼其德昭格于天、大革前代之命以代之、然則我周之士、可不講習武事乎、唯爾有神監之、胡承珙曰、顧氏詩本音謂、此詩首三句無韻、下文王方爲韻、天間爲韻、江愼修則謂、全章無韻、間與天古音不相協、張氏詩貫謂、起二句提起二韻、如有贅之例、下天命匪懈四句、以王方爲韻、承上邦字、江陽通韻、末三句以天與間韻、承上年字、承珙案、天與間固不同部、然音自相近、

桓一章九句

箋曰、左傳楚子曰、武王克商作武、其卒章曰、耆定爾功、其三曰、敷時繹思、我徂維求定、其六曰、綏萬邦、屢豐年、夫武、禁暴·戢兵·保大·定功·安民·和衆·豐財者也、左傳以賚爲其三、桓爲其六、蓋其字受克商作頌句、武王之頌數篇、而賚其第三篇、桓其第六篇也、至於詩之敘、本合文武諸盛德、分爲三什、故不同歟、集傳爲大武之三章六章、誣左傳甚矣、武是周頌中篇名、非大武也、至据楚樂章之篇次、反疑詩之失舊、其謬更甚、詩三百五篇經

孔子手定、故曰詩三百、其無闕失可知、又曰雅頌各得其所、則雅頌尤自無闕失也、不然何以云各得其所耶、楚子在魯宣公時、孔子去宣公僅百一二十年、其間初無若秦火者、何以大武一篇僅存三章、而失其一二四五四章乎、若然、孔子僅從闕失之餘、掇拾其殘編斷簡而已、其何以明詩教于天下邪、嚴粲祖朱說、因謂、酌與般亦大武篇內一章、何楷又以時邁亦爲大武一章、朱鶴齡以其說爲誤、周頌簡嚴、故篇止一章、無有疊章者、左傳旣以耆定爾功爲卒章、則此句下不應更有武詩、而下之其三其六、斷皆以篇言、非以章言、桓賚四篇、必無屬武樂分章之理、胡承珙又謂、左傳首言武王克商作頌、然後曰又作武云云、蓋謂時邁及武賚桓諸詩、皆頌武王克商事、傳文於時邁言作頌、所以包下武賚桓三篇、而於武舉篇名、於賚桓舉篇次、此不過行文錯舉互見耳、然於時邁汎言作頌、固已別於武樂、其上文隨武子引汋曰、又引武曰、亦可見酌及時邁、必非武樂中詩篇、嚴與何皆臆說、二氏之駁皆是、

賚。大封於廟也。

箋曰、詩言、命諸侯敷文之德、以安定其民、是武王封功臣世家同姓於文王廟之詩也、賚蓋大封之義、大封於廟、而明示以周當有天下之故、而風勸之、直是一則檄勅凜然懍然、徐幹中論爵祿篇曰、先王將建諸侯而錫爵祿也、必於淸廟之中、陳金石之樂、宴賜之禮、宗人擯相內史作策也、卽引此頌而釋之云、由此觀之、爵祿者先王之所重也、非所輕也、此言得先王愼重名器之意、

賚予也。言所以錫予善人也。 箋曰、論語、周有大賚、善人是富、集注、此言其所富者皆善人也、廣序二句蓋本於此、論語繫此於堯舜禹湯之後、蓋帝王之道、莫大乎得善人以共治天下、亦允執其中之心也、

文王既勤止。我應受之。敷時繹思。我徂維求定。 勤・勞、應・當、繹・陳也、**時周之命。於繹思。** ○繹音亦、於音烏、延文本・傳勞下當下、並有也字、

箋曰、勤止主肇造勤勞說、便含下求定意、我武王也、文王求寧觀成與疏附後先輩經營海內、那一日非如傷心事、且也、暴主疑之、讒臣毀之、卒竭歷敉寧、以保全六州之衆、其勤也至矣、受之、受其勤也、敷時繹思、宣十二年左傳引詩敷作鋪、鋪卽敷之同音假借、時、是也、敷有施陳之義、則繹不得訓陳、當讀爲抽繹之繹、說文、繹・抽絲也、廣雅、繹・抽也、敷時繹思、謂敷文王之勤、而滋抽繹之言、受而擴大之也、書曰、庶言同則繹、論語說而不繹、思爲語詞、末句於繹思、同義、○我徂維求定、言我徂而征伐商者、是求民之安定故也、大雅監觀四方求民之莫、求定、卽求莫也、左傳引是二句、以爲武德安民之事、乃知徂是征伐、定是安民、集傳以思爲思念、以徂屬諸侯、並非詩義、武王曰、文王既勤王業、我應而受之、敷而繹之、遂徂而用師於商、是求民之定故也、○時周之命、對殷言、尺地一民皆殷有、昔時爵祿殷命之、今易而爲周之命矣、汝諸侯、各就其國、嗚呼、其可無繹而思乎、時周之命、猶云請看今日域中竟

是誰家天下也、鄭重嚴切、此語大有駕馭、於、歎辭也、於繹思、又重言之、命諸侯、使繹天命所由也、馬瑞辰曰、顧亭林云、此篇或以止之思爲韻、然詩無全用語助爲韻者、胡承珙曰、首三句、以止之思爲韻、中間定命雖不同部、然易象傳、晉如摧如、獨行正也、裕无咎、未受命也、以命與正韻、大招曼澤怡面血氣盛只、永宜厥身保壽命只、以命與盛韻、則定與命亦可相通爲韻、末復以思字應前爲韻耳、今按、古音命與名近通用、說文名自命也、左傳異哉君之名子、史記作命、孟子命世卽名世、詩蓋讀命如名、故與定爲韻、名定皆耕清部字也、左傳引逸詩、講事不令集人來定、士冠禮、以歲之正以月之令爲韻、正與詩定命爲韻相類耳、楚詞以名與均韻、是又讀名如命、正與此詩讀命如名者爲互相通借、或遂據以爲真耕通韻則非也、

賚一章六句

箋曰、詩以賚名論功論德封建于廟、卽論語所謂善人是富、此聖人公天下之大典、亦定天下之深慮也、何則、天下之大禪受相承、而我以征誅得之、將無疑私、我惟索虞夏以前之胤、起于田野、授之茅土、以備三恪、洎兄弟之國十五人同姓之國四十人、異姓諸侯與我同起討紂、八百君長功高一時、鷹揚虎賁、咸皆知勇非常、而錫以崇爵、裂以民社、天下於是乎知我與天下治天下、而無富天下之心矣、詩既稱文王之勤、低徊以動其悲、又稱時周之命、張皇以懾其魄、以己之孝、作臣之忠、卽駕馭安民之微旨、亦寓于此、

般。巡守。而祀四嶽。河海也。

○巡守、延文本作巡狩、嶽、延文本作岳、箋曰、般蓋盤桓般旋之義、與巡守之巡同、巡守時邁亦出、重言之者、是示般卽巡義也、猶賚曰大封、以示篇名之義、時邁序曰、巡守告祭柴望也、故發首卽言昊天、而河嶽則總言之、此序曰、巡守而祀四嶽河海也、故詳言河嶽、而不及昊天、言各有所歸、樂亦各有用、蓋自允猶翕河以上皆言涉歷山川、未及祀事、裒時之對正言祭、集傳爲聚諸侯於方嶽、鶻突甚、是詩只有祀四嶽河海、而別無巡守之事、故序巡守下有而字、時邁序曰、巡守告祭柴望也、此其詩及巡守之禮、故無而字、文法謹嚴、陳奐曰、嵩高傳云、嶽四嶽也、東嶽岱、南嶽衡、西嶽華、北嶽恆、亦謂巡守四嶽也、若周雍鎭之嶽爲畿內望祭、非巡守而祀、故傳但言四嶽而不五嶽、五嶽見於周禮大宗伯大司樂二職、五嶽之名、爾雅釋山具有二說、前說云、河南華、河西嶽、河東岱、河北恆、江南衡、後說云、泰山爲東嶽、華山爲西嶽、霍山爲南嶽、恆山爲北嶽、嵩高爲中嶽、奐竊謂、統大地言曰四嶽、并畿內言曰五嶽、爾雅釋地、河南曰豫州、爾雅豫州之域、從河南以至漢水、改禹貢西河南面之地、并入於豫、則大華屬豫而不屬雍、說者以爲此殷制、然九州可改、四嶽不移、殷都在冀、四嶽仍從夏制、周禮職方西南與地同殷四嶽、亦當從殷制、職方氏、雍州山鎭曰嶽山、王引之以山爲衍字、鄭注云、嶽吳嶽也、漢書地理志、吳山在右扶風汧縣西、古文以爲汧山、續漢書郡國志、汧縣有吳嶽、本名汧、是職方之嶽卽禹貢之汧、周都豐鎬、改汧爲嶽、實始於周、嶽者山之尊稱、周於王畿近西之高山名爲嶽、以一嶽配四嶽、不聞以雍鎭之嶽呼爲西嶽、并不得以豫鎮之華改爲中嶽、可知也、天子祭天下名山大川、王畿所望祭之山尤尊、故亦有嶽稱、王制云、五嶽視三公是也、五嶽并數雍嶽、至巡守述職之所有事、仍數四嶽而不數雍嶽、昭四年左傳、司馬侯言、大室又列於四嶽之外、是其明證也、邵晉涵據此以爲五嶽、有嶽山而無大室、其說甚確、又以爲、爾雅前說、釋周禮五嶽之名、末後說爲漢初傳爾雅者增益其文、金鶚駁之、據禹貢、至于岳陽至于大岳、皆指霍大山、遂謂唐虞夏以霍大山爲中嶽、據爾雅河西嶽、職方雍鎮曰嶽山、遂謂、西周以嶽山爲中嶽、因又謂、爾雅嵩高爲中嶽、定爲殷及東周之號、但嵩高山、禹貢謂之外方、左傳謂之大室、史記封禪書、武帝以三百戸封大室、奉祠命曰崇高邑、漢書郊祀志云、封崈高爲之奉邑、則嵩高之名始於漢武、禹貢職方、皆但言嶽、封禪書郊祀志、於堯典四嶽之下增益其文曰、中嶽嵩高也、地理志云、潁川郡崈高、武帝置以奉大室山、是爲中嶽、則嵩高中嶽之稱始於漢武、郭璞云、霍山今在廬江灊縣西、卽天柱山、漢武帝以衡山遼曠、因讖緯、皆以霍山爲南嶽、故移其神於此、今其土俗人皆呼之爲南嶽、則改衡爲霍、亦始於漢武、爾雅末後說、邵二雲以爲增益、無疑、漢帝信讖緯、議封禪、漢廷諸臣、媿美本朝、故司馬遷劉向班固許愼應劭何休、說四嶽者、往往益嵩高中嶽、以配五嶽之尊、恪遵時制、不敢游移、要不可與論古也、正義曰、序不言四瀆、河爲四瀆之長、巡守四瀆、皆祭、言河可以兼之、兪樾曰、正義云、經無般字、序又說其名篇之意、般樂也、爲天下所美、樂定本般樂二字爲鄭注、未知孰是、釋文、出般樂也三字云、崔集注本用此注爲序文、是正義本、祀四嶽河海也下有般樂也三字、集注本同之、釋文本以此三字爲鄭注、定本同之、此三字或有或無、愚今斷之曰、衍文也、何以知非序文所有也、此樂字不合詩義、自於皇時周至時周之命七句並無樂意、何得訓般爲樂、且以巡守爲樂、是周穆王之車馬、隋煬帝之錦帆矣、非可爲訓也、經不言樂、序不應訓樂、故知非序文、鄭箋自皇君喬至受天命而王也、無一樂字、故知非鄭注是當爲衍文矣、俞說是也、

於皇時周。陟其高山。嶞山喬嶽。允猶翕河。 高山、四嶽也、嶞山、山之嶞嶞小者也、翕、合也、

敷天之下。裒時之對。時周之命。 裒、聚也、○於音烏、嶞吐果反、翕許及反、裒蒲侯反、敷、延文本作溥、

箋曰、於皇皇矣上帝之皇、尊而寵神之也、○陟其高山二句、高山汎言名山也、爾雅釋山、巒山嶞、傳以小釋嶞、如小豬爲豨、魚子爲鮞之例、嶞則大山旁落之小山也、玉篇、嶞、小山也、說文、巒山小而銳、嶞山之嶞、嶞者讀若相推落之嶞、相推落、是卽嶞之形狀、蓋於音箸義也、嶞嶞本疊字形容之詞、據正義云、故知山之小者嶞嶞、然則正義本、毛傳原作嶞嶞、據釋文云、嶞字又作隓、則傳本或有作嶞嶞者、與卷子本合、解者嶞爲隋圜之隋、因以爾雅之巒亦爲山形狹長、失之、嶞山喬嶽、卽高山而疊言之耳、嶞則謂其旁落小山也、喬則其高而大者、謂山項也、○允猶翕河、允語詞、猶與由通、莊二十四年左傳、

正義曰、古者由猶二字、義得通用是也、允猶翕河者、由翕河也、上句、墮山喬嶽、承陟其高山而言、河則不可言陟、故別言之曰由、謂經由其地也、翕河大河受衆水者也、河善泛溢、今得其性、故翕而不爲暴、一翕字、寫出地中安瀾之神、曰陟曰猶、卽是望秩、且此三句、卽是徧言四方、非止陟一處之山、亦非衆小、公羊傳、山川有能潤於百里者、天子秩而祭之是也、允猶句、雖說河、實先山而後由河也、蓋車駕所至、大小之山必有經者、若祭則必就喬嶽以望是由河達山、內包有祭州瀆之禮也、周都雍州、黃河自塞外來、由洮隴而出龍門、則東西之經途也、大陸既播、而後達兗豫而會滎冀、則南北之緯徑也、由河重在周四嶽先華而泰、自西而來此近于河、而以次相歷者、荊之衡、冀之恆、自南而北、此又遠于河而分途以達者、鄭以猶爲圖、謂皆信按山川之圖、而次序祭之、夫天子巡守、所祀名山大川、自有定名定所、何勞按圖哉、又謂、河自大陸之北、敷爲九祭者、合爲一、故言翕、夫河本一也、暫分爲九、旋合爲一、則祇是一河、又不必云翕矣、馬瑞辰曰、詩以山與河爲韻、孔廣森謂、此寒山之轉協歌麻者、今按山之協河正與詩以原協差麻婆以嫄協何並轉音魚何反及古獻尊之爲犧尊、若干之爲若柯、嬰娑之爲娑娑、嘽嘽駱馬之爲瘏瘏、皆類也、○敷天之下二句、敷溥同、說者謂、經不言海、言河以賅海、不知敷天之下卽海在其中矣、裒、聚也、言合而秩之裒時受上山嶽翕河而言、徧錄天下山川而無遺也、時如歲二月東巡、則于東嶽至、徧巡諸嶽乃爲敷天之下耳、山川大小、差秩各有當、故曰對而祭之、書曰、昬棄厥肆祀弗答、對者、兼答與秩之義而全矣、時周之命、言天下山川無不受祭、此周王所以受天命主百神也、開口於皇時周、結句時周之命、分明有代商爲山川民物更新氣象、與尙書舜典篇同一作用、蓋天子易姓改物、舉山川而酹沃之、昭告之使百靈知所歆、亦知所憑禪受者且然、況征誅革命者乎、震疊區宇莫鉅於此歎、而曰於皇以是也、時邁及河喬嶽允王維后、孔廣森謂嶽后同用嶽从獄聲、是屋燭爲侯厚之入、則此詩當以嶽與周韻古尤幽侯三部、古音本同入也、末二句、以對與命韻、孔廣森謂、此震瀰之轉協至隊者、馬瑞辰曰、命之協對、正與訊之讀誶爲一類、訊亦震韻字、誶亦廣韻六至部內字也、又按、正義云、此篇之末、俗本有於繹思三字誤也、釋文云、於繹思、毛詩無此句、齊魯韓有之、今毛詩有者衍文也、崔集句本有、是採三家之本因有故解之、今按三家詩有於繹思三字、蓋因賚詩於繹思與時周之命相接、故此篇時周之命下、亦誤衍三字、然賚篇以於繹思與首三句爲韻、若此篇增於繹思、則與上山河不相協、故知三家有此句亦誤衍也、

般一章七句

箋曰、短調大氣魄、有山立雷轡之概、馬瑞辰曰、陟其高山、陟猶秦漢時曰登封、或曰登禮、或曰登假、白虎通義曰、於皇明周、陟其高山、言周太平封泰山也、蓋本三家詩、卽以陟爲封禪之封、據時邁序箋、巡守告祭者、天子巡行邦國、至于方岳之下而封禪也、則封禪本古巡守之禮、秦漢以後、乃侈言其事耳、胡承珙曰、漢儒於時邁般二詩、皆有封禪之說、時邁疏謂、封禪之見於經者、惟大宗伯王大封則先告后土、而毛於二詩、皆不言封禪、

蓋封禪之禮、古者帝王巡守必皆行之、封卽堯典封十有二山之封、鄭注書大傳云、祭者必封、封亦壇也、禪與墠同、東門之墠傳云、墠除地町町者、然則封土爲壇、除地爲墠、乃巡守祭祀之常事、故經典皆未嘗特言之、但巡守爲天子之禮、非諸侯之所得爲、齊桓公之欲封禪、蓋自以功德無異於三代受命之王、管仲知不可窮以辭、故設爲地瑞天祥不可致之物、所以止其侈心、而不知適以啓後世人君之驕志、秦皇漢武踵事而增、玉檢金泥、爲世大詬、漢儒狃于所聞、未免鄭重言之、似於巡守之外別有此盛典者、白虎通義所載、亦三家詩說、猶是漢人之見、毛公生於先秦、尙知不侈言封禪、其見卓矣、

閔予小子之什十一篇十一章百三十七句　一〇十一篇

延文本作十有一篇、

箋曰、韓怡曰、補傳云、頌專于美功德以告神明、而周頌有助祭謀廟進戒求助之詩、似非爲告神明而作、然美其助祭、是以助祭之事告之神明也、美其謀廟、是以謀廟之事告之神明也、美其進戒求助、是以進戒求助之事告之神明也、由是言之、則頌者用于天地宗廟、詎敢有虛美哉、惟魯頌多祈禱之辭、若與商周不相似、說者以是爲功德之優劣、固已近之、然自墳典以來、文字之變、質者日以華、醇者日以醨、魯頌作于周之旣衰、宜不

可與商周並觀也、商周二頌皆用以告神明、魯頌乃以爲善頌善禱、後世文人獻頌、特效魯耳、非商周之舊也、

毛詩卷第十九

毛詩卷第二十

竹添光鴻會箋

駉之什。詁訓傳第二十九之什二字、唐石經·延文本·幷無、毛詩魯頌

箋曰、魯、少皥之墟、在禹貢徐州蒙羽之野、成王以封周公長子伯禽、今山東兗州府曲阜縣治、周時魯國舊都、魯頌四篇、駉駜泮宮體兼風雅、閟宮閎音眇旨、儼爲班張以下諸公鼻祖、此頌之變體、卽賦之導源、王荆公有云、周頌之文約、所以爲嚴、魯頌之文侈、所以爲夸、今玩其詞氣整密、與左傳太史克對宣公者若出一手、蓋所謂文人之言、易過其實與、魯之有頌、疏引舒瑗云、魯不合作頌、又謂、雖僭名爲頌、而體實國風、非告神之歌、故有章句、金華王氏亦謂、魯頌四篇、有風體、有小雅體、有大雅體、頌之變體、是雖非侯國所當作、要於天子有別也、朱傳云、成王以周公有大勳勞於天下故賜伯禽以天子之禮樂、魯於是乎有頌、以爲廟樂、殊不思伯禽時有頌爲廟樂、魯人當世守之、不應易象春秋並存、而反失其廟祭之樂章也、伯禽時樂頌俱存、孔子不應删其祖宗廟樂、而獨存後代頌美其君之詩也、則魯之有頌、斷自僖公始、夫魯不當無風、譜謂周尊魯不陳其詩者謬也、卽不陳于王朝、豈無存于本國、意者駉駜泮水、實始風詩、而史克僭名作頌、孔子魯人、仍魯大師之舊、詩錄魯頌、猶修魯春秋之義焉爾、魯之君卿、既相傳謂之頌、固非所得改也、

何以止于三、曰、此皆美詩也、視諸國則已多矣、既名爲頌、則當止存其美而餘悉從逸置、此魯之私也、夫風雅頌三者、其體不同、故命名亦異、卽如王爲王都而亦名風者、詩採於東都之地、以地名其詩、其體本風、故曰風、非貶王也、魯爲列國、而亦名頌者、其體本頌、故曰頌、非褒魯也、周頌美盛德之形容、以其成功告於神明、魯之頌頌其君而已、僖公中材主、其先任公子友則賢、其後信公子遂則否、天下有霸則分其榮、天下無霸則無以自立、斯其實有不可揜者、而穀梁釋春秋、謂公閔雨喜雨、蓋沿頌之美、以意揣說耳、

駉。頌僖公也。箋曰、四篇皆用頌字、序法亦異、**僖公能遵伯禽之法。**箋曰、牧于坰野、蓋亦伯禽之法、周禮可徵、**儉以足用。寬以愛民。務農重穀。牧于坰野。**箋曰、不奪穀土也、左傳孟孫爲成之病不圉馬焉、詩美牧馬、序爲溯其原、於牧于坰野見其務農重穀、而必先以儉以足用、寬以愛民、且曰能遵伯禽之法、蓋人君之賢、莫大於脩舉祖宗法度、設誠而致行之、序固有所傳矣、**魯人尊之。於是季孫行父請命于周。而史克作是頌。**箋曰、命是追命之命、行父請命、與史克作頌是兩事、克·大史也、國史作詩、序有明文、二臣稱名、尊君也、正義云、史克作是頌者、廣言作頌、不指駉篇、則四篇皆史克所作也、延文本·

請下無命字、序末有也字、

駉駉牡馬。在坰之野。駉駉、良馬腹幹肥張也、坰、遠野也、邑外曰郊、郊外曰野、野外曰林、林外曰坰、**薄言駉者。有驈有皇。有驪有黃。以車彭彭。**牧之坰野則駉駉然、驪馬白跨曰驈、黃白曰皇、純黑曰驪、黃騂曰黃、諸侯六閑、馬四種、有良馬、有戎馬、有田馬、有駑馬、彭彭有力有容也、**思無疆。思馬斯臧。**○駉古熒反、牡茂后反、坰古熒反、驈戶橘反、驪力知反、跨苦化反、延文本駉駉然下有也字、

箋曰、傳腹幹肥張者、腹謂馬肚、幹謂馬脅、莊元年公羊傳云、拉公幹而殺之、謂折公脅也、肥張者、充而張大也、腹幹肥張、正釋駉駉之義、而必言良馬者、良馬對駑馬而言、本周禮以爲說、釋文、牡本亦作牧、正義云、所牧養之良馬、正釋經之牧馬、又云定本作牡馬、則注疏本作牧馬無疑、顏氏家訓云、江南本皆爲牝牡之牡、河北本悉爲放牧之牧、其答鄴下博士云、若作放牧之牧、通於牝牡、則不容限在良馬、獨得駉駉之稱、良馬天子以駕玉輅、諸侯以充朝聘郊祀、必無騲也、又文選李陵答蘇武書李注、及藝文類聚九十三、引詩皆作牧馬、唐石經初刻作牡、改刻作牧、惟顏氏言江南書皆作牝牡之牡、初學記二十九、白氏六帖九十六、引詩皆作牡、釋文本亦作牡、據說文兩引詩皆作牡馬、揚雄大僕箴云、僖好牡馬牧于坰野、釋文引艸木疏云、牡騭馬也、

以釋經文牡馬、則當从釋文本作牡馬爲是、乘馬貴牡、取其健也、故詩言四牡者、不一而足、古馬政惟牡馬在牧、若牝馬惟季春合牧見月令、則非季春即不在牧可知、凡禽獸之類、皆牡大於牝、詩意形容肥張、自當舉其牡者言之、周禮言馬以一牡乘三牝、言牡之盛、則其牝之盛亦可見、以有駜詩證之、首章言乘黃、三章言乘駽、而次章言乘牡、此是以中間包前後、見黃馬駽馬之皆牡、亦可知詩人貴牡之意、顏氏所謂頌舉其强駿者言之、於義爲得也、今考傳箋之文、則知在坰之野、薄言駉者二句、方及牧事、首句止言馬之良駿、而未及於牧也、○在坰之野者、曠野曰坰、野字亦汎、坰野謂空曠之野而已、不當泥傳作遠近定名、夫坰野即牧地矣、豈容計郊外牧外林外哉、鄭箋云、必牧於坰野者、避民居與良田也、坰之牧地、水草既美、牧人又良、飲食得其時、則自肥健耳、今本爾雅云、邑外謂之郊、郊外謂之牧、牧外謂之野、野外謂之林、林外謂之坰、增郊外謂之牧一句、不知野即牧、非野外更有牧地、毛於此及野有死麕燕燕于旄傳、竝云郊外曰野、又野有蔓草傳野四郊之外、皆不云牧、說文冂部、邑外謂之郊、郊外謂之野、野外謂之林、林外謂之冂、象遠界也、古文冂从囗作冋、或从土作坰、亦無郊外謂之牧一句、又據叔于田箋及遂人注、皆曰郊外曰野、是毛及許鄭所見爾雅、皆無郊外謂之牧一句、與李孫郭本異、確有明證、正義據今本爾雅、遂謂若言郊外牧、嫌與牧馬相涉、故略之、其說非也、書費誓、魯人三郊三遂、郊、鄉之界也、邑、近郊三鄉之地、郊·遠郊三遂之地、野猶周之甸削、林坰猶周之縣都、析言之、有邑郊野林坰之異、其實四郊之外、直達林坰、猶王畿六遂之地、直達縣都、統謂之野也、傳引林外曰坰、本以證坰之爲遠野、正義又云、雖字與爾雅相涉、其意不同、亦非傳指、○薄言駉者者、馬之衆盛、不可盡言、姑且舉而數之、所謂遽數之者也、非悉數之、傳驪馬白跨曰驈者、驪·黑色也、跨·兩股間也、是驪馬黑馬·以黑色馬而唯跨白者、別其名爲驈也、傳黃白曰皇者、黃馬而帶白色者名爲皇也、東山同、黃騂曰黃者、騂·赤也、謂黃馬而帶騂色者、下傳云、赤黃曰騂、謂赤馬而帶黃色者、黃騂·赤黃竝色黃赤有深淺、非有雜毛也、正義云、騂爲純赤色、黃騂曰黃、黃而微赤、赤黃曰騂、赤而微黃、是已、而又言黃騂謂黃有雜赤者則誤矣、馬瑞辰曰、上句有皇傳、黃白曰皇見爾雅、據三章有雒、釋文雒本或作駱、阮宮保謂、爾雅舊有兩駱、蓋同名而異物、爲毛傳所本、竊謂、此詩傳黃騂曰黃、亦當作黃騂曰皇、與三章作兩駱者正同、亦同名而異物、皆本爾雅爲說、爾雅爲淺人誤爲重出、删去其一、毛詩又後人疑其二皇不應竝用、因準詩人義同字異之例、假黃爲皇、以與皇韻、猶三章改駱爲雒、又或改作駁也、黃白曰皇、黃騂亦曰皇、皆黃馬兼有別色之稱、若單稱黃·則止一色、毛傳宜云純黃曰黃、與純黑曰驪同訓、何由知其必爲黃騂乎、此固有以知黃爲皇之假借也、爾雅、皇黃鳥、蓋以皇黃同音、假皇爲黃、與此詩假黃爲皇可以互證、○以車彭彭者、陳奐曰、傳文有力二字當衍、此云、彭彭有容也、下章傳云、伾伾有力也、彭彭言馬容之盛、伾伾言馬力之彊、其分章屬意如是也、今各本涉下章傳文誤衍有力耳、凡詩言彭彭、皆謂其儀容之盛、出車篇出車彭彭、傳、彭彭四馬貌、彭彭猶駉駉也、說文、駉駉·馬盛也、烝民篇四牡彭彭、又四牡騤騤、傳騤騤猶彭彭也、說文、騤騤馬行威儀也、載驅篇行人彭彭、傳、彭彭多貌、多亦盛也、大明之四騵彭彭、韓奕之百兩彭彭、皆是多盛之意、御覽獸部五、引彭彭有容也、無有力二字可證、○思無疆、思馬斯臧者、思無疆言其思之深廣也、思之全量也、思馬斯臧則其本事也、集傳謂、衞文公秉心塞淵而騋牝三千、亦此意、是已、臧、善也、思馬斯臧、亦有授方之道焉、傳云、諸侯六閑云云者、周禮校人掌王馬之政、辨六馬之屬、種馬一物、戎馬一物、齊馬一物、道馬一物、田馬一物、駑馬一物、凡頒良馬而養乘之、乘馬一師四圉、三乘爲皁、皁一趣馬、三皁爲繫、繫一馭夫、六繫爲廏、廏一僕夫、六廏成校、校有左右、駑馬三良馬之數、麗馬一圉、八麗一師、八師一趣馬、八趣馬一馭夫、天子十有二閑、馬六種、邦國六閑、馬四種、注以爲二百一十六匹爲一廏、每廏爲一閑、閑謂馬之所在有限衞之處、傳引此六閑四種之制、以美僖公牧馬之盛耳、非詩四章分屬四種如正義之說也、詩所敘馬凡十六種、不言其高下、而皆曰牡、至於車則曰彭彭伾伾繹繹祛祛、皆言其有力而能勝車、未見有四等之分也、

駉駉牡馬。在坰之野。薄言駉者。有騅有駓。有騂有騏。以車伾伾。 蒼白雜毛曰騅、黃白雜毛曰駓、赤黃曰騂、蒼騏曰騏、伾伾、有力也、 **思無期。思馬斯才。** 才、多材也、○騅音佳、駓符悲反、伾敷悲反、

箋曰、凡毛相雜者、其名從馬以舉色、曰騅曰駓、皆從馬得名、凡色相疑者、其名從色以舉馬、曰騂曰騏、皆從色得名、傳蒼白雜毛曰騅者、大車傳、菼·騅也、萑之初生者也、郭注爾雅謂在青白之間、蒼白卽青白、菼色如騅、則知騅爲青白馬矣、雜毛是體有二種之色相間雜、上云黃白曰皇、黃騂曰黃、止二毛色之中自有淺深、與此二色者異、故不云雜毛也、傳黃白雜毛曰駓者、郭璞曰、今之桃華馬也、赤黃曰騂、說見上章、傳蒼騏曰騏者、謂青而微黑、今之驄馬也、蒼騏卽蒼綦也、小戎傳、騏·騏文也、正義作綦文、尸鳩傳、騏·騏文也、釋文作綦文、顧命馬鄭本作騏弁、孔本作綦弁、是古通假綦爲騏、綦·蒼艾色、馬有蒼艾色之文、故蒼綦謂之騏、蒼綦猶綦文也、文選陸士衡挽歌詩、駸駸策素騏、素者白也、謂白馬而有青黑紋相交、如博綦也、詳小戎篇、○以車伾伾者、說文伾有力也、重言之則曰伾伾、楚辭招魂、敦脄血拇、逐人駓駓些、王注、駓駓·走貌、與此伾伾同、○思無期者、期極也、字亦作綦、荀子王霸篇、目欲綦色、耳欲綦聲、楊注、綦極也、荀子書多用綦字爲窮極之義、乃詩詁也、思馬斯才者、驥不稱其力而稱其德、古者才德同義、則才卽德也、言和同而從御者焉、傳材字當爲才之誤、毛以多才釋經之才、非謂才爲材也、盧令箋、才多才、是其證、

駉駉牡馬。在坰之野。薄言駉者。有驒有駱。有駵有雒。以車繹繹。青驪驎曰驒、白馬黑鬣曰駱、赤身黑鬣曰駵、黑身白鬣曰雒、繹繹、善走也、**思無斁。思**

馬斯作。 作、始也、○驒徒河反、駱音洛、駵音留、雒音洛、繹音亦、斁音亦、驎良忍反、本亦作甐、鬣力輙反、

箋曰、傳青驪驎曰驒者、郭璞曰、色有深淺、斑駁隱粼、今之連錢驄也、說文、驒・青驪白鱗、文如鼉魚、許以白鱗解爾雅毛傳之粼、而又申名驒之義爲馬文如鼉魚也、鼉驒疊韻、白馬黑鬣曰駱、四牡同、赤身黑鬣曰騮、小戎同、高注呂覽孟夏記、騂馬黑尾曰駵、騂赤也、駵爲赤馬、其色仍以赤身得名、或言黑鬣、或言黑尾、無大異也、雒、鳥名、黑身白頸、馬色如之、故名、謂馬爲雒猶謂馬爲鵅也、馬瑞辰曰、正義云、黑身白鬣曰雒、未知所出、檢定本集注及徐音、皆作駱字、而俗本多作駁字、釋文、雒或本作駱、字同、阮宮保校勘記曰、白馬黑鬣曰駱、見爾雅、經文當是兩言駱、故傳於下駱訓爲黑身白鬣曰駱、白黑互易、而不妨同名、此毛意、若雒字則係後人所改、俗本作駁、尤非、今按、阮說是也、爾雅釋畜、馬屬既曰郄上皆白惟駂、又曰後右足白驤、左足白馵、牛屬既曰黑脣犉、而六畜又曰牛七尺爲犉、是爾雅固有異物而同名者、駱之有二、亦猶是也、此詩首章當有二皇、亦與末章二駱相類、淺人疑爾雅駱馬不應有二、妄删其一、說詩者又以二駱不得爲韻、遂作雒以別之、雒卽駱之異體、此亦猶谷風詩上作雝、下卽改用雝之俗字作售以別之、此詩首章上句作皇、下卽假用黃也、○以車繹繹者、繹繹、連屬貌、言其馬之善走也、繹繹・是長駕遠馭・無中蹶之患、祛祛・是強力矯健、無委頓之虞、○思無斁思馬斯作者、斁・厭也、作、說卦・震於馬爲作足之作、謂壯於下也、毛訓作爲始者、王劭曰、馬行・先作弄其四足、毛意亦當爾、鄭箋、作謂牧之使可乘駕、亦與毛義相成、蓋馬

先作弄四足者、正是調習之狀、秦風載獫歇驕、鄭箋、載・始也、始田犬者、謂達其摶噬始成之也、以始爲調習、正與此同、說苑指武篇、造父王良不能以敝車不作之馬趨疾而致遠、亦與調習義同、

駉駉牡馬。在坰之野。薄言駉者。有駰有騢。有驔有魚。以車祛祛。陰白雜毛曰駰、彤白雜毛曰騢、豪骭曰驔、二目白曰魚、祛祛、彊健也、思無邪。思馬斯徂。○駰音因、騢音遐、驔音簟、祛起居反、彤徒冬反、骭戶晏反、延文本經魚作驗、傳同、傳二作兩、

箋曰、傳陰白雜毛曰駰、皇皇者華同、陰・淺黑色、今之泥驄也、彤白雜毛曰騢、郭璞云、彤・赤也、卽今赭白馬是也、豪骭曰驔、說文云、骭・骹也、骹・膝下也、郭璞云、骭・腳脛、然則骭者膝下之名、淮南子俶真篇、易骭之一毛、高注、骭・自膝以下・脛以上也、正義云、傳言豪骭白者、蓋謂豪毛在骭而白長、名爲驔也、是正義本作豪骭白驔、釋文本・自作豪驔曰驔、驔字从覃聲、覃・延也、延・長也、蓋取豪長之義、無取於豪白也、曰白形近、或譌作白、正義遂以白釋之、蓋以此章駰騢魚・皆有白色、故於驔亦取其豪骭白義以配之也、傳二目白曰魚、王引之爾雅述聞云、自駵白駁以下、皆言馬之毛色、一目白瞯、二目白魚者、謂一目毛色白曰瞯、二目毛色白曰魚、不言毛者、承上文諸毛字而省、猶之黑脣駩・黑喙騧・謂脣與喙邊之毛色也、下文說牛云、黑眥牰、亦謂目眥邊之毛色、

義與一目白二目白同、郭注二目白魚云、似魚目也、此亦誤以爲馬目中白、與上文言毛色者不倫、且魚死則目珠色白、生時固不爾也、○以車袪袪者、王引之說、詹諸其行去去、當作去去、去去猶言袪袪也、袪袪狀馬行、去去狀詹諸行、竝有彊健之意、文選殷仲文詩注、引韓詩章句袪去也、此袪卽去之證、○思無邪、思馬斯徂者、無邪、言無他念也、徂、言取道里也、是詩臧與才比、作與徂比、無疆無期相比、無斁無邪相比、是辭之選也、各章上思字、汎就平日立心言、下思字則思及於馬、遵祖宗之法、貴於精思、故統之於思、無疆者思無止境也、無期者思無已時也、若其有止境有已時則斁矣、故以無斁言之、而又不可不止其所、故以思無邪終焉、規戒之意顯然矣、豈得以衞文之新立衞國致其殷富爲僖公比哉、惟遠牧坰野、不使傷農、法良意美、一定不易、凡牧馬者、不可不知、此詩思無邪、本與上無疆無期無斁、同爲一例語、自聖人斷章取義以該全詩、千古遂不可磨滅、然與此詩之旨則無涉也、

駉四章章八句

箋曰、馬政者國之所重、故司馬以名六官、秦非子養馬蕃息、遂得列土之榮、衞文公布帛中興、傳特紀其車乘之數、維詩亦曰騋牝三千、三百篇中、朝祀征伐時以馬爲言、或誇其壯盛、或美其調習、春秋時、所用馬皆取之國中、魯地不必產馬、僖公能遵伯禽之法、脩舉百度、精心馬政、馬得蕃息、魯人尊而頌之、通詩以思字爲主、萬化起于君心、君心有所注向、物卽應之、思固不專一馬也、思及馬、馬斯善矣、思馬奈何、如牧之必以其地、司之

必得其人、馭之必以其方、畜之不枉其性、用之不窮其力、食之必以其道、策之曲盡其材、皆思之所至也、僖公在位三十三年、春秋所書殊無可美、史克作頌四篇、篇各頌其一端、原非形容其盛德、亦非真能足用愛民務農重穀也、後世文人獻頌、多爲溢美之辭、特效魯耳、魯頌猶錄于經者、正以觀世變、寧取其溢美邪、然頌不忘規、猶可於魯頌四詩見之、非若後世徒爲頌禱也、

有駜。頌僖公君臣之有道也。 箋曰、君臣有道亦就其一端言之、非全體也、卽如僖公牧于坰野、不使妨農、此盡君道之一也、行父知尊周、必請命于周、此盡臣道之一也、所謂有道、如是而已、況當僖公、祿未去公室、政不在大夫、則謂有道也固宜、

有駜有駜。駜彼乘黃。 駜、馬肥彊貌、馬肥彊則能升高進遠、臣彊力則能安國、**夙夜在公。在公明明。振振鷺。鷺于下。鼓咽咽。醉言舞。于胥樂兮。** 振振、羣飛貌、鷺、白鳥也、以興絜白之士也、咽咽、鼓節也、○駜備筆反、乘繩證反、咽烏玄反、樂音洛、下同、延文本・傳肥彊貌下、羣飛貌下、並有也字、絜白作潔白、

毛詩會箋

箋曰、重言有駜者、非一馬也、四馬曰乘、乘黃・四馬皆黃也、首二句言士大夫駕是馬而至也、與車鄰之首章一例、未見以馬喻人、然由馬之肥强、可以見臣之祿食足、所謂問大夫之富數馬以對也、○夙夜在公者、夙夜・早夜也、玉藻云、朝辨色始入、○在公明明者、侍宴於君所、恭敬而不愆禮也、先美其人之德、而次二章言君臣燕飲之和、明明謂德足以將、無亂德喪儀也、主飲酒威儀說、或有主脩明其職說、是看兩在公字不淸楚爾、上夙夜在公、爲勤于公家之務、自屬供職上、言此以見設燕之端、下云在公、謂政事少休之時、與之燕飲、明明便可指威儀說、與下文飲酒載燕一例看、○振振鷺、鷺于下者、下猶集也、鷺之集、每至水面數尺、則必低徊、少盤其勢、與飛之時徑起特異、蓋其天性舞而後下也、鷺喻羣臣絜白而有威儀、周頌振鷺、取義亦合、有駜只振鷺是喻、首二句只是言臣下所乘之馬肥强、乘之以適于公耳、○鼓咽咽者、釋文、咽本又作鼝、說文、鼘鼘鼓聲也、傳云鼓節、謂舞以鼓爲節也、商頌作淵淵、及此詩作咽咽、皆卽鼘鼘之叚借、鼘借作咽、猶姻之重文作婣也、說文、淵或省水、是淵𣶒本一字、醉言舞者、古之燕樂必起舞、沈約禮志言、是也、屢舞僊僊、屢舞傞傞、小雅以爲刺、醉言舞、魯頌以爲美、彼之舞・以醉而越於禮、此之舞・以醉而盡其歡也、盡歡而能不越禮、斯善已、然詩人已防其過也、故次章卽繼之云醉言歸、正賓之初筵所謂既醉而出竝受其福者也、言、語詞、○于胥樂兮者、于・發聲、胥・相也、皆也、言君臣皆樂也、此燕中之樂也、每章覆此句、大見歡狀、

有駜有駜。駜彼乘牡。夙夜在公。在公飲酒。言臣有餘敬、而君有餘惠、

振振鷺。鷺于飛。鼓咽咽。醉言歸。于胥樂兮。○傳餘惠下、延文本有也字、

箋曰、一章三十二字、所換僅五字、曰明明、曰飲酒、曰載燕、造語三變、不與三乘雷同、夫燕主於飲酒、推夙夜之心、以飲酒於公所、是臣有餘敬也、於足祿之外、復與飲酒以樂羣臣、是君有餘惠也、序所謂君臣有道也、上章醉言舞、以樂成之也、此章醉言歸、以禮節之也、猶傳云君辭而入、臣辭而出也、于胥樂兮此燕後之樂也、

有駜有駜。駜彼乘駽。青驪曰駽、夙夜在公。在公載燕。自今以始。歲其有。君子有穀。詒厥孫子。于胥樂兮。歲其有、有豐年也、○駽呼縣反、詒以之反、詒下厥字、唐石經・摺本・並無、傳駽下、延文本有也字、傳歲其有下、摺本不疊有字、

箋曰、駽、爾雅郭注云、今之鐵驄也、孫炎云、色青黑之間・青毛黑色相雜者名駽、在公載燕者、載之言則也、燕飲酒也、詩本燕飲、而章內都著夙夜在公句、

見君臣之所先圖者、在國家之幾務、政有餘暇、然後燕以樂耳、自今以始以下四句、上四字・下三字・明是七言兩句、後來七言句法本此、釋文、歲其有・本或作歲其有矣、又作歲其有年者、皆衍字也、唐石經、有下旁增年字、正義引定本集注皆云、歲其有年、豐年疏引詩亦有年字、但經以有與子爲韻、自从釋文本作歲其有爲是耳、豐・大也、大則無所不有、歲卽年也、故傳以豐釋有、以豐年釋歲其有、傳當以歲其有爲一讀、豐年也爲一讀、正義合六字作一句讀、失之、自今以始、言昔多無年也、春秋自莊閔至僖十餘年之間、莊二十四年大水、二十五年又大水、二十八年大無麥禾、二十九年秋有蜚、三十一年冬不雨、僖二年三年冬春夏不雨、此詩當此年以後也、蓋自隱公弑於羽父、桓公弑於彭生、莊公雖免於叔牙、而公子般公子開卒不克免於慶父、至是僖公得季友之力、加奚斯之助、除慶父之逼、同經患難、共享安平、其情豈比於經常之君臣、故此在公燕飲、其禮亦非經常之燕饗也、君子指僖公也、穀・善也、祿也、國以民爲本、民以食爲天、使歲歲豐登、家給人足、是卽君子之享有天祿也、豐年而繼於後、則常有以需國用而贍民生、釋文、詒孫子本或作詒厥孫子、詒于孫子、皆妄加也、唐石經詒下旁添厥字、正義說此經云、可以遺其孫子、若以其說、厥則其本或有厥字也、但當依釋文爲是、于胥樂兮者、此永世之樂也、頌君臣有道、而特言燕飲酒者、詩之辭舉一端而已、此詩末四句似頌體、美不忘規、可謂善禱、

有駜三章章九句

泮水。頌僖公能脩泮宮也。　箋曰、修及學政、故曰能修、自魯先君而有之、僖公因其舊而修之、春秋凡用民力必書、其所興作、不時害義、固爲罪也、雖時且義必書、見勞民爲重事也、然有用民力之大而不書者、僖公修泮宮復閟宮是也、二者復古興廢之大事、爲國之先務如是、而用民力乃所當用也、兩事不見於春秋而詠歌於詩、亦詩春秋之相表裏也、陳啓源曰、泮水閟宮兩詩、述僖公武功、皆因人成事耳、伐淮夷鄭譜以十六年會淮當之、戎狄是膺、疏以爲史文脫漏、源謂、十三年會鹹、十四年城緣陵、皆爲淮夷病杞、十六年會淮、亦謂淮夷病鄫、魯實從役、斯亦伐淮夷之一證也、而會鹹之舉、亦因王室有戎難、秋爲戎難故諸侯戍周、十六年又以戎難故諸侯戍周、詎非膺戎之事乎、作頌者夸大其詞、掠人之美歸功於君、臣子之常情耳、成二年鞌之戰、襄十八年平陰之役、皆借晉力也、而季文子立武宮以示後世、季武子以所得於齊之兵作林鐘而銘魯功焉、正祖史克之故智也、朱子以爲祝願之詞、殆不然、僖公時齊晉相繼而霸、攘除四裔、實有其事、會盟征伐、魯悉與焉、豈徒祝願哉、又曰、頖·泮·一字而異形、王制明堂位禮器皆作頖、魯頌作泮、詩釋文作頖、云本又作泮、頖泮信一字矣、頖宮之爲學名、見王制明堂位、而魯頌獻馘獻囚等語、又與禮將出征受成於學、反以訊馘告之制合、則爲學名無疑矣、戴埴據通典魯郡泗水縣有泮水、謂僖公築宮於泮水上、因名泮宮、泮宮非學名、近世楊用修深信之、然實非也、泗水縣今隸兖州府、泮水一名雩水、源出曲阜縣治西南、西流至兖州府城東、入泗水、見一統記、信有然矣、但水以泮宮故名泮、以舞雩故名雩、俱起於後世、殆好事者取經語以名水耳、水因詩而得名、反執水名以亂詩說、何其惑也、用修又引左傳晉侯濟自泮語、以證此詩泮水則益誤、襄二十五年左傳、晉侯濟自泮、會於夷儀、夷儀衞地、今順德府邢臺縣也、夷儀故城又在縣西百二十里、晉都今太原府、平公自西來濟泮、始至夷儀、則泮水又在夷儀西矣、北直之邢臺、與山東之曲阜相去甚遠、左傳之泮水、在晉衞間、與魯無涉、而通典之泮水、發源曲阜而入泗、始終不出魯境、安得經流晉衞間、用修引此證彼、彊合二水爲一、疏矣、總之璧廱頖宮爲天子諸侯學名、有圜水半水之異、漢儒近古、定有據而言之、後人好爲異說、適見其陋也、顧廣譽曰、箋、泮之言半也、半水者、蓋東西門以南通水、北無也、疏以爲・行禮當南面、而觀者宜北面、畜水本以節觀、宜節南方、朱子舊說引說文西南爲水東北爲牆、謂與鄭不同、今集傳曰、其東西南北有水、形如半璧、義仍從鄭、案白虎通義曰、水圓如璧、諸侯曰泮宮、半者象璜也、獨南面禮儀之方有水耳、其餘壅之、通典引劉氏向五經通義、亦云南通水、而酈道元注水經泗水云、魯共王殿之東南、卽泮宮也、宮中有臺、高八十尺、臺南水東西一百步、南北六十步、臺西水南北四百步、東西六十步、臺池咸結石爲之、詩所謂思樂泮水也、正與許合、是許自據目驗言之也、然鄭亦生同時、劉班又出許前、且皆閎覽博物、均不爲是云者、此必當時度地勢爲之、卽或可以證明魯頌泮宮之遺址、而不可以爲諸侯泮宮之通制、故寧捨而弗取、其識高於許矣、思樂泮水。薄采其芹。泮水，泮宮之水也，天子辟廱，諸侯泮宮，言水則采取其芹，宮則采取其化、魯侯戾止。言觀其旂。其旂茷茷。鸞聲噦噦。無小無大。從公于邁。戾，來，止，至也，言觀其旂，言法則其文章也，茷茷言有法度也、噦噦言有聲也、○樂音洛，芹其巾反，茷蒲害反，辟音璧，噦呼會反，傳廱延文本作雝，其化下，戾來下，延文本有也字，有聲之有，宋本作其、

箋曰，首章言僖公之臨泮宮，以下三章俱以思樂呼起，意景生動，下正見可樂，思·語詞，禮器正義引詩作斯樂泮水，斯亦詞也，鄭以思爲思念之思，失之、泮宮魯學名，泮宮有水故曰泮水，靈臺傳曰，水旋邱如璧曰辟廱，以節觀者，辟廱四面有水，泮宮則當半於天子也，魯有國學，有郊學，國外郊內又有州黨之學，若矍相之圃之類，此州長黨正爲主人，而魯侯所不至者也，魯侯之所至者泮宮也，芹，水菜也，可以爲菹，解見采菽，采芹非實事，直是興矣，禮鄭注，入學釋菜用芹藻，然詩非必爲釋菜采之，以學宮有是禮，故以起興也，傳云采取其化者，言取其所教化者也，○魯侯戾止者，稱魯侯此頌所以異國風也，猶大雅文王曰周王，商頌湯王曰商王焉，衞侯之妻是別，正義迂矣，戾·至也，魯侯四句喜其來至之辭，如所謂聞車馬之音見羽旄之美，擧欣欣然有喜色也，○其旂茷茷，釋文，茷茷本又作伐伐，伐卽茷茷之省，茷茷又旆旆之假借，六月篇白旆央央，釋文本作茷，是茷旆古同聲通用之證，其旂茷茷，

猶出車篇胡不旆旆也、説文、旆繼旐之旗、旆然而垂也、旆旆正旂之垂貌、○無小無大者、小大猶尊卑也、鄭孔以羣臣言、是也、李氏以國人言、王制・樂正崇四術、立四教、順先王詩書禮樂以造士、王大子、王子、羣后之大子、卿大夫元士之適子、國之俊選皆造焉、簡不帥教也、王命三公九卿大夫元士皆入學、又王親視學、月令、仲春上丁、命樂正習舞釋菜、天子乃帥三公九卿諸侯大夫、親往視之、據此知王大子王子羣后大子卿大夫元士適子國之俊選在學者、常也、王親視學、而三公九卿諸侯大夫元士皆從者、暫也、文王世子、天子視學、大昕鼓徵、所以警衆也、衆至、然後天子至、以此準之、而侯國可知矣、魯侯戾止、僖公之親往視學也、於禮世子學士固先在學矣、從公行者卿大夫士耳、鄭謂臣無尊卑皆從君行而來、是也、若國人正後漢書所謂圜橋門而觀聽者、詩之言觀其旂、卽其人也、小大從公、義得蒙上觀字之文、宜不兼國人、從公于邁者、邁・行也、茷茷・將至也、噦噦・既至也、于邁、遂入學宮也、見旂聞鸞、初泮學時光景也、儀衛之盛、亦侯服常制、獨此爲可美、蓋重禮教者魯之舊典、而泮學則僖公之新模也、

思樂泮水。薄采其藻。魯侯戾止。其馬蹻蹻。其馬蹻蹻。其音昭昭。其馬蹻蹻、言彊盛也、**載色載笑。匪怒伊教。**色・温潤也、○蹻居表反、

箋曰、二章言其教國子於泮宮、藻・聚藻、見采蘋、其音昭昭者、音卽蒙上章鸞聲言也、載色載笑二句、色・作色也、左傳室於怒、邑於色、教者以正、不無色也、雖則色乎、亦有笑容、其色者非怒也、爲敎之也、色說和顏未見其例、怒亦教所不廢、如不變則移郊移遂、頑讒則撻記饋罰、是怒固所以曲行其敎化之權也、然士習乍爲更新、須寛以俟其悔悟、自性急不得、此二句見魯侯作人苦心、所以有濟濟多士也、此章拈一教字、點出泮宮正旨、

思樂泮水。薄采其茆。 茆・鳧葵也、 **魯侯戾止。在泮飮酒。旣飮旨酒。永錫難老。順彼長道。屈此羣醜。** 屈・收、醜・衆也、○茆音卯、延文本・傳收下有也字、

箋曰、三章言其養國老於泮宮、說文、茆・鳧葵也、引詩言采其茆、或據說文引詩作茆、从古酉字、遂以毛詩作茆从卯爲誤、然小星詩以昴與裯韻、十月之交詩以卯與醜韻、此詩以茆與酒老醜韻、周禮茆菹釋文、茆音卯、北人音栁、是从卯之字、亦讀同栁不煩改茆爲茆而後協也、王夫之曰、茆集傳以爲卽蓴菜、蓋沿陸璣之誤爾、後漢書馬融廣成頌、唐太子賢注曰、茆鳧葵、葉圓似蓴、生水中、今俗名水葵、言如蓴則非卽蓴可知、蓴唯江南有之、所謂千里蓴羹也、使魯泮漢苑而皆有、張翰無勞遠憶矣、茆與蓴皆有水葵之名、然一類二種、葉似馬蹄而圓者、鳧葵也、茆也、黃花者則謂之荇、一曰接余、白花者則

謂之白蘋、其根一名水藕、蒪亦似茆而葉尖、其莖漬之有涎如羹、故曰蒪羹、出千里湖湘湖者佳、二種相似而有辨、陸璣所未審也、○在泮飲酒者、行養老之禮也、文王世子曰、天子視學、釋奠於先老、遂設三老五更羣老之席位焉、適饌省醴養老之珍具、遂發咏焉、退脩之以孝養也、地官黨正、以禮屬民、而飲酒于序、以正齒位、此皆飲酒養老之禮、○永錫難老者、酒以介眉壽、言公錫之難老也、○順彼長道者、長道言道之可久者、卽泮宮中所修明之禮教是也、屈此羣醜者、爾雅釋詁、屈收皆訓聚、則義得相通、傳意應同此、文王世子曰、凡語於郊者、必取賢斂才焉、或以德進、或以事舉、或以言揚、曲藝皆誓之、以待又語、三而一有焉、乃進其等、以其序、謂之郊人、遠之、於成均以及取爵於上尊也、注、天子飲酒於虞庠、則郊人亦得酌於上尊以相旅、然則傳云屈收者、卽取賢斂才之義、云醜衆者、亦卽郊人相旅之義、長道曰彼、先王公養士民之道也、故當順、羣醜曰此、在學之人、及羣臣與庶民來觀者皆是、故當收、集傳從王氏訓屈爲服、蓋服非力服之謂、輔廣謂、含淮夷在其中、非朱子意也、鄭箋訓屈爲治、釋詁、淈·治也、某氏注引詩淈此羣醜、鄭讀屈爲淈、故訓治、其義當本齊魯詩、淈者汩之假音、說文、汩·治水也、周語汩越九原、汩越皆治也、楚詞天問、不任汩鴻、王注、汩·治也、若淈之本義、說文訓濁、治濁爲治、猶亂亦訓治也、然毛義長矣、如毛說則醜爲衆、指魯國人民、如鄭說則醜爲惡、指淮夷、此詩後四章方侈陳服淮夷之事、前四章未及此意也、

穆穆魯侯。敬明其德。敬愼威儀。維民之則。允文允

武。昭假烈祖。假。至也、靡有不孝。自求伊祜。○假古百反、祜音戸、

箋曰、四章更端、而頌僖公之德、大學之道、在明明德、連次二章德字三出相照、興學校是造士作人之事、非根本於德、以身爲教、猶不足以化民成俗、故於四章探本於敬明其德、又上所言者、均以教士、而未及於教民、因復言敬愼威儀二句以該之、文武卽德之施於事者、惟允文、故能作泮宮、而爲民則、亦在其中、惟武、故能服淮夷也、如此足以明格乎烈祖矣、敬愼威儀維民之則二句、亦出大雅、然是敬而明、敬而愼也、則·法也、民之所法傚也、允文不徒爲粉飾之具、允武不徒爲耀兵之觀、○昭假烈祖者、昭假猶格于上帝也、烈祖蓋兼指周公伯禽也、○靡有不孝二句、奉先思孝、言孝於烈祖也、周公伐戎狄、魯公征徐淮、其武亦孝也、公克修其身以刑於士民、以孝於祖先、是以克保其祜也、自求伊祜一語、雖緊承靡有不孝、恰總結此一節、

明明魯侯。克明其德。既作泮宮。淮夷攸服。矯矯虎臣。在泮獻馘。淑問如皐陶。在泮獻囚。囚·拘也、○矯居表反、馘古獲反、陶音遙、

箋曰、五章言在泮而受淮夷之捷、既曰明明、又曰克明、所照愈遠、是章殆將明明德於四方者也、○既作泮宮、淮夷攸服者、作猶新作者、是詩之辭也、作泮宮所以明德也、泮宮作而淮夷服、知文教不特敦本揚化之原、亦威遠制敵之具、此二句前後關鍵、順及獻馘獻囚、六七章方追敘伐淮夷事、此文法

也、○矯矯虎臣在泮獻馘者、矯矯・武貌、皇矣傳曰、不服者殺而獻其左耳曰馘、○淑問如皋陶在泮獻囚者、淑問言能訊訟者之情也、淑有周密之義、出楚語、皋陶・唐虞之士官也、囚與馘對文、馘謂已死、囚謂生者、生拘之問其辭也、王制曰、天子將出征、受成於學、反釋奠于學、以訊馘告、訊・生口、卽囚也、所馘者是不服之人、須武臣之力、殺取其耳、故武臣如虎者獻之、所囚者服罪之人、察獄之吏、受其詞而斷其罪、故善聽獄如皋陶者獻之、末四句重獻功、不重得人、蓋古者虜獲俘囚、必授刑官、以審其情實、所以致愼罰之意也、教國子之法、周官王制文王世子詳矣、僖公時必猶有存者、講明而脩復之、則教養有方、人才輩出、而又獻馘獻囚於此、舉軍國之謀、見聞習熟、一旦起而在位、疑事至而不亂、變事來而不驚、此古之君臣上下、所以能兼資文武也、

濟濟多士。克廣德心。桓桓于征。狄彼東南。桓桓・威武貌、

烝烝皇皇。不吳不揚。不告于訩。在泮獻功。烝烝・厚也、皇皇・美也、揚・傷也、○訩音凶、延文本吳作吳、傳貌下有也字、

箋曰、六章申言諸臣之體君德、又一繳之、廣・推而大之也、德心猶曰德意也、受上德字來、泮宮育才、成是多才、克廣公之德意於遠方、可謂君子之師矣、○桓桓于征狄彼東南二句連讀、狄如字、猶曰于征狄於彼東南之地也、淮夷在魯之東南、蠻夷戎狄、對文各有專稱、散言則通、瞻卬傳以狄爲遠、說文、

逖·遠也、古文作遏、傳以狄爲逖之省借、故訓遠、然魯地乃古徐州域、于淮夷至近、不得言遠、且云遠彼東南則不辭、鄭讀狄爲剔訓治、釋文引韓詩作鬄云、鬄除也、除亦治也、逖易古同音、剔借作狄、猶春秋易牙、史記作狄牙、契母簡狄、漢書人表作簡遏也、○烝烝皇皇者、說文、烝·火氣上行也、引申之爲厚、又爲美、大雅文王烝哉、釋文引韓詩曰、烝·美也、以傳訓皇皇爲美推之、烝烝亦當爲美、美與盛同義、烝烝皇皇皆極狀多士之美盛耳、不吳不揚者、鄭箋·吳·譁也、不讙譁不大聲、毛傳於絲衣篇不吳訓譁、此詩無傳、義與彼同、說文、吳一曰大言也、大言卽譁也、揚·意氣飛騰也、集傳不吳不揚、肅也、允矣、揚與傲義亦相近、不吳不揚猶絲衣不吳不敖、特變文以協韻耳、揚陽古音通、傳蓋以揚爲陽之假借、澤陂詩傷如之何、魯詩作陽、玉篇、陽·傷也、揚之訓傷、猶傷之通陽也、不傷言不傷害也、據鄭以不大聲釋不揚、則鄭讀揚如將上堂聲必揚之揚、與不吳爲不讙譁語相類、義勝毛傳、此章寫將士亦自雍容禮讓、如堯僕爭功、渾濬搆釁、對不吳不揚者、能無愧色、○不告于訩者、言不以訩告也、訩·訟也、多士克敵而後、雖各有大功可稱、而皆能恬以居之、不喧嘩、不矜躁、從不聞有以彼此相爭訟之事告於治訟之官者、征伐有交爭者、必告於治獄之官、左傳穿封戌與公子圍爭囚、是也、在泮獻功者、獻功其事汎矣、馘囚亦包焉、烝烝以下·皆在泮之事也、古人勞農訊獄、獻馘飲至、皆於學宮、示學政之出於一也、此篇主頌僖公修泮宮、後四章雖紀述克服淮夷、而五章言既作泮宮淮夷攸服、末章復歸美於泮宮之德化、至敘述淮夷之克、止言在泮獻馘獻囚獻功、其於戰功、正不侈陳之也、角弓其觩。束矢其搜。戎車孔博。徒御無斁。既克淮夷。孔淑不逆。觩・弛貌、五十矢爲束、搜衆意也、式固爾猶。淮夷卒獲。○觩音虯、搜色留反、斁音亦、延文本作繹、傳貌下束下、並有也字、衆下有多字、

箋曰、七章是戰勝凱還、軍行在道時事、故下言既克淮夷、觩・曲貌、與兕觥其觩之觩同、弓弛而反多者良、彤弓弨兮是也、束矢之說、多寡不一、鄉射禮、大夫之矢則兼束之以茅、大射儀・賓諸公卿大夫之矢皆異束、此以四矢爲束也、周禮大司寇、入束矢于朝、鄭注、古者一弓百矢、束矢其百箇與、此以百矢爲束也、淮南子氾論云、訟而不勝者出一束箭、高注、箭十二爲束、此以十二矢爲束也、荀子議兵篇云、負服矢五十个、是以五十矢爲束也、束矢無定數、皆取斂聚之義、釋文、搜依字作捘、玉篇、捘・聚也、字通作蒐、爾雅釋詁、蒐・聚也、束矢非可齊發、鄭箋訓爲勁疾、失之、○戎車孔博者、博讀爲薄、薄・比附也、鄭則以博爲傳之假借、云甚傳緻者、言安利也、徒御無斁者、徒・徒行者、御・御車者、斁・厭也、無斁、言不厭倦也、○孔淑不逆者、淑、慝之反、不逆、言率從也、夷性慝而逆、我師既克之、則皆革其面、而不復逆也、○式固爾猶者、猶・謀也、蓋自王猶允塞、徐方既來來、固・卽允塞之意、言愼密而無疎漏也、夷性反覆、或佯歸而陰伺、故不徒藉兵威、而尤藉兵謀、固猶者、運籌帷幄之內、寧精密無疎瑕、寧嚴重無輕脫、雖外示招攜、而沈機有以獨斷、故曰固、孔淑不逆、淮夷卒

獲、應五章淮夷攸服、鄭於孔淑句、以士卒言、失之、

翩彼飛鴞。集于泮林。食我桑黮。懷我好音。翩飛貌、鴞惡聲之鳥也、黮桑實也、

憬彼淮夷。來獻其琛。元龜象齒。大賂南金。憬遠行貌、琛寶也、元龜尺二寸也、賂遺也、南荆揚也、○傳飛貌下行貌下延文本並有也字、南字下宋本有謂字、黮時審反、憬九永反、琛勑金反、賂音路、

箋曰、卒章終言泮宮之文化、淮夷之允懷、以興四句、亦異格也、鴞解見陳墓門、泮林泮宮之林也、黮氓篇作葚、說文、黮桑葚之黑也、凡桑實熟色黑、故字又從黑、匪風傳、懷歸也、懷我好音、言鴞改其惡聲而歸我美音也、翩彼二字、詩人原不空下、卽其翩飛之時、已非復決起颺去之舊、況其飛而集也、曰食我、曰懷我、以飛鴞之改鳴、興淮夷之去惡歸德焉、泮林之葚、實化惡聲、則淮夷感格、非文德之美而然哉、僖公修泮宮、以教國子、養國老、淮夷之役、以訊馘告、故史克述其事以頌之、○憬彼淮夷、釋文、憬說文作癑、音獷、曰闊也、一曰廣大也、馬瑞辰曰、今本說文、廣字注不引詩、蓋脫去、陸氏所見本當有之、又矍字注、讀若詩穬彼淮夷之穬、文選齊故安陸昭王碑文、彊彼獷俗、李注引韓詩獷彼淮夷云、獷覺悟之貌、癑與穬皆獷字之同音叚借、淮夷於魯爲近、不得爲遠行貌、亦不得如韓詩訓覺悟、當从孟康漢書注訓獷爲彊、獷俗卽彊俗也、毛詩作憬、亦叚借字、獷與憬雙聲、邶風二子乘舟篇、以景與養韻、

古音讀景若緇、亦與獷音近、故通用、○來獻其琛者、含人云、美寶曰琛、元龜象齒者、元・大也、元龜言龜之大者也、卜占之龜、尙大、何限尺寸、蓋小者不中用耳、若尺二寸、未足以爲大、是寶貨龜貝之元龜矣、傳謬援作解耳、象齒謂象牙也、齒牙同類、故通言之、且齒者大名、大賂南金者、鄭箋、大猶廣也、廣賂者賂君及卿大夫也、是說可從、襄二十五年左傳、齊崔杼賂晉侯自六正五吏三十帥及處守者皆有賂、勾踐賂吳、亦至于列士、示心服也、淮夷所貢止蠙珠暨魚、厥篚文纖玄縞、若龜出九江、象出南越、金出荊揚、三者非淮夷所產、淮夷而得有此、其彊可知、今獻于魯、服之至也、

泮水八章章八句

箋曰、昭二十七年左傳云、季氏甚得其民、淮夷與之、蓋淮夷從魯、僖公之烈也、會于鹹會于淮當齊桓時、則武功亦易爲力矣、篇中雖有溢美、而造士視學、明德化民、行師服遠、無不該舉、有補世道非小、而魯之多君子、周公魯公之遺澤、僖亦有功焉、則詩又焉可誣也、

閟宮。頌僖公能復周公之宇也。 箋曰、宇・言土宇封域、序蓋取經第七章語、蔽全詩之義也、七章復周公之宇、正與二章大啓爾宇相應、二章啓宇與俟魯文連、七章復宇與常許保魯文連、則宇爲土宇、而非屋宇、朱子乃謂、敘詩者誤以宇爲屋宇、而譏其謬、朱子之爲此說者、殆因已以修廟爲作詩本旨、遂謂敘意亦然、當指宮廟爲宇耳、夫使敘者之意果同集傳、則當云頌僖公能修

閟宮、與泮水敘一例矣。何變文爲周公之宇乎、泮水閟宮兩詩、取義各別、泮水主頌修泮宮、故每章皆言泮、閟宮備言僖公能興復祖業、故追本先德、以及其身、又歷舉其承祀卽戎拓土服遠之事、內而室家之睦、外而臣下之宜、天錫眉壽、民樂赴功、故序用復周公之宇一語蔽之也。魏源曰、明堂位・封周公於曲阜方七百里、而孟子言齊魯初封、皆儉百里、而以魯方五百里爲在當損之數、史記、文武成康所封數百、上不過百里、惟封伯禽康叔於魯衛、地各四百里、顧棟高謂、隱五年矢魚于棠、傳以爲遠地、卽兖州府魚臺縣、去曲阜不過二百里耳、又西狩獲麟、說者亦以爲遠、卽今之鉅野縣、距曲阜百餘里、西北至汶上爲齊魯接界、俱計日可至、春秋時、吞滅弱小、以自附益、滅極滅項滅鄟滅邿滅根牟、祊易之鄭、防取之宋、須句取之邾、向鄟取之莒、使邾退保嶧山、且與莒爭鄆、與齊爭南陽無虛日、南陽卽汶陽也、迨晉文分曹地、則有東昌府濮州西南、而越既滅吳、與魯泗東方百里地、界雖稍擴、終不能抗衡齊魯、大興朱氏珪曰、嘗奉使道出山東、自東平州四十八里渡汶河、齊魯之交界也、十二里爲汶上縣、九十里爲兖州府治、又五十里爲鄒縣、經魯境者不過百二十里耳、今曲阜卽魯國都、西距兖州府三十里、又西六十里爲濟寧州、又西五十里爲嘉祥縣、獲麟堆在縣西、又州西北百五十里爲鄆城縣、是魯西境得二百二十四里、自曲阜而東六十里爲泗水縣、又東五十里爲卞城、又沂州府之費縣在曲阜東二百四十里、蒙山在縣西北五十里、是魯之東境不過二百里、其曲阜正南至鄒縣、不過五十里、其兖州南百七十里爲矢魚于棠之遠地、又府西南二百十里爲單父舊邑、是魯之西南二百里而强也、自曲阜而北、寧陽縣在府北五十里、即魯闡邑、又東北九十里曰鉅平城、即魯成邑、又府北百三十里泰安、是魯之北境百四十里而近、計魯地東南約共四百里、南北約二百里、不能方也、此則兼幷之後、所謂方百里者五近之、實不過方二百十里有餘耳、想其初封、蓋方百里而贏焉、孟子之言、較明堂位爲確、惟江氏永則據魯頌奄有龜蒙遂荒大東、至于海邦、保有鳧繹、遂荒徐宅、淮夷來從之語、謂北與齊分泰山、西與曹分濟水、南近邾滕、而西南至金鄉魚臺單縣、以鄰於宋、東南鄰莒、跨蒙陰、抵諸城、以濱於海、則七百里有過之無不及、雖不無後世增擴、亦止能侵小、豈能幷大、孟子儉於百里之言、蓋以矯當時諸侯兼幷之失、非實錄、案江氏謂魯東瀕海、則是兼擧萊夷之地、且惟計東西之袤、而不計南北之狹、又不除兼幷附庸之地、故信明堂位而疑孟子、要之孟子言始封百里者實封也、史記、周初魯衞各四百里者、幷土田附庸言之也、戰國時方五百里者、兼幷後之實域也、明堂位言七百里者、則又兼幷後、擧附庸萊夷數之也、

閟宮有侐。實實枚枚。閟、閉也、先妣姜嫄之廟在周、常閉而無事、孟仲子曰、是禖宮也、侐、淸淨也、實實、廣大也、枚枚、礱密也、

赫赫姜嫄。其德不回。上帝是依。無災無害。彌月不遲。上帝是依、依其子孫也、是生后稷。降之百福。黍稷重穋。

稙穉菽麥。奄有下國。俾民稼穡。先種曰稙、後種曰穉、有稷有黍。有稻有秬。奄有下土。纘禹之緒。緒・業也、○閟筆位反、侐況域反、枚莫回反、禖莫回反、礱路東反、穋音六、稙徵力反、穉音雉、延文本・奄作掩、傳無事下有也字、

箋曰、首章敘姜嫄后稷之靈德、○周之姜嫄廟、見於周官、大司樂享先妣在先祖之上、而守祧奄八人、賈疏謂、天子七廟、合先妣之廟而八、蓋周立廟自后稷始、故特立姜嫄先妣之祀、然每歲惟禖祀、無月朔四時之祭、故毛以爲其廟在周、常閉而無事、於禮合矣、然於魯無與、鄭謂卽奚斯所新、然魯何以立其廟、魯無后稷廟、況姜嫄乎、至朱子謂新廟卽閟宮、詩因修廟而作則誤甚、通篇惟祭祀是廟中事、外如公徒公車龜蒙鳧繹常許諸章所述、與修廟無涉、誤一也、后稷周公皇祖固祭於廟矣、皇皇后帝何與於廟祭、而亦及之、誤二也、故凡以修廟爲作詩本旨、而閟宮新廟首尾相應者、俱非也、蓋閟宮・周公廟也、詩以此發端、乃爲後龍旂承祀以下立根、玩經文勢、姜嫄后稷太王文武、皆推本世譜相仍、以見魯建國之源、未必爲姜嫄廟祀設、魯有郊禘、故特出皇皇后帝數語、以誇其禮之盛、而王曰叔父、乃命魯公、周公之孫、周公皇祖、復周公之宇、義有專主明矣、作者將美僖公、追述遠祖、上陳姜嫄后稷、至于文武太王、爰及成王封建之辭、魯公受賜之命、言其所以有魯之由、與僖公之事爲首引耳、又傳引孟仲子曰是禖宮者、廣異說耳、正義合而一

之誤矣、實實枚枚者、實實・鞏固也、枚枚・謂杜楹植立森嚴也、實實言下之盤基固也、枚枚言上之結搆密也、非礱密、○上帝是依者、依馮其身也、周語、丹朱馮身以儀之、生穆王焉、其義同、無菑無害、言分娩時、卽生民所謂不坼不副也、彌月不遲、卽生民所謂誕彌厥月也、○降之百福者、主天錫百穀言之、在烝民爲烝民之福、在天下萬世爲天下萬世之福、在我周則又爲我周之福、詩有上句函下句者、降之百福三句、是也、先種後熟曰重、後種先熟曰穋、重穋稙稺、生熟早晚之異稱、非穀名、凡黍稷菽麥、皆有先後種熟之異、此經於黍稷言重穋、菽麥言稙稺、傳又於重穋言後熟先熟、義箸於七月、而此稙稺言先種後種、皆互辭以見者也、釋文引韓詩稙長稼也、稺幼稼也、先種卽長、後種卽幼、韓毛似異而實同、○奄有下國、俾民稼穡者、后稷掌天下稼穡、故俢言之、下字實承降字來、○有稷有黍有稻有秬二句、覆舉黍稷、別出稻秬者、鄭箋云、秬・黑黍也、旣有黍、又有黑黍、猶內則飯旣有黍又有白黍、白黍以別於上黍之爲黃黍也、黑黍以別於上黍之爲白黍也、九土所宜、百穀皆播、於下地舉稻、於異種舉秬、所以包其餘、○奄有下土者、下土與下國同解、辭重出、是詩之體格也、使天下之民皆得以稼穡于其土地、則是后稷奄有其土也、纘禹之緒者、平成之烈、賴粒食之利而有終、故曰纘、重稷不重禹、

后稷之孫。實維大王。居岐之陽。實始翦商。翦・齊也、至于文武。纘大王之緒。致天之届。于牧之野。無貳無

虞。上帝臨女。虞・誤也、敦商之旅。克咸厥功。王曰叔父。王・成王也、元・首、宇・居建爾元子。俾侯于魯。大啓爾宇。爲周室輔。也、○大音泰、翦子踐反、唐石經作翦、屆音戒、傳元首下、延文本有也字、

箋曰、二章敘大王文武成王周公及伯禽、○太王距后稷不知幾代、其世次莫能詳也、居岐之陽者、岐陽乃周原也、實始翦商者、大王基王迹、故曰始翦、自後之辭也、翦齊・釋言文、齊卽斬斷之義、故鄭以爲斷、太王當武丁祖甲之世、殷道未衰、何嘗有翦商之事、作詩之人、特本其王迹所基而侈言之耳、猶康誥之言天乃大命文王殪戎殷也、後人追言之爾、集傳亦曰、蓋有翦商之漸、謂其國自是而漸大、則論語集注云大王有翦商之心、則未及改定也、○致天之屆者、鄭箋、屆・極也、正義云、定本集注本・極皆作殛、是正義本作極之證、殛極古通用、書鯀則殛死、我乃其大罰殛之、釋文竝云、殛本作極、屆之訓極、古兼二義、一爲極至之極、詩靡有夷屆、不知所屆、是也、一爲誅極之極、此詩致天之屆、是也、極至與誅極、皆謂窮極之、誅極所以罰也、逸周書商誓解曰、予惟甲子尅、致天之大罰、正與詩致天之屆同義、無貳無虞上帝臨女、猶大明云上帝臨女、無貳爾心也、虞・慮也、是武王誓衆戒之之詞、鄭以爲民戒武王之詞、誤矣、○敦商之旅者、釋文、敦・王徐都門反、厚也、常武箋、敦當作屯、文選甘泉賦注、敦與屯同、此詩敦亦當讀屯、屯・聚也、敦商之旅、猶商頌裒荊

之旅、裒亦聚也、蓋自聚其師旅爲聚、俘虜敵之士衆、亦爲屯聚之也、克咸厥功者、方言、備、該、咸也、是咸與備可互訓、樂記咸池備矣、謂咸卽備也、說文、咸・皆也、悉也、訓皆訓悉、正與備義相同、尚書大傳、備者成也、廣雅、備成也、克咸厥功、猶云克備厥功、亦卽克成厥功也、此句爲周有大功發、如孟子所云誅討伐奄也、或曰、咸疑當作成、譌文耳、○王曰叔父者、叔父・周公也、建爾元子者、元子・伯禽也、大啓爾宇者、宇・土疆也、賚篇大封功臣、則周公受封、當在武王時、但緣撰定禮樂、故未就國、且又留相王室、故命禽父侯魯、曰大啓爾宇、見魯爲大宗、規模自應與諸國異、示班列在羣侯上也、爲周室輔者、叔父以相周者輔周于內、元子以侯魯者輔周于外、父子戮力內外、股肱王室、勳莫爛焉、爲周室輔、與國咸休、見魯之受封特異云、

乃命魯公。俾侯于東。錫之山川土田附庸。周公之孫。莊公之子。龍旂承祀。六轡耳耳。春秋匪解。享祀不忒。周公之孫、莊公之子、謂僖公也、耳耳然至盛也、皇皇后帝。皇祖后稷。享以騂犧。是饗是宜。降福既多。騂・赤、犧・純也、周公皇祖。亦其福女。

○忒他得反、騂息營反、犧許宜反、延文本匪解作匪懈、傳赤下有也字、

箋曰、三章言國體之盛、以美僖公之郊祀、○錫之山川土田附庸者、山川使主其祭、土田使有其賦、附庸使廣其屬、附庸猶屬城也、小國不能自達於天子、而附於大國也、後文奄有龜蒙居常與許、俱有伏脈、周公至僖公十八君、而曰周公之孫者、自孫以下皆稱孫也、○龍旂承祀者、周禮司常云、王建大常、諸侯建旂、又曰交龍爲旂、覲禮侯氏載龍旂弧韣、是龍旂本諸侯所建、朝覲且用之、則祭天祭祖皆得建之、箋以承祀爲祼祭事、實兼天祖之祭而言、合下文春秋匪解四句言之、或以龍旂承祀專指郊祀、同非、正義專謂祼宗廟之祭、亦非經指、郊特牲曰、旂十有二旒、龍章而設日月、以象天也、天垂象、聖人則之、郊所以明天道也、是祭天之旂、實兼有龍與日月、明堂位言日月而不言龍、此詩言龍而不言日月、皆各舉其一也、正義據明堂位以駁龍旂祭天之說、誤矣、六轡耳耳者、耳耳卽爾爾之假借、說文、爾麗爾、爾猶靡麗也、單言爾亦爲盛、采薇詩、彼爾維何、傳、爾、華盛貌、是也、重言之則曰爾爾、○春秋匪解者、春秋猶言四時也、錯舉春秋以明冬夏、匪解、無時闕也、享祀不忒、無失禮也、此二句爲下郊嘗總冒、皇皇后帝皇祖后稷者、孟春祈穀于上帝、配以后稷也、享以騂犧者、春秋繁露郊事對云、魯郊用純騂、周色尙赤、魯以天子命郊、故以騂、此詩享以騂犧、正魯郊用純騂之證、曲禮、天子以犧牛、鄭注、犧、純毛也、與傳同義、說文、犧、宗廟之牲也、牷、牛純色、與毛鄭說異、左氏僖二十九年傳、介葛盧聞牛鳴曰、是生三犧、皆用之矣、昭二十二年賓孟適郊、見雄雞自斷其尾、問之侍者、曰自憚其犧也、皆以祭祀所用牲爲犧、說文言宗廟以該凡祭祀耳、牷之言全也、後鄭以牷爲體完具、蓋對言則犧與牷異、如徵子以犧牲牲並言是也，通言則純色可曰牷，亦可曰犧，周禮牧人用牷物，牷對尨言，及此詩享以騂犧，是也，毛鄭以犧爲純，與說文以犧爲宗廟之牲，牷爲純色，其義自相通耳，是饗是宜，降福既多者，凡神歆其祀，通謂之宜，鳧鷖詩，公尸來燕來宜，及此詩是饗是宜是也，我饗而宜之，故降福也，既字與亦字應，周公廟曰大廟，是魯之皇祖也，故曰周公皇祖，集傳謂皇祖爲羣公，殊不知羣公未得稱皇祖，此當云皇祖周公，而倒者，祖字取協下女字爲韻，皇大也，始祖曰皇祖，周始后稷，魯始周公，皆得稱之，夫郊祀后稷，所以康周公也，故曰亦其福女，魯用天子禮樂，程子論固嚴正，要以張子成王意不敢臣周公，故以二王之後待魯之說爲平允，蓋成王之賜，在周公沒身而後，則生時未嘗用之也，周公大聖，實百世師表，成王尊師崇聖之心，特加隆於身後，以彰其德，豈不爲善，如孔子布衣，至今得用天子禮樂，咸以爲宜，則成王之賜，不爲非禮，卽伯禽遵君命而受之，亦不爲過也，惟後世遍及羣廟，且魯君亦居然用之，則僭越耳，或者幷謂成王初未嘗賜，乃魯人之矯託，而非實事，則未免臆度矣，胡承珙曰，魯無冬至圜丘之郊，而有孟春祈穀之郊，無帝嚳配天之祭，而有宗廟殷祭之禘，明堂位言祀天于郊，配以后稷，與閟宮言皇皇后帝，皇祖后稷正合，閟宮又云，周公皇祖，亦其福女，卽明堂位以禘禮祀周公於大廟，祭統所謂大嘗禘是也，周人於崇德報功之中，亦微寓等差之意，所以竝行不悖，未可謂成王不當賜，伯禽不當受也，或疑郊祭不及周公，何以言報，不知此正欲尊周公同於二王之後，爲王者所不臣，故得與杞宋同郊，如諸侯不敢祖天子，而魯有出王之廟，亦此義也，春秋閟以前不書魯郊、至僖三十一年始書者、自當從左氏以魯郊爲常祀不書、所書者或卜郊不吉、及郊牛傷、有故則書耳、禘之書亦以有故、如致夫人、躋僖公之類、非書其不宜郊禘也、魏源曰、史記魯世家、成王既命魯得郊祭、而呂覽又有魯惠公請郊廟之禮於天子、王使史角往止之之文、二說皆是也、魯之郊禘、未嘗不賜自成王、亦未嘗盡賜自成王、成王康周公、止許魯立文王廟、以爲周公所自出之王、使爲姬姓大宗、其文王廟不在五廟之數、魯自以周公爲太祖、魯公爲世室、皆百世不遷、猶周之文武、魯無明堂、而太廟與明堂同制、其前堂爲周公太廟、其中央爲魯公世室、並四親廟而五、其文王廟則謂之周廟、亦謂之出王廟、左傳襄十二年、魯爲諸姬臨於周廟、爲邢凡蔣茅胙祭、臨於周公之廟、杜預注、周廟·文王廟也、郊特牲鄭注、魯以周公之故立文王廟、許愼五經異義、天子之子、以上德爲諸侯者、得祀所自出、周公以上德封於魯、得立文王廟、知亦得祖天子、皆魯有文王廟之明徵、抑魯爲諸姬宗國之明徵、至若鄭祖厲王、衞蒯聵禱於皇祖文王、則非王命所賜、亦緣魯文王廟而仿立之、不宗魯而自祖天子、謂之僭可也、雒誥、伻來毖殷、乃命寧予以秬鬯二卣、予不敢宿、則禋於文王武王、書大傳、周公薨、成王葬周公於畢、使從文王、以明不敢臣周公、此皆賜魯立文王廟所自起、魯既得立文王廟、則祀文王以天子之禮樂、而白牡騂剛、魯公且不敢與周公同牲、何況羣公之廟、是成王之賜、伯禽之受、皆未失也、周公元聖、先於孔子、後世以王禮禮孔子、未有議其非者、如以褒崇周公爲失、則二王之後、三恪之封、孰非諸侯臣子、修其禮物、作賓王家、若以魯立出王廟爲失、則任宿顓臾何以祀太皥、楚夔何以得祀祝融、雖同姓異姓殊制、豈可使姬姓無宗國乎、但止得立所自出先王之別廟、而不預五廟、不爲太祖、是卽所謂諸侯不祖天子耳、其中世或移禘禮用於魯公之廟、至其後世幷用之於羣公之廟、是則成王伯禽不及知矣、且因仲春祈穀之郊而幷僭冬至圜丘之郊、則又成王伯禽所不及知矣、惠公之請、請此也、桓王使史角往止之、止此也、子家駒以設兩觀、乘大路、朱干玉戚以舞大武、八佾以舞大夏、對昭公爲僭、謂不專用於文王廟而用於他廟也、

秋而載嘗。夏而楅衡。白牡騂剛。犧尊將將。毛炰胾羹。籩豆大房。萬舞洋洋。孝孫有慶。諸侯夏禘則不礿、秋祫則不嘗、唯天子兼之、楅衡設牛角以楅之也、白牡周公牲也、騂剛魯公牲也、犧尊有沙飾也、毛炰豚也、胾肉也、羹大羹鉶羹也、大房半體之俎也、洋洋衆多也、俾爾熾而昌。俾爾壽而臧。保彼東方。魯邦是常。不虧不崩。不震不騰。三壽作朋。如岡如陵。○震動也、騰乘也、壽考也、解音懈、忒他得反、騂息營反、犧許宜反、楅音福、將七羊反、炰蒲包反、胾側吏反、熾尺志反、禴羊灼反、卷子本作礿、祫咸夾反、沙素何反、鉶音刑、

箋曰、四章言祭祀禱頌之盛。○載之言、則也。嘗・秋祭名。秋物新成嘗之也。明堂位云、禘、此經云嘗、明於魯大廟嘗祭之時、而倣周天子禘祭之禮。云嘗云禘、其實一也。祭統曰、欲尊魯、故賜之以重祭。外祭則郊社是也、內祭則大嘗禘是也。嘗禘連言、其義可見矣。毛云諸侯夏禘則不礿、秋祫則不嘗、唯天子兼之者、欲明諸侯禘祭有與天子異也。正義以爲魯如天子之禮、爲祫復爲嘗、誤矣。又禘祫一也。毛傳夏云禘秋云祫者、互文耳。秋將嘗而夏楅衡其牛、言夙戒也。地官封人、凡祭祀飾其牛牲、設其楅衡、謂夕牲時也。此夏而楅衡、謂祭前三月芻於犧人者也。馬瑞辰曰、說文告字注、牛觸人、角箸橫木以告人也。與毛鄭言楅衡設於牛角者相類。至木部云、楅以木有所逼束也。不言設於牛角。角部云、衡牛觸、橫大木其角。韻會所據徐鍇本、無其角二字。段玉裁云、說文以設於角者謂之告、此云牛觸橫大木、是闌閑之謂衡。大木斷不可施於角。此易明者。今按、段說是也。封人注、鄭司農曰、楅衡所以楅持牛也。杜子春云、楅衡所以持牛、令不得抵觸人。皆不云設於角。又牛人、凡祭祀共其牛牲之互。鄭司農云、互謂楅衡之屬。以說文訓梐枑爲行馬證之、行馬卽今鹿角木、取其可以闌人也。則鄭司農亦以楅衡爲闌閑之類矣。易大畜六五、豶豕之牙、吉。牙鄭讀爲互。互以禁豕放逸、與六五童牛之牿、牿以防牛牴觸正相類。至封人鄭注楅設於角、衡設于鼻、分爲二物、與毛鄭言楅衡設牛角異。與先鄭杜子春許叔重說亦異。未知其所本矣。○白牡騂剛者、文十三年公羊傳、魯祭周公、何以爲牲。周公用白牡、魯公用騂犅。此毛傳所本。剛者犅之假借。說文、犅・特也。特・牛父也。是犅與牡、名異而實同。騂犅猶云騂牡、特

毛詩會箋

變文以與牡相對耳、俞樾曰、祭周公、何以用白牡、則有二說、何休解公羊云、白牡、殷牲也、周公死有王禮、謙不敢與文武同也、孔穎達明堂位正義云、以尊敬周公、故用先代殷禮、牲用白牡、是何氏以從先代禮爲謙、孔氏以用先代禮爲尊、愚謂、此二說皆非也、請具說之、周公人臣、本不當用天子禮樂、其得用天子禮樂者、從殷制也、殷時有兄終弟及之制、君薨太子幼、則立其弟、如太丁未立而卒、乃立其弟外丙仲壬、而後及太丁之子太甲、其先不卽立太甲者、太甲幼也、周武王崩、而成王幼、以殷制而論、周公當立、而周公謙不敢當、故攝而不立、及周公旣歿、成王以周公爲有大勳勞、若從殷制、周公本宜尸天子位、故命魯公、世世祀周公以天子之禮樂、不用周禮而用殷禮、明堂位曰、是以魯君孟春乘大路載弧韣、旂十有二旒、日月之章、祀帝于郊、配以后稷、季夏六月以禘禮祀周公於大廟、牲用白牡、白牡殷牲也、大路亦殷車也、鄭注曰、大路殷之祭天車是也、惟其從殷制、故牲用白牡、車乘大路、皆殷禮也、洛誥云、王肇稱殷禮、正義引鄭注云、周公制禮樂旣成、不使成王卽用周禮、仍令用殷禮者、欲待明年卽政、告神受職、然後頒行周禮、頒訖始得用周禮、故告神且用殷禮也、然則周公攝政七年之中、祭祀皆用殷禮、故成王卽以殷禮祀周公、明周公攝政、固殷制也、從殷制、宜用白牡、從周制宜用騂剛、○犧尊將將者、馬瑞辰曰、傳犧尊有沙飾也、沙與疏雙聲、故古通用、周禮典瑞、疏璧琮以斂尸、鄭司農注、疏讀爲沙、巾車疏飾、杜子春亦讀疏爲沙、是其證也、說文、疏·通也、引申爲凡疏刻之稱、西京賦薛綜注、疏刻穿之也、犧與沙古音同部、又轉爲疏、故犧尊卽疏鏤之尊、猶明堂位疏屏疏勺之類、犧尊、周禮作獻尊、鄭君鬱齊獻酌注云、獻讀爲摩莎之莎、齊語聲之誤也、大射儀兩壺獻酒注、獻讀爲沙、古音寒元與歌戈兩部多通轉、故獻亦讀沙、明堂位周獻豆、鄭注、獻疏刻之、是獻亦疏之叚借、莊子天地篇、百年之木、破而爲犧尊、青黃而文之、淮南子俶真云、百圍之木、斬而爲犧尊、鏤之以剞劂、雜之以青黃華藻鏄鱗、鏄鱗·謂鐘上橫木金華也、亦通以飾尊彝、龍蛇虎豹、曲成文章、高注、犧讀曰希、犧尊猶疏鏤之尊、說正與毛傳有沙飾即疏飾合、鄭司農云飾以翡翠、鄭康成云刻畫鳳凰之象、其形娑娑然、皆由未識毛傳沙飾即疏飾、犧亦疏之叚借、馬說得毛旨、楊簡曰、犧尊有沙牛之象、嘗官楚東、知彼俗以牛之大者爲沙牛、牛之爲物、重遲而順者也、人之所以去道遠者、以其輕肆放逸故多違也、睹犧之象、必不萌輕肆之心、心不輕肆、則道未嘗不在我、而孔疏不知牛之爲沙、謂爲羽飾、故讀沙爲娑、誤甚矣、太和中、魯郡於地中得齊大夫子尾送女器、有犧尊、爲牛形、厥驗明著、周官司尊彝朝踐用兩獻尊、鄭司農又讀獻爲犧、明堂位曰、犧尊周尊也、爲一代之所尚、獻必首用之、故亦曰獻尊、何以改讀爲、顧鄰初云、古者犧通爲戲、以其字音之相同、戲或爲獻、以其字文之相近、娑沙同音、犧之爲娑、亦如皮之爲婆、儀之爲莪、犧尊將將之上文、享以騂犧、叶降福既多、一詩之中、具有顯證、騂犧·尚且音娑、則犧尊之犧、非緣酒尊而異其音也、知犧尊所以音娑、則當爲牛、而鳳羽婆娑之說非也、又可知象尊爲象、而象骨飾尊之說非也、蔡絛曰、徽宗崇尚古器、政和間尚方所貯、盡三代冢墓中物、今博古圖所載是也、其犧象二尊正如王肅所言、全作牛象形、開背受酒、則阮諶禮圖云犧尊飾以牛、於尊腹之上畫爲牛形者、殆臆度耳、以上諸說、既有古器可徵、似宜從、將將、大也、○毛炰胾羹者、炰炮同、瓠葉傳曰、毛曰炰、單言炮、連言毛炮、毛炰・和毛而炰之、泥焦肉熟、而毛自焚盡矣、內則、豚若將皆爲炮、將・羊也、炮者塗之以泥、實之以棗、以火炮之、毛與皽皆去、故曰毛炰、要羊豚皆然、而非但豚也、有兔斯首、炮之燔之、是兔亦可炰也、若周禮封人有云毛炰之豚、則以牢牲最爲下故終言之、亦非謂毛炰之但爲豚爾、胾・切肉也、在殽之右、羹在醢之北、胾・乾物、羹・濡物、傳謂羹爲大羹鉶羹者、爾雅、肉謂之羹、廣雅、羹謂之湆、則羹者肉湆之名、不加菜和爲大羹、加以菜和爲鉶羹、菜謂之芼、故又謂之鉶芼、公食記、鉶芼、牛藿、羊苦、豕薇、皆有滑、釆蘋釋文引鄭注云、鉶・三足兩耳、有蓋、和羹之器也、若大羹大古之羹、湆煮肉汁不和、盛之以瓦豆、貴其質也、是郊祭所用、非禘嘗所宜有、此不講入爲可、○籩豆大房者、籩豆各有等威、周公之祀十六、魯公之祀十二、籩以盛殽核、豆以盛菹醢、鄭云、大房・玉飾俎也、其制、足間有橫、其下有跗、似乎堂後有房然也、明堂位曰、周以房俎、注云房謂足下跗也、上下兩間、有似堂房然知其半體者、周語云、禘郊之事、則有全烝、王公立飫、則有房烝、親戚燕饗、則有殽烝、如彼文次、全烝謂全載牲體、殽烝謂體解節折、則房烝爲半體之俎、左傳謂之體薦、天地用全、而宗廟用房也、飫卽饗、饗亦行於廟也、○萬舞洋洋者、萬舞・文武二舞之總名也、皮弁素幘、裼而舞大夏者、此爲文舞、以昭文德、則籥師掌之、朱干玉戚、冕而舞大武者、此爲武舞、以象武功、則司干掌之、孝孫有慶、孝孫謂僖公也、慶猶福也、前章外祭、是章內祭、○俾爾熾而昌、俾爾壽而臧、此祀辭也、非嘏辭也、方盛爲熾、益盛爲昌、臧即維祺也、熾而昌、指其業所統承、壽而臧、指其身所享受、保彼東方魯邦是常以下、又申言其熾而昌、壽而臧處、魯邦是常、常者・常有之也、曰商是常、純嘏爾常矣、字法同、○不震不騰者、震讀如三川震之震、不動無敢動搖也、騰讀如百川沸騰之騰、說文、滕・水超涌也、正與傳訓騰爲乘同義、不乘無敢乘陵也、震騰以川喻也、○三壽作朋者、傳訓壽爲考、考猶老也、三壽者、壽之三等也、作朋言三壽之人成羣也、承福之人衆多、亦孝孫之慶也、鄭訓三壽爲三卿、文義甚爲牽强、且魯僖之世、三家始命、而史克作頌之年、季孫行父公孫敖皆少、安得遽以壽祝之、博古圖載周晉姜鼎銘曰、保其子孫、三壽是利、晉六卿非三、且卿之壽利、不當載之姜氏之鼎、是三壽古之通詞、俞樾曰、文選東京賦薛綜注曰、三壽・三老也、言天子尊養此三老者、以教天下之敬、即引此詩爲證、似較鄭義爲長、然養三老五更於大學、天子之禮、未知諸侯有否、如果有之、則亦典禮之常、不足爲僖公頌也、今按、此句之義、全在朋字、朋乃古文鳳字、許君云、鳳飛、羣鳥從以萬數、故以爲朋黨字、三壽作朋當極言其多、無論三老三卿皆不足以言朋也、近人有以上壽中壽下壽說此三壽者、其說可從、昭三年左傳、三老凍餒、杜注謂、上壽中壽下壽、皆八十以上、若然、則國之三老、亦甚寥寥矣、僖三十有二年傳、中壽、杜無注、孔疏云、上壽百二十歲、中壽百、下壽八十、則更爲違舛、秦穆之意以爲爾若中壽而死、則墓木拱矣、幸中壽不死、故至今尚在、度蹇叔是時不過七八十歲、所謂中壽、必尚未及七八十、乃以百歲解之、豈蹇叔已爲百歲以上之人乎、愚謂、三壽明文具在曲禮、曲禮云、六十曰耆、七十曰老、八十九十曰耄、此即三老也、者耄並從老、一居老前、一次老後、明皆老也、是爲三老、亦爲三壽、曲禮別本有作八十曰耋、九十曰耄者、則老有四矣、陸釋文、孔正義、均不從是本、洵有見也、耋之名本無專屬、或言七十、或言八十、實皆不然、耋但言老耳、詩云逝者其耋、言將老也、逝者其亡、言將死也、若以耋爲八十、則當以亡年爲幾歲乎、是故曲禮曰耆曰老曰耄、正三老之明文、其百歲以上不與者、蓋百歲以上之人、古亦稀有、制禮者之所不及、鄉飲酒義曰、六十者三豆、七十者四豆、八十者五豆、九十者六豆、不言百歲、卽其證也、又云六十者坐、五十者立侍、則可知言老必從六十始矣、上壽中壽下壽既定、可以說左傳之三老、卽可以說毛詩之三壽、時和歲稔、人民繁育、則壽者必多、此三等老人、播滿國中、如羣鳥從鳳之以萬計、此誠國家之盛瑞、詩人所以爲僖公頌也、兪說可從、集傳則云、願公壽與岡陵等而爲三、但天保篇如岡如陵、泛言國勢之堅固、末言南山、方專比壽、乃云壽與岡陵爲三、似覺不辭、況與岡陵爲朋、擬更不類、

公車千乘。朱英綠縢。二矛重弓。大國之賦千乘、朱英、矛飾也、縢、繩也、重弓重於鬯中也、

公徒三萬。貝胄朱綅。烝徒增增。貝胄、貝飾也、朱綅、以朱綅綴之、增增、衆多也、戎狄是膺。荊舒是懲。則莫我敢承。膺、當、承、止也、俾爾昌而熾。

俾爾壽而富。黃髮台背。壽胥與試。俾爾昌而大。俾爾耆而艾。萬有千歲。眉壽無有害。

〇乘繩證反、縢徒登反、重直龍反、胄直又反、綅息廉反、烝之升反、台他來反、延文本作鮐、艾五蓋反、傳朱綅綴之、延文本作朱繩綴之也、衆多之多字、摺本無、經狄延文本作翟、傳當下有也字、

箋曰、五章言征伐禱頌之盛、公車千乘者、馬瑞辰曰、司馬法言車乘有二法、一爲革車一乘、甲士三人、步卒七十二人、此通正羨之卒、小司徒所謂唯田與追胥竭作者也、一爲革車一乘、士十人、徒二十人、此謂正卒、小司徒所謂凡起徒役毋過家一人者也、詩上言公車千乘、下言公徒三萬、正與司馬一乘三十人之數適合、此二軍之數也、古制蓋以五百乘爲一軍、采芑篇其車三千、謂天子六軍也、此詩公車千乘、謂次國二軍也、魯襄公十一年始作三軍、則襄以前蓋止二軍、惟公徒三萬以爲二軍、與周禮萬二千五百人爲軍之數不合、若謂舉其大數、則又與司馬法一乘三十人之數不合、竊謂、萬二千五百人爲軍者、周禮制軍簡閱之數、五百乘爲一軍萬五千人者、出征制軍之數、二者各不同也、又春秋時、諸侯制軍、其車乘及人皆無定數、晉文三軍、而城濮之役僅七百乘、是以二百三十三乘爲一軍、以一乘三十人計之、一軍合七千九百九十人、而齊桓三軍則管子以萬人爲一軍、是人無定數也、齊語、五十人爲小戎、是以五十人爲一乘、左傳楚之乘廣、廣有一卒、卒偏之兩、據服虔注、百人爲卒、五十人爲偏、二十五人爲兩、則以百七十五人爲

○一乘、是每乘之人多寡、亦無定數、則魯國二軍之車千乘徒三萬、又何疑焉、朱英綠縢者、淸人云、二矛重英、故知朱英爲矛飾、蓋染旄爲之、如小拂子、繫于矛上、其色朱、正義謂、絲纏而朱染之、非是、小戎云、竹閉緄縢、傳曰、緄繩、縢約、謂內弓於閉、以繩束之、此云縢、亦爲約之以繩、二矛重弓、與朱英綠縢、兩句自相充配、二矛各懸一英、重弓同納一韔、束之以綠繩也、淸人二矛鄭箋云、夷矛酋矛、此二矛重弓則云備折壞、孔氏兩疏、皆以淸人爲守國之兵短、此爲攻國之兵長、然彼守國既有酋矛、無以見攻國之必無夷矛也、詩言二矛、自是二等之矛、所以隨其宜而用之、豈一矛有二以備折壞之謂哉、酋矛雖短於夷矛、猶長於戈殳戟、記所云長短統五兵言、未嘗專就矛言、集傳二矛夷矛酋矛也、重弓備折壞也、足正其失矣、○公徒三萬者、車而謂之公車、則臣下無私乘也、徒而謂之公徒、則臣下無私民也、陳啓源曰、嚴緝載李氏語謂、伯禽以來、已有三軍、襄公時三卿專權、分三軍爲己之賦耳、非此時方有三軍也、噫謬矣、三家作三軍、正因前此止二軍、不便於三分故也、設本有三軍、竟三分之可耳、焉用作乎、若不作而書作、是春秋非信史、且孔疏言魯二軍、原不言周公伯禽時卽然也、東遷之後、諸侯强者弱、弱者强、非復西京之舊、衞晉皆侯爵也、而臧宣叔言、衞於晉不得爲次國、杞二王之後、宜公爵也、而春秋或書侯、或書伯、晉武公受王命、本以一軍爲晉侯也、而獻公作二軍、文公作三軍、又作五軍、襄公舍二軍、景公作六軍、厲公罷新上下軍、杜注、悼公舍新軍、豈有常哉、又當時諸侯、多樂自居弱小以避霸國重賦、故魯作三軍、叔孫慮政將及子、宋之會、季孫願視邾滕、見襄十四年、平丘之會子產爭承、以鄭爲伯男見昭十三年、則春秋時除齊晉楚霸國外、能具三軍者尠矣。魯之弱已久、事事非伯禽之舊、豈獨軍制哉。○貝冑朱綅者、貝者水蟲、甲有文章也、冑謂兜鍪、以貝爲飾、說文、綅・綫也、綫・縷也、古文作線、朱綅謂以染朱之綫綴貝於冑、正義則誤爲綴甲也、烝徒增增、釋詁、烝・衆也、烝徒卽衆徒也、傳以增增爲衆貌、則其訓烝爲衆可知、烝徒是厮養運糧諸役、在三軍之外。○戎狄是膺荆舒是懲者、戎狄之戎、鄭箋北當戎與狄、集傳、戎・西戎、鄭爲是、春秋爲中國患者皆北戎、故僖公十年經書齊侯許男伐北戎、齊語云、北伐山戎、制令支斬孤竹而南歸、若西戎則自平王東遷、中隔強秦、左傳於秦穆取王官及郊之役、云遂霸西戎、史記以爲秦用由余謀、伐戎王、益國十二、開地千里、與齊桓事無涉、知經所云北戎、非西戎也、趙注孟子曰、膺・擊也、據孟子曰周公方且膺之、又曰、無父無君是周公所膺也、若訓爲當則不詞、以从趙訓擊爲善、荆者楚之別號、舒其與國也、舒鳩舒鄝舒庸之屬、謂之羣舒、皆偃姓也、則莫我敢承、鄭訓承爲禦、禦亦止也、猶商頌則莫我敢曷、曷與遏同、荀子引詩作遏、曷遏、爾雅皆訓止也、顧廣譽曰、詩辭誇大、顧其言有大繫於世道者、戎狄是膺、荆舒是懲、則莫我敢承、是箋謂僖公與齊桓舉義兵、北當戎與狄、南艾荆及羣舒、天下無敢禦之、集傳亦謂僖公嘗從齊桓公伐楚、故以此美之、此皆見其大者也、當時齊桓倡興霸業、魯僖與爲同心、其事皆以攘夷狄衞中華、何必問其役之或與・或不與哉、自王室東遷以來、戎狄熾於北、荆舒横於南、天下之勢、蓋岌岌矣、卻外安內、獨桓文能有其功、魯與諸國能襄其勞、魯頌能形諸歌詠、以示久遠、不可謂非天下之公言也、孟子兩引是言、一以斥許行、一以辨楊墨、而皆以爲周公之詩、蓋以詩辭於崇正黜邪最有功、僖公實未足以副之、而篇首由周公及僖公、僖公能續周公魯公之事者、故直以周公當之、說者却爲錯簡、欲易其篇第、或又以公車千乘至則莫我敢承、爲指言周公、以求合於孟子、毋乃多作此周旋邪、魏源曰、春秋桓莊以前、莫要於拒戎狄、而攘荊爲小、故費誓徐戎淮夷與魯相終始、僖公以後、莫大於攘荊楚、而拒戎狄爲小、故魯頌以懲荊舒爲亟、是皆魯所由存亡、故讀魯頌而知魯之終亡於荊舒、讀商頌而知宋之終亡於荊楚、○傳爾壽而富者、武威及遠方、不啻魯邦是常、故加富與大以祝之、○黃髮台背壽胥與試、髮白而復黃、背有鮐魚之文、皆有壽者之證也、胥・皆也、言壽考之徵、一一身驗之也、或曰、壽胥與試者、祝公之壽・而永與黃髮台背之人偕用事也、爾雅、試・用也、小雅百僚是試、鄭語、妖試幸措、皆其證矣、○俾爾耆而艾者、曲禮、五十曰艾、六十曰耆、萬有千歲猶曰千歲萬歲、

泰山巖巖。魯邦所詹。奄有龜蒙。遂荒大東。至于海邦。淮夷來同。莫不率從。魯侯之功。詹・至也、龜・山也、蒙・山也、荒・有也、

保有鳧繹。遂荒徐宅。至于海邦。淮夷蠻貊。及彼南夷。莫不率從。莫敢不諾。魯侯是若。鳧・山也、繹・山也、宅・居也、淮夷・蠻貊而夷行也、南夷・荊楚也、諾・順

也、若·順也、○詹延文本作瞻、傳同、奄延文本作掩、繹
音亦、貊武伯反、傳諸順也三字、延文本搯本並無、
箋曰、六章言威德之被東南、是征伐之功也、風俗通曰、泰山一曰岱宗、宗·長
也、爲五岳長、說文、岱·大山也、釋文、本泰山作大山、魯邦所詹、詹者瞻之省借、
言泰山爲魯邦所瞻仰、說苑雜言篇、引作魯邦是瞻、蓋本韓詩、故韓詩外傳
引詩亦作瞻、左氏莊十七年經、齊人執鄭詹、公穀作鄭瞻、史記周本紀、顧詹
有河、粤詹伊雒、詹並同瞻、毛訓詹爲至、本釋詁、蓋與六日不詹之詹意近、至
者疆界所抵也、泰山之西南爲魯、東北爲齊、極其封域而言之、泰山爲魯東
北所至之境也、奄有龜蒙遂荒大東、奄·覆也、鄭箋、荒·奄也、釋文、荒如字、韓詩、
至也、古有與至大義皆相成、蓋大則無所不有、大則無所不至、故大謂之荒、
荒訓爲有、亦訓爲至、奄有者、本其所固有而言也、荒者、經略包羅之意、泰山
曰所詹、龜蒙曰奄有、鳧繹曰保有、皆以魯地而言也、其餘非魯所有、則皆以
遂荒總發其辭、以魯地所有言者、申四章安內之意、以非魯所有言者、申五
章攘外之意、而以內外之詳略爲次第、泰山在泰安府北五里、龜山在兗州
泗水縣東北五十里、新泰縣西南五十里、蒙山在沂州府蒙陰縣南、接費縣
界、舊志、蒙山緜亙百二十里、有七十二峯三十六洞、蒙山居魯四境之東、故
一名東山、孟子曰、孔子登東山而小魯、是也、一名東蒙、論語昔者先王以爲
東蒙主、是也、元和郡縣志析蒙山與東蒙爲二、失之、○大東、極東也、極盡地
之東偏、至于海邦而止、海邦、近海之國也、遂因保有者而荒奄之、迄于東境、
如徐宅海邦、連屬于東者、至蠻貊也、及南夷也、大勢徐宅在內、海邦在外、淮

夷在東之稍南、蠻貊南夷、又因淮夷而推之、說文、同、會合也、朝與會同、對文則異、散文則通、諸侯殷見天子曰同、小國會朝大國亦曰同、猶諸侯朝天子曰朝、諸侯自相朝亦曰朝也、淮夷來同猶大雅徐方既同也、同亦會朝之通名、詩特變朝言同、以爲韻耳、率從、從魯侯也、魯侯謂僖公、○保有鳧繹、鳧山在兗州鄒縣西南五十里、接魚臺縣界、縣志、山分東西名曰雙鳧、繹山在鄒縣東南二十里、繹通作嶧、漢地理志云、魯國騶縣、本邾國、繹山在北、初學記引爾雅舊注云、魯國有繹山、純石相積構、連屬成山、嶧山一名鄒山、水經注鄒山卽繹山、邾文公所遷、是也、魏書地形志、分鄒嶧爲二山、失之、至漢地理志東海郡下邳注葛嶧山在西、古文以爲嶧陽、其地在今徐州府邳州、與繹山在今兗州府鄒縣者異地、正義引書嶧陽以證詩之繹山、誤矣、繹當僖公時、已屬邾國地、詩云保有者、邾魯附庸國、附庸之國統於諸侯、蒙顓臾所主、而以爲奄有、則繹可推矣、邾於齊桓時受王爵命爲子、非復魯之附庸、然實始封所錫、此方言復周公之宇、因仍從故境言之、遂荒徐宅、宅居也、宅于徐州之地者、卽徐戎也、○淮夷蠻貊、蠻貊東方諸種、古人大放厥詞、嘖薄所至、容有偶然逾溢者、江漢之詩、不過平淮夷、而曰至于南海、淮距南海遼矣、不如是不足以恢樹立之宏圖、極文章之遠勢、此詩因淮夷、而廣及蠻貊、南夷亦是其意、上已言荊舒、此南夷是南蠻也、據傳則淮夷其本稱、而蠻貊則以甚其行耳、莫敢不諾、諾應辭、魯侯是若、若順也、謂順魯侯之德也、至于海邦莫不率從、重出、而並弁下二句、舊說以從淮夷蠻貊等事、不載經傳、故爲未然之期望、此大不然、史克論元愷四凶見左傳、其言張夸過實、況是章侈言、

卽臣子之至情詫寸爲尺者也、

天錫公純嘏。眉壽保魯。居常與許。復周公之宇。常許、魯南鄙西鄙、**魯侯燕喜。令妻壽母。宜大夫庶士。邦國是有。**

既多受祉。黃髮兒齒。○嘏古雅反、兒五兮反、傳西鄙下延文本有也字、

箋曰、七章更端言僖公之令德以保天祿、純大也、受福曰嘏、眉壽以保魯、豈非公福之大者、此兩句只主天錫說、爲一項、居常二句主復侵地、爲一項、魯侯二句主宮闈之樂、爲一項、宜大夫二句主得人以保邦、爲一項、既多二句主膺福而又有壽徵、將享于無窮、爲一項、只散散說、不必關紐、○居常與許、王夫之曰、鄭氏謂、許田魯朝宿之邑、常或作嘗、在薛之旁、春秋築臺於薛、孟嘗君食邑于薛、皆卽此常、以實考之、鄭說非也、薛旁之嘗、爲田文封邑者、春秋之薛國也、薛滅于宋、齊滅宋而有薛、田文食焉、若春秋築臺於薛、地近于郳、且莊公已築臺于彼、不待僖公而後復之、孟子之時、魯猶方五百里、故宇亡恙、安得僖公所居、而遽爲田文所有邪、若許田之許、則在天子東都畿內、所謂甫田也、甫許古通用、甫田今之中牟、謂之田者、諸侯朝宿之邑、視天子之士、祿有其田、而不得有其土地山澤、仍歸天子、而宣王得以行狩焉、魯自隱公以許易祊、桓公元年、鄭伯以璧假許田、嗣是終非魯有、僖公三十三年、

鄭辭杞子曰、鄭有原圃、則是終僖公之世、許爲鄭有矣、昭公二十年、楚靈王曰、我皇祖伯父舊許是宅、今鄭人貪賴其田、舊許對許男之國爲新許也、則又終春秋之世、許爲鄭有矣、而僖公之未嘗得復許田又可知也、此詩所頌居常與許復周公之宇者、蓋謂晉文公執曹伯、命反諸侯之侵地、而魯取濟西田也、常許·其濟西之下邑與、曹在魯之西南、魯之分曹地、自洮以南、東傳于濟、臧文仲縣重館往受之、重館在方與縣、蓋今之魯臺縣也、水經、濟水逕寃句縣、又東北過壽張縣西界、汶水從東北來注之、魚臺壽張之間、正値魯之西鄙南鄙、則毛公所云、其爲曹之侵地明矣、地名同者不一、不博考其疆域之合、但據他見之名、而指以爲然、其不失者鮮矣、王說得之、傳云常許魯南鄙西鄙、獨言南西、毛必有本也、或謂、常是齊所侵地、管子小匡篇、管仲勸桓公親諸侯、反其侵地、故歸魯常潛、齊語亦載其事、常作堂、此桓公始圖霸時事也、僖公卽位在桓公二十七年、齊久已稱霸矣、常地之歸、當在莊公時、不在僖公時、不應舉以頌僖、又齊在魯北、常爲齊侵、定是魯北境、與傳南鄙又不相符、此說不足信也、周公之宇、卽成王所謂爾宇者、○魯侯燕喜、燕安而喜樂也、猶云樂易也、宜、宜民宜人之宜、言疆宇既復、魯侯由是燕喜、其在閨幃也、則有令善之妻聲姜、壽考之母成風、其在朝廷也、上則宜于大夫、下則宜于庶士、外而邦國皆其所有焉、○黃髮兒齒、兒齒、齒落更生細者、亦壽徵也、此詩惓惓于壽考者、入春秋來、隱及于鐘巫、桓拉于彭生、般賊于圉犖、閔戕于卜齮、弑逆相踵、國人飲恨、若曰天若祚魯、必無此事、厥後僖在位三十三年、春秋特書薨于小寢、則此頌豈爲無意、徂來之松。新甫之柏。是斷是度。是尋是尺。徂來·山也、新甫、山也、八尺曰尋、松桷有舄。路寢孔碩。新廟奕奕。奚斯所作。桷·榱也、舄·大貌、路寢·正寢也、新廟、閔公廟也、有大夫公子奚斯者作是廟也、孔曼且碩。萬民是若。曼·長也、○度待洛反、桷音角、舄音昔、榱色追反、傳尋下貌下、延文本並有也字、

箋曰、八章言爲僖公營新廟、以體國人之心、是篇與殷武立格正同、徂來山在泰安府東西四十里、水經注、汶水又西南流逕徂徠山西、山多松柏、詩所謂徂徠之松也、鄒山記曰、徂徠山在梁父奉高博三縣界、猶有美松、亦曰尤崍之山也、宮山在新泰縣西北四十里、接萊蕪縣界、卽新甫山、縣志相傳、漢武封禪、建離宮而改名、○是斷是度、度者剫之省借、說文、剫·判也、廣雅、剫·分也、爾雅木謂之剫、郭注引左傳山有木工則剫之、左傳今作度、是剫古借作度之證、剫與斷義近、故詩以斷度並舉、正義訓爲量度、與下文尋尺爲複、失之、是尋是尺、尋尺言以尋尺量之也、○松桷有舄、桷之與榱、是椽之別名、毛訓舄爲大貌、蓋以舄爲斥之假借、蒼頡篇、斥·大也、小爾雅、斥·開也、開之使人、故舄亦訓大、禹貢海濱廣斥、夏本紀地理志皆作廣舄、文選海賦、襄陵廣舄、李注、斥與舄古今字、是斥舄古同音通用之證、路寢孔碩、路寢廟中之正室、神主所在、故特言之、古人廟制、前廟後寢、廟比於路寢、廟後之寢比於小寢、

故天子之廟亦有小寢五、此詩之寢在廟中、是乃小寢耳、而謂之路寢者、大之也、猶崧高韓奕之介圭、與殷武寢成孔安其事同、夫取木於山、斷而度之、或長或短、而松之爲榱桷者、猶舄然而大、則其爲梁爲柱者可知、旣成廟後之正寢、又甚宏大、則奚斯所作之新廟大矣、新廟卽僖公廟也、傳以新廟爲閔公廟、正義謂、閔公後死、禮當遷入祖廟、止可改塗易檐、不應別更作之、據穀梁文二年傳爲說、毛之失明矣、至先妣之享、惟周爲然、魯則否、鄭以新者姜嫄廟、亦未爲得也、毛詩經作新廟、呂覽季春紀、及淮南子時則篇、薦鮪于寢廟、高注、前曰廟、後曰寢、詩云寢廟奕奕、言相連也、蔡邕獨斷云、頌曰寢廟奕奕、言相連也、又周禮隸僕注、引詩新廟奕奕相連貌、蓋連上路寢孔碩約舉其詞、猶正義曰作寢廟所以爲美者、又曰寢廟廢壞、皆以寢廟連言、非齊魯詩經文或作寢廟也、奚斯、公子魚之字、見于左傳閔二年、至此汔老成也、史克見左傳、在文公十八年、至宣公世尙存、見於國語、而文公二年傳已引閟宮之詩、則魯頌四篇皆作于僖公之生前、而其體爲風、所謂史克作是頌者、乃潤色其詩、命爲頌以告神者矣、作者、爲之主師、教令工匠、監護其事、屬付功役、課其章程也、奚斯作新廟耳、而漢世文人班固王延壽之等、謂魯頌是奚斯作之、謬矣、下文孔曼且碩、正承作廟言、若謂作詩、則語勢橫亙、殊乖經指、○孔曼且碩、曼謂其橫行連緜、碩主上下、而包左右之勢、廟制有常規、而曰甚長且大、此詩之辭也、然凡廟、蓋改塗易檐而已、唯是廟新造、則不無異於凡者、不容拘說也、萬民是若、言順萬民之望也、此一篇歸宍、僖公功德在民、民皆思慕之、今廟貌聿新、得遂其景仰無斁之意、故曰是若、

閟宮八章四章章十七句一章十二句一章三十八句二章章八句二章章十句

四·唐石經卷子本幷作二、

箋曰、今改爲八章四章章十七句、二章章十六句、二章章十句、合百二十句、無脫句、無錯簡、朱子更舊分章句、悉以韻斷、初非苟然、唯據首章四章各十七句爲率、分二三兩章爲三章、而所分第四章止十六句、則直指爲經文脫落、欲於籩豆大房下加鐘鼓喤喤語以足之、武斷甚矣。○陳啓源曰、魯頌頌僖公之賢、而春秋多書其失德之事、學者疑之、源謂、僖公自是中材以上之人、過惡誠有之、要不失爲賢君也、古來人主、除二帝三王數大聖人外、其餘令德之君、俱不能每事盡善、成康至賢、尚有誤信流言、佩玉晏鳴之失、宣王中興英辟、而美刺竝載於詩、國語亦紀其失、則列國諸侯爲詩人所美者、衞武公文公鄭武公秦仲及襄公齊桓公魯僖公凡七君、衞鄭二武、與秦之兩君事在春秋前、其見春秋者、衞文滅邢、書名以示貶、齊桓霸業雖隆、而內多慙德、要此二君者、不害其爲賢侯、僖公亦猶是爾、安得因春秋所譏、併疑頌語之失實乎、案魯遭慶父之亂、禍難相尋、齊人睥睨其旁、欲乘釁襲取、微仲孫湫言、禽父幾不祀、事見左傳閔元年國勢岌岌矣、及僖公立、魯復晏然、意其撫和臣民、交好鄰國、易亂爲治、轉危爲安、綏輯定應多術、詩敍所言足用愛民、務農重穀、君臣有道、以及修泮宮、復周公之宇、乃其實事也、不賢而能然乎、但所行者、不過修舉舊章、勤政節用、無赫赫可紀之功，而春秋之法，常事不書，無由取而筆之於經，其失德之彰彰者，載在國史，又不可盡削，夫子旣書之，以垂戒後世，更錄魯頌頌美之詞，以補春秋之未及，殆不無微旨焉，又魯本羸國，僖亦非雄才，欲保境自安，勢須結援大國，無伯而從楚，此社稷之故，未可深罪也，若夫敗邾於偃，敗莒於酈，禦侮之勇也，取須句反其君，存亡之義也，納玉於王，求釋衞侯，親親之仁也，僖之美亦稍見春秋經傳，不僅頌有之矣，仁井田好古曰，王者一歲二郊，一則仲冬之郊，尤爲重典，一則孟春祈穀之郊，其禮差輕，毛公生民傳曰，堯見天因邰而生后稷，故國后稷於邰，命使事天，以顯神，順天命爾，是堯賜稷以郊祭之事，而其郊乃祈穀之郊也，至于周有天下，則與冬至之郊併爲王者之祭矣，周公功德盛大，故成王賜魯以祈穀之郊，亦遵用后稷之故事也，故家語孔子曰，郊之祭也，迎長日之至也，大報天而主日，配以月，故周之始郊，其月以日至，其日用上辛，至於啓蟄之月則又祈穀于上帝，此二者天子之禮也，魯無冬至大郊之事，降殺於天子，是以不同也，至于禘祭，則當嘗祭周公於大廟，用天子禘祭之禮，蓋祼獻尊罍之數，樂舞登降之節，有略同于天子也，故明堂位曰，季夏六月，以禘禮祀周公于大廟，但據明堂位所言，周用六代禮樂，魯受四代禮樂，不舞雲門咸池，樂止東蠻，而無戎狄，尊俎止夏商，而無有虞，皆降殺於天子也，然則魯國所用之重祭，異於諸侯，而降於天子，文物粲然，等差不紊，黃才伯乃曰，郊之僭始於僖也，禘之僭始於閔也，何玄子左袒其說，且曰，魯之君臣，恐天下議己，乃借名於成王伯禽，以掩天下之口，魯之陋儒諂佞，遂作明堂位、以文其過、余知其說非也、此詩曰、春秋匪解、享祀不忒、則可觀其郊禘世世相承、而不懈怠、不差忒、非昉於僖公也、又曰、是饗是宜、降福既多、若使郊禘爲非禮之祭、則詩人之言、不當如此也、且左傳引此詩曰、皇皇后帝、皇祖后稷、君子曰禮、謂其后稷親而先帝也、若果使之爲非禮之祭、則左氏豈引此以爲得禮之證哉、又襄公十年、荀偃士匄曰、諸侯宋魯於是觀禮、魯有禘樂、賓祭用之、然則魯之禘祭、當時諸侯以爲國華者可見矣、焉得謂借名於成王伯禽、以掩天下之口哉、龜井昱曰、宋說以是篇盛夸郊祭爲過、爲夫子存以見僭、大妄、秦漢後之人、不通三代人情、封建之士大夫、不死王命、而死君命、是以其君爲天故也、魯以周公故有郊天、是曠世盛典、爲之臣子者、何嘗不稱揚於天下諸侯乎、

駉四篇二十三章二百四十三句

二毛詩會箋

那詁訓傳第三十　毛詩商頌

箋曰、魯語閔馬父引那曰、先聖王之傳恭、猶不敢專、詩出自大商、故謂先聖王也、次魯頌於商頌前者、頌雖繫魯、實皆周代詩、以魯終周、非以魯匹商也、商頌有異於周者、周頌以子孫治定功成告於文武之廟、而商頌則直頌其祖父之功而已、蓋周自受命以來、武王耄矣、武王新崩、武庚新叛、天下猶未平也、至成王即位漸久、周室治平無事、而周頌三十一篇皆作於周公、故有一詩而羣廟用之、後雖有制作之才、不敢增周公之舊也、商頌則成湯纘禹舊服凡十三年、天下迄已恬熙、又三宗迭興、大平屢著、故所作之頌、皆歸美其祖宗、隨時遞增、而子孫不與焉、此其異者也、而商頌之同於周者、祖功宗德、百世不遷、始得爲頌、故周之大祖二世室皆有頌、成康雖曰賢君、而親盡則祧也、商則大祖三宗皆有頌、盤庚祖甲雖曰賢君、而親盡則祧也、非不遷之廟則無頌也、此其同者也、蘇轍曰、春秋之際、大國略皆有變風、宋魯獨無風、鄭氏爲之說曰、宋王者之後也、魯聖人之後也、是以天子巡守、不陳其詩、蓋所以禮之也、予聞周之盛時、千八百國、雖後世凌遲、力强相吞、而春秋所見猶百有七十餘國、變風之作、先於春秋數世矣、而詩之載於大師者、獨十三國、其不見於詩者、豈復皆有說哉、意者列國不皆有詩、其有詩者、雖檜曹之小、邶鄘魏之亡、而有不能已、其無詩者、非獨燕蔡之成國也、齊桓晉文・霸者之盛也、而皆不得有詩、桓附於衞、文附於秦、皆止於一見、衞莊姜、齊襄公、鄭昭公、事至微矣、然其詩屢作而不止、蓋事有適然而無足疑者、何楷曰、契初封商、魯連子云、在大華之陽、皇甫謐云、今上雒商是也、卽今陝西西安府之商州、以地有商山故得商名、契生昭明、遷砥石、事見世本、其地不知所在、昭明生相土遷商邱、左傳所云陶唐氏之火正閼伯居商邱、相土因之、是也、唐爲宋州、宋爲睢陽郡、在今爲河南歸德府商邱縣、相土生昌若、昌若生曹圉、曹圉生冥、竹書載、夏少康十一年、使商侯冥治河、至帝杼十三年、商侯冥死於河、中間計三十四年、魯語及祭法所謂冥勤其官而水死者、冥生振、實復遷殷、計三十七年、而爲有易之君緜臣所殺、國統幾絶、振生微、字上甲、乃殺緜臣、而以殷興、仍居殷地、是則殷之遷雖在振、而昌殷緒以基王業者乃在上甲、故殷人報之也、商家生子、以日爲名、蓋自微始、白虎通云、殷道尙質、故直以生之日名子、而譙周則謂、死稱廟主曰甲、蓋謂生稱其名、死則以其生之名爲廟主也、微生報丁、報丁生報乙、報乙生報丙、報丙生主壬、主壬生主癸、主癸生天乙、是爲成湯、竹書載、帝孔甲九年、殷侯復歸於商邱、上距微殺緜臣之歲凡一百單三年、不知所謂殷侯者何名也、自歸商邱之後又二十五年、則爲桀在位之十五年、實成湯爲商侯之元年、於是復自商邱遷於亳、書序謂自契至成湯八遷、湯始居亳、從先王居、作帝告釐沃、以竹書證之、自成湯居亳之後、歷外丙仲壬太甲沃丁小庚小甲雍已大戊八君、皆仍居亳、至仲丁始遷於囂、歷外壬而河亶甲自囂遷於相、繼之祖乙元年自相遷於耿、二年圮於耿、自耿遷於庇、歷祖辛沃甲祖丁皆居庇、及南庚二年遷於奄、歷陽甲而盤庚、至十四年自奄遷於殷、書盤庚篇所謂先王恪謹天命、不常厥邑、於今五邦者、合蹶相耿庇奄而言也、雷學淇曰、商以前無二亳、亦無二殷、所謂殷者安陽殷墟、所謂亳者商邱亳邑也、殷之名始見商書商頌、左傳以衛國爲殷墟、竹書謂、盤庚自河外之奄遷于河內之殷、殷在鄴南四十里、自盤庚遷殷、至紂之滅、更不徙都、紂時稍大其邑、南距朝歌、北據邯鄲及沙邱、皆爲離宮別館、案戰國策曰、紂聚衆百萬、左飯淇水竭、右飲洹水不流、又曰、殷紂之國、左孟門而右漳釜、前帶河、後被山、此與左傳衛國、史記淇洹、漢志河內、竹書鄴南之說悉合、書序于盤庚遷殷之後、亦不復言遷徙、蓋竹書之說是也、朝歌去鄴南之殷止一百五十里、紂時以朝歌爲下都、時游居之、其國都實在鄴南、故都城記曰、安陽城一名殷中、圖經曰、安陽紂都也、蓋河內之地、統號殷墟、不必過爲區別、廟社在鄴南、而紂之亡也在朝歌、此大誓所謂棄厥先神祇弗祀矣、考殷本契之始封、世本謂之蕃、見水經渭水注、此字音之相近而轉者、蓋堯舜皆都河北、契仕帝朝、故食采于漳南之殷、及功成錫土、始封于上洛之商、後世本其祖之始居、以爲有天下之號、故謂之殷商、商頌曰、天命玄鳥、降而生商、宅殷土芒芒、又曰、元王桓撥、受小國是達、受大國是達、卽言此事、小卽謂殷、大卽謂商矣、傳之後世振至報丙、盤庚至紂十餘世、皆居殷、故殷之名尤著、其地則實在漳南、非有二殷也、至史贊之北殷、亳國之氏、此周封殷之支庶、國于北土者、懷邑之殷城、此秦人所築、因地在河內、故亦被以殷名、此二者與商前之殷無涉、商周以前、亳之見于經史者、商書有亳邑、周書有三亳、左傳有景亳、北土有亳國、宋鄭有亳邑、書序有亳殷亳姑、史記、秦寧公時有亳王、亳薄古字通、愚按、湯之居亳、當從貨殖傳、景亳之說、當從世紀、盤庚所遷當從書序紀年、三亳之訓當從鄭注、周鄭燕秦之亳、書之三亳、序之亳姑、皆與湯盤庚之居無與、湯未嘗居殷、盤庚未嘗居亳也、何者、書序曰、湯始居亳、從先王居、是湯之亳、卽契之亳矣、貨殖傳謂湯止于宋之亳者、亳在春秋時本宋邑、兩漢三國皆以爲縣、晉始省之、幷入蒙、卽杜氏謂在蒙縣西北者也、孟子曰、湯居亳、與葛爲鄰、今亳在商邱西六十里、葛在寧陵縣北十五里、亳與葛相去止五十餘里、此湯居宋亳之一證矣、左傳哀十四年、宋景公曰、亳宗邑也、宋之先君無都亳者、宗邑之稱、卽以湯爲言、此湯居宋亳之二證矣、湯以後仲丁始遷都、故太甲亦居亳、左傳宋城皆以所向之地名其門、而北曰桐門、見哀二十六年、因虞城南五里有桐邑也、卽世紀郡國志所謂桐亭桐地矣、在亳城東亦數十里、卽孟子所謂放太甲于桐者、此湯居宋亳之三證矣、湯自商邱遷亳、孟子謂湯地七十里、左傳謂宋居商邱、有舊墉及桑林之門、書大傳謂湯禱于桑林之社、據此是桑林亦商邱地名、當卽在舊鄘之內、其地自相土以來居之、有先人之廟社在焉、湯必不捨之而遠從、居亳者遷于國之北境、猶武王之去豐遷鎬也、此湯居宋亳之四證矣、古法死于陵者葬于陵、死于澤者葬于澤、惟齊之太公有五世反葬之說、九原之望、亦止欲依賢自表、非如後世堪輿家擇地術也、皇覽冢墓篇謂、漢哀帝建平元年、御史御長卿因案行水災、得湯冢于濟陰薄縣、此湯居宋亳之五證矣、此五證、四見于經、一見于紀傳、故曰湯之居亳、當從貨殖傳也、景亳之命、據竹書卽湯爲方伯征韋顧之事、時湯居宋亳、韋在其西北二百餘里、顧在其北畿三百里、杜氏謂景亳在鞏縣西南、又謂、或曰卽偃師、此時桀居河南、鞏與偃師皆其畿甸、湯會諸侯以征二國、自當于其近地連帥諸侯之師、安有西去七八百里稱兵畿甸、復東向北伐、往反千數百里、以勞友邦之跋涉者乎、故曰、景亳之說當從世紀、謂之景亳者、景・大也、卽宋亳矣、猶之曰大唐大夏大漢、或云、偃師有景山、故稱景亳、不知景山之名所在多有、傳曰、景霍以爲城、則晉有景山、詩云景山與京、則衞有景山、不惟偃師、景亳之稱、不必以山得名也、盤庚之殷、當從書序竹書者、遍徵古籍、商邱偃師、從無殷名、惟河內之地、舊稱殷墟、且尚書止云遷殷、不云遷于亳殷、書序之將治亳殷、束廣微據孔壁古文、乃將始宅殷之訛、見書正義、自盤庚宅殷以後、書序亦不復言遷徙、此與竹書傳說、尤爲吻合、蓋奄在淮夷之北、在古大河東南、殷在漳洹之南、在古大河西北、竹書謂盤庚自奄遷于殷、則書之涉河、乃渡河而北、非自北而南矣、至史記武乙始居河北之說、于古書一無所徵、竹書謂盤庚後更不徙都、與書序實相應、故曰、盤庚所遷當從書序紀年也、世紀謂周書之三亳、二在梁、其說實誤、穀熟之地、漢以前無亳名、此與蒙之亳城亦俱無阪險、與書辭不合、且伊所謂南亳、周唐時雖名爲亳州、實卽嚳之舊國、寰宇記所謂高辛城者也、嚳爲侯時居辛、辛之去葛、不如亳地爲近、然則三亳之說、惟鄭註可以徵信、左傳言、晉與諸侯伐鄭、同盟于亳城、杜注云、鄭地、郡國志曰、滎陽有薄亭、此卽鄭氏所云東成皋者也、滎陽與成皋比近、阪卽曹大家東征賦所謂看成皐之旋門者是已、薛綜東京賦注云、旋門在成皐西南十數里、阪形周屈、南亳卽杜氏左傳注、鞏縣西南有湯亭者、阪卽薛綜東京賦注所謂其阪十二曲、將去復還、故名轘轅者也、西亳卽鄭所云尸鄉、湯亭阪卽太康地記所謂偃師南有亳阪者、一名曰鄂里阪也、此三亳乃武王克商後、遷殷民于洛邑、使亳人之舊歸文王者、居險以尹之、故三亳皆近洛邑、若梁國之亳、安得有阪險乎、故曰、當從鄭注、班氏誤解史記盤庚涉河南治亳一語、故以河南郡偃師縣之西亳當之、不知河洛之有亳名、始于成周、商以前無之也、河洛之無殷名、商周之所同、漢晉時强以亳殷名之也、近燕之亳、左傳以爲北土、與肅愼同稱、世紀謂、是西夷國名、北土之西、卽秦所滅之蕩社亳王、史贊所謂北殷也、蓋燕在正北、肅愼在東北、亳在西北、其國當在涇水之北、戰國時僭王、內侵至于杜水、故秦人滅之、此與成湯無與、史記謂湯起于此、實亦誤耳、通典又引武王升豳阜望商邑以證之、似商邑果在雍州者、然考史記此文、本于逸書度邑、其辭是王乃升汾之阜、以望商邑、汾阜乃商郊地名、史記引作豳者、古文豳與邠通、邠與汾通、名其邑則曰邠、名其水則曰汾、猶酆之作灃、鄗之作滈也、此史記所以誤汾作豳也、襄邱邠國、河內乾谿皆有汾、不必在晉者始曰汾已、亳姑卽蒲姑、古無言湯居此者、故曰、周秦燕鄭之亳、及三亳亳姑、皆與湯盤庚之居無與也、

那。祀成湯也。微子至于戴公。

箋曰、史記宋世家、微子啓卒、弟仲衍立、卒、子宋公稽立、卒・

子丁公申立、卒・子湣公共立、卒・弟煬公熙立、湣公子鮒祀殺煬公而自立、是爲厲公、卒・子釐公舉立、卒・子惠公覵立、卒・子哀公立、卒・子戴公立、自微子至戴公凡十君、哀公戴公二公並佚其名、不知詩亡之時、故統言至於、

其間禮樂廢壞。有正考甫者。得商頌十二篇於周之大師。以那爲首。

箋曰、魯語閔馬父曰、正考父校商之名頌十二篇於周之大師、古甫父通、國語言校、則宋必猶有存者、但殘缺失次、須考校於周大師耳、又言名頌者、當讀名山名魚之名、名者大也、韋昭注、名頌・頌之美者、美亦大也、則名頌猶言大雅耳、左傳稱正考父佐戴武宣、則正考父爲戴公時大夫、戴公當周宣王時、宣王中興、修禮樂、正考父得以考校而錄商頌十二篇、自幽王之末、六代禮樂又遭廢壞、孔子錄詩、僅得五篇、附諸周頌之末、所以備三統之文、仍大師之舊、而非自孔子刪之也、史記宋世家贊、襄公之時、其大夫正考父美之、故追道契湯高宗殷所以興、作商頌、索隱駁之以爲、今在五篇皆商家祭祀樂章、非考父追作、又考父佐戴武宣、在襄公前且百餘歲、安得述而美之、且夫周頌平夷、商頌奧險、周頌和穆、商頌嚴厲、以辭考之、一代大文、自非宋襄以後所能作者、蓋商人先罰後賞、政尚威武、故雖雍容歌舞之詞、而殺氣飛揚、聲容之間不能自已、卽作者有不知其然而然者矣、隱三年左傳、宋宣公引商頌殷受命咸宜百祿是何、晉語、公孫固對宋襄公、引商頌湯降不遲聖敬日躋、則商頌不作於宋襄內外、傳有明證矣、蓋三家傳詩、不得事實而以意說、在雅頌亦

不能無舛如此、孔子祖系、家語爲詳、云湣公熙生弗父何、何生宋父周、周生世父勝、勝生正考甫、正考甫生孔父嘉、史記索隱引之、唐書宰相世系表從之、惟湣公熙、史記湣公名共、弟煬公名熙、兩處當有一誤、世本則宋父周下脫世父勝一世、故陸德明以正考甫爲湣公曾孫也、

猗與那與。置我鞉鼓。 猗・歎辭也、那・多也、鞉鼓・樂之所成也、夏后氏足鼓、殷人置鼓、周人縣鼓、 **奏鼓簡簡。衎我烈祖。湯孫奏假。綏我思成。** 衎・樂也、烈祖・湯有功烈之祖也、假・大也、 **鞉鼓淵淵。嘒嘒管聲。既和且平。依我磬聲。** 嘒嘒然和也、平・正平也、依・倚也、磬・聲之清者也、以象萬物之成、周尙臭、殷尙聲、 **於赫湯孫。穆穆厥聲。庸鼓有斁。萬舞有奕。** 於赫湯孫、盛矣湯爲人子孫也、大鍾曰庸、斁斁然盛也、奕奕然閑也、 **我有嘉客。亦不夷懌。自古在昔。先民有作。溫恭朝夕。執事有恪。** 夷・說也、先王稱之曰在古、古曰在、昔曰先民有作、有所作也、恪敬也、 **顧予烝嘗。湯孫之將。**

○那乃河反、猗於宜反、鞉音桃、衎苦旦反、嘒呼惠反、於音烏、斁音亦、懌音亦、

箋曰、首四句爲祭之始、次八句爲祭之中、次四句爲祭之終、通詩只在樂奏次第上見祀事之始終、絕有風致、猗與那與、言陳鞉鼓之盛美也、猗那二字疊韻、皆美盛之貌、通作猗儺、見檜風、亦作阿難、見小雅、草木之美盛曰猗儺、樂之美盛曰猗那、其義一也、傳訓猗爲歎辭、似失之、置我鞉鼓、鄭箋讀置爲植、植鞉鼓者、爲楹貫而樹之、正義引金縢植璧秉圭注、植古置字、古者置植字同、故漢石經論語、作置其杖而耘、置鼓亦謂之建鼓、而縣鼓則有磬言之、二頌各言所尙如此、詩於章首言鞉鼓、下文又言鞉鼓淵淵、是鞉鼓節樂、故傳云樂之所成也、傳又引明堂位夏足殷置周縣、以明三代鞉鼓之制、有磬傳云、縣鼓、周鼓也、鞉、鞉鼓也、周人以鞉鼓爲縣鼓、此詩言殷制、鞉鼓爲置鼓、殷改夏之足鼓、周又改殷之置鼓、然儀禮大射儀設建鼓、周亦未嘗不用置鼓、鄭解詩鞉與鼓爲二、直謂殷人之鼓皆置、而周人之鼓皆縣、毛傳禮記皆不合、夏后氏足鼓、禮記鄭注云、足、謂四足也、殷人置鼓、明堂位作楹鼓、鄭注云、楹謂之柱、貫中上出也、然則夏之鞉鼓、有四足措著於地、殷改夏足鼓爲貫中而建之、周人又改殷楹鼓、別設一肆以縣之、猶編鐘之有鏄、編磬之有玉磬、皆爲特縣之器、大射禮曰、鼗倚于頌磬西紘、紘猶縣也、東西兩肆皆有磬鐘鏄、建鼓自北而南陳之、則西肆不得多設一器、鼗鼓在西肆頌磬之西、而特縣之、所以象西方功成、禮器曰、廟堂之下、縣鼓在西、其證也、此皆周人以鼗鼓爲縣鼓之制、凡樂縣、天子宮縣、諸侯軒縣、樂縣當三代略同、宮縣・四面縣、周人四面設建鼓、於極西一肆、特設一鼗鼓爲縣鼓、殷人鼗鼓亦建鼓、謂與四面建鼓同器也、那有磬之鞉鼓、其分別如是、鄭箋分鞉鼓爲二鼓、而又云、鞉雖不植、貫而搖之、亦植之類、儀禮大射注云、鼗如鼓而小、有柄、周禮小師注云、鼗如鼓而小、持其柄搖之、旁耳還自擊、蓋鄭學本魯韓詩、故往往箋與傳不合、爾雅曰、大鼗謂之麻、小者謂之料、鼗有大小、鄭所據小者歟、大司樂、宗廟之中路鼓路鼗、路鼗其大鼗也、鼗與鞉同、餘詳周頌有瞽篇、○奏鼓簡簡、執競傳、簡簡大也、其聲大也、衎我烈祖、烈・功烈也、詩祀成湯、故烈祖爲湯、有功烈之祖、是傳明以烈祖指湯、正義則云美湯之先公、誤矣、烈祖爲湯、湯孫爲湯後世之孫、殷後王之通稱、猶曾孫周曰文孫也、卽斥主祀之時王、自大甲以下至紂皆可爲湯孫、不知頌作於何時、所斥者何王耳、烈祖詩祀中宗爲大戊、亦曰湯孫、則不得如鄭箋以湯孫爲大甲、下文傳曰湯爲人子孫也、當作爲湯之子孫也、蓋後世傳寫之訛、釋文假鄭作格、升也、假與格一聲之轉、故通用、爾雅釋詁、格・至也、廣雅釋詁、假・至也、至與致義相成、凡神人來至曰假、祭者上致乎神亦曰假、尙書祖考來格、商頌來假來饗、此神人之來至也、易萃彖傳、王假有廟、致孝享也、商頌以假以享、鬷格無言、及此詩湯孫奏假、皆祭者致神之謂也、小爾雅說文竝曰、奏・進也、上致乎神曰奏假、亦曰登假、揚雄劇秦美新曰、登假皇穹、是也、假與格皆當訓至、傳訓假爲大、正義以爲大樂失之、鄭訓假爲升義合、然以爲奏升堂之樂則非、綏我思成、思爲句中語助、與烈祖詩賚我思成句法正同、成謂神所賜既成之福也、綏・安定之也、楚茨綏後祿與此同、神已賜福而在於我躬矣、故曰成也、欲其不傾動走亡、故綏之也、書曰克綏先王之祿、又曰綏爾先考之臣服于先王、字義可見、○鞉鼓淵淵、嘒嘒管聲、淵淵・深遠也、言其聞之遠、管卽簫也、大射儀曰、蕩在建鼓之間、又曰、乃管新宮、三終、鄭注云、管謂吹蕩以播新宮之樂、賈疏引禹貢注云、蕩・大竹也、諸侯下管新宮、天子下管象、於商未聞也、○既和且平、兼堂上下八音諸器言、周語、單穆公云、聲應相保曰和、細大不踰曰平、此即既和且平之義也、依我磬聲、依字細媚、靜理可參、王夫之曰、古者通謂玉爲石、故八音言石而不言玉、凡石不能俱爲磬、可以爲磬者玉之屬、乃集傳云、玉磬堂上升歌之樂、非石磬也、別玉於石、而謂別設玉磬以合歌、而非堂下四縣之笙磬頌磬、不知何據、按玉磬之別見者、唯郊特牲有曰諸侯之宮縣而擊玉磬、諸侯之僭禮也、則似天子之樂特有玉磬、然在宮縣之列、則固不設于堂上矣、禮大禘升歌清廟、下而管象以舞大武、以周準殷、必堂上歌、而堂下合樂、不能易也、故曰、歌者在上、重人聲也、此詩所咏有鞉鼓、有庸鼓、有萬舞、則爲堂下之合樂、而非升歌明矣、郊特牲曰、殷人尙聲、臭味未成、滌蕩其聲、樂三闋、然後出迎牲、則樂固作于初獻之頃、禮未備之前也、升歌者必於迎特之後、尸已坐侑、然後堂上之歌、與瑟作焉、準諸燕禮、樂三闋者、猶賓升之奏肆夏也、升歌者猶辯獻禮成、然後工升歌鹿鳴也、堂下之縣、笙磬在阼階東、頌磬在阼階西、即此詩之磬也、建鼓在阼階西、蕩在建鼓之間、鼗倚于頌磬西紘、鼗即此詩之鼗鼓也、蕩即此詩之管也、俱爲堂下之樂、磬無緣獨在堂上矣、諸樂合作、而以磬爲度、故曰既和且平依我磬聲、孟子曰、金聲而玉振之、玉磬與鐘鎛相與終始爲條理、使玉磬獨在堂上、則爲弦歌之條理、而不與金相爲終始矣、且人聲自與絲合、而玉之鏗然起・戛然止者、必不相得、故歌工四人則二瑟、歌工六人則四瑟、未聞有擊磬者與焉、唯瑟爲能合歌、以輕清泛其餘韻、而古樂句均調簡、自然有節、不似俗樂之長短參差、須拍板以節之、又況磬音之清細者乎、故曰朱絃疏越、一唱而三歎、明堂上之僅有瑟而無磬也、則磬爲堂下之縣、而玉磬之卽石聲審矣、鄭箋曰、堂下諸縣與諸管聲皆和平不相奪倫、又與玉磬之聲相依、是也、金鶚曰、古者天子之樂有特磬、特磬惟天子有之、諸侯有特鐘無特磬、大射儀云、阼階東笙磬西面、其南笙鐘、其南鑮、皆南陳、西階西頌磬東面、其南鐘、其南鑮、皆南陳、鄭注、東方鐘磬謂之笙、西方鐘磬謂之頌、皆編而縣之、鑮如鐘而大、獨在一虡、是鑮爲特鐘、諸侯所得有矣、磬惟言笙磬頌磬、是諸侯無特磬矣、蓋鐘雖特縣、不止于一、諸侯軒縣三面、則有三鑮、天子宮縣四面、則有四鑮、天子又有十二辰零鐘、皆爲特鐘、非止一鐘也、而特磬惟止一磬、大戴禮所謂縣一磬而尙拊也、惟止一磬、所以爲天子之器、諸侯不得用也、陸農師以明堂位離磬爲特磬、案經典未有以離爲特者、鄭注云、離謂次序其縣、是離磬爲編磬也、離之爲言麗、編之於虡、兩兩相麗、故曰離磬、何得謂之特磬乎、陳暘樂書以大射笙磬爲特磬、不知笙磬與頌磬相對、頌磬既爲編磬、則笙磬安得爲特磬乎、其誤甚矣、特磬亦在堂下、經典無堂上有特磬之說、書益稷云、戛擊鳴球、搏拊琴瑟以詠、此謂堂下擊玉磬、合于堂上琴瑟之聲也、鄭注云、磬縣也、而以合堂上之樂、玉磬和尊之也、是鄭謂鳴球在堂下矣、特磬與特鐘一類、大射儀樂縣之位、鑮縣在庭、天子十二辰零鐘亦在庭、此皆特鐘也、夫特鐘既在堂下、特磬何得在堂上乎、郊特牲云、歌者在上、匏竹在下、貴人聲也、諸樂器多在下、獨言匏竹者、以匏竹之音、輕清悠揚、似宜在上、故特言之、夫匏竹與人聲相近、而猶在堂下、則玉磬更可知矣、夔言予擊石拊石、玉與石古亦通稱也、鄭注云、磬有大小、擊大石磬、拊小石磬、爾雅釋樂、大磬謂之毊、郭注、毊以玉石爲之、是也、特鐘大於編鐘、特磬亦必大於編磬、小石磬卽編磬也、編磬小、故拊之、特磬大、故擊之、擊重而拊輕也、上文鳴球言戛擊不言拊、知此擊石卽鳴球矣、樂器以磬爲尊、又其音難和、故后夔親擊之、擊特磬而兼拊編磬、則特磬不在堂上甚明、乃僞孔傳云、球玉磬、此舜廟堂之樂、幷以戛擊爲柷敔、與搏拊皆在堂上、而樂縣大壞矣、夫堂上行禮周旋之地、几筵尊俎所敷陳、安得有寬閒之處、以設樂縣、卽柷敔不用簨虡、亦無地可容、況下文合止柷敔、次於下管鞉鼓之下、其在堂下自明、堂上豈又有柷敔乎、拊是樂器、周官樂記皆專言拊、未有以搏拊爲器名者、周官大師云、登歌令奏擊拊、下管播樂器、令奏鼓朄、朄爲小鼓、拊亦鼓屬、擊拊與鼓朄相類、則拊亦在堂下矣、左傳所言歌鐘、謂與歌相應之鐘、卽編鐘也、豈有設于堂上者乎、惟琴瑟隨歌工而升以歌、必與弦相比、故琴瑟不得在堂下、且非在虡之物、亦不礙於行禮也、周語云、金石以動之、是磬與鐘皆先奏、益稷首言戛擊鳴球、此先奏特磬之明證、孟子金聲玉振始終條理之說、當從趙注以爲振揚玉音終始如一、喩孔子合三德而不撓、朱注以爲樂之終、擊特磬以收其韻、失其義矣、王金二氏得之、傳引郊特牲文者、以爲殷尙聲之證、周尙臭類及之、與上文言殷置鼓而周縣鼓連及之同、其例耳、郊特牲、殷人尙聲、臭味未成、滌蕩其聲、樂三闋、然後出迎牲、孔疏云、尙聲謂先奏樂也、臭味未成謂未殺牲也、滌蕩謂搖動也、闋·止也、奏樂三徧止、乃迎牲入殺之、繁露質文篇云、先用玉聲而後烹、○於赫湯孫、湯孫泛言湯之孫子耳、若謂湯爲人之子孫、則祀湯時、豈有不美湯之爲人君爲人父、而僅乃美其爲人子孫者耶、下文又曰、湯孫奏假、又曰湯孫之將、尤可見其爲自稱也、若稱湯則祭烈祖而反以孫呼之、何其悖歟、惟爲湯之子孫、故於赫、於赫由湯、非由已也、安得如歐陽謂誇其祖耶、穆穆・雍和閑雅之貌、其聲猶言其樂也、非指一器之聲、既言管聲、又言磬聲、又言穆穆厥聲、盛稱聲樂、見商人尙聲、連叶三聲字、又見商人之質也、○庸鼓有斁、庸古文假借字、鏞本字、儀禮・周禮・及春秋內外傳、皆謂之鑮、或作鏄、儀禮大射禮鄭注曰、鑮如鐘而大、奏樂以鼓鑮爲節、周語、細鈞有鐘無鑮、大鈞有鑮無鐘、是鑮爲大鐘明矣、庸爲大鐘、則鼓爲大鼓、此鼓雖周人亦不縣、與殷人同制、大射禮曰、樂人宿縣于阼階東、建鼓在阼階西、南鼓一、建鼓在其南、東鼓一、建鼓在西階之東、南面、賈疏云、今之建鼓則殷法、是矣、諸侯三面縣、三面皆一建鼓、天子四面縣、則四面皆一建鼓、地官鼓人、掌教六鼓、雷鼓鼓神祀、靈鼓鼓社祭、路鼓鼓鬼享、鼖鼓鼓軍事、鼛鼓鼓役事、晉鼓鼓金奏、鄭注曰、雷鼓八面鼓、神祀祀天神、靈鼓六面鼓、社祭祭地祇、路鼓四面鼓、鬼享享宗廟、大僕建路鼓於大寢之門外、而掌其政、此路鼓爲建鼓、而雷靈二鼓・皆爲建鼓、其八面六面四面皆可擊也、吳語載常建鼓、韋注曰、鼓・晉鼓也、周禮將軍執晉鼓、晉鼓建、謂爲楹而樹之、此晉鼓爲建鼓、而鼖鼛二鼓禮無明文、然鼛鼓見於緜篇、其建而非縣可知、鼖鼓見於靈臺、文王時尙無縣鼓之設、則鼖鼓亦建而非縣可知、周人縣鼓謂鞉鼓也、非此六鼓也、廣雅曰、驛驛・盛也、文選甘泉賦注、引韓詩章句繹繹盛貌、斁驛繹義竝同、此傳云盛者、謂聲樂盛也、賓之初筵籥舞笙鼓、傳曰、秉籥而舞、與笙鼓相應、此曰庸鼓有斁、萬舞有奕、則萬舞與庸鼓相應矣、故特盛之也、萬舞有奕者、執籥秉翟者文舞也、朱干玉戚者武舞也、萬舞乃二舞之總名也、奕・大也、言其盛也、韓奕傳、奕奕大也、說文、奕・大也、廣雅釋訓、閑閑・奕奕・盛也、盛大義相近、萬爲大舞、故奕爲盛也、殷武旅楹有閑、韓詩章句、閑・大也、謂閑然大也、是知此傳奕奕然閑也、猶云奕奕然大也、鄭箋訓閑習、與傳異義、正義合而一之、誤矣、集傳以奕爲奕然有次序、尤非、奕訓大从大、若訓作有次序、則奕當作博弈之弈、便从廾矣、○我有嘉客、亦不夷懌、嘉客、二王之後也、聽樂觀舞、烈祖以衎、客亦夷懌、所謂神人以和者也、庸鼓萬舞、爲嘉客夷懌起、一亦字欣動有味、言嘉客夷懌、而不及先祖是聽者、前言衎烈祖、意已見也、亦不夷懌乎、言皆悅懌也、○自古在昔、先民有作、自・從也、古昔皆對今而言、傳在古當作自古、魯語其輯之亂曰、自古在昔、先民有作、溫恭朝夕、執事有恪、先聖王之傳恭、猶不敢專稱、曰自古、古曰在昔、昔曰先民、毛傳正用國語、韋注用毛傳作自古、當據以訂正、先民・先輩之人、謂聖人也、有作、言祀事也、祀者國之大事、三百篇中、未有如此篇多沓語者、聲字三出、鼓字四出、有字五出、古曰在昔、昔曰先民、亦一篇體格、○溫恭朝夕、執事有恪、朝夕、采蘩所謂夙夜在公也、奏假二句主祭之誠、溫恭二句助祭之敬、一卽始以見終、一舉終以該始也、朝夕自將祭以至祭畢、執事自迎尸以至送尸也、溫恭於無事時言、有恪於有事時見、此專就祭言也、言先民以來如此、今亦誰敢不恭恪於祀事乎、○顧予烝嘗、湯孫之將、曰予曰湯孫、則助祭者之言也、將・

奉也、言湯其尙顧我烝嘗哉、此湯孫之所奉者、致其丁寧之意、庶幾其顧之
也、前云綏我思成、茲又冀其顧我、只緣想慕烈祖、故語氣徘徊無已、非不敢
必之辭、鄭以顧猶念也、蒙上嘉客說、然以臣子助祭爲念予、非立言之體、且
篇終結通章、宜言烈祖眷顧、又下烈祖篇亦有是二語、其上云來假來饗、降
福無疆、正言神明之眷
顧、鄭箋訓將爲助、不是、

那一章二十二句

箋曰、商頌五篇、似是二體、前三篇皆一章、與周頌不遠、下二篇則迥異矣、
分章成體、卽周雅之先聲也、魏源曰、祭之備物、有人道焉、有神道焉、釆五
色、和五味、以人享之也、樂五音、臭五氣、以神求之也、而那詩惟言鞉鼓管
磬之奏、無一言及於牲醪者何、曰、王氏詩廣傳詳之矣、曰、周尙文、求之於
臭、弗求之味、殷尙質、求之於聲、弗求之色、聲臭者神之所主也、鬼神雖弗
能聽、而聲自通也、鬼神雖弗能齅、而臭自徹也、抑周之尙臭、又不如殷之
尙聲也、聲與臭入空者也、聲入空、空亦入聲、兩相函而不相舍、無有見其
畛也、臭雖入空、而既有質、則猶有畛域、惟臭入空、而空不入臭、昭明焄蒿
悽愴之神氣、宅於太空、故蕭艾昭膋之氤氳、誠不如鞉鼓磬筦之昭徹也、
際之於上、涵之於下、播之於四旁、搖蕩虛明、而生其歆浹、殷道至矣、事者
容之所出也、言者音之所成也、言事・人也、神容・天也、故音容者人物之元
也、鬼神之介紹也、幽而合於鬼神、明而感於性情、莫此爲合也、今夫言・胡

之與愚、有不知者矣、音則無不知也、今夫事・聖之與愚、有不信者矣、容則無不信也、故道盡於有信、德不充、功盡於有事、道不備、充而備之、至於無言之音、無事之容、而德乃大成、故曰成於樂、乃以感天下於政令之所不及、故曰、移風易俗、莫善於樂、今夫鬼神、事之所不可接、言之所不可酬、髣髴之遇、遇之以容、希微之通、通之以音、霏微蜿蜒、嗟呼唱歎、而與神通理、故曰殷薦之上帝、以配祖考、大哉聖人之道、治之於視聽之中、而得之於形聲之外、以此而已矣、雖然更有進焉、容者猶有迹也、音者尤無方也、容所不逮、音能逮之、故音以節容、容不能節音、天治人、非人治天也、天治者神以依也、雖然尤有進焉、八音備、大聲震盪、滌於兩間、而磬特詘然、至於磬、而聲愈希矣、音之假於物、革絲假於蟲獸、竹匏木假於草木、金鍊而土陶、假於人爲石者無所假也、尤其用天也、故曰依我磬聲、

音之尤自然者也、嗚呼、此可以知聖人事天治人之道矣、

烈祖。祀中宗也。

箋曰、成湯至于大戊七世矣、商道寖衰、大戊修德中興、遂號中宗、詩云及爾斯所、言自湯及大戊也、

云諸侯來享、受命博將、言天命人心、表中興之功也、亦猶玄鳥頌人心土宇、正祀高宗之詩、商有三宗、太甲爲太宗、太戊爲中宗、武丁爲高宗、禮祖有功而宗有德、廟皆不毁、中宗高宗、頌皆有樂章、而太宗無有、蓋商詩散亡、其初未必無詩、中宗高宗幸而存焉爾、朱子以此詩未見其爲祀中宗、而未言湯孫、則亦祭成湯之詩耳、故黜序說、而爲祀成湯之樂、然毛鄭嘗先言之矣、毛以祭中宗、而引湯善爲子孫者、以湯是商家王業之所起、歸功於湯、鄭以爲

此時祭者當是中宗子孫，亦是湯遠孫，故得言湯孫，其說皆可通已，祀中宗大戊，而名曰烈祖，猶僖公之頌，謂之閟宮、

嗟嗟烈祖。有秩斯祜。申錫無疆。及爾斯所。既載清酤。賚我思成。秩・常、申・重、酤・酒、賚・賜也、亦有和羹。既戒既平。鬷假無言。時靡有爭。戒・至、鬷・總、假・大也、總大無言也、無爭也、綏我眉壽。黃耇無疆。約軧錯衡。八鸞鶬鶬。以假以享。我受命溥將。自天降康。豐年穰穰。八鸞鶬鶬、言文德之有聲也、假・大也、來假來饗。降福無疆。顧予烝嘗。湯孫之將。○祜音戶、酤音戶、鬷中庸申鑒俱作奏、軧祁支反、唐石經及延文本並作軧、鶬七羊反、溥音普、穰如羊反、假音格、延文本傳、常下重下酒下至下總下、並有也字、

箋曰、言烈祖而云嗟嗟、以簡朴故也、若周頌則言於穆於皇、近於文矣、烈祖鄭以爲成湯、烈祖之稱已見那詩、則此亦以爲指成湯爲是、且詩頌其子孫、而推原於祖宗之錫福、於義當然也、周盛陳文武之功、商人祀湯、但稱一烈字、所該無窮、至其奉祭、不自專孝道、惟以爲先祜所及、雖敬將之至、亦曰傳

恭云爾、此商頌所爲近古、卽其報本之舉、便有忠質文之異、有秩斯祜、祜·福也、秩·序也、傳疏家解作常、便與申錫意複、秩字可玩、天福人主、雜施無序、則取之易窮、今烈祖之祜、若酌宜按節、故可大可久、○申錫無疆及爾斯所者、秩是秩然有次序貌、未有無窮之意、無疆是申錫之無疆也、始稍有無窮之意、集傳並失之、詩祀中宗、故以此所指中宗、言烈祖之祜、申錫不已、及爾中宗、國光大興也、此先頌中宗之能興烈祖之業也、以中宗配創造、所以大中宗之功、蓋古人告其祖考、固有以爾汝稱之者、如金縢告三王之例、處壇廟若家常、視既歿如生存、親之至也、莫匪爾極、爾后稷、耆定爾功、爾武王、既昭假爾、惟爾有神、則爾所告之神、又禹伊周召告其君、亦多言爾汝、○既載清酤、蓋祼獻之時也、賚我思成、思爲語詞、成猶備也福也、既載則賚、謂應感之速、言中宗之神來格、而錫我福也、觀此詩則知祭祀之禮至周而後備、曰既載清酤、則五齊三酒築鬱合鬯之制、尚未興也、曰亦有和羹、則告毛薦血燔膋腥俎之節、尚未具也、殷人尚質、以人道事神、牲既熟而後薦、則清酤必酋久澄清、色味並美、大雅周官戴記所謂清酒也、說者乃謂一宿而成謂之酤、誤矣、○亦有和羹、此薦熟之時也、亦有·與上既載對文、言既載清酤、亦有和羹也、酸鹹甘苦不同、嘉味以濟、謂之和羹、閟宮傳云、羹·大羹鉶羹也、大羹不和五味、和五味實於鉶、謂之鉶羹、則和羹爲鉶羹也、既戒·言其事戒謹而不苟也、既平·言其味和調也、儀禮於祭祀燕享之始、每言羹定、定猶熟也、蓋以羹熟爲節、然後行禮、定卽戒平之謂也、此篇專言酒醴、卻一字不及樂、既戒既平說和羹、正自潔淨精微、和羹只是指祭祀而言、不爲取諭而設、昭二十

年左傳、晏子曰、和如羹焉云云、是以政平而不干、民無爭心、故詩曰云云、晏
子借和羹之和、以喻君臣之和、而詩意本無關設喻也、政平無爭、自釋詩無
言無爭之義、而君子食之以平其心句、是解和羹、幷不釋詩既戒既平也、鄭
孔皆以和羹設喻、非詩指也、此二句言誠意之寓乎物、鬷假無言時靡有爭
二句、言誠意之存乎人、泠然肅靜、恰是淸廟大室中語、傳以鬷爲總之叚借、
然以經文求之、當從中庸作奏假、訓爲進至、與上篇湯孫奏假同義、小爾雅
說文竝曰、奏・進也、奏・鬷・一聲之轉、故通用、鬷又通作艐、爾雅釋詁、艐・格・至也、
卽此鬷假異文、至之言致、謂精誠上致乎神、朱子中庸集注所云進而感格
於神明之際也、進與至義相成、昭二十年左傳引作奏嘏、嘏與假格皆雙聲、
故通用、鬷假正是幽明交際、祖孫合漠時、傳恭在此處見得、鬷假無言句、自
主祭言、時靡有爭句、則指一時助祭者、下之諸侯皆是、靡爭者、謂執事之人、
其講習既熟、臨事靡有交侵其職事、所以靡爭、以見在廟之人皆肅恭、而舉
動得禮也、○綏我眉壽、卽淸酤和羹之所致、中宗既賚福矣、又綏眉壽、眉壽
卽福中之一事、乃綏安之、使其不傾亡也、非安我以眉壽之謂、○約軝錯衡、
軝者、轂之外長而旁出者也、轂者、凡在輪中者通名、以皮約軝而朱漆之曰
約軝、鸞在鑣、四馬則八鸞矣、諸侯來助祭者、乘篆轂金飾錯衡之車、駕四牲、
其鸞鶬鶬然聲和、采芑作八鸞瑲瑲、烝民韓奕作八鸞鏘鏘、此詩作鶬鶬、載
見曰鞗革有鶬、字雖不同、皆言其聲也、言助祭之諸侯、乘是車以至、以享於
中宗之廟也、鄭釋亦有和羹以下盡歸美諸侯、此非立言之體、既載淸酤亦
有和羹、皆言祭之始、鬷假二句、當通謂祭時、詩惟約軝錯衡三句、言諸侯以

見合萬國之歡心、下我受命溥將三句、又卽臣工明昭上帝、迄用康年之意、皆以陳祀事之肅恭、而先王之錫福者遠也。○我受命溥將、自天降康、普將、普大也、言天休之盛也、年豐則民安、故以年豐爲降康、亦謂之康年也、豐年穰穰、言時和歲豐、祭禮得成、所謂可以備物者也、綏我眉壽、嘏辭也、豐年穰穰、亦嘏辭也、少牢致嘏者再、尸嘏主人稱宜稼於田、眉壽萬年、上蓍嘏曰、胡壽保建家室、蓋身之福、莫切於壽考、家國之福、莫大於豐年、故凡嘏辭、必以是二者。○來假來饗、降福無疆、上言以享者、謂諸侯來助致享於神也、下云來饗者、謂神來至而歆饗也、以假則來假、以饗則來饗、祭之福無已也、唐石經相臺本、朱子集傳本、竝作饗、惟閩本、明監本、汲古閣本、作享、段玉裁謂、毛詩之例、獻於神曰享、神食所享曰饗、作饗者是、阮元曰、有字同義別而相因者、如獻神爲享、神食所獻亦爲享是也、後儒曲爲分別、乃以獻神作享、神食所獻作饗、唐石經定本作饗、似是而非、俗本概作享、似非而是、馬瑞辰曰、今按、說文、亯、用也、从亯从自、自知臭香所食也、讀若庸、同、神食所獻卽用也、其本字當作亯、經典省作享、史記自序、武丁得說、乃稱高宗、帝辛湛湎、諸侯不享、正讀享如亯也、經典旣叚借享字、卽同享音、說文、亯、獻也、从高省、曰象孰物形、又引孝經曰、孝則鬼亯之、此獻神及神食所獻通作享之證、說文、饗、鄉人飮酒也、是饗本饗燕字、禮經或叚作祭享之享、馬說是也、然卽字本作享、文承我受命溥將三句而言、當謂神之歆享其祭、非謂諸侯之進獻於神也、是篇之辭、比那汔富贍、然無疆三出、猶那之三聲相韻、亦古質。○湯孫之將、湯孫、祭主也、湯爲創業之始祖、故後世率稱湯孫、猶周之文子文孫耳、是稱

汎、固非爲祀湯故稱之、故殷武祀高宗、而高宗稱湯孫也、

烈祖一章二十二句

箋曰、正義引異義詩魯說云、丞相匡衡以爲、殷中宗廟以時毀、古文尙書說、中宗廟不毀、許引公羊貢禹說、宗而復毀、非尊德之義、斷從古文尙書說、劉歆毀廟議亦云、或說中宗高宗者、宗其道而毀其廟、名與實異、非尊德貴功之意、匡治齊詩、而云魯說者、時方尙魯詩、通顯之後、又以魯詩著於時也、項安世曰、那與烈祖、二詩皆五章章四句、以韻考之可見、獨第五章各加顧予烝嘗湯孫之將二句、以爲亂辭、據他詩例、當稱五章章四句一章六句、何不可者、而必欲準之周頌以爲一章、則失之牽合矣、國語稱那之末章爲其輯之亂、則元非一章明甚、又長發・殷武・皆明著章數、不應一頌自爲二體也、玄鳥一詩、亦當分四章章皆五句、獨第三一章七句、此詩每章之首、皆承上章末字發辭、正與文王下武等詩相類、此皆其分章處也、要之商魯二頌、自與周頌不同、其辭氣深淺、較然可見、烏得以一律竝言之哉、項說有理、亦學者所當知、故著以存異義、

玄鳥。祀高宗也。

箋曰、高宗、殷王武丁、中宗玄孫之孫也、書序云、高宗祭成湯、有飛雉升鼎耳而雊、作高宗肜日、殷本紀稱、武丁見雉升鼎耳、懼而修政行德、天下咸懽、殷道復興、立其廟爲高宗、

天命玄鳥。降而生商。宅殷土芒芒。玄鳥・鳦也、春分玄鳥降、湯之先祖、有娀氏生、簡狄配高辛氏、帝率與之祈于郊禖而生契、故本爲天所命、以玄鳥至而生焉、芒芒・大貌、古帝命武湯。正域彼四方。方命厥后。奄有九有。正・長、域・有也、九有・九州也、商之先后。受命不殆。在武丁孫子。武丁・高宗也、武丁孫子。武王靡不勝。龍旂十乘。大糦是承。勝・任也、邦畿千里。維民所止。肇域彼四海。畿・疆也、四海來假。來假祁祁。景員維河。殷受命咸宜。百祿是何。景・大、員・均、何・任也、○芒莫剛反、鳦音乙、延文本作乙、禖音梅、契息列反、勝音升、乘繩證反、糦尺志反、假音格、祁巨移反、員音圓、何延文本作荷、傳同、傳貌下長下大下均下、延文本並有也字、有娀氏生、卷子本傍注云、本作有娀氏之女、

箋曰、首三句先言玄王之命也、燕一名鳦、齊人呼鳦玄鳥、色黑故謂之玄鳥、詳燕燕篇、玄鳥之來、非從天至、而謂之降者、重之若自天來然、生商言生商人也、與下篇帝立子生商正同、生契所以生商也、史記、契母曰簡狄、有娀氏之女、爲帝嚳次妃、三人行浴、見玄鳥墮其卵、簡狄取吞之、因孕生契、諸緯皆

毛詩會箋

然、夫燕以仲春甫來營巢、焉有遺卵、燕之生卵、必於巢內、無載飛載生之理、焉得翔水而墮、且燕卵非所宜食、何至遽吞、卽謂祈于高禖、月令以秦書述周制、前古尙無其禮、契母娀簡、稷母姜嫄、經既不言帝嚳、亦非高辛氏之世妃次妃可知、此與生民履武、但當因經釋義、不得信緯忘經、蔡啓盛曰、月令高禖、注云、高辛氏、正義曰、蔡邕以爲禖神是高辛巳前舊有、高者尊也、謂尊高之禖、不由高辛氏而始有高禖、謹案、此中郎所釋是也、觀爾雅釋親之上推、由其父而祖、而曾、而高、至高乃無可復加焉、則郭注云、高最在上、與釋名釋親屬云高皐也、最在上皐、韜諸下也、其義皆是、且可見凡有典禮遙傳自上古者、固亦可以高稱之矣、祭之事莫詳其始于何人、亦莫詳其始于何祭、蒙謂、此必始于求子之禖、何則、凡動物之有知覺者、無論極蠢、必甚喜其子、百無以易之、人在上古之本性當亦然、既甚喜其有子、當未有時、必隱隱有祈求之心、是故無祭則已、有祭則必自祈子之祭始矣、惟其爲祭之最始、傳自上古、而莫能主名、因以最上之名稱之曰高禖、商頌玄鳥詩、毛公止說春分玄鳥降、與簡狄祈子、不及吞卵事、最爲有見、蓋燕之所以爲祭禖之候者、特因此時天地和同、鳥獸孳尾、凡動物無不皆然、舉其至之最顯著、而有一定者、莫如燕、故許書焉下云請子之候、孔下云從乙從子、乙請子之候鳥也、乙至而得子、嘉美之也、乳下又引此記而釋之云請子必以乙至之日者、乙春分來、秋分去、開生之候鳥、斯其義尤明瞭矣、義不得信緯忘經、中井積德之辨最當、曰玄鳥生商、固妄誕不經不足辯、然是流俗相傳尙矣、詩所謂玄鳥生商、亦依俗說而歌詠之耳、與姜嫄武敏一歸矣、集傳併高禖爲史記、誣甚、作毛傳者、以吞卵之說爲不經、而深求諸理、故作高禖之解、然堯舜之世、高禖之有無、不可知也、抑玄鳥之至有定時、而無定日、其玄鳥至之日祠于高禖者、月令始言之、上世豈有此乎哉、竊疑月令云云、因玄鳥生商之祥、設此事也、況月令作于秦之呂氏矣、雖周且不保有此禮也、乃據以爲唐虞以上有此禮、不亦誤乎、但毛傳作高禖之解、以絀吞卵之妄、猶爲有說、朱傳乃倂取兩說、捏合爲一、不亦甚乎、譙周曰、契生堯代、舜始舉之、必非帝嚳子、以其父微、故不著名、是說得之、玄鳥武敏、蓋後人由不知其父、故稱神怪以寵異之耳、簡狄姜嫄苟爲嚳之妃、則稷契必是嚳之子矣、何必假玄鳥武敏而生焉、○宅殷土芒芒、宅、居也、殷土者、契所封之地也、芒芒訓大、想見洪荒肇闢、土宇擴衍光景、是言一代基業、已肇諸此、說文、芒、艸耑也、無大義、據荀子富注、芒或讀爲荒、史記三代世表帝芒、索隱云、芒一作荒、芒芒當卽荒荒之假借、說文、巟、水流廣也、廣雅釋詁、巟、大也、巟通作荒、荒借作芒、故傳訓爲大耳、昭四年左傳引虞人之箴曰、芒芒禹跡、杜注、芒芒遠貌、遠猶大也、據殷土句、蓋初封在殷也、非盤庚遷殷、始有殷號也、詩稱生商及商之先后者、詩人據其時大號而言耳、至紂之亡、猶稱商王受、蓋始殷而後商耳、襄九年左傳曰、陶唐氏之火正閼伯居商邱、祀大火而火紀時焉、相土因之、昭元年傳曰、昔高辛氏有二子、伯曰閼伯、季曰實沈、居于曠林、不相能也、日尋干戈、以相征討、后帝不臧、遷閼伯于商邱、主辰、商人是因、左氏謂相土因閼伯之國、相土爲契孫、至於其後世、遷徙不一、及湯仍遷故土、其名曰亳、其地實商、故或號商也、○古帝命武湯以下四句、言湯武之命也、古者自今之辭也、帝、上帝也、言天又言帝、天卽帝、互文耳、武湯以其有武德號之也、書曰、惟我商王、布昭聖武、長發曰、武王載旆、有虔秉鉞、史記云、湯曰、吾甚武、故此稱爲武湯也、上言玄王、突然以湯爲古、奇絕、正域彼四方者、左傳、天子經略、諸侯正封、正域、卽經略也、周禮形方氏、掌制邦國之地而正其封疆、無有華離之地、此詩所謂正域也、傳訓域爲有者、有之言囿、亦分別區域之義、洛書曰、人皇始出、分理九州爲九囿、九囿卽毛詩之九有、韓詩之九域也、域本或之異體、說文、或、邦也、从口戈以守其一、一、地也、或、或从土作域、是或域本一字、古或字亦與有通、洪範無有作好、呂氏春秋引作無或作好、高注、或、有也、廣雅釋詁亦曰、或、有也、是矣、域亦訓有、史記禮書、人域是士君子也、荀子域作有、是域通有之證、方命厥后奄有九有者、武湯承帝命、乃每方建立諸侯、而身爲九州之君也、玄王時、止是殷土、至武湯域四方、至武丁孫子域四海、此其敘也、或曰、方旁古通用、易繫辭、旁行而不流、淮南主術作方行而不流、旁之言溥也、徧也、立政方行天下、呂刑方告無辜於上、方皆讀旁、並溥徧之義、亦通、九有韓詩作九域、文選注引薛君章句曰、九域、九州也、徐幹中論法象篇、成湯不敢怠遑、而奄有九域、正本韓詩、殷人九州之制、不見於經傳、是以後世莫詳焉、爾雅云、兩河間曰冀州、河南曰豫州、河西曰雝州、漢南曰荆州、江南曰揚州、濟河間曰兗州、濟東曰徐州、燕曰幽州、齊曰營州、其九州之名、與夫疆域所至、與舜典異、又與禹貢異、後世皆莫得其說、先儒以爲殷制、其說誠然、由今考之、有舜之幽營徐、而無舜之青梁、幷是青入於徐梁、入於雍、幷入於冀也、既分禹貢冀州之境、而復舜之幽州、又併青於徐、而復舜之營州、殷之九州、粲然可考、而其山川道里、亦以類舉、至周人則又分冀爲幷、而倂營於幽、復禹之青州、而省徐以入於青、○商之先后受命不殆在武丁孫子、言先王之命、被及子孫也、先后亦自今之辭也、上言武湯、又稱其後王爲先后、商之先后含太戊盤庚在內、先王皆受天休無有懈怠、至武丁而益盛、故武丁孫子、愈益蒙餘慶、而受命不殆也、論語學而不思則殆、釋文、殆本作怠、此詩殆卽怠借字、故鄭箋以不解殆釋之、武丁孫子、謂武丁之孫子也、與湯孫正同、贊高宗之孫、卽所以贊高宗、實以孫子見遺澤之久也、此詩頌契曰天命、頌湯曰帝命、頌大戊盤庚統稱先后、曰受命不殆、此下頌武丁、末節總結曰殷受命、蓋契爲始祖開商、皆天命也、湯爲創業造商、有天命也、六七賢聖之作、振起殷道、亦可稱受命者也、其敘先后從略、武丁從詳、蓋前此中興者、雖值殷衰、未有如武丁之甚、卽中興盛烈、亦武丁爲最、觀孟子敘事云、由湯至于武丁、中間以六七賢聖括之、武丁獨曰朝諸侯有天下、故武丁中興、與成湯開創無異、同稱受命云、陳啓源謂、殷天子皆以號舉、觀湯名履而號天乙、則可推矣、此說非也、夏殷名號不可攷、當以唐虞推之、論語曰、堯曰咨爾舜、則舜固名也、而論語又曰舜有臣五人、則舜卽號也、然則商頌曰撻彼殷武、武蓋號也、曰武丁孫子、丁蓋名也、殷人以生日名、而加文爲號、至周而名號異文、太王亶甫猶殷制也、安得謂湯名可推歟、祀高宗而指武丁者、蓋以諱事神者周人之制也、自周以前、則未嘗諱之也、○武丁孫子、武王靡不勝者、武王·湯也、武丁孫子皆無不勝武王之事者、言能繩祖武也、蓋指下肇域事言之、自玄王而武湯、而先后、而武丁、而孫子、休命相承、此其敘也、○龍旂十乘者、覲禮侯氏載龍旂、龍旂諸侯所建交龍之旂也、鄭以十乘爲二王後、及八州之大國、蓋獨舉尊者言之、助祭諸侯固不止十乘也、或曰、龍旂十乘、蓋殷王大祭之禮也、大糦猶曰大祭、言天子宗祀也、此武丁孫子能紹大祭、而今有事于廟之謂也、承猶奉事也、卽助祭矣、非奉黍稷之謂、馬瑞辰曰、糦與饎同、爲饎之或體、見說文、周禮饎人掌凡祭祀共盛、謂共齍盛也、舂人鄭注、齍盛謂黍稷稻粱之屬、可盛以爲簠簋實、則糦宜兼有黍稷稻粱、周書糴匡解云、年儉穀不足、賓祭以中盛、孔晁注、有黍稷無稻粱、大糦對中盛言、兼有稻粱可知、而特牲饋食禮士虞禮鄭注竝曰炊黍稷曰饎、此箋亦單言黍稷者、蓋言黍稷以該稻粱、猶齍兼稻粱、而說文齍字注、但曰黍稷器所以祀者、簋盛黍稷、簠盛稻粱、而說文皆以爲黍稷器也、正義遂謂祭之粢盛惟黍稷、誤矣、爾雅釋訓、洄酌毛傳、及說文竝曰、饎酒食也、周禮饎人鄭衆注曰、主炊官也、方言、饎·熟也、自河以北、趙魏之間、氣熟曰饎、字林、饎·熟食也、廣雅亦曰、饎·䭙也、蓋饎本酒食之通稱、酒食者可喜之物、故字从食喜會意、黍稷則所以爲酒食者、故酒食曰饎、黍稷亦曰饎、因而炊黍稷曰饎、凡炊及熟食亦通曰饎、其義正相因耳、○邦畿千里維民所止、肇域彼四海者、言廣運之盛也、邦畿·王都也、所止言民人殷富懷土也、肇·始也、四海對四方則四夷也、內安邦畿之民、外域夷蠻之國、圖版益大也、始域猶自彼成康奄有四方、是詩盛贊揚武丁孫子、卽所以祀武丁也、猶執競祀武王、盛言成康太平焉、蓋武丁時、邦域大闢、外及四夷、如伐鬼方可推焉、孫子則守其業而不墜耳、○四海來假來假祁祁景員維河者、言允懷之遠也、總是武丁之餘烈、而係之孫子、美其不墜鴻業、所以樂武丁也、假・至也、祁祁・衆多也、景・大也、員幅隕之隕、國之周圍也、景員言王都大勢也、形勢據河、而四海之內皆汎舟於河而來格、祁祁盛也、先王分九州職貢、卽爲道里遠近計、故漆絲織文浮濟漯以達于河、纖纊磬錯浮洛以達于河、玄纁璣組浮江以達于河、職方所統道路平均、此總朝貢大勢概言之也、傳云景大員均者、景與京通、京爲大、故景亦爲大、員之言均也、周也、員讀爲圓、說文、圓・圜全也、讀若員、管子有地員篇、地員卽土均、周禮廋人正校人員選、員選卽均齊、是員爲均也、傳之大均、承上文四海來假來假祁祁而言、蓋高宗都景亳、在冀州域內、三面距河、故詩人言四海之朝貢、來至於河者、乃大均也、◯殷受命咸宜百祿是何者、結一篇之義也、受命上著殷字、乃統言商家世緒、謂命長留于一姓也、一姓不盡一人、故又于宜字上著咸字、契也、湯也、先后也、武丁也、孫子也、其受命咸宜、命字前後照應、但此結語主孫子保武丁休命不失咸宜之祜言之、

玄鳥一章二十二句

長發。大禘也。

箋曰、雖序以爲禘大祖、周無四時之禘也、今曰大禘、則商有四時之禘故也、四時之禘爲小、則禘其祖之所自出爲大矣、大禘之祭、祖之于孫、君之于臣、無弗舉焉、自契至湯更歷十四傳、不一祖矣、獨頌契相土與成湯者、推功德盛隆者言之、亦商道尙質、不敢誣其祖先也、玄王頌桓撥、相土頌烈烈、湯則頌聖敬日躋、伊尹則咸有一德、爲商家佐命元勳、總見世德盛、故禘祭宜、佐命賢、故配享亦宜、說文云、禘・

諦祭也周禮曰五歲一禘祫大合祭先祖親疎遠近也鄭於禘祭有以爲昊天者如祭法殷周禘嚳注謂祭天於圜丘其說可從周語諦郊之事則有全烝楚語天子諦郊之事則必自射其牲凡先郊言者當指圜丘然鄭此箋曰大禘郊祭天也此誤果爾則殷人郊冥詩中何不一及冥禘是定名不容既以稱圜丘又以稱禘且明曰郊矣何以又兼禘之名也朱傳云大禘不及羣廟之主此宜爲祫祭之詩是說非也祫祭不見於易書詩周禮儀禮中庸孝經爾雅左氏內外傳惟一見於王制之言時祫則殷禮也再見於公羊傳之言大祫則諸侯禮也三見於曾子問言祫祭於祖則祝迎四廟之主亦明明諸侯禮也四見於記大傳言大夫有大事省於其君干祫可及高祖則又明明諸侯以下之禮也周官大宗伯大司樂有六享六樂之禮其稱春礿夏祠秋嘗冬烝與天保詩合蓋周人既改殷制春礿夏禘爲春礿夏祠而別以禘爲重祭無時禘之名然禮不王不禘故天子之禘諸侯謂之祫春秋文公三年大事於太廟公羊穀梁以爲大祫此言諸侯之禮與王朝之禘無與蓋祫通於諸侯以下而禘惟天子此公穀外諸書皆無祫祭之由也周禮宗廟之祭有六大宗伯以肆獻祼享先王以饋食享先王在春禴夏祠秋嘗冬烝四季之外肆獻祼者禘也司尊彝凡四時之間祀追享朝享追享者禘也鄭濫周制同殷制故有祫大於禘之說不知天子有禘無祫諸侯有祫無禘一祭而上下異名然此猶宗廟之禘也由是推於郊社配神之祭則更有二禘一則圜丘配嚳之禘故爾雅禘在釋天祭法禘在郊上國語以禘郊與宗廟烝嘗對舉一則明堂宗祀配帝之禘故於文從示從帝明堂祀上帝虞夏商皆

以太祖配、獨周人則明堂不配后稷、而配以文武、稷爲配郊、郊尊而宗祀親焉、於季秋大饗帝時行之、此禮創自周公、故孝經以嚴父配天推周公之孝、此禘之不在宗廟內者也、餘詳周頌雝篇、

濬哲維商。長發其祥。洪水芒芒。禹敷下土方。外大國是疆。幅隕既長。

濬·深、洪·大也、諸夏爲外、幅·廣也、隕·均也、

有娀方將。帝立子生商。

有娀·契母也、將·大也、契生商也、○濬音峻、芒音亡、隕音圓、延文本哲作悊、傳深下有也字、

箋曰、首章言商之所以興焉、哲·智也、濬哲云者、蓋非哲不足燭萬事之理、知而不深、亦不能以時措咸宜也、商·契也、身未王、十四世至湯始有天下、故云長發、長·久也、祥·祺也、洪水以下、遡初言之、○洪水芒芒禹敷下土方者、洪水句上添昔字看、書曰、禹敷土、馬融曰、敷·分也、蔡沈謂、分別土地以爲九州、是也、山海經、帝乃命禹、卒布土以定九州、布亦有分義、方·四方也、楚辭天問云、禹之力獻功、降省下土方、義本此詩、此詩首章八句皆韻、或以方字屬下句讀者、誤也、插入禹功、正爲海外有截式于九圍、預伏根緒、極有遠神、外大國·畿外大國也、幅隕言國封域也、幅猶布帛之有幅也、隕讀作員、隕員傳並訓均、言其周匝也、自其直方言之曰幅、自其周圍言之曰員、猶云廣輪、言當洚水芒芒之時、下土之方、幾莫得而辨、禹治水之後、乃始分別土地、定其方域、

自京師之外、凡可以建爲大國者、則從而區畫其疆界、五服之廣、如布帛之幅然、四面圓全、而無欠缺、又長遠而無涯際也、此所以爲封契發端也、○有娀方將、帝立子生商、鄭箋、有娀氏之國、亦始廣大、毛傳以娀爲偰母號、古者婦人繫姓、有娀姓不可考、或遂以國稱偰母、後人因以爲偰母號耳、此詩下言生商始爲契母、則上言有娀、當从鄭箋以爲國名、方將、言當時其國昌大也、篇中三舉帝、皆指天言、帝立子生商、謂帝卽立有娀國之女而生契焉、因契爲商大祖、以生契爲生商耳、子・女子也、後卽以子爲姓、契爲商始祖、大禘祭始祖所自出之帝、而以始祖配之、契所自出莫知其名、故但曰帝、立子曰帝、見商室之造皆天意也、鄭氏不以姜嫄爲帝嚳妃、則亦不以簡狄爲帝嚳妃、故于商頌譜、于玄鳥長發、並直云有娀之女簡狄、蓋其父不著也、殷本紀云、桀敗於有娀之虛、蓋桀都河南、有娀與桀都相去當不甚遠、淮南子墬形篇、有娀在不周之北、高誘注、娀讀如嵩高之嵩、嵩高在河南、於聲求義、高說爲近、張守節謂、有娀當在蒲州北、此由桀都安邑之說而誤、鄭注書堯典云、商國在大華之陽、括地志云、商州東八十里商洛縣、本商邑、古之商國、契所封也、司馬貞以爲商卽相土所居商丘、亦誤、

玄王桓撥。受小國是達。受大國是達。率履不越。遂視既發。玄王・契也、桓・大、撥・治、履・禮也、相土烈烈。海外有截。相土、契孫也、烈烈・威

也、○相息亮反、截才結反、傳大下治下、延文本有也字、

箋曰、二章言玄王相土之有成績于邦、周語曰、玄王勤商十四世而興、玄王爲契明矣、蓋因玄鳥生商爲水德之祖焉、以湯有天下而稱王、契卽湯之始祖、亦以王言之、國語云、昔我先王后稷、又曰、我先王不窋、韋昭曰、周之禘祫、文武不先不窋、故通謂之王、商頌亦以契爲玄王、是其爲王之祖、故稱之曰王、與周同禮、非追號爲王也、桓、桓撥撥・武毅貌、與相土烈烈同、書牧誓曰、桓桓如虎、考工記撥爾而怒、泮水詩傳、桓桓威武貌、撥韓詩作發、發當讀如發强剛毅之發、周書謚法解、剛克爲發、樂記、發揚蹈厲、大公之志也、桓發二字平列、皆剛勇之貌、毛鄭訓撥爲治、非詩義、夫敬敷五教在寛、卻曰桓撥者、當耑愚之世、開迪彝倫、如塾師啓蒙、非嚴無以奏績、故用桓撥、然人性本善、不過因其固有者導之、以身爲教、視發更不踰時、此化工手段、率履不越、設教之道、亦玄王立國之本、○受小國是達二句、達者治道旁達、教化無所窒礙之意、鄭箋云、堯始封商爲小國、舜末年乃益其土地爲大國、中候握河紀云、堯封稷契皐陶、賜姓號、考河命云、舜褒賜羣臣、賞爵有功、稷契皐陶益土地、是初受小國、後受大國也、○率履不越遂視既發者、漢書宣帝紀、蕭望之傳、說苑復恩篇、引詩竝作禮、禮本字、履假借字、五品五典、約言之則曰禮、發猶四方爰發之發、契爲司徒、以身立教、遂視天下、則蚤已發應從教也、視猶學記一年視離經辨志、三年視・五年視・七年視之視也、率履不越、自已之躬行者言之、所以爲敷教之本也、遂視既發、自民之丕應者言之、是卽受小國大

國是達之實也、○相土烈烈海外有截者、截齊整之貌、相土、昭明之子、契之孫也、卽再傳而至相土、其威武所及、雖海外之國、猶截然無不聽命也、相土未詳當於有夏何王之時、契之後、湯之前、十三傳而獨擧相土一人、左氏謂閼伯居商邱、相土因之、是最盛者也、鄭箋謂相土入爲王官之伯、出長諸侯、王肅曰、相土在夏爲司馬之職、掌征伐也、鄭義爲允、如大公亦是爲王官伯、故得征五侯九伯、非但居司馬之官而已、相土承契之業、入長王官、出領諸侯、而剛斷英武、能使海外之國、皆聽其約束、曰有截者、言無內侵外叛也、

帝命不違。至于湯齊。至湯與天心齊、**湯降不遲。聖敬日躋。**不遲、言疾也、躋、升也、九圍、九州也、○**昭假遲遲。上帝是祗。帝命式于九圍。**

假音格、祗諸時反、傳齊下、延文本有也字、

箋曰、三章言成湯之大膺天命焉、不違與首章長發相應、言帝既生商、若有昌大其後之意、及湯而成就、則見帝命之信然無所違也、齊者言湯與帝命俱到也、集傳以去解違、不可從、湯降不遲、降猶生也、如維嶽降神之降、云不遲者、舜禹及身而王、契十世乃王、故嫌其遲也、聖敬日躋者、湯德日新、又日新、是聖敬日躋之實、安勉俱見、昭假遲遲、遲舒而不已也、德之格于皇天、歲月不已、毛傳於雲漢篇昭假無贏、訓假爲至、此詩無傳、義與彼同、釋文引徐

云、毛音格、是也、昭假與奏假義近而殊、蓋言其精誠之上達曰奏假、言其精誠之顯達曰昭假、說文、徲・久也、讀若遲、廣雅釋詁、遟・久也、徲遟竝與遲音義同、遲遲正狀其昭假之久耳、陳啓源曰、昭假者、光昭被格之義、遲遲者、宏遠悠裕之義、聖德及人、無所偏黨、亦非取效旦夕、故書言光被、易言顯比、此昭假之謂也、易言久道化成、此遲遲之謂也、陳說亦通、上帝是祇、自有實理實事、非空空儼承、此從祭祀時想到聖敬、以敬之成就者言、如見先王深謹之心、亦如見先王日進之心、○帝命式于九圍、首尾兩帝命重、商祥于是大發也、式謂以爲四方之表準、終言爲元后也、九圍者、圍域有皆一聲之轉、聲同則義同、故韓詩釋九域曰九州、毛釋九有九圍竝曰九州、特變文以爲韻耳、說文或从口从戈以守一、一・地也、又曰、圍・守也、是域與圍義同之證、

受小球大球。爲下國綴旒。何天之休。 球・玉、綴・表、旒・章也、 **不競不絿。不剛不柔。敷政優優。百祿是遒。** 絿・急也、優優・和也、遒・聚也、○綴陟劣反、絿音求、遒子由反、延文本何作荷、傳玉下表下、並有也字、

箋曰、四五兩章言湯之未有天下、諸侯已來朝貢、臣服於商也、蓋湯一征自葛載、十一征而無敵於天下、是時之朝商者固多矣、亦若紂之時諸侯歸周而已、小球大球不可考、然稱受則是物入于我也、朱傳小國大國所贄之玉也、似得之、蓋是璧類耳、非圭之比、鄭氏乃以周之鎭圭大圭釋之、誤矣、且天

子執之、亦何所受、○爲下國綴旒、下國、諸侯也、馬瑞辰曰、綴旒二字平列、毛傳釋爲表章、章亦所以表也、古者樹臬以表位曰表、周禮大司馬職、虞人萊所田之野爲表、鄭注、表所以識正行列也、呂氏春秋愼小篇注、表・柱也、舞列之表則曰綴、樂記、綴兆舒疾、鄭注、綴謂酇、舞者之位也、又行其綴兆、鄭注、綴・表也、所以表行列也、通言則曰表綴、亦曰儀綴、大戴曾子制言篇、行爲表綴於天下、孔子三朝記曰、所以爲儀綴於國、是也、析言則綴與表亦自有別、凡樹臬以著望曰表、繫物於表曰綴、是也、晉語、昔成王盟諸侯于岐陽、楚爲荊蠻置茅蕝設望表、史記叔孫通傳索隱引賈逵注、束茅以表位爲蕝、鄭訓綴爲酇、卽以綴爲蕝之通借、漢書叔孫通傳說朝儀曰、爲緜蕞野外習之、如淳注曰、謂以茅翦樹地爲纂位尊卑之次也、顏師古曰、蕞與蕝同、是緜蕞卽古茅蕝之遺象、亦卽表綴之謂、旒正字作游、从㫃汓聲、說文、游・旌旗之流也、凡大常十有二游、旂九游、旟七游、旗六游、旐四游、皆以表章貴賤、周禮大司徒、以旗致萬民、遂師亦以遂之大旗致之、古者以旗致民、卽是以旗旒爲表、故詩綴旒竝言、以喻湯爲下國表則也、一說、綴是連綴之義、與下章駿厖相類、何天之休、何說文云、儋也、猶言承任也、○不競不絿三句、治內也、敷奏其勇三句、治外也、治內之道在中和、治外之道在武勇、施行次第如此、故能伐三蘖伐夏、而有天下、競卽爭競之義、爾雅釋言、競・逐彊也、彊則易爭競矣、○敷政優優者、優優寬裕之貌、百祿是遒者、言國勢日盛大也、說文、揫・束也、引詩百祿是揫、蓋本三家詩、爾雅釋詁、揫・聚也、釋名、秋・緧也、周禮目錄云、秋者酋也、是揂揫音義同、故通用、受小共大共。爲下國駿厖。何天之龍。敷。共·法、駿·大、厖·厚、龍·和也、奏其勇。不震不動。不戁不竦。百祿是總。戁·恐、竦·懼也、○厖莫邦反、戁奴版反、竦小勇反、總本又作緵、延文本何作荷、敷作溥、傳法下大下厚下恐下、並有也字、

箋曰、共·拱通、卽無逸萬邦惟正之供之供、小共大共、小國大國所共之貢也、馬瑞辰曰、傳訓駿厖爲大厚、言爲下國大厚、似爲不詞、且與前章綴旒語不相類、竊考、荀子榮辱篇引作駿蒙、大戴將軍文子篇引作恂蒙、駿與恂、厖與蒙、古竝聲近通用、大學恂慄、鄭注恂讀爲駿、詩狐裘蒙戎、左傳作厖戎、是其證也、此詩當以恂蒙爲正、恂讀爲徇、呂氏春秋忠廉篇高注、徇猶衞也、是徇有庇衞之義、又大雅桑柔其下侯旬、傳旬言陰均也、正義引爾雅釋言洵均也、李巡曰、洵徧之均也、恂洵義亦近、蒙通作幏、說文、幏·蓋衣也、廣雅釋詁、幏·覆也、幪卽幏字之俗、爲下國恂蒙、猶云爲下國庇覆耳、荀子榮辱篇、是夫羣居和一之道也、下引詩此句爲證、則恂蒙有羣相庇蔭之象、法言震風凌雨、然後知夏屋之爲帡幪也、注帡幪蓋覆也、恂蒙猶言帡幪耳、上章言敷政、故言爲下國之表章、此章言奏勇、故言爲下國之覆庇、義固各有當也、一說、駿通作峻、說文、高也、厖說文石大貌、爲下國駿厖者、下國諸侯恃湯以安、如倚賴于磐石然、荀子云、仁人之兵、圓居而方止、則若盤石然、又荀子駿蒙、楊倞注蒙讀爲厖、今詩作駿厖、因知古本作厖字、說文、高屋也、然則駿厖謂高大

之屋宇也、○何天之龍者、龍與爲龍爲光之龍同、猶曰寵靈寵威也、大戴禮引詩作何天之寵、何天休命、辟如被袞衣、爗然有光也、此章何天威靈、辟如被戎衣、赫然可畏也、○敷奏其勇者、敷・布也、伊訓惟我商王、布昭聖武、奏進也、言發揮之、如十一征是也、敷政優優本上章聖敬言、敷奏其勇則又以爲下章征伐張本也、不震不動不戁不竦四不者、勇者不懼之事也、震動同義、皆謂震驚、猶戁竦皆爲恐懼、宣十一年左傳謂陳人無動、史記作謂陳曰無驚、文十五年公羊傳、其實我動焉耳、皆動卽震驚之證、戁・畏憚也、竦・身聳也、○百祿是總句、卽從敷奏看出、既以一人而全千萬人之福、卽以千萬人而成一人之福、是總者、若天有祿不以分界他人、而總備其躬者然、

武王載旆。有虔秉鉞。如火烈烈。則莫我敢曷。武王、湯也、旆・旗也、虔・固、曷・害也、**苞有三蘖。莫遂莫達。九有有截。**苞・本、蘖・餘也、**韋顧既伐。昆吾夏桀。**有韋國者、有顧國者、有昆吾國者、○旆蒲貝反、蘖五葛反、延文本・傳固下本下、並有也字、

箋曰、六章言成湯之武功、克修帝命爲天子焉、武王・湯也、前詩先言武湯、次曰武王、大奉湯以武爲盛、卽其盛者相承爲常稱、非諡也、三章兩言湯矣、至六章復稱武王者、以見其伐桀而爲王也、則前此未爲王亦明矣、正義於章末曰、羣惡既盡、天下廓清、成湯於是卽真爲天子、得之、荀子議兵篇、韓詩外

傳引詩、竝作武王載發、說文引作武王載坺、發正字、旆坺皆借字、發謂起師伐桀、漢書律曆志述武王伐紂曰、癸巳武王始發、與此發字同義、載與哉通、哉・始也、載發卽始發、謂始興師、書言湯始征、詩言武王載發、其義一也、○有虔秉鉞、虔、敬貌、所謂恭行天罰也、古者兵器惟鉞最重、字林、鉞、王斧也、故王者親征多秉鉞、史記湯自把鉞以伐昆吾、遂伐桀、正此詩秉鉞之謂、勿輕赦有罪、虔在天討之不稽、勿妄虐無辜、虔又在神武之不殺、卽此四字、便是湯之軍政、亦是湯之聖學、莫我敢曷、曷、止也、猶按徂旅之按、荀子議兵篇、漢書刑法志引詩俱作遏、曷當遏之省借、遏則害矣、故傳訓爲害、荀子議兵篇曰、仁人之兵、聚則成卒、散則成烈云云、止則若盤石然云云、民之親我、歡若父母、人之情雖桀跖豈又肯爲其所惡、賊其所好者、或是猶使人之子孫、自賊其父母也云云、因引是詩、傳云固、荀所謂若盤石然也、傳云害、荀所謂自賊其父母也、毛公作訓、正用師說、○苞有三蘖者、謂一本而生三蘖也、大者爲本、小而附者爲蘖、夏所謂本也、韋也顧也昆吾也所謂三蘖也、木所復生曰蘖、盤庚曰、若顚木之有由蘖、謂本根已顚、更生枝餘、故云蘖餘也、莫遂莫達者、遂・草木遂長之遂也、達・達句萌之達也、遂與達、皆艸木生長之稱、以喩桀有三黨、皆不能逞其暴惡也、○九有有截者、九州之中、截然一定、王業以成矣、烈烈有截、此湯之所以合揆於相土、以配玄王於天也、○韋顧既伐昆吾夏桀者、先翦羽翼之兇、除肘腋之顧、斯可一往而得志、若謂以漸除之、冀桀改圖也、三蘖既伐、桀卽悔悟、湯將置身何地、如周武盟津會後、更思服事殷、豈不可笑、韋城廢縣在今河南衛輝府滑縣東南、本古豕韋國、顧城在今山東曹州府范縣南三十里、卽夏顧國、昆吾故城在今直隸大名府開州東、馬瑞辰曰、豕韋・彭姓劉姓遞有其國、事見左傳及鄭語、考鄭語、初豕韋爲商伯、其後商滅之、韋注、武丁時劉氏自御龍氏代豕韋、則彭姓豕韋至武丁時始滅、是知湯所伐之韋、非卽彭姓豕韋、正義謂成湯伐之、不滅其國、特臆說耳、漢書古今人表、韋有三、其一韋居下上、在夏帝癸時、其一大彭豕韋、居上下、在殷南庚陽甲時、又其一劉姓豕韋、居中上、在殷武丁時、按班固表、於南庚陽甲時之豕韋、始言彭姓、則不以湯所伐之韋在帝癸時者爲彭姓矣、蓋湯滅韋、始以改封彭姓豕韋、故鄭語但曰豕韋爲商伯、不言其在夏時爲侯伯也、蓋夏帝癸時之韋、其姓已不可考、故人表不箸其姓、箋謂、湯所伐卽彭姓豕韋、誤矣、王夫之曰、昆吾國在今濮州、左傳衛侯夢人登昆吾之觀、杜預曰、衛有觀、在古昆吾氏之虛、今濮陽城中是也、後漢書郡國志亦云、濮陽古昆吾國、則湯伐昆吾、伐之于濮也、竹書、夏帝芬封昆吾于有蘇、帝廑之世、昆吾遷于許、而沈約注云、昆吾己姓、封于衛、夏衰爲伯、遷于舊許、約之誤也、昆吾始封有蘇、非封于衛、且濮之爲衛、在衛成公遷帝邱之後、其初濮非衛地、左傳楚靈王曰、我皇祖伯父昆吾舊許是宅、此言昆吾始封之君、吳回之子、陸終之孫、于季連爲兄者、其宅舊許、在夏后之世、歷殷六百載、自許遷濮、而當湯伐之之時、則在濮而不在許也、韋者豕韋氏也、杜預左傳解曰、豕韋國名、東郡白馬縣東南有韋城、白馬今之滑縣、一統志、滑縣有豕韋故國、伐韋伐之于滑也、若范宣子曰、在夏爲御龍氏、在商爲豕韋氏、則非此所伐之韋、左傳哀公二十一年、公及齊侯盟于顧、公先至于陽穀、則顧在陽穀左右、滑之東、濮之南、與豕韋昆吾相爲脣齒、互居河北山東、峙立亳之北陲、助桀爲虐、以撓制湯、故曰苞有三蘖、言其連蔓而相屬也、陳奐曰、書序曰、伊尹相湯伐桀、升自陑、遂與桀戰于鳴條之野、湯既勝夏、欲遷其社、不可、夏師敗績、湯遂從之、遂伐三朡、俘厥寶玉、湯歸自夏、至於大坰、吳起對魏武公曰、昔夏桀之居、左河濟、右大華、伊闕在其南、羊腸在其北、河南城爲値之、又周書度邑篇曰、武王問大公曰、吾將因有夏之居、南望過于三塗、北瞻望于有河、有夏之居、卽河南是也、近儒金氏鶚又據國語伊洛竭而夏亡、攷水經伊水過伊闕中至洛陽縣南北入于洛、洛水東過洛陽縣南、又東北過鞏縣東、又北入于河、伊洛竭而夏亡、則桀時事也、以爲桀都在今河南洛陽縣之一證、奐案、夏桀之際、昆吾最彊盛、顧在其東、豕韋在其西、倶在漢東郡界內、連屬密邇、湯伐韋顧、鋤其與黨、而昆吾已成孤國之形、斷非望西南而征許州也、湯時居南亳、卽今河南歸德府商邱縣地、書疏載或說、陳留平邱縣有鳴條亭、卽今河南開封府陳留縣地、洛陽在商邱之西北、必徑陳留、陳留當卽古桀都西郊也、湯自商邱舉師、桀必自洛陽出兵相迎、故于陳留交戰、書序云、戰于鳴條之野、猶武王與紂戰于坶之野耳、夏本紀以爲桀走鳴條、非實錄也、湯雖戰勝、桀國未亡、故序云遷社不可也、桀因敗績、西走定陶、定陶故三朡國、故序云湯從之伐三朡也、開州在定陶北、擊柝相聞、昆吾與桀同日滅也、于是夏桀已亡、湯歸商邱、卽天子位、故序云湯歸自夏也、尙書大傳所謂湯放桀而歸于亳也、此因桀都洛陽之說、

想當日湯伐情形可考之如此、

昔在中葉。有震且業。允也天子。降予卿士。葉、世也、業、危也、

實維阿衡。實左右商王。阿衡、伊尹也、左右、助也、○予朱本誤作于、

箋曰、七章言伊尹佐命之功以終焉、承上文而曰昔在、則前乎此矣、中葉、是湯之中身、伊尹未出之時矣、淮南脩務云、稱譽葉語、高注、葉、世也、廣雅釋言亦曰、葉、世也、世有以父子相繼言者、有以一身言者、國策秦策曰、負芻必以魏歿世事秦、高注曰、世、身、呂氏春秋用民篇、古者多由布衣定一世者矣、高注曰、終一人之身爲世、然則中葉猶中身、無逸篇、文王受命惟中身、卽可說此詩中葉矣、或曰、下文允也天子指湯、承上言之、則中葉宜指湯時、蓋自殷有天下言、則湯爲開創之君、自玄王立國言、則湯爲中葉矣、此說亦通、鄭以中葉指相土言、失之、震、懼也、震蘇蘇之震、有震且業者、常有震恐危業之事、卽仲虺云、肇我邦於有夏、若苗之有莠、若粟之有秕、小大戰戰、罔不懼於非辜者此也、玄王受大國、相土截海外、而湯則僅七十里、其見削小可知、○允也天子者、允也猶曰於皇也、天子、湯也、賛湯有聖德、信乎其爲真主、凡得天統者爲天子、唐虞時爲德讓之子、夏后時爲傳家之子、至商而天又變揖讓爲干戈、則其子爲幹蠱之子、故是祗所以脩色養也、何休所以紹箕裘也、奏勇秉鉞、所以承匕鬯而善志事也、降予卿士、予、予商王也、予卿士、良弼也、謂伊尹、天子、天之子也、故天降之良弼也、是文字映帶、前章言湯降不遲、是湯之生、不先不後、而適當其期、乃天實立之、以爲興王之君也、此章言降予卿

士、是尹之生亦不先不後、而適當夏商革命之際、乃天實賜之以爲興王之佐也、使生湯而不生尹、則是有君無臣、而何以成興王之業、惟有湯以爲之君、而又有尹以爲之佐、此天命之所以集、而王業之所以成也、實維阿衡、阿衡・伊尹號也、古字阿倚通、衡・平也、伊尹湯所依倚而取平、故以爲號、至太甲又曰保衡、然則伊尹阿衡保衡一人也、伊尹孟子無異稱、則伊尹爲姓名可知、君奭篇有伊陟、則伊尹爲伊姓尹名可知、惟商頌由質而漸趨於文、如稱契則曰元王、稱湯則曰武王、稱助祭諸侯則曰嘉客、故於其功臣之最尊顯者、亦稱其號也、鄭箋以爲官名、夫上文卿士既是官名、而又以阿衡爲官名耶、禮緇衣曰、尹吉曰、惟尹躬及湯、尹吉曰、惟尹躬先見于西邑夏、則可以知尹之爲名矣、孫子用間、墨子尙賢、楚辭離騷、天問、竝云伊尹名摯、皆傳聞之異者也、實左右商王兩實字、一則專任、一則自任、君與相各盡其職、見仲虺等不得分功、商王・湯也、虞夏禪受、多用舊臣世族、至商革命、不得不卜帝臣、取人之法、因乎世運也、禘于太廟、則功臣與祭、書盤庚曰、兹予享于先王、爾祖其從與享之、是也、與祭必非一臣、而此詩獨言伊尹者、以伊尹爲開國元勳、故特舉之也、

長發七章一章八句四章章七句一章九句一章六句

箋曰、魏源曰、傳言湯以七十里、文王以百里、然湯則未伐夏桀之時、已受共球而服下國、文王而有六州之衆、三分天下、爲有其二、豈上古之世、聽其并吞而不問耶、曰、湯文皆西夷之君也、其始祖契稷皆封於唐虞上世、非夏殷所封建、而湯文之起、皆在夏殷之末世、西邊之戎索也、其鄰近諸國、皆聽其自爲遷徙、自爲兼并、而不必受命於王朝者也、後人不知湯所起之亳在今商州、爲契始封之地、書序自契至於成湯八遷、湯始居亳、從先王居、作帝告釐沃、正義引鄭云、契本封商國、在太華之陽、是先王謂玄王契、其始封在上洛商州之地、爲商國所得名、故史記六國表序云、禹興於西戎、湯起於亳、周以豐鎬、秦用雍州、漢自蜀漢、皆在西方、而桀居左河濟、右太華、伊闕在其南、羊腸在其後、爲今河北懷慶及河南南陽三府地、湯亳在其西、兵自西而東、故升陑伐三朡、於地勢皆順、契封商地、大得至武關以北、故水經注載、契曾遷蕃、在今華州、湯伐桀時、亦盡得西方、湯特以七十里起、非以七十里伐桀、及得天下、復於中土創立亳都、尙仍商亳舊名、猶東周西周、東虢西虢、南鄭新鄭、故郢新郢、故晉絳晉之比、若如皇甫謐以中土亳說、從先王居爲帝嚳、則華陽之封、莘野之聘、升陑之師、皆不可通、故不得不謂升陑爲兵行詭道繞出桀西、乘其不備、其謬有如斯者、惟知商亳卽今陝州、爲戰國商於之地、在武關之西、戎羌交錯、猶未爲中夏、故曰東面而征西夷怨、南面而征北狄怨、所謂西夷北狄者、皆就其國近西戎而言之、非以云天下也、及成周之世、湯後支孫、仍世居商州之地、故秦本紀云、甯公二年、遣兵伐湯社、與亳戰、亳王奔戎、遂滅湯、說文亦以亳爲京兆杜陵之地、是湯後支孫居西亳號亳王、猶重黎子孫皆曰重黎、以此徵亳近西戎、世爲夷狄之君也、非後世景員維河之亳也、湯之伐桀也、誓則稱王、長發之詩曰、受小球大球爲下國綴旒、受小共大共爲下國駿厖、卽繼之曰、武王載旆、有虔秉鉞、名之正也、言之順也、湯未伐桀、固已受命稱王、爲天下主矣、湯爲西戎之君也、故可以受小球大球、可以受小共大共、可以十一征而無敵、可以稱王、可以放桀、惟周之先王爲西戎之君也、故可遷岐遷豐、可以事獯鬻昆夷、可以受虞芮之質成、可以伐密伐崇、三分天下有其二、可以受命改元、可以服事殷、而兩不以爲悖、仁井田好古曰、大禹之平水土、再造區夏、故詩詠之曰、信彼南山、維禹甸之、又曰、纘禹之緖、又曰、禹敷下土方、書稱之曰纘禹舊服、又曰陟禹之迹、其疆域循禹跡者、可以見矣、然禹貢所載、與周服異數、蓋禹服・甸侯綏要荒凡五服、服五百里、四面相距五千里、周服・邦畿千里、其外侯甸男采衞蠻夷鎭蕃、除邦畿凡九服、服五百里、四面相距一萬里、司馬子長孔安國歐陽夏侯鄭漁仲蔡仲默其所以爲說者、雖各不同、言禹服方五千里者則一也、鄭康成許叔重王子雍孔仲達林少穎其所以爲說者亦雖不同、言禹服方萬里、與周服同者則一也、總之林少穎言步尺長短以爲里數廣狹者、爲得其實也、周語祭公謀父曰、先王之制、邦內甸服、邦外侯服、侯衞賓服、蠻夷要服、戎翟荒服、是以周服當禹服、足見其疆域之同也、大率周之二畿、當夏之一服、服名有小異者、或擧其異稱耳、夏周相配、二畿與一服相當、而名實差等、一一脗合者、豈非由其疆域之同哉、其疆域同、而里數異者、豈非由里程之異哉、余故曰、夏服五百里、卽周服千里、夏服五千里、卽周服萬里、夏里倍于周里者明矣、孟子論三代田制曰、夏后氏五十而貢、周人百畝而徹、夏田五十畝與周之百畝相當、則名異而實同、夏畝倍于周畝也、說已見信南山篇、以此推之、夏服五百里與周服千里相當者、又奚容疑、林少穎又曰、以南言之則太贏、以北言之則太縮、意其必有所乘除、相補以爲疆理天下之制、此說固然、凡海內之地、安得四面截然方正、真如棋局哉、唯其大界如此、故因此以立法、使萬邦貢職聘覲、就而爲準而已、

殷武。祀高宗也。

箋曰、是營新廟始祭之詩也、其詩先玄鳥亡論也、而錄在後者、蓋那烈祖玄鳥皆一章二十二句之詩、其體製相比、而殷武有疊章、故與長發聯之、史記稱、祖庚時祖已嘉武丁之德、立其廟曰高宗、此其樂歌也、觀此可知殷三宗不在七廟之內、周文武世室亦然、

撻彼殷武。奮伐荊楚。冞入其阻。裒荊之旅。

撻、疾意也、殷武、殷王武丁也、荊楚、荊州之楚國也、冞、深、裒、聚也、○撻他達反、裒蒲侯反、傳殷王二字古本無、楚國之國、延文本無、深下延文本有也字、

有截其所。湯孫之緒。

箋曰、首章頌高宗伐楚之功、撻言其兵威神速、殷武指其人也、高宗亦號武王、故稱之爲殷武耳、商道中衰、武丁以其醞積於恭默思道之三年、而迅發於干戈省躬之一日、故曰撻曰奮也、德綏者宜緩、威震者宜疾、積衰之後、非可遲疑重發者也、荆、州名、楚、國名、詩中或稱荆、或稱荆楚、一也、說文、楚、叢木也、一名荆、又曰、荆、楚木也、是荆與楚異名同實、故楚國亦可稱荆、或亦累呼荆楚、猶殷連稱殷商也、周始封熊繹爲楚子、於武丁之世不知楚君何人、卽所都亦不可考、鄭以罙入其阻爲踰方城之隘、方城山在河南南陽府葉縣南四十里、跨豫州境、毛以爲荆州之楚國者、禹貢荆及衡陽爲荆州、乃在南、卽荆楚也、荆岐既旅至于荆山、乃在西、蓋雍州之荆也、詩人以有二荆、故以荆楚別荆岐耳、○罙入其阻者、阻・說文險也、釋文、罙面規反、說文作冞、从冈米、云冒也、蓋毛詩作罙者、卽說文冞字之省、傳箋義雖異、而字則同、罙與彌通、廣雅、彌・深也、此正與毛傳訓罙爲深同義、說文、冞・周行也、蓋网垂其上、周行以冒之、故鄭箋曰、冞・冒也、冞入其阻者、周行以冒之、楚自唐鄧東抵江濱方城冥阨穆陵黃土諸關、西接商雒、東訖蘄黃、帶險千里、攻一道以入、則孤軍受制、高宗大起師徒、四面並入、使之莫有適守、而後楚不能旁出以撓我師衆也、裒荆之旅者、僇其鯨鯢、以集離散之民也、不裒旅則其情不附、裒則約束之、使知有天子法、以示無分民、撫柔之使知有天子恩、以示勿阻兵、如我入而不能合其衆、我歸而其衆且自合矣、故知安遠善後之策、只在一裒字、鄭解裒爲俘虜者、裒卽捊之別體、說文、捊・引取也、引詩原隰捊矣、今詩作裒、易謙象傳、君子以裒多益寡、釋文、裒、鄭荀董蜀才作捊、云取也、是裒卽捊之證、裒爲聚、又爲取、廣雅、捊・取也、與爾雅訓俘爲取同義、故毛訓裒爲聚、而鄭以俘虜易之、説文、俘・軍所獲也、獲卽取也、取與聚義本相成、○有截其所二句、截・齊一也、湯孫・高宗也、盡平其地、使截然齊一、是高宗之功也、緒・功業也、緒・本絲耑之名、事業之有條理亦如之、自古中興之君、未有不以武德勝者、蓋繼衰亂之後、內之則法度之既弛、綱紀之既壞、外之則諸侯之既叛、四夷之既起、自非以武德勝之、則安能舉王綱於已墜、合人心於既離、撥亂而復反於正哉、若殷之高宗、信乎其無愧於爲湯之孫矣、朱公遷謂、高宗伐鬼方、朱子以爲荆楚、蓋荆楚之地好鬼、自古而然、下至戰國之際、猶爾、驗諸屈原九歌可見也、不知鬼方幽隱之地、本是寓言、非卽荆楚、玩易未濟九四震用伐鬼方、可見公遷會朱子證以離騷、雖然、好鬼之俗、是處皆然、獨楚也邪、

維女荆楚。居國南鄉。昔有成湯。自彼氐羌。莫敢不來享。莫敢不來王。曰商是常。鄉・所也、○女音汝、氐都嗁反、荆楚延文本作楚荆、

箋曰、此章紀高宗因荆旅聽命而諭告之辭也、鄭箋以二章至五章爲責楚之辭、王氏獨以二章爲責楚之辭、自三章而下、皆述高宗之事、王説爲優、經傳言高宗之盛德多矣、特以攘外功大、故先及之耳、何以始終不出是舉、卽專頌伐楚一事、又何以略戰功而詳告諭、皆於立言體例不協、○居國南鄉者、鄉猶方也、四夷中・荆楚尤屬內地、與三方遠隔邊陲異、雖叛服靡常、須以兵威制之、得其地可隸版圖、得其人可撫戶口、況又近介商丘、不一于夏、而

非純于夷、未能以爲內、而不可以爲外、先王固欲疆域其山川、井邑其人民、以立長久之模、非如氐羌荒忽惟其來享來王而已、○昔有成湯者、猶曰昔者有成湯之時也、周書史記解孔晁注、湯號曰成、故曰成湯、書仲虺之誥某氏傳、湯伐桀武功成、故以爲號、此皆以成爲號也、書釋文、一曰、成謚也、然謚法始于周、則成湯仍當爲生時之號、史記湯曰吾甚武、號爲武王、或始以武爲號、及武功既成之後、又號爲成耳、至謚法解、安民立政曰成、除殘去虐曰湯、殆因成湯既有其號、後遂取以爲謚、猶堯舜亦爲謚法所取也、○自彼氐羌者、鄭箋、氐羌、夷狄國在西方者也、商都亳、其南則地近荆楚、其西則地近氐羌、然大河以南、抵荆衡之域爲近、而荆衡之域、全受荆楚、故荆楚于殷都近也、大河以南、抵雍梁之域爲遠、而雍梁之域、不全受氐羌、故氐羌于殷都遠也、曰自彼、自者蒙下之詞、舉絕遠以包其餘、竹書云、成湯十九年、氐羌來貢、此詩所詠自彼氐羌者也、竹書又云、武丁三十四年、氐羌來賓、則高宗時亦有氐羌賓服之事、故因祀高宗、而追溯成湯時事耳、陳奐曰、海內經、汲冢古文、及逸周書王會解孔注、竝謂氐羌爲一種、唯呂覽義賞篇、氐羌之民其虜也、高誘注曰、氐與羌二種夷民、高說是也、考漢書地理志、金城郡有臨羌破羌、隴西有羌道、有氐道、廣漢郡有甸氐道、剛氐道、蜀郡有湔氐道、又漢書西南夷傳、夜郎莋都冉駹白馬、皆羌類也、蓋自秦隴之西北、北連匈奴、若今鞏昌蘭州臨洮河州岷州、皆古西羌所居、青海之羌、其一也、而秦隴之西南、南近巴蜀、若今階州以西至松潘廳、古西氐所居、羌在古雍州西北、氐在雍州西南、漢時去古未遠、其分郡縣、畫然而不亂、氐種實近禹貢梁州之域、殷之九州、并梁於雍、故詩以氐羌竝言之、○莫敢不來享莫敢不來王者、其種不一、故曰莫不、享・獻也、來享謂通使獻其方物也、來王謂君長來朝、鄭云世見曰王者、其父死子繼、及嗣王卽位而來朝也、王本世見之名、亦通以爲朝覲之稱、蓋王之言往、王者爲天下所歸往曰王、諸侯往朝於王亦曰王、故下章歲事來辟、箋云、來辟猶來王也、猶之時見曰會、殷見曰同、而春秋諸侯相會亦曰會、頌淮夷來朝亦曰同也、又隱九年左傳、宋公不王、不王亦謂不朝、是王不必指世見、況時享終王等是周家之制矣、不當以論殷世、○曰商是常、曰是氐羌之言、常猶云故事也、商之故事則然、記曰、祝嘏莫敢易其常古、周禮云、官常以治數、皆與此常義同、言氐羌之遠猶然、況女居南鄉、所以甚荆楚近而不來之罪也、

天命多辟。設都于禹之績。歲事來辟。勿予禍適。稼穡匪解。

辟・君、適・過也、○歲事之事、卷子本傍注云本作時、解音懈、傳君下延文本有也字、

箋曰、前兩章言荆楚事、舉其功之尤大也、三四五章則統敘高宗中興盛美之實而言、不必泥于一事爲是、辟爲皇王君侯之通稱、多辟・諸侯也、來辟猶來王也、天命湯衆建諸侯、故爲君者多也、說命云、明王奉若天道、建邦設都、則多辟雖受封於天子、實天所命也、故曰天命多辟、首二句與上章昔有成湯相應、若謂天命諸侯設都、豈諸侯皆無天子命、而擅自立國者耶、設都于禹之績者、禹平水土、弼成五服、而諸侯之國定、是以云然、說文、迹・步處也、或

作蹟、古經傳因多假蹟爲績、漢書凡功績字、通借作迹、是也、此詩又假績爲迹、九州皆經禹治、因稱禹迹、周書立政、以陟禹之迹、襄四年左傳、引虞人之箴曰、芒芒禹迹、畫爲九州、是也、詩云設都于禹之績、正謂設都于禹所治之地、箋訓爲功績、失之、哀元年左傳復禹之績、釋文、績一本作迹、此古假績爲迹之證、○歲事來辟、歲事乃周禮春朝夏宗秋覲冬遇之屬、正所謂述職也、來辟猶來王也、勿予禍適予字、讀平聲、此來辟之侯氏意中之言也、適·謫通、北門傳、謫·責也、說文、謫·罰也、禍適猶譴責也、傳訓適爲過者、正讀適爲謫、釋文引韓詩云、適數也、數當讀如左傳數吳不德之數、是韓詩亦讀適爲謫也、勿予禍適、見外諸侯之小心畏罪、則其謹侯度可知也、稼穡匪解、見商先王之所以治天下者、惟以農事爲本根、得爲治之精意者也、諸侯畏服、根荊楚既平來、其聲勢原相倚也、上二句推原成湯之功德、下三句頌武丁一連說、中興天子、功令方新、人心震疊、凡建國於禹迹者、咸以歲事來見於王、以祈王之不譴、曰予稼穡匪懈、庶可以免咎矣、凜凜之意、形于詞色、夫天下多故、必自長民者不敬民事始、故平荊楚、是撥亂反正之法、令天下諸侯、各盡心於農事、是長治久安之法、孟子言先王巡狩、亦曰、土地辟田野治則有慶、土地荒蕪則有讓、三代賢王、咸兢兢守是法、故井田歷數千載而不壞也、

天命降監。下民有嚴。不僭不濫。不敢怠遑。命于下國。封建厥福。

嚴·敬也、不僭不濫、賞不僭、刑不濫也、封·大也、○僭子念反、延文本作譖、傳同、

箋曰、天命與上章天命正同、降監承上章多辟而言、天命武丁、下察萬國衆諸侯也、與天監下民、天監在下不同、孟子言武丁朝諸侯有天下、三章朝諸侯之事、四章有天下之事也、天下本殷有、至是而如身使臂、如臂使指、真爲天下共主矣、中興之功、與創業等、天所命也、故一再言天命、下民指諸侯、自天言之、故曰下民、今女下民或敢侮予、亦指武庚、嚴・肅敬貌、天下肅然皆畏服也、◯不僭不濫者、抑傳、僭・差也、僭・賞之差也、濫・刑之過也、賞必不徇私喜而至于僭、刑必不徇私怒而至于濫、襄二十六年左傳、聲子曰、賞僭則懼及淫人、刑濫則懼及善人、毛傳正本左傳也、不敢怠遑、卽在不僭濫上、此心兢業自防、唯恐稍懈而失之偏、此中興本領也、不僭濫者商王之治道、不怠遑者商王之心法、有此心法、方有此治道、高宗整頓乾坤、不出賞罰二大典、◯命于下國封建厥福者、言天命武丁、於下國爲之封建、使與我商家同享其福祿焉、上章以禍適爲言、此章以封建爲言、見商道之先罰而後賞、封建二字連讀、上章曰禍、謂加之以禍、此章曰福、謂錫之以福、其文相對、鄭箋謂命湯於小國以爲天子、失之、

商邑翼翼。四方之極。赫赫厥聲。濯濯厥靈。壽考且寧。以保我後生。商邑、京師也、

箋曰、此承上章、言高宗既能賞罰諸侯、而京師爲天下之根本、而四方取法焉、傳謂商邑猶周之京師、白虎通義京師篇、夏曰夏邑、商曰商邑、周曰京師、

翼翼盛大之義、史記、唐人都河東、周人都河南、殷人都河內、三河居天下中、若鼎足、而河內尤河之中也、商都地勢固得要、而其翼翼全在百度修舉、氣象改觀上、四方之極、極・中也、說文、極・棟也、釋名、棟・中也、極者屋脊之棟、屋脊居屋之中、因通訓極爲中、惟中正可爲法則、故極亦爲法、文六年左傳、陳之藝極、藝與臬通、臬・法也、則極亦法矣、故嚴緝云、言政教取正於此也、◯赫赫厥聲、濯濯厥靈、生民傳、赫・顯也、重言曰赫赫、聲・令聞也、聲教也、文王有聲傳、濯・大也、重言曰濯濯、言天子之聲教無所不達、威靈無所不及也、聲字實、靈字虛、洋洋如在、神之靈也、言使中外之人、別有一番畏愼處、蓋國勢方張、人心振肅、不言不動、自有明威也、◯壽考且寧者、高宗享國五十九年、身壽考而世且安寧、以保我後嗣、承前休于勿替、此中興之功所以不可及也、我後生、嗣王自稱也、對前王言、故曰後生、書曰在我後之人、康王自稱也、保言其神保護在我身也、

陟彼景山。松柏丸丸。是斷是遷。方斲是虔。松桷有梴。旅楹有閑。寢成孔安。丸丸・易直也、遷・徙、虔・敬也、梴・長貌、旅・陳也、寢・路寢也、◯斲陟角反、虔其連反、梴丑連反、易以豉反、傳徙下貌下、延文本有也字、

箋曰、卒章言營新廟以宗祀武丁也、詩本爲武丁特立廟而作、全篇不言立廟、止頌中興功烈、至末始言者、見中興功烈如是、自當享百世不遷之報也、

景山、蓋商都近旁之山耳、非必依山作都、陳啓源曰、鄘風商頌皆有景山之語、先儒直釋爲大山、不云山名也、朱傳於鄘則曰測景、於商則曰山名、源謂、景山之名、載於輿記者甚多、皆後人因詩而傳會爲之耳、案寰宇記、景山在廢緱氏縣西南八里、緱氏今屬河南府偃師縣、是西亳有景山也、又云、景山在應天府楚邱縣北三十八里、宋應天卽今歸德府、所謂穀孰南亳也、其北五十里有大蒙城、卽所謂北亳蒙也、寰宇記又云、景山在澶州渭南縣、澶州今大名府開州、水經注亦言、濟水北逕元氏縣、又北逕景山、而引衞詩證之、則是三亳之外、別有景山也、合而觀之、衞南之景山、因鄘風而得名、緱氏應天之景山、因商頌而得名、皆好事者之傳會、作詩時未必先有此名耳、又山海經亦有兩景山、其見北山經者、南望鹽販之澤、郭注引外傳景霍爲城語、則此山在晉地、其見中山經者爲荆山之首、郭注以爲今南郡界中、則此山在荆域、皆非詩之景山、而三亳衞南景山之名、又起於後世、故先儒釋詩、直以爲大山、良有見也、而朱傳獨以殷武之景山爲山名者、徒據左傳昭四年景亳之語、遂謂景山之名、湯世已有之耳、然左傳云、商湯有景亳之命、景與亳連文、定是地名、非山名也、使景爲山名、則當如下文岐陽塗山之稱矣、又皇甫謐杜預皆晉人、而所言景亳互異、可見地名變易、已無可考、何得據之而指爲山名乎、松柏丸丸、說文、丸、圜也、傾側而轉者从反仄、傳云易直者、謂滑易而條直、又丸義之引申、○是斷是遷、方斲是虔、斷是斷之於景山之上、遷是遷之於造作之所、方·辭也、訓正非也、斲言斤以斫之也、方斲是虔、與是斷是遷對舉、正與魯頌是斷是度、是尋是尺、文法相類、斲與虔二字平列、方猶是也、或言方、或言是、互文以見參錯、虔當讀如虔劉之虔、方言、虔・殺也、廣雅、虔伐刘𢧢訓殺、是虔猶伐也、刘也、淮南說林、譬猶削足而適履、殺頭而便冠、高注、殺猶削也、是知殺人謂之虔、削伐木亦謂之虔、方斲是虔・猶云是斲是虔也、是斷是遷、是斬伐木於在山之時、方斲是虔、是削伐木於作室之際、傳訓虔爲敬、固非詩義、若如箋訓改經文爲方斲于虔而後明、又與是斷是遷句法不相類、胥失之矣、○松桷有梴、說文、梴・木長貌、引詩松桷有梴、又曰、梴長也、又延長行也、引申爲長、方言、延・長也、凡施於年者謂之延、梴梴皆从延聲、故義皆爲長、然梴字泛言長、梴字專言木長、五經文字云、梴・木長貌、見詩頌、則唐時毛詩固作梴耳、閟宮傳曰、桷・榱也、松桷松木爲榱也、堂高數仞、則榱題數尺、故爲長貌也、旅楹有閑、旅・陳列之義、旅楹言東西楹也、桷言松而楹不言其木者、蓋卽蒙松字爲文、桷也楹也皆以松爲之也、梴爲桷之長貌、則閑爲楹之大貌、魏都賦注、引薛君韓詩章句曰、閑・大也、謂閑然大也、則韓詩本訓閑爲大貌、馬瑞辰曰、旅當爲鑪、字之叚借、說文、鑪・厝銅鐵也、厝銅鐵爲鑪、錯摩木亦得爲鑪、故廣雅釋詁曰、鑪・磨也、鑪通作盧、今按、鑪从虘聲、與盧音近、鑪之叚借作旅、猶黸矢作旅矢・旅大山爲臚岱也、明堂位刮楹、鄭注、刮・刮摩也、正與鑪摩同義、春秋莊二十四年丹桓宮楹、公羊何休注、楹・柱也、禮・天子斲而礱之、加密石焉、諸侯斲而礱之、不加密石、大夫斲之、士首本、尙書大傳曰、桷・天子斲其材而礱之、加密石焉、鄭注、礱・礪之也、密石砥之也、說文、礱・𥖁也、天子之桷、椓而礱之、𥖁卽磨字、尙書大傳、及說文說桷、與公羊注引禮說楹略同、蓋古者楹桷皆用刮摩、與明堂位刮楹制合、是知旅楹卽鑪楹、鑪楹卽刮楹也、刮楹爲天子之廟飾、而明堂路寢同之、故逸周書作雒解言明堂之制曰旅楹、此詩新廟亦曰旅楹、皆謂磨鑪其楹也、此說亦通。○寢成孔安、寢是廟中之寢也、與閟宮之路寢同、廟當不祧、故寢成而甚安、此就後人安高宗之神說、新廟旣成、於赫湯孫、其安于斯也、孔字見上無忝于祖宗、下不愧于世奉、無非頌美武丁、經言寢不言廟、故毛鄭釋以路寢、路寢得專寢名也、其義箋謂施政教得其所、蘇氏謂天下旣治、然後伐其松柏而新其宮室、旣成而無所不安、德之至也、竝詠高宗生前之事、朱子則以詩陳高宗功德、五章已及其壽考保後生、卒章當言立廟、於經文次第尤合、至云此蓋特爲百世不遷之廟、不在三昭三穆之數、旣成、始祔而祭之之詩、書有高宗肜日之篇、史記亦云、武丁崩、祖庚立、立其廟爲高宗、確有明文可據、唯三昭三穆是周制、不可擧以論殷制耳、後儒所云禮凡宗祀者、於其子若孫卽定制、新主猶入考廟、止可改塗易簷、不應別更作之、及親盡當祧、乃別爲不遷之廟、是亦周制、不可以律有商也、陳啓源駁集傳、以爲寢在廟後、其小者耳、詩何舍廟不言、反擧小以該大乎、後死者合食於先祖、斯謂之祔、旣在昭穆之外、而號爲特立之廟、又焉祔哉、顧廣譽辨之曰、案丹桓宮之楹刻其桷、書於春秋、楹桷廟中所重、詩之松桷旅楹、原是言廟、然穀梁傳、立主、喪主於虞、吉主於練、鄭義・祔已復於寢、如旣祫、主反其廟、而衞氏宏・及白虎通竝曰、廟主藏之西壁、是主於新立廟、與凡祭訖依寢室爲常、故以寢成孔安終焉、喪禮之祔、殤與無後若妾、罔或不擧、廟雖特立、大祭亦有合食大祖之時、謂以特立之廟、而遂不祔、未之前聞、是雖湯之始崩、亦必有祔、況三宗乎、殷練而祔、孔子所善、於是時而立廟固宜矣、顧說是也、此詩與閟宮之卒章文義略同者、蓋俱爲宗廟始成而祭之詩、豈作閟宮者、亦取法於是詩乎、但閟宮之頌、其詞多夸、殷武之頌、其語皆實、禮曰、子孫之守宗廟社稷者、其祖宗無美而稱之、是誣也、有善而不知、是不明也、知而不傳、是不仁也、若殷武之詩、斯可謂不誣而明且仁矣、

殷武六章三章章六句二章章七句一章五句

郝敬曰、荊楚之國、天下有道則首善焉、無道則首叛焉、商周之中葉是也、繼世之王、有能中興者、則天下視此爲向背焉、高宗之殷武、周宣之采芑是也、

那五篇十六章一百五十四句

毛詩會箋卷第二十

中國上海商務印書館代印

毛詩會箋卷八正誤表

篇名	葉	行	誤	正
魚藻	一表	6・1	得△其	失○其
采菽	四表	4・2	挹	可○挹、
仝	六裏	8・1	靄△然	藹○然
都人士	十六裏	4・1	兖△耳	充○耳
采綠	十八表	2・2	髻△紛	鬠○紛
漸漸之石	三五表	7・2	英白△	英曰○
文王	七裏	6・2	曰酳△	曰酳○
大明	十三裏	8・2	歲△、夏	載○、夏
仝	仝	仝	載△、般	歲○、般
仝	十五表	6・1	冠醴△	冠禮○

緜	二六裏	6・1	類△廣	顧○廣
仝	二七表	8・1	匠氏△	匠人○
皇矣	四六裏	10・1	罔△不△配△天△其△澤△六字衍	
仝	四七表	9・1	松△悅	柏○悅
仝	仝裏	6・2	美△此	羕○此
仝	四八裏	10・2	旋△令	施○令
仝	五一裏	8・2	和靄△	和藹○
仝	五六表	1・2	敵曰之上脫我○閑○閑○故○之四字	
靈臺	六十表	1・1	虞△	虡○
下武	六二裏	10・2	逸齊△	逸齋○
文王有聲	六五裏	7・2	爲逑△	爲述○
仝	七二表	7・1	善志	善繼○志

毛詩會箋卷九正誤表

篇名	葉	行	誤	正
生民	八表	8・2	傍法△	傍注○
仝	仝裏	5・1	螟蟦△	螟蟘○
行葦	十六裏	6・2	非△菹	韭○菹
仝	十七表	8・2	之鼓△	之豉○
仝	仝	7・2	不在	不、在
仝	仝	8・1	不在	不、在
仝	十八裏	3・1	也者、	也、者
卷阿	四七表	5	使媚	使。媚
仝	仝裏	4・1	靄△靄△	藹○藹○
板	五六裏	6・1	釋△於	於

板	五六裏	6•2	囂、文	囂、釋○文
仝	五七裏	5•1	將至△	將知○
蕩	五表	9•2	滛佚△	滛泆○
抑	十三表	10•1	筍△	筍○
仝	仝裏	2•1	筍△字	筍○字
仝	十八表	7•2	將至△	將知○
桑柔	二十裏	5•2	四杜△	四牡○
仝	仝	6•2	反、王室	反王室、
桑柔	二三表	7•1	將以	將塗○之○以
仝	仝	仝	謹塗炮之	謹塗、炮之、
仝	仝	仝	塗、皆乾擘之、	塗皆乾、擘之
雲漢	三一裏	5•2	災祲△	災祲○
崧高	三八表	6•1	雲旱△	雲漢○

仝	四二裏	3・2	言、明△	言、明○
韓奕	五四表	2・2	幸△不	孝○不
仝	仝裏	2・1	善人△	善人○
仝	五六表	9・2	之、韓、	之韓、
仝	仝	10・2	旬之	旬之、
仝	六十表	5・1	有容△	有客○
江漢	六六裏	9・2	叙、微獨	叙微獨、
仝	七十表	9・2	之△首△	首○之○

毛詩會箋卷十正誤表

篇名	葉	行	誤	正
臣工	五表	6•2	種△萬	稱○萬
雝	十三裏	7•1	山泌△	山沁○
仝	十七表	6	入△及	燕及
小毖	二九裏	1•2	已乎△	已平○
載芟	三四表	10•2	根根△	根株○
良耜	三五裏	3•1	是蔆△	是蔆○
仝	三八表	4•2	上△彊△	疆○土○
桓	四二裏	2•1	宿武△	宿夜○
仝	四三表	1•2	急取	急取、
仝	仝	3•1	云養、	云養

桓	四三表	6•1	王造、方是取	王造方是取、
賚	四六表	4•2	不令	不令、
全	四五裏	7•2	之言、	之、言
般	四七表	9•1	美、樂	美樂、
全	全	10•2	三字云崔、	三字、云崔
全	四八表	6•2	九祭者、	九、祭者
全	全裏	2•2	此歎、	此、歎
全	全	5•1	崔句△	崔注○
泮水	八裏	6•1	南北△	南方○
閟宮	十六裏	3•1	討△伐	紂○伐
全	二十表	6•2	子屋△	子尾○
全	二六表	9•1	使人△	使大○
那	四裏	9•1	古曰在、	古曰在

那	四裏	9•2	昔△曰先民	昔、昔○曰先民、
長發	十六裏	6•1	墜△形	隧○形
仝	十八裏	10•2	畓△也	遒○也
仝	仝	仝	揂△摯	遒○摯
般武	二八表	4•1	梃梃△	梃挺○
仝	仝	4•2	梴△字	挻○字